Rock Rose

록로즈

꽃글 장편소설

vol. 2

록로즈 2

초판 1쇄 인쇄일 | 2018년 08월 27일
초판 1쇄 발행일 | 2018년 09월 04일

지은이 | 꽃글
펴낸이 | 박성면
펴낸곳 | (주)동아

출판등록 | 제406-2012-000056호
주소 | 경기도 파주시 문발로 115, 세종출판벤처타운 201호
전화 | (031)8071-5201
팩스 | (031)8071-5204
E-mail | bear6370@hanmail.net

정가 | 12,800원

ISBN 979-11-5641-116-1 (04810)
      979-11-5641-114-7 (set)

Rock Rose

록로즈

꽃글 장편소설

vol. 2

CHIC
NOVEL

목 차

13. 성글게 녹아 (1)

황 대표의 뒤를 버들이 터덜터덜 따라 걸었다. 병원에서 빌려 신은 슬리퍼 사이즈가 컸다. 헐떡거리는 것으로도 모자라 까닥하다간 벗겨지게 생겼다. 위기였다. 다급히 발가락을 둥글게 말았다. 버들의 턱 아래에 작게 호두가 생겼다. 버텨 보려고 애를 썼지만 몸 전체에 힘이 들어가지 않아 무리였다. 시무룩하다. 버들이 코를 훌쩍거렸다. 잠깐 방심하는 사이 기어이 뻥 뚫린 슬리퍼 앞쪽으로 발이 반 이상 튀어나왔다. 신으나 마나였다. 거기다가 밑창까지 얇았다. 버들이 아래를 두리번거렸다. 분명 뭔가 밟은 느낌이 났는데 확인하니까 아무것도 없다. 고개를 갸우뚱거린 버들이 아예 멈춰 섰다. 굳이 슬리퍼를 벗어 발바닥까지 꼼꼼히 살펴보는 동안 처음 몇 발자국에 불과했던 황 대표와의 거리가 더욱더 멀어지고야 말았다.

버들의 시선이 황 대표의 단단한 등에 닿았다. 입술이 작게 틈을 냈다. 마치 한숨처럼. 절대 들리지 않을 크기로 버들이 황 대표의 이름을 불러 보았다. 딱 세 글자가 제 세상에서 가장 고결하고, 특별한 의미가 됐다. 첫사랑이다. 그러면서 짝사랑이다. 마음이 어떤 봄처럼 살랑거리다가 혹독하게 덜그럭거리기도 한다.

잠자코 기다려 봤지만 역시나. 뒤돌아보는 법이 없다. 새삼스럽지도 않다. 가장 익숙한 황 대표의 모습이란 바로 저 뒷모습이었다. 이대로 자신이 영영 사라져 버려도 황 대표는 알지 못할 거다. 애초에 저 사람 성격으로는 자신 같은 건 신경 쓸 범주에 포함되지도 않을 테지만. 그건 좀 다행이다. 버들의 입가가 나긋하게 풀렸다.

읍내의 유일한, 응급실이 딸려 있는 조그마한 병원은 오래된 건물이었다. 서늘한 복도를 따라 케케묵은 시멘트 냄새와 약 냄새가 섞여 있었다. 이미 머리카락과 옷에 스몄을지도 모르겠다. 별로다. 서둘러 바깥으로 나온 버들이 질끈 두 눈을 감았다. 적응할 틈 없이 쏟아진 햇빛이 강렬했다.

병원 주변은 시장이었다. 읍내답게 번화가 느낌이 난다. 큼지막한 버들의 눈동자에 순간 호기심이 반짝거리면서 담겼다. 고만고만하게 낮은 건물들이 아침을 맞이하기 위해 앞다퉈 분주했다. 황 대표의 차 가까이 세워진 가게에서 수증기가 뭉게뭉게 피어올랐다. 여러 개의 찜통에서 갓 쪄진 왕만두가 꺼내졌다. 윤기가 반질반질하다. 생소하게 허기를 느낀 제 아랫배를 버들이 무심코 만져 봤다. 홀쭉하다.

황 대표가 다가오면서 그림자가 졌다. 커다란 손이 버들의 이마를 덮었다. 떨린다. 제대로 상황 파악을 하기도 전에 두근두근, 심장이 난동을 부려 댔다. 황 대표의 사사로운 접촉에 버들의 눈꺼풀이 파르르 떨렸다.

"타. 차에."

저 때문에 밤새웠을 황 대표는 피곤한 기색이 역력했다.

"대표님은 어디 가세요?"

눈치 보며 물었다. 대답 없이 황 대표가 뒤돌았다. 손에 들린 종이가 제 처방전이란 걸 버들이 알아차렸다. 황 대표가 병원 일 층의 약국으로 향했다. 약국도 병원처럼 오래된 모양이었다. 다 허물어지게 생겼다. 따라갈까 했던 버들이 어쩐 일인지 곱게 황 대표의 말을 들었다.

꼭 멀미하는 것처럼 머리가 빙글빙글 울린다. 눈을 떴을 때 여러모로 놀랐다. 여기가 병원이란 것도, 제 곁에 황 대표가 앉아 있단 것도. 그러면서 다 망쳤단 생각이 앞섰다. 허망해서 왈칵 눈물이 쏟아지려는 걸 참아 내느라 혼났다.

조수석이 아니라, 뒷좌석에 탄 버들을 보고도 황 대표가 별 말을 하지 않았다.

"대표님."

침묵을 깨고 먼저 입을 연 쪽은 또 버들이었다.

"우리 만두 먹고 갈래요? 제가 사 드릴게요. 그게 싫으시면 포장해 가는 건 어때요? 단무지 많이 달라고 해서."

냉정히 시동이 걸렸다.

"너 죽 먹어야 돼."

집에는 금방 도착했다. 간지러운 볼을 긁기 위해서 무심코 든 팔이 깁스를 한 왼손이었다. 거치적거린다. 깁스 때문에 무거워 그런지 왼손만 제 신체와 따로 노는 것 같다. 반대쪽으로 손을 바꿔 든 버들을 바라본 황 대표가 낮게 한숨을 내뱉었다. 그 소리를 따라 버들이 고개를 들었다. 짧게 두 사람의 시선이 공중에서 부딪혔다.

"저⋯⋯."

달싹거리던 버들의 입술이 그대로 닫혔다. 둥실둥실 공중을 떠다니는 잠자리 몇 마리에 잠시 홀렸다. 먼저 뒤돌아 집 안으로 들어가는 황 대표를 버들이 멀뚱히 바라봤다. 밤새 땀에 흠뻑 젖은 탓에 땀냄새가 날까 봐 걱정이었다. 옆에 있고 싶은 황 대표를 피해 조수석에 앉지 못한 것도 그 이유였다.

버들의 하얀 발가락이 꼼지락거렸다. 황 대표가 던져 버린 제 운동화를 찾아봐야겠다. 정민이네 할아버지 집 근처 논두렁이었으니까. 잠시 장소를 더듬거리며 떠올렸다. 혹시 운이 좋으면 누군가 찾아서 빼놨을 수도 있다.

황 대표가 수북하게 담긴 약봉지를 식탁 위에 던졌다. 몽롱한 기분에 진한 커피 생각이 간절하다. 불덩이인 마른 몸을 무작정 차에 싣고 병원을 찾아 헤맸던 그 간밤의 일들이 떠오르는 것만으로도 바짝 입안을 마르게 한다.

당장 유 대표를 불러야 한다는 건 알지만 뒤죽박죽 엉킨 머릿속을 차분히 정리하기 전이었다. 우선 냉장고 속에서 생수를 꺼내 든 황 대표가 잠시 창문을 흘긋거렸다. ⋯⋯왜 안 들어와. 늘 그래 왔듯 쪼르르 따라와서 재잘재잘 수다를 떨 줄 알았다. 벌컥, 현관문을 열어젖힌 황 대표의 얼굴이 확 일그러졌다. 마당이 텅 비어있다.

당연히 노인의 집에 있을 줄 알았던 버들은 없었다. 개새끼들이 있는 파란색 대문 집에도 가 봤다. 개울가도 건넜다. 표면적으로 분명 한적한 오후였다. 새파란 하늘 위에 하얀 구름이 유유히 흘렀다. 작은 촌 동네에서 아는 곳은 전부 뒤졌다. 다음엔 또 어딜 가 봐야 하는지. 화가 나면서 속이 들끓었다.

"너……."

황 대표의 걸음이 멈췄다. 맞은편에서 그늘을 골라 걷던 버들이 황 대표를 발견하고선 눈을 동그랗게 떴다. 황 대표의 사나운 눈매가 버들을 위아래로 훑었다. 거기에 버들이 괜히 몸을 사리며 움찔거렸다. 기가 찬다. 이번에야말로 정말 풀밭을 굴렀다가 온 모양이었다. 흙투성이의 버들의 꼴이 말 그대로 엉망이었다. 머리카락엔 나뭇잎과 벼 이삭 몇 개가 콕콕 박혀 있었다. 도대체 얼마나 제 성질을 긁어 댈 건지 모르겠다. 황 대표가 가만히 서 있는 버들의 멀쩡한 손목을 잡았다.

그대로 집까지 끌려오게 된 버들이 황 대표의 신발 옆에 가지런히 운동화를 벗었다.

"……대표님."

버들이 쩔쩔맸다.

"저 잠깐만 나갔다가 오면 안 돼요?"

"앉아."

"씻고만 올게요."

"……."

황 대표가 버들을 쳐다봤다.

"여기서 씻으면 되잖아."

목소리 톤에 짜증이 섞였다. 옷가지들을 챙겨 황 대표가 욕실 앞에 됐다. 주춤주춤. 무슨 생각 때문인지 버들이 자기 발로 욕실 안으로 들어가기까지 한참이다. 답답했지만 황 대표가 잠자코 기다렸다. 욕실 문이 드디어 닫혔다. 동시에 느낀 감정은 분명 안도감이었다, 버들이 제 수중에 있단 것으로.

황 대표의 고개가 위로 꺾였다. 피곤함 때문인지 눈 주변이 시큰거렸다. 크게 한숨이 터졌다. 환장하겠다. 뭐 저딴 새끼가 다 있지? 인상을 구긴 황 대표가 욕실 문을 노려봤다.

조심성 없이.

혹시 깁스한 손으로.

아. 설마.

안심이 됐던 게 언제냐는 듯 금세 다시 불안해졌다.

문이 열리는 소리에 욕조 안에 몸을 담그고 있던 버들이 휙, 뒤를 돌아봤다. 콸콸 쏟아지는 뜨거운 물에 김이 가득 차 시야가 어릿했다. 당연하겠지만 문을 연 사람은 황 대표였다. 놀란 버들의 큰 두 눈이 깜박거리는 걸 잊었다.

……멍청한 게. 욕조 틀에 수건을 깔고 그 위에 건성으로 걸쳐진 버들의 깁스된 손에 황 대표가 미간을 좁혔다.

"넌 생각이란 게 없어?"

황 대표가 들어오려고 하자 버들이 몸을 웅크렸다. 알몸이었다.

"나가세요!"

다급하게 내질러진 버들의 비명에 황 대표가 멈칫했다.

"씻겨 줄게."

"네?"

"씻겨 준다고."

"싫어요!"

거센 거절이 바로 돌아왔다.

"너 그럼 그 손으로 혼자서 어떻게 씻을 건데."

"씻을 수 있어요. 머리도 감고, 혼자서 다 할 수 있어요."

욕실이라 소리가 울렸다.

"빨리 나가세요!"

그래서 버들의 울먹거림이 더 크게 들리는가 보다. 사내새끼가. 어차피 같은 거 달려 있으면서 부끄러운 게 대수야? 그리고 버들은 모르겠지만 볼 거 다 본 뒤였다.

"나도 어차피 너 머리부터 발끝까지 씻겨 줄 생각 없어. 머리만 감겨 줄게."

"……싫다는데. 왜 자꾸 그래요? 나가요. 진짜. 빨리. 나가세요!"

"너 왜 나한테 싫다고 그래?"

"싫으니까 싫다고 하지. 그럼 뭐라고 해요?"

실랑이가 멈추면서 침묵이 생겼다. 그러는 와중에도 콸콸 물은 쏟아져 욕조의 반까지 채워졌다. 조심스레 버들이 레버를 들어 올렸다. 마른 팔꿈치 아래에서 물이 후드득 떨어졌다. 어찌나 억척스럽게 사수하는지. 보이는 건 고작 버들의 가느다란 목덜미뿐이었다.

"유버들."

"……짜증 나."

버들의 작은 목소리가 귀에 확 박혔다.

"뭐?"

"억울해……."

어이가 없다.

"네가 지금 짜증 내고 억울해야 할 입장이야?"

버들의 고집을 나무라며 황 대표가 인상을 찌푸렸다.

"나가세요. 빨리."

그래. 손 망가지면 뭐. 그게 네 손이지 내 손이야?

"……."

"……."

차마 욕실 문을 닫지 못했다.

"……내가 눈 감으면 되잖아."

욕조에 뒷목을 기대고 있던 버들이 눈을 치켜떴다. 다른 사람도 아니고. 자신이 좋아하는 사람이 머리를 감겨 주는데 그 나른한 손길을 마음껏 감상할 수 없는 건…… 알몸이라서. 남자답게 근육이라곤 전혀 붙어 있지 않은 제 몸이 볼품없어서 보이고 싶지 않았다. 눈을 감고 씻겨 준다는 황 대표의 말을 버들은 믿지 않았다. 괜스레 분해져 씩씩거리기까지 했다. 둘 다 물러설 기미가 없었다. 팽팽히 대립하던 중 사업가인 황 대표가 먼저 절충안을 꺼냈다.

"대표님. 저 보여요?"

"……안 보여."

쌀쌀맞은 대꾸였다.

"저 보면 안 돼요."

"안 보인다니까."

넥타이로 묶어 황 대표의 두 눈이 가려졌다지만, 불안하다. 성격처럼 황 대표는 세심했다. 감겨 준 머리에 수건까지 돌돌 말아 주었다. 멋대로 욕조에 물까지 빼 버린 뒤 황 대표가 욕실을 나갔다. 닫힌 문에 그제야 안심한 버들이 더듬거리며 수건을 만져 봤다. 풀리지 않게 단단히 매듭이 묶여 있다. 몸이 나른하다. 혼자 남겨진 욕실에서, 드디어 버들은 마음껏 부끄러워할 수 있었다. 지금 내가 꿈을 꾸고 있는 건 아니겠지?

씻고 나온 황 대표와 버들이 마주 보며 앉았다.

"손."

버들이 손을 식탁 위에 올렸다.

"……말고."

깁스한 손으로 바꿔 올렸다. 다행히 깁스 상태는 멀쩡해 보인다.

"할 말 있지."

황 대표가 팔짱을 꼈다. 눈이 마주친 버들에게 어서 말을 하라며 턱을 까닥였다. 버들이 고개를 끄덕인 뒤 조심스레 입을 열었다.

"얼마예요?"

한숨이 샜다.

"병원비랑 약값……."

"뭐. 나한테 돈 주려고?"

"얼마예요?"

"왜. 차 기름값도 챙겨 주지."

"다 합해서 말씀해 주시면 갚을게요."

"……."

진짜 돌아 버리겠다.

"너 손 왜 이래? 언제부터 아팠어?"

갈 곳을 잃은 버들의 눈이 불안정하게 흔들렸다.

"말해. 빨리."

"……."

"유버들."

"……."

어깨가 처지자 옷도 같이 기울였다.

"내가 밀었을 때?"

버들의 고개가 살짝 끄덕여졌다. 그때부터 욱신거리면서 아팠다. 그리고 엉덩방아 찧었을 때, 다시 한 번 접질린 게 탈이었다.

"너 다쳤으면 바로바로 말을 해야지. 왜 말을 안 해?"

"……저 이거 참을 수 있어요."

버들이 고개를 숙였다.

"너 손목에 인대 늘어났어. 그걸 참을 수 있다고?"

"괜찮아요."

"아팠잖아. 너!"

황 대표의 언성이 점점 커졌다.

"아픈 거 저 잘 참아요."

"그래서 정신 잃고 응급실 갔어? 잘 참아서?"

삽시간에 버들의 호흡이 흐트러졌다.

"내버려 두지 그랬어요."

"……뭐?"

"참다 보면 익숙해지고 그럼 괜찮아져요."

"넌 그게 말이 된다고 지껄이고 있어?"

"왜 제가 아픈 걸 말해야 돼요?"

꼴통다운 질문을 던지며 버들의 얼굴이 붉어졌다.

"네가 아픈 걸 말했으면, 내가 알았겠지. 그럼 병원에 미리 갔을 거 아니야."

……그게 싫다. 그게. 짜증나. 억울해. 분해.

"대표님이 저 아픈 거 왜 알아야 하는데요?"

황 대표가 머리를 쓸어 넘겼다. 어딘가 초점이 나가 버린 대화였다.

"다른 사람한테 다 말해도 대표님한테는 말 절대로 안 해요!"

벌떡 일어나서 버들이 그대로 나가 버렸다.

황 대표가 뒤척였다. 시간을 확인하니 자정에 가깝다. 성질부리며 나간 버들은 다시 돌아오지 않았다. 계단을 내려와 바라본 식탁 위엔 버들의 약봉지가 널브러져 그대로 방치되어 있는 채였다. 저 때문에 다치긴 했지만 병원에 데려가 치료를 받게끔 했고, 머리까지 감겨 주었다. 그걸로 최선이다. 일일이 수발들어야 할 이유가 전혀 없었다. 핸드폰을 꺼내 든 황 대표가 유 대표 번호를 찾았다. 네 새끼 데려가라고 당장 통화 버튼을 눌렀다, 생각만으로는 벌써 열댓 번도 넘게. 하지만 실제론 이상하게 망설이는 중이었다.

어두운 밤거리를 황 대표가 나섰다. 노인의 집은 잠잠했다. 아까 버들을 찾으러 갔을 때, 노인은 부인과 함께 외출 준비를 하는 중이었다. 대학교에서 초청을 받아 강의를 나가야 해서 며칠 집을 비운다고 했었던가. 당시엔 버들을 찾는 게 급해 아프단 말을 하지 못했다.

방문을 열자 메주 냄새가 확 끼쳤다. 구석에서 몸을 웅크린 채 버들이 끙끙거리고 있었다. 이름을 불러도 반응이 없다. 만져 본 버들의 이마가 뜨겁다.

……아프겠지. 약을 챙겨 먹지 않았으니.

황 대표가 버들의 무릎 뒤에 손을 넣어 안아 들었다. 발끝에 뭔가 채었다. 버들의 로션이다. 그것도 챙겨 황 대표가 버들을 데리고 집으로 돌아왔다. 소파에 잠시 버들을 내려놨다. 고개가 기운 없이 외로 축 처진다. 서둘러 침대에 있는 모든 이불을 바닥에 펼친 다음 버들을 옮겨 눕혔다.

"유버들."

하얀 얼굴이 아프니까 더 하얗게 보인다. 황 대표가 약봉지를 뜯었다. 알약이 여러 개다. 버들의 머리를 받쳐 허벅지에 올린 다음 약을 하나씩, 삼킬 수 있게 물과 함께 입가로 흘려주었다. 내뱉으면 어쩌나 싶었건만. 다행히 목울대가 올각거리면서 약이 넘어갔다.

확인차 황 대표가 버들의 입안에 손가락을 집어넣었다. 달뜬 숨이 금방 손가락을 적셨다. 열이 오른 상태에서 상대적으로 시원한 황 대표를 버들이 반겼다. 말캉한 혀로 누르면서 버들이 황 대표의 손가락을 간신히 빨았다. 황 대표의 눈빛이 깊어졌다. 둥근 입천장을 노골적으로 건드리자 버들의 어깨가 움츠러들었다.

황 대표가 손가락을 뺀 뒤 버들의 이마에 맺힌 땀을 닦아 주었다. 이어 화상 연고를 가져왔다. 울긋불긋한 발등을 보자마자 욕이 튀어나왔다. 연고만 꾸준하게 잘 발라 준다면 추후 상처 걱정은 하지 않아도 된단 의사의 말이 위안이 된다. 화한 냄새가 퍼진다. 워낙 피부가 약해서 따갑진 않을까 신경 쓰인다. 황 대표가 약봉지를 부스럭거렸다. 이번엔 새살이 돋게 해주는 연고를 꺼냈다.

버들의 팔에 링거 바늘이 꽂혔던 부분이 시퍼렇다. 마르고 허연 팔에 퍼렇게 비쳐 보이는 혈관으로 큰 바늘이 꽂혀 들어가는 걸 차마 보고만 있을 수 없었다. 혹시 더 작은 바늘로 바꿔 줄 수 없냐고.

의료진들에게 번갈아 가며 꺼냈던 요구가 지금 생각하니 진상이다. 병원이 작은 것도 마음에 차지 않았다. 당장 제 주치의라도 호출하고 싶었다.

"손목 좀 조심해라."

뒤척이면서 손목이 깔리기 직전, 어깨를 잡아 막았다. 앓는 버들의 숨이 거칠다. 황 대표가 버들을 안고선 소파에 앉았다. 잠버릇 심한 게 신경 쓰였다. 제 가슴팍에 엎어져 푹 기대어 오는 무게가 정말이지 하찮다. ……사내새끼가. 오늘 애가 뭘 먹었던가 생각하게 된다. 적어도 내가 보는 앞에선 아무것도 없었다. 황 대표가 인상을 썼다. 뜨끈뜨끈한 버들의 체온이 제 체온과 뒤섞였다. 기묘한 한탄이 샌다. 황 대표가 물끄러미 버들의 얼굴을 내려다봤다. 도톰한 입술이 우물거리면서 힘겹게 쌕쌕거린다.

얼마 후였다. 희미한 목소리가 들렸다. 황 대표가 제 귀를 가져갔다.

"……아파."

설마, 했더니. 미쳐 버리겠다. 아픈 거 잘 참지도 못하면서 왜 말을 안 해, 그러니까. 혼란스러운 얼굴로 황 대표의 큰 손이 버들의 등에 내려앉았다. 약 기운이 빨리 퍼져야 할 텐데. 가만가만 쓰다듬으면서 버들을 얼렀다.

새벽이 찾아왔다.

"음……."

들려온 신음에 곧장 황 대표의 눈이 뜨였다. 저도 모르게 깜박 잠이 들었던 모양이었다. 가슴팍에 푹 기대어 잠이 든 버들의 체온과 무게가 그대로다. 황 대표가 고개를 비스듬히 기울였다. 꾹 감긴 버들의 속눈썹이 잘게 진동했다. 곧 넘어갈 듯 불안정하게 헐떡이던 호흡은 약 기운이 퍼졌는지 어느덧 잔잔해졌다. 버들의 등에 놓인 황 대표의 커다란 손이 버들의 이마를 짚었다. 들끓었던 열도 내려간 모양이다. 살짝 콧잔등을 찌푸리며 칭얼거리는 버들의 등을 다시 토닥거렸다. 조심스레 입가로 귀를 가져갔다. 한참 집중했지만, 아프다고 중얼거리는 말은 없었다.

"왜?"

칭얼거린 이유를 물었지만 당연히 되돌아오는 대답은 없었다. 새벽 내내 접힌 무릎이 불편해서 그런가. 자꾸 신음하는 버들을 안아 황 대표가 소파에서 일어났다. 그리고 바닥에 깔아 놓은 이불에 버들의 몸을 천천히 눕혔다. 다리가 먼저 닿았고 엉덩이, 등이 차례차례 내려졌다. 편한 자세를 찾아 버들이 스스로 몸을 뒤척였다. 황 대표가 인상을 썼다. 잠버릇 심한 걸 알기에 아픈 손목이 영 불안하다.

"너 움직이면 안 된다."

목 뒤에 베개를 받혀 주면서 주의를 줬지만 세상모르게 잠든 버들의 귀에는 안 들릴 게 뻔했다. 아침 운동은 하는 수 없이 건너뛰어야겠다. 버들을 어르고, 재우느라 마찬가지로 불편한 자세를 몇 시간째 유지해야만 했다. 뻐근한 근육을 풀기 위해 목을 좌우로 꺾으며 황 대표가 욕실로 들어갔다.

웃통을 벗고 막 칫솔을 물었을 때다. 잠에서 깬 지 얼마 안 되었어도 예민한 성질머리는 여전했다. 황 대표가 미간을 좁혔다. 부스럭거리며 무슨 소리가 들린 거 같아 벌컥, 문을 열어젖혔다. 고요한 집안에 시곗바늘 소리가 전부다. 황 대표의 시선이 올곧게 버들을 향했다. 웅크린 채 새근새근, 버들이 잘 자고 있다. 포동포동하게 살이 오른 두 뺨이 살짝 불그스름하다. 가까이 다가가 확인하고 나서야 안도가 됐다. 뒤돌아서려던 황 대표가 다시 앉았다. 버들의 몸 위의 이불이 얕게 들썩거렸다. 지체 없이 그 속을 확인했다. 이제 좀 살 만한가 보다. 습관처럼 배꼽을 만지려고 꾸물거리고 있는 버들의 멀쩡한 손을 이불 밖으로 빼냈다. 춥지 않게끔 에어컨 온도를 올렸다.

……미치겠네. 자조 섞인 웃음이 샜다. 이후 튀어나오는 쌍욕들은 모두 저 자신을 향해 있었다. 욕실 문을 열어 놓은 채로 샤워를 했다. 틈틈이 자고 있는 꼴통 새끼를 확인하느라.

* * *

"어떻게 할 거야?"

부스스 일어나 앉은 버들이 산발이 된 채 앞으로 쏟아진 머리를 한 손으로 쓸어 넘겼다. 가물가물한 눈에 초점이 잡히면서 황 대표가 보였다. 일하는 중인가 보다. 앞에 노트북을 둔 채로 앉아 있었다.

"네?"

갈라진 음성으로 버들이 겨우 대답했다.

"씻고 밥 먹을 거야. 아니면 밥 먹고 나서 씻을 거야."

"……씻고."

의자를 뒤로 밀며 황 대표가 자리에서 일어났다.

"일어나."

어쩐지 재촉하는 투라 꾸물거림 틈 없이 버들이 일어났다. 풍성하고 깨끗한 이불이 발목을 휘감는다. 폭신폭신하다. 그걸 멀뚱히 내려다보는데 덥석 손목이 붙잡혔다. 좁은 욕실이 남자 두 명으로 꽉 찼다. 좁은 창문에서 새어 들어온 햇빛에 그림자가 만들어졌다. 수납장을 열어 황 대표가 새 칫솔을 꺼내 포장을 뜯었다. 옆에 나란히 서 있던 버들이 작게 하품했다. 아직까지 잠이 덜 깨서 그런지 머릿속이 멍하다. 황 대표가 치약까지 대신 묻혀 건네주는 칫솔을 눈을 슴벅거리던 버들이 자연스럽게 받아 들었다. 별생각 없이 입속으로 가져갔다. 황 대표가 등 돌려 나가는 걸, 정면의 욕실 거울을 통해 버들이 빤히 쳐다봤다. 칫솔질하던 버들의 손목이 우뚝 멈췄다.

"야. 유버들."

낮게 울린 황 대표의 목소리가 위협적이었다. 욕실 안에서 버들이 꼼짝없이 굳었다.

"유버들."

굳게 닫힌 문을 사이에 두고 문고리가 반 바퀴 돌아가다가 만다. 어이가 없으니까 헛바람이 켜진다. 세수하는 동안 혹시나 불편할까 앞머리를 고정시켜 놓으려고 빨래집게를 가져오는 사이, 버들이 욕실 문을 잠가 버렸다. 황 대표가 차분한 척 노크했다.

"……왜요?"

"열어. 문."

여러모로 혼란스럽다. 분명 스승님 댁에서 잠들었던 것 같은데, 왜 내가 여기에 있는 거지? 곰곰이 머리를 굴려 보지만 떠오르는 기억일랑 아무것도 없다. 못 살겠다, 정말. 황 대표님이 보고 싶어서 자다가 혼자 걸어온 건가? 몽유병, 뭐 그런 거. 가지가지 한다는 생각에 울상이 되어 버린 버들이 제 머리를 쥐어짰다.

"유버들."

버들이 움찔거렸다.

철컥철컥, 거칠게 돌아가는 문고리가 금방 부서지게 생겼다. 당혹스러워진 버들의 얼굴이 달아올랐다. 다리를 동동 구르던 버들이 결국 문을 열 수밖에 없었다. 문짝 박살 내다가 행여나 크고 소중한 제 대표님이 어디 다치진 않을까 걱정이었다.

빠끔히 열린 문틈으로 화가 단단히 난 황 대표의 얼굴과 마주했다. 저도 모르게 뒷걸음질 치다가 세면대에 막혔다. 도망갈 구석이라곤 전혀 없는. 딱, 사각지대였다. 버들의 목울대가 올각거렸다.

"너 왜 내 허락 없이 문을 잠가?"

"……씻으려고."

버들이 웅얼거렸다.

"세수했어?"

턱 아래로 뚝뚝 흐르는 물을 손등으로 닦으며 버들이 고개를 끄덕거렸다.

"나와. 그럼."

"저, 샤워할 거예요."

"알았어."

담백한 대답이었다. 그래서 담백하게 물러설 줄 알았다.

"벗어."

……뭐래. 버들이 눈을 꾹 감았다가 떴다.

얼음이 되어 버린 버들이 제 티셔츠를 황 대표가 잡아당기기 시작하자 파닥거렸다. 제 형들과도 같이 사우나 한 번 가 본 적이 없었다. 주기적으로 운동을 해 만들어진 근육들이 크고 단단하니까 같은 남자로서 자기가 갖는 콤플렉스 따위 절대로 이해하지 못할 거다. 되도록 아무에게도 제 알몸 따위 보여 주기 싫었다. 아랫입술을 꽉 깨물고 아등바등 버티는 버들을 황 대표가 되게 하찮단 눈빛으로 내려다봤다. 보드라운 버들의 아랫배에 몇 번이나 황 대표의 손끝이 스쳤다. 노골적인 접촉이었다. 저릿하게 올라오는 감각에 버들이 자꾸만 어깨를 움츠렸다.

"알았어."

혹시나 다친 손이 또 탈이 날까 봐 황 대표가 먼저 물러나 줬다.

"어제처럼 하면 되잖아."

눈을 가릴 넥타이를 한 손에 든 황 대표와 버들이 함께 욕조에 콸콸 채워지는 물을 지켜봤다. 수증기가 천장에서 넘실거린다. 문득 황 대표가 고개를 들었다. 욕실의 거울에 버들과 제 몸이 비춰졌다. 체격 차이가 상당하다. 버들의 마른 목덜미를 오랫동안 눈에 담았다. 전에는 무관심하게 넘겼던 부분들을 하루 안아서 재웠다고 자꾸만 되새기게 된다. 가벼운데, 사내놈이라 기본 뼈 무게가 있어서 그런지 지그시 제 품에 안겨 왔었다. 그게 더 존재감을 확실하게 드러냈다. 뜨끈뜨끈한 체온과 함께.

……불쾌해야 하는 게 맞는데.

"그런데요, 대표님."

불쑥 말을 건 버들의 얼굴을 황 대표가 내려다봤다.

"저 왜 여기에 있어요?"

조심히 물었다.

"어떻게 제가 여기에 있는 거예요? 저는 분명히, 스승님 댁에서 잤거든요."

황 대표가 버들의 초조함을 무심하게 외면했다.

"알아서 뭐 하게."

"뭐 할 건 아니지만……."

욕조에 물이 채워지는 동안 황 대표가 갑자기 생각났단 듯, 버들의 깁스에 비닐을 감아 주었다. 눈 감으면 된다는 투의 황 대표를 기어코 벽 쪽으로 돌려세운 다음 버들이 꾸물꾸물 옷을 벗었다. 그러고는 한 발, 한 발 욕조 안으로 들어갔다.

"됐어?"

황 대표의 입장에선 지루한 기다림이었다. 버들의 허락이 떨어지기 전에 황 대표가 벽을 외면했다. 잔뜩 웅크리고 있는 버들의 뒷모습이 고스란히 담겼다.

"저기에 입욕제 있잖아."

"……넣어도 돼요?"

"응."

버들이 팔을 뻗어 입욕제를 들었다. 뚜껑이 채 닫히지 않았었나 보다. 통째로 빠졌다. 곧 어마어마한 거품이 만들어졌다. 깜짝 놀란 버들이 얼른 황 대표를 돌아봤다. 눈을 감고 어떻게든 화를 삭이느라 애를 쓰고 있는 황 대표의 모습에 버들이 바짝 쪼그라들었다. 작게 사과했다.

"제가 더 좋은 걸로 사 드릴게요."

입욕제의 싱그러운 향기가 너울진다. 풍성한 거품에 버들의 몸이 가려졌다. 과정이야 어쨌든 만족스러운 상황에 버들이 샐쭉 웃었다.

"대표님. 이거 몇 개예요?"

넥타이를 눈에 두른 황 대표에게 버들이 손가락을 가져갔다. 하나. 다 보였다. 그런데 솔직하게 말했다간 지랄할 게 뻔했으니 황 대표가 그냥 안 보인다고 둘러댔다. 안심하며 버들이 욕조 뒤로 목을 젖했다. 잘생긴 얼굴은 거꾸로 올려다봐도 잘생겼다. 눈 깜박이는 속도까지 늦추며 버들이 황 대표의 입술과 콧대, 눈썹 등을 차분하게 감상했다. 이런 기회는 정말로 흔치 않았다.

"뜨거워?"

"아니요."

황 대표가 조심히 숱 많은 버들의 머리에 샤워기를 가져다 댔다. 충분히 적신 다음 샴푸했다. 갑자기 인상이 써지면서 한숨이 터졌다. 이렇게까지 해야 하나. 이렇게까지 왜 하고 있어야 하나. 그러니까 싫다는 새끼를 억지로 붙들고 눈까지 가린 채 머리를 왜 감겨 주고 있는 것인지 저 스스로도 잘 모르겠다.

넥타이가 느슨해지더니, 곧장 아래로 풀썩 풀려 버렸다. 방황하는 것 없이 두 사람의 시선이 그대로 마주쳤다. 뜻밖의 상황에 버들이 그대로 굳어 버렸다. 여유로운 태도로 황 대표가 한쪽 눈썹을 치켜 떴다.

새하얀 거품에 감싸이다 만, 버들의 유두가 아슬아슬하게 보였다.

"……너 다 보인다."

버들의 눈이 휘둥그레졌다.

쩔쩔매며 버들이 황 대표의 곁에 앉아 있었다.

"대표님. 아파요?"

"너 거품 눈에 한 번 집어넣어 줄까? 아픈지 안 아픈지 볼래?"

버들이 코를 훌쩍였다. 너 다 보인다는 황 대표의 낯간지러운 희롱에 허둥거릴 수밖에 없었다. 입욕제 한 통이 쏟아진 물이 황 대표의 얼굴에 튀어 버렸다. 거품을 그대로 뒤집어쓴 황 대표의 눈이 살짝 충혈됐다.

"어디 봐요."

"네가 보면 뭐 알아?"

짜증 섞인 황 대표의 태도에도 버들은 굳건했다.

"제가 불어 드릴게요."

뭐가 들어간 것도 아닌데 버들이 눈꺼풀을 향해 정성껏 호, 불어 줬다. 감은 눈으로 잠자코 황 대표가 얼굴을 대 줬다.

둘이서 맞이한 하루가 오전부터 어수선했다.

"먹어."

황 대표가 죽을 끓여 줬다. 죽이 부드럽지 않고 버석거린다. 버들이 수저를 입술에 물고 미적거렸다. 물만 여러 번 마셨다. 반면 설익은 쌀로 죽을 끓여 놓은 황 대표에게선 머쓱함이란 찾아볼 수 없었다.

"대표님. 다음부터 이런 거 하지 마세요."

"……."

"제가 알아서 먹을게요."

"……."

"바쁘시잖아요."

버들의 근처로 황 대표가 약봉지를 던졌다.

"유버들 씨."

"네?"

"저 좋아해요?"

버들의 입을 통해 좋아한다는 말, 들어 본 지 꽤 됐다. 질릴 정도로 나 좋다고 하더니. 그 입으로 싫단 표현이 나오니까 심기가 거슬렸다.

삐딱하게 고개를 기울여 저를 쳐다보고 있는 황 대표를 향해 버들이 턱을 주억거렸다.

"말로 해."

"……좋아해요."

황 대표가 보는 앞에서 약까지 삼킨 버들이 나갈 준비를 했다. 양치 후 설거지를 한 다음, 이불을 전부 개켰다. 한쪽 손이 시원치 않아 시간이 오래 걸렸다. 바닥에서 굴러다니고 있는 제 로션을 챙겼다. 턱을 괴고 바지런히 움직이는 버들을 바라보고 있던 황 대표가 권태롭게 입을 열었다.

"어디 가."

"밖에요."

"밖에 어디."

"조각하러 가야죠."

눈썹이 찌푸려졌다.

"야."

"……네?"

차라리 어디 놀러 나간다고 그랬으면 아무렇지 않았을 거다.

"너 손이 그따윈데 조각을 어떻게 해."

"할 수 있어요. 주변 정리 같은 거라도……."

"지금 너 스승도 없잖아."

"어떻게 아세요? 그걸?"

황 대표가 외면했다.

"내일모레 오세요."

"그럼 내일모레부터 해."

"……."

기껏 재워 주고, 씻겨 주고, 먹여 놨더니만.

종알거리던 버들이 얼마 지나지 않아 잠잠해졌다. 대신에 하품이 잦아졌다. 약에 수면을 유도해 주는 뭐 그런 게 섞여 있나? 혼자 이불을 펴더니 얼마 지나지 않아 버들이 까무룩 낮잠에 빠졌다. 열이 있는지 없는지 틈틈이 황 대표가 살폈다.

―내 새끼 더위도 잘 타고. 추위도 잘 타고.

몇 시간 전에 버들과 통화를 했다는 유 대표에게 전화가 걸려왔다.

―그런데 그쪽 공기가 좋긴 좋나 봐? 어쨌든 잘 지내고 있다니까 다행이네. 나 좀 보고 싶어 할 줄 알았더니.

또. 꼴통 새끼가 거짓말을 했나 보다. 손목에 깁스 해 놓고 잘 지내긴 개뿔.

―버들이 보양식 먹을 때네.

버들을 보내라고 하거나 아니면 친히 데리러 온다고 하거나 그럴 줄 알았다.

―황 대표. 네가 좀 챙겨. 내 새끼 보양식으로 장어 잘 먹어.

시킨 적도 없는 내 보양식 챙기려다가 사고 친 버들이 떠올랐다. 수첩까지 덩달아.

―근처에 안 그래도 잘하는 장어 전문점 있거든. 주소 찍어 줄게.

"내가 네 새끼 보양식을 왜 챙기고 있어야 해. 일하기에도 바빠."

―야. 새끼야. 감사납게 그럴래? 나도 버들이 보양식 챙기고 싶지.

"그럼 네가 챙겨 먹여."

늘 그래 왔듯, 유 대표는 남의 말은 들어 처먹지 않았다. 팔불출답게 제 새끼 자랑에만 넋을 뺐다.

─내 새끼, 장어 먹는 거 얼마나 웃긴지 아냐? 꼴에 꼬리만 쏙쏙 골라 먹는다.

황 대표는 대꾸도 하지 않았다. 이어 업무적 이야기를 진득하게 나눴다.

오후에는 멀쩡하게 바락바락 말대꾸하며 신경을 긁어 대더니만. 밤이나 새벽녘엔 버들이 꼭 아팠다. 끙끙거리는 마른 몸뚱이가 열이 올라 불덩이였다. 해열제를 삼키게 한 뒤, 황 대표가 버들을 안아 소파에 앉았다. 들여다본 얼굴이 괴로운 듯 허옇게 질려 있다. 가슴팍에 폭 안겨 든 버들의 여린 몸을 황 대표가 천천히 쓰다듬었다. 등줄기, 허리, 엉덩이까지. 서로의 체온이 스며들었다.

                    *   *   *

다음 날 병원에 들러 검사를 받았다. 빌렸던 슬리퍼를 돌려주고 약도 새로 지었다.

"대표님. 제가 만두 사 드릴까요?"

버들이 생글생글했다.

"……너 죽 먹어야 된다고."

다 포기하고 버들이 차에서 늘어졌다. 그놈의 죽. 말 그대로 쌀만 끓여 낸 죽은 장점이라곤 토하기 쉬운 것밖에 없다.

"어디 가세요?"

집에 도착했는데도 차에서 내리지 않는 황 대표를 보고 불안한 표정으로 버들이 물었다.

"집에 가 있어."

"……안 들어와요? 오늘?"

"아니. 들어갈 거야."

확실하게 말을 해 주니까 조마조마했던 감정이 거짓말처럼 확 누그러졌다.

"제가 같이 갈까요? 길 아세요?"

"됐어. 더우니까 집에 가서 쉬고 있어."

백미러로 황 대표가 버들을 힐긋거렸다. 내비게이션에 주소를 찍었다. 유 대표가 알려 줬던 그 장어 전문점이었다. 아침에 주문을 미리 해 놓았고, 시간 맞춰 가지러 가는 길이었다. 한 시간 삼십 분 정도 소요가 된단다. 핸들을 꺾자 어김없이 경로를 이탈했단 딱딱한 음성 메시지가 들려왔다. 다시 차분히 길을 따랐다. 어울리지 않는 짓이란 걸 잘 안다. 그래서 이상한 기분에 사로잡혔다. 황 대표가 욕을 내뱉었다.

*　　*　　*

"아. 겨울이 형."

─뭐. 새끼야.

소리 내지 않고 버들이 한숨을 폭 내쉬었다.

"도대체 하루에 전화를 몇 번을 해?"

─지금까지 두 번.

하필 첫 번째 전화는 병원에서 경과를 듣고 있을 때 걸려 왔다.

혹시나 뭘 알고 전화를 한 건 아닐까 도둑처럼 제 발이 저릴 수밖에 없었다. 지금은 회의 중이라 전화를 받을 수 없단 메시지를 보내며 통화를 거부했다.

"이제 그만해."

─이따가 세 번 더 하려고.

겨울의 막무가내인 통화 계획이 참 뻔뻔하면서 곤란하다.

"아까 영상 통화도 했잖아."

황 대표가 약국에 간 사이 버들이 먼저 겨울에게 전화를 걸었다. 시장 구경 왔다며 실컷 웃는 얼굴을 보여 줬었다.

"형. 설마 한가해?"

황 대표님은 여기서 엄청 바쁜데.

나지막하게 겨울이 욕했다.

─한가할 때만 보고 싶어 할 얼굴이야, 네가? 어?

뭐 저 따위로 닭살 돋는 말을 한껏 목소리를 깔면서 진지하게 하는지 모르겠다. 어디서 배워 온 거래? 난색인 얼굴로 버들이 머리를 긁적였다. 내버려 두니까 겨울은 끝을 몰랐다. 보고 싶다며 고래고래 노래를 부른 다음 실제로 안고 싶고, 만지고 싶다며 졸라 대기 시작했다. 나잇값과 더불어 덩칫값까지 날려 버린 채 징징거리는 제 형을 버들이 한참 달랬다.

버들의 어깨가 축 처졌다. 살도 많이 빠져 버렸고 손까지 다쳐서 현재 제 가족들과는 우연히 마주치는 상황조차 없어야 한다. 제 이런 상태가 발각되면 뻔했다. 집에 갇히거나, 병원에 갇히거나. 둘 중에 하나인데 어느 것도 마음에 들지 않는다. 황 대표님이랑 같이 있을 수 없으니까.

미리미리 가족들에게 영상 통화를 통해 제 얼굴을 보여 주는 건 영악한 속임수였다. 나중에 어차피 전부 걸리게 되겠지만. 아무튼 어떤 짓을 해도 빠지지 않은 볼살이 가장 큰 도움이 됐다. '먹고, 자고, 공기 좋은 곳에서 잘 쉬고 있어요!' 하는 제 말에 '네가 혼자서 먹으면 뭘 얼마나 먹고, 쉬고 있겠어.' 하는 걱정이 돌아오면 증인처럼 황 대표를 언급했다. '황 대표님이 잘 챙겨 주셔요.' 그건 속임수 중에 유일한 사실이기도 했다. 지금도 봐. 귀찮을 텐데 병원에 데려가 주시고, 죽도 끓여 주시고, 머리도 감겨 주시고.

"내가 누차 말하잖아. 이제 그러지 마."

─뭘 그러지 마?

"애 대하듯 나한테 그렇게 말하지 마. 남들이 들으면 흉봐, 이제."

─내가 내 새끼 예뻐하는데 남들이 왜 흉봐?

겨울이 펄쩍 뛰었다.

"내가 네 새끼이긴 한데."

─야, 새끼야. 형이라고 해야지. 어디 싸가지 없이.

"내가 형 새끼이긴 한데."

─응.

웃음기 섞은 목소리로 겨울이 대답했다.

"내가 이제 다 커 버렸잖아."

─너 다 컸어?

금시초문이란 투의 반문이 기가 막힌다. 매번 쳇바퀴 도는 부분이었다. 버들이 인상을 쓰며 잠시 핸드폰을 내려다봤다.

"그럼 내가 한두 살 먹은 어린애야? 제발 현실 좀 받아들여."

─너 몇 살이야? 어? 스물한두 살 먹은 어린애 아니야?

대화가 영 통하지 않는다. 아. 진짜. 언제 철들 거야.

"형."

비장하게 버들이 겨울을 불렀다.

"끊어."

겨울이 제 이름을 사정없이 외치고 있었지만 버들이 먼저 전화를 종료해 버렸다. 단호할 땐 단호해야 하는 법이라고 배웠다. 곧이어 메시지가 도착했다. 발신자는 당연히 겨울이었다. 세상에 존재하는 모든 하트가 알록달록하게 창 가득 채워져 있다. 가만히 바라보다가 버들이 옅게 웃음 지었다.

*　　*　　*

황 대표는 내비게이션이 예상했던 소요 시간보다 배가 걸려서 겨우 장어 전문점에 다다를 수 있었다. 표정이 좋지 못했다. 시뻘건 사인펜으로 굵직하게 원조, 자연산이라고 강조해 놓은 낡은 종이 간판을 단 다 쓰러져 가는 허접한 조립식 건물 앞에서 당연히 망설일 수밖에 없었다. 도대체 어딜 봐서 전통 있는 전문점이란 거야? 몸보신이 되는 거 맞아? 오히려 위생 문제로 먹었다가 탈만 생기는 거 아니야?

유 대표에게 전화를 걸어 따져 묻듯 확인할 수밖에 없었다. 자기들 식구들은 물론, 특히나 유 회장님이 연애 시절부터 더위에 약한 장 여사님의 여름철 몸보신을 위해 친히 방문했던 곳이라고 하니 그제야 안심이 됐다.

「뭐. 더 할 말 있어?」

「……끊어.」

버들이 다쳤단 말이 목구멍에 걸려 나오지 않았다.

「야. 윗물이 맑아야 아랫물이 맑지. 네가 싸가지 없이 끊으라고 하니까. 버들이가 그거 배워 가지고 걸핏하면 나한테 전화 끊으라고 하잖아.」

「그건 네가 전화비 아깝게 구니까 그런 거고.」

「뭐야. 지금 내 허락 없이 내 새끼 편드는 거야?」

「일단…… 전화 좀 끊어라.」

집에 오는 길도 헤맸다. 애초에 한 시간 삼십 분 정도 걸리는 거리를 태평하게 '근처'라고 대놓고 사기 친 유 대표를 내내 씹어 댔다.

*   *   *

"……어?"

뜻밖이다. 저 멀리서 황 대표의 차 엔진 소리가 들려올 때부터 심장이 마구 두근거렸다. 기대를 하게 되면 그 자체만으로 실망이 크니까 착각한 거라고, 애써 진정시키며 현관 앞에 앉아 있던 버들이 벌떡 일어났다. 그사이 마당에 황 대표의 차가 들어왔다. 가뜩이나 큰 버들의 눈이 놀라서 더 커졌다. 시선은 여전히 황 대표의 차에 꽂혀 있는 채로 다급히 엉덩이를 털었다.

오늘 안으로 집에 들어온다는 황 대표의 말이 사실일 줄은 몰랐다. 아주 당연히 새벽을 넘겨야지만 얼굴을 볼 수 있을 거라고 생각했다. 반가운 기색을 감추지 못하고 버들이 어쩔 줄을 몰라 했다.

차 안에 있는 황 대표와 버들의 눈이 마주쳤다. 시동을 꺼 놓고도 황 대표가 내리지 않았다.

……미쳤나. 해맑게 저를 보며 웃는 버들을 보자 어울리지 않은 짓을 한 게 아니라, 미친 짓을 저지른 기분이다. 마음이 순간적으로 비틀렸다. 조수석에 둔 장어와 만두를 잠시 노려봤다. 짐은 그대로 내버려 두고 황 대표가 차에서 내렸다.

"대표님."

버들이 쪼르르 다가왔다.

"저 기다렸어요?"

"아니요!"

"근데 왜 나와 있어."

"저 대표님, 안 기다렸어요. 정민이 기다렸어요."

"……"

현관문으로 걸음을 옮기던 황 대표가 잠시 멈칫했다. 물어본 적도 없는 걸 계속해서 버들이 나불거렸다. 원래 약속대로라면 내일 일찍 오는 건데요. 갑자기 전화가 와서 막차 타고 오는 중이래요. 그래서 잠깐 얼굴 보려고 기다리고 있었어요.

쳐다보자 버들이 움찔거렸다. 수작 부리고 있는 게 뻔히 보였다.

"나 안 기다린 거 맞아요?"

"저 대표님 안 기다려요. 평생 안 기다릴 거예요."

"……"

버들이 황 대표의 곁에 우물쭈물 붙었다.

"근데 대표님."

"……"

"어디 다녀오셨어요?"

"······."

"그냥 드라이브하다가 오신 거예요?"

"······."

"운전은 조심히 하셨어요?"

"······."

황 대표가 귀찮단 표정으로 한숨을 내쉬었다.

"나 기다릴 자격만 없는 거 같지? 넌 그런 거 일일이 나한테 물을 자격도 없어."

잠깐 멍했던 버들이 곧 수긍한다는 듯 고개를 열심히 끄덕거렸다. 여전히 방긋방긋, 해맑은 얼굴이었다. 어쨌든 버들에겐 지금 서로 얼굴을 보고, 같이 있단 게 가장 중요했다. 황 대표가 들어갈 수 있게 버들이 현관문을 잡아 주었다.

"대표님. 그러면 쉬세요."

"······너 어디 가는데."

문을 닫았던 버들이 황 대표의 목소리에 다시 벌컥 열어 얼굴을 쏙 들이밀었다.

"저 스승님 댁에 가요."

"거긴 왜."

"네? 그냥······."

나 안 기다리고 다른 사람 기다렸다면서, 내 얼굴 보자마자 볼일 끝났단 듯 다른 곳에 가겠단다. 셔츠 단추를 풀어 내리며 황 대표가 옅게 콧방귀를 뀌었다. 입만 열면 거짓말이다. 그런데 그럴싸한 노력조차 하지 않아 거짓말이란 걸, 초장부터 들켜 버리는 게 한심스럽다.

"너 들어와."

"……왜요?"

"약 어디에 뒀어?"

"아. 밖에요."

"가져와."

황 대표가 미간을 좁혔다. 아까 내려 주면서 들려 줬던 약이 왜 밖에 있어. 아침에 끓여 놓은 죽을 확인하기 위해 냄비 뚜껑을 열었다. 양이 그대로다. 그렇다는 건, 병원에 갔다 온 뒤로 약도 안 먹었단 뜻이다.

약봉지를 챙겨 집 안으로 들어온 버들이 눈썹을 찌푸렸다. 손을 씻고 나온 황 대표가 제 밥그릇에 죽을 퍼 담고 있었다. 이미 식탁 위에는 제 숟가락이 정갈하게 놓인 뒤였다.

"대표님. 제가 알아서 챙겨 먹을 게요."

쩔쩔맸다.

"약 먹었어, 오늘?"

"……."

그것 보란 투로 황 대표가 밥그릇을 숟가락 옆에 내려놨다.

"저 때문에……."

죽 끓여 주고 약 먹었는지 묻는 황 대표에게 미안했다.

"밖에 나가서 제가 알아서 잘 챙겨 먹을게요."

"씻고 나올 테니까 먹고 있어."

버들이 우물쭈물했다.

"왜? 너 내가 밥 먹으라고 다그친 게 하루 이틀 일이야?"

"멀쩡했을 때랑 아팠을 때 그런 거 달라요."

"뭐가 달라."

"아프니까……."

짐이 된 채 황 대표를 귀찮게 만드는 거 같았다. 병원에 안 데려가 주셔도 되는데. 머리도 진짜 감겨 줄 필요 없는데…….

황 대표가 잠깐 버들을 바라봤다.

"뭐 착각하나 본데."

느릿하게 황 대표가 입을 열었다.

"나한테 너는 그냥 지나가는 동네 개새끼 한 마리일 뿐이야. 내가 던진 돌에 맞아 다쳤고. 그래서 나중에 뒷말 나오지 않게 나을 때까지만 책임지는 건데. 넌 뭐 징그럽게 의미 부여하는 거 같다?"

냉담하게 돌아선 황 대표가 욕실 문을 닫을 동안 버들은 한 마디도 하지 못했다. 식어서 퉁퉁 부은 죽을 몇 수저 삼키고, 약도 챙겨 먹었다.

사선 방향에 자리를 잡고 앉아 잡지를 보고 있는 버들에게 황 대표의 시선이 스쳤다. 자리에서 일어난 황 대표에게 버들의 동그란 눈이 자동으로 달라붙었다. 차에서 짐을 꺼내 든 황 대표가 현관에서 비틀거리며 신발을 신고 있는 버들을 지나쳐 다시 집 안으로 들어왔다. 버들이 신발을 내팽개쳤다.

"이거 뭐예요?"

"……."

"먹는 거예요?"

버들이 코를 킁킁거렸다.

"너 주려고 사 온 거 아니야."

먹는 것에 버들의 호기심이 짧았다. 다시 잡지를 마저 봤다. 황 대

표가 냉장고에 장어와 만두를 집어넣었다. 버들이 마지막 페이지를
덮었다.

"대표님. 저 스승님 댁에 가 있을게요."

"……왜?"

"좀 졸려서요."

"……"

졸린데 왜 거길 간다는 거야. 여기서 낮잠, 잘만 자 놓고선.

"앉아. 너 조각하고, 그림 그리는 게 일 전부가 아니잖아."

옆의 의자를 황 대표가 꺼냈다. 작게 나오던 하품이 쏙 들어갔다.
황 대표의 옆자리에 버들이 냉큼 앉았다. 버들이 볼 수 있게끔 황 대
표가 노트북을 밀어 줬다. 꼭 지금 끝내야 할 일은 아니었지만 마우
스도 건넸다. 시나리오를 보며 둘이서 이야기를 주고받았다. 화면에
바짝 집중해 있는 버들의 기다랗고 촘촘한 속눈썹과 동그란 코끝,
색이 고운 입술에 저절로 시선이 머물렀다.

"이거 뜻, 뭐예요?"

"……뭐."

버들의 손가락은 화면 어딘가를 콕 짚었지만, 황 대표는 버들의
얼굴만 쳐다봤다. 돌아오는 대답이 없자 큰 눈을 순하게 깜박거리며
버들이 황 대표를 마주 봤다.

"대표님?"

황 대표가 뒤늦게 화면을 확인하고 뜻을 말해 줬다. 두 시간이 금
방 지나갔다. 버들의 마른 목덜미에 은근히 얼굴을 기울였다. 버들이
사용하는 로션 냄새가 은은하게 풍겨 왔다. 냉장고 속에 둔 장어와
만두 생각이 내내 머릿속을 떠나지 않았다.

"······배고파?"

"저요? 아니요. 대표님 배고파요?"

"아니."

속으로 탄식했다. 배고프다고 하면 사 온 걸 꺼내 놓을 수 있을 거 같은데 버들이 눈치 없이 생글거렸다. 두 시간이 더 훌쩍 지났다. 얼추 시나리오에 관련된 업무가 마무리됐다. 창밖으로 날이 저물고 있었다.

"너 저녁 먹어야 돼."

"아, 저 약속 있어요, 대표님. 식사 꼭 챙겨 드세요."

그때였다.

"유버들."

바깥에서 정민의 목소리가 들렸다.

"지금 나갈게!"

크게 아는 척을 한 뒤 버들이 자리에서 일어났다. 황 대표가 버들을 잡았다.

"너 잘 땐 여기 와서 자."

"······저는 괜찮은데."

"내가 말했잖아. 나 때문에 다쳤고, 거기서 뒷말 나오는 거 싫다고."

"저 다친 거 대표님 탓 절대로 안 해요."

정민이 다시 버들의 이름을 불렀다. 뒤도 돌아보지 않고 버들이 홀랑 나가 버리자 황 대표가 인상을 찌푸렸다.

"너 다쳤어?"

인사를 건넨 버들에게 정민이 인상을 쓰며 걱정했다.

"인대 살짝 늘어난 거래. 금방 괜찮아진대."

어디로 이동하는지 둘의 대화가 점점 멀어지면서 들렸다.

"밥은 먹었어?"

"나 그거 먹고 싶다. 사러 갈래?"

"뭐? 뭐가 먹고 싶은데?"

황 대표가 자리에서 일어났다.

"탄산수."

"야. 그거 우리 할아버지 집에 있어. 가자."

"내가 마셔도 돼?"

"돼. 돼."

약도 먹어야 되는데. 밥을 먹으라고 해야지 탄산수를 왜 먹여. 듣고 싶지 않은데도 소리가 다 흘러들어 왔다. 짜증이 났다.

저녁 즈음 혼자 산책길을 나선 황 대표가 어느 포도밭 앞에서 버들을 발견했다. 인상을 쓴 채 황 대표가 그쪽으로 다가갔다. 말없이 버들의 손에 들린 소주잔을 뺏어 치웠다. 옆에 쓰러진 정민을 피해 황 대표가 버들을 데리고 술판에서 빠져나왔다. 그러는 와중에도 버들이 주변 어른들에게 꾸벅꾸벅, 인사를 했다. 조그마한 얼굴이 발갛다. 손에 깁스까지 한 꼴을 보고도 술을 먹이다니. 반대로 손에 깁스까지 해 놓고선 술을 처받아 마시다니. 대체 무슨 정신머리들인지 모르겠다.

"대표님."

손목이 잡혀 비틀거리며 버들이 그를 따라갔다. 집에 데려온 버들을 자리에 앉힌 뒤 황 대표가 차가운 물을 따라 줬다. 곱게 버들이 꼴깍거리며 마셨다.

"약은."

"밥도 먹고 약도 먹었어요."

왠지 혼날 거 같다. 버들이 황 대표의 눈치를 살폈다.

"약술이라고 해서 마셨어요. 약초 많이 넣고 오래 묵인 술이라, 상처에 도움 된다고 해서요. 정민이도 그거 먹고 아픈 거 나은 적 있대요. 그리고 저 딱 한 잔밖에 안 했어요."

황 대표가 한숨을 내쉬자 버들이 움츠러들었다.

"먹어."

황 대표가 냉장고에서 장어와 만두를 꺼냈다. 막 사 왔을 때 먹었어야 했는데. 식어 빠져 별로 맛도 없어 보인다.

버들이 큰 눈을 깜박거리며 황 대표의 움직임을 좇았다. 뭔가를 먹고 싶진 않았지만 앞에서 황 대표가 보고 있으니 하는 수 없었다. 버들의 젓가락이 정확히 장어 꼬리를 집었다. 익숙한 맛이다. 어디서 사 왔는지 물을까, 하다가 그런 분위기가 아닌 거 같아서 관뒀다. 만두도 먹었다. 단무지가 엄청나게 많다.

버들이 젓가락을 내려놨다.

"다 먹은 거야?"

"대표님은 안 드세요?"

"난 됐어."

식사를 마치고는 정해진 수순처럼 함께 욕실로 갔다. 씻겨 주는 대로 버들이 얌전했다. 술기운이 서서히 올라오는 탓인지 눈꺼풀이 절로 느려졌다.

"대표님. 제가 대표님 얼굴이랑 몸이면……."

조금 흥미를 당기는 서두였다.

"왜 말을 하다가 말아."

"그렇게 안 살았을 거예요."

"그렇게 안 살았단 게 뭔 말이야."

"군대에 다섯 번은 가고……."

주정뱅이가 술에 취해 헛소리를 장황하게 늘어놨다. 버들의 머리를 감겨 준 다음 황 대표가 욕조 안으로 손을 집어넣었다. 거품과 함께 물이 서서히 사라졌다. 버들이 자리에서 일어나 마저 씻었다. 노곤하다. 황 대표가 꺼내 준 옷을 입던 중 버들이 콧잔등을 찌푸렸다.

"대표님. 저 바지 없어요."

"그것만 입어. 어차피 그거 너한테 길잖아."

"……이것만 입고 스승님 댁에 어떻게 가요."

"요령껏 가 봐."

"……."

기운 없이 버들이 한숨을 폭 내쉬었다. 황 대표의 사이즈라 확실히 티셔츠의 기장은 길었지만, 달랑 이것만 입고 요령껏 집 밖을 어떻게 나가란 건지 모르겠다. 아무리 밤이라 보는 사람이 없어도 그렇지. 빌려준 새 속옷도 황 대표 것이니 당연히 컸다. 주춤거리며 문밖을 나오자 이불이 미리 깔려 있었다. 다행이다. 버들이 후다닥 그속을 파고들었다. 여기서 자면 안 될 거 같은데……. 피곤함에 짓눌려 누운 채 길게 기지개가 켜졌다.

"너 로션 안 발라?"

식탁에 앉아 있던 황 대표가 턱 끝으로 로션을 가리켰다.

"던져 주시면 안 돼요?"

"와서 가져가."

냉랭하다. 노트북을 들여다보고 있는 황 대표가 다행히 자신한테
는 전혀 관심이 없어 보인다. 살금살금, 근처로 다가간 버들이 로션
을 집어 들고 이불로 돌아갔다. 버들의 뒷모습을 황 대표가 노골적
인 시선으로 훑었다. 움푹 파인 아킬레스건, 길게 뻗은 종아리, 하얀
허벅지, 어깨뼈, 귓불, 목……

새벽이 깊어졌다. 핸드폰에 진동이 울리면서 메시지 도착을 알렸
다. 잠깐 눈가를 손끝으로 지압하며 황 대표가 핸드폰 화면을 밝혔다.

[곧 한국 들어가. 아버지가 부르셔서.]

발신자는 이복 누나, 혜주였다. 'H' 자수를 직접 새겨 수첩을 선물
했던. 곧바로 어지럽혀진 생각들을 정리해야 하는데, 그럴 수가 없었
다. 황 대표가 핸드폰을 내려놨다. 이불을 걷어 그 속에서 끙끙 앓는
버들을 들여다봤다. 식은땀으로 축축한 버들의 이마가 불덩이다. 미
리 챙겨 놓았던 해열제를 삼키게 했다. 동그랗게 몸을 만 채 버들이
자꾸 배 쪽으로 손을 가져갔다. 습관처럼 배꼽을 찾는 건 아닌 것 같
았다.

"어디가 아파?"

"……"

"속?"

"……"

"그러니까 술을 왜 처마셔."

"……."

황 대표의 큰 손이 버들의 배를 오랫동안 어루만졌다. 웅크렸던 몸이 살짝 펴지자 황 대표가 버들을 안아 소파로 데려갔다. 매일 밤 이렇게 재우다 보니, 가슴팍에 기대어 오는 무게가 이제는 익숙하다. 버들의 접힌 무릎이 혹시나 불편할까 살펴보고, 고개 방향을 틈틈이 바꿔 주었다. 차분해진 버들의 호흡과 제 호흡의 속도가 맞춰졌다.

「정우야. 집에 오면, 네가 안 보였으면 좋겠어.」

낳아준 자가 불행하게 죽었단 소식에 황 의원은 혜주를 거둬들였다. 외도로 낳은 자식을 집안에 들였던 건, 그때까지 어머니의 임신 소식이 없었기에 불가피한 선택이었다. 그런데 딱 그해, 힘들다고 이제는 포기하라고 했던 임신이 됐다. 그렇게 자신이 태어났다. 육아랄 게 없었다. 낳은 걸로 끝이었다. 그러니 칠 년 차의 혜주가 거의 정우를 업어 키울 수밖에 없었다.

항상 피아노 치는 소리가 집안을 채웠다. 고왔던 혜주의 손가락이 지금도 생생하다. 돌이켜 보면 옆에 앉아 그걸 쳐다보는 게 어린 정우의 일상의 전부였다. 정우가 크면 클수록. 자라면 자랄수록. 혜주는 동생 때문에 버려질 순간을 걱정하며, 겁을 먹고 있었다. 거의 강박증처럼.

좋아한단 말은 하지 못했다.

좋아한다고 제 마음을 드러낸 순간, 돌아올 경멸이 충분히 예상이 되었으니까.

"……아파."

황 대표가 흐느끼는 버들의 등을 쓰다듬었다. 더 편하게 저한테 기대 오는 버들의 목덜미에 황 대표가 가만히 입술을 묻었다. 동성을 좋아해서. 좋아한단 그 상대에게 멸시당하면서. 재차 좋아한다고 마음을 기꺼이 열어 보이며, 그 자리에서 꼿꼿하게 버텨 내는 꼴통새끼가 지금도 여전히 미련스럽고, 멍청해 보인다.

잠들었던 황 대표가 깨어났다.
"돌아 버리겠네……."
서로 꼭 맞닿아 있는 아랫배를 바라본 황 대표가 인상을 썼다. 한숨을 내쉬며 동시에 고개를 뒤로 젖혔다.
……장어 꼬리 괜히 먹었나 보다. 어차피 쓸 데도 없는데.
고작 한 줌뿐인 버들의 성기가 윤곽을 드러내며 서 있었다. 바지를 입힐 걸 그랬나. 날이 밝으면서 바깥이 환해졌다. 버들의 이마를 짚어 보니 열이 내려 체온이 서늘하다. 조심히 황 대표가 버들을 이불에 옮겨 눕힌 뒤 씻고 나왔다. 약 따위를 정리하는데 버들이 일어났다. 일부러 관심을 두지 않았다. 두리번거리던 버들이 벌떡 일어나 욕실로 뛰어 들어갔다.

*　　*　　*

"이게 다야?"
버들이 고개를 끄덕였다. 황 대표가 버들의 옷가지를 넘겨받았다. 빗속에 처박혔던 상자는 이미 버려 버렸고 옷만 새로 빨아 말려 놓았다. 방에 두면 메주 냄새가 스밀까 빨랫줄에 그대로 걸어 놓은 상태였다.

"더 있지 않았어?"

"……아닌데."

황 대표가 집 뒤로 향하자 화들짝 놀란 버들이 더 빠르게 움직였다. 여우다, 여우. 더 있단 건 어떻게 아셨대. 새빨개진 얼굴로 버들이 숨겨 놓은 속옷을 휙휙, 걷어 품속에 감췄다.

"대표님. 그런데요. 저 스승님 댁에서 계속 자도 돼요."

황 대표가 걸음을 우뚝 멈췄다.

"넌 걸핏하면 집 나간다는 못된 버릇을 어디서 배워 온 거야."

걸핏하면 집 나가라고 했던 황 대표가 양심 없이 굴었다. 버들이 빤히 황 대표의 얼굴을 쳐다봤다.

"대표님."

날이 좋았다.

"우리 앞으로 싸우면……."

뭘 싸워. 내가 너랑? 항상 먼저 사고 쳐 놓고선.

"싸우면, 화해해요."

기가 막혀서 헛웃음이 켜졌다. 옆에서 버들은 계속 진지했다.

"제가 항상 먼저 화해할게요."

"……."

"받아 주기만 하세요."

"……."

"네? 대표님."

"……."

"우리 사이좋게 지내요."

주례사가 할 말을 잘도 종알거리면서 버들이 눈을 접고 웃었다.

덜떨어져 보였다. 산책 후 식사를 끝냈다. 특별할 것 없지만, 나른한 오후였다.

버들이 약속했던 장소에 먼저 나가 기다렸다. 이윽고 자전거를 두 대를 질질 끌고 정민이 나타났다.

"나 자전거 못 타······."

버들이 고했다.

"야. 너 전에 술 마실 때 자전거 서서도 잘 탄다면서."

"술 마시고 취한 상태로 무슨 말을 못 해?"

"야. 씨."

결국 정민이 홀로 펼치는 방정맞은 자전거 묘기를 멀거니 바라보며 버들이 담배를 피웠다.

"뒤에 타 볼래?"

"······아니."

"왜. 뒤에 타 봐."

망설이다가 끝끝내 버들이 고개를 저었다.

"넌 형도 많다면서 자전거도 하나 못 배웠냐?"

"······나 몸 많이 움직이는 거 안 좋아해서 그래. 형들은 가르쳐 주려고 했었어."

"몸 움직이는 거 왜 안 좋아하는데?"

의아한 투로 정민이 물었다.

"······그냥."

"넌 별게 다 '그냥'이더라?"

"······."

몸 많이 움직여서 심장이 뛰어 대면 덜컥, 겁부터 나는데 황 대표를 보면서 심장이 뛰어 대면 그건 날아갈 것 같다.

정민과 헤어지고 집으로 돌아온 버들이 약부터 챙겨 먹었다.

"대표님. 자전거 타실 줄 알아요?"

어디 가서 뭘 했고. 뭘 보고 왔는지 버들이 재잘재잘 수다를 떨었다. 버들의 수다 끝은 언제나 '저랑 같이 가 볼래요?' 혹은 '저랑 같이 먹어 볼래요?'였다. 대꾸 한 마디 없던 황 대표가 고개를 들었다. 맞은편에 앉아 있는 버들을 물끄러미 바라봤다.

"너 색연필 어디다 뒀어?"

버들이 가방을 열어 색연필을 꺼내 왔다. 철제 케이스가 덜컹거린다. 황 대표가 무심하게 눈길을 거두었다.

"새로 사 줄게."

"저 집에 새거 많아요. 형들이 많이 사 줬어요."

망가진 색연필을 버들이 다시 가방 속에 챙겼다. 황 대표에게 빌린 종이에 버들이 볼펜으로 뭔가를 끼적거렸다. 해바라기 한 송이가 커다랗게 그려졌다.

"그거 색칠 안 해?"

"색연필이……."

"집에 가기 전에 필요하겠네. 색연필."

딱히 할 말을 찾지 못해 입술을 오물거리면서, 버들이 황 대표를 힐긋거렸다.

"색연필, 멀쩡한 거 하나 있긴 있는데……."

"……어디."

예전에 황 대표가 색연필을 던졌을 때 노란색 색연필이 장식장 좁은 틈 속으로 굴러들어 가 버렸다. 우물쭈물하는 버들에게 황 대표가 다시 한 번 어디에 있나고 물었다.

기어가는 목소리로 뱉어 낸 버들의 말을 따라 황 대표가 장식장을 옆으로 옮겼다. 원목 소재라 언뜻 봐도 무거워 보이는 장식장이었다. 황 대표의 등 뒤에서 버들이 다리만 굴렀다. 제 색연필을 꺼내는 건데 하필 손이 다쳐 아무런 도움이 되지 못했다. 노란색 색연필을 주워 든 황 대표가 굽히고 있던 허리를 폈다. 그리고 뒤를 돌았다.

석양이 지고 있었다. 손톱, 속눈썹, 입술…… 버들이 온통 따스한 황금빛으로 물들었다. 순간 시간이 천천히 흘러가는 듯한 착각이 일었다.

황 대표가 건네주는 색연필을 버들이 웃으며 받았다. 문득 마주친 시선에 버들의 눈이 가만히 깜박거렸다. 무심코 황 대표가 버들의 얼굴로 팔을 뻗었다. 보드레한 볼을 쓱 만져 보았다. 녹아내릴 것처럼 부드러웠다. 갑작스러웠던 접촉에 버들의 어깨가 흠칫거렸다. 황 대표가 만지고 지나간 제 뺨을 버들이 손바닥으로 감쌌다. 왜요? 낮게 이유를 물었지만, 황 대표가 잠잠했다. 황 대표의 서늘한 눈동자가 버들의 몸을 느릿하게 옮겨갔다. 움푹 파인 쇄골. 하얀 목덜미. 오밀조밀한 이목구비……

남자라서 외면했지만, 처음부터 버들은…… 예뻤다.

* * *

"이거 하면 돼?"

"네! 정각에 클릭해야 돼요."

버들이 초조한 얼굴로 기다렸다. 정각이 되자마자 황 대표가 마우스를 클릭했다. 잠시 멈칫거렸던 화면이 곧 정상으로 돌아왔다. 수강 신청을 황 대표가 대신 해 줬다. 덕분에 버들은 원하는 교양 수업을 전부 듣게 됐다.

"정민아. 난데. 아 진짜? 너도?"

기쁘게 전화하는 버들에게서 황 대표의 눈이 떨어질 줄 몰랐다.

*　　*　　*

그림에 이어 조각이 얼추 마무리됐다. 이른 아침부터 황 대표의 뒤를 버들이 어미 닭 쫓는 병아리처럼 쫓아다녔다. 목마른 사람이 우물을 판다고 그랬다. 잘했단 말이 고팠다. 칭찬해 달라며 아닌 척, 버들이 열심히 우물을 파는 중이었다.

"대표님. 이거 쉬운 거 아니에요. 근데, 스승님이랑 제가 날짜 맞춘 거예요."

"……."

"다른 사람이었으면, 아마 못 했을걸요?"

"……."

"제가 스승님이랑 호흡도 좋고. 가르쳐 주는 거 빨리 배우고 그래서, 할 수 있었던 거예요."

"……."

"저 조각 뭐든 잘해요."

"……."

"제가 어렸을 때부터……."

아. 시끄러워. 소파에 앉아 태블릿 화면을 넘기던 황 대표가 정면에 서 있는 버들을 쳐다봤다. 눈빛이 매서워 버들이 입을 꼭 다문 채 움찔거렸다. 인상 쓴 얼굴로 황 대표가 태블릿을 한쪽에 내려났다.

"뭐 어쩌라고."

"아니에요……."

버들이 시무룩해졌다. 황 대표를 잘 볼 수 있는 위치에 자리를 깔고 앉았다. 잡지를 보고 있기는 하나 번번이 황 대표에게 넋이 빠졌다.

꼬고 있던 다리를 황 대표가 풀었다. 자기 딴에는 몰래 훔쳐보는 거겠지만, 따라붙는 버들의 시선이 간지러웠다. 시선이 마주치기 직전 버들이 잡지를 눈높이에 맞춰 들더니 제 얼굴을 그 뒤로 숨겼다.

싫다는데.

징그럽다고 하는데.

겁 대가리 없이, 자존심 다 뭉개 가며 도리어 마음을 더 크게, 크게 부풀리는 버들이 어떤 의미로…….

황 대표가 길게 한숨을 내쉬었다. 혜주에게 어떤 답장도 못 하고 있었다.

"고생했어."

숨을 헉, 들이켠 버들의 눈이 동그랗게 커졌다. 잡지에 얼굴을 파묻었다. 좋아 죽을 것 같다.

"얼굴 보여 줘."

"……왜요?"

눈까지만 빠끔히 보이도록 버들이 잡지를 내렸다. 거울을 통해 확인하지 않아도 새빨개진 제 얼굴이 느껴졌다. 부끄러웠다.

"소원 딱 하나만 들어줄게."

"소원이요?"

"딱 하나야. 잘 생각해."

"······대표님이랑 할 수 있는 거요?"

"어."

버들이 얼른 입을 열었다.

"그럼 궁에 가요."

한심하다.

"소원 딱 하나라니까."

"······."

"어떤 것도 된다고. 딱 하나."

머리 굴리는 게 다 보였다. 그렇지만 저 속에 담긴 것들은 별로 신통하진 않을 게 뻔했다. 우물쭈물, 달싹거리는 버들의 입술이 도톰하다. 황 대표가 비스듬히 고개를 기울였다.

"와서, 키스해."

버들의 깜박거리는 눈이 그대로 멎었다. 침이 아프게 목구멍을 휘젓고 넘어갔다.

"······네?"

"와서 키스하라고."

"······."

쥐도 못 먹는 버들을 황 대표가 차분히 기다렸다. 이리저리 방황하던 버들의 눈이 황 대표에게 겨우 고정됐다.

"······그래도 돼요?"

빼지 않는다. 황 대표가 바람 빠진 소리를 내며 짧게 웃었다.

자리에서 일어난 버들이 휘청거렸다가 이내 중심을 잡았다. ······

소원. 지금 꿈을 꾸는 건가? 현실감이 뒤떨어졌다. 어찌할 바를 모르겠다. 심장은 이미 제어하기 어려울 정도로 미친 듯이 널뛰고 있었다. 버들이 주춤거리며 서서히 황 대표와 거리를 좁혔다.

"……"

"……"

황 대표가 느릿하게 고개를 한쪽으로 기울였다.

"눈……"

"……"

"감으셔야 돼요. 키스할 때……"

섹스를 영상으로 배워 놓고 별걸 다 챙기려 들었다. 순순히 황 대표가 눈을 감아 줬다. 버들이 입술을 꾹 깨물었다가 놓았다. 모든 열이 머리꼭지로 모여 드는 것 같았다. 아래를 보지 않고 걸음을 뗐던 탓에 하마터면 황 대표의 발등을 밟을 뻔했다. 화들짝 놀라 물러나려던 버들이 비틀거렸다. 그러는 와중에도 황 대표의 감긴 눈꺼풀은 잠잠했다. 질끈 눈을 감은 채, 버들의 고개가 서서히 다가갔다.

황 대표의 윗입술과 버들의 아랫입술이 맞닿았다. 전기에 감전되는 줄 알았다. 버들이 얼른 고개를 뗐다. 시간상으로 1초도 되지 않은, 아주 짧은 찰나였다. 황 대표의 눈이 뜨였다. 그 앞에서 숨을 헐떡거리는 버들이 보였다.

"……감사합니다."

허리를 숙이며 인사한 버들이 신발도 신지 않은 채 현관을 나갔다. 햇볕이 강했다. 부는 바람을 타고 나부낀 나뭇잎들이 싱그럽게 빛이 났다. 다리가 풀려 얼마 걷지 못했다. 벽을 타고 마른 몸이 주르륵 흘러내렸다. 더듬거리며 입술을 만져 봤다. 손끝을 통해 화끈거리는 게 느껴졌다. 꿈만 같다. 어디서 설움이 몰려들었다. 왈칵, 눈물이 날 거 같았다.

그때였다. 눈앞에 그림자가 졌다. 황 대표가 버들의 손목을 잡고 억지로 일으켜 세워 벽에 밀어붙였다. 큼지막한 손이 버들의 여린 뒷덜미를 감쌌다. 뭐라고 말을 꺼내려던 것도, 흐트러졌던 숨결도 황 대표에게 그대로 삼켜졌다. 처음 버들의 아랫입술을 부드럽게 머금었던 황 대표가 더 깊숙이, 성이 난 채 파고들었다.

귓가에 스치는 모든 것들이 소란스러웠다. 그게 점점 아득해졌다. 예민한 입안 점막을 황 대표의 혀가 끈적끈적하게 달라붙어 헤집을 때마다 머릿속이 온통 꿀로 절여졌다. 바들바들 떠는 손으로 겨우 황 대표의 팔을 붙잡았다. 버들의 애처로운 손가락이 구부러졌다. 살짝 입술을 뗄 공기를 주고 황 대표가 미끄러지듯 입맞춤을 반복했다. 날씨는 맑은데 소나기가 퍼부어 발바닥까지 척척하게 젖어 버린 기분이 든다. 둥근 입천장이 황 대표로 가득 채워졌다. 온몸이 녹진하게 풀렸다.

14. 성글게 녹아 (2)

겹치고, 비벼지고, 부딪히고, 스치고, 깨물고. 욕심내며 진득하게 물고 있던 버들의 아랫입술을 서서히 놓아줬다. 바람이 불었다. 감긴 눈 그대로 축 처져 버린 몸뚱이가 새삼 참 많이 말랐다. 꺾이듯 접힌 버들의 한쪽 무릎이 바닥에 닿기 직전, 황 대표가 안아 들었다. 집 안으로 옮겨 가만히 이불 위에 눕혔다. 부엌과 거실, 서로 그만큼의 거리가 벌어졌다. 측은할 정도로 파르르 경련하던 손끝과 불안정하게 헐떡이던 호흡은 긴 시간 뒤에야 진정됐다. 어둠이 짙게 깔렸지만 불을 켜지 않았다. 아무것도 하지 않은 채 황 대표가 잠이 든 버들을 물끄러미 쳐다봤다.

날이 새도록.

　　　　　*　　　*　　　*

　제 스승님 댁에 가겠다며 뛰쳐나간 버들이 반나절을 넘겨서 돌아
왔다. 밥 먹었어요! 정확히 30분 뒤에 약도 챙겨 먹었어요! 깁스에
물 안 들어가게 먼저 비닐로 싸맨 다음 최대한 조심히 씻었어요! 로
션도 발랐어요! 묻지도 않은 걸 웅변하듯 크게 나불거린 버들의 수
다가 드물게 짤막했다. 그 후 미묘하게 바닥에 깔려 있는 정적이 느
껴졌다. 환기를 위해 열어 둔 창문으로 단조롭게 들려오는 풀벌레
울음소리가 전부다. 노트북 화면에서 황 대표가 기어이 고개를 돌렸
다. 미간이 옅게 찌푸려진다. 대체 저게 뭐 하는 짓인가, 싶다.

　"너 뭐 하는데."

　"공부해요."

　"무슨 공부. 너 영화 잡지 보고 있는 거 아니야?"

　"저한테는 그게 공부하는 거예요."

　말대꾸만큼은 평소와 다름없다. 황 대표가 턱을 괬다. 감겼다가 뜨
이는 눈꺼풀에 권태로움이 담겼다. ……공부? 어설프다. 내 딴에도
속아 넘어가 줄 수 있는 선이란 게 있는데 나름 고르고 골랐을 버들
의 핑계는 그 수준에 한참 모자랐다. 어이가 없어서. 헛웃음이 켜지
다가 말았다. 함께 산 지 몇 주다. 식탁에 오지 않는 한, 평소 잡지를
보는 버들의 모습은 벽에 등을 기대고 앉은 채였다. 그게 가장 편할
자세일 테니까. 어쨌든 잡지는 버들에게 구실일 뿐이었다. 힐긋힐긋
저만 훔쳐보기 바쁜 버들을 진작 파악한 뒤였다.

　"불편하게 공부를 왜 그렇게 해."

　"……저는 하나도 안 불편해요."

"왜 벽 보고 앉아 있어. 기대."

"이게 제가 공부할 때 집중하는 방법이에요."

벽을 향해 돌아앉은 버들의 뒷모습이 참 무방비하다.

"너 공부 못하잖아. 멍청해서."

"……아니에요. 저 공부 잘해요."

황 대표의 시선이 얇은 티셔츠 바깥으로 툭 튀어나와 있는 버들의 어깨뼈에서 팔꿈치로 완만히 이어졌다. 어느 순간부터, 아니. 정확히 혀를 섞은 뒤 줄곧 보고 있는 게 버들의 등짝이었다. 서로 얼굴 못 본 지 벌써 몇 시간이나 흘렀다.

'소원'에 대해선 암묵적 합의를 거친 것처럼 누구 하나 말을 꺼내지 않았다. 그게 황 대표 입장에선 의외였으며, 계속 신경 쓰이는 부분이었다. 사실 다음 날 버들이 '왜 뒤따라 와 자신과 키스했는지' 꼬치꼬치 캐물어 댈 걸 예상했었다. 미리 귀찮아서 치를 떨었건만. 예상과 달리 버들은 최선을 다해 저를 피하는 중이었다. 느릿느릿, 황 대표가 손가락으로 식탁 위를 건반처럼 두드렸다. 아무렇지 않은 척, 의식 안 하는 척 굴고 있지만……. 버들의 붉어진 귓불이 눈에 확 띄었다.

"유버들."

이름만 불렀을 뿐이었다. 놀란 버들의 어깨가 흠칫 떨렸다. 마치 희대의 파렴치범이 된 거 같아 황 대표의 미간이 좁혀졌다. 알아서 피해 주니 귀찮지 않아 편해야 하는 게 맞는데 이상하게 거슬렸다.

"너 이리 와 봐."

"……저요?"

황당하다.

"그럼 여기에 너 말고 또 누가 있는데."

잡지를 내려놓고도 버들이 한참 미적거렸다. 드디어 거리를 좁혀 오기 시작한 버들의 고개가 푹 숙여진 채다. 앞머리가 쏠려 얼굴이 보이지 않았다.

"옆에 앉아."

버들이 의자 위로 슬쩍, 엉덩이를 붙였다. 또 등을 보인 채다.

"뭐 해. 너."

"……의자에 앉았는데요."

"말대꾸 계속 그렇게 할 거야?"

목소리에 짜증이 섞였다.

"말대꾸가 아니라……."

"누가 그렇게 앉으래."

"……앉으라고 하셔서 앉았는데."

"나 보고 앉아."

무심히 말을 툭 자르며 황 대표가 바라는 걸 요구했다. 버들이 울상을 지었다. 좋아하기 때문에 특별할 수밖에 없는 황 대표 앞에서 그저 그런 형들에게 하는 것처럼 고집을 피운다거나 버텨 내는 건 애초에 무리였다. 어쩔 수 없이 황 대표와 마주 볼 수 있게 돌아앉기 전, 버들이 잊지 않고 심호흡을 했다.

"너 뭐 사고 쳤어?"

"아니에요. 저 되게 얌전히 놀다가 왔어요."

"근데 왜 내 눈을 못 봐."

"볼 수 있어요. 대표님 눈."

"그럼 고개 들어."

키스 후, 처음 둘의 눈이 부딪혔다. 나른한 표정이었던 황 대표가 헛바람을 들이켰다. 정면을 향해 고개를 들긴 했으나, 버들이 야무지게 제 입술을 손바닥으로 가리고 있었다. 기가 찬다. 혹시 또 입맞춤이라도 할 줄 알았나. 밑도 끝도 없이 방어적인 꼴통의 태도가 같잖았다. 버들이 눈을 깜박였다. 눈망울이 순하다.

저랑 가깝다고 바짝 움츠러든 어깨와 버들의 팔에 돋아난 소름이 계절과 겉돌고 있었다. 우스웠다. 사내놈의 입술을 가르고 먼저 혀를 집어넣은 건 헷갈릴 것도 없이 분명히 자신이었지만, 피부로 스며든 여름은 여전히 질척거렸으며 더웠다. 안심이 됐다. 약간 고개를 기운 황 대표의 표정이 나른하게 풀렸다. 버들과 달리 자신의 세상은 키스 후에도 뒤집히지 않았다. 늘 그랬듯 평탄했고 무미건조한 것 역시 그대로였다.

"손 떼. 내가 떼?"

머뭇대던 버들이 입술을 가리고 있던 제 손을 천천히 내렸다. 동시에 여유롭던 황 대표의 얼굴이 조금 굳었다. 방금까지 멀쩡하던 머리가 살짝 지끈거렸다. 위아래, 특히 아랫입술이 표가 나게 통통 부어 누가 봐도 버들이 전날 뭘 했을지 충분히 짐작할 수 있는 꼴이었다. 그것도 애먼 쪽으로.

"너 그러고 돌아다녔어?"

버들이 끄덕거렸다.

"입술 가리고?"

"밖에서는 안 가렸는데요."

"밖에서 가렸어야지 왜 나한테 가려."

황 대표가 이어 물었다.

"밖에 나가서 혼자 놀았어?"

"아니요. 사람들 만났는데……."

"노인네들?"

버들이 다시 끄덕거렸다.

"너 입술 보고 그 사람들이 뭐라고 안 해?"

"했어요. 입술 왜 그러냐고……."

"넌 거기다 대고 뭐라고 대답했어?"

"모기가 물었다고 했어요."

모기 같은 소리하고 자빠졌네. 양쪽 볼이 저렇게 토실토실한데 모기면 차라리 먹을 거 많은 얼굴을 물었겠지. 입술은 무슨. 차라리 닥치고 있던가. 고리타분한 노인네들이라 그냥 수긍하고 넘어갔을 거 같지만 그래도 걸린다.

"혹시……."

"네? 혹시, 뭔데요?"

"사람들이 너랑 나랑 같이 사는 거 모르지?"

버들이 제 스승님 댁에 사는 거라고 생각하는 사람들도 많을 거 같다.

"이 동네 사는 사람들 중에서 대표님이랑 저랑 같이 사는 거 모르는 사람 한 명도 없어요."

볼펜을 집으려던 황 대표의 손이 순간 삐끗했다.

"……너랑 나랑 같이 사는 거 모르는 사람이 없대?"

"없어요. 다 알아요, 다."

잠시 침묵했다. 통통 부은 걸로 모자라 핏기가 좀 올라와 있는 버들의 아랫입술을 지그시 내려다봤다. 황 대표가 버들의 턱 아래를 엄지손가락으로 약하게 당겨 입술을 벌리게끔 했다.

"……아팠어?"

냉큼 버들이 고개를 가로저었다.

……다정했다, 방금 황 대표님이. 엄청 다정한 목소리로 아팠냐고 저에게 물었다. 심장이 요동치기 시작했다. 몸을 비틀어 버들이 황 대표의 손을 피했다.

"저 나갔다 올게요!"

버들이 의자가 밀릴 정도로 벌떡 일어났다. 그러고 어딜 나간다는 거야. 대체.

"그리고 노파심에 말씀드리는 건데요. 저, 대표님이랑 키스한 거 하나도 기억 안 나요. 별로 좋지도 않았고 다 까먹었어요."

……그러니까, 차라리 입을 닥치고 있으라고.

"너 어디가."

"멀리 안 나가요."

"그럼."

"정자에 있을 거예요. 바람 쐬면서."

미처 잡기도 전에 버들이 후다닥, 뛰쳐나갔다. 내뱉은 말 전부가 거짓말은 아니었다. 창문 밖으로 정자에 앉아 있는 버들의 모습이 훤히 내다보였다. 멍해 있는 게 제대로 넋이 나간 채다. 황 대표의 시선이 고정됐다. 얼마나 지났을까. 버들이 불쑥 주머니에 꽂고 있던 손을 꺼냈다. 자기 입술을 한참 동안 만지작거리더니 손끝을 입안에 넣어 혀도 톡톡 두드려 본다. 회상하고 있는 게 분명했다. 황 대표가 인상을 썼다. 키스 한 거, 기억이 안 나?

골 때린다. 진짜.

*　　*　　*

장이 섰다. 골목마다 소란스럽다. 나란히 산책하던 버들이 의도적으로 걸음을 늦췄다. 황 대표의 널따란 등이 황홀하다. 흐려지는 정신을 억지로 붙들었다. 사람들로 붐비는 걸 싫어해 잔뜩 예민하게 굴면서도, 여기서 때때로 황 대표가 저를 챙겨 줬었다. 얼굴에 묻은 뭔가를 닦아 주기도 했었고. 엉킨 앞머리를 정리해 주기도 했었다. 버들이 까만 핸드폰 액정에 제 얼굴을 이쪽저쪽 비춰 봤다. 집에 있다가 나와 티끌 하나 없이 깨끗한 얼굴과 잘 보이고 싶어 빗은 지 얼마 안 돼 단정한 머리카락이 마냥 아쉽다. 입술을 삐죽거렸다.

황 대표를 뒤따라 걷기 잠깐이다. 핸드폰을 가랑이 사이에 끼운 버들이 제 머리카락을 사정없이 뒤섞었다. 숱이 많아서 쉽게 엉망이 됐다. 무심코 뒤를 돌아본 황 대표가 움찔거렸다.

황 대표가 한숨을 내쉬자, 버들의 눈동자가 데굴데굴 바닥으로 굴렀다. 그러면서 섣불리 저지른 제 행동을 후회했다. 오늘은 날이 아닌가.

"너 꼴이 그게 뭐야."

이번에 버들이 움찔거렸다. 끝까지 무시할 줄 알았더니. 황 대표가 말을 걸면서 성큼성큼 다가왔다. 버들이 아무것도 모르는 척 돌멩이를 주웠다. 세모 모양으로 그 주변 돌멩이 중 가장 귀여웠다. 황 대표가 눈썹을 찌푸렸다.

"버려. 더럽잖아."

버들이 미련 없이 돌멩이를 휙 던졌다. 새둥지가 된 버들의 머리를 잠시 내려다보던 황 대표가 정리해 줬다. 그게 너무 달콤해서 미쳐 버릴 것만 같다. 딱, 머리에 꽃 달고 뛰어다니고 싶은 심정이었다. 어수선했다. 스치는 사람들 전부가 장사를 하거나, 구경하기 바빠 저와 황 대표에게 무관심했지만 혹시나 싶어서. 비밀스럽게. 작은 목소리로 현재 제 마음이 어떤지 버들이 빗대어 고백했다.

"대표님. 제가 아이스크림 사 드릴까요?"

단지 더웠다, 정도로 지나갔을 계절인 여름이.

황 대표로 인해 싱그럽게 차올랐다.

*　　*　　*

씻고 나온 황 대표가 컵에 얼음을 채우고 미리 내려 뒀던 커피를 따랐다. 시간을 확인하니 자정에 가깝다. 절로 한숨이 샜다. 벌컥, 문이 열렸다. 어쩌면 무의식중에 이와 같은 상황이 벌어지리라, 미리 예고하고 있었을지도 모르겠다. 황 대표는 차분했다. 눈썹을 일그러뜨리며 심술맞아 보이는 노인이 버럭버럭 목소리를 높였다.

"버들이 좀 옮기세!"

달이 동그랗게 뜬 밤이다.

버들은 술병과 함께 평상에 나뒹굴고 있었다. 아까 산책길에 사서 버들의 양쪽 귀에 걸어 준 마스크가 온데간데없다. 퉁퉁 부은 아랫입술이 여실하다. 안아 들자 버들에게서 술 냄새가 끼쳤다. 순간 치솟는 화를 가까스로 억누른 황 대표가 지체 없이 집으로 걸음을 옮겼다. 마음 같아선 정신 차리라고 벌써 이불에 확 던져 버리고도 남았는데, 저 때문에 다쳐 깁스를 한 게 걸렸다.

버들의 몸에 이불을 덮어 주다가 말고 젖혔다. 오르락내리락, 반복

성글게 녹아 (2) 65

하는 버들의 가슴팍으로 황 대표가 몸을 낮춰 옆얼굴을 가져갔다. 숨을 죽였다. 그 상태로 가만히 귀를 댔다. 착각이 아니었다. 작은 새가 방정맞게 날갯짓하는 것처럼 버들의 심장이 빠른 속도로 뛰어 대고 있었다. 당연했다. 마른 몸에 못 이길 정도로 알코올이 들어갔으니깐.

못마땅한 얼굴로 황 대표가 버들의 이마에 손가락을 팍, 튕겼다. 골이 빠개지는 소리가 났다. 맞은 자리는 당장 빨갛게 자국이 남았다. 잠결에도 아픈지 꿈틀대던 버들이 하필 깁스한 손으로 그 부분을 만지려고 했다. 황 대표가 그런 버들의 손을 가볍게 붙잡았다. 뭘 잘한 게 있다고 버들이 칭얼거린다. 달래 주지 않았다. 미지근한 물을 떠 와 마시게 했다.

일하던 황 대표의 집중이 두 시간도 못 되어 흐트러졌다. 버들이 끙끙거렸다. 체온이 높다. 해열제를 꺼내 와 먹였다. 그 과정이 이젠 마치 물 흐르듯 자연스러웠다. 말간 버들의 얼굴을 황 대표가 가만히 응시했다. 눈빛이 이내 깊어졌다. 위로 말려 있는 고운 속눈썹, 코, 볼, 인중, 이마에 난 제 손자국…… 무던히 방황하던 황 대표의 시선이 버들의 입술에 정착했다. 그러기 잠깐이다. 뒤돌아 욕실로 향한 황 대표가 세정제를 사용해 손을 씻고 나왔다.

괜찮다.

제 세상은 뒤집히지 않았단 걸 확인했고, 또 끝까지 뒤집힐 일도 없을 테니까.

아무렇지 않다.

버들의 입가에 물방울이 맺혀 있는 걸 황 대표가 쓱, 문질러 닦아 줬다. 그대로 시간이 멈췄다. 연고를 발라 주기 위해 몇 번 행하던 짓이었건만. 괜한 생각들이 겹치면서 머릿속이 순간 어지럽혀졌다.

길게 숨을 내쉰 황 대표가 버들의 입안으로 느릿하게 손가락 하나를 넣었다. 당장 버들이 보인 반사적인 반응에 황 대표가 미간을 좁혔다. 말랑하고 연한 버들의 혀가 제 손가락 전체를 감싸며 밀착했다. 뜨겁다. 손가락을 두 개로 늘렸다. 서두를 것 없이, 은밀함을 담아 앞뒤로 두어 번 움직였다. 버들의 윗니에 손톱이 걸려 긁혔다. 간지러워서 그랬나. 뜻밖이다. 별 거 아닌 그 작은 자극이 오랫동안 여운으로 남아 머물렀다. 황 대표의 손등에 굵직한 핏줄이 섰다. 오럴은 하는 것도, 받는 것도 싫다. 그런데 버들의 타액으로 손가락이 흥건하게 젖어 들자, 허벅다리에 저절로 힘이 들어갔다. 아무래도 욕구 불만인 거 같다.

*   *   *

싱크대 앞에서 버들이 꼼짝없이 얼어 버렸다. 제 등 뒤로 바짝 황 대표가 붙어 서 있었다. 서늘한 인상의 향수 냄새가 그윽하게 풍겨 왔다. 버들의 눈이 정처 없이 깜박였다. 전에는 간곡하게 부탁해도 무시하더니 어쩐 일인가 싶다. 높은 선반에 위치한 물건을 꺼내 달라고 한 적도 없는데 황 대표가 도와줬다.

황 대표의 눈꺼풀이 아래로 잠겼다. 휘청거리는 척하다가 중심을 잡았다. 황 대표의 손에서 떨어진 반찬통이 바닥을 굴렀다. 버들이 당황하며 몸을 돌렸다.

"대표님. 괜찮으세요? 어디 다치시진 않았어요?"

더듬거리면서 제 상태부터 살피며 묻는다. 무표정을 유지하며 황 대표가 선뜻 고개를 끄덕였다. 서로의 배꼽이 아슬아슬하게 맞닿기 직전이다. 이걸 노렸다. 여유 있게 웃으며 황 대표가 버들의 골반을 쥐었다. 데리고 노는 거지, 다른 건 아니었다.

＊　　＊　　＊

둘이서 오전 일찍, 예약해 둔 병원에 다녀온 날이었다.

"너 안 자?"

"조금 있다가 잘 건데, 대표님은요?"

"……나도."

새벽 늦게까지 버들이 쌩쌩했다. 버들이 메시지를 주고받느라 핸드폰에서 울리는 진동 소리와 황 대표가 키보드를 두드리는 소리가 한데 섞였다. 짤막하게 한숨을 내쉰 황 대표가 더 못 참고 자리에서 일어났다. 엎드려 있는 버들이 불만이었다. 목이랑 허리에 전부 좋지 않은 자세였다. 버들을 똑바로 앉힌 다음 핸드폰까지 빼앗아 한쪽에 내려놨다. 난데없는 행동들이었다. 의아한지 버들의 큰 눈이 동그랗게 뜨였다. 황 대표가 앞머리를 걷어 드러난 버들의 이마를 짚었다.

항상 이 시간에 아팠었는데, 멀쩡하다. 눈이 마주친 게 그저 좋은 것인지 버들이 샐쭉 웃었다. 열이 올라 끙끙거리는 버들의 몸을 안고 소파에서 잠든 지 여러 날이었다. 별말은 못 하고 황 대표가 다시 노트북 앞에 앉았다. 얼마 지나지 않았다. 대자로 뻗은 채 버들이 잠들었다. 형광등에 눈이 부시지도 않나 보다. 세상 태평해 보인다. 역시나 열은 없었다. 호흡도 안정적이었다.

……뭐지? 버들이 안 아프니까 뭔가 기묘하게, 거치적거린다.

에어컨이 계속 작동되는 집 안의 공기가 차가웠다. 망설임을 끝냈

다. 노트북을 정리한 뒤, 황 대표가 잠들어 있는 버들을 살살 품에
안아 소파로 데려갔다. 제 가슴팍에 폭 기대어 오는 무게와 뜨끈뜨
끈한 체온을 느꼈다. 인정하기 싫지만, 그제야 뾰족하게 날이 섰던
신경이 누그러졌다. 그 정도쯤 제게 생긴 변화는 황 대표도 너그러
이 받아들였다.

평화는 길게 가지 못했다.

아팠을 때와 다르게 버들이 중간에 잠이 깼다. 눈꺼풀이 가물가물
깜박였다. 고개를 들자 황 대표와 눈이 마주쳤다. 꿈인가, 아닌가. 이
게 무슨 상황일까, 성의 없이 파악하던 버들이 일순 굳었다. 황 대표
의 어깨를 버들이 세게 밀쳤다. 오히려 뒤로 넘어간 건 버들이었다.
황 대표가 아무렇지 않게 잡아 줬다.

황 대표가 태연히 사기 친 말에 버들이 속아 넘어갔다. 소파에 황
대표님이 앉아 있었는데, 갑자기 내가 무릎 위로 기어 올라왔다고?
죄송하다고 사과 후 도망가려는데, 또다시 붙들렸다. 조마조마하다.
목구멍이 꽉 죄어 왔다. 더러운 게이 새끼라느니, 호모 새끼라느니.
황 대표의 입을 통해 나올 심한 욕설을 잔뜩 겁먹고 기다렸는데, 한
참이 지나도 잔잔한 공기는 흐트러지지 않았다. 버들의 속눈썹이 빠
르게 깜박였다.

"자."

"……"

"자라고."

"……"

황 대표의 손이 버들의 엉덩이를 은근슬쩍 만졌다.

"이상해요."

"뭐가."

"이거 이상해요."

"그러니까 뭐가."

"자세가……."

"자세 뭐."

정신없는 버들이 우물쭈물했다.

"자, 빨리. 나도 잘 거야."

황 대표는 지나칠 정도로 뻔뻔했다.

"이대로 제가 어떻게 자요?"

황 대표가 감았던 눈을 떴다. 이대로 그동안 잘 자 놓고선 왜 못 자? 뒷덜미를 붙잡아 버들을 억지로 제 가슴팍에 기대게끔 유도했다. 뒷덜미를 놓아주자마자 버들의 고개가 용수철처럼 들렸다. 정면에서 서로의 눈이 마주쳤다. 새벽이라 그런지 주어진 정적은 더욱더 진했다. 두근거린다. 버들의 속눈썹이 황 대표를 피해 먼저 아래로 치우쳐졌다. 그러자 황 대표의 목젖이 보였다.

"가까이에서 보니까……."

권태롭게 황 대표가 비난했다.

"너 못생겼다."

여태 거울을 보지 않고 살았다면 모를까. 또 극성맞을 정도로 팔불출 짓을 서슴없이 저지르는 형들을 다섯이나 뒀다. 그러다 보니 저가 어떻게 생겼는지 모르고 싶어도 모를 수가 없는 가정 환경에서 자라났다. 황 대표가 방금 내뱉은 그 비난은 어떠한 손상도 입히지 못하고 버들의 한쪽 귀로 빠져나왔다.

"유버들. 오늘은 왜 나 좋아한다고……."

"좋아해요. 오늘 말 안 한 거 아니에요. 아까 여러 번 말했어요."

"……아까 언제."

"대표님 일할 때요."

눈치를 보느라 버들의 말끝이 바닥을 기었다.

"넌 내가 왜 좋아? 언제부터 좋았어요?"

황 대표가 가만히 물었다.

"……처음 딱 봤을 때는 관심만 갔어요."

"웃기지 마. 너 처음부터 나 좋다고 꽃 주면서, 달려들었잖아."

"해바라기 줬을 때는 좋아하기 시작했을 때부터였지만, 처음엔 진짜 관심이었는데……."

"관심은 왜 가졌는데, 나한테?"

조용조용 대화가 쌓였다.

"저는……."

탐이 났다. 건강하고 당당해 보였으니까. 따라 할 수만 있다면, 저도 황 대표와 같은 분위기가 나는 어른이 되고 싶었다. 늘 바랐고 꿈꿨던 이상향이었다. 황 대표를 향한 관심이 애정으로 바뀌었던 건 순식간에 벌어진 사고나 다름없었다.

"……."

"……."

황 대표가 버들의 말이 이어지길 끈기 있게 기다렸다.

"처음에 대표님이 저한테 '유버들 씨'하고 불러 준 게 기뻤어요. 설레고."

"……그럼 네 이름이 유버들이니까 '유버들 씨'라고 하지. 뭐라고 해."

꽂힌 부분이 터무니없을 만큼 너무 시시했다. 열이 받을 정도였다. 황당해하고 있는데 버들이 웃었다.

"왜 웃어."

"그냥 웃었어요."

안달복달하며 겨우 스무 살을 넘기면 뭐 해. 제 형들도 여전히 저를 한두 살 먹은 어린 애로 취급하고 있다. 심장이 약하게 태어나 항상 조심해야만 했었다. 어렸을 적, 보호자 없이 놀러 나간 놀이터에서 무슨 꼬임에 넘어갔는지 실컷 공을 차며 뛰어다니다가 심정지가 왔었던 적이 있다. 운이 좋았다고 표현할 수밖에 없다. 마침 심폐 소생술을 할 줄 아는 대학생이 근처에 있었고 응급 처치를 한 상태에서 구급차가 도착했다. 나는 다시 가쁘게 숨을 몰아쉬었다. 저를 대신해 그날의 기억들을 가족들이 샅샅이 나눠 가진 것 같았다. 그래서 한 해, 한 해 나이를 먹는다는 그 당연한 일이 나한테 다들 과분하다고 여기는 건 아닐까 싶다.

"대표님. 서른 살이니까, 어때요?"

9년 차가 마냥 까마득하다.

"네? 어때요?"

"너희 형한테 물어봐. 유 대표도 나랑 같은 서른 살이잖아."

저가 궁금한 서른 살은, 특별하게 딱 한 명뿐이었다. 다시 버들이 웃었다. 눈꼬리가 접혔다.

"대표님. 아주 많이 좋아해요……."

불쾌한 기색으로 황 대표가 인상을 찌푸리자 가슴이 시큰거렸다. 아픈 거 잘 참아서 다행이다. 아무렇지 않게 제자리에 서 있어야 한다. 누굴 위해서가 아니라, 오로지 나를 위해서. 혹시나 미련 남지 않게. 황 대표에게 줄 수 있는 거 다 주고, 할 수 있는 건 다 해 주고 싶다. 이기적이라고 손가락질받아도 어쩔 수가 없다.

"잠이나 자."

버들이 아랫입술을 혀로 축였다.

"대표님. 그런데요……."

눈치를 봤다.

"우리 아무 사이도 아닌데, 자세가 너무 야해요."

"……아무 사이도 아니라서 아무 짓도 안 하는데 이 자세가 뭐가 야해."

황 대표가 짜증내며 대꾸했다.

……많이 졸리신가. 피곤하실 텐데, 내가 안 자서 못 주무시는 건가.

"대표님. 안 무거워요? 안 불편해요?"

"자꾸 시끄럽게 할 거야?"

매서운 눈빛에 못 이긴 버들이 조심조심, 황 대표에게 안겼다. 술을 마시지도 않았음에도 불구하고. 빠른 속도로 요동치는 버들의 심장이 고스란히 전해져 왔다. 이유야 뻔했다. 직전까지 딱딱했던 황 대표의 입가가 나긋하게 풀어졌다.

허리 근처에서 맴돌던 황 대표의 손이 아래에서 위로 움직임을 반복하며 버들의 등을 쓰다듬었다. 자연히 옷이 들춰지고 때때로 버들의 맨살이 드러났다. 그럴 때마다 쏟아지는 간지러운 기분을 참기 위해 버들이 바짝 몸을 웅크려야 했다. 그게 황 대표의 어깨에 더 폭 고개를 기대게끔 만들었다. 질끈 눈을 감았다.

자다가 깨서 그런지 버들이 다시 잠들기까지의 시간이 짧았다. 쌕쌕거리는 버들의 숨소리가 목 근처에서 부서졌다. 황 대표가 핸드폰을 꺼냈다. 날짜 맞춰 공항에 데리러 간다고 혜주에게 답장을 보냈다.

날이 밝았다. 먼저 깬 건 황 대표였다. 붙어 있는 버들의 몸을 떼어 냈다. 둘 다 발기한 상태였다.

*　　*　　*

새벽녘 공기가 시원하다 못해 차다. 새들이 무리 지어 낮게 비행했다. 요 며칠 연속으로 햇볕이 강하게 내리쬐더니만. 먹구름이 모여 꾸물거리는 하늘이 심상치 않게 흐리다. 곧 폭우가 쏟아지게 생겼다. 황 대표가 뛰던 걸 멈추고 잠시 허리를 굽혔다가 폈다. 저 멀리서 들쭉날쭉하게 펼쳐진 산들이 시야 그득히 담긴다. 꼭대기 즈음 돌돌 휘감겨 있는 안개가 스산하다.

이르게 나와 평소보다 더 오래 조깅에 집중했다. 버들을 안고 자다가 한 곳에 피가 쏠려 들들 열이 끓었던 신체는 언제 그랬냐는 듯 원래대로 돌아왔다. 그러면서 황 대표가 여유로움을 되찾았다. 심각할 거 없다. 남자라서, 단순한 신체적 반응에 불과하다.

턱 아래로 흐른 땀방울을 대충 문질러 닦으며 집으로 향하다가 문득 발아래를 내려다봤다. 처음 쌍욕 나오게 만들었던 울퉁불퉁한 흙길과 스치면 다리에 엉겨 붙고는 했던 잡초 따위들이 어느새 아무렇지가 않다. 그렇게 꺼려 하던 촌구석 생활에 시간이 지나자 저절로 적응하고, 그걸 유순히 받아들인 방금 전 제 태도가 불현듯 마음에 들지 않아 황 대표가 욕을 씹었다. 표정이 사납다.

*　　*　　*

식탁 기둥에 종아리가 턱 하니 걸리면서 버들이 눈을 떴다. 무릎을 꿇은 자세로 부스스 일어나 앉았다. 눈꺼풀은 붓고 곱실거리는 머리카락은 민들레 홀씨처럼 산발이 됐다. 귓불 아래를 긁적거린 버들이 작게 하품을 터트렸다. 기분이 계속 몽롱했다. 잠이 덜 깬 와중에도 가장 먼저 생각이 나는 게 황 대표다. 버들이 황 대표를 찾아 두리번거렸다. 거실이 텅 비어있다.

……어디 가셨지? 고개를 위로 꺾어 복층을 바라봤다.

"황……."

목구멍이 따끔했다. 버들이 자기 목젖을 만지작거렸다. 황 대표를 부르기 위해 우선 탁하게 가라앉은 목소리부터 가다듬으려던 찰나. 배꼽 아래가 근지러우면서 묵직하단 걸 깨달았다. 곧바로 고개부터 꺾였다. 무릎 사이가 제 의사와 달리 활짝 벌어졌다. 그 틈을 한참 바라보던 버들이 콧잔등을 찌푸렸다.

……섰다. 명백히 황 대표님 때문에.

몽유병처럼 자다 말고 황 대표님 무릎 위로 기어 올라왔다는데, 그런 나를 내치지 않고 황 대표님이 오히려 안아 줬었지? 빨리 자라고 제 등을 쓰다듬던 투박한 손길이 아직까지 생생하다. 그 탓인지 간밤의 꿈에 황 대표가 나왔었다. 만약 꿈 내용이 얌전했다면 양심에 가책 없이 굴 수도 있었을 거다. 단지 아침이란 핑계를 대면서. 그런데 복사기에서 요란했다.

버들이 허둥거리며 이불 위를 벗어났다. 우선 티셔츠를 잡아당겨 앞섶부터 가렸다. 날이 밝은 것 같기는 한데 정확히 몇 시인지 확인할 새도 없었다. 황 대표가 집 안에 없단 게 현재로선 무조건 다행이었다. 서두르는 통에 미처 보지 못한 베게에 발목이 걸려 하마터면 크게 자빠질 뻔했다. 욕실 문을 쾅 닫았다. 욕조에 걸터앉는 버들의 얼굴이 붉다. 꼿꼿하게 발기한 제 몸을 주춤거리던 버들이 손바닥으로 꾹꾹 눌렀다. 읏……. 등이 절로 둥글게 굽었다. 진땀이 밴다. 서툰 손짓이었다. 하지만 황 대표를 떠올리는 것으로 흥분은 빠르게 올라 사정에 이르렀다. 온몸에서 힘이 쭉 빠졌다. 마음 같아선 누워 있고 싶지만 땀이 난 몸과 끈적끈적한 손바닥을 서둘러 씻지 않으면 안 됐다. 욕조에 물이 받아지길 잠자코 기다리던 버들이 간신히 몸을 일으켰다. 세면대 앞쪽의 거울 앞에 섰다.

거울을 문질러 닦아도 잠시뿐이다. 금세 수증기로 어릿해진다. 불투명하게 비춰지는 제 얼굴을 버들이 빤히 바라봤다. 점차 붓기가 가라앉고 있는 입술에 물끄러미 시선이 닿았다. 황 대표가 그랬던 것처럼 아랫입술을 자근자근 씹어 보고, 혀를 안쪽으로 말아 입천장을 건드려 봤다. 혼자서는 아무렇지 않다.

척추 전체가 지르르 울리고.

소나기가 내려 온몸이 젖는 거 같고.

머릿속이 흐물흐물해지고.

다리까지 풀렸던.

감당 못 할 범주로 휘몰아치던 그 낯선 감각이 며칠이나 되었다고 벌써 까마득하다. 아쉽다. 침울하게 가라앉아 있던 버들이 자아 성찰을 하며 제 뺨을 톡톡 두드렸다. ……아침 댓바람부터 너무 황 대표님 생각에만 빠져 있는 거 같다. 그렇다고 딱히 새삼스러울 것도 못 된다. 뭐, 언제는 안 그랬나.

심장 박동이 세차다.

커튼이 걷히지 않은 집 안은 불까지 켜지 않아 아직까지 어둑어둑
했다. 황 대표가 웃통부터 깠다. 갈라진 근육들이 땀에 젖어 선명하
다. 눈에 들어와야 할 버들이 어디에도 보이지 않는다. 대신 힐끔거
린 욕실에서 옅은 물소리가 들려왔다. 거실을 몽땅 차지할 정도로
폭신하게 깔린 이불이 잔뜩 구겨진 채다. 일부러 버들을 깨우지 않
았다. 더 자라고 바닥에 최대한 조심스레 눕혀 줬다. 그 후 조깅하러
나갔다가 온 사이 혼자 남겨진 버들이 이리저리 실컷 굴러다닌 모양
이다. 잘못해서 손목을 깔아뭉개거나 하진 않았겠지. 생긴 대로 좀
놀지. 잠버릇이 그 따위로 험악해서야.

냉장고 안쪽에서 생수를 꺼내 든 황 대표가 소파에 털썩 주저앉았
다. 차분히 목부터 축인 다음 눈을 감았다. 휴식은 오래가지 못했다.

"유버들."

욕실 문을 노크하자 물소리가 뚝 끊겼다. 이윽고 달칵, 문 잠기는
소리가 났다.

"······야."

황 대표의 미간이 바로 구겨졌다. 뒤늦게 문고리를 돌려 봤지만
당연하게 문은 열리지 않았다. 그저 손목에 무리 안 가게끔 잘 씻고
있는지 물어보려고 했을 뿐이었다. 그런데 다짜고짜 버들이 문을 잠
가 버리자 심기가 거슬렸다. 황 대표가 다시 노크를 했다.

"유버들."

"······왜요."

작디작은 목소리가 굳건히 닫힌 문을 통해 넘어왔다. 기가 막힌다.

왜요? 저를 적대시하는 버들의 태도가 다분히 느껴졌다. 내가 무슨 변태처럼 씻는 거 보여 달라고 했어? 매번 귀찮은 걸 무릅쓰고 머리 감겨 줬더니만. 머리숱도 많은 게.

배은망덕한 버들의 꼬락서니가 자기 넷째 형을 영락없이 빼닮았다.

"문 열어."

"네? 저 씻는 중이에요."

"알아. 문 열어, 빨리."

목덜미, 등, 허리, 허벅지 안쪽. 거품이 느릿느릿 버들의 몸에 길을 내고 있었다.

"어떻게 문을 열어요."

황당한 어조로 버들이 살짝 인상을 찌푸렸다.

"왜 못 열어."

"……벗고 있어요."

잠깐 조용했다. 그제야 황 대표가 문을 열 수 없는 상황을 납득하고 멀리 떨어진 줄 알았다. 막 안심하려던 순간, 문을 두드리는 소리가 다시 들려왔다. 안쪽으로 말린 버들의 어깨가 움찔 떨렸다.

"어디까지 벗고 있는데."

"……"

"어?"

"……"

"씻은 지 오래됐지?"

"……"

"손 불편해서 혼자 샤워까지 못 하잖아."

"……"

"유버들."

진짜 못살겠다. 버들이 한숨을 내쉬었다.

"샤워하는데 어디까지 벗고 있겠어요. 다 벗고 있지. 그래서 문, 못 열어요."

처음보다 버들의 목소리가 컸다. 욕실 문을 힐끔거리며 버들이 스펀지를 비틀어 짰다. 손가락 마디마디, 거품이 빠져나와 손목을 훑었다. 부드러운 게 꼭 생크림 같다. 바닥 타일이 미끄럽다.

"다 벗고 있다고?"

한쪽은 열라고, 한쪽은 못 열겠다고. 양보 없이 반복하는 실랑이가 팽팽하게 잡아당긴 고무줄 같았다. 황당함에 버들의 눈이 동그랗게 커졌다. 턱을 아래로 내려 실오라기 하나 걸치지 않은 제 몸을 바라봤다. 운동 갔다 오셨겠지? 갑작스레 저를 채근해 대는 황 대표의 의중을 모르겠다.

단단히 문을 잠갔지만 불안하다. 버들이 움츠러들었다.

"너 왜 다 벗고 있어?"

"씻고 있다고 아까 말씀 드렸잖아요."

"그러니까. 한 손으로 어떻게 혼자 씻을 수 있다는 건데."

"씻을 수 있어요. 깁스에 비닐도 혼자 감았어요."

"아. 깁스에 비닐 감았어?"

"비닐도 감고 그 위에 수건도 겹쳤어요."

"……그래?"

"네."

황 대표가 한 걸음 물러났다.

"열어."

되돌이표다.

"그럼 10초만 세고 들어오세요."

언제나 패자는 저였다. 승자는 황 대표였고.

"대표님. 네?"

"알았어."

"대표님 10초 꼭 세셔야 돼요."

"알았다니까."

"황 대표님이 먼저 10초, 세고 들어오신다고⋯⋯."

"말 그만해. 너 때문에 '대표님' 이 말 닳게 생겼으니까."

버들이 한숨을 폭 내쉬었다. 더는 버텨 내지 못한 버들이 잠갔던 문고리를 풀었다. 그리고 후다닥 물도 담기지 않은 욕조 안으로 들어가 주저앉았다. 커다란 수건을 끌어당겨 몸을 감췄다. 10초는커녕, 3초도 안 되어서 문이 열렸다. 황 대표가 성큼성큼 욕실 안으로 들어갔다. 타이밍이 참 아슬아슬했다.

"너 건방지게 문은 왜 잠가."

버들이 코를 훌쩍거렸다.

"머리 감았어?"

차마 황 대표 쪽은 바라보지 못하고 버들이 고개를 끄덕거렸다.

"어떻게 감았어?"

"⋯⋯잘 감았어요."

"손목."

수건 속에 감추고 있던 깁스된 팔을 버들이 내밀었다. 황 대표의 눈썹이 일그러졌다. 비닐을 혼자서 용케 감아 두긴 했지만 엉성하다. 손가락 근처로 삐져나와 있는 붕대가 축축하게 젖어 있었다.

"기다리든가 하지 왜 먼저 씻었어."

야한 꿈을 꿨으니까. 기다릴 수 있는 상황이 아니었다.

욕실은 사방이 꽉 막혀 있는 공간이었다. 뻣뻣하게 굳어 있던 버들이 용기를 내 고개를 뒤로 젖혔다. 그러자 시야도 거꾸로 뒤집혔다. 황 대표를 보자마자 버들이 화들짝 놀랐다. 옷을 벗고 있는 황 대표의 탄탄한 상체가 숨을 턱 막히게끔 했다. 핏줄이 서 도드라진 장골이 근사하다. 좁혀진 거리에 버들이 흠칫거렸다. 그러거나 말거나 황 대표는 태연히 저 하고 싶은 대로 굴었다. 양해를 구하지 않고 버들에게 팔을 뻗었다. 귓가에 묻어 있는 거품을 손가락으로 문질러 닦아 여 보란 듯 눈앞에 가져다 댔다.

"샴푸 제대로 한 거 맞아?"

샴푸 제대로 했다. 자꾸 문 열라는 통에 제대로 못 헹궈서 그렇지.

"눈 감아."

버들이 순순히 말을 들었다. 긴장이 녹았다. 뜨거운 물에 온몸이 금방 노곤해진다. 황 대표가 차분히 버들의 머리를 감겨 주기 시작했다. 무의식이었다. 버들의 입술에 시선이 가만히 머물렀다.

이어서 황 대표가 씻고 나왔다. 찬물 때문에 타일 전체에서 한기가 스며들었다. 드라이기 정리를 막 끝낸 버들이 황 대표의 옆을 스쳐 다시 욕실 안으로 들어갔다. 세면대 물을 틀었다가 금방 잠갔다. 꼭꼭 뭉친 무언가를 버들이 주먹 속에 감추었다. 현관 쪽으로 빠르게 달려가는 버들의 바지가 종아리까지 둘둘 접혀 있었다.

황 대표가 커피 머신을 작동시켰다. 드르륵. 원두 갈리는 소리가 났다. 이내 진한 커피 향이 감미롭게 퍼졌다. 커튼을 걷었다. 하늘은 아까보다 좀 더 어둡고 흐렸으며 역시나 예상처럼 비가 내리고 있었다.

버들이 슬리퍼를 꺼내 신었다. 뽀얀 발가락부터 아킬레스건까지 앞뒤로 훤히 드러났다. 황 대표의 미간이 좁혀졌다. 뒤쪽을 불편하게 꺾어 신은 운동화는 보이는 부분이 기껏해야 발뒤꿈치가 전부라지만 저건 정도가 심했다. 버들이 현관문을 열기 직전이었다. 황 대표가 버들을 불러 세웠다. 무슨 일인지 고개만 뒤 돌린 버들과 황 대표의 눈이 공중에서 마주쳤다.

"어디 가."

"……잠깐."

"잠깐 어디. 확실하게 말해."

"스승님 댁에 다녀올게요."

얕게 황 대표가 한숨을 내쉬었다.

"지금 거길 왜 가. 밖에 비 오는 거 안 보여?"

버들이 미적거렸다.

"손에 든 건 뭐야."

"……아무것도 아니에요."

"두 번, 세 번 물어봐야 대답할 거야?"

말해 주고 싶지 않았다. 왜냐하면 속옷이라서.

"지금 가야 하는데. 꼭 지금 가 봐야 하는 일이 있는데……."

소심하게 버들이 투덜거렸다. 시끄럽단 황 대표의 비난에 버들이 시무룩해졌다. 눈썹 끝이 축 처진 꼴이 가관이다. 무슨 생각에서인지 버들이 슬리퍼를 벗지 않고 그대로 서 있었다. 무감한 표정으로 팔짱을 낀 황 대표가 턱을 까닥였다.

"나가 봐, 그럼."

못 나가게 잡아 두는 것보다 너그러이 풀어 주는 황 대표의 태도가 어쩐지 살벌했다. 그래도 애써 얻은 기회를 그냥 날려 버릴 순 없었다. 버들이 우산을 펼쳤다. 황 대표가 보는 앞에서 다섯 걸음도 못 갔다. 거세게 분 바람으로 낡은 우산이 거꾸로 뒤집히고야 말았다. 어쩔 수 없이 도로 집 안으로 들어가자 너 그럴 줄 알았단 태도로 황 대표가 조롱 섞인 눈초리를 보냈다. 기가 죽은 버들의 등 뒤로 크게 번개가 내리쳤다.

시간이 유유히 흐른다. 버들이 아까부터 창가에 매달려 있었다. 천둥 번개를 동반한 빗줄기가 그야말로 억세게 퍼붓는 중이었다. 흙으로 된 땅이 뚫려 웅덩이가 몇 개나 파였다. 나뭇가지가 휘어지더니 분질러져 어디론가 날아갔다.

"대표님."

소파에 앉아 있는 황 대표에게 버들이 쪼르르 다가갔다. 야한 꿈에 심란했던 것도 잠시. 외출을 하지 못해 섭섭한 것도 잠시였다. 지금은 그저 황 대표와 한 공간에, 같은 시간을 공유하고 있단 게 무엇보다 중요했다. 내년 어느 날, '작년 여름'이 어땠냐고 누군가 감상을 물었을 때 어쩌면 무의식중에 황 대표와 제 기억이 겹칠 수도 있었다. 그게 버들의 마음을 붕 뜨게 만들었다.

"우리 빈대떡 만들어 먹을까요? 김치전이나. 비 오는 날에는 원래 그런 거 먹는데요. 아니면, 라면 끓여 드릴까요? 아. 인스턴트 그런 거 별로 안 좋아하시죠? 대표님. 뭐 드시고 싶은 거 없으세요? 제가 다 해 드릴게요."

황 대표가 태블릿을 내려놨다.

"너 죽 먹어야 돼."

지치지 않는지 버들이 눈을 반짝반짝 빛냈다.

"저는 죽 먹을게요. 대표님은 빈대떡이랑 김치전이랑……."

"뭐 하려고 좀 하지 마. 너 전에 사고 친 거 잊었어?"

귀찮은 투가 역력했다. 황 대표의 곁에서 떨어지지 않은 버들이 잠시 후 입을 열었다.

"그러면, 대표님. 제가 좋은 거 알려 드릴까요?"

황 대표의 비서가 주고 갔던 박하사탕을 꺼내 반으로 쪼갰다. 큰 건 황 대표의 몫으로 남겨 두고, 작은 사탕 조각을 골라 입에 넣었다. 알싸한 맛이 번진다. 담배를 빼문 버들이 라이터를 켰다. 창문을 약간만 열었다. 고작 그것만으로 빗소리가 선명해졌다. 손을 굳이 쓰지 않고, 능숙하게 필터만 이로 굴리며 희뿌연 담배 연기를 내뿜었다. 입술이 붉다. 잔뜩 찌푸리고 있는 미간이 같잖다.

"……너 뭐 하는데."

"좋은 거요. 이거, 대표님한테만 알려 드리는 거예요."

속닥거린다. 몇 번이나 '좋은 거'란 말을 강조해 가며. 빗소리와 박하사탕을 합하면 색다른 담배 맛이 난단다. 여기 와서 우연히 알게 되었다며 꼴통 새끼가 낮게 주절거렸다. 활짝 웃는 버들의 얼굴에는 뿌듯함이 어려 있었다. 그런 꼴통 새끼를 세상 한심한 눈으로 쳐다보던 황 대표가 자리에서 일어났다. 가타부타 다른 말은 하지 않았다. 버들의 담배를 압수했다.

나란히 식사를 끝냈다. 늘 먹는 것만 먹는 황 대표가 신경 쓰인다. 세상에 맛있는 게 얼마나 많은데. 와인을 따르던 황 대표가 잠시 자리를 떴다. 식탁 위를 치우던 버들이 와인 잔을 만졌다. 바깥 동태를 잠시 살폈다. 술을 탐내는 게 아니었다. 황 대표의 입술이 닿았던 부분이 두근거리게 만들었다.

……아주, 살짝만 대 볼까? 간접 키스.

뾰족하게 입술을 내밀었다가 이내 관뒀다. 너무 변태 같은 제 모습에 버들이 의기소침해졌다. 남자인 황 대표를 좋아하니까 게이나 호모가 되는 건 당연한 거겠지만, 변태만큼은 되고 싶지 않았다.

술이 들어가자 몸에서 자잘하게 열이 올라온 황 대표가 보고 있던 책을 덮었다. 맞은편에 앉아 뭔가 끼적거리고 있는 버들을 가만히 주시했다. 사실 아까부터 버들이 추워한다는 걸 알았다. 에어컨을 껐다. 쾌적한 실온을 유지하기 위해 반대로 보일러를 켰다. 공기가 금방 훈훈해졌다.

식탁에서 벗어난 버들이 황 대표의 눈치를 살살 살펴 가며 이불을 폈다. 어지르지 말라고 하실까? 뭐라고 잔소리가 날아올 줄 알았더니. 보고도 아무 말 없이 고개를 돌려 버린 게 의외였다. 다행이다. 한결 편안해진 버들이 대자로 드러누웠다. 소란스러운 빗소리가 멀어져 가고, 눈꺼풀이 차차 느릿해진다. 바닥이 따뜻하니 그대로 녹아 버리게 생겼다. 저도 모르게 버들이 까무룩 잠들었다.

얼마나 지났을까. 잠에서 깬 버들이 벽에 걸린 시계를 확인했다. 엄청 푹 잔 것 같은데 겨우 20분이 지난 채였다. 기지개를 쭉 켜며 버들이 몸을 반대쪽으로 돌렸다. 아까 식탁에 앉아 있던 황 대표는 언제인지 소파로 자리를 옮긴 뒤였다. 책장을 넘기는 손가락이 우아하다. 바닥에 누워 있어 황 대표의 발목이 너무나 잘 보였다.

……섹시해. 만지는 것도 아니고. 멀리 떨어져 그저 바라볼 뿐이건만 손끝이 간지럽다.

황 대표의 시선이 저에게 향하려 하자 버들이 눈을 감고 자는 척을 했다. 그 이유가 흑심이란 걸 버들이 애써 외면했다. 황 대표의 무릎에 기어 올라간 건 기억이 나지 않지만 그런 자신을 황 대표가 내치지 않았단 게 핵심이었다. 황 대표의 발치까지 버들이 데굴데굴 굴러갔다. 들키지 않을까. 들키면 어쩌지. 긴장감에 눈꺼풀이 파르르 떨렸다.

무릎 위로 기어오르기 시작한 버들을 내버려 두면서 황 대표가 페이지에 남은 글자를 마저 읽었다. 버들이 황 대표의 가슴팍에 옆얼굴을 기대었다. 설렌다. 발가락이 곱아들었다. 충동에 저지른 짓이었는데 가슴이 터질 것처럼 벅차올랐다. 헤벌쭉 웃음이 터지기 직전이다. 표정 관리를 했다.

책을 내려 둔 황 대표가 버들의 이마를 손가락으로 쭉 밀었다.

"내려가라."

나지막한 황 대표의 말에 "네." 공손히 대답한 버들이 바닥에 앉았다. 황 대표의 서늘한 눈매가 닿았다. 감히 어딜. 밤도 아니건만.

하늘이 뚫린 것처럼 비가 내리니 조각은 물론 산책도 하러 나갈 수 없었다. 먹고 자고, 먹고 잤다. 잡지에 나온 영화 내용으로 버들이 수다를 떨었다. 오래되기도 했고 명절 때면 필수로 방영해 주는 영화 중 하나였다. 그만큼 대중적이라 누구나 알 만한 줄거리였다. 대표님은 어떻게 생각하세요? 그 감독님은 무슨 의도였을까요?

황 대표에게 돌아오는 대답이나 반응은 없었다. 제 생각엔 그 감독님의 의도는……. 꿋꿋하게 버들이 황 대표의 등을 보며 재잘거렸다. 저를 대하는 황 대표의 무관심은 만연히 적응된 것도 있지만, 애초에 기대한 게 없어 괜찮았다.

자리를 옮기는 황 대표를 따라 버들이 움직였다. 제 뒤를 졸졸 따라오는 버들의 기척을 느끼며 황 대표의 입가가 나긋하게 풀렸다. 맹목적인 애정이 참 쉽다. 그러면서 번거롭지 않았다. 예를 들어 약속을 잡거나 특별히 시간을 낸다거나 하는? 버들에겐 그런 기본적인 노력조차 기울일 필요가 없었다. 고개만 돌리면, 언제 어디서든 버들을 볼 수가 있었다.

……이래서, 개 키우나?

* * *

비는 3일 내내 내렸다. 그래서인지 밤하늘이 유독 쾌청했다.

챙겨 주는 약을 먹고 잠자리에 들었는데 살포시 눈을 뜨니 어김없이 황 대표에게 안긴 채였다. 아. 뭐야. 진짜 몽유병이야? 낙담과 동시에 부랴부랴 바닥으로 내려가려는 버들의 손목을 황 대표가 붙잡았다. 어정쩡한 자세를 민망해하는 버들을 아무렇지 않게 황 대표가 다시 자신의 무릎 위에 앉혔다. 버들의 목덜미가 금방 달아올랐다. 혹여 저 때문에 황 대표가 무겁거나 불편할까 봐 무릎으로 일어났다. 그러면서 눈높이가 달라졌다. 버들이 황 대표를 내려다보고, 황 대표가 버들을 올려다봤다.

「그리고 노파심에 말씀드리는 건데요. 저, 대표님이랑 키스한 거하나도 기억 안 나요. 별로 좋지도 않았고 다 까먹었어요.」

버들의 입술에 시선을 밈춘 재로 김있다 뜨는, 황 대표의 눈빛이 나른했다.

"슬리퍼, 그거 어디서 났어?"

왜 자꾸 무릎 위에 기어올라 오냐, 변태냐, 호모 새끼냐, 그런 날카로운 추궁을 예상했었는데 빗나갔다. 슬리퍼? 버들이 갸웃거렸다.

"원래는 정민이 건데요, 사이즈가 작아서 못 신는다고 해서 제가 잠깐 빌렸어요."

황 대표의 손이 버들의 허벅지 뒤쪽을 만졌다. 간지러움을 못 이긴 버들이 풀썩 주저앉았다.

"슬리퍼, 그거 돌려줘."

"……편한데."

"그거 신으면 너 발가락이건 발톱이건 다 보여."

"제 발도 보기 싫으세요? 더러워요?"

"……."

한없이 낮은 목소리로 물은 버들의 마지막 질문을 황 대표가 곱씹었다. 전부 아니란 대답이 목구멍 안쪽을 맴돌았다. 버들의 발은 뽀얗기만 했다. 대답 대신 황 대표가 버들의 발목을 움켜쥐었다. 숨을 크게 들이켠 버들이 움찔거렸다.

"……만지지 마세요."

조막만 한 목소리가 살살이 흩어졌다.

피하려고 해 보았지만 힘에서 밀리니 당연히 무리였다. 그리고 황 대표의 무릎 위에 앉아 있어 마음처럼 쉽게 움직일 수 있는 게 아니었다. 버들이 얌전해졌다. 힐긋거리는 눈초리가 순하다. 황 대표가 제 가슴팍에 버들을 기대게끔 했다. 버들의 쿵쾅거리는 심장 박동이 제 쪽으로 건너왔다.

"슬리퍼 편해서 계속 신고 싶어?"

"……네."

"그럼 양말도 챙겨 신어."

양말 신은 발로 슬리퍼를 신으라니. 아무리 시골이라지만 너무한 처사였다. 차라리 슬리퍼 안 신겠다고 돌려주는 게 낫겠다.

"그러는 대표님은……."

"나 뭐."

달싹거리는 버들의 입술이 꾹 다물렸다. 제 부당한 기분을 좀 느껴 보란 목적으로, 발목 보이면서 다니지 말라고 하려다가 난데없이 딜레마에 빠지고야 말았다. 황 대표의 발목을 아무나 다 보는 건 싫다. 하지만 그걸 가려 버리면…… 저조차 못 보게 된다.

버들이 낮게 한숨을 내쉬었다. 첫사랑이 녹록지 않은 건 짝사랑이기 때문이었다. 뭐든 손해가 뒤따른다. 그걸 충분히 감내할 자신이 있음에도 불구하고, 기운이 쭉 빠지는 건 어쩔 수가 없다.

"자. 빨리."

꼬물거리던 버들이 이끄는 대로 황 대표의 어깨에 턱을 기댔다.

다시 눈을 떴을 땐 새벽이었다. 버들의 얼굴이 새하얗게 질렸다. 토하고 싶었다. 잠이 든 황 대표를 깨워서는 안 되었다. 조심히 무릎 아래로 내려가려고 움직이는데, 단단한 팔이 허리를 바짝 끌어당겼다. 그대로 갇혔다.

……아. 어떡해. 이러지도 저러지도 못하겠다. 어떻게든 황 대표의 품을 벗어나 토하러 나가느냐. 아니면, 이대로 황 대표에게 안겨 있느냐. 수평을 유지하던 저울의 무게는 당연히 한쪽으로 치우쳐졌다. 토하고 싶은 걸 억눌러 가며 버들이 황 대표의 품에 폭삭 안겼다. 속이 쓰리고 아프니 이후 잠들기는 글렀다. 황 대표가 습관처럼 제 등을 쓰다듬고 틈틈이 이마를 짚어 본단 걸 버들이 그날, 알아차렸다.

　　　　*　　　*　　　*

버들이 노란색 색연필로 종이 가득 해바라기를 그려 황 대표에게
선물했다. 황 대표는 업무 보기 바빠 쓱, 눈길만 뒀을 뿐이었다. 버들
이 밖을 나갔다.

「그리고 노파심에 말씀드리는 건데요. 저, 대표님이랑 키스한 거
하나도 기억 안 나요. 별로 좋지도 않았고 다 까먹었어요.」

막무가내로 기승을 부리던 더위가 한풀 꺾였다.

"유버들."

"네?"

시간 맞춰 완벽히 마무리한 업무를 유 대표에게 보내 놓은 뒤, 황
대표가 창가에 서서 창문을 활짝 열었다. 그러곤 마당을 부산스레
누비는 중인 버들을 불렀다. 버들이 손에 들고 있는 나뭇가지에 정
체 모를 열매가 주렁주렁 매달려 있다. 황 대표에게 쪼르르 달려가
면서 버들이 재잘거렸다. 대표님 일은 다 끝내셨어요? 이거 살구래
요. 살구 열매 보신 적 있어요? 냄새 되게 좋아요. 맡아 볼래요?

황 대표는 집 안에서, 버들은 바깥에서 서로를 마주 보고 섰다. 버
들이 웃었다.

"가까이 와."

"이만큼요?"

"더 와."

"……."

"더."

황 대표가 팔을 뻗었다. 동시에 버들의 어깨가 바짝 움츠러들었다.

아까부터 신경이 쓰였다. 아침 이후, 버들이 자꾸 뒤통수를 긁적였었다. 그러면서 이따금씩 콧잔등을 찌푸리기도 했다.

"이거 왜 이래? 어디서 다쳤어? 말 안 할 거야?"

황 대표가 인상을 썼다. 아픈 거 잘 참는다고 한 것처럼. 또 못 참을 정도로 아프더라도 저한테만큼은 아프다고 절대 말하지 않겠다며 고집을 피운 것처럼. 뒤통수에 주먹만 한 혹을 달고 와 놓고 버들은 침묵했다. 저한테 떠들었던 버들의 수다 내용을 황 대표가 더듬었다. 아침 잠깐 사이 외출해 이것저것 한 것도 많았다. 참외도 땄고, 포도도 땄고, 멜론도 땄고. 뒤통수에 난 혹에는 어떤 연고를 발라줘야 하나.

순간 버들이 움찔거렸다.

"대표님. 간지러워요."

마찬가지였다. 머리도 여러 번 감겨 준 적이 있건만 손바닥 전체에 절묘한 자극으로 스치는 버들의 부드러운 머리카락이 생경한 게 이상했다. 숨결이 서로 스칠 정도로 거리가 가까웠다. 버들의 긴 속눈썹이 떨렸다.

「그리고 노파심에 말씀드리는 건데요. 저. 대표님이랑 키스한 거 하나도 기억 안 나요. 별로 좋지도 않았고 다 까먹었어요.」

버들이 황 대표의 입술을 바라봤다.

황 대표가 버들의 쇄골을 바라봤다.

동시에 둘의 목울대가 일렁거렸다.

*   *   *

새근새근, 잘 자던 버들이 깼다. 깁스를 풀어 손목이 한결 가뿐했다.

"왜?"

"……아니에요."

이제는 황 대표의 무릎 위에서 자는 게 당연해졌다. 주제넘게 이런 거, 버릇 들어도 되나?

말랑거리면서 따끈한 버들의 몸을 황 대표가 껴안았다. 한 품에 쏙 들어오면서, 지그시 눌러 오는 무게가 안정적이다. 뒤통수에 난 혹을 어루만지던 황 대표의 큰 손이 빗나가 간간히 귓가를 건드렸다. 그럴 때마다 버들의 허벅지 안쪽에 힘이 들어갔다.

"불편해?"

버들이 급히 고개를 가로 저었다.

"다리 불편하면 말해. 쥐 내렸다거나. 그런 건 아픈 게 아니니까 괜히 버티지 말고."

곤란하다. 저가 꿈질거리는 게 황 대표는 고작 접힌 무릎이 불편해서 그런지 아나 보다. 황 대표가 허벅지 측면을 쓰다듬었다. 버들이 숨을 꾹 참으며 황 대표의 가슴팍에 이마를 기대었다. 아무것도 모르는 황 대표 때문에 애먼 버들의 속만 타들어 가는 중이다.

조각품이 완성되면서 서울로 올라갈 날이 정해졌다.

"할 말 있어?"

자꾸만 얼쩡거리는 버들이 때문에 황 대표의 집중이 흐트러졌다. 참다못한 황 대표가 미간을 잔뜩 구긴 채 신경질적으로 물었다. 멍석을 깔아 주면 도리어 아무것도 아니라며 피할 줄 알았더니, 버들이 할 말이 있단다.

"대표님. 저랑 바다, 가요. 차로 가면 금방이래요. 이제 제가 길 확실하게 알아요."

너무 쓸데없는 말이었다. 황 대표가 다시 노트북을 바라봤다.

"대표님. 조각품 완성되었잖아요."

"……."

"……소원이에요."

버들의 하얀 얼굴에 황 대표의 시선이 오래 머물다가 떨어졌다.

황 대표가 차 키를 들고 일어섰을 땐 오후 두 시가 넘어서였다. 그전에 직원들이 다녀갔다. 침구를 새걸로 바꾸고, 공기청정기 필터를 교체하고. 소원 들어달란 걸 거절당한 뒤부터 쭉 정자에 앉아 있던 버들이 차에 올라탄 황 대표를 외면했다.

바다는 핑계였다. 수영하고 싶단 황 대표의 혼잣말을 지나치지 못했다. 또 저만 내버려 두고 황 대표가 수영장에 가 버릴까 싶어 쭉 전전긍긍 굴었다. 울적하다. 지금 외출하시는 거면, 언제 들어오실까? 오늘은 혼자 자야 하는 걸까? 마음이 허해졌다. 그 빈 공간은 황 대표가 아니면 어떻게 채울 방도가 없다.

"유버들."

"……."

"타. ……바다 가자며."

어두웠던 버들의 얼굴이 단숨에 환해졌다.

정민에게 들었던 것처럼 바다는 꼭 외국 같았다. 기대 이상이다. 고운 모래와 기묘한 절벽들이 한데 어우러져 신비로웠다. 규모가 작기도 했고, 혹여 오염될까 마을 주민들 전체가 관광지로 사용하는 걸 원치 않는다고 했었다. 버들의 눈은 휘둥그레졌는데, 창틀에 팔꿈치를 올린 황 대표는 심드렁했다.

"대표님. 수영하고 싶다고 하셨죠?"

"……나보고 여기서 수영하라고?"

"바닷물 깨끗해 보여서 괜찮을 거 같아요."

"괜찮을 거 같단 걸 왜 네가 결정해."

황 대표와 버들이 차에서 내렸다. 부는 바람이 살랑인다.

"대표님."

황 대표가 인상을 썼다.

"나는 바다에서 수영 안 해."

버들이 차 앞을 돌아 황 대표에게 다가갔다. 상황과 어울리지 않게 간절한 눈빛으로 제 앞에 선 버들을 황 대표가 내려다봤다.

"바다에서 수영 왜 안 하세요?"

권태롭게 황 대표가 대꾸했다.

"짜."

예민하고 섬세한 남자란 걸 버들이 새로이 상기했다.

"별로 안 짜 보이는데……."

"어딜 봐서 안 짜 보이는데?"

"바다 색깔이 연하잖아요."

"너 공부 못한 거 맞네."

황 대표가 비아냥거렸다. 바다가 색깔이 연하다고 안 짤 거 같다니. 주변에는 아무도 없었고 바람이 좋았다. 저 멀리 펼쳐진 바다와 맞닿은 하늘의 경계가 애매하다. 파도가 너울진다. 수영할 생각이 없다던 황 대표가 그대로 바다에 뛰어들었다. 그림 같다. 그걸 보고 있던 버들의 얼굴이 새빨갛게 상기됐다. 이상하게 귀가 먹먹해졌다. 심장이 아플 정도로 뛰어 댄다. 지금 이 순간이 좋아서 어쩔 줄 모르겠다.

바다에서 나온 황 대표가 곧장 버들에게 다가갔다. 그리고 고개를 비스듬히 기울여 입술을 겹쳤다. 햇볕이 강했다.

"어때. 짜?"

"……."

"안 짜?"

버들이 고개를 저으며 부정하자 황 대표가 웃었다.

"안 짜다고?"

"……네."

황 대표가 버들의 얼굴을 양손으로 감싸 들어올렸다. 방금 제 입술이 겹쳤던 버들의 입술을 아무렇지 않게 황 대표가 빨았다. 짠맛이 날 줄 알았는데 의외다. 황 대표가 고개를 갸웃거렸다. 진짜 안 짠가?

버들의 뒷덜미를 황 대표가 제 어깨 쪽으로 가볍게 눌렀다.

"핥아 봐."

"……."

"뭐 해?"

"……."

"핥아 보라고."

이유는 모르겠지만, 눈가가 시큰거렸다. 버들의 입술이 황 대표의 목 부근에 조심히 닿았다가 금방 멀어졌다. 그리고 물기가 옮겨진 제 아랫입술을 혀로 핥았다. 맛의 감상은 똑같았다. 오히려 달기만 했다.

황 대표에게 밀린 버들의 등이 차에 기대어졌다. 벌어진 버들의 다리 사이로 황 대표가 파고들며 자리를 잡았다. 다시 겹쳐진 입술이 깊어졌다. 어떻게 숨을 쉬어야 하는지 감을 잡지 못하는 버들의 어깨를 황 대표가 감싸 제 키에 맞춰 좀 더 위로 들리게끔 했다. 혀 끝이 스쳤다. 뜨겁다. 체온이 부서져 서로에게 섞였다. 저릿한 발바 닥에 버들이 콧등을 찌푸렸다. 그 감각이 배꼽까지 타고 올라왔다. 그리 길지 않았지만, 한 번의 키스로 다시 버들의 입술이 부었다. 힘 이 빠진 다리가 부끄럽다. 키스의 여운에 젖은 버들의 숨은 여전히 가빴다.

황 대표가 젖은 윗옷을 벗었다. 등 근육이 짙다.

……황 대표님 때문에 한 마리의 사납고 포악한 짐승이 될 것만 같 았다. 늑대 같은. 내가 덮치면 어쩌려고 저러시지?

"유버들. 난 너랑 섹스 안 해."

……누가 뭐랬나.

"알아요. 대표님은 저랑 섹스 안 하실 거예요."

그 언젠가 황 대표는 섹스를 관계의 끝으로 정의했었다.

황 대표가 다시 키스했다. 휘청거린 버들의 허리를 잡아 줬다. 얼 마간의 고요함이 지나갔다. 버들이 감았던 눈을 천천히 떴다.

"너 가까이에서 보니까, 진짜 못생겼다."

"……."

"공부도 못하지. 못생겼지."

"……."

"너 키운 유 대표가 왜 너 때문에 뒷목 잡는지 알겠다."

"……."

키스는 키스고, 버들이 발끈했다.

"그러는 대표님도……."

농담으로 황 대표에게 못생겼단 말 따위 나오지 않았다. 밤하늘을 통째로 삼키기라도 하셨나. 버들의 눈에 원래부터 잘난 황 대표는 구석구석, 빛이 났다. 어떠한 별보다 더 반짝거렸다.

"수건."

"……없는데요."

"수건 안 챙겼어?"

황 대표가 한숨을 쉬었다.

"아무것도 챙겨 온 게 없는 주제에, 나보고 수영을 하라고 한 거야?"

아무 말도 못하고 서 있는 버들에게 황 대표가 요구했다.

"옷 벗어."

집에 다 왔다. 황 대표가 뒷좌석을 바라봤다.

……골 때린다, 진짜.

뒷좌석에 버들이 무릎을 꿇고 엎드린 채다. 바닷가에서 버들이 일러 준 대로 10초를 세고 차 문을 열었더니, 운전석에 티셔츠가 다소곳하게 놓여 있었다. 그걸로 손만 닦고 조수석에 던져 버렸다. 이마를 시트에 처박고 있는 터라 제 티셔츠가 어떻게 다뤄졌는지 버들은 확인할 수가 없었다.

"내려."

척추, 갈비뼈 모두 앙상했다.

"대표님, 먼저 내리세요."

뒤쪽은 불가피하게 보여 줄 수밖에 없었지만, 앞쪽은 어떻게든 안 보여 주겠단 의지였다. 황 대표가 순순히 차에서 내렸다. 그리고 뒷좌석 문을 열었다. 버들의 아랫배 틈새에 손을 집어넣고 그대로 날 갯죽지에 입술을 파묻었다. 놀란 버들이 버둥거렸다. 이어 목까지 깨 문 다음, 황 대표가 뒤로 물러났다.

노을이 지고부터 비가 내렸다. 두 사람은 정자에 나란히 앉았다. 황 대표가 타 준 따뜻한 차를 버들이 홀짝거렸다. 부은 버들의 입술 에는 처음보다 더 진한 핏기가 올라와 있었다. 황 대표가 아프냐고 물었고, 버들은 괜찮다며 고개를 가로저었다.

정자 천장이 부실한가. 하필 황 대표의 발등으로 빗물이 떨어졌다. 힐끔힐끔, 그걸 쳐다보는 버들의 표정이 심각해졌다. 겉에 걸치고 있 던 옷을 벗어 황 대표의 발에 덮어 줬다. 심술궂은 황 대표가 옷을 발로 차 날려 버렸다. 빗물이 고여 있는 웅덩이에 툭 떨어진 옷을 주 워 와 버들이 한쪽에 내려놨다. 바다에서 수영도 하셨는데. 혹시 감 기 걸리면 어쩌지?

손으로 황 대표의 발등을 덮어 주면 좋을 거 같지만 더러운 제 손 이 걸렸다. ……발은 괜찮다고 하셨지? 그런 뉘앙스였다.

황 대표의 발등 위로 버들이 제 발을 살며시 올렸다. 빗물은 이제 황 대표의 발등이 아닌 버들의 발등에 떨어졌다. 황 대표가 눈썹을 꿈틀거렸다. 체온이 녹았다. 버들의 순한 눈꼬리가 휙 휘어졌다. 바 지 밑단이 젖고 있으면서, 멍청한 게 뭐가 좋은 것인지 웃었다.

"유버들."

"네?"

황 대표의 목소리가 나지막했다.

"내가 너, 이용해도 돼?"

그믐달이 구름에 잠시 가려졌다가 나타났다. 말간 버들의 얼굴이 잠시 생각에 잠기는 것처럼 보였다.

"황 대표님이시니까, 저 이용하는 거……."

고민이 짧았다.

"돼요."

내가 자기를 못 이용할 거란 판단인지 아니면 진짜로 막 이용해도 된다는 것인지. 명확하고 발랄하기까지 한 버들의 대답이 도리어 기가 막혔다. 눈이 마주쳤다. 여전히 웃는 얼굴로 버들이 아까운 것도 없단 듯 제 마음을 들려줬다.

"좋아해요. 대표님……."

황 대표로 인해 버들이 정자 위로 쓰러졌다. 바닥에 떨어진 찻잔이 팟 깨졌다. 체중이 실렸다. 그 자체만으로 생소했다. 버들의 목과 어깨 사이로 황 대표가 입술을 가져다 댔다. 샴푸 냄새가 나고 저로 인해 날뛰는 버들의 맥박이 전해져 왔다.

「혹시나 아픈 거 못 참겠다고, 소리 내지 마.」

「…….」

「목소리 듣기 싫으니까.」

이를 악 물고 버들이 기다렸다. 뭐가 또 마음에 안 드신 거지? 화풀이로 황 대표는 제 몸을 물어 댔었다. 평소처럼 아픔은 느껴지지 않았다. 대신 무릎이 파득거리며 안쪽으로 모아졌다. 버들이 처음 느껴 본 기분에 사로잡혔다. 이상하게 손가락 하나 힘이 들어가지 않는다. 황 대표의 커다란 손이 버들의 옷 속을 파고들더니 가슴까지 금방 다다랐다. 버들이 미간을 찌푸렸다. 황 대표로 인해 달뜬 신음이 입김처럼 올라왔다.

끊임없이 빗소리가 들렸다. 나뭇잎을 흔들며 떨어지는 물소리가 아득하게 멀어졌다가 가까워지길 반복했다. 처음엔 애달프게 흘렀던 황 대표의 향수 냄새는 아랫배가 맞붙으면서 흠뻑 짙어졌다. 빛 없는 깜깜한 밤, 여름날 습도가 피부 전체로 스며들었다.

힘겹게 앓던 버들이 황 대표의 등에 손을 둘렀다. 단단한 체중이 더 밀착됐다. 배려 없이 몰아붙이는 황 대표로 인해 괴로울 만큼 숨이 꽉 막혔다. 안쪽으로 겨우 숨겼던 혀가 이내 붙잡혔다. 뜨겁다. 그러면서 촉촉했고 열대 과일처럼 달콤했다.

빗장뼈를 스쳐 오른 황 대표가 버들의 야트막한 가슴팍을 헤집었다. 가느다랗게 신음하며 버들이 움찔거렸다. 허벅지 안쪽부터 시작되었던 가녀린 떨림이 속눈썹까지 급속도로 번져 갔다. 고작 손끝으로 비벼지는 마찰 정도였다. 하지만 타인의 손길에 어떠한 면역력도 없는 버들의 몸이 아무렇지 않게 버틸 수 있는 범위가 아니었다.

삽시간에 머리끝까지 달아올랐다. 유륜 전체를 쓰다듬던 황 대표의 손이 한 곳에 집중되었다. 빳빳하게 세워진 버들의 돌기를 손가락 사이로 가두었다. 그 은밀한 감촉에 모든 것이 녹아 사라지진 않을까 버들은 문득 두려움이 느껴졌다.

황 대표의 옷자락을 잡아당겼다. 소용없다. 버들이 고개를 위로 꺾었다. 겨우 터진 숨통은 잠시뿐이었다. 헐떡거리며 내뱉은 버들의 숨은 집요하게 따라 붙은 황 대표의 입안으로 사라졌다. 버들이 외로 고개를 치우쳤다.

가느스름하게 뜬 황 대표의 눈앞에 버들의 깨끗한 목덜미가 훤히 드러났다. 입질하는 짐승처럼 달려들었다. 버들의 귓바퀴, 쇄골 가만히 내버려 둘 수가 없었다. 어깨 아래로 버들의 티셔츠를 우악스럽게 잡아당겼다. 볼록하게 솟아 오른 버들의 왼쪽 가슴이 황 대표의 코끝에 스쳤다.

전기가 강하게 내리쳤다. 숨 쉬는 것도 잊은 채, 그대로 굳어 버린 버들이 황 대표의 음습한 입안으로 제 가슴이 삼켜지자마자 퍼덕거렸다. 단단하게 힘이 들어간 황 대표의 허벅다리가 못 움직이게끔 버들을 고정했다. 무릎이 서로 비틀렸다. 순간 중심부터 격렬하게 휘몰아치며 몰린 열기로 황 대표가 거친 숨을 내뱉었다. 지퍼를 내렸다. 검붉은 핏줄이 돋아 성이 난 제 성기를 황 대표가 버들의 샅에 문질렀다. 한없이 여린 버들의 피부가 뭉개졌다.

황 대표가 버들의 목덜미에 입술을 파묻고 욕을 짓씹었다. 과격하게 허릿짓을 하는 대로 버들의 몸이 속절없이 흔들렸다. 말라서 움푹 파인 등허리를 차근차근 쓰다듬던 걸 관뒀다. 성급한 속도로 황 대표의 손이 버들의 바지 안쪽을 파고들었다. 말랑한 엉덩이를 꽉 움켜쥐자 버들이 고개를 내저었다.

"……안 돼."

아주 작게 울먹거린 버들의 그 한 마디에 황 대표의 모든 행동이 멈췄다. 황 대표가 버들의 눈을 바라봤다. 그리고 물었다.

"왜?"

시큰해진 코끝에 버들이 시선을 피했다.

"싫어?"

"……."

"무서워서?"

정리되지 않은 호흡에 황 대표의 가슴이 크게 들썩거렸다. 황 대표가 달래듯 버들의 팔을 쓰다듬었다. 간지럽다. 버들이 발가락을 곱았다.

"······저는, 키스하고 싶어요."

그렁그렁, 눈물이 찬 눈이 티 없이 맑았다. 황 대표가 고개를 비틀어 버들에게 다가갔다. 서로의 입술이 겹쳐지기 직전, 버들의 눈이 유순하게 감겼다.

······키스해 달라면서, 정작 혀를 피하려 드는 버들을 알아차렸다. 터져라 뛰어 대는 버들의 심장이 꼭 불안하게 느껴졌다. 버들의 머리카락에 황 대표가 손가락을 박아 넣었다. 그리고 입술만을 쓰는, 다정한 입맞춤을 퍼부었다.

옷을 입은 채 오랫동안 차가운 물을 맞고 서 있어야 했다.

······미친놈. 도대체 어디서 핀이 나가 버렸는지 모르겠다. 쉼 없이 제 자신을 탓하는 욕이 터져 나왔다. 그럴싸한 변명거리가 떠오르지 않았다. 대신 제 밑에서 콧등으로 애타게 앓던 버들의 한숨 소리가 머릿속을 가득 채웠다. 수건을 던지고 황 대표가 소파에 앉았다. 방 안에는 버들이 없었다. 늘 그렇듯 저를 따라 금방 들어올 줄 알았건만. 여전히 비는 그칠 줄 몰랐다. 황 대표가 다리를 꼬았다.

어지럽게 펼쳐진 생각들을 정리해야 하는데, 신경 쓰인다. 그러한 감정을 더는 예전처럼 '짜증'으로 치부할 수 없었다. 언제부터인가 아슬아슬하게 이어지던 경계선을 인정한다. 그리고 방금 진······. 버들은, 그래. 가만히 있었다. 가만히 있는 애를 두고 몇 번이나 경계선을 넘어 버린 건 자신이었다.

어쨌든 제 세상은 뒤집혀 버렸다. 그나마 다행인 건 냉철함 속에 아직까지 제정신이 박혀 있다는 거다. 그러니 뒤집혀 버린 제 세상을 누군가 알아채도록 내색하지 않을 작정이다. 그럼 지금처럼 제 생활은 흔들림 없이 그대로 유지할 수가 있다. 쉽다.

한결 여유를 찾은 황 대표가 가운을 벗었다. 차분히 옷을 갈아입고 나서 현관을 나섰다. 목마름이 뒤늦게 느껴졌지만 외면했다. 버튼을 누르자 자동으로 우산이 펼쳐졌다. 뼈대 몇 개가 부러져 너덜너덜하다. 우산은 낡았으나 원래 멀쩡한 상태였었다. 며칠 전 폭우가 쏟아지던 날, 외출을 감행하던 버들이 우산을 펼쳤고 그게 뒤집힌 바람에 망가져 버렸다. 어차피 곧 촌구석을 뜬다. 뭐든 상관없다.

황 대표가 한숨을 내쉬었다. 정자 위, 동그랗게 몸을 웅크리고선 버들이 잠들어 있었다. 감긴 눈꺼풀이 고요하다. 추운지 이따금씩 버들의 어깨가 파르르 떨렸다. 흐트러진 옷차림을 미처 수습하지도 않은 채였다. 말 그대로 무방비하다. 어이없어서 나지막한 한숨이 연거푸 터졌다.

정신을 잃을 정도로 술을 처마시는 것도 그렇고. 조그마한 게 겁대가리가 없어서 큰일이다. 황 대표가 잠시 우산을 내려놨다. 청바지 밑단 아래로 버들이 좋아하는 황 대표의 발목이 드러나 있었다.

"유버들."

꿈쩍도 하지 않는다. 또다시 한숨이 터졌다. 진짜 업어 가도 모르겠네. 확 들고 가서 다른 데다 팔아 버릴까 보다. 차라리, 잘됐다. 황 대표가 정자에 걸터앉았다. 빗물 그것쯤 맞으면 뭐 어떻게 된다고. 제 발등에 떨어지던 비를 대신 맞아 주느라 버들의 발등이 축축하게 젖은 채다. 큼지막한 황 대표의 손바닥에 버들의 발이 잡아먹힐 듯 가려졌다. 손발이 차다더니 사실이다.

……아. 왜 이렇게 자꾸만 마음이 미어지는지 모르겠다.

「저는……. 대표님 매일매일 예뻐해 드릴 수 있어요.」

누가 단물 빨아먹는다고 하면, 못 빨아먹게 해야지. 누가 이용해도 되냐고 묻는다면, 못 이용하게 해야지.

"……멍청한 게."

황 대표가 서두르지 않은 손길로 버들의 옷을 추슬렀다. 어느 틈에 사정했었던 모양이다. 헛웃음이 켜졌다. 버들의 마른 몸을 품에 꽉 안았다.

단물 다 빨아먹으라고 했으니 남김없이 단물 다 빨아먹을 거고. 이용해도 된다고 했으니 막 굴려 가며 이용해 먹을 거다. 그래도 네가 내가 좋다면. 또 그래도 내가 네가 신경 쓰인다면, 그땐…….

여름 바람에 맑은 가을이 섞였다.

*　　*　　*

새벽 즈음 습관처럼 버들이 깼다. 속이 따끔거리면서 아팠다. 깜박깜박, 황 대표의 가슴팍에 옆얼굴을 그대로 기댄 채 눈꺼풀만 움직였다. 바짝 마른 아랫입술을 혀로 축이다가 천천히 고개를 떼어 냈다. 어깨 위로 둘러진 이불이 툭, 떨어졌다. 버들이 잠시 숨을 죽였다. 정면으로 보이는 황 대표가 꼭 기적처럼 느껴진다. 코도 예쁘고, 입술도 예쁘고, 귀도 예쁘고, 눈도 예쁘고.

버들이 황 대표의 가슴 위로 손을 가져갔다. 황 대표가 원인으로 언제나 요동치는 제 심장과 다르게, 황 대표의 심장 박동은 고요히 가라앉아 있었다. 버들이 흐릿하게 웃었다.

……그냥. 좋아해도 좋아한단 걸 감출 걸 그랬다. 고백한 게 실수

처럼 다가온다. 호모 또는, 게이 새끼로서가 아니라 단순히 친한 형 동생 사이로 접근했다면 관계는 지금보다 더 쉬웠을 거다. 솔직하지 못한 감정은 구정물처럼 혼탁한 대신 흑심을 감출 수가 있다. 그럼 어쩌면, 벌써 궁에도 다녀왔을지도 모르겠다. 나는 황 대표를 좋아하니 내 입장에선 데이트여도 황 대표 입장에선 시간 낭비 정도에 그쳤을 테지만.

뉴욕에 주치의가 있다. 3년간 죽으러 간 것인지, 살러 간 것인지 스스로 판단이 서지 않은 그때, 우연히 즐겨 찾는 카페에서 황 대표와 만났다니……. 잃어버린 황 대표의 수첩을 자신이 주워서 찾아 주기도 했고. 유치한 줄 알면서, 한낱 운명을 주장하게 된다. 그러면서 동기 부여가 됐다. 그동안 아무리 좋은 장소건, 맛있는 음식이건 별 생각이 없었는데 같은 곳만 다니는 황 대표와 좋은 장소를 찾아다니고, 같은 것만 먹는 황 대표와 맛있는 음식을 먹고 싶어졌다.

「손 안 씻어요?」

「……손이요?」

「볼 때마다 지저분해서.」

황 대표에게 안겨 버들이 서러움을 삼켰다.

"우와."

버들의 표정이 환해졌다. 담벼락 너머를 황 대표와 버들이 나란히 선 채 들여다봤다. 파란색 대문의 강아지들은 무럭무럭 자라는 중이었다. 그래도 어미젖을 찾아 보채는 게 아직까지 이기 티가 남아 있다. 황 대표와 버들을 강아지들 전부가 쳐다봤다. 으르렁, 무섭게 이빨을 보였던 어미 개가 귀를 뒤로 젖힌 채 꼬리를 떨어져라 흔들어 댔다.

"저기 너 닮은 개새끼 있네."

황 대표가 턱을 까닥였다. 나 닮은 개새끼라니. 나한테 지금 개새끼라고 돌려 욕하신 건가? 버들이 침울해 있는 사이 새하얀 강아지가 호기심 있게 담벼락 밑까지 아장아장 걸어와 접근했다. 꼬리건 앞발이건 얼굴이건 모두 토실토실하다. 쌍꺼풀 있는 눈이 축 처져 있다. 버들이 혀를 굴려 소리를 내며 손을 내밀었다. 강아지가 풀쩍 담벼락에 발을 올리며 즉각 반응했다. 황 대표가 반걸음 물러났다. 더 크면 기어오르겠는데? 그 전에 촌구석을 뜰 예정이라 다행이었다.

"가자."

버들의 팔꿈치를 황 대표가 잡아당겼다. 얼마 지나지 않아 황 대표의 미간이 좁혀졌다. 대체 어디서 주워 온 건지. 버들이 손에 들고 있는 정체 모를 풀 더미가 마음에 들지 않았지만, 아무 말도 하지 않았다. 졸졸 흐르는 개울가에 도착했다. 내렸다가 그쳤다가 했던 비로 물이 늘어났다. 물살도 평소와 달리 세다. 버들이 고민했다. 어떻게 건너야 할까. 벗겨지면 잃어버릴 위험이 크니 신발을 벗어야 할까. 고개를 갸웃거리고 있는데, 눈앞에 그림자가 졌다.

"왜 가만히 있어."

"네?"

"너 안으라고?"

그런 게 아니었다. 놀란 얼굴로 버들이 펄쩍 뛰었다. 이어 부정할 참이었는데, 그 타이밍에 황 대표가 버들을 번쩍 안아 들었다. 성큼성큼 개울을 건넜다. 덕분에 가장 걱정이었던 신발이 무사했다. 젖지도 않았을 뿐더러 잃어버리는 불상사도 일어나지 않았다. 새빨개진 얼굴로 버들이 황 대표의 곁을 맴돌았다. 황 대표의 옷 군데군데 물이 튀어 있었다. 버들이 서둘러 챙겨 온 손수건을 꺼내 건넸다.

"어디서 났어?"

"새거예요. 이거."

"어디서 났냐고 물었어."

"겨울이 형이 전에 보내 줬어요."

그대로 황 대표가 지나쳤다. 쭈뼛거리면서도 버들이 뒤를 졸졸 따라갔다.

"이거, 쓰세요. 가지셔도 돼요. 저 또 있거든요."

"싫어. 무늬가 촌스러워."

버들이 가만히 멈춰서 제 손수건을 내려다봤다. ……겨울이 형이 잘못했네.

두 사람이 벤치에 앉았다. 나무로 둘러싸인 공간이 푸릇푸릇하다.

"대표님. 제가, 아이스크림 사 드릴까요?"

고요함을 흔들고 버들이 말을 걸었다. 황 대표가 듣는 척도 하지 않자, 버들이 엉덩이를 끌어 더 가까이 다가갔다.

"시중에서 파는 그런 아이스크림이 아니라, 수제 아이스크림이에요."

"이런 시골 바닥에 수제 아이스크림 파는 곳이 어디에 있어."

"있어요. 고추밭, 김 씨 할머니 댁에서 팔아요."

"고추밭 주인이면 고추를 팔 것이지, 무슨 수제 아이스크림 타령이야. 너 어디서 또 사기 당한 거 아니야?"

"사기 아니에요. 한정판이랬어요."

"누가?"

"주변에서요. 수제라 하루에 딱 다섯 개만 팔아요. 대표님, 드시고 싶으면 제가 새벽에 일찍 일어나 사다 드릴게요."

황 대표가 버들을 바라봤다.

"안 먹어."

버들이 실망했다. 황 대표의 환심을 사는 일이 세상에서 제일 어렵다.

"새벽에 일찍 일어날 생각 말고 잠이나 더 자."

"……."

"대답."

"……네."

튀어나온 버들의 입술이 삐죽삐죽 난리가 났다. 황 대표의 입매가 부드럽게 풀렸다.

"대표님. 제 무릎에 앉으실래요?"

팡팡, 버들이 제 무릎을 두드려 보였다. 그런 버들의 어깨를 감싸고 황 대표가 키스했다. 머리 위로 푸드덕, 새가 날았다. 급히 버들이 눈을 감았다. 황 대표가 진득하게 버들의 아랫입술을 빨아 댔다. 둥근 입천장에 버겁게 황 대표의 혀가 채워졌다. 고개 각도가 서로 비틀릴 때마다 끈적끈적하게 젖은 소리가 났다. 허벅지 위에 다소곳이 놓은 주먹을 버들이 힘껏 말아 쥐었다.

샤워를 끝낸 버들이 거울 앞에 섰다. 하나, 둘, 셋……. 목덜미에만 황 대표가 남겨 놓은 울혈이 열 개가 넘어간다. '그날' 젖꼭지가 부어서 옷에 스치기만 해도 자극이 됐었다, 지금은 괜찮아졌지만. 옷을 입다 말고 옆구리 뒤쪽에 남겨진 울혈을 새롭게 발견했다. 새삼 놀라워하며 버들이 눈을 크게 치켜떴다. 따끔거리면서 아프긴 했는데……. 이게 마냥 아프기만 한 게 아니었다. 그래서 신기하다.

칫솔을 꽂고 스펀지를 빨고. 뒷정리를 하던 버들의 손이 우뚝 멈췄다. 나 그날, 무슨 옷 입고 있었지? 잠에서 깼을 때 아예 다른 옷이었고 속옷도 없었던 거 같은데. 내가 벗거나 갈아입은 적, 있나? 반드시 있어야 한다. 있어야 하는데…….

버들이 머리카락을 쥐어뜯으며 풀썩 주저앉았다. 수줍음이 태풍처럼 몰려든다.

"너 왜 나 피해."

"……아니에요."

뭐가 아니란 건지. 한만한 태도로 황 대표가 턱을 괬다. 앞에 앉은 버들이 아니라고 하면서, 하루 내내 저와 눈을 못 마주치고 있었다. 황 대표가 노트북을 한쪽으로 밀어 냈다. 펜을 쥐고 있는 버들의 손등이 움찔거렸다. 황 대표가 버들을 제 옆으로 오게 했다. 여러 번의 키스로 퉁퉁 부은 버들의 입술이 붕어가 따로 없다.

"고개 들어 봐."

당황해하는 버들을 황 대표가 말없이 기다렸다. 귓불을 만지자 버들의 어깨가 움츠러들었다. 고개를 꺾어 다가가자 버들이 숨을 참으면서도 눈을 감는다. 황 대표가 가까이에서 멈춰 버들의 말간 얼굴을 바라봤다. 키스를 하면 하는 대로 얌전하다. 이게 좀, 의아해졌다. 왜 자기한테 자꾸 키스하냐고, 기를 쓰면서 물어봐야 정상 아닌가? 오히려 버들이 없던 일로 치부해 버린다.

"너, 나랑 섹스할 거야?"

속삭이듯 물었다. 버들이 고개를 가로저었다.

"내가 섹스하자고 하면?"

"대표님은 저랑 섹스 안 해요."

전에는 그냥 넘겼던 말이었건만 기묘하게 걸린다. 대표님은 저랑 섹스 안 해요? 보통 거절을 할 거면, 저는 대표님이랑 섹스 안 한다고 해야 되는 거 아닌가. 황 대표가 버들의 턱을 들어올렸다. 깜박거리는 눈망울이 순하다. 찰나, 버들이 먼저 다른 곳으로 시선을 피했다.

"왜 나랑 섹스 안 할 건데."

"안 들어가요."

버들이 웅얼거렸다.

"넣어 본 것도 아니잖아."

"……너무 크고, 또 너무 좁아서 안 돼요."

뭐가 너무 크고, 또 뭐가 너무 좁은지 황 대표는 바로 이해했다.

"넓히면 되잖아."

"아니에요."

"뭐가 아니야."

"대표님은 저랑 평생 안 하실 거예요."

……그래. 내가 너랑 평생 섹스할 생각이 없기는 한데.

"대표님."

"어."

"제가 서울 가면, 수영장 사 드릴까요?"

이미 12층짜리 스포츠 센터가 황 대표의 명의였다.

"너 돈 없잖아."

"조각품 팔면 돼요. 유 회장님한테."

"하나에 얼마 받아?"

"시가예요. 부르는 게 값이에요."

"……양아치네. 등쳐 먹는."

서로의 숨결이 부딪혔다. 유순한 밤이 흐른다.

* * *

혜주가 왜 한국에 들어오는지 알았다. 결혼 문제였다. 선을 봤다는 건 알았지만, 그게 진행이 될 예정인가 보다. 머리가 이른 새벽부터 아팠다.

잡지를 덮은 버들이 고개를 갸웃거렸다. 소파에 앉은 황 대표가 드물게 낮잠을 자고 있었다. 예쁘고 잘생기고 멋지고 다하는 황 대표의 얼굴을 실컷 들여다볼 수 있는 기회였다. 버들이 발걸음을 죽여 그쪽으로 다가갔다. 잠든 줄 알았던 황 대표가 갑자기 팔을 뻗어 버들의 허리 뒤를 감쌌다. 잡아끄는 대로 버들이 끌려갔다. 티셔츠를 걷어 보들보들한 버들의 아랫배에 황 대표가 얼굴을 파묻었다. 단거, 별로 좋아하지도 않건만. 호흡이건 체온이건 모든 게 온화하며 달달한 버들이 들쭉거리는 제 신경질을 누그러뜨렸다.

내일이면 촌구석을 뜬다.

15. 성글게 녹아 (3)

화창한 날씨였다. 오전부터 어수선하다. 뒷걸음질 치며 밀린 버들이 어느덧 방구석으로 몰렸다. 복잡한 걸 피해 황 대표는 일찌감치 집 밖을 나간 상태였다. 보통 때라면 자석처럼 달라붙어 황 대표를 따라 나갔을 텐데, 꿍한 표정으로 버들이 올곧게 자리를 지키고 있었다. 그러면서 큰 눈을 치켜떠 정신없이 지나다니는 사람들을 빤히 주시했다.

황 대표의 짐은 약소했다. 그러나 아주 사소한 흠집도 생겨서는 안 되기에 전문가 몇 명이 달라붙었음에도 불구하고 시간을 오래 잡아먹었다. 정확히 손목시계처럼 고가로 취급되는 소유품들만 차곡차곡 정리됐다. 나머지는 그저 막 굴러다닌다. 버들의 입장에선 그게 문제였다.

숨죽이며 얌전히 있던 버들이 화들짝 놀라며 총알처럼 튀어 나갔다. 눈썹을 구긴 버들의 얼굴이 단단히 심통 나 보인다. 미처 말리지 못한 사이 직원들 중 누군가 파란색 비닐봉지에 황 대표의 물건들을 함부로 쏟아부었다. 버리려는 것들이었다.

황 대표님 볼펜, 황 대표님 와인 잔, 황 대표님 포스트잇, 황 대표님 이불, 황 대표님 향수, 황 대표님 면도기……. 막내 도련님 하며 누가 아는 척을 해 와도 버들이 고집스레 대답하지 않았다. 대신 서둘러 움직였다. 좁은 버들의 품이 이내 황 대표의 물건들로 버겁게 채워졌다. 그걸 아까 자신이 서 있었던 구석 자리에 전부 가져다 놓았다.

"어? 잠깐만요!"

여유를 피울 틈이 없다. 뒤돌자마자 버들이 다시 사람들 틈 속을 파고들었다. 황 대표님 베개를 이제야 발견했다. 이미 마구잡이로 밟혀 형태가 엉망이 되어 버린 뒤다. 속상하다.

"저, 도련님."

"왜 대표님 물건 다 버려요?"

그나마 가장 친숙한 황 대표의 비서가 버들에게 다가왔다.

"왜 버려요, 왜?"

"대표님이 버리라고 하셔서요."

"안 돼요."

"네?"

위험하다. 빼앗길 거 같다. 턱을 치켜들고 따져 묻던 버들이 일단 모은 황 대표의 물건들만이라도 다른 곳으로 옮기기 위해 주저앉아 주섬주섬 끌어 모았다. 이불이랑 베개의 부피가 너무 크다. 낮잠 잘 때 마치 내 것처럼 황 대표님 베개를 사용했었고, 황 대표님 무릎에서 잠들어 새벽녘에 종종 깨면 제 어깨에 이불이 덮여 있고는 했었다. 어느 것 하나 포기 못 한다.

자리에서 벌떡 일어나니 하필 시야가 가려 앞이 잘 보이지 않는다. 그래도 아무렇지 않은 척 굴었다. 비틀비틀, 불안하게 걷던 버들이 기어코 벽에 부딪혀 몇 걸음 뒤로 떠밀렸다. 버들은 남몰래 쪽팔려 했고, 주변 사람들은 혹시나 막내 도련님이 다치진 않을까 쩔쩔맸다. 전부 황 대표에게 소속된 고용인들이었으나 버들이 유 대표의 막냇동생이란 걸 모르지 않았다.

"황 대표님."

정자에 앉아 담뱃불을 막 붙이고 있던 황 대표가 바람 빠진 소리를 내며 작게 웃었다. 베개는 옆구리에 끼우고 이불은 잡아끌고. 갑자기 등장해 가까이 거리를 좁혀 오는 버들의 꼬락서니가 참 가관이었다.

······아침부터 이게, 꼴통 짓하네. 그러면서 앙다문 입술하며 표정은 쓸데없이 다부져 보인다. 약하게 부는 바람에 버들의 머리카락이 새싹처럼 두어 가닥 솟았다. 매캐한 연기가 버들에게 가지 못하게끔 황 대표가 담배를 반대쪽 손으로 바꿔 들었다.

"대표님. 있잖아요."

정처 없이 부는 바람에 방향을 가늠하기 어렵다. 황 대표가 아직 장초인 담배를 비벼 껐다.

"너 그거 왜 들고 와."

"사람들이 이거 다 버리려고 해요."

마치 고자질하는 어투였다.

"버리게 놔두지 왜 방해하고 그래."

"진짜 대표님이 시키셨어요? 이거 다 버리라고?"

가볍게 황 대표가 고개를 끄덕였다.

"왜요? 이거 다 대표님 거잖아요."

"근데."

"대표님 거 왜 다 버려요?"

볼펜 한 자루마저 악착같이 챙기려 들며 버들이 구질구질한 집착을 보이고 있는 반면, 황 대표는 이곳 생활 자체에 조금의 미련도 없었다. 초조하게 구는 버들을 앉은 채 비스듬히 올려다보는 황 대표가 태만하다.

"대표님. 저 할 말 있어요."

비장하게 입을 열었다.

"저 며칠 전에 이거 엄청 만지고 싶었는데 참았거든요."

불쑥 내민 게 고작, 와인 잔이었다.

"진짜 다 버리고 가는 거예요?"

주변으로 잠자리가 둥실둥실 떠다닌다.

"그럼 제가 전부 가져도 돼요?"

"뭐 하게."

"그냥요. 갖고 싶어요."

성의 없는 대답을 뱉어 내고선 버들이 소심하게 눈치를 살폈다. 이불과 베개를 내려놓게 한 뒤 황 대표가 버들의 손목을 붙잡았다. 그리고 제 쪽으로 좀 더 가깝게 오도록 끌어당겼다. 기을을 향해 시간은 덧없이 흐르고 있었지만 계절은 아직 여름이었다. 날씨가 후덥지근했다. 버들이 골라 입은 단정한 남방을 황 대표가 무연한 눈빛으로 훑었다.

화사한 버들의 피부 톤과 잘 어울리긴 하나 답답해 보인다. 목 끝까지 단추를 꼭꼭 잠근 것도 그렇고. 손등을 반이나 넘게 가릴 정도로 긴 기장도 그렇고. 불편하지 않도록 황 대표가 말없이 버들의 소매를 두어 번 걷어 줬다.

가느다란 손목에 볼록 솟아오른 뼈가 희다. 앙증맞은 느낌이 꼭 어떤 과일 씨앗과 닮았다. 황 대표가 버들의 손목뼈를 엄지손가락으로 슬쩍슬쩍 밀며 쓰다듬었다. 간지러운 감각에 버들이 정신을 차렸다. 화들짝 놀라서는 황 대표가 못 보게 제 양손을 등 뒤로 감추었다.

"뭐가 갖고 싶은데."

"주실 거예요?"

"말해 봐."

말리기보단 체념하듯 물었다.

"대표님 물건 전부 다요."

황 대표가 한숨을 내쉬었다.

"그걸 다 어떻게 챙겨."

"제가 챙길게요. 챙길 수 있어요."

"고집 부릴 만한 거 아니다, 이거."

이번엔 버들이 한숨을 내쉬었다.

"하나만 골라. 가서 새로 사 줄게."

"싫어요."

시선이 오고 갔다.

"너 말을 더럽게 안 듣네."

"대표님도 지금 제 말 안 들어주시고 계시잖아요."

무서운 얼굴로 황 대표가 자리에서 일어났다.

"어디 가요?"

"너 혼내러."

황 대표가 버들을 으슥한 곳으로 데려갔다. 여태 있는지도 몰랐던 나무판자로 된 창고였다. 전구가 깨진 채다. 벌어진 좁은 틈새로 햇빛 한줄기가 들어왔다. 공기 중에 떠다니는 먼지가 빛에 반사되어 보석처럼 반짝거렸다. 코끝이 간지러워진 버들이 작게 재채기를 터트렸다. 버들의 귓가로 황 대표가 가까이 얼굴을 숙였다. 나지막하다.

"좋아한다고 말해 봐."

"좋아해요."

짧게 입술이 부딪힌 뒤 멀어졌다.

"이용해도 된다고 말해 봐."

"……이용해도 돼요."

혀가 섞였다.

바퀴가 돌에 걸려 차가 크게 덜컹거렸다. 창문 밖으로 시골 풍경이 스쳐 지나간다. 침울한 표정으로 버들이 연거푸 침을 삼켰다. 이게 대체 무슨 기분인지 모르겠다. 이상하다. 그러면서 불안함이 함께 밀려든다. 버들이 애꿎은 손가락만 꼼지락거렸다.

마지막 날이라고 해서 특별히 황 대표는 달라지지 않았다. 평소와 일절 다를 바가 없었다. 하루하루 쌓아 추억으로 만들어 놓은 산책 코스나 여타 다른 물건들을 그저 귀찮은 듯 소홀히 내했다. 그런 황 대표의 태도를 자꾸만 곱씹게 된다.

버들이 무릎 위에 올려 둔 가방 지퍼를 열었다. 가방이 터져 나갈 정도로 챙겨 넣었다가 황 대표에게 딱 걸렸다. 꺾은 풀 더미부터 과일 나부랭이까지 그 자리에서 전부 버려졌다. 결국엔 남은 건 밀짚 모자 두 개와 황 대표가 작업할 때 주로 썼던 볼펜 한 자루가 전부다.

가장 먼저 출발한 황 대표의 차가 보이지 않는다. 서울까진 같은 차에서 함께 있을 줄 알았더니, 혼자만의 욕심이었나 보다. 덥진 않은지. 춥진 않은지. 심심하진 않은지. 운전석에 탄 직원이 죄송할 정도로 저를 챙겨 주고 있었다. 버들이 억지로 입꼬리를 올리며 신경 쓰지 말라고 일러뒀다.

황 대표가 걷어 줬던 손목 소매를 원래대로 내렸다. 오랜만에 가족들을 만난다. 절대 마른 거 들키면 안 되는데. 그래서 가장 도톰한 두께의 옷을 걸쳤다. 좀 덥지만 못 견딜 수준은 아니었다. 일렁거리는 속을 진정시켰다. 차창에 머리를 기댄 버들이 잠시 후 눈을 감았다.

에어컨을 껐다가 켰다가. 라디오를 켰다가 껐다가. 그런 황 대표에게 왜 그러는지 비서가 의중을 물어 왔다. 아무것도 아니라고 짤막히 대답한 황 대표가 뒤쪽을 바라봤다. 바짝 붙어 따라 오고 있던 차가 보이지 않는다. 서울에 도착하는 대로 업무 때문에 들러야 할 곳도 있고. 또…….

「같이 못 타요? 대표님, 길 모르잖아요.」

「내가 운전 안 해. 넌 뒤에 있는 차 타.」

「대표님. 그런데요…….」

「시끄러워, 좀. 사람들 기다리는 거 안 보여?」

오늘 이후로 더는 단둘이 있는 게 아니었다. 세상이 뒤집혀졌다고 한들 주어진 각자의 생활이 있다. 참견하거나 침범해선 안 되는. 그런데 혹시라도 버들이 그깟 키스 조금 한 걸로 착각에 빠져 귀찮게 굴까 봐 차를 따로 타게 했다. 황 대표가 무심하게 휴대폰을 꺼내 전화를 걸었다.

―네. 대표님.

황 대표가 잠시 뜸 들였다.

"에어컨 너무 세게 틀지 마."

―네?

"유 대표 막냇동생, 추위에 약하다고 들어서."

―아. 그렇습니까? 알아서 잘 모시겠습니다.

용건이 끝났다.

"유 대표 막냇동생 멀미는 안 하는 거 같아?"

―그런 말씀 없으셨습니다.

"그런 말 원래 안 해. 괜찮아 보여?"

―주무십니다.

"……자? 언제부터?"

―꽤 되셨습니다.

속 좋게 자? 자고 있다고?

휴게소에 줄줄이 차가 섰다. 먼저 도착해 있던 황 대표가 차에서 내렸다. 뜨거운 태양열에 살짝 미간이 구겨졌다. 버들이 타고 있던 차 문을 열어젖혔다. 직원의 말대로 버들은 세상 편하게 잠들어 있었다. 새근거리며 얕게 들려오는 숨소리도 안정적이고 불편해 보이는 것도 없다. 기가 막힌다. 황 대표가 한숨을 내뱉었다. 마냥 편안하고 안정적인 버들의 꼴에 왜인지 속이 뒤틀린다.

버들에게 뻗던 손을 황 대표가 거두었다. 대신 가장 가까운 거리에 서 있는 직원보고 버들을 깨우라고 시켰다. 어깨가 잡혀 몇 번 흔들리고 나서야 버들의 눈꺼풀이 파르르 떨리면서 열렸다.

"내려."

당황하는 직원을 뒤로한 채, 버들을 조수석에 태우고 황 대표가 핸들을 잡았다.

경로를 이탈하였습니다.

경로를 재탐색합니다.

경로를 이탈하였습니다.

경로를 재탐색합니다.

경로를······.

버들이 눈을 깜박였다. 내비게이션 버튼 몇 개를 꾹꾹 눌러 봤다. 같은 내용을 수십 번 반복했던 기계가 기특하게 고장 나지 않고 멀쩡하다. 황 대표가 아무렇게나 핸들을 꺾어 도착한 곳이 어딘지 모르겠다. 인적이 드물어 고요하다. 나무들이 우거져 있고, 정면으로는 커다란 호수가 보였다.

"대표님. 우리, 집에 안 가요?"

황 대표가 차에서 내려 앞쪽을 돌아 조수석 문을 열었다. 왜 그러냐는 눈빛으로 버들이 황 대표를 올려다봤다. 황 대표가 대신 버들의 안전벨트를 풀었다. 말없이 손목을 잡아 당겨 차에서 내리게 했다.

"다른 사람들은 어디 가셨어요?"

단둘이 있는 상황에서 딴소리하는 버들을 무시하며 황 대표가 하고 싶은 대로 했다. 품에 안은 버들의 어깨에 턱을 올렸다. 겉으로 드러난 주변 공기는 잔잔했다. 하지만 버들의 심장 박동은 천방지축으로 날뛰는 중이었다. 그게 맞닿은 가슴팍을 건너 황 대표에게 고스란히 전해졌다.

"너 진짜 못생겼더라. 아까 자는 거 보니까."

버들이 코를 훌쩍거렸다. 품에서 떼어 낸 버들을 황 대표가 뒷좌석에 앉혔다. 문 닫히는 소리가 두 번 울렸다. 바닥에 부리를 박고 바삐 뭔가 쪼아대던 새가 놀라 멀리 날아갔다.

버들의 목울대가 약하게 일렁거렸다. 옆에 앉은 황 대표가 제 남방 단추를 차례차례 풀고 있었다. 서두르는 손길이 아니었다. 나긋하고, 섬세하다. 그런 황 대표의 손을 버들이 가만히 내려다봤다.

"단추 너무 작아. 풀기 어렵게."

"……."

뭐라고 대꾸해야 할지 모르겠다. 버들의 어깨 뒤로 황 대표가 남방을 넘겼다. 목덜미 주변이 얼룩했다. 저가 남겨 놓은 울혈에 황 대표가 입술을 가져다 댔다. 버들의 아랫배가 팽팽해졌다.

"……아."

좁은 차 안 전체에 촉촉이 젖은 소리가 났다. 황 대표가 버들의 젖꼭지를 빨아 댔기 때문이었다.

*　　*　　*

버들이 대문을 열었다.

"군대 갔다 온 기분이네."

오랜만에 보는 마당이 반갑다. 장 여사가 좋아하는 꽃들로 우거진 정원이 예쁘다. 한참 기웃거리던 버들이 안으로 들어갔다. 잠시 잊고 있었던 집 냄새가 코끝 아래로 확 끼치면서 그리움이 터졌다. 부엌에 있다가 거실로 나온 가사도우미가 버들의 이름을 불렀다. 반가워하며 버들이 인사했다. 잘 계셨어요?

가족들이 전부 부재중이라고 하니 슬리퍼를 꿰신은 버들이 계단을 뛰어올라 제 방 앞에 섰다. 이게 뭐라고 두근거린다. 안으로 들어가 불을 켰다. 당연하겠지만, 모든 게 다 제자리였다. 창문을 활짝 열었다. 비밀스레 황 대표의 머플러를 보관해 둔 수납장 속을 들여다봤다. 그 옆에 시골에서 챙겨 온 황 대표의 수첩과 볼펜을 놓았다.

황 대표와 가고 싶은 장소들을 골라 연구하던 여행 잡지를 꺼내 버들이 침대에 벌러덩 드러누웠다. 얼굴에 책을 올렸다. 서늘한 종이의 감촉이 느껴진다. 얼마나 그러고 있었을까. 버들이 옷 위로 제 가슴을 건드려 봤다. 전에는 이러지 않았던 거 같은데⋯⋯. 황 대표님이 만지고, 또 빨아 대기 시작했을 때부터 좀 변한 거 같다. 유두 주변에 닿은 사소한 자극도 그냥 지나치지 못하고 머리카락이 쭈뼛 선다.

황 대표님에게 좋아한다고 다섯 번밖에 말 못 했네, 오늘은.

* * *

사옥에 도착해 문을 열자 팡, 오색 빛깔 종이가 휘날렸다. 황 대표가 욕을 지껄였다. 전화 통화를 하도 해 대서 오랜만에 봤지만 오랜만에 본 것 같지도 않다. 두 대표가 서로를 외면했다. 제 새끼가 언제 올까 오매불망 기다리고 있던 유 대표가 허투루 날린 폭죽이 아까워 욕을 씹었다.

"버들이는?"

"몰라."

"네가 여태 데리고 있었으면서 뭘 몰라."

"직원이 집에 데려다줬겠지."

"아. 그래?"

고깔모자를 그대로 쓴 채 유 대표가 본가로 향했다.

"유버들."

도착하자마자 망설임 없는 걸음으로 버들의 방에 들어간 유 대표가 들뜬 목소리로 제 막냇동생을 찾았다.

"형 왔는데?"

뒤집어쓴 이불이 고요하다. 기대 가득했던 포옹 신은 잠시 뒤로 미뤘다. 피곤한가? 자는 거 깨우지 않고 그저 잠깐 버들의 얼굴만 보려고 했던 유 대표가 눈썹을 험악하게 일그러뜨렸다. 숨도 잘 못 쉬면서 버들이 식은땀 범벅으로 고꾸라져 있었다.

몇 주의 시골 생활이 당연히 고됐다. 어렵사리 참고 있던 게 몰아서 한꺼번에 터졌다.

*   *   *

하루 일과를 끝내고 밤이 되어서야 황 대표가 제 집으로 돌아왔다. 널찍한 실내가 적막하다. 먼지 한 톨 떨어져 있지 않은 바닥이 어쩐지 이질적이다. 씻고 나온 황 대표가 노트북 전원을 켰다. 내다보이는 바깥이 네온사인으로 화려하다. 자리에 앉은 황 대표가 다시 일어나 커피를 내렸다. 원두 갈리는 소리가 금방 밀쳤다.

백색 소음이 필요하다. 집에 있을 때 라디오를 켜 두는 건 아주 오래 묵은 습관이었다. 볼륨을 낮췄다. 아나운서의 목소리가 집 안을

채웠다. 마른 침을 삼키며 황 대표가 문득 잘 관리된 집 안을 둘러
봤다.

풀벌레 소리라든가.

버들이 멋대로 떠드는 수다라든가.

해야 할 일을 미뤄 두고, 떠오르는 생각도 강제로 멈췄다. 황 대표
가 침실에 들어갔다. 베개를 베고 눕는 것 자체가 어색하다. 소파에
앉아 버들을 무릎에 앉혀 재웠던 며칠이 머릿속을 지나간다. 버들이
저 때문에 다쳐 아팠으니 바닥까지 긁어모아 베푼 알량한 동정심 정
도였다. 깜깜해서 아무것도 보이지 않는 천장을 물끄러미 주시했다.

허전하다. 지그시 허벅지를 눌러 오던 무게, 뜨끈뜨끈한 체온, 쌕
쌕 내쉬는 숨소리 그런 게 전부 없다 보니까…….

브레이크를 걸듯 황 대표가 급하게 머릿속을 지웠다. 뒤척거리는
사이 날이 밝았다.

고열은 3일간 지속되었다. 희미했던 버들의 심장 박동이 제자리를
찾고 나서야 마른 몸에 다닥다닥 붙어 있던 복잡한 기계들이 떨어졌
다. 홀가분함을 느끼면서도 버들의 어깨가 축 처졌다. 갑작스러웠던
입원이었다. 한시름 놨단 의사의 소견을 분명 들었음에도 불구하고
차마 안도가 되지 않나 보다. 제 기분을 재차 물어 오는 장 여사와
유 회장을 버들이 안아 주었다.

버들의 고개가 빠끔히 기울어졌다. 큰 덩치를 구겨 기둥 뒤에 서
있던 겨울이 발각됐다. 모양 빠지게 숨어 있을 땐 언제고. 제 막냇동
생에게 성큼성큼 다가간 겨울이 고깔모자를 씌워 주었다. 얼마나 만
지작거렸는지 뾰족이 솟아 있어야 할 모자의 꼭대기가 찌그러져 있

었지만 누구도 그걸 지적하지 않았다. 왁자지껄하다가도 은연히 가라앉은 분위기가 겨울의 선동에 수면 위로 떴다.

정해진 식사를 차분히 끝낸 버들이 수저를 내려놓았다. 평소보다 더 크게 입꼬리를 찢었다. 버들의 작은 얼굴에 웃음이 꽉 찼다. 고장이 난 채 태어난 자신 때문에 여태 초 단위로 마음 졸였을, 그리고 앞으로도 마음 졸여 가며 살아가야 할 가족들의 심정을 모를 수가 없다. 그게 참 끔찍하다.

버들이 앞장서 장 여사와 유 회장을 돌려보냈다. 그간 못 쉬었으니 오히려 두 분의 건강이 우려가 됐다. 링거를 맞고도 여전히 핼쑥한 장 여사를 유 회장이 부축했다. 날이 밝는 대로 다시 오겠다며 약속했다.

모아 온 꽃가루를 몽땅 터트린 겨울을 보며 버들이 입을 열었다.

"형도 이제 가."

"너는 새끼야. 그게 형한테 할 말이야?"

못할 말은 또 뭐야. 책 본다고 펼쳐 둔 보조 책상을 척척 치워 버린 뒤 겨울이 버들을 눕혔다. 막무가내다.

"너 혼자 있으면 너무 조용하잖아."

"조용히 혼자 있고 싶어서 그러지."

버들의 요구에 겨울이 한숨을 내쉬었다.

"야. 이 애물단지야."

"집에 좀 가. 형 피곤하잖아. 눈 빨개."

"……저거 진짜. 너야말로 잠이나 자."

"조금 이따가 씻을 거야."

"아까 씻었잖아."

"샤워해야 돼."

바닥에 떨어진 꽃가루를 모아와 버들의 머리 위에 흩날렸다가 등을 몇 대 얻어맞았다.

"샤워? 내일 해."

"당연히 내일도 할 거야."

꼬박꼬박 말대답을 하며 버들이 미간을 구겼다. 겨울 역시 인상을 찌푸렸다. 불에 달군 것처럼 열이 펄펄 끓어 놓고선. 물론 지금은 괜찮아졌다지만 꼭 병원에 와서까지 깔끔한 척 굴어야 하는 건지. 수건과 갈아입을 옷 등을 알아서 척척 챙겨 가며 씻을 준비를 하는 버들의 모습을 겨울이 탐탁지 않은 눈길로 쳐다봤다.

"환자복 저기에 있어. 갖다 줘?"

"별로야. 허리가 너무 헐렁거려."

병실에 딸린 욕실에 버들이 쏙 들어갔다. 씻고 나온 버들의 젖은 머리를 겨울이 말려 줬다. 노곤하다. 꼭 잠든 것처럼 눈을 감고 있던 버들의 입술이 작게 벌어졌다.

"유버들."

"……어."

"세상에 형 같은 사람이 또 어디에 있냐?"

"그게 무슨 말이야?"

버들이 눈을 떴다.

"네 머리숱이 보통은 아니잖아."

"지금 내 욕한 거야?"

발끈한 버들의 옆머리를 겨울이 살짝 밀쳤다.

"네 욕은 아니고. 형이 형 자신을 칭찬한 거지."

"무슨 칭찬."

"웬만한 사람은 너 머리 드라이 해 주는 거, 시도조차 못 할걸?"

시큰둥했던 버들이 불쑥 몸을 뒤로 돌렸다. 예전부터 말은 바로 하라고 배웠다. 버들이 배움을 곧장 실천했다.

"아니야. 황 대표님도 나 머리 잘 말려 주셔."

"……."

"머리도 몇 번이나 감겨 주셨어."

"……."

"형. 황 대표님은 잘 계셔?"

겨울이 입을 다문 채 드라이기를 정리했다. 버들의 말이 당장 믿기진 않았다. 한두 해 알아 온 사이도 아니고. 황 대표 성격이야 자신이 가장 잘 알 텐데. 누구 머리를 감겨 주고, 말려 주는 성질머리가 결코 아니었다.

"이제 누워, 빨리."

"황 대표님 잘 계시냐니까."

"그 새끼야 알아서 잘 있겠지."

뒷다리를 걸어 겨울이 버들을 침대에 쓰러뜨렸다. 이어 턱 아래까지 이불을 덮어 줬다. 큰 눈을 깜박거리던 버들이 갑갑한지 팔을 꺼냈다. 겨울이 머리맡 조명을 어둡게 조절했다. 침대가 크니까 공간이 남아돈다. 자연스레 옆에 누우려는데 버들이 호락호락하지 않다.

"형. 나 내일 퇴원해야 돼."

"퇴원이 가능해야 퇴원하는 거지. 무슨."

"가능할걸?"

"네가 의사해라. 어?"

"……."

화창한 하늘이 시골 어느 날과 닮았다. 다리를 까닥이며 창밖을 내다보던 버들이 핸드폰을 집어 와 사진을 찍었다. 흔들렸지만 파란색만큼은 확실하다. 그걸 황 대표에게 전송했다. 어제 보낸 꽃 그림 사진도 그렇고. 아직 황 대표가 메시지 확인을 하지 않은 채다. 많이 바쁘신가?

버들이 몸에 지독한 약냄새가 밸까 겁이나 입기 싫은 환자복을 걸쳤다. 수술이 가능한지, 불가능한지 판가름하는 검사가 길게 진행됐다. 지칠 법도 한데 버들은 태연했다. 도리어 가족들을 향해 웃어 보였다. 검사 결과는 원하는 대로 나올 거라고, 누구보다 자신 있었다.

인수합병까지 무탈하게 진행됐다. 대형 기획사로 우뚝 서자마자 사방에서 견제가 들어왔지만 다들 콧방귀를 뀌었다. 워낙 뿌리부터 탄탄하게 준비해 왔던 터라, 타격이란 게 없었다. 안정적인 상황이라고 한들 거기서 안주하지 않았다. 계획했던 대로 특정 분야에 따라 사업 파트를 나누었다. 제작은 물론 유통까지. 자금대가 확실하니 콘텐츠 독점으로 투자 방향을 세웠다. 회의가 끝나면서 직원들이 전부 빠져나갔다. 볼펜 꼭지를 똑딱거리고 있던 유 대표가 건너편의 황 대표를 바라봤다.

"몇십 년을 알았어도 내가 알지 못하는 네 면모가 있나 봐?"

서류를 넘기던 손을 멈추고 황 대표가 정면을 바라봤다.

"내 새끼 머리도 감겨 주고, 말려 주고. 응?"

황 대표가 서류 다음 장을 유유히 넘겼다.

"난 네가 나 말고 다른 사람이랑 친하게 지내는 걸 못 봐서 그래.

버들이 입에서 어떻게 네 칭찬이 마르지 않고 나오지? 내 새끼야 원래 사람 보는 눈이 더럽게 없어서 그런다고 쳐. 넌? 황 대표 너는 원래 아무한테나 착하게 구는 그런 새끼가 아니잖아."

열이 펄펄 끓던 버들을 입원시키면서 몸에 있던 흔적들을 발견했다. 워낙 흐릿하기도 했고, 또 자잘한 반점으로 열꽃이 전체적으로 수놓아져 처음엔 그냥 지나쳤었는데……

버들은 황 대표의 근황을 궁금해하며 혼잣말처럼 재잘거렸다. 잘 계실까? 식사는 하셨을까? 많이 바쁘실까? 그런 버들과 황 대표에게 느껴지는 온도 차가 확실하다. 버들에 대해 어떠한 언급도 없이 지나치는 황 대표가 거슬린다. 제 사업 동업자로, 제 막냇동생으로 서로 얼굴만 몇 번 본 적 있는 게 다인 예전과 다르다. 근 두 달을 둘이서 함께 살았다.

「너 황 대표 타령 왜 하는 거야?」

「멋있잖아.」

「아깐 예쁘다면서?」

「당연하지.」

「뭐가 당연해?」

「멋있기도 하고 예쁘기도 하니까.」

예전의 '황 대표 타령'과 비교하니까 더 확실하다. 머리를 감겨 주고 말려 줬다며 특정한 행동을 언급한 게 아니라 그때처럼 막연하게 버들이 황 대표에 대해 이야기를 했다면 아무렇지 않았을 것이다.

겨울의 입에서 한탄이 섞인 한숨이 무지하게 흘렀다. 좋은 공기 마시면서 안락하게 잘 쉬고 있단 버들의 발랄한 통화 내용이 스쳐 지나갔다. 빗발치는 유 대표의 감정 중에 후회가 또렷하게 섞여 있었다. 속은 기분이 든다. 한 번쯤 찾아가 볼걸. 그런 생각이 애초에 들지 않게끔 안심시킨 사람이 다름 아닌 버들이라 어떤 탓도 못 하겠다.

"너랑 나랑 하루에 통화를 서른 번도 더 넘게 한 날이 수두룩해. 어떻게 한 마디를 안 해. 두 달 가까이 너랑 살면서 내 새끼 살이 그렇게 빠졌는데."

꼬고 있던 다리를 풀고 황 대표가 서류를 데스크에 던지듯 내려놓았다.

"네 새끼 살 빠진 걸 왜 남의 탓을 해. 너도 잘 알고 있다며. 나는 원래부터 그런 말 안 하는 성격이야."

황 대표가 자리에서 일어나자 유 대표도 따라 일어났다.

"황 대표."

"어."

"마지막으로 물을게."

감정이 팽팽하게 당겨졌다.

"나한테 할 말 없어?"

*　　*　　*

수영을 다녀왔다. 원래의 생활로 돌아왔건만 발목이 붙잡힌 것처럼 신경이 내내 날카롭다. 며칠째 시달리고 있는 불면증을 원인으로 꼽으며 황 대표가 욕을 짓씹었다. 간밤의 숙취가 괴롭다. 틈틈이 시원한 물을 마셔 주는데도 지끈거리는 두통이 나아지지 않는다. 라디오를 껐다. 예정되어 있는 일정을 체크해 뒤로 미룬 다음 황 대표가 차 키를 들었다.

손목을 다친 버들을 대신해 수강 신청을 해 줬었다. 특정 과목별 시간들이 기억 속에 남아 있었다. 버들의 학교까지 경로를 몇 번 이탈한 끝에 도착했다. 구름 한 점 없는 하늘이 높다. 쨍한 햇볕에 눈살을 찌푸리며 황 대표가 정문으로 걸었다. 개강을 한 대학가답게 거리가 활기차다. 황 대표가 고개를 내려 손목에 채운 시계를 확인했다. 기다리면, 뭐. 보겠지. 그런 미친놈 같은 생각이 아무렇지 않게 들었다.

한 15분쯤 지났을까. 다시 시계를 들여다봤다. 5분도 채 안 됐다. 짜증이 난다. 누군가를 기다린다는 것 자체가 낯설었고, 그러면서 이질감이 들었다.

지루함이 담긴 황 대표의 시선이 주변으로 닿았다. 농구 골대, 나무, 벤치, 표지판. 오른쪽에서 왼쪽으로 서서히 돌아가던 황 대표의 고개가 일순 멈췄다. 바글거리는 여러 사람들 틈새로 버들이 보였다. 저도 모르게 황 대표가 숨소리를 낮췄다. 일주일 만에 보게 된 버들의 얼굴은 여전히 말갛고, 여전히 하얗다. 바뀐 거라고는 하나 찾아볼 수가 없는데…… 제일 예뻤다. 땅바닥에 곤두박질친 심장이 느껴지자마자 갈증이 났다. 버들이 저를 발견하기 전에 황 대표가 그 자리를 떴다.

비서에게 차를 돌리라고 황 대표가 지시했다. 주량을 넘어섰던 술 때문인가. 자잘하게 진동하는 가슴이 언짢다. 오피스텔 엘리베이터에 황 대표가 올라탔다. 버들에게 작업실로 내줬던, 바로 그 집이었다.

들어와 살피니 여전히 구석구석 깔끔하게 잘 관리되고 있었다. 뉴욕에 있는 혜주가 한국에 들어올 때면 여기에서 머물렀다. 소파에 몸을 깊숙하게 묻으며 황 대표가 눈을 감았다.

그때, 비밀번호 누르는 소리가 났다. 감고 있던 눈을 떠 황 대표가 현관문 쪽을 바라봤다. 관리자 정도를 예상했는데 뜻밖이었다. 양손에 커다란 비닐봉지를 들고선 버들이 서 있었다.

"대표님?"

전혀 예상치 못한 인물을 만나게 된 버들의 눈이 동그랗게 커졌다.

"대표님. 여기는 웬일이에요?"

신발을 벗고 버들이 쪼르르 황 대표에게 다가갔다.

"여기가 왜. 네 거야?"

"……작업실로 쓰라고 허락해 주셨잖아요."

"쓸 거야, 작업실로?"

"당연하죠. ……안 돼요?"

버들이 황 대표의 손가락, 눈, 귓불, 목을 차례대로 바라봤다. 혹시나 이게 꿈은 아닐까 눈을 깜박이는 것조차 조심스럽다. 퇴원 첫날부터 이게 무슨 횡재일까. 감동이나 감격 같은 기분을 황 대표로 인해 새롭게 이해했다. 가까이 다가온 버들의 팔을 황 대표가 배려 없이 잡아 당겼다. 버티지 못하고 무너지니 황 대표의 무릎 위다.

"대표님?"

다시 한 번 심한 갈증이 번졌다. 버들의 허리를 꽉 끌어안고선 황 대표가 숨을 깊게 들이켰다. 버들에게서 바깥의 냄새가 생생히 묻어난다. 원하는 게 아니었다. 살갗 냄새를 맡기 위해 황 대표가 버들의 목덜미에 코를 파묻었다. 간지러운지 버들이 어깨를 움츠리며 움찔거렸다. 티셔츠를 걷어 버들의 맨살까지 만지고 나니, 그제야 우습게도 꼭 막혀 있던 숨통이 터졌다. 어쩐지 기진맥진하다.

"살 빠졌어?"

"아니요."

"아니긴. 시골에 있을 때보다 더 빠졌네."

버들이 쭈뼛거리며 아랫입술을 물었다.

"버들아."

황 대표의 목소리로 듣는 제 이름이 무던히 설렌다. 둘의 눈이 허공에서 마주쳤다.

"색연필 사 줄게."

"……안 사 주셔도 돼요."

"많이 갖고 있어도 사 줄게."

나른하게 펼쳐진 오후였다.

"대표님."

대답이 없다. 버들이 황 대표의 가슴팍에 기대고 있던 고개를 뗐다. 저를 껴안은 채 황 대표가 어느 순간 잠이 들었다. 은은하게 향수 냄새가 풍겨 온다. 이 정도까지 욕심은 안 부렸다. 가끔 사무실에서 부딪히는 날이 있길 바랐을 뿐이었는데. 서울에 온 뒤로 황 대표와 각각 떨어져 살고 있지만, 꿈같은 시골 생활이 꼭 연장되는 거 같다.

……아. 너무 좋아. 무리하지 않아도 입가가 부드럽게 풀리며 절로 웃음이 지어졌다.

황 대표의 생활 패턴이 바뀌었다. 작업이긴 업무긴 몽땅 몰이 밤과 새벽 사이에 해결했다. 그리고 버들의 수업이 끝날 때쯤 맞춰 미리 오피스텔에 가서 기다렸다. 큰 창문에서 노을이 쏟아져 들어왔다.

제 품에 안긴 채 버들이 재잘재잘, 학교에서 있었던 자기 하루 일과를 들려줬다.

"대표님. 좋아해요."

내리깐 시선에 황 대표의 목젖이 보였다.

"난 너 안 좋아해."

"……알아요."

황 대표가 불면증에서 완벽하게 벗어났다.

버들의 집에 도착했다. 바래다주는 시간이 언제나 깜깜한 밤이다.

"내려. 빨리."

버들의 눈썹이 처졌다. 매번 저 혼자만 아쉬운 모양이다.

"대표님. 제가 맛있는 거 사 드릴까요? 야식 같은 거."

"내리라고. 일하러 가야 되니까."

"……."

안 들리는 척 버티는 버들을 말끄러미 응시한 황 대표가 인상을 썼다. 그제야 버들이 가방을 챙기면서 잘 가란 인사를 건넸다. 내리라고 할 땐 언제고. 정작 버들이 차에서 내리려고 하자 황 대표가 붙잡았다. 그리고 뒷좌석에서 종이 가방을 꺼내 버들의 손에 들려 줬다.

"뭐예요?"

황 대표가 말이 없자 버들이 종이 가방을 펼쳤다.

"……저 색연필, 진짜 필요 없는데."

괜히 하는 소리라고 여겼다. 황 대표가 버들의 어깨 뒤로 팔을 감았다. 서서히 다가오는 황 대표의 얼굴에 버들이 눈을 감았다. 서로 다른 체온을 지닌 입술이 겹쳐졌다. 버들의 속눈썹이 떨렸다. 조급하

게 구는 황 대표에게 버들이 살며시 혀를 내줬다. 쪽, 황 대표가 제
혀끝을 빨아 당겼다. 머리카락이 쭈뼛 서면서 오금이 저렸다. 수축한
아랫배 밑으로 전부 젖는 기분이 든다.

황 대표가 입질하듯 자근자근 깨문 탓에 입술이 붉어지면서 부어
버렸다. 부끄러워진 버들이 서둘러 차에서 내려 마당을 가로질러 뛰
었다. 아무도 못 보게 제 입술을 손바닥으로 가리고 나서 현관문을
열었다. 꽃가루가 팡, 터졌다. 불시의 공격에 버들이 휘청거렸다.

"형. 뭐야. 이거 취미야?"

"내 새끼. 이거 뭔 줄 알아?"

수술 가능 여부에 대한 결과가 담긴 서류가 병원에서 도착했다.
장 여사와 유 회장에게 축하를 받았다. 뒤늦게 버들이 웃었다. 보란
듯 밥 한 공기를 뚝딱 비웠다. 서류를 들고 버들이 제 방으로 들어갔
다. 몸이 벽을 타고 허물어졌다. 손끝이 달달 떨린다. 하얗게 질린 얼
굴에 불안함이 그득 담겼다. 몇 번을 확인해도 수술 가능 확률이 수
술 불가능 확률보다 높게 측정되어 있었다.

믿을 수가 없다. 자신 있었는데……. 분명, 수술이 불가능하다고 나
올 줄 알았다. 버들의 큰 눈에 눈물이 고였다. 입맛을 잃고. 치미는
구역질을 해 대느라 목구멍이 붓고. 그걸 참았던 이유는 뉴욕에 가
기 싫어서였다. 억장이 무너진다.

두어 시간이 지나자 머릿속이 차분해지면서 달달 떨리던 손도 함
께 진정이 됐다. 버들이 숨을 최대치로 크게 들이켰다가 천천히 내
쉬었다. 몸을 일으킨 뒤 바닥을 두리번거렸다. 어둠에 눈이 익어 벗
겨진 슬리퍼 한쪽을 금방 찾을 수 있었다. 불을 켰다. 수술이 가능하

다고 적힌 서류가 엉망으로 구겨져 있다. 가족들은 신줏단지 모시듯 대했을 테니 범인은 쉽게 찾아낼 수 있었다. 구겨진 부분들을 집중해 폈다. 우글우글한 종이가 처음처럼 완벽하게 돌아오지 않는다. 어차피 기대한 것도 없다. 늘 그랬듯 포기가 빨랐다.

봉투 속에 서류를 집어넣어 정리하는 버들의 얼굴에서 표정이 사라졌다. 가방을 들고 온 버들이 일부러 서류 봉투 위에 내려놓았다. 얼핏 비친 병원 마크는 꼼꼼하게 가방 끈으로 가렸다. 당장 눈에 안 보이는 것처럼 전부 없던 일이 되어 버렸으면 좋겠다.

……맞다! 뒤늦게 번쩍 떠오른 생각에 거울 앞으로 향하는 버들의 걸음이 빨라졌다. 흐트러진 앞머리를 정리하다가 말고, 버들이 제 입술을 가만히 만지작거렸다. 겨우 균형을 맞춰 가던 기분이 비틀렸다. 손톱 끝은 갈라져 흉하고 입술은 버석하게 말라 까칠하다. 침을 좀 묻혀 보니 낫다. 손톱도. 입술도.

습관처럼 웃음을 띤 버들의 눈가가 고요하게 내려앉았다. 한숨마저 혹여 습관이 될까 의식하며 억눌렀다. 침대 위를 무릎으로 기어 가로질렀다. 창문을 열자마자 들이닥친 바람에 애써 정리한 앞머리가 다시 흐트러졌다. 대문 앞이 보일 듯 말 듯 한다. 창틀에 양팔을 내린 버들이 최대한 상체를 앞으로 내밀었다. 황 대표의 차가 보이지 않는다. 하긴. 시간이 많이 흘렀는데 있을 리가 없지. 입천장이 전부 녹아내리진 않을까, 걱정이 들만큼 촉촉하고 달콤했던 키스로 기억이 잘 나지 않는다. 잘 자라고, 운전 조심하라고, 또 뵐 수 있으면 좋겠다고, 내가 그런 인사를 하고 차에서 내렸던가? 서로 포개졌던 입술을 천천히 떼어 낸 찰나 황 대표님이 짓던 미소가 정말 제대로 된 내 기억이 맞을까?

석고 반죽 앞에서 버들이 진중하다. 됐나? 비스듬히 고개를 기울여 각도를 쟀다. 스케치는 한참 전에 끝났다. 더 손볼 게 없는데도 자꾸만 아쉬움이 남아 머뭇거리는 중이었다. 주변은 벌써 다음 단계로 넘어가 덩어리를 깎아 내기 시작했다. 하얀 가루가 먼지와 뒤섞여 꼭 눈보라처럼 휘날린다. 기운 빠진 버들이 등을 굽혔다. 이렇게 더딘 속도라면 분명 남들과 동떨어지고야 말 거다. 버들이 하는 수 없이 연필을 내려놨다. 필통 속에 있어야 할 지우개가 보이지 않는다. 다행히 근처에서 발견했다.

버들이 끌과 망치를 이용해 넓은 부분을 깨뜨렸다. 다쳤던 손목에 무리가 가는지 이따금씩 시큰하다. 미간을 찌푸린 버들이 허공에 손목을 탈탈 털어 가며 작업을 이어 갔다. 교수가 성의 없는 설명과 함께 간결하게 적고 나간 글씨가 칠판에 적혀 있었다. 인물 표현. 위로 날아가는 글씨체이지만 못 알아볼 수준까진 아니었다. 옆에 있던 동기 녀석이 허리를 쭉 펴 제 작품과 버들의 작품을 번갈아 가며 바라봤다.

"너 주제 몰라?"

"나?"

별로 친하지도 않은데 불숙 걸어온 말에 제 가슴팍을 찔러 보이며 버들이 "지금 나한테 하는 말이야?" 하고 되물었다.

"그래. 너 말이야, 너. 주제를 몰라?"

"내 주제? 잘 아는데……."

"네 주제가 뭔데?"

"말해 주기 싫어."

"네 주제가 우리 모두의 주제이기도 해."

"응?"

커다란 버들의 눈이 투명하다. 쯧. 마주 본 동기 녀석이 팔짱을 낀 채로 건들거리며 다가왔다. 가뜩이나 많은 먼지가 그런 동기 녀석의 움직임에 더 풀썩거리며 날아다니는 게 반갑지 않았다. 코끝이 간지럽다. 버들이 가방을 뒤져 마스크를 찾았다. 금방이라도 재채기가 터질 거 같다. 답답함을 무릅쓰고 버들이 마스크 끈을 잡아당겨 양쪽 귀에 걸었다. 그러자 첫 키스 후 산책하다가 말고 멈춰서 마스크를 사 줬던 황 대표가 스르륵 그림처럼 떠올랐다. 위아래 붕어처럼 팽팽하게 부은 입술이 신경 쓰이고, 또 못생겨진 거 같아 속이 상했었다. 어떻게든 황 대표에게 만큼은 보여 주지 않으려고 아등바등 댔었는데…….

「다른 데 가서 입술 보여 주지 마.」

「……그럼, 대표님한테도 보여 주지 말아요?」

「난 봐야지.」

몽글거린다.

「제 입술 보실 거예요?」

「응.」

단조로운 그 대답이 무던히 가슴을 떨리게 만들었다.

"유버들. 인물 표현이 과제 주제야."

동기 녀석의 판단에는 버들이 작품 혼자만 외딴 방향으로 노를 저어 가고 있었다.

"나 지금 인물 표현 열심히 하고 있어."

혼자만 외딴 방향으로 향하면서 버들은 꿋꿋했다.

"그걸로 인물 표현이 된다고 생각해?"

버들의 작품에 동기 녀석이 순수한 의문을 가졌다. 말이 떨어지기가 무섭게 버들이 눈을 둥그렇게 떴다. 당연히 인물 표현이 된다고 제 작품을 열렬하게 두둔했다.

모자를 거꾸로 뒤집어쓰며 동기 녀석이 눈을 가늘게 떴다. 자신을 포함해 다른 사람들이 조각을 새겨 넣고 있는 석고엔 과제 주제에 맞춰 인물이 나타나 있는데 버들은 달랐다. 하긴. 이런 놈도 있고 저런 놈도 있기 때문에 세상은 요지경으로 돌아가는 법이다. 얄미울 만큼 재능을 타고나 뭘 하든 앞길이 빵빵한 놈들이 있는가 하면, 유버들처럼 학기 초부터 학점에 구멍 뚫리는 놈이 생기기도 하는 거지. 그게 뭐 큰 대수겠어.

"발목으로 인물 표현이 되는구나. 내가 장담하는데, 넌 'D'다."

농담인지 악담인지 분간이 잘 되지 않는다. 어쨌든 버들이 콧잔등을 찌푸렸다.

"남자 발이네, 이거. 모델이 누구야? 아. 너 형들 많다고 했지? 너희 형들 중 한 명?"

형들이 많기는 하나 다들 고만고만하다. 그중에서 아무나 한 명을 골라 모델로 써 조각을 새긴다니. 조각이 장난도 아니고. 생각만 해도 시간 아까운 짓이었다. 자꾸 간섭하려 드는 동기 녀석에게 버들이 대꾸하지 않았다.

시린 손목을 빙글빙글 돌리며 밖으로 나온 버들이 벤치로 향했다. 주머니에서 꺼낸 게 담배다. 마스크를 턱 아래로 잡아당겼다. 금방 시야가 흐려진다. 연기를 짧게 내뿜으며 버들이 팔을 내려 재를 털었다.

가까운 나무에서 매미가 울고 있었다. 가냘프다. 안 그러려고 해도 시골의 풍경과 비교를 하게 된다. 시골 매미는 귀청을 멀게 할 정도로 처절하게 울어 댔었다. 벌써부터 그곳 생활이 그리워져서 큰일이다. 휘황찬란하게 물드는 노을을 보며 황 대표와 함께 살았던 나날들 중, 어떤 하루를 떠올려도 좋아하는 사람이 중심이 된다.

담배를 비벼 끈 버들이 벤치에서 일어났다. 예상되는 학점도 꼴찌였고, 작업 진행도 꼴찌였다. 언제 학교를 그만두게 될지 모르니 솔직히 학점이 'D'건 'F'건 상관없다. 하지만 진행 속도만큼은 신경 쓰인다. 건물 입구에서 버들이 누군가에게 붙잡혔다.

"이거 드세요."

불쑥 내밀어진 음료수가 갑작스럽다.

"1학기 때 저희 같은 교양 들었거든요. 그룹 발표도 했었는데……."

자기 얼굴을 보고도 영 기억 못 하는 것 같은 버들에게 음료수를 다시 건네며 관계를 설명했다.

"혹시 여자 친구 있으세요?"

"그런 건 왜요?"

"아. 그냥요. 혹시 마음에 들거나 선호하는 타입이 뭔지 물어봐도 돼요?"

훅 들어오는 질문에 버들의 눈빛이 달라졌다. 이날만을 기다렸다.

"저는 자세가 바른 사람이 좋아요."

딱 한 문장을 말하면서 가슴이 벅차올랐다.

뛰어선 안 돼.

많이 걸어선 안 돼.

무리해서 움직이면 안 돼.

땀 흘려선 안 돼.

버들이 운동장을 쳐다봤다. 공 하나를 차지하기 위해 서로가 거칠게 몸을 쓰며 경쟁하고 있었다. 어렸을 적 철퍼덕 놀이터에 앉아 조용히 땅을 파는 자신을 보며 가족들 모두가 안심했었다. 원래부터 버들이 뛰는 것도, 많이 걷는 것도, 무리해서 움직이는 것도, 땀 흘리는 것도 안 좋아해서 다행이라고.

사실은 형들이나 또래 아이들이 너무 부러웠다. 미끄럼틀을 거꾸로 기어오르거나, 철봉에 대롱대롱 매달려 있거나, 허리에 두른 도복 띠 같은 것들이. 물론 어떻게 살아야 할지 방향을 결정해 주었던 조각도는 더없이 소중하다.

집에서 바리바리 싸 들고 온 짐을 버들이 내려놓았다. 등 뒤로 문이 닫히자 어떠한 잡음도 들리지 않는다. 오늘은 오실까. 안 오실까. 이틀 연속 황 대표를 만나지 못했다. 오피스텔을 방황하며 돌아다니는 버들의 양손에 머플러와 수첩이 들려 있었다. 이럴 줄 알았으면 인테리어에 관련된 교양 과목을 좀 들을 걸 그랬다. 고심 끝에 머플러와 수첩이 있을 자리를 정했다. 음?

"……비슷하네."

머플러에 새겨진 자수와 수첩에 새겨진 자수가 같은 'H'라 그런지 비슷하게 느껴졌다. 거품을 잔뜩 묻혀 여러 번 손을 닦았다. 수건에 물기를 닦으며 욕실 안을 둘러봤다. 칫솔 두 개. 샤워 스펀지 두 개. 시골에서 황 대표와 둘이 살았던 것처럼 두 개씩인 필수품들이 있다. 그걸 버들이 사진으로 찍었다. 몇 번을 찍어도 형체를 알아 볼 수 없게 흔들려 아쉽다.

해가 지는 게 순식간이다. 책상을 차지하고 앉아 한참 스케치에 몰두해 있는데, 비밀번호 누르는 소리가 들려왔다. 심장이 두근거린다. 방음이 잘되니 다른 걸 잘못 들은 게 절대로 아니었다.

"대표님!"

노트를 당장 덮은 뒤 버들이 벌떡 자리에서 일어났다.

"바쁘셨어요?"

갑작스레 달려든 버들을 지나쳐 황 대표가 넥타이를 잡아당겨 풀었다. 버들의 얼굴이 잔뜩 상기된 채다. 황 대표가 샤워를 하는 동안 버들이 문 앞에서 바짝 서 기다렸다. 물소리가 끊겼다. 그제야 버들이 한 발짝 뒤로 물러났다.

"유버들."

"잠깐만요."

물기 어린 타일을 버들이 맨발로 밟았다. 아까 찍어 둔 사진을 지우고 새롭게 셔터를 눌렀다. 아까는 제 칫솔과 샤워 스펀지만 젖어 있었다면, 지금은 둘 다 똑같이 젖어 있었다. 새로 찍은 사진 역시 전부 흔들렸지만 만족도는 달랐다.

"대표님. 식사는 하셨어요?"

"했어. 너는."

"저도 했어요. 근데 대표님. 많이 피곤하세요?"

잠을 못 잔 것처럼 황 대표가 예민해 보인다.

"한 시간만 잘 거니까 알람 맞춰 놔."

"제가 깨워 드릴게요. 걱정 마세요."

"……."

"대표님. 얼른 주무세요."

"넌 나 자는 동안 뭐 하게."

"저는 여기서 조용히 있을게요."

자는 얼굴 실컷 볼 수 있겠다, 오늘은.

소파에 앉은 황 대표의 시선이 아래로 향했다. 제 발치에 앉아 생글거리는 버들을 보며 낮게 한숨을 내뱉었다. 버들도 황 대표를 따라 한숨을 폭 내쉬었다. 진짜 조용히 있을 건데 황 대표가 그런 제 말을 못 믿는 거 같다.

"나 자야 되니까……."

"……."

"이리 올라와."

황 대표의 무릎 위에 앉은 버들의 볼이 발갛다.

"처음인 것처럼 왜 수줍어 해."

아닌데. 저 수줍어한 적 없는데, 하며. 눈도 못 맞추고선 버들이 웅얼거렸다. 버들의 등에 팔을 올린 황 대표가 옅게 미간을 찌푸렸다. 손바닥 전체로 툭툭 불거져 나온 버들의 척추뼈가 만져졌다. 밥, 진짜 먹은 건지 물으려다가 말았다. 황 대표가 버들을 품에 끌어안았다. 굽혀진 무릎이 오랜만이라 혹시 아프진 않을까 만지작대자 버들의 어깨가 움찔거렸다. 가족 행사에 다녀와 불쾌했던 감정들이 뒤로 물러나면서 차차 흐려진다. 샤워했는지 버들의 목덜미에서 저와 같은 향기가 묻어나고 있었다. 티셔츠 속으로 손을 넣은 황 대표가 버들의 맨살을 쓰다듬었다. 조용한 공간에 단둘의 숨소리만 존재했다.

주변 공기가 고요해지자 감고 있던 눈을 황 대표가 떴다. 제 가슴팍에 기운 버들의 얼굴을 바라봤다. 헛바람이 켜졌다. 깨워 줄 테니까 걱정하지 말라던 놈이 더 먼저 잠들어 있었다.

……이거 집에 데려가면 안 되나. 물건처럼 살 수 있는 거면 좋았을 뻔했다.

정확히 한 시간 뒤에 황 대표가 버들을 깨웠다. 곱게 깨우지 괴팍한 성질머리대로 그냥 소파에 내팽개쳤다. 가물거리는 눈을 끔벅거리면서 버들이 황 대표부터 찾았다. 주방에서 황 대표가 물을 마시고 있었다. 버들이 멋쩍게 제 이마를 긁적였다. 기분처럼 눈썹이 침울하게 가라앉았다. 아, 언제 잠들었지? 여러모로 복잡해진 머릿속에 그간 밤잠을 설쳤던 게 꼭 거짓말 같다. 황 대표님이랑 있으면 잠 못 들어 끙끙거리는 밤도 몇 안 되겠다. 버들이 황 대표의 뒤를 따라다녔다.

"대표님. 저 오늘 학교에서 과제 처음 들어갔거든요. 인물 표현 조각이요."

황 대표가 버들의 손가락을 바라봤다. 손등이며 손톱이며 갈라져서 볼품없다.

"제가 하는 인물 표현에 제 친구가 'D' 받을 거래요. 저는 사람 얼굴 조각 안 해서, 진짜로 'D' 받을지도 몰라요."

황 대표가 소파에 앉자 버들도 따라 옆에 앉았다.

"사람 얼굴 조각 안 하면, 넌 뭐 하는데."

"저는 발목이요."

"사람 발목?"

"네. 남자 발목."

"발목을 뭐 하러 조각해."

해괴하다. 이해 못 한 황 대표가 인상을 찌푸렸다.

"저 이거 학교에 제출 안 할까 봐요."

"그럼 'D'도 못 받겠네."

"좀 작게 만들어서 열쇠고리로 가지고 다니고 싶어요."

"고작 열쇠고리나 만들라고 유 대표가 너 대학 보냈어?"

꼴통 새끼를 황 대표가 나무랐다.

"그럼 어떡해요."

"뭘 어떡해."

"실제 발목으론 열쇠고리 못 만들잖아요."

버들이 황 대표에게 한층 더 붙었다. 큰 눈이 초롱초롱하다.

"근데요. 대표님."

"……."

"발목이 왜 그렇게 예뻐요?"

해사하게 웃는 버들의 얼굴이 바로 눈앞에 있다. 하도 기가 차니까 한숨조차 나오지 않는다. 황 대표가 차라리 입을 다물어 버렸다. 학교에서 있었던 일을 계속해서 재잘거리는 버들의 팔을 잡아 제 무릎 위로 앉혔다. 슬쩍 손이 닿은 엉덩이가 말랑거린다. 버들의 수다가 일순 멎었다. 뭔가 싶나 보다. 고개를 뒤돌려 손의 위치가 어디에 있는지 정확히 하는 꼴이 우습다. 그대로 끌어당겼다. 버들의 하체가 황 대표의 아랫배에 철썩 맞붙었다. 움찔 어깨를 떤 버들이 최대한 몸을 뒤로 뺐다. 그래 봤자 황 대표의 손아귀 안이다.

"저기, 대표님."

저를 부른 버들의 말을 무시했다. 무심한 표정으로 황 대표가 버들의 몸을 더 바짝 끌어안았다. 살짝 벌어진 입에서 어떠한 소리도 못 내고 있다. 황 대표가 몸을 뒤로 기울자 아랫배에 닿아 있던 버들의 하체가 황 대표의 하체로 흘러내렸다. 버들의 속눈썹이 파르르

떨렸다. 저절로 침이 삼켜졌다. 허벅지 안쪽부터 저릿하게 열감이 지
펴졌다. 낮게 터진 버들의 한숨이 뜨겁다.

"유버들."

앞머리를 넘겨 주는 황 대표의 얼굴이 여유롭다.

"야한 생각하지 마."

"······안 해요. 그런 거."

황 대표가 웃었다. 그 작은 반동에 밀착된 아래가 비벼졌다. 각자
의 크기가 선연하게 느껴질 정도였다. 머리카락까지 쭈뼛 설 만큼
오싹하고 저릿한 느낌에 버들이 그대로 굳어 버렸다. 황 대표가 그
런 버들을 무릎으로 서게끔 유도해 티셔츠를 걷어 올렸다. 비스듬히
기울어진 황 대표의 고개가 망설임 없이 버들의 배꼽 주변으로 향했
다. 입술을 묻었다. 흠칫거리며 놀란 버들의 아랫배가 바짝 수축했
다. 도망치지 못하게끔 황 대표의 단단한 팔이 버들의 허리를 옥죄
었다. 그러면서 쉬지 않고 버들의 몸에 차근차근 입 맞췄다. 전혀 힘
이 들어가지 않은 황 대표의 입술은 깃털처럼 가벼웠고, 속삭이는
것처럼 다정했다. 바들거리는 버들의 다리가 몇 번이나 주저앉으려
고 했지만, 그걸 황 대표가 허락하지 않았다.

"아······."

축축하게 빨린 버들의 왼쪽 젖꼭지가 붉어졌다.

"가자. 바래다줄게."

버들이 안전벨트를 풀었다.

"대표님······."

문을 열고 내리려던 버들이 다시 운전석을 바라봤다. 황 대표의

서늘한 눈매에 곧장 기가 죽는다. 차에 탔을 때부터 물어보고 싶은 게 있었는데 이걸 물어봐도 되는지 망설여졌다. 버들이 아무렇지 않게 보일 수 있도록 최대한 호흡을 가다듬었다.

"저희 집 오면서, 어, 경로 한 번도, 이탈 안 하셨어요."

호흡을 정리하면 뭐 해. 말이 더듬더듬 거리며 흘러나왔다.

"……어. 그럼. 조심히 가세요."

일그러진 황 대표의 눈썹을 외면하며 버들이 얼른 차에서 내렸다. 마당 안쪽에 숨어 있다가 멀어지는 황 대표의 차를 끝까지 지켜봤다. 길치인 황 대표가 헤매지 않고 제 집까지 운전한 건, 그만큼 내가 익숙해졌다는 건가? 웃으며 버들이 기뻐했다.

"나 바빠."

시큰둥한 표정으로 버들이 보고 있던 책장을 넘겼다.

"그런 싸가지 없는 행동은 누구한테 배워왔어?"

겨울이 범인을 추려 냈다.

"당연히 황 대표겠지."

"……."

"같이 살면서 못된 것만 배워 가지고 왔어, 아주."

"……황 대표님 싸가지 있을 때도 있어."

"언제는 씹새끼라면서."

"씹새끼이기도 한데. 아무튼. 싸가지가 계속해서 없는 건 아니야."

버들이 한심하단 듯 한숨을 내뱉었다.

"형은 친구라면서 그런 것도 몰라?"

겨울이 얄밉게 구는 버들을 째려봤다.

"진짜 바빠?"

"많이 바빠."

"뭐 하느라 바쁜데."

"나 지금 책 보잖아."

"일어나, 빨리."

겨울이 책부터 빼앗았다. 그래도 꿋꿋이 침대 위에 엎드려 있는 버들을 억지로 일으켜 세웠다.

"나가자."

"귀찮게 왜 그래."

"형이랑 단둘이서 시간 보낸 적 없잖아. 시골 갔다 온 뒤로."

"나중에. 나 지금 일어난 지 30분도 안 됐거든?"

눈에 썬 콩깍지 때문인지. 폭탄이라도 맞은 것처럼 산발이 된 버들의 머리가 겨울에겐 아무런 문제가 되지 못했다. 이리 보나 저리 보나 말끔하기만 한데. 이대로 나가도 상관없을 것 같다.

"나가서 뭐 할 건데?"

"밥 먹고. 너 옷 좀 사고."

"옷을 또 뭐 하러 사."

"아, 새끼, 진짜. 이리 와, 너."

또박또박 말대꾸하는 버들의 이마를 겨울이 아프지 않게 손가락으로 튕겼다.

"그럼 형은 나갈 거니까."

막무가내로 조르던 겨울이 의미심장하게 다른 카드를 꺼내 들었다.

"너 혼자 집에 있어라."

"이따가 나도 나갈 거야."

"······어디 갈 건데."

"안 가르쳐 줘."

기껏 꺼내 든 카드가 버들의 앞에선 휴지 조각이다.

"알았어. 형은 나가서 밥 먹고 옷 사고 해야겠다."

"······."

"황 대표 만나서 같이."

겨울이 뒤돌았다.

"형. 황 대표님 만나?"

밀어내는 데 급급할 땐 언제고, 쪼르르 다가와 제 팔을 붙잡는 버들을 보며 겨울은 막상 싱숭생숭해지고야 말았다. 혹시나 저를 놓고 갈까 봐 부랴부랴 외출 준비를 끝낸 버들이 신발장 앞에서 고민이 길다. 재촉하지 않고 겨울이 옆에서 기다렸다.

"이거 이상해?"

"아니."

"이거랑 저거랑 어떤 게 나아?"

"이거 신어. 옷이랑 더 잘 어울리네."

"이거 형이 전에 봄에 사 준 거."

"알아."

새 옷을 입고 새 신발을 신고 새 가방을 든 버들의 모습이 웬일인가 싶다. 다른 형제들 역시 저들 막냇동생에게 무엇도 아까운 것 없이 굴지만, 특히나 겨울은 더 극심하게 돈지랄을 떨어 댔다. 덕분에 버들의 드레스 룸과 신발장, 책장은 항상 새로운 물건들로 차고 넘쳐 났다. 그걸 버들은 아까워했다.

「어차피 이거 내가 다 쓰지도 못하잖아.」

왜 다 못 쓸 거라고 생각하는지 묻지 않았다.

"너 누구한테 잘 보이려고 이렇게 쫙 빼입었냐?"

안 들리는 척 버들이 앞장서서 걸었다.

"물주인 형한테 잘 보이려고 입었다고 해. 야!"

편하게 카탈로그 보며 쇼핑할 수도 있는 걸 굳이 겨울은 버들을 옆구리에 끼우고 돌아다녔다. 결제를 앞에 두고 제 의견을 묻는 겨울에게 버들이 뿌루퉁한 얼굴로 반응했다.

"사지 말라고 하면 안 살 거야?"

"아니."

"하나만 사라고 하면?"

"다 살 거야."

어차피 그럴 거면서. 겨울이 잠깐 전화를 받는 사이 앉아서 쉬던 버들이 지갑을 열었다. 몰래 손수건 하나를 샀다. 백화점을 벗어나면서부터 버들의 긴장이 시작됐다.

"우리 이제 밥 먹으러 가?"

"응. 배고파?"

"형. 황 대표님 오시는 거 맞지?"

"……."

조각을 제외하면 처음이었다. 버들이 뭔가에 집착하며 관심을 보이는 게 사람이란 점이 신기했다. 그때는 별로 심각하지 않았다. 집착하며 관심을 보이는 황 대표의 옆에서 조금이라도 좋으니까 제발 좀 긍정적인 반응이 있길 바라며 시골에 함께 딸려 보냈다. 내 새끼하고 싶은 대로 다 하라는 마음이지만…… 결과를 어떻게 판가름 해야 하는지 모르겠다. 긍정적인지. 부정적인지.

레스토랑엔 황 대표가 먼저 와 있었다.

"안녕하세요."

꾸벅 인사를 하며 버들이 겨울의 옆에 앉았다. 말없이 황 대표가 내민 메뉴판을 겨울이 받아 갔다. 식사를 하며 겨울이 분위기를 읽었다. 머리도 감겨 주고 말려 줬다더니. 황 대표와 버들의 사이가 뭐 딱히 달라진 건 없어 보인다. 무엇보다 황 대표의 태도가 덤덤하고 건조한 게 똑같다. 겨울이 우선은 한시름 놨다.

재차 울리는 전화에 겨울이 자리를 비우자마자 황 대표가 지나가는 서버를 불러 세워 비어 있는 버들의 물 잔을 채우게 했다. 이상하게 말 한 마디 오가지 않았건만 발바닥이 간질간질하다. 고개를 푹 숙인 버들이 아랫입술을 핥았다. 목덜미까지 화끈거리는 기분에 사로잡히면서 기묘한 두근거림이 걷잡을 수 없을 정도로 번졌다. 좋은 하루다.

*　　*　　*

병원 복도를 따라 터벅터벅 걸었다. 인적 없이 고요하다. 환자복 하의가 길게 내려오면서 버들의 발등이 푹 가려졌다. 허리를 고정시켜 줘야 하는 고무줄이 제대로 된 역할을 하지 못하고 있었다. 제일 작은 사이즈로 바꿔 달라고 했더니 남성용 중 이게 제일 작은 사이즈라고 해서 돌아서야 했던 게 바로 오늘 아침이다. 걷기도 어렵게 옷이 왜 이따위냐고 열심히 투덜거렸던 불만이 쏙 들어갔다.

헐렁거리는 바지가 이제나저제나 벗겨질까 아슬아슬한 건, 결국

살이 많이 빠진 제 탓이었다. 허리춤을 붙잡다가 괜스레 아랫배를 쓱쓱 쓰다듬었다. 먹은 게 없어 홀쭉하다. 예전에도 그랬다만 요즘엔 더욱더 입맛을 잃었다. 더 나아가 끼니를 왜 하루에 몇 번씩이나 챙겨야 하는지 모르겠다.

수술은 정해져 있는 수순이었다. 하필이면. 집에 돌아오자마자 정신을 잃을 정도로 열이 끓고 아플 건 뭐였는지. 그날만 아니었으면. 그럼 병원에 실려와 검사까지 이어졌던 상황은 피할 수도 있지 않았을까? 현재 그게 가장 억울한 부분이었다. 수술이 가능한 몸 상태와 조건 등이 갖춰지면 다시 뉴욕에 가기로 가족들과 약속했다. 어떻게든 그 기간을 늦춰 보고 싶었다. 밥을 먹지 않고 구역질이 나오면 게워 내고. 바보 같다. 속이 전부 망가지면 끝끝내 수술을 피할 수 있을 줄 알았다. 시골 생활 막바지에 황 대표님이 매일 같이 묽게 끓여 준 죽이 아른거린다.

그걸 덜 먹었다면, 원하던 대로 결과가 흘러갔을까? 하지만 황 대표님이 친히 수저까지 챙겨 주니 덜 먹으려고 해도 덜 먹을 수가 없었고, 맛을 떠나 직접 끓여 준 정성이 아까워서 충동적으로 토기가 일어도 견뎌 내는 쪽을 택했다.

아무튼. 집에 있게 되니 묘연하게 감시당하고, 먹으라고 시키니까 기계처럼 뭔가를 입에 넣고, 썹고, 삼키고 있기는 하나 하등 쓸모없는 짓이란 판단에는 변함이 없다. 방문을 걸어 잠근 뒤 새벽 내내 괴로운 목구멍을 붙든 채 속을 전부 게워 내는 게 어느덧 하루의 일과처럼 자리 잡았다. 그 와중에 방음만큼은 확실해 소리가 새 나갈 격정이 없어 눈치를 보지 않아도 되는 게 위안이었다.

수술, 받기 싫다.

침침한 조명이 현재의 기분과 닮았다. 일정한 간격으로 줄지어진 창문들이 꽉꽉 닫힌 채다. 어둑한 바닥엔 꼭 창문만 한 크기로 햇볕 징검다리가 만들어졌다. 강박증처럼 버들이 긴 다리를 쭉쭉 뻗어 가며 그 부분만 밟아 걸었다. 힘껏 움켜쥐고 있는 바지와 지폐가 잔뜩 구겨졌다.

탄산수가 마시고 싶어 휴게실까지 갔다가 허탕을 치고 돌아오는 길이었다. 뭐가 문제인지 아무리 자판기 속에 지폐를 밀어 넣어도 도로 내뱉어지기 일쑤였다. 주변에 저 말고 몇 사람이 휴게실에 앉아 있었다. 망설임은 짧았다. 애초에 동전이 있으면 지폐와 바꿔 달라고 할 번죽거리는 성격도 못 되었고, 무엇보다 자판기 속 메뉴엔 탄산수가 없어서 돌아설 수밖에 없었다.

휴게실과 가까이에 흡연실이 있었다. 그건 뜻밖의 수확이었다. 벽에 등을 기대고 선 채 기다렸다. 누군가 문을 열고 닫을 때마다 미미하게 풍기는 담배 연기가 아니었다면, 일부러 다른 층의 휴게실까지 찾아간 게 정말이지 허무했을 거다.

걸음을 멈춘 버들이 제 팔에 코를 묻었다. 숨을 혹, 들이켰다. 병원 냄새가 나는 건지, 아니면 아침에 사용한 바디 로션 향기가 나는 건지 헷갈린다. 의기소침하게 다시 걸음을 내디뎠다.

"형?"

병원 코너를 돌자마자 그때까지 무표정했던 버들이 눈으로 샐쭉 웃었다. 제 첫째 형인 유 이사가 병실 앞에 서 있었기 때문이다. 미성년자를 벗어나도 가족들의 과보호는 여전했다. 귀찮다. 그리고 미안했다. 그러니까 자신을 향해 집중되어 있는 가족들의 걱정이 귀찮다고 느껴지는 감정이 가장 미안했다.

혼자 오고 갈 수 있다고 몇 번이나 만류를 해 보았지만 소용없다. 병원에 가는 날이면 형들 중 한 명이 꼭 따라붙었다. 나이 차가 가장 많이 나는 만큼 유 이사의 입가에 진 주름이 중후하면서 또 상냥해 보인다. 버들의 어깨를 감싼 유 이사가 병실 안으로 이끌었다.

"어디 갔었어?"

"형이야 말로 회사에 간 거 아니었어?"

"네가 병원에 있는데 형이 어떻게 회사에 가. 잠깐, 앞에서 사람 좀 만났어."

"그래? 나는 형 회사에 간 줄 알고."

"너 낮잠 자고 있어서 말을 못 한 거지. 형이 너 없어져서 얼마나 놀랐는지 알아?"

"나 휴게실에 갔다 왔어."

"왜, 뭐가 필요해?"

"아니."

사실은, 개인 병실 냉장고에 이미 탄산수나 음료수가 좌르륵 채워져 있었다.

"나 오늘 수업 되게 많았는데. 그것도 전공."

침대에 걸터앉으며 버들이 작게 한숨을 내쉬었다.

"학교 좀 안 나가면 어때."

"와. 안 그래도 요즘 내 학점 불안하거든? 출석률까지 미달이면 어떡해."

가족들이 돌아가면서 의연히 제게 장기적인 입원을 권하고 있단 의중을 알아차렸다. 요양을 위해서였다.

"나 학교 다닐 거야. 형."

"……."

"초등학교도 다니다가 관두고. 중학교도 다니다가 관두고."

"……."

"뉴욕에선 학교 근처도 못 가 보고, 가정교사한테만 수업받고."

"……."

"나 이러다가 장가가면 하객들 한 명도 없겠다."

버들이 계속해서 웃었다.

"안 돼? 내 마음대로 하면?"

의자를 끌고 온 유 이사가 버들과 마주 보며 앉았다. 요즘은 결혼식 추세가 소규모로 변모해 가족들끼리만 모여 호화롭게 하는 게 최고라며, 유 이사가 얼토당토 않는 말로 피했다. 버들이 손가락을 얌전히 꼼지락거렸다. 말 잘 듣는, 착한 막내로서 지켜야 하는 위치가 지금은 좀 별로다. 마침 제일 권위적인 첫째 형과 단둘이 있으니 기회였다. 버들이 종알거렸다.

"학교를 계속 다닌다는 게 아니잖아. 수술 날짜 잡힐 때까지만. 응? 등록금 낸 것도 아깝고."

드물게 고집을 부리는 버들에게 유 이사가 한숨처럼 길게 숨을 내뱉었다.

"형. 형이 겨울이 형한테 말 좀 잘해 줘."

다른 가족들은 의연히 입원을 권유하는 반면 겨울은 막무가내로 떼를 쓰니 탈이었다.

"알았지? 형?"

"……."

"응? 알았지?"

"……."

"형. 대답해. 알았지?"

결국 유 이사가 얕게 고개를 끄덕거렸다. 똑똑, 노크 소리가 들려
왔다. 우르르 몰려 들어온 전문의들과 간략하게 인사를 나눴다. 심장
기능이나 폐 기능 등등 수술에 필요한 검사가 재차 반복되고 있었다.
채 사라지지 않은 팔뚝의 바늘 자국 옆에 또다시 시퍼렇게 바늘 자
국이 남았다. 벌집이 따로 없다. 검사를 끝내고 나면, 곧장 다음 검사
날짜가 예약되는 식이었다. 버들이 성의 없이 손톱을 들여다봤다. 전
문의들 입에서 나올 말들이 버젓이 예상되면서 벌써부터 지루하다.

심장 박동을 정지시킨 상태에서 수술이 진행되고…… 심장이 완전
히 멈춘 시간을 허혈 시간이라고 하고…… 수술 도중 뇌에 혈액 공급
을 원활하게 공급하지 못하는 수를 대비해야 하니…… 항응고제 복
용에는…….

아니나 다를까.

"익히 들어 아시겠지만, 유버들 환자의 수술 진행 과정은……."

한국에 있을 땐 한국어로 들었던 말이고, 뉴욕에 있을 땐 영어로
들었던 말이다. 머릿속을 익숙하게 떠다니는 용어들이 몽땅 쏟아졌
다. 전문의들은 수술에 앞서 희망과 절망을 적절하게 이해시키려고
했다. 아주 오랫동안 기다려 겨우 마취를 견딜 수 있는 몸 상태로 수
술이 가능해졌지만 어떻게 될지는 누구도 예측할 수가 없다. 가족들
은 희망을 먼저 고려하고 버들은 그 반대의 경우를 고려했다. 수술
받기 전 불가피한 사고가 생길지. 수술 도중에 쇼크사를 할지. 수술
후 치명적인 후유증을 겪게 될지.

빼곡하게 다짐이 들어찼다.

오늘 이후로 황 대표님을 더 많이 좋아해야겠다.

아주 가느다란 빗줄기가 새벽부터 계속됐다. 우산을 접고 버들이 카페에 들어갔다. 비가 내려서 그런지 사람은 별로 없는 실내가 유독 어수선하게 느껴진다. 두리번거리며 만나기로 약속한 상대를 찾았다. 창가 쪽에 정민이 주머니에 손을 꽂고선 엿가락처럼 늘어진 채 앉아 있었다.

저러면 허리 안 아프나? 버들이 서둘러 그쪽으로 걸음을 옮겼다. 뾰족한 우산 끄트머리에서 뚝뚝 떨어진 물방울로 길이 생겼다. 아. 버들이 다시 출입구로 돌아가 준비된 비닐에 우산을 꽂아 감쌌다. 몸을 틀자 어느 틈에 바른 자세로 고쳐 앉은 정민이 저를 쳐다보고 있었다. 맞은편 자리에 버들이 가방을 내려놨다.

"많이 기다렸어?"

"뭘. 아직 약속 시간도 아닌데. 너도 일찍 왔네."

"너도 일찍 온 거잖아. 얼마나 기다렸어?"

"어. 한 10분? 그 정도 됐어."

"10분 만에 음료수를 다 마셨다고?"

어설픈 거짓말이 바로 발각됐다. 정민이 헛기침을 하며 바닥을 비운 컵을 팔꿈치로 밀어 없앴다.

"또 뭐 마실래? 내가 사 줄게."

"됐어. 앉아 있어. 뭐 마실 거야?"

"어? 아니야. 내 건 내가 살 거야."

"내가 사 준다니까 그러네."

"네가 내 음료수를 왜 사?"

"그러면 안 되냐?"

"이유가 없잖아."

말문이 턱 하니 막힌 정민이 깐깐하게 구는 버들을 흘겨봤다. 아. 경기가 잘 풀린 기념이라든가, 돈을 주웠는데 이런 돈은 빨리 써 버려야 한다고 해서 그런다든가. 그럴싸한 핑계들이 기회를 놓치고 나니 몇 개 떠오른다.

한탄하며 앉아 있던 정민이 진동이 울리는 벨을 버들보다 먼저 낚아챘다. 음료수를 사 주지 못한 아쉬움을 대신 자리까지 들고 와 주는 걸로 만족했다. 머그잔에서 김이 폴폴 올라왔다.

"운동은 열심히 하고 있어?"

"나야 뭐. 항상 열심히 하지."

정민이 뻐겼다.

"난 담배 펴. 부러워?"

"중학교 2학년이냐? 왜 자꾸 담배 피우는 걸로 허세야. 담배 많이 피우면 너 어떻게 되는지 알아? 어? 몸에 좋지도 않은 거, 끊어. 너 전에 계단 올라갈 때 숨차서 헉헉거리는 거 다 봤으니까."

청산유수가 따로 없다. 이번엔 버들이 정민을 흘겨봤다.

"준비물은. 말해 준 대로 챙겨 왔어?"

"어? 응."

정민의 채근에 버들이 가방을 열었다. 준비물이란 건 반짇고리였다. 일렬로 정리되어 있는 실들이 색색별로 참 알록달록하다.

"너 정말 바느질할 줄 아는 거 맞지?"

"그래. 운동복 찢어지면 급한 대로 내가 꿰매 입어. 바느질 한 지 10년도 더 됐어."

"······그럼 운동한 지 10년도 더 됐어?"

"응. 그렇지."

며칠 전 버들은 하루 동안 클래스가 진행되는 수업을 찾았다. 찾기만 했을 뿐이었다. 혼자 배우는 게 쑥스러워 뒤로 미루다가 자꾸만 놀자고 조르는 정민에게 권했다. '노는 걸로 치고 뭐 배우러 가지 않을래?' 물었던 버들의 말에 정민이 잽싸게 그러겠노라 반응했다. 뭐 배울 거냐면서 적극적으로 구는 정민의 관심에 버들이 웅얼거리면서 대답한 게 '자수'였다. 콧방귀를 뀐 정민이 남자가 무슨 자수를 배우러 가냐면서 버들을 실컷 놀려 댔다. 그게 도를 지나칠 정도였다. 참다못한 버들이 씩씩거리며 앞으로 너랑 놀지도 않을 거고 아무것도 배우러 가지 않을 거라며 절교를 선언했다. 쌀쌀맞게 뒤돌아서는 버들을 정민이 허겁지겁 붙잡았다. "자수, 나 잘해." 하는 말을 덧붙이면서 만날 날을 정했다. 그게 오늘이었다.

버들의 반짇고리를 받아 간 정민이 바늘부터 꺼냈다.

"아마 우리 운동부 중에 내가 제일 바느질 잘할걸?"

우락부락한 큰 덩치로 바느질 부심을 팍팍 부리는 정민에게 버들이 몸을 쭉 내밀었다.

"진짜 의외다, 너. 바느질 배울 생각을 다 하고."

"······배워 놓으면 좋잖아."

"맞아. 나중에 자식들 학예회 옷도 만들어 줄 수 있고······. 아. 넌 처자식 필요 없냐?"

황 대표를 의식하며 걸어온 정민의 이죽거림에 버들이 아무런 말도 하지 않았다. 침묵은 곧 어떠한 표현보다 강한 긍정이 된다. 갑자기 쓰린 속에 정민이 새로 주문한 음료수에서 빨대를 빼 컵째 벌컥 벌컥 들이켰다.

"구멍에 실부터 넣어."

적당한 길이로 잘라 준 실을 버들이 받아 갔다. 구멍 찾는 게 보통 일이 아니다. 눈 바로 앞에 바늘을 가져가 한참 끙끙거렸다. 겨우 바늘구멍에 실을 꿰어 넣을 수 있었다. 카페 로고가 새겨진 티슈를 바느질 연습용으로 사용했다.

"손에 힘을 빼. 힘도 없어 보이는 놈이."

바늘이 통과되는 동시에 티슈가 너덜너덜 걸레짝이 됐다.

"손에 힘 다 뺐어."

"근데 찢어졌잖아. 이거 어쩔 거야?"

"……왜 찢어지지."

"손에 힘이 들어가니까 찢어지지 왜 찢어졌겠냐?"

겁나 잔소리하네. 버들이 꿍얼거렸다.

"바느질 좀 한다고 유세 떨지 마."

"이게 유세 떠는 거라고? 난 잘난 척했던 거야."

……겁나 잘난 척하네. 버들이 욕했다.

"잘 봐. 나 보고 따라 해."

정민이 시범을 보였다. 집중하느라 버들의 고개가 푹 숙여졌다. 바느질은 굉장히 섬세함이 필요한 작업이었다. 한 시간이 지나자 손가락 전체가 뻣뻣해진 기분이다. 여전히 완벽하진 않지만 그래도 처음보단 나아졌다. 적어도 어떻게 바늘을 쥐어야 하는지 느낌을 알겠다. 해사하게 웃으며 버들이 가방을 뒤적거렸다. 전에 백화점에서 산 손수건을 꺼내 테이블에 올렸다. 이걸로 할까. 저걸로 할까. 황 대표의 이미지를 연상해 가며 잘 어울릴 실 색깔을 고르고 골랐다. 최종적 후보로 고른 검정색과 남색 사이에서 머뭇거렸다. 그러길 한참이다. 고민을 거듭한 보람도 없이 버들은 전혀 생뚱맞은 색의 실을 꺼냈다. 앞에서 그런 과정을 묵묵히 지켜보던 정민이 허탈하단 듯 투덜거렸다.

"어차피 빨간색 고를 거면서 검정색이랑 남색 실은 뭐 하러 꺼냈냐?"

"기분이 안 좋아졌어."

"갑자기?"

버들의 눈이 실을 오고갔다.

"검정색이랑 빨간색, 둘 다 써야겠다."

이니셜 'H'는 검정. 뒤에 새길 하트는 빨간색.

"내 생각엔……."

손수건과 바느질을 연습한 티슈의 질감은 확연한 차이가 있었다. 티슈처럼 찢어지진 않았지만 손수건이 우글거리면서 자수가 새겨져 말 그대로 망했다. 물끄러미 들고 있던 손수건을 바라보던 버들이 입을 열면서 정민을 쳐다봤다.

"스승이 별로라……."

"야!"

정민이 발끈했다.

"밥 먹으러 갈래? 내가 사 줄게."

"웬 밥?"

"바느질 가르쳐 줘서 고마워."

삽시간에 열이 몰린 얼굴로 정민이 멋쩍게 뒷목을 긁적거렸다. 피자를 앞에 두고 각자 다른 생각에 빠졌다. 뒤늦게 제정신을 차린 정민이 식어 버린 피자를 우걱우걱 해치우기 시작했다. 나이프로 피클을 못살게 굴면서 버들이 깨작거렸다.

*　　*　　*

비는 하루 종일 왔다. 오피스텔에 들어온 황 대표의 머리카락, 어깨, 구두가 조금씩 젖어 있었다. 씻고 나온 황 대표가 다른 말 없이 버들의 팔을 붙잡고선 소파로 데려갔다. 미팅이 꼬여 잠깐 짬이 나서 들른 거라 금방 나가 봐야 하는데, 게으름을 피우고 싶게끔 마음이 푹 놓아진다.

목덜미에 코를 파묻자 날씨 탓인지 버들의 피부가 서늘하게 느껴진다. 황 대표가 버들의 머리카락 끝이 젖어 있는 걸 손끝으로 건드렸다. 어제였다. 창문을 열었는데 구름이 곱슬곱슬한 모양이기에 곱슬머리인 버들이 무심코 떠올랐었다.

"비 맞았어?"

"씻었어요."

같은 샴푸나 비누를 쓰고 있지만, 버들의 몸에서 끼치는 향들은 색다르게 느껴진다. 이건 시골에서부터 쭉 이어진 의문이었다. 버들이 들려주는, 특별하지 않은 일상을 눈을 감고 들었다. 아침에 일어나서 무슨 책을 읽었고, 수업 중에 지우개를 세 번이나 잃어버렸는데 세 번 전부 찾게 됐고.

계산기를 두드릴 가치조차 없다. 황 대표 입장에선 재미도 없고, 들어 봤자 어디다 쓸 수 있는 정보 따위도 아니었다. 그럼에도 불구하고 종알거리는 버들의 수다를 가로막지 않았다. 하루에 한 일들 중 먹는 건 꼭 빠져 있다.

"밥은."

"저 피자 먹었어요. 정민이랑."

만져지는 허벅지가 마냥 가느다랗다.

"너 살 빠졌어. 알아?"

빗소리마저 차단된 공간에서 꼴깍꼴깍, 버들이 침 넘기는 소리가 여실히 들려왔다.

"대표님 주무실 거예요?"

"말 돌리지 말고."

"……."

"너 끼니 잘 챙겨 먹어. 죽 같은 거."

그놈의 죽. 진짜. 버들이 아랫입술을 살짝 비틀어 깨물었다가 놓았다. 사방이 고요해졌다. 황 대표의 무릎에 앉아 있던 버들이 가만히 시선을 내렸다. 입술과 턱을 지나 목젖으로 천천히 향한 까만 눈동자가 일자로 펴진 황 대표의 어깨를 따라 움직였다. 참 넓다.

"대표님……."

자수 'H'를 손수 새긴 손수건을 선물할까, 말까 갈등에 빠졌다. 이내 버들이 갈등을 접었다. 어디 가서 당당히 꺼낼 수조차 없을 만큼 손수건에 새겨진 자수가 엉망이었던지라 황 대표가 전혀 기뻐하지 않을 게 빤히 예상됐다. 이기심을 부려 노력이라든가, 정성이라든가 알아 달라며 억지로 황 대표의 손에 손수건을 쥐여 줄 수도 있었지만 버들은 그러지 않기로 했다. 이미 멋들어지게 새겨진 'H' 자수가 수첩에도, 머플러에도 있었다. 비교되는 건 싫었다.

"대표님. 비 오는 날에는 부침개……."

"조용히 해라."

뜻이야 어쨌든. 나지막하게 울린 황 대표의 목소리가 충분히 설레었다.

"대표님. 오늘은 언제 나가세요? 저 이따가 나가 봐야 해서요."

"집 말고 다른 데 간다는 거야?"

"밥 사 줬더니 정민이가 빚지는 거 싫다고 술 산다고 해서요."

"……술 마시러, 지금 나가겠다고?"

"지금 나간다는 게 아니라, 나중에요. 대표님 나갈 때 맞춰서 나갈 거예요."

한 템포 늦게 황 대표가 대꾸했다.

"내가 언제 나갈 줄 알고."

"언제 나가실 거예요?"

"안 나가. 오늘."

미팅을 꼬이게 한 건 상대측의 실수였으니, 취소시켜도 손해 볼 게 없었다. 버들의 눈이 동그랗게 커졌다.

"안 나가요? 그럼 계속 여기에 있어요?"

"어."

"밤새도록?"

버들을 황 대표가 끌어안았다. 시골에서처럼 오랫동안 황 대표와 한 공간에서 시간을 보낼 수 있다는 건가? 버들의 가슴이 크게 부풀었다.

"대표님!"

달뜬 버들의 얼굴을 황 대표가 마주 봤다. 자신이 여기에 있겠다고 분명히 밝힌 이상 다른 사람과 한 약속 따윈 뒤집고 버들이 껌

딱지처럼 여기에 눌러 있을 거란 건 안 봐도 뻔했다. 참 쉽다. 도톰한 버들의 입술이 열렸다. 기껏해야 또 부침개 타령이나 할 줄 알았다.

"그럼, 저랑…… 술 마실래요?"

우산을 쓰고 나갔다. 앞서 걷는 황 대표의 뒤를 버들이 졸졸 따라 걸었다. 한눈팔지 않았다. 오히려 황 대표에게만 집중한 탓에 코앞의 물웅덩이를 보지 못했다. 철퍽, 밟았다. 황 대표가 힐긋 버들을 쳐다보고선 인상을 찌푸렸다. 버들의 신발이건 옷이건 전부 젖어 버렸다. 그 따위야 아무럼 버들에게 별로 중요하지 않았다.

시골에서 황 대표와 함께 산책했던 길과 날씨, 습도, 바람의 세기 같은. 한여름의 중심들이 갑작스레 범람했다. 전부 좋았던 기억들뿐이다. 버들이 감상에 폭 빠져 허우적거렸다. 도시의 아스팔트엔 흙바닥인 시골에서처럼 황 대표가 무서워하는 지렁이가 없었다.

노란색 장바구니를 들고 마트를 누비는 버들의 뒤를 황 대표가 느른한 걸음으로 따라다녔다. 우유나 술이나 과자나 버들이 뭘 집든 유통기한을 깐깐하게 체크하면서. 버들이 괜찮다며 극구 말려도 황 대표가 카드를 내밀었다. 다시 우산을 쓰고 같은 곳으로 돌아왔다.

갈아입을 옷이 없어 빗물에 젖은 옷을 그대로 입고 있어야 했지만 버들은 찝찝함을 일절 느낄 새가 없었다. 주변이 흑백으로 물들어 가면서, 소음이 차단되면서. 제 세상에는 황 대표, 딱 한 명만이 존재하게 된다. 식탁에 나란히 앉았다. 꽃봉오리처럼 들뜬 마음이 주체할 수 없을 만큼 부풀어 오른다.

캔 맥주를 따자마자 바깥으로 확 치솟은 거품을 버들이 얼른 입술부터 가져가 흡입했다. 꼴통 짓 하는 꼴통을 보며 황 대표가 속으로 욕을 지껄였다. 한숨에는 설핏 한심함이 담겼다. 대체 여기서 뭐 하고 있는 것인지. 피곤함이 번지면서 문득 땅바닥에 내다 버리고 있는 시간이 아깝게 느껴졌다.

"이거 마셔."

버들의 손에서 맥주 캔을 빼앗은 뒤 황 대표가 잔을 쥐여 주었다. 황 대표가 가볍게 마실 수 있는 샴페인을 꺼내 와 따라 줬다. 버들이 얌전히 고개를 끄덕였다. 황 대표가 턱을 괴었다. 따라 주는 대로 족족 들이켜는 버들의 모습에 기가 막혔다.

"너 진짜."

심기가 거슬렸다.

"술 그렇게 마시지 말라고 했잖아."

"오늘은, 취하고 싶은데요?"

황 대표가 웃어 버렸다. 진지하면서, 침울하게 내뱉은 버들의 말이 같잖았다.

"언제는 안 취할 정도로 마셨고?"

"저 원래 그렇게 술 많이 안 마셔요. 시골에서만 그런 건데……."

주량이 센 건 아니었다. 취기가 올라 버들의 귓불까지 빨개지는 게 순식간이다. 급하게 또 잔을 들고 고개부터 직각으로 꺾으려는 버들의 팔을 황 대표가 인상을 쓴 채 붙잡았다. 눈자위가 벌겋다. 황 대표가 구부린 손가락으로 버들의 뺨을 스치듯 매만졌다. 부드럽다.

"너 못생겼어."

황 대표의 힐난에 버들의 기다란 속눈썹이 축 가라앉았다.

"내가 알고 있는 사람들 중에 네가 제일 못생겼어."

"……저 예쁘다는 말 들어 본 적 있어요."

"누가 너 예쁘대?"

"잘생겼다고도 했는데……."

"그러니까. 누가 너보고 예쁘고 잘생겼대?"

"……."

매몰찬 추궁에 버들이 애꿎게 아랫입술만 자근자근 물었다.

"너 예쁘고 잘생겼다고 말해 준 사람들이 누구야."

식탁 위에 널브러진 버들의 노트와 필통을 황 대표가 끌어왔다.

"이름 적어."

버들이 순순히 연필을 꺼내 들었다. 가장 첫 번째 줄에 '유겨울' 이름이 적혔다.

"너 못생겼어. 너한테 예쁘다, 잘생겼다 해 주는 사람들이 진심이겠어? 사기 치는 거니까, 앞으로 상종도 해 주지 마."

진짜로 기분이 상해 버린 버들이 눈을 느릿느릿 감았다가 떴다. 저녁이 깊어진다. 황 대표가 버들의 얼굴을 감싼 뒤 살짝 들어 올렸다.

"웃어 봐."

가라면 가고, 기라면 기고, 오라면 오고. 그것도 모자라 멍청한 게 웃으라니까 또 웃는다. 물론 억지로 웃는 거라 버들의 눈꺼풀이 바들바들 떨렸다. 반달로 휙 휘어진 눈 밑 아래 도톰하게 올라온 살을 황 대표가 만져 보았다. 만지면 어떨지 늘 궁금했다. 손끝에 버들의 속눈썹이 걸렸다.

"대표님. 예전에 생각나요?"

"예전, 뭐."

"막걸리 마셨었잖아요."

황 대표가 인상을 구겼다.

"그때…… 대표님, 가둘까 했거든요. 아무도 못 보게."

"아무도 못 보게 가둔다고 내가 가둬지겠어?"

"가능했어요. 막걸리 마시면서 대표님 잠드셨잖아요. 그래서 리어카에 대표님 태워서 집까지 데려갔었는데……. 제가 혼자 못 미니까 다른 분들이 도와주셨어요."

기억은 안 나지만 두 발로 집에 잘 걸어온 줄 알았다. 차라리 몰랐어도 됐을 법한, 사라진 기억을 알게 되면서 황 대표의 인상이 한층 더 짙어졌다.

"리어카에 대표님 타 계셨으니까, 어떻게든 끌어서 아무도 못 보는 데 가둬 버리고 싶었는데……."

진심으로 아쉽단 듯 버들이 한숨을 폭 내쉬었다.

"그거 범죄야."

"알아요."

"나 가둬서 뭐 하게."

"키스나 하게요."

곧장 돌아온 대답이 골 때린다. 고작 키스 따위나 하려고 감방 갈 궁리를 하는 게 역시나 꼴통답다. 헛웃음을 켠 황 대표의 입가가 곡선을 그리며 유해졌다. 버들의 뒷덜미를 황 대표가 커다란 손으로 감쌌다. 입술이 스며들 듯 포개졌다. 자극에 버들의 발바닥이 안쪽으로 말려 주름졌다. 황 대표가 좀 더, 적극적으로 파고들었다. 여린 혀 끝이 은밀하게 얽혔다. 체온이 상승한 탓에 버들의 입안 점막 구석구석이 뜨겁다.

벌써 몇 번째이건만. 키스 도중 어떻게 숨을 쉬어야 하는지 버들은 아직까지도 요령을 찾지 못했다. 나른하게 황 대표가 고개 각도를 바꾸면서 숨 쉴 기회를 줬다. 부족한 산소를 채우느라 들썩거리는 버들의 어깨가 애처롭다.

키스 후 여운이 각자 남았다. 황 대표가 버들의 눈 아래에 짧게 입맞췄다.

버들의 잔에 황 대표가 더 이상 술을 따라 주지 않았다.

"대표님. ……좋아해요."

그래. 너 요즘 왜 그 말 안 하나 했다. 황 대표가 코로 웃었다.

황 대표의 팔을 붙잡은 버들이 제 가슴팍으로 가져갔다. 멈춰 버리면 소용없으니까, 팔딱거리는 제 심장 소리를 기회가 있을 때 원없이 들려주는 게 새로운 소원이 됐다. 황 대표의 한쪽 눈썹이 쭉 위로 올라갔다.

"뭐. 너 이거 술 마셔서 그런 거잖아."

"……술 안 마셔도 똑같은데."

버들의 손을 뿌리친 황 대표가 핸드폰을 가져왔다.

"집에 전화해. 못 들어간다고."

"……네?"

"술 마셔서 너 못 데려다줘."

"……."

버들이 핸드폰을 만지작거릴 뿐이다.

"그럼 저 어디서 자요?"

"여기서."

"대표님도 여기서 주무세요?"

"빨리 전화하기나 해. 시간 늦었잖아."

"……저 갈아입을 옷 없는데. 이 옷 입고 자면 불편해서요."

"내 옷 벗어 줄게."

눈앞에서 황 대표가 셔츠를 벗어 버들에게 건넸다. 황 대표의 골격과 근육들이 황홀하다. 옷을 제게 양보했으니, 이제 황 대표는 날이 새도록 저렇게 있어야 한다. 목이 마르는 기분을 느끼며 버들이 황 대표의 셔츠를 묵묵히 받아 들었다. 심호흡인지 한숨인지. 길게 내쉬어진 숨의 정체가 헷갈린다.

"형. 나야."

술 약속이 있는지 빠히 알기에, 어디냐고 묻는 대신 지금 데리러 가면 되는지 겨울이 물었다.

"형. 있잖아. 나 지금 술을 많이 마셔서. 집에 못 가. 왜냐면, 아. 친구가 군대 가는데, 어……. 자취방에서 하룻밤만 자자고."

황당함을 뛰어넘었다. 횡설수설하는 버들의 말에 황 대표가 표정을 일그러뜨렸다. 저 쌍놈의 새끼가. 집에 못 들어간다고 전화하라고 했지 누가 거짓말 치라고 했나. 버들의 손에서 황 대표가 핸드폰을 가져갔다. 제 목소리를 듣자마자 유 대표가 잠시 침묵했다.

"버들 씨 나랑 있어. 아침에 데려다줄게."

─어디야. 내가 지금 데리러 가면 되니까.

"여기에 있겠다잖아. 버들 씨가."

귀찮다는 어투로 황 대표가 이어 입을 열었다.

"머리 감겨 주고, 말려 준 게 걱정이야? 왜. 반대로 머리카락 뽑았으면 그건 괜찮고? 손 다쳤단 말은 안 하던? 그것 때문에 어쩔 수 없이 베푼 친절이야. 친구 동생이라서 나도 챙겼던 거지 아니었으면 무시했어. 너 알게 모르게 헛생각하는 거, 내 입장에선 불쾌해. 그러기엔 내가 너무 여자에 환장하지 않냐?"

따지고 보면 전부 맞는 말이었다. 머리카락을 뽑았으면 문제지, 할 일 없어서도 아니고 손을 다쳐 어쩔 수 없이 머리를 감겨 주고 말려 준 거라면……. 일단 다른 것보단, 고작 하루 외박하기 위해서 제 새끼가 저한테 거짓말 한 게 가장 걸렸다. 핸드폰 건너편에서 겨울이 한숨을 내쉬었다.

황 대표가 도로 버들에게 핸드폰을 돌려줬다.

"……응. 내일 봐."

유 대표와 몇 마디 더 주고받더니, 버들이 전화를 끊었다.

"씻고 나와."

버들이 고분고분 말을 들었다. 샤워 후, 버들이 황 대표의 셔츠만 걸쳤다. 체온이 절로 달뜬다. 이어 황 대표가 씻고 나왔다. 그러는 사이 시간은 자정을 훌쩍 넘겼다. 소파에 비스듬히 고개를 기운 채 잠들어 있는 버들을 황 대표가 물끄러미 응시했다. 버들의 벌어진 다리 틈새로 속이 보일 듯 말 듯 한다. 불을 껐다. 어디선가 갑자기 짜증이 몰려왔다. 황 대표가 버들을 안아 무릎 위에 앉혔다. 어설프게 잠들었던 터라 버들의 눈꺼풀이 파르르 떨리더니 뜨였다.

"대표님……."

황 대표가 버들의 엉덩이를 제 몸과 바짝 밀착하게끔 안았다. 버들이 콧등으로 앓았다. 빠르게 펄떡거리는 심장은 거의 본능이었다.

"대표님, 우리 오늘은 바닥에서 잘래요?"

"나 바닥에서 자 본 적 없어."

"막걸리 드셨던 날, 바닥에서 잘 주무시던데……."

침대에 있는 이불을 버들이 펼치면서 이리 휘청, 저리 휘청거렸다. 발라당 눕는 꼴이 가관이다.

"대표님. 베개 쓰세요."

"어차피 그 베개 네 거 아니잖아."

어이가 없다. 버들이 새근거리면서 또 금방 곯아 빠졌다. 허벅지 위를 지그시 누르는 무게와 따끈따끈하게 느껴지는 체온이 없으니 허전하다. 그건 버들을 바라보는 것으로 채워지는 게 아니었다. 순전히 수면욕을 채우기 위해, 하는 수 없이 황 대표가 버들의 옆에 누웠다. 천장을 올려다보는데 불쑥 신경질이 돈다.

버들의 마른 등짝을 황 대표가 발로 쭉 밀어 버렸다. 덕분에 버들의 몸은 이불을 벗어나 맨바닥행이다. 저만치 거리를 뚝 떼어 놓기를 잠시. 잠버릇 심한 버들이 이내 데굴데굴 제 쪽으로 굴러 왔다. 한 손으로 얼굴을 받친 뒤 몸을 옆으로 한 황 대표가 제 옆구리를 파고들려 열심히 꼬물거리는 버들을 가만히 지켜봤다.

다른 사람, 더 정확히는 '다른 남자'를 떠올려 봤다. 가까운 사이인 유 대표와 이렇게 잠들 수 있나? 키스할 수 있나? 포옹할 수 있나? 제 자신을 향해 여러 개 던져 본 물음표에 공통적으로 험악한 욕설이 튀어 나갔다. 결국엔 사내놈이면서 이렇게 잠들 수 있는 것도, 키스할 수 있는 것도, 포옹할 수 있는 것도 딱 한 명뿐이다. 뒤집혀 버린 제 세상을 무조건 함구할 예정이다. 그런 제 곁에서 버들이 애가 타다 못해 까맣게 재가 되어 버릴지언정.

황 대표가 버들을 제 위로 올렸다.

시간이 얼마나 지났을까.

"대표님……."

대표님, 하는 호칭은 버들의 입을 통해 자주 불리는 만큼 정말 빛바랜 사진처럼 닳게 생겼다. 아예 정신을 잃을 정도로 취하거나. 정신을 잃기 직전까지 취하거나. 역시나 다른 데서 술은 못 마시게 해야겠다. 아니면…… 진짜 나야말로 아무도 못 보는 곳에 버들을 가둬 버리든가. 그런 영양가 없는 다짐과 생각을 반복하며, 황 대표가 버들의 머리를 느른하게 쓰다듬었다. 버들의 몸이 움찔거렸다.

"유버들."

대답하지 않고 버들이 하던 걸 계속했다. 버들이 황 대표의 가슴을 애무했다. 황 대표가 제게 느끼게 해 주었던 간지러움을 떠올리며, 그렇게 혀를 썼다. 유륜 전체를 핥고, 혀끝으로 슬며시 유두를 짓이겼다. 어설프기 짝이 없었다. 머리 위로 황 대표가 웃는 게 느껴졌다. 버들이 황 대표를 빤히 쳐다봤다.

"왜. 다 했어?"

버들이 고개를 가로저었다.

"덜 했어?"

순하게 고개를 끄덕이면서 버들이 제 입술을 황 대표의 가슴팍 사이로 묻었다. 제 크고 소중한 황 대표님이 혹여나 다치면 안 되니까, 버들의 입맞춤은 매우 조심스러웠다. 차근차근 위로 향해 올라갔다. 쇄골을 빨았다. 목덜미를 타고 오른 버들이 황 대표의 귓불을 불쑥 물었다. 귀는 황 대표의 성감대였다. 인상을 쓴 황 대표가 쓰다듬고 있던 버들의 뒷머리를 확 잡아당겨 저한테서 떼어 냈다. 시선이 부딪혔다. 눈 깜박이는 속도가 엇박자였다. 버들이 눈을 떴을 땐 황 대표가 그 속에 가둬지고, 황 대표가 눈을 떴을 땐 버들이 그 속에 가둬졌다. 코끝. 입술. 솜털. 눈썹…….

「너 예쁘고 잘생겼다고 말해 준 사람들이 누구야.」

예쁘고, 잘생겼고. 결국엔 보는 눈은 누구나 똑같단 말이었다.

몸속 어딘가 열이 확 지펴지면서 충동을 부추겼다. 황 대표는 고민조차 하지 않았다. 저가 하고 싶은 대로 했다. 몸 위치가 뒤바뀌는 건 순식간이었다. 천장이 딱 반 바퀴 돌았을 때 버들은 제 위에 있는 황 대표를 올려다봐야 했다.

"……아."

진하고 짙게, 황 대표가 버들의 허리 부근을 빨며 허벅지 안쪽으로 손을 집어넣었다. 선뜻하게 번개가 내려쳐진 감각에 놀란 버들이 발뒤꿈치로 바닥을 밀며 피하려고 했지만, 황 대표의 무게를 벗어날 수가 없었다. 물기 그득한 안개 속에 꼼짝없이 갇혀 버린 것 같다. 팔 안쪽, 오금 온통 젖는 기분이다.

손 안에 들어온 버들의 몸을 황 대표가 주물렀다. 점점 힘을 받아 윤곽이 선명해졌다. 달궈진 버들의 신음이 황 대표의 귓가에 그대로 녹아들었다. 솜사탕이 따로 없다. 뭘 제대로 한 것도 없는데 버들이 혼자만 성급히 정상으로 도달해 버렸다. 동백처럼 붉은 버들의 귀두에서 왈칵, 액이 쏟아졌다.

일순 모든 시간이 멎었다.

희미하게 풍기는 냄새는 같은 남자이기 때문에 익숙했다. 갑작스러웠던 한 번의 사정에 모든 기력이 쇠해 버린 버들의 호흡이 가빠졌다. 둥글게 몸을 웅크렸다. 이마 위로 앞머리가 잔뜩 헝클어졌다. 크게 오르락내리락하는 가슴이 위태로울 정도다. 그런 버들을 내버려 두고 황 대표가 욕실로 들어갔다. 손가락 사이사이로 희뿌연 액이 거미줄처럼 얽힌 채였다. 거칠게 욕을 짓씹었다. 닦아 내지 않은 그 손으로 황 대표가 수음했다.

비 때문인지 달도 뜨지 않은 밤이었다.

　　　　*　　　*　　　*

학교가 끝나는 대로 버들이 오피스텔로 향했다. 품엔 샛노란 해바라기가 다발로 안겨 있었다. 기억은 취기와 별개로 생생하게 남은 채였다. 서둘러 비밀번호를 누르느라 두 번이나 틀렸다. 안에는 아무도 없었다. 버들이 군이 바깥에서 서성거렸다. 까짓것. 심한 욕을 얻어먹거나 하물며 손목이 산산이 박살이 나더라도 상관없다. 좋아한다고 백 번을 말해도 모자랄 것 같다. 풍선처럼 기분이 붕 뜬다. 노을이 질 동안, 기다림은 꾸준했다. 엘리베이터 문이 열렸다.

"오셨다!"

쪼그려 앉아 있던 버들이 벌떡 일어났다. 전혀 지치지 않은 기색이었다. 쏜살같이 앞으로 튀어 나가려던 버들의 걸음이 묶였다. 찬물을 뿌린 것처럼 표정이 싹 굳어졌다. 버들이 해바라기를 제 등 뒤에 감췄다. 빠끔히 튀어나온 샛노란 꽃잎을 보고도 황 대표는 딱히 관심을 보이지 않았다.

"나가려는 길이야?"

인사도 없이 황 대표가 물었다. 어떻게 해야 할지 모르겠다.

"가 봐."

황 대표의 옆에 여자가 서 있었다. 화려한 미인상이었다. 누구냐고 제게 황 대표가 설명해 주지 않았다. 손끝까지 따끔했다.

"뭐야."

"뭐가."

"여기에 외부인 안 들였잖아."

"외부인은 아니고, 유 대표 막냇동생."

"아. 그래?"

벌어진 문틈으로 얼핏 두 사람의 대화가 들려왔다.

"와인 마실 거지?"

황 대표의 목소리를 끝으로 문이 닫혔다.

16. 굽이치는 밤 (1)

널따란 집은 언제나 적막했다. 곳곳에 장식된 값비싼 도자기 작품을 주기적으로 깨뜨렸던 건 주변의 오해처럼 고약한 취미 따위가 아니었다. 얄팍한 도자기가 조각조각 박살이 나면서 일어난 소란은 잠시뿐이었다. 발목부터 잠겨 오던 고요함은 어렸을 적부터 못 견딜 정도로 괴로웠다. 숨이 막혔다. 악몽에서 퍼뜩 깨어나면 싸늘하게 식어 버린 체온으로 깜깜한 세상과 직면했다. 앓았다. 도움을 바라는 대신 이불을 뒤집어쓰고 철저히 혼자가 되는 걸 택했다.

주위에 아무도 없단 걸로 외로웠던 적은 없었다. 자존심이 셌다. 오히려 다행이라고 여겼다. 주위에 아무도 없었기 때문에 마음껏 아파하는 게 가능했다. 곁에서 살펴봐 주는 누군가가 있었더라면 아픈 걸 내색하지 않고자 어떻게든 이를 악물고 긴 밤을 버텨 냈을 거다.

그러면서 도자기를 깨뜨리는 일도 없었을 거고. 또……

고작 일곱 살 많은 혜주가 어린 정우의 눈에는 한없이 어른처럼 비춰졌다. 언제부터인가 옆자리를 차지하고 앉아 혜주가 연주하는 피아노 소리에 흠뻑 빠져들었다. 그런 정우를 혜주는 환영하진 않았지만, 그렇다고 쫓아내는 것도 아니었다. 혜주 입장에선 본인의 위치를 위태롭게 만든 원흉인 그에게 최대치로 베풀었던, 아주 관대한 아량이었다. 잠 못 드는 아주 늦은 시각, 간혹 피아노 소리가 가느다랗게 새어 들어올 때가 있었다. 어둠이 깔린 복도를 지나 빠끔히 열린 문 앞까지 걸어가며 당시의 제가 어떤 생각을 했는지 잊어버렸다. 안도했을까, 불안했을까. 별로 중요한 문제는 아니지만 이제 와 약간의 궁금증이 남을 뿐이다.

한기가 고스란히 전해지는 벽에 기대어 앉았다. 피아노 소리에 귀를 기울이며 저도 모르게 선잠에 빠져들고는 했다. 도중에 깨어났을 땐 피아노 연주는 끊겨 있는 반면, 밤은 계속되는 중이었다. 그리고 여전히 혼자였다.

태어나지 말았어야 했나. 그 해로운 갈등은 누군가의 바람처럼 성격에 어떠한 영향조차 끼치지 못했다. 애초에 그딴 성질머리로 태어났다. 넓기만 한 집 안 어디에도 잘못된 젓가락질을 올바르게 고쳐 줄 애정은 없었지만 그게 상처로 이어지진 않았다. 젓가락질을 하지 않아도 하루에 필요한 영향을 충분히 채울 수 있는 방법을 택해 터득했다. 집안의 부유함에 정당성을 담아 기꺼이 저 편할 대로 이용하되, 간섭받는 건 끔찍하게 기피했다.

「정우야. 집에 오면, 네가 안 보였으면 좋겠어.」

맹목적으로 따르던 이복 누나의 입에서 차분히 쏟아져 나온 부탁은 날카로운 송곳처럼 가슴에 꽂혔지만 딱 거기까지였다. 이른 독립은 그녀를 위해서가 아니라, 독립적인 취향과 성정 탓이었다. 뼈대부터 워낙 잘나서 집안의 배경을 등지고서도 아쉬운 게 없었다.

황 대표가 두 개의 잔에 각각 다른 종류의 와인을 따랐다. 색깔부터 맛과 향, 비슷한 점이라곤 일절 없다. 혜주의 입맛에 맞춰 고른 와인을 앞에 내려놓았다. 오랜만의 입국이었다. 따라서 제 공간에 포함된 혜주의 모습을 보는 것 역시 오랜만이었다.

"뭔가 달라진 거 같아."

"똑같아."

"아니야. 달라졌어."

"……."

오피스텔 내부를 찬찬히 살피며 걷던 혜주의 발끝에 볼펜이 걸렸다. 각별하게 관리되는 오피스텔에서 받았던 차가움이 흐릿하다. 볼펜을 힐긋 내려다본 혜주가 와인 잔을 내밀었다. 그쪽으로 다가간 황 대표가 혜주의 와인 잔을 들어 주었다. 자유로워진 팔로 혜주가 겉옷을 벗었다. 작은 체구가 마냥 작게 느껴지지 않는다. 피가 반밖에 섞이지 않은 본인의 상황을 원초적으로 불리하다며 판단은 하되 주눅 드는 법이 없었다. 조용히 뜻하는 바를 이뤘다. 원하는 건 어떻게든 얻었고, 거치적거리는 건 무엇이든 없앴다.

잔을 쥐는 가냘픈 손가락이 상처하나 없이 깨끗하다.

"얼마나 있다가 갈 건지 정해졌어?"

"아직."

혜주의 등 뒤로 창문이 있었다. 바깥 풍경이 훤히 펼쳐져 답답한 기색을 조금 가시게 했다.

"결혼, 진짜 할 생각이야?"

나지막하게 물은 질문에 돌아오는 대답은 없었다.

"뉴욕에 사귀는 사람이랑은 헤어졌어?"

"그것과는 별개야."

"……."

"비즈니스라고 생각하면 쉬워."

저도 모르게 인상을 찌푸리고 있단 걸, 허탈한 웃음을 터트리고 나서야 황 대표는 알아차렸다. 와인을 음미하며 혜주가 소파에 앉았다. 황 대표의 눈썹이 옅게 일그러졌다. 제 공간임에도 불구하고 문득 이질감이 느껴졌다. 황 대표가 혜주를 직선으로 쳐다봤다.

피아니스트 혜주와 덥수룩한 수염을 쓰다듬으며 음악에 관한 칼럼을 쓰는 남자는 제법 잘 어울리는 관계였다. 사귀는 사람이 뉴욕에 있건 말건 집에서 시키는 대로 혜주는 군말 없이 입국했다. 앞으로 어떤 상황이 펼쳐질지 빤히 예상되었다. 선을 본 상대와 약혼 날짜를 잡고, 그리고 결혼까지 순탄한 과정으로 이어질 것이다.

"하기 싫은 거 아니야? 결혼."

처음부터 다 가진 채 태어난 네가 뭘 알겠냔 시선이 돌아왔다. 내심 대단하다고 느꼈던 혜주의 생존 기반은 사실 열등감이었다. 갑자기 변한 계절을 깨달은 기분이다. 황 대표가 와인 잔을 내려놓았다.

"할 거야."

"왜."

머릿속에 먼저 떠오른 대답이 한 치의 오차 없이 혜주의 입을 통해 흘러나왔다.

"집에서 원하니까."

[대표님. 뭐 하고 계세요?]

　몇 자 되지 않는 메시지를 하루 내내 고민해 겨우 전송할 수 있었
다. 읽었단 표시의 '1'이 사라지지 않는다. 버들이 손등 위에 턱을 올
리고 엎드렸다. 그러면서 시선은 계속 잠잠한 핸드폰에 집중되어 있
는 채다. 다리를 까닥였다. 의미 없는 음을 잠깐 흥얼거리기도 해 보
았다. 하루가 유독 길게 느껴진다. 고개를 옆으로 틀자 열어 둔 창문
으로 펼쳐진 밤하늘이 시야에 가득 찼다. 반짝거리는 별의 개수가
적다. 그래서 시시하게 받아들이면 되는 것인지, 아니면 안타까워해
야 하는 것인지 헷갈린다.

　[대표님. 저는 집이에요.]

　다시 새롭게 메시지를 보냈다.
　"고장 났나?"
　혼잣말을 불퉁하게 내뱉은 버들이 핸드폰을 귓가에 대고 괜히 흔
들어 봤다. 진동을 풀었다가 벨소리를 바꿨다가.

　[정우.]
　[정우야.]
　[정우. 정우.]
　[황정우.]

[정우. 밥 먹었어?]

[정우 씨.]

이러면 당장 전화가 걸려 올 줄 알았다. 순간 정점을 찍은 기대감으로 심장이 콩닥거렸다. 발그레한 볼을 한 버들이 핸드폰을 소중하게 꼭 쥐었다. 화를 내는 목소리라도 듣고 싶었지만 한 시간이 지나도 애석하게 핸드폰은 계속 과묵했다.

[사실은 집 아니에요. 술 마시고 있어요.]

[술 많이 마실 거예요. 막걸리랑 소주랑.]

버들의 입술이 점점 튀어나왔다.

[황 대표님. 주무세요?]

정말 주무시나. 아직 아홉 시밖에 안 되었는데…….

한숨을 폭 내쉰 버들이 갈아입을 옷을 챙겨 욕실로 향했다. 수증기가 금방 천장을 뒤덮었다. 발바닥을 타고 전해져 오는 바닥 타일이 차다. 거품이 씻겨 내려가는 도중이었다. 다급히 욕실을 박차고 뛰쳐나간 버들이 핸드폰 전원을 켰다. 고양되었던 표정이 단숨에 식었다. 분명 메시지가 도착한 소리를 들었던 것 같은데 착각이었나 보다. 멍하니 서 있던 버들의 어깨가 축 처졌다. 쇄골에 고여 있던 거품이 흘러 팔꿈치 아래에 매달렸다. 방 안에 거품 섞인 물이 군데군데 고였다.

도로 욕실로 돌아가던 버들이 그걸 밟고 크게 휘청거렸다. 미끄러지면서 바닥을 디딘 팔목이 하필 전에 다쳤던 그 팔목이라 많이 시큰거렸다. 잠시 웅크린 채 아픔이 가시기를 기다렸다. 나니까 이걸 참을 수 있는 거지, 아마 다른 사람이었으면 비명까지 내지르며 데굴데굴 굴렀을 거다. 소리가 샐까 꾹 깨문 버들의 아랫입술이 허옇게 질렸다.

젖은 몸을 수건으로 닦아 내기 전 버들이 제 몸을 거울에 비춰 보았다. 갈비뼈며 허리며 골반이며. 마른 제 상태를 객관적으로 짚어 가며 버들이 인상을 찌푸렸다. 영 볼품없다. 이런 몸에 황 대표의 입술이 닿았다. 스치는 손길에서 전해지는 온도는 분명 다정하고 다감했다. 머뭇거리던 버들이 제 가슴을 만져 보았다. 손끝이 스치자마자 등허리를 타고 찌르르 전율이 퍼졌다. 신음을 삼키며 버들이 어깨를 움츠렸다. 황 대표가 물고 뜯고 씹어 댈수록 조그마한 살점은 점점 더 예민해진다.

[손목이 아파요.]

완성된 메시지를 전부 지웠다. 드라이기를 챙겨 버들이 겨울의 방으로 넘어갔다.

"……윽."

술 냄새가 코를 찌른다.

"형."

창문부터 열어젖힌 다음 겨울을 버들이 발로 흔들어 깨웠다.

"씻었어. 씻었어. 형 씻었다."

옷도 안 갈아입었으면서 무슨.

"어디가 씻었어?"

"내일 씻을 거야. 형 지금 골이 빠개질 거 같아서, 못 움직여."

꼬부랑꼬부랑 겨울의 혓바닥이 바닥을 긴다.

"골 안 빠개질걸?"

"네가 어떻게 알아?"

"내가 잘 알아. 술 많이 마셨다고 해도 골은 안 빠개져."

"네 골 아니라고 그렇게 쉽게 말하면 돼, 안 돼?"

버들이 침대 끄트머리에 걸터앉았다.

"형. 겨울이 형."

비몽사몽 한 겨울이 도통 정신을 못 차리고 있다.

"버들아."

"응?"

"형이 딱 한 시간만 자고 예뻐해 줄 테니까 옆에 누워서 너도 자."

"진짜 한 시간만 자고 일어날 수 있어?"

"응."

못 믿을 거짓말이다.

"형."

"……"

"형. 겨울이 형."

"왜 새끼야."

하마터면 답도 안 나오는 주정뱅이에게 팔을 잡힐 뻔했다. 강제로 포박당할 위기를 아슬아슬하게 넘긴 버들이 코를 훌쩍거렸다.

"나 머리 말려 줘."

자물쇠로 굳게 걸어 잠근 것처럼 꽉 닫혔던, 겨울의 눈이 빠끔히 뜨였다. 부스스 몸을 일으킨 겨울이 관자놀이를 짚었다. 막 씻었는지 버들의 물기 어린 얼굴이 말갛다. 들고 있던 드라이기를 겨울이 가져가자 버들이 쪼르르 의자에 앉았다. 여실하게 버들의 마른 뒷모습을 주시하던 겨울이 드라이기 코드를 꽂았다. 그래. 실제로 골이 빠개지는 한이 있어도, 뭐든 혼자서 해결하려고 구는 버들이 드물게 피우는 어리광이 우선이다. 봄꽃처럼 반갑기까지 한다. 간단하게 씻고 나온 겨울이 본격적으로 버들의 머리를 말려 주었다.

"내일도 형이 머리 말려 줄게."

"형. 누구랑 그렇게 술을 많이 마신 거야?"

"있어. 너는 모르는."

"황 대표님?"

"너는 모르는 다른 회사 대표들."

"그럼 황 대표님은?"

"다른 사람 만나러 가야 돼서 자리에 빠졌어."

버들이 긴장했다.

"다른 사람? ……누구?"

"뭘 꼬치꼬치 캐묻고 그래."

"내가 언제 꼬치꼬치 캐물었어?"

"지금. 인마. 꼬치꼬치 캐묻고 있잖아."

"……."

입을 꽁하게 다문 버들이 거울에 반사되어 비춰지는 제 형의 벗은 상체를 빤히 주시했다. 근육이 불긋불긋해서 부럽다. 저 정도는 되어야 황 대표님과 나란히 섰을 때 어울릴 수 있을 건데. 옷 속에 손을 넣자 납작한 아랫배가 만져진다. 시무룩하다. 건강한 몸으로 태어났다면 어땠을까?

"내 새끼, 이제 자자."

버석하게 머리가 말랐다. 드라이기를 아무렇게나 내려놓은 뒤 겨울이 버들을 침대로 잡아끌었다. 겨울의 다리가 낙지처럼 버들의 몸통을 찰싹 감쌌다. 더 나아가 허락도 없이 뽀뽀하려고 뾰족하게 내민 겨울의 주둥이를 버들이 옹골차게 철썩철썩 때려 품 안에서 벗어났다.

문을 쾅 닫고 나간 버들이 주방으로 향했다. 흐린 달빛이 익숙해 굳이 불을 켜지 않아도 괜찮았다. 꿀물을 탄 컵을 들고 버들이 다시 제 형의 방에 들어왔다. 엎드린 채 겨울은 그새 잠이 들었다. 작게 한숨이 폭 새어 나왔다. 일어나면 제 형이 쓰린 속을 바로 달랠 수 있도록 버들이 잘 보이는 테이블 위에 꿀물을 내려놓았다.

사각사각, 필기해 가며 공부를 하는 사이 자정이 훌쩍 넘어갔다. 해바라기가 다발로 꽂혀 있는 화병 앞에 버들이 뒷짐을 진 채 섰다. 망설이고 또 망설이고. 망설이고 나서야 전송 버튼을 겨우 누를 수가 있었다.

[황 대표님. 시든 꽃은 별로예요?]

* * *

비밀번호가 경쾌한 음을 내며 풀렸다. 가만히 문을 연 버들이 오피스텔 안으로 들어갔다. 저절로 숨을 죽이게 된다. 마치 도둑처럼,

이방인처럼. 걱정처럼 누군가 안에 있지 않았다. 그렇지만 못 보던 짐이 군데군데 놓여 있었다. 공기 중에 떠도는 향수 냄새의 주인은 황 대표가 아니었다. 오피스텔을 빠져나온 버들이 입구 계단에 앉았다. 한가로움을 띤 바람에 나뭇잎이 유유히 나부꼈다. 버들이 굽힌 무릎에 팔꿈치를 올리고 턱을 괴었다. 지나다니는 차를 주시했다. 확신 없는 기다림이 길다.

보고 싶다.

버들이 황 대표를 찾아 나섰다. 레스토랑을 기웃거리다가 두 대표가 운영하는 사옥으로 향했다. 두 마리의 강아지가 없는 마당이 한적하다. 안으로 들어가자 비서가 벌떡 일어나 반겨 주었다.

"안녕하세요. 잘 계셨어요?"

해사하게 웃으며 버들이 인사했다.

"강아지들은요?"

"유치원 갔어요."

서로의 안부를 짤막하게 주고받는 동안에도 버들의 신경은 다른 곳에 쏠려 있었다.

"대표님 계세요?"

"유 대표님, 대표실에 계십니다."

유 대표님 말고, 다른 대표님 계시냐고 바꿔 물으려다가 버들이 그냥 웃었다.

"형?"

"어쩐 일이야?"

깜짝 놀라며 겨울이 자리에서 일어났다. 옆에는 실장이 서 있었다.

"놀러 왔어."

"연락도 없이?"

"왜? 나가 봐야 해?"

겉옷을 걸치고 있는 차림새를 보며 버들이 예상했다. 예상한 게 맞는지 겨울이 곤란한 표정을 지어 보였다. 버들이 가방을 내려놓으며 소파에 앉았다.

"형 없이도 나 잘 놀아."

"저녁 형이랑 먹자. 이따가 연락할게."

선뜻 버들이 고개를 끄덕였다.

"여기에 있을 거야?"

"어. 노트북 가져왔어."

"무겁게 뭐 하러 그런 걸 들고 다녀."

"과제 때문에."

실장이 유 대표에게 귓속말을 전했다.

"형. 빨리 나가 봐."

"전화할게. 받아. 알았지?"

"응."

비서를 호출하려는데 때마침 문이 열렸다. 버들을 위해 마실 것을 챙겨 들어온 비서에게 유 대표가 데스크에 펼쳐진 서류 뭉치들을 턱끝으로 가리키며 황 대표에게 전달하란 지시를 내렸다. 버들의 노트북 전원이 완전히 켜졌다. 기본 바탕 화면이 밋밋하다. 마우스 몇 번을 까닥거렸다. 의미 없는 행동이었다. 제출 기한이 촉박한 과제의 중요도가 뒷전으로 밀려났다. 내색하지 않으려 노력했지만 이미 버들의 커다란 눈이 초롱초롱해졌다. 버들이 제 형을 배웅하고 나서 비서를 붙잡았다.

"황 대표님 계세요?"

"네. 대표실에 계십니다."

심장이 쿵쾅거린다.

"제가······."

"네?"

비서가 갈무리한 서류 뭉치들을 버들이 주뼛거리며 받아 갔다.

"제가 전해 드릴게요. 비서님, 일 보세요."

가방을 둘러멘 버들이 황 대표실로 향했다. 벅차다. 노크를 하면서
설렐 수 있는 인생이다.

"네."

그토록 듣고 싶었던 목소리가 문밖으로 들려왔다. 입안이 순간 바
짝 말랐다. 떨린다. 문을 열기 전 버들이 입고 있는 옷 상태를 점검했
다. 최근 겨울이 사 준 새 옷 중에서 고른 건데······ 너무 새 옷이란
티가 나니까 내심 민망해졌다. 그 와중에 더 밝은 톤을 입을 걸 그랬
나, 못내 아쉬움이 감돌았다. 머리를 매만지고 두어 번 심호흡을 커
다랗게 반복했다. 이제야 마음을 굳히고 문을 열어 볼까, 싶던 찰나
였다. 문고리를 채 쥐기도 전에 난데없이 벌컥 문이 열렸다. 깜짝 놀
란 버들이 저도 모르게 뒤로 주춤거리며 물러났다. 황 대표에게 손
목이 붙잡힌 순간, 안으로 끌려갔다.

이러다 터지겠다, 심장이.

"왜 네가 노크해."

"제가 노크한 거 아니셨어요?"

"바깥에 입구 비추는 카메라만 여덟 대야."

"······."

버들이 서류 뭉치들을 건넸다. 황 대표가 아무 말 없이 받아 가 데 스크 위에 성의 없이 내던졌다. 철저히 업무만 이뤄지는 중요한 공 간에 제 의지로 버들을 안으로 들여보냈다.

"대표님……."

손가락을 애꿎게 꼼지락거리고 있는 버들을 황 대표가 느릿한 시 선으로 쳐다봤다. 눈이 마주쳤다. 고개를 푹 숙이면서 버들이 옅게 웃었다. 발개진 얼굴이 감정을 투명할 정도로 밝히고 있었다.

"잘 계셨어요?"

"누가 보면 오랜만에 얼굴 보는 줄 알겠다."

3일이나 못 봤는데……. 그럼 오랜만, 아닌가?

"오피스텔에 갔었어?"

버들이 고개를 가로저었다.

"대표님은요?"

대답은 없었지만 갔었던 거 같다. 만나지 못한 건, 길이 엇갈렸기 때문이었나. 버들의 입술이 조심스레 열렸다.

"저 기다리셨어요?"

"……너를?"

기가 찼다. 바람 빠진 소리를 내며 황 대표가 웃었다. 가만히 있다 보면 알아서 먼저 찾아와 방긋하게 웃는 얼굴을 들이민다. 저를 향 해 꽂혀 있는 버들의 맹목적인 애정은 평생 변함이 없을 거란 확신 이 선다. 뒤집힌 세상 탓인지. 몇 달 전과 달리 그게 징그럽거나, 거 추장스럽지가 않다. 좋아한단 고백이 아주 당연하게 받아들여진다.

소파에 먼저 앉은 황 대표가 버들을 끌어안았다. 손발을 제외하고 온통 따끈따끈한 체온이 전해져 온다. 황 대표가 제 무릎에 앉혀 놓은 버들의 목덜미에 코끝을 파묻고 크게 숨을 들이켰다.

"넌 나 없으면……."

기온이 높은 오후였다.

"……."

"……."

황 대표의 뒷말이 한참 뒤에 이어졌다.

"나 없이 잘 수 있어?"

등줄기를 따라 쓰다듬어 주는 커다란 손이 좋아서. 이마를 짚어 오는 관심이 좋아서. 맨살을 지분거리는 체온과 나지막하게 귓가를 울리는 목소리가 좋아서. 없으면 없는 나날만큼, 잠 못 드는 밤이 연속으로 쌓인다.

대답 대신 버들이 황 대표의 품에 폭 안겼다.

두 사람이 고르게 숨을 뱉으며 잠이 들었다.

"우리 어디 가요?"

차창 밖으로 펼쳐진 풍경을 힐긋거리다가 버들이 핸들을 꺾는 황 대표를 쳐다봤다.

"밥 먹으러."

"아. 우리 밥 먹으러 가는 거예요?"

노을로 인해 황금빛이 너울진다.

"겨울이 형이 밥 같이 먹자고 그랬는데……."

혼잣말로 버들이 중얼거렸다.

"나랑 먹고 또 먹어."

좋아하는 사람과 함께 모자랐던 수면을 채워 주어서 그런지 몸이

한결 가벼워졌다. 피로 회복제나 다름없다. 먼저 눈을 뜬 쪽은 자신
이었다. 행운이었다. 잠이 든 황 대표의 얼굴을 보고 또 보고, 계속
쳐다봤다. 반대로 갈증은 더 커다랗게 번졌다.

"대표님."

"응."

늘 오는 레스토랑이었다. 안내된 자리에 세 사람의 의자가 놓여
있었다. 맞은편에 앉으려는 버들을 황 대표가 옆자리로 오게끔 지시
했다. 주문을 이따가 하기로 미뤘다. 비어 있는 자리를 보며 버들이
고개를 갸웃거렸다. 겨울이 형이 오기로 되어 있나? 숫접게 냅킨을
못살게 굴던 버들이 가방을 열었다.

"이거……."

"……."

"대표님 볼펜으로 필기했어요."

황 대표가 턱을 괴었다. 버들이 팔랑팔랑 페이지를 넘기며 보여
주는 노트를 내려다봤다.

"……잘 썼네."

흘러가는 칭찬이었다. 버들이 페이지를 북 찢어 황 대표에게 내밀
었다. 황당한 표정을 지으며 황 대표가 무슨 짓이냐고 물었다.

"대표님, 가지세요."

"내가 이걸 가져서 뭐 하게."

"……."

버들이 황 대표를 쳐다봤다.

"필요 없어요?"

바로 구겨 버리려는 페이지를 뺏어 황 대표가 노트에 끼웠다.

"나중에 붙여. 보고 새로 쓰던가."

그렇게 하라니까 버들이 고개를 주억거렸다.

"대표님. ……이거."

버들이 또 가방을 뒤졌다. 뭉치로 꺼낸 게 음식점 전단지다. 황 대표가 버들이 앉아 있는 의자를 제 쪽으로 잡아당겼다. 무게가 가벼우니 별로 힘을 들이지 않았음에도 불구하고 의자 통째로 버들이 쑥 끌려왔다.

놀란 기색이 버들의 표정에서 고스란히 드러난다. 빠르게 깜박거리는 버들의 눈동자가 참 깊다. 황 대표와 가까워진 시선에 버들이 숨을 참았다. 그러면서 쇄골이 붉어졌다. 황 대표가 고개를 기울여 여린 피부를 핥았다. 부드럽다. 분리된 룸이라고 하지만 어찌됐건 공공장소였다. 황 대표와 맞닿은 시선을 버들이 어색하게 웃으며 피했다. 제 타액이 묻어 번들거리는 버들의 몸이 만족스럽다.

황 대표의 손이 버들의 뒷목을 감쌌다. 음……. 버들이 콧등으로 앓았다. 짧은 키스였다. 짧은 만큼 여운이 길었다. 아무렇지 않은 척했지만 버들의 귓불이 어느 틈에 붉어졌다.

한 장, 한 장 버들이 정성껏 보여 주는 전단지를 황 대표가 다시 턱을 괴고 내려다봤다. 이런 걸 어디 가서 모아 왔는지 모르겠다. 헛웃음이 피식, 피식 켜졌다.

"먹고 싶지 않아요?"

"응."

"저 이거 할 줄 아는데."

쌀국수다.

"안 좋아해요?"

"응."

"이건요?"

뼈다귀 전골을 가리켰다.

"별로야."

"별로예요?"

"응."

파스타, 초밥 차례대로 버들이 보여 줬다.

"싫어해요?"

"응."

황 대표는 늘 가는 장소만 가고, 먹는 음식만 먹는다. 그리고 저는 가 본 적 없고, 먹어 본 적 없는 음식들이 수두룩했다. 처음으로 겪게 될 경험을 둘이서 하고 싶었다. 집착은 그걸 토대로 시작되었을지도 모르겠다. 처음인 걸 함께한다는 것.

전단지를 쥐고 있는 버들의 손끝에 힘이 들어갔다. 한숨을 속으로 삼켰다. 황 대표와 함께 색다른 곳에 찾아가 맛있는 음식을 먹는 걸 상상하면, 그 막연한 상상만으로 사는 게 즐거워졌다. 사는 게 즐거워지면 안 되는데……

전단지를 가방에 쑤셔 박았다.

"대표님, 이거 볼래요?"

여행 책자를 꺼내려던 순간 문이 열렸다.

황 대표가 자주 웃었다. 저를 비롯해 다른 사람을 대하는 태도와 확연히 다르단 걸 함께 살았던 적이 있는 만큼 버들은 더 빠르게 알 아차렸다. 목구멍이 조였다. 현재 느끼고 있는 감정이 무엇인지 잘 모르겠다. 그저 실처럼 복잡하게 꼬여 있어 어지럽다.

분위기가 유하다. 잔에 커피를 내린 혜주의 입가에 긴 머리카락이 붙었다. 그걸 황 대표는 무시하거나 단순한 말로 지적하지 않았다. 대신 팔을 뻗어 직접 귀 뒤로 넘겨 주는 황 대표의 행동을 버들은 끝내 쳐다보지 못했다. 손끝을 타고 모든 맥박이 도근거린다. 소극적으로 말린 버들의 둥근 어깨를 뻔히 알아차렸음에도 황 대표는 혜주가 누군지 여전히 설명해 주지 않았다.

버들의 접시만 음식이 줄지 않았다. 누굴까. 황 대표와 혜주의 관계를 예측했다. 잘은 몰라도 둘이서 오래된 사이란 건 분명했다. 두 사람이 나누는 대화만이 룸을 채웠다. 과거와 미래를 쉽게 넘나든다. 저는 알지 못하는 이야기뿐이었다. 철저하게 없는 사람 취급당하면서, 버들은 일분일초 상처 받고 있었다. 그러면서 차마 자리를 박차고 뛰쳐나가진 못했다. 옆에 황 대표가 있었기 때문에. 가슴팍이 답답하다. 힘껏 주먹으로 두드리고 싶은 걸 애써 참았다. 소화제 생각이 간절해진다.

"오피스텔로 올 거지."

"이따가. 퇴근하면."

혜주가 자리를 뜨면서 다시 버들과 황 대표만 남겨졌다.

"⋯⋯누구예요?"

머릿속에서만 빙빙 맴돌던 말이 튀어 나갔다.

"애인이에요?"

"애인이면."

가볍게 황 대표가 대꾸했다. 애초에 혜주와 둘이서 예정되었던 식사를 황 대표가 동의 없이 버들을 끼워 넣었다. 혜주와 둘이 있는 것보단 확실히 나왔다. 처음부터 끝까지 기분은 안정적이었다. 오피스텔에 둔 혜주의 짐을 다른 집이나 호텔로 옮기라고 할 예정이었다. 그러면서 허투루 짚은 버들의 착각을 굳이 고쳐 주지 않았다. 단물 다 빨아먹으라고 한 것도, 이용해도 된다고 허락한 것도 모두 버들이었다.

"일어나. 집에 데려다줄게."

버들이 마른 침을 삼켰다.

"우리, 예전이랑은 달라요."

목소리 끝이 갈라졌다.

"예전이랑은······."

"애매하게 둘러대지 말고 할 말 있으면 확실하게 해. 답답하니까."

"대표님이랑 저, 예전과 달라요."

"어떻게 다른데."

황 대표의 여유로움은 흐트러지지 않았다.

"키스하잖아요. ······안고."

"키스하고 안고. 그래서 뭐."

"······달라요."

버들이 중얼거렸다.

"우리······."

간신히 입술을 뗐다.

"우리, 지금 뭐 하고 있는 거예요?"

"네가 말해 봐. 뭐 하고 있는 거 같아? 연애는 아닐 거고."

"······."

목이 타들어 가는데 손이 덜덜 떨려 눈앞의 물 잔을 쳐다볼 수밖에 없었다. 진정되지 않는 제 손끝을 버들이 서로 붙잡았다. 불과 몇 시간 전만 해도 천국에 있었다. 예고 없이 밑바닥까지 추락한 기분이 든다.

"……모르겠어요."

피하는 게 아니었다. 그게 최선의 대답이었다. 키스하고, 안고……. 서로가 없으면 잠들지 못한 건 똑같지만 이게 대체 뭘 하고 있는 건지 모르겠다. 기대하지 않기로 독하게 다짐하면, 그걸 황 대표가 뿌리째 흔들어 놓는다. 저는 처음부터 끝까지 변함이 없는데 불현듯 도중에 달라진 건 황 대표였다. 웃어 주고, 이름 불러 주고, 만져 주고, 걱정해 주고, 챙겨 주고.

왜 웃어 주는지. 왜 자꾸 이름은 부르는지. 왜 만지는지. 왜 열이 나나 새벽 내내 걱정은 했는지. 왜 식사를 챙겨 주는지. 억울하다. 황 대표의 마음이 아주 조그맣게라도 자신에게 기울고 있는 걸까, 스치듯 생각이 들기도 했다. 하지만 황 대표에게 어느 것 하나 따져 물을 자신은 없었다. 코끝이 시큰거렸다.

"내가 너 데리고 노는 거라는 생각은 안 해 봤어?"

황 대표가 버들의 볼에 묻은 속눈썹을 떼 주었다. 여린 피부에 자극이 될까 힘을 뺀 손길이 물씬 상냥하다. 대답 없는 버들의 얼굴을 감싼 손이 눈높이에 맞춰 위로 들어올렸다. 황 대표가 웃었다. 순한 성격이 화를 낼 수도 있겠구나, 싶었다.

"저 데리고 놀면, 재밌어요?"

그래 봤자 밟힌 지렁이가 꿈틀거린 수준이다.

"어떨 거 같아?"

"……."

"재밌는 건 너 하기에 달렸지."

"……."

황 대표가 살짝 입을 맞추었다. 버들의 눈가가 살짝 경련했다.

"제가…… 어떻게 하면 되는데요?"

오기로 물었다. 그런 제 귓가에 황 대표가 속삭였다.

"좋아한다고 말해 볼래?"

그 순간 진심으로 울고 싶어졌다.

*　　*　　*

사업을 크게 확장시킨 만큼 회사는 더욱더 바빠졌다. 대표로서 당연히 맡아야 할 업무량과 책임져야 하는 일들이 함께 늘어났다. 회의가 릴레이로 진행됐다. 당장에 꺼야 하는 급한 불이었다. 그러니 다음으로 일정을 미룬다거나 일정을 분산하고 조절하는 게 불가능했다. 부서마다 의견이 조율되지 않아 서로 언성이 높아지는 경우가 있었다. 두 대표의 미간이 찌푸려졌다. 해외 마케팅으로만 책정된 예산이 컸다. 최대한 오류 없이 체계적인 방향을 잡기 위해 다들 신경이 바짝 곤두세워져 있는 상태였다. 흡연실의 담배꽁초들이 수북하게 쌓여 갔다. 하루를 꼬박 채우고 다음 날 정오가 되었을 때야 비로소 진행 사항들이 일단락 지어졌다.

스크린 전원이 꺼짐과 동시에 들고 있던 볼펜, 서류 따위들을 책상에 던지듯 내려놓는 소리들이 겹쳤다. 진이 빠진 직원들이 너도나도 엎드렸다. 누군가 창문을 활짝 열어젖혔다. 제정신을 차리고 둘러본 주변이 말 그대로 초토화다. 간단히 배를 채울 수 있는 음식들과 마시다 만 음료수 등이 무질서하게 잔뜩 어질러져 있었다. 이틀의 휴가를 얻은 직원들이 퀭해진 몰골로 앞다투어 퇴근했다.

대표 둘만 남았다. 북적거렸던 회의실이 찬물을 뿌린 것처럼 삽시간에 가라앉았다. 그제야 들려오는 소음들이 있다. 나뭇가지를 박차고 날갯짓하는 새들의 움직임이라든가, 낮게 울리며 작동되는 공기청정기 같은.

손가락에서 원을 그리며 돌아가던 볼펜이 황 대표의 손에서 뚝 떨어졌다. 수영이나 갈까. 예정되어 있는 하루 일과를 머릿속으로 정리 중이던 황 대표가 아, 하고 맞은편에서 들려온 신음에 고개를 들었다. 눈을 감고선 고개를 젖힌 유 대표가 최대한 편한 자세로 늘어져 있었다. 푸석해 보이는 꼬락서니가 아무래도 밤을 새우는 게 무리였던 모양이다. 시큰거리는 눈가 주변을 유 대표가 손바닥으로 눌러 마사지했다.

전체적으로 기운 빠진 유 대표와 달리, 황 대표는 평소와 다를 바 없는 모습으로 태연했다. 시골에서 돌아온 뒤로 낮과 밤을 바꿔 생활하는 중이었으니 황 대표에겐 별로 타격감이란 게 없었다. 그저 익숙한 하루가 시작되었을 뿐이다. 당장 수면 욕구도 없다. 이따가 버들을 안고 자면 되는 거니깐.

"운동이나 하러 가자."

"……안 피곤해?"

운동이라니. 유 대표가 황당하단 듯 묻는 말에 황 대표는 대꾸하지 않았다.

"너 나 몰래 뭐 먹어?"

"뭘 먹어."

"정력에 관련된 뭐 그런 보양식 종류들."

"예를 들어 봐."

"뱀이나."

황 대표가 인상을 찌푸렸다.

"취소."

저가 뱉은 헛소리를 유 대표가 깔끔하게 거두었다. 예시가 몰상식했단 걸 인정했다. 그리고 오래 알아 온 세월만큼 예민한 황 대표의 취향 또한 너무나 잘 알고 있었다. 비위가 약해서 뭔 보양식을 처먹겠어.

나란히 넥타이를 헐렁하게 잡아당겼다.

"전화."

황 대표가 싸가지 없이 유 대표의 핸드폰을 향해 턱을 까닥였다. 게으른 태도로 유 대표의 고개가 꺾였다. 무음으로 설정해 뒤집어 놓은 핸드폰에서 불빛이 짧게 번쩍거리다가 만다. 전화가 아닌 메시지 도착 알림이었다.

"아. 누가 허락 없이 메시지를 보내고 지랄이야."

땅이 꺼져라 커다랗게 한숨을 내쉰 다음 유 대표가 핸드폰을 집었다. 전원을 켜기까지 귀찮음이 노골적으로 묻어난 얼굴이 참 가관이었다. 하지만 메시지를 확인하자마자 언제 피곤했냐는 듯 유 대표가 자세를 바르게 고쳐 앉았다. 뒤집힌 동전처럼 안색이 밝게 바뀌었다. 그것도 모자라 입가에 실실 웃음이 걸렸다. 빠르게 손가락을 놀려 답장을 보내 놓고 나서도 뭐가 아쉬운지 유 대표의 시선은 계속 핸드폰 화면에 고정된 채였다. 황 대표가 물병의 뚜껑을 돌려 땄다.

"운동은 나중에 가고, 한숨 자라."

"허락 없이 지랄 떤 상대가 누구야."

메시지를 누가 보낸 건지 목을 축이며 황 대표가 성의 없이 물었다.

"내 새끼."

요즘 만나고 있는 상대 정도로 예상했던 게 비껴갔다. 대답을 들은 황 대표의 시선이 곧장 벽에 붙은 시계로 향했다. 오늘이 무슨 요일이더라.

"맛있는 거 해 놓고 기다리고 있다는데 딴 데로 어떻게 새냐. 어차피 잠도 자야하고. 아무튼, 난 지금 집에 들어간다. 무슨 일 있으면 전화해."

누가 팔불출 아니랄까 봐 뒤도 돌아보지 않고 유 대표가 회의실을 빠져나갔다. 그렇게 몇 분이 흘렀다. 혼자 남겨진 황 대표가 차 키로 책상을 톡톡 두드렸다. 느릿한 박자감이었다. 서늘했던 눈빛이 불만으로 엷게 일그러졌다. 버들의 학교 시간표를 외우고 있었다. 그러니 이해가 되지 않는다. 오늘은 오전에 수업이 딱 두 개뿐인 날이었다. 이 시간에 집이라니. 수업 끝나는 대로 나 만나러 오피스텔에 와 있어야 하는 거 아닌가?

식탁에 턱을 괴고 앉아 있던 버들이 귀가한 제 형에게 뛰어갔다. 서두르느라 슬리퍼가 벗겨질 뻔했다.

"진짜로 일찍 왔네?"

바쁘게 일하는 통에 하루 동안 못 본 겨울을 버들이 반겼다. 음식이 데워지고 있는 사이, 때마침 겨울이 씻고 나왔다. 버들이 각자의 자리에 물컵과 함께 미리 정리해 놓은 식기들이 참 정갈하다. 젓가락 끝이 엇나가지 않고 일정하게 맞춰져 있다. 젖은 머리를 겨울이 수건으로 탈탈 털었다. 물기가 버들의 팔뚝까지 튀었다.

"말리고 와. 머리."

"이따가."

멀뚱거리며 서 있는 버들을 먼저 의자에 앉혀 놓고선 겨울이 궁금한 안부를 물었다.

"잘 잤어?"

"응."

"아침밥은?"

"먹었지."

잘 자지도 못했고, 아침 식사는 먹은 대로 전부 토했으면서 버들의 입을 통해 나오는 대답은 전부 긍정적이었다. 그런 식의 거짓말이 익숙했다.

"형은? 조금이라도 잤어?"

"잘 틈이 어디 있었겠어."

"······밥도 잘 못 챙겨 먹었겠다."

그저 겨울이 씩 웃었다. 그러다가 버들의 지시를 따라 전골을 식탁 위에 옮겼다. 홍합과 새우, 조개들이 가득하다. 냄새를 맡자마자 어떤 요리인지 뻔히 다 알아차렸으면서 겨울이 모르는 척 물었다.

"이게 뭐야?"

"부야베스."

"샀어?"

"이걸 어디에서 사?"

"그럼."

"뭐야. 아까 문자로 내가 직접 만들었다고 했잖아."

"산 것처럼 보여서 물어본 거지. 이걸 어떻게 직접 요리했어?"

국물을 떠먹는 겨울을 보며 버들이 조심스레 물었다.

"맛은 어때? 괜찮아?"

"응."

버들의 눈가가 휘어졌다. 주방을 독차지하고 본격적으로 팔을 걷어붙인 보람이 있다. 누구의 도움도 받지 않았다. 감자를 깎고, 양파를 다지고, 오렌지 즙을 내고, 육수를 우리고, 해물을 손질하고. 시간이 꽤 걸려 완성된 프랑스 해물 스튜는 며칠 전 유 회장이 나름의 비법을 섞어 요리했던 음식이었다. 그날 겨울은 늦게까지 회사에 있던 통에 함께 저녁 식사를 하지 못했다.

유 회장의 옆에서 착실하게 보조를 했던 덕분인지 처음엔 가물가물했던 요리 순서가 갈수록 상세히 떠올랐다. 버들이 물을 들이켰다. 생각을 애써 다른 곳으로 돌리려고 해도 황 대표로 귀결이 나고 만다. 황 대표님은 해물 요리 좋아하실까? 먹겠다고 한다면 뭐든 내가 다 만들어 줄 수 있는데.

식사를 끝낸 겨울과 버들이 각자의 방으로 헤어졌다. 구역질을 참느라 혼났다. 버들이 곧장 화장실로 뛰어갔다. 목구멍이 부어서 침만 삼켜도 따끔거린다.

침대 끝에 걸터앉은 버들이 벽에 옆머리를 기댔다. 학교를 관뒀다. 남아도는 시간을 뭘 하면서 채워야 하는지 감이 잡히지 않는다. 재깍재깍, 유독 부각되어 들려오는 시곗바늘 소리가 낭떠러지를 향해 등을 밀치는 거 같아 신경이 초조해진다. 창문을 통해 불어닥친 바람에 버들의 머리가 흩날렸다.

손가락을 한참 꼼지락거렸다. 그래 봤자 고작 30분이 지나간 뒤다.

무료하게 감았다 뜬 버들의 눈에 완성 직전의 제 조각품이 담겼다. 어찌되었건 학점 'D'란 참담한 성적은 피할 수 있었으니 다행이라고 봐야 하나.

버들이 화병 앞으로 걸어갔다. 바닥 주변에 시들어 마른 잎들이 떨어져 있었다. 그걸 주워 휴지통에 넣었다. 앞치마를 걸치고 조각도를 들었다가 내려놨다. 날씨가 좋으니까 바깥으로 나갔다.

마당 한쪽 구석에 쪼그려 앉아 버들이 천을 염색했다. 집중한 만큼 저도 모르게 입술이 점점 튀어나왔다. 그냥 선물했다면 또 모를까. 서툰 실력으로 굳이 자수를 새겨 넣은 바람에 우글우글해진 손수건은 가치가 떨어졌다. 정성을 흉내 내지 말고 저가 잘하는 걸로 황 대표에게 선물해야겠다.

빨랫줄에 걸린 천이 팔랑팔랑 흔들렸다. 새파란 하늘과 잘 어울린다.

"……이제 뭐 하지."

버들이 혼잣말을 중얼거렸다. 핸드폰을 챙겨 들고 무작정 대문 밖을 나섰다. 목적지 없이 산책하려고 했는데 어느덧 시끄러운 걸 좇고 있다. 공원 벤치에 앉았다. 가까운 위치에서 허름한 농구 골대 밑을 뛰어다니는 제 또래들이 보인다. 공을 사수하기 위해 격하게 몸싸움을 하면서도 다들 즐겁게 웃는 얼굴이다. 햇볕에 반짝거리는 땀이 건강함을 상징하는 듯하다. 물끄러미 버들이 그쪽을 쳐다봤다.

……나는 담배 피우니까 괜찮아.

까마득하게 잠겨 있던 기억을 버들이 꺼냈다. 어린 날, 무아지경으로 공을 차며 달리고 다녔었던. 그때의 심장 박동보다 황 대표를 보며 뛰는 심장 박동이 더 거세다. 그러니까 진짜로 괜찮다. 부럽지 않다.

두 통의 전화가 걸려 왔다.

한 통의 전화는 정민이었다. 왜 학교를 관뒀는지 속사포처럼 묻는다. 침이 꼴깍 삼켜졌다. 유학 가게 되었다며 버들이 차분히 둘러댔다. 느닷없이 맞게 되는 헤어짐이 자신에겐 당연했다. 은연중에 학습되어 아무렇지도 않았다. 발치의 돌멩이를 버들이 툭 걷어찼다. 갑자기 웬 유학이냐며 따져 묻는 정민이 송별회를 하자며 만날 날을 정했다. 나와! 알겠지? 꼭 나와! 막무가내로 약속을 밀어붙인다. 친구를 사귄다는 게 익숙하지 않아서 그랬을까. 이상한 감정이 맴돈다. 한참 뒤, 알겠단 대답을 남기며 버들이 고개를 끄덕거렸다.

─어디야.

다른 한 통의 전화는 겨울이었다.

"나 잠깐 밖인데."

─밖, 어디?

"지금 집에 가고 있어."

─얼마나 걸리는데?

겨울의 목소리가 자다 깨서 꽉 잠겨 있다.

"금방 도착해."

아닌 척하나 유난 떨고 자빠진 제 형을 안심부터 시켜 놓은 다음 버들이 벤치를 벗어났다.

집에 돌아온 버들을 겨울이 반겼다. 차를 우리며 겨울이 가만히 버들의 기분을 살폈다. 학교 수업과 병원 예약 시간이 자꾸 겹쳤다. 학교를 좀 더 다니고 싶어 하는 버들이 병원에 가지 않겠다며 고집을 피우면 어쩌나 싶었는데 쓸데없는 기우에 불과했다. 납득하며 버들이 학교를 관뒀다.

"어디에 있다가 왔어?"

"편의점."

"뭐 샀어?"

"응. 껌."

버들이 주머니에서 껌을 꺼내 겨울에게 건네줬다.

"은단 껌이네. 누가 효자 아니랄까 봐."

하얗고 고른 치아를 드러내며 버들이 크게 웃음을 터트렸다. 껌 사 온 걸로 온갖 칭찬을 다 퍼붓는다. 아무것도 모르는 남들이 봤다면 무슨 난리냐고 분명 흉봤을 거다. 오래오래 같이 못 살 수도 있는 거니까 한꺼번에 몰아서 예뻐해 주는 거 누가 모르나. 나도 한꺼번에 몰아서 누굴 예뻐해 주는 중이라 어떤 기분인지 이해한다. 동정하지 않기로 약속해 놓고 왜 자꾸만 동정하는 거냐고 말하는 대신 버들이 그냥 고개를 끄덕이고 말았다.

*　　*　　*

오피스텔 비밀번호를 한참 머뭇거린 뒤에야 눌렀다. 문이 열렸다. 버들이 조심스레 안쪽으로 발을 옮겼다. 다른 사람의 짐이 보이지 않는다. 꼭 못된 짓을 하는 것처럼 불안하다. 안을 뒤졌다. 보물처럼 보관했던 황 대표의 머플러를 괜히 오피스텔에 전시했나 보다. 어디로 갔는지 보이지 않는다. 제자리에 선 버들이 엄지손톱을 자근자근 씹었다. 뭐지? 황 대표님이 자기 거라고 다시 챙겨 가신 걸까?

휴지통에서 수첩을 발견했다. 그걸 가방에 집어넣었다. 부리나케 도망치듯 나오는 길에 황 대표와 부딪혔다. 서로 인사 없이 서 있었다.

"잘됐네."

황 대표가 버들을 차에 태웠다.

"우리 밥 먹으러 가요?"

"……."

"근데 저 밥 먹었는데……."

"……."

"……대표님."

우리 둘이서만 밥 먹는 거냐고 묻는 말이 나오지 않았다.

"수업 끝나면 전처럼 오피스텔로 와."

준비된 자리가 또 셋이다.

……밉다. 그렇지만 여전히 소중하다.

"대표님. 이거요."

빈자리를 애써 모른 척하며, 버들이 가방 속에서 여행 책자를 꺼냈다. 읽어 주고 보여 주고. 그러면서 틈틈이 황 대표의 표정을 살폈다. 뭐 하나 마음에 드는 게 없는지 무감한 표정이다.

"대표님. 저랑 궁에 갈래요? 돌담길 걸어요."

"피곤해. 사람 많은 곳은 질색이고."

"오늘 말고요. 사람 적은 평일에 대표님 안 피곤할 때."

"오늘 아니고도 피곤해."

"……."

버들이 코를 훌쩍거렸다. 이어서 요리책을 꺼냈다. 재료 따위들을 상세히 언급하며 버들이 이건 어떤지, 저건 어떤지 물었다. 버들의 조용조용한 목소리가 귓가로 스민다. 한가로운 기분이 든다. 대답도 하지 않고 황 대표가 고개만 가로저었다. 버들이 문득 불퉁해졌다. 저만 계속 진지하고 황 대표의 태도는 무척이나 나른해 보인다. 아직 남아 있는 페이지가 많았지만, 요리책 표지를 버들이 팍 덮었다.

곱지 않은 눈초리로 황 대표를 흘겨봤다가 그 이유로 볼을 꼬집혔다. 그 주위로 열꽃이 피듯 피부가 붉어졌다. 버들의 속눈썹이 침울하게 가라앉았다. 퍽퍽, 제 볼을 손바닥으로 쓰다듬는 버들의 손목을 잡아 그러지 못하게 황 대표가 테이블 위로 얌전히 내려놓았다.

"아파?"

"아니요."

"아픈 거 잘 참잖아."

"……."

"못 참아?"

"잘 참아요."

황 대표가 또 볼을 꼬집었다. 그때 노크 소리가 들렸다. 버들은 뒤를 돌아보지 않았다.

남은 한 자리가 채워지자 곧 식사가 차려졌다. 작게 조각낸 고깃덩어리를 버들이 입에 넣고선 오래 씹어 삼켰다.

"호텔은 어때."

"편해."

황 대표의 머플러와 수첩에 'H'라고 새겨진 자수를 누가 새겼는지 알겠다. 버들의 척추가 굽었다. 귀라도 막아 황 대표와 혜주가 나누는 이야기를 듣고 싶지 않았다. 무관심 속에 버들의 심장이 몇 번이나 추락해 바닥을 뒹굴었다. 화장실에 다녀오겠다며 혜주가 중간에 자리를 떴다.

"대표님······."

겨우 입을 뗐다.

"결혼해요?"

약혼식 일정이 황 대표와 혜주 사이에서 오고 갔다. 황 대표가 버들을 쳐다봤다.

"해야지."

"······언제요? 곧?"

"결혼이 장난하는 것도 아니고. 하고 싶다고 해서 바로 할 수 있는 건 줄 알아?"

두 사람이 참 잘 어울렸다. 손이 바들바들 떨리기 시작했다.

"하실 거예요? 나중에? 진짜로 결혼해요?"

가만히 깜박이는 버들의 커다란 눈을 황 대표가 주시했다.

······울려 볼까.

"넌."

"······저 뭐요?"

"결혼."

"아. ······저도 결혼할 거예요."

바람 빠진 소리를 내며 황 대표가 웃었다. 비웃음이었다.

"언제."

"제가 좋아하는 만큼, 저 좋아해 주는 사람 나타나면요."

호흡이 불안정했다. 가까스로 말을 끝냈다.

"그게 언젠데."

"몰라요. 그냥 살다 보면······."

눈물이 야트막하게 어룽졌다.

"결혼 못 하겠네."

"……9년 뒤에 결혼할 거예요."

"언제 결혼할지 모른다면서."

"9년 뒤에 할 거예요."

아래로 감춘 손을 버들이 주먹 쥐었다.

"왜 9년 뒤야."

"대표님 나이까지 살다 보면, 혹시 저랑 똑같은 방식으로 저 좋아 해 주는 사람이 나타날지도 모르잖아요."

"결혼하고 싶을 정도로 누가 너 같은 걸 좋아해."

버들의 고개가 숙여졌다.

"거울 안 봐? 너 지금 살 다 빠져서 곧 죽을 환자 같아. 못생겼고."

큰 눈이 끝내 울지 않았다.

적막한 집 안에 황 대표가 들어섰다. 라디오를 켰지만 허전함이 완벽하게 채워지지 않는다. 며칠 연속 충분하게 잠을 자지 못하니 머릿속이 붕 뜬 것 같아 불쾌하다. 괜히 시골에서 나왔나. 화려한 야경이 시들면서 날이 밝았다. 수영을 다녀온 뒤 침대에 누워 시간이 가길 기다렸다. 버들의 시간표를 떠올렸다. 몸을 일으킨 황 대표가 옷을 갈아입고 향수를 뿌렸다. 그대로 차를 끌고 간 곳이 버들의 학교 앞이었다.

「오피스텔, 당분간 못 가요. 중간고사 때문에 공부해야 돼요.」

나 없으면 잠도 못 자는 게 무슨 공부야.

교문 앞에서 기다리기 잠깐이다. 황 대표와 버들의 시선이 좀 멀찍이 떨어진 거리에서 부딪쳤다. 시끌벅적하게 버들을 둘러싸고 있는 다른 사람들은 황 대표의 눈에 보이지 않았다. 기묘한 조바심으로 기분이 바닥을 쳤다. 황 대표가 미간을 찌푸렸다.

웃고 있던 버들의 얼굴이 굳었다. 제 곁으로 오란 듯 황 대표가 무심히 턱을 까닥였다. 본능적으로 황 대표에게 가고 싶은 걸 버들이 참았다. 뭐지. 내가 여기에 있는 거 어떻게 알고 오셨지? 학교 관둔 거, 모르시겠지? 조마조마하다.

"찜질방 가서 라면에 계란에 식혜에……."

버들이 황 대표를 스쳐 지나갔다. 어쩌다 보니 정민의 친구들과 함께 어울리게 됐다. 곁눈질로 황 대표를 훔쳐본 정민의 친구들이 잘생겼다고, 누구냐고 호들갑을 떠는 동안 버들은 계속 침묵했다. 아무도 못 보는 곳에 황 대표를 숨겨 두고 싶은 마음이 불쑥 몸집을 키웠다. 힘만 셌다면. 황 대표님보다 힘세게 태어났다면. 어쩌지 못할 아쉬움이 느껴졌다.

……찜질방? 기가 찬다.

헛웃음을 켠 황 대표가 버들의 뒤를 따라 걸음을 옮겼다. 새파란 하늘이 높게 펼쳐져 있었다. 사우나 앞에서 미리 기다리고 있던 정민이 씩씩거리며 버들에게 화부터 냈다. 버들이 뒤를 힐긋거렸다. 황 대표의 그림자를 발견하고선 혹여 정민이 딴소리를 할까 입을 가로막았다.

황토 색깔의 옷을 각자 나눈 뒤 여자는 여자끼리, 남자는 남자끼리 흩어졌다. 황 대표의 눈썹이 찌푸려졌다. 살면서 이딴 곳을 오게 될 줄이야. 계산 후 황 대표가 버들이 들어간 문을 열어젖혔다. 혹 끼쳐 오는 열기가 단박에 거슬린다. 황 대표가 곧장 버들을 발견했다.

"뭐 해?"

쭈뼛거리는 버들을 보며 정민이 물었다. 다른 사람들은 재빨리 옷을 갈아입고선 찜질하러 위층으로 사라졌다.

"아무것도 아니야."

아무것도 아니라면서 버들이 황 대표를 무던히 의식하는 중이었다.

"옷 안 갈아입어?"

뒷머리를 긁적거리며 정민이 물었다.

"갈아입을 거야."

버들의 말끝이 늘어졌다.

"너 찜질방 처음 와 보지?"

"……."

"옷 벗기 민망해서 그런 거면 가려 줄까?"

정민이 수건을 흔들어 보였다.

"너 먼저 올라가."

"같이 가."

"……."

"알았어. 그럼 찜질방 입구에서 기다릴 테니까, 빨리 와."

티 나지 않게 한숨을 쉰 버들이 바지 버클을 풀었다. 뚫어져라 저를 쳐다보고 있을 황 대표가 신경 쓰인다. 아무렇지 않은 척 옷을 갈아입고 싶지만, 그게 마음처럼 쉽지가 않다. 이러다 심장이 터지게 생겼다. 버들의 바지가 골반 밑으로 살짝 흘렀다. 더는 못 봐주겠는지, 인상 쓴 황 대표가 움직였다. 버둥거리는 버들을 데리고 바깥으로 나왔다. 곧 속옷이 보일 정도로 아슬아슬하다. 신경질적인 손길로 황 대표가 버들의 바지 버클을 대신 채웠다. 순간, 황 대표의 손등을 멍하니 내려다보고 있던 버들이 무슨 짓이냐며 뒤늦게 펄쩍 뛰었다.

"너 저기가 얼마나 지저분한지 알아?"

"매일 청소한다고 종이에 쓰여 있었어요."

"너 진짜 옷 벗으려고 했어?"

"⋯⋯."

버들의 입술이 달싹거리다가 이내 닫혔다.

"다른 사람한테 몸 보여 줘도 돼?"

"⋯⋯네?"

목, 쇄골, 허리, 등, 무릎, 어깨, 배꼽, 아랫배, 허벅지⋯⋯. 아무튼, 생긴 대로 논다고 순하고 말랑거리는 버들의 몸을, 그게 머리카락 한 올이 됐든 아무에게나 보여 주고 싶지 않았다.

"다시 들어갈 거야?"

"⋯⋯."

버들이 망설였다.

"집에 데려다줄게."

선택지가 두 가지라도 어차피 고를 답은 하나로 정해져 있었다. 아까 교문 앞에서 황 대표를 피했던 이유는 다른 사람이 낀 식사 자리에 또 가야 할까 봐 그랬던 거다. 좁은 차 안에 갇혀 집에 가는 동안만이라도 황 대표님과 단둘이 있을 수 있는 거겠지?

운전하는 황 대표를 쳐다보며 버들이 넋을 뺐다.

"내려."

버들의 눈동자가 불안하게 데굴데굴 굴렀다. 처음 와 본 곳이었다.

"여기 저희 집 아닌데요."

"이제부터 너희 집 할래?"

엘리베이터 앞에서 눈만 깜박거리는 버들의 손목을 잡고 황 대표가 집 안으로 데려갔다.

"……여기 어디에요?"

"내 집."

사실은 황 대표에게 대답을 듣기 전부터 알아차렸다. 온통 황 대표님의 냄새가 난다. 두근거린다. 황 대표가 차 키를 던지고 냉장고를 열어 물을 꺼냈다. 현관 쪽에 서 있는 버들을 고개를 비스듬히 기울여 바라봤다.

"집에 누구 데려온 거 처음이야."

버들이 숨을 참았다. 또. 멋대로 기대감을 심어 준다.

"……집에 가야 돼요."

"이따가 바래다줄게."

"저 혼자 갈 수 있어요."

거실 중앙을 차지한 소파에 황 대표가 앉았다.

"집에 가서 할 거 있어요."

"할 거 뭐."

"과제."

"세 시간 정도 여유도 없어?"

"……."

가까이 다가온 버들을 황 대표가 제 무릎에 앉혔다. 버들의 체온과 무게가 전해지자 아, 탁한 탄식이 입안을 맴돈다.

"너 나 없으면 잠 못 자잖아."

내가 잠을 못 잔만큼 황 대표님 역시 잠을 자지 못한다. 나는 못 자는 거 상관없는데…… 좋아하는 마음이 약점이 된다는 걸 깨닫고 나니 서러움이 목구멍을 건드린다. 나는 그냥, 내가 줄 수 있는 걸 다 주고 해 줄 수 있는 걸 다 해 주고 싶었을 뿐인데.

버들의 눈썹이 축 처지면서 침울해졌다. 1초도 안 되는 찰나였지만, 무의식중에 그런 버들의 표정을 황 대표가 따라 했다.

"쳐다보지 마요."

"네가 안기면 되잖아."

"대표님 먼저 주무세요."

황 대표의 커다란 손이 버들의 목덜미를 잡아 제 쪽으로 당겼다. 가까워진 귓불을 빨았다. 달다.

"......아."

흠칫거린 버들이 얼른 상체를 뒤로 물렀다.

"귀, 빨지 마요."

"알았어."

귀를 빨지 말라고 했더니 황 대표가 입술을 빨았다. 입술을 빨지 말라고 했더니 쇄골을 빨고. 쇄골을 빨지 말라고 했더니 어깨를 빨고. 어깨를 빨지 말라고 했더니 팔을 들어 안쪽을 빨고. 팔을 빨지 말라고 했더니 가슴팍 사이를 빨고. 가슴팍 사이를 빨지 말라고 했더니 왼쪽 젖꼭지를 빨고. 젖꼭지를 빨지 말라고 했더니 손가락으로 툭, 건드리고. 손가락으로 건드리지 말라고 했더니 배꼽 주변을 핥고. 배꼽 주변을 핥지 말라고 했더니 허리를 이빨 자국이 나도록 깨물었다. 그런 식으로 버들의 상체에 황 대표의 입술이 안 닿은 곳이 없었다.

"왜?"

저를 향한 말간 눈빛을 마주하며 황 대표가 뻔뻔하게 물었다. 어느덧 버들이 눕혀져 있었다. 한쪽 팔도 옷 밖으로 빠져 나와 있는 상태였고.

황 대표의 밑에 깔린 버들이 당황스러운지 숨이 가빠졌다. 황 대표가 다시 버들을 일으켜 제 무릎에 앉혔다. 한쪽 팔이 빠진 옷을 제대로 입혀 주면서 황 대표가 입술을 겹쳤다. 숱 많은 버들의 속눈썹이 감겼다. 녹아들 듯 두 사람의 체온이 섞였다. 버들의 콧잔등에 주름이 졌다. 점막을 헤집는 황 대표의 입맞춤에 머릿속이 곤죽으로 변해 흘러내릴 것만 같다. 입천장을 긁는 황 대표의 혀끝에 오금이 절절하게 저렸다. 움칠거리며 떨던 버들이 고개를 살짝 비틀었다. 숨을 잘 못 쉬고 버거워하는 버들의 한계를 황 대표가 알아차렸다. 입술을 놓아주자 지쳤는지 곧장 제 어깨에 축 기대 버린 버들의 얼굴을 황 대표가 감싸 들어 올렸다.

타액으로 젖은 버들의 입술이 붓기 시작했다. 그게 만족감을 피운다.

"대표님은 아무나하고 키스해요?"

황 대표는 버들의 그 말에 대답하지 않았다. 긍정으로 알아듣고, 버들의 커다란 눈에 눈물이 맺혔다. 황 대표의 팔을 뿌리치고 버들이 무릎에서 내려왔다.

"우리 이렇게 자요."

나란히 앉았다. 한 몸처럼 겹쳐져 있지 않은 이상 이게 뭔 의미가 있는지 모르겠다. 황 대표가 인상을 쓰자 버들이 꿈질거려 간격을 빈틈없이 좁혔다. 서로의 허벅지 측면이 닿았다. 어이가 없어서 헛바람이 켜졌다.

휘황찬란하게 석양이 진다.

같이 있는데도 잠들지 못한 황 대표의 옆에서 버들이 어느새 곯아 떨어졌다. 툭 치니까 버들이 옆으로 풀썩 쓰러졌다. 황금빛 노을이 버들의 속눈썹과 손톱 끝을 물들였다. 옷 밖으로 척추뼈가 여실하다. 오르락내리락하는 버들의 등을 쓰다듬던 황 대표가 제 볼을 살짝 대 보았다.

왜 자꾸 마르지.

품 안이 허전하다고 느껴지는 순간 황 대표가 잠에서 깼다. 손끝까지 삽시간에 번진 허전함을 부스럭거리는 인기척이 채웠다. 밖은 어느덧 어둑어둑했다. 제 집 안 곳곳을 기웃거리고 있는 버들의 뒷 모습을 나른하게 풀린 눈꺼풀로 황 대표가 바라봤다.

넓은 면적에 비해 가구나 소품들이 거의 없다시피 했다. 구경할 게 뭐가 있다고 버들의 고개가 바지런히 주변을 두리번거린다. 귓바퀴로 이어져 목덜미를 타고 내려오는 선이 참 곱다. 황 대표의 입가가 나긋해졌다.

오늘이나 내일, 떼어 버리려던 포스트잇 앞에서 버들이 한참을 머물렀다. 반대쪽으로 버들의 걸음이 옮겨갔다. 높은 천장과 벽면 전체를 차지하고 있을 만큼 큰 규모의 책장에는 서적들로 빈틈이 없었다. 그걸 쳐다보고 있는 버들이 현재 어떤 눈을 하고 있을지 예상된다. 호기심으로 가득가득한 눈빛이 반짝거리겠지.

황 대표가 소파에 누웠다. 그러자 천천히 책장을 따라 이동하는 버들이 시야에 옆으로 담긴다. 정신이 책장에 온전히 팔려 있는 게 불안했다. 제대로 앞을 보라고 지적하기 전에 버들이 장식으로 놓아 둔 의자와 부딪히고야 말았다. 소리가 꽤 크게 났다. 황 대표의 미간이 구겨졌다. 부딪힌 자기 무릎이나 어떨지 좀 살피지 풀썩 주저앉은 버들이 의자를 만져 보고 있다. 얼핏 보이는 손가락에서 당혹스러움이 전해진다. 자기 나름대로 의자가 멀쩡하단 판단이 드나 보다. 작게 터진 한숨은 안도에서 비롯된 것일 테고. 버들의 고개가 뒤쪽을 향해 오자 황 대표가 자는 척 눈을 감았다.

버들이 쓰는 로션 냄새가 가까워진다. 제 쪽으로 최대한 조심스레 다가오고 있는 버들의 기척에 웃음이 번지려는 걸 황 대표가 참았다. 무미건조하고 평탄했던 내 세상은 원래의 위치로 돌아갈 수 없을 정도로 완벽하게 뒤집혀졌다. 그간 피아노 연주 소리를 대체하기 위해 의미 없이 켜 두었던 라디오가 앞으로 필요 없게 됐다. 세상이 뒤집히고 나서부터 확연하게 달라진 부분은 백색 소음에 의존하지 않아도 제 상태가 괜찮단 거다. 그걸 작게 "대표님." 하고 소곤거리며 저를 부른 버들의 목소리로 깨달았다.

황 대표가 자는 척을 계속하는 중이었다. 무의식중에 뻗은 제 손을 황급히 거두고 나서, 버들이 황 대표의 발목을 빤히 바라보기만 했다. 만지면 욕심난다는 걸 배워서 안다. 예전에 한 번 만져 본 걸로 됐다. 버들이 시계를 확인했다.

"황 대표님."

말간 버들의 시선이 닿은 얼굴이 괜스레 간지럽다. 더는 못 참고 황 대표가 버들의 팔을 잡아 끌어당겼다. 마른 몸이 별로 힘을 주지 않았음에도 불구하고 쉽게 딸려 온다. 갑작스럽게 벌어진 상황에 너무 깜짝 놀라 다른 소리도 못 내고 버들이 그대로 황 대표에게 안겼다. 얼어 버린 버들의 목 뒤로 황 대표가 팔을 집어넣었다.

"잘 잤어?"

나지막하게 울린 황 대표의 목소리와 팔베개에 두근거린다.

"왜 벌써 일어났어?"

"……우리 다섯 시간 잤어요."

"더 자야겠네."

많이 잔 거라고 중얼거리는 버들의 등을 더 가까이 오도록 끌어안았다. 황 대표의 목젖에 버들의 이마가 살며시 맞붙었다. 긴장이 되면서 흐트러진 버들의 숨결이 황 대표의 어깨 주변으로 번졌다. 자잘하게 주름이 질 만큼 버들이 질끈 눈을 감았다. 허리 위를 지그시 누르는 팔의 무게감이 벅찰 정도로 버거운 설렘을 동반했다.

얼마나 지났을까.

"대표님. 주무세요?"

"……응."

"안 주무시고 계시잖아요."

"……."

황 대표가 버들의 얼굴을 품에서 살짝 떼서 내려다봤다. 버들이 역시 빠끔히 치켜뜬 눈으로 황 대표를 응시했다. 긴 속눈썹 속에 가려진 버들의 눈동자가 맑다. 황 대표가 넌지시 물었다.

"어떻게 알았어?"

"주무시면서 대답을 어떻게 해요."

……자는 척하는 걸 들킨 건, 지금뿐이란 거네.

"더 자. 잠 오래 못 잤을 거 아냐."

황 대표의 팔을 물리고 버들이 일어나 앉았다.

"다음에 다시 자요."

"다시 언제."

"오피스텔에서 만나면 되잖아요."

"거기 이제 안 갈 거야. 안 가려고 너 내 집에 데려온 거고."

"······거기 아무도 없이 비어 있던데."

"비어 있어도."

혜주를 내보냈어도 왠지 거슬렸다. 쓸데없이 놀리고 있는 다른 집들 여러 채가 머릿속을 스쳐 지나갔지만 어느 것 하나 탐탁지 않아 그대로 흘려보냈다. 버들이 오고 가기 쉽게 학교 근처로 아파트 한 채 박아 놓을까 하다가 결국 선택한 건 실질적 생활을 하고 있는 거주지였다.

집에 누구 데려온 건 처음이라고 했던 말은 거짓말이 아니었다. 그것도 자발적 선택으로. 살다 보니까 별일이다. 가장 가까운 사이라고 할 수 있는 유 대표마저 직접 보지 않은 이상 믿지 못할 거다. 네가? 네 성격에? 다른 사람을 집에 들였다고? 재차 물음표를 던져 대다가 이내 심드렁해지지 않을까. 처음 집에 데려온 상대가 죽고 못 사는 자기 막냇동생이란 걸 알면 또 어떨지.

"유 회장님이 쓰시는 골프채 집에 몇 개 있어?"

"많이 있는데 왜요?"

"······."

황 대표 얼굴 그만 보고 아까부터 해야 했던 말을 버들이 떠올렸다.

"대표님."

"응."

"집에 가야 돼요."

"왜."

누워 있던 황 대표가 몸을 일으켰다.

"늦었어요."

"……진짜 문제다."

"뭐가요?"

"너 어린 거."

자리에서 일어난 황 대표가 핸드폰을 열어 간략하게 메시지를 보냈다.

"제가 어린 게 문제가 돼요?"

"그럼 문제가 안 돼? 나이 차가 너무 많이 나지 않냐?"

벌떡 일어난 버들이 적극적으로 황 대표에게 다가갔다.

"저는 문제없는데요."

뭐 이런 꼴통이 다 있나 싶은 눈초리로 황 대표가 버들을 바라보다가 주방으로 들어갔다. 황 대표의 뒤를 버들이 쫄래쫄래 뒤쫓았다. 물만 몇 병 꽂혀 있을 뿐인 냉장고는 있으나 마나 하다. 물을 따른 컵을 황 대표가 버들에게 건네줬다. 응접실로 나온 황 대표가 제 옆자리를 툭툭 건드렸다. 버들이 거기에 얌전히 엉덩이를 붙이고 앉았다. 물을 마시느라 버들의 목울대가 일렁거렸다. 충분히 목을 축일 수 있도록 황 대표가 기다렸다가 입을 열었다.

"너 아무 데서나 옷 벗으면 안 돼."

"……아까 사우나 말씀하시는 거예요?"

"그래."

"사우나는 원래 옷 벗고 들어가요."

잠시 황 대표의 말문이 막혔다.

"아무 데서나 옷 갈아입지도 말고. 알았어?"

"찜질방 가려면 옷 갈아입어야 돼요."

당연한 버들의 말대꾸에 황 대표가 입을 다물었다.

"……."

"……."

시간이 흘렀다.

"사우나건 찜질방이건 옷 벗어야 하는 데는 전부 가지 마."

버들이 한참 생각했다.

"대표님도 옷 벗는 데 가잖아요."

"사우나? 찜질방? 나는 공용으로 쓰는 그런 데는 안 가."

"사우나랑 찜질방 말고요."

"그럼."

"수영장이요. 대표님 수영장 가서 옷 벗을 거 아니에요."

"야. 맨몸으로 수영해? 스윔 슈트 입어."

"……."

서로의 눈을 바라보며 대치 중이었다. 쓸데없이 팽팽하다. 황 대표가 먼저 입을 열려던 찰나, 초인종이 울렸다. 현관문을 아주 살짝만 열어 놓고 황 대표가 비서에게 뭔가를 건네받았다. 커다란 봉투다. 고소한 참기름 냄새가 사방팔방으로 퍼져 나간다.

황 대표가 버들을 주방으로 데려갔다. 큰 식탁이 금방 음식들로 빽빽해졌다. 메인은 큼지막한 전복이 푸짐하게 들어간 죽이었다. 먹으라고 사 온 음식을 앞에 두고 버들이 멀뚱멀뚱하다. 옆자리에 앉은 황 대표가 턱을 까딱였다. 버들이 가만히 고개를 내저었다.

"배 안 고파요."

"그래도 먹어."

"대표님은요?"

"생각 없어."

"양이 너무 많은데…… 우리 이거 나눠 먹을까요?"

"개수작 부리지 말고 먹을 수 있을 만큼 먹다가 남겨."

황 대표의 눈빛에 못 이긴 버들이 수저를 들고서도 어기적거렸다.

"먹어. 빨리."

"뜨거우니까 식을 때까지 기다리는 중이에요."

황 대표가 여분의 수저로 죽 그릇을 저어 식혀 줬다.

"됐어?"

더 버티는 건 불가능했다. 수저 끝에 살짝 뜬 죽을 버들이 입에 넣고 우물거렸다.

"대표님."

"응."

"……아무것도 아니에요."

"왜. 맛없어?"

"그게 아니라. 이것도 지금 저 데리고 노는 거예요?"

"그럼. 달리 다른 이유가 있을까 봐?"

"……."

곧장 침울해져선 죽 그릇으로 시선을 내린 버들의 머리카락을 황 대표가 만졌다.

"너 학교에서 점심 챙겨 먹어?"

"네. 저희 학교 밥 맛있어요. 같이 먹으러 갈래요? 제가 사 드릴 수 있는데."

"가끔 먹으면서 먹는다고 하지 말고. 꼬박꼬박 챙겨 먹느냐고."

"맛있는 메뉴가 뭔지 안 궁금해요?"

"너 잘 안 챙겨 먹지."

"그런 거는 왜 물어요?"

"너 살이 너무 많이 빠졌잖아. 유 대표가 뭐라고 안 해?"

"……."

뚱한 표정으로 버들이 한숨을 참았다.

"대표님도 아마 살 빠질걸요?"

"……뭔 소리야."

"대표님도 대표님이랑 똑같은 사람 좋아하게 되면 아마, 뭔 소리 인지 아실 거예요."

황 대표가 헛웃음을 터트렸다. 버들이 재잘재잘 수다를 떠는 동안 몇 번 떠먹지 않은 죽은 퉁퉁 불어 버렸다. 전에 장어 꼬리는 제법 잘 먹었던 것 같은데, 그걸 사 오라고 했어야 했다. 각각 다른 욕실에 서 양치를 끝냈다. 버들이 주섬주섬 가방을 챙겼다.

"한 시간만 더 있다가 가. 나 지금 운전하면 졸음운전이라 안 돼."

"바래다주지 않아도 괜찮아요. 저는 길치도 아니고. ……아. 맞다."

현관문을 향해 앞서 걷던 버들이 뒤를 돌아봤다.

"대표님. 오피스텔에서 혹시 머플러 못 보셨어요?"

"아. 그거 혜주가 뭐 흘렸다가 급한 대로 옆에 있기에 그걸로 닦았 다던데. 왜."

……보물처럼 아꼈던 황 대표의 물건 중 하나였다.

"너 그 머플러 어디서 났어?"

"……집에 갈래요."

"내일 학교 끝나는 대로 여기로 와."

      *   *   *

　새벽부터 오전까지 쭉 조각을 하며 시간을 보낸 버들이 황 대표의 집으로 향했다. 바람에서 여름이 흐려진다. 조금 더 지나면 단풍이 지고 낙엽이 물든 모습을 볼 수 있겠다. 버들이 비밀번호를 눌렀다. 제 형은 아침에 착실하게 출근하기에 황 대표 역시 회사에 있을 줄 알았다. 바로 마주하게 된 황 대표가 전혀 뜻밖이라 버들이 눈을 깜박이는 것도 잊었다.

　잠을 자고 일어나니 식탁이 푸짐했다. 퉁퉁 부어 있는 버들의 얼굴을 보며 황 대표가 못생겼다면서 이죽거렸다. 속상한 마음으로 버들이 장어 꼬리를 몇 개 씹어 삼킨 뒤 씻기 위해 욕실로 들어갔다.

　"머리 감겨 줄까?"

　등 뒤에서 황 대표가 물었다. 머리를 감겨 줄 때 황 대표의 손길이 다정하게 느껴져 망설였지만, 귀찮게 하는 거 같아 버들이 고개를 절레절레 흔들었다. 일찍 만나서 그런지 함께 있는 시간이 길다. 마치 예전 시골 생활을 떠올리게 한다. 아무것도 하지 않은 채 황 대표의 무릎에만 앉아 있었다. 맞닿은 가슴팍으로 서로 다르게 뛰는 심장 박동을 느꼈다.

　"너 오늘······."

　황 대표의 어깨에 턱을 올려 두고 있던 버들이 얼굴을 들었다.

　"학교 세 시에 끝나는 거 아니었어?"

　지금 시각은 두 시였다.

　"휴강해서 일찍 온 거예요."

　"하루 수업이 통째로 휴강을 했다고?"

그럴싸한 핑계를 찾아낸 줄 알았는데 예리하게 파고드는 황 대표로 인해 버들의 눈동자가 데굴데굴 굴렀다.

"저 아까 잘 때 꿈꿨어요."

버들이 말을 돌렸다.

"무슨 꿈."

"기억은 잘 안 나는데, 어쨌든 꿨어요."

"잠 잘 잤나 보네."

황 대표가 느릿하게 버들의 허리를 쓰다듬었다.

"대표님은 꿈 안 꿔요?"

"난 뭐 사람 아니야?"

"가장 최근에 무슨 꿈 꾸셨어요?"

"네가 나왔어."

버들이 흠칫거렸다.

"저요?"

"응."

스위치를 켠 것처럼 버들의 귓불이 붉어졌다. 제 꿈에 황 대표가 나오면 어김없이 몽정을 했다. 황 대표님의 꿈에 내가 나왔다니. 어딘가 초조한 기색으로 버들이 황 대표의 하반신으로 눈길을 내렸다.

"너도 나오고. 전에 시골에서 봤던 개도 나오고."

……야한 꿈인 줄 알았더니, 개꿈이었다. 실망한 버들의 볼을 황 대표가 세게 꼬집어 흔들었다.

"영화 개봉 날짜 잡히면 말해 줄게."

버들의 얼굴에 화색이 돌았다.

"제 조각품이랑 그림, 영화관에서 볼 수 있는 거예요?"

턱을 주억거린 뒤 황 대표가 입을 열었다.

"작품이랑 잘 어울리더라."

"저 조각도 잘하고, 그림도 잘 그려요."

"사람이 겸손할 줄 알아야지."

"태어날 때부터 잘했어요."

황 대표의 입매가 호선을 그렸다.

"소원 들어줄게."

그렇게 황 대표와 첫 키스를 했었다. 여름의 날씨와 풍경이 색이 입혀지는 것처럼 떠올랐다. 흙냄새와 바람, 우렁차게 울어 댔던 매미 소리 하나까지, 전부 상세하게.

"왜 저한테 잘해 주세요?"

"너 데리고 노는 거라니까."

"……."

잠깐 들떴던 기분을 버들이 꾹꾹 억눌렀다.

"어디 가고 싶은 데 없어?"

"……네?"

"가고 싶은 데."

꾹꾹 억누르기 위해 노력한 걸 황 대표는 손쉽게 허물어뜨려 놓는다.

"대표님. 궁……."

"실내로."

"그럼 전시회 가요."

"전시회?"

버들이 꿰고 있던 전시회 일정과 작가 이력, 콘셉트를 줄줄 나열

했다. 황 대표가 고개를 끄덕였다. 웃느라 휘어진 버들의 눈 밑 살이
도톰하게 도드라져서 예뻤다.

황 대표가 밥 먹으러 가자고 했을 때부터 마음을 비워 두기 잘했
다. 이번엔 혜주가 먼저 와 있었다. 식사가 끝나자 서버가 들어와 테
이블을 치우기 시작했다. 줄어들지 않은 제 접시를 버들이 멍하니
내려다보고 있었다. 서버가 망설이고 있단 걸 뒤늦게 알아차리고선
치워도 좋다는 듯 버들이 접시를 슬쩍 밀었다.

이어서 디저트가 나왔다. 걸려 온 전화를 받기 위해 혜주가 잠시
자리를 떴다. 두 사람의 대화가 이상했다. 결혼에 관한 이야기를 나
누고 있기는 한데, 묘하게 핀트가 어긋나 있었다. 결혼과 깊숙이 관
련된 혜주와 달리 불성실하게 관망하는 황 대표의 온도차를 버들이
알아차렸다.

"대표님."

황 대표가 옆으로 고개를 돌렸다.

"전시회 둘이서 가고 싶어요. ……안 돼요?"

"셋이 갈 거야."

"제 소원이잖아요."

"……."

"둘이서 가요. 저랑 대표님이랑."

황 대표가 나른하게 눈을 감았다가 떴다. 과하게 힘이 들어간 버
들의 주먹이 하찮았다. 키스할 때 숨 쉬는 것도 어설프고. 질투하는
것도 어설프고. 결혼한다고 하면 득달같이 하지 말라며 가랑이 붙잡
고 늘어질 줄 알았더니.

감정과 기분이 표정에서 솔직하게 드러나는 편이지만, 꼴통이라 그런지 예측을 불허할 때가 있었다. 그래서 데리고 놀 만하다.

"저 여자 분이랑 결혼 안 하시는 거죠?"

황 대표가 고개를 끄덕였다.

"저 여자 분이랑 결혼은 안 하시지만, 대표님……."

"다른 사람이랑 결혼할 거냐고? 그거 물어보려는 거지."

"아니요. 저 여자 분이랑 결혼은 안 하더라도, 대표님 저 여자분 좋아하시는 거 맞죠?"

와인 잔을 내려놨다.

"왜 그렇게 생각해?"

"한 사람이랑 자주 만나고 밥 먹은 적 없잖아요."

그걸 아는 놈이 나한테 아무나하고 키스하냐고 물어본 거야?

"너는."

"저요? 저 뭐요?"

"너 진짜 결혼할 거냐고."

"네."

버들의 대답이 곧장 튀어나왔다. 황 대표가 버들이 앉아 있는 의자를 바짝 끌어당겼다. 버들의 입술 끝에 묻어 있는 아이스크림을 냅킨으로 닦아 줬다. 화끈거리는 얼굴을 버들이 애써 무시했다. 의식하면 더 부끄럽다.

"너 결혼 어떻게 할 거야?"

"상대방이랑 상의 잘 해서 잘할 거예요. 거창하게 하고 싶다고 하면 거창하게 할 거고. 바닷가에서 하고 싶다고 하면 바닷가에서 할 거고. 또……."

바닐라 아이스크림이 방치된 채 녹고 있었다.

"너 가진 거 없잖아."

……아직 학생이라 그런 거다.

"너희 집이 재벌인 거지, 너는……."

황 대표의 말을 버들이 불쑥 가로챘다.

"겨울이 형이 그랬는데, 내 돈도 내 돈이고 겨울이 형 돈도 내 돈
이랬어요."

"결혼 안 하겠다고 지금 말해."

"……대표님은 하실 거잖아요."

"난 그럴 능력이 있으니까. 넌 없잖아."

"아주 나중에 학교 졸업해서……."

이번엔 버들의 말을 황 대표가 가로챘다.

"너 첫 키스 누구랑 했어?"

"……."

"가슴 누구한테 처음 빨려 봤어?"

"……."

예민한 부위인 걸 빤히 알면서 황 대표가 버들의 옆구리를 감싸
안았다. 버들이 자극에 움츠러들었다. 소중해서 황 대표의 머리카락
한 올도 만지지 못하는 버들과 달리 황 대표는 멋대로 굴었다. 가까
워진 숨결에 황 대표가 나지막하게 물었다.

"말해 봐."

"……."

"음?"

"……."

"유버들."

도톰한 버들의 입술이 달싹거리기만 할 뿐이다.

"너 섹스도 나랑 처음 하게 되겠다."

"대표님 저랑 섹스 안 하실 거잖아요."

깊고 투명한 버들의 눈이 황 대표를 빤히 쳐다봤다.

"섹스하는 것도 너 데리고 노는 거야."

나긋나긋한 어투였다.

"대표님은 재밌으려고 섹스해요?"

"그럼. 섹스를 왜 하는데."

"좋아하는 사람끼리……."

버들의 반문을 황 대표가 입맞춤으로 막았다. 바닐라 맛이 혀끝에
감돈다. 황 대표의 눈빛이 여유롭다. 그게 버들을 좌절케 했다. 낮은
목소리로 그러면서 가볍게, 황 대표가 속삭였다.

"너 나 좋아하잖아."

*   *   *

열이 나고 아팠다. 그러는 사이 이틀이 지났다. 그림 그릴 걸 챙겨
버들이 황 대표의 집으로 향했다. 뉘엿뉘엿 해가 지고 있었다. 현관
앞에 섰을 때 하필 집밖으로 나오는 황 대표와 부딪혔다. 보고 싶어
서 죽는 줄 알았는데 막상 황 대표의 얼굴을 보자 서러움이 앞선다.
자신의 집에 돌아가기 위해 버들이 엘리베이터 버튼을 눌렀다.

"어디 가."

"……집에요."

"여기 너희 집 하라니까."

"……."

붙잡혀 대화를 하는 사이, 코앞에서 엘리베이터를 놓쳤다.

"너 좀 민망하겠다."

정곡을 찔렀다. 버들이 고집스레 엘리베이터 버튼을 눌렀다.

"버들아."

무슨 말을 해도 엘리베이터를 타고 내려갈 거다, 그렇게 버들이 다짐했다.

"나 아파."

버들이 획 뒤를 돌아봤다.

"아파요?"

"응."

"어디가 아파요? 많이 아파요?"

버들의 눈이 커졌다.

"열이 좀 나서. 누워 있어야 할 거 같아."

서둘러 버들이 비밀번호를 누르고 안에 들어왔다. 약은 먹었는지, 병원에는 다녀왔는지. 캐묻는 버들의 목소리에 걱정이 묵직하게 담겨져 있다. 문을 잠근 뒤 황 대표가 소파에 앉았다.

"대표님. 지금도 열나요?"

황 대표가 버들을 향해 고개를 살짝 내밀었다.

"만져 봐."

망설이다가 버들이 손을 뻗었다. 손이 흉터로 더러우니까 손목으로 황 대표의 이마 열을 쟀다.

"열나지?"

신중한 얼굴로 버들이 반대쪽 손목으로 바꿔 쟀다.

"왜 말이 없어?"

"……."

"열이 너무 높아?"

"……."

……열 하나도 안 나는 거 같은데. 엄살이신 거 같은데.

"잘 모르겠어?"

손을 내린 버들이 고개를 끄덕였다. 황 대표가 버들의 볼을 감쌌다. 그러곤 제 이마를 버들의 입술에 가져다 댔다. 결과만으로 황 대표에게 뽀뽀하게 된 버들이 그대로 굳었다.

"아직도 모르겠어?"

또 한 번 버들의 입술에 제 뺨을 황 대표가 붙였다가 뗐다.

"지금은?"

여전히 대답이 없자 황 대표의 한쪽 눈썹이 위로 쭉 올라갔다.

"……."

"……."

진짜 미워. 황 대표를 쏘아보던 버들이 어깨를 물어 버렸다. 차마 세게 힘을 주진 못했지만.

서로 만나지 못한 만큼 불면에 시달렸던 건 똑같았다. 까만 밤하늘에 그믐달이 떴다. 한숨 푹 자고 나서 황 대표가 먼저 차 키를 챙겼다.

"대표님……. 어디 가세요?"

"바래다줄게. 시간 늦었잖아."

"……아침에 가도 돼요."

"응?"

"가족 행사가 있어서 오늘 집에 아무도 없어요."

이걸 보내야 돼, 말아야 돼. 고민하던 황 대표가 씻겠단 버들에게 편한 옷을 찾아 줬다. 비록 티셔츠 한 장이 전부였지만. 먼저 씻고 나온 황 대표가 욕실 문이 열리자마자 버들을 안아 들었다.

"어떻게 할 거야?"

"……."

"소파로 갈까. 침대로 갈까."

"잠만 잘 건데요. 저."

"그러니까. 어디서 잘 거냐고."

모기만 한 목소리로 버들이 소파라고 대답했다. 심술궂게 황 대표가 허벅지를 넓게 벌려 버리자 그 위에 앉아 있는 버들의 허벅지도 같이 벌어졌다. 기장이 길다지만 속이 보일까 아슬아슬하다. 힘으로 버티는 건 애초에 불가능했다. 황 대표의 고개가 아래로 떨어졌다. 진짜로 보이면 어쩌지. 버들이 얼른 황 대표의 목을 끌어안았다. 그러자 버들의 어깨에 자연히 턱을 올리게 된 황 대표의 시야엔 천장이 담겼다. 황 대표가 웃자 몸의 진동이 전해진다.

"버들아."

"……왜요?"

"그냥."

5분이나 지났을까.

"유버들."

"네."

"그냥 불러 본 거야."

다시 또 5분이나 지났을까.

"버들아."

"……."

"전시회 둘이서 갈래?"

버들의 눈이 기대감으로 물결쳤다.

"네. 저 대표님이랑 둘이 있고 싶어요."

*   *   *

"형. 더 빨리 밟아."

"여기서 더 어떻게 빨리 밟아."

"아. 더 밟아 봐."

황 대표와 전시회에 가기로 한 날, 오전에 병원 예약이 잡혀 있었다. 약속은 저녁이므로 넉넉하게 시간적 여유가 남아 있는 상태였으나 조바심과 긴장이 뒤섞여 입술이 바짝바짝 탄다. 집에 도착하자마자 버들이 빠르게 마당을 가로질렀다.

"어디 나가?"

"응."

"어디 나간다는 말 없었잖아."

"지금 말할게."

"짐은 언제 쌀 거야?"

"내일."

"너 어제도 내일 쌀 거라며."

"몰라. 내일 진짜 쌀게."

혹시나 고약한 병원 냄새가 몸에 스몄을까 좋은 향기를 내는 입욕제를 풀어 정성껏 씻고 나온 버들이 곧장 드레스 룸으로 들어갔다. 온갖 부산을 떠는 버들을 바라보며 겨울이 고개를 갸웃거렸다. 도대체 어딜 가는 건데 저렇게 신나 있지? 몇 번이나 물어봤지만 버들이 새치름하게 대답해 주지 않았다. 아무것도 모르면서 버들이 신나 하자 그 옆에서 겨울이 오두방정을 함께 떨어 댔다. 두 형제가 같이 심혈을 기울여 최종적으로 옷을 골랐다. 머리를 만져 주는 제 형에게 버들이 "멋있게! 멋있게!" 주문을 반복했다.

……아. 아무리 봐도 이놈 이거, 데이트하러 가는 거 같은데. 복잡미묘한 감상에 젖은 제 형에게 버들이 대충 손을 흔들어 인사했다. 하늘이 흐리다. 일기 예보엔 비 소식이 없었지만 혹시 모르니 버들이 작은 우산을 가방에 챙겨 넣었다. 이르게 전시회장에 도착했다. 한 달간 열렸던 전시회는 오늘이 마지막이었다.

"떨려……."

버들이 제 심장을 만져 봤다. 약속 시간이 다가올수록 미치겠다. 하늘이 우중충하다. 먹구름이 꾸물거리더니 급기야 먼지처럼 비가 흩날리기 시작했다. 평일이라 사람이 적었다. 버들이 핸드폰을 꺼냈다. 두 시간이 지나면서 약속 시간을 넘겼다. 계속 서 있는 동안 또 한 시간이 흘렀다. 기다림이 막연하게 계속된다. 그럼에도 계속 버들의 얼굴은 상기된 채였다. 매일 가는 곳 말고 색다른 곳에서 황 대표와 둘이서 만나는 거니 약속 시간 쯤이야 넘겨도 괜찮다.

……길을 잃어버리셨나?

빗줄기가 굵어졌다. 버들이 우산을 폈다. 골목골목이 많아 내비게이션을 작동해도 길치인 황 대표에겐 난이도가 높은 길일 거다. 버들이 도롯가로 나갔다. 빠르게 지나다니는 차도엔 황 대표의 차가 보이지 않았다. 골목 어귀에서 멈춰 서 있던 버들이 우산을 빙글빙글 돌리며 다시 전시회장으로 돌아왔다.

어느덧 전시회장이 마감이다. 물끄러미 닫힌 문을 바라보며 서 있던 버들이 건물 밑에 섰다. 우산을 접어 정리한 뒤 황 대표의 번호를 찾았다. 전화를 세 번이나 했는데 세 번 다 연결이 되지 않았다.

[어디쯤 오고 계세요?]
[길 못 찾겠으면 전화 주세요.]
[대표님. 어디에요?]
[무슨 일 있어요?]

버들이 가방을 열었다. 직접 염색한 천에 해바라기를 그렸다. 샛노란 색깔로 큼지막하게 자라는 해바라기는 버들의 입장에선 제일 건강한 꽃처럼 여겨졌다. 그걸 황 대표에게 주고 싶었다. 어차피 버려지겠지만.

점점 어두워지는 사이, 비가 세차게 퍼붓는다. 비를 맞지 않기 위해 벽에 등을 찰싹 기댄 버들이 입술을 내밀었다. 새 옷인데⋯⋯ 바지 밑단이 전부 젖어 버렸다. 그냥 약속도 아니고, 내 소원이니까 황 대표님 꼭 올 거야.

집에서 나온 지 다섯 시간이 지났다.

처져 있던 버들의 어깨가 펴졌다. 버들이 이쪽저쪽 고개를 돌렸다. 엔진 소리를 먼저 알아차렸다. 저 멀리서 헤드라이트를 켠 차가 달려오고 있었다. 황 대표일 게 분명했다. 버들의 얼굴이 환해졌다. 전시회장 앞에 황 대표의 차가 멈췄다.

"대표님!"

차문이 열렸다. 그러면서 차 안이 살짝 보였다. 전시장 앞까지 비를 맞은 채 황 대표가 뛰어왔다. 미간을 찌푸린 표정에서 당황스러움이 섞여 있었다.

시간이 많이 늦어 당연히 버들이 없을 줄 알았다. 집과 반대 방향이지만 들러 보길 잘했다.

"버들아. 내가 집에 일이 생겨서······."

"괜찮아요."

버들이 웃었다.

"······."

"······."

둘이서 만나기로 해 놓고 차엔 황 대표 혼자가 아니었다.

"이거 우산 쓰세요. 저는 가방에 우산 또 있어요."

황 대표가 한숨을 내쉬었다.

"집에 바로 들어가."

버들이 고개를 끄덕였다.

"대표님. 여기 오는데 길 복잡했죠?"

"······."

"오른쪽 골목 세 번, 왼쪽 골목 두 번. 이렇게 꺾으면 바로 도로 나와요."

"······."

"운전 조심하세요. 우산 꼭 쓰시고."

제 우산을 쓰고 차로 걸어가는 황 대표의 뒷모습을 버들이 물끄러미 바라봤다. 시동을 꺼 두지 않은 차는 빠르게 멀어졌다. 한바탕 꿈을 꾸고 난 기분이다. 크게 들이켠 숨을 최대한 길게 내뱉었다. 버들이 지저분한 휴지통에 해바라기를 그려 넣은 손수건을 버렸다. 손등과 손톱, 손가락 할 거 없이 크고 작게 수놓아진 흉터들이 흉측하다. 우산은 하나밖에 없었다. 차가 사라진 반대 방향으로 버들이 오랫동안 터벅터벅 걸었다. 클랙슨 소리에 놀란 기색도 없이 버들이 옆쪽으로 비켰다.

핸들을 쥐고 있는 황 대표의 손에 힘이 들어갔다. 화가 치솟는다. 황 대표가 다시 클랙슨을 울렸다. 버들이 뒤를 돌아보지 않았다. 결국 안전벨트를 풀고 황 대표가 차에서 내렸다. 그리고 버들의 손목을 잡고 돌려세웠다.

"너 미쳤어? 비를……."

"……대표님."

버들의 눈이 커졌다.

"길 잃어버리셨어요?"

"……."

"이쪽으로 오면 안 돼요."

"……."

"조금만 더 가면 차 못 지나가요. 길이 좁아져서."

싸늘한 기온을 못 이긴 버들의 입술이 새파랬다.

"대표님. 왜 비 맞고 있어요?"

"……."

"제가 드린 우산……."

"그게 지금 중요해?"

"……"

"……차에 있어. 그거."

버들의 목소리가 떨리고 있는 건 추위 때문만은 아니었다.

"……"

"……"

버들이 울고 있었다.

멍청한 게. 내리는 비에 눈물이 감춰질 줄 아는지 눈이 마주치자 웃는다.

17. 굽이치는 밤 (2)

하늘을 찢을 것처럼 내리친 천둥번개에 고막이 먹먹하다. 사납고 자비롭지 못한 날씨였다. 비바람에 무너지고 빗줄기에 가루가 되어 버리진 않을까, 그 정도로 버들이 위태로워 보였다. 서둘러 황 대표가 입고 있는 제 재킷을 벗어 버들의 어깨에 둘렀다. 미쳤나 보다. 어차피 제 꼴도 비를 맞아 온통 젖어 버린 뒤였다. 당장 옷 전부를 벗어 준다고 한들 버들의 체온에는 어떤 도움도 되지 못한다.

황 대표가 팔을 뻗었다. 그게 무슨 신호처럼, 축 늘어져 버린 버들의 몸뚱이를 얼른 품 안에 받았다. 주변으로 흐릿하게 물안개가 피었다. 사시나무처럼 떨고 있는 버들의 몸에 황 대표의 턱 근육에도 딱딱하게 힘이 들어갔다. 서둘러 안아 든 버들을 차에 데려가 옆자리에 앉힌 다음 안전벨트까지 대신 채웠다. 다른 사정 설명 없이 기

사를 불러 주겠다고 중간에 내리게 한 혜주에게서 연락이 들어왔지
만 무시했다. 히터를 올렸다. 쉴 틈 없이 차를 두드리며 쏟아지는 빗
소리가 둘이 되면서 오히려 아득하게 멀어진다.

황 대표가 버들의 얼굴을 들여다봤다. 잠잠히 감겨 있는 긴 속눈
썹이 축축하다. 빗물과 함께 묻어 있을 눈물을 황 대표가 큰 손으로
닦아 냈다. 벌어진 입술 틈새로 새어 나온 버들의 한숨에는 못 다 운
서러움이 섞여 있었다.

오른쪽 골목 세 번, 왼쪽 골목 두 번. 버들이 알려준 대로 핸들을
꺾자 이번에도 쉽게 도로로 나올 수 있었다. 빗길이라 어수선하다.
좀처럼 속도를 낼 수가 없는 상황이었다.

"버들아."

"……."

"유버들."

"……."

한쪽으로 기울어진 버들의 고개가 힘이 없다. 처음엔 지쳐서 잠이
든 줄 알았는데 아니었다. 가빠진 버들의 숨소리가 금방 끊어질 것
처럼 가느다랗다. 신호에 걸린 틈을 타 황 대표가 버들의 이마를 짚
었다. 열이 펄펄 끓고 있다. 황 대표의 얼굴이 일그러졌다. 제 집으로
가려는 방향을 틀어 향한 곳은 병원이었다.

침대에 옮겨져 누운 버들의 얼굴은 핏기 하나 없이 창백했다. 황
대표가 유 대표에게 연락을 넣었다. 한 시간도 채 못 되어서 입구 쪽
이 시끄러워졌다. 머리부터 발끝까지 제대로 정장을 갖춰 입은 유
대표가 곧장 제 막냇동생에게 뛰어왔다. 침대 가까이 붙어 있던 황
대표가 그런 유 대표를 위해 뒤로 물러나려던 순간이었다. 어느 틈

에 제 옷자락을 쥐고 있었던 건지 버들의 푸른 손등이 툭 떨어졌다. 정신을 잃은 상태에서도 버들의 첫 번째는 황 대표였다.

버들의 마른 몸뚱이를 유 대표가 말없이 부둥켜안았다.

"버들아, 자?"

다정함을 담아 재차 불리는 제 이름을 현재 버들은 듣지 못하고 있었다. 그런 유 대표와 버들을 가만히 지켜보던 황 대표의 눈매가 이상한 낌새를 눈치채고 깊어졌다. 자기 동생이 왜 이만큼 비를 맞고 쓰러져 있는지 유 대표가 그 이유부터 물어 올 거라고 생각했다. 하지만 어떠한 것도 묻지 않은 상황에서, 병실에 누워 있는 버들을 보살피는 유 대표의 태도가 능숙하다. 링거를 제거하게끔 의사를 호출하려는 유 대표의 앞을 황 대표가 불쑥 가로막았다.

"무슨 짓이야."

"다니는 병원이 있어."

"열이 높아. 옮길 거면 나중에 옮겨."

냉철한 성격 그대로 나온 제안을 건넨 황 대표를 향해 유 대표가 고개를 치켜들었다. 거친 욕설이 채 튀어나오지 못하고 목구멍을 틀어막았다. 평소와 다를 바 없이 차분했던 목소리 톤과 달리 황 대표의 얼굴이 사색이었다. 드문 일이었다.

"가서 너 물기나 닦아."

유 대표가 황 대표를 외면했다. 뒤에 서 있던 비서가 곤란한 얼굴로 다가와 황 대표에게 일정을 보고했다. 유 대표의 반듯한 차림은 곧 있을 행사 때문이었다. 형식적이긴 하나 대표가 빠지면 안 되는 자리였다. 업무적인 대화가 오고 가지 않았지만 두 대표가 현재 각자 해야 할 일이 어떤 건지 판단이 끝난 뒤였다. 비서의 재촉에 황 대표가 고개를 끄덕이고선 병실 밖을 따라 나갔다. 유 대표 대신 지금부터 씻고 준비하여 행사장에 가려면 시간이 촉박했다.

이마 위에 엉망으로 달라붙어 있는 버들의 앞머리를 겨울이 넘겨 줬다. 불과 몇 시간 전이다. 어딜 가는지, 누굴 만나는지. 여러 번 물어도 깍쟁이처럼 버들은 대답해 주지 않았다. 잔뜩 신이 나서 외출하던 제 막냇동생과 현재 열에 취해 있는 모습이 겹쳐지면서 마음이 미어질 대로 미어졌다. 링거 속의 약이 반쯤 줄었다. 그 덕택인지 버들의 열이 아주 살짝 내려갔다. 더 이상 미룰 순 없었다. 겨울이 직접 버들을 업었다. 미리 대기시켜 놓은 차를 타고 버들의 주치의가 있는 병원으로 옮기자마자 징글징글한 검사가 이어졌다.

결과 내용을 듣고 나온 겨울이 어두컴컴한 복도에 앉아 한참 울었다.

*　*　*

뜨거운 물에 샤워하고 나온 버들이 곧장 침대에 올랐다. 슬리퍼가 저만치 나뒹굴었다. 버들의 관심은 오로지 씻기 전까지 보고 있던 신문에 꽂혔다. 미처 닦지 못한 물기가 팔꿈치에 남아 있었던 건지 신문이 젖다 못해 찢어졌다. 축 처진 눈썹으로 아쉬워하던 버들이 다시 살아났다. 다행히 낱말 퀴즈 부분은 비껴갔다.

"형. 겨울이 형."

"뭐, 인마."

"정답이 뭔지 알겠어?"

"문제가 뭐였지?"

"뭐야. 내가 씻고 올 동안 정답 생각해 놓고 있으랬잖아."

제 머리를 꼼꼼하게 드라이어로 말려 주는 겨울을 향해 버들이 온
갖 잔소리를 퍼부었다. 묻는 말에 대답만큼은 성실히 즉각 해 오나
영 시원치 않다. "몰라.", 아니면 "그런 게 있어?" 하는 수준이니. 어
려운 난이도의 수도와 역사에 관한 문제를 척척 풀어 놓고선 버들이
하나 남은 낱말 퀴즈 칸을 벌써 몇 시간째 비워 두고 있었다.

"형. 하마가 하품하는 이유가 뭔지 진짜 모르겠어?"

"하마 나부랭이 그게 뭐라고 너 아까부터 형을 들들 볶아?"

"아. 왜 하품하는 거야, 얘네?"

"넌 하품 왜 하는데."

"하마는 왜 하품하는 거지?"

"아. 새끼, 진짜. 그거 풀지 마. 신문 또 찾아다 줄게."

"하마가 하품하는 이유도 모르면서 어떻게 회사의 대표가 될 수
있어?"

얄밉게 구는 버들을 엎어 놓고 간지럼을 태우려는데 노크 후 간호
사가 들어왔다. 간호사의 도움으로 버들이 낱말 퀴즈 빈칸을 전부
채울 수가 있었다. 시골에서 돌아오기 전, 전부 버려질 예정이었던
황 대표의 물건들 중 허락 맡고 겨우 하나 챙겨 올 수 있었던 볼펜으
로 버들이 조그맣게 낙서를 끼적거렸다. 젖어 있는 신문 부분에 펜
끝이 닿자 잉크가 사르륵 번졌다.

"괜찮아?"

"괜찮다고 아까 의사도 그러던데?"

"네가 말해 봐."

"괜찮아."

혹시나 폐렴으로 이어지면 어쩌나 걱정했지만 다행히 그렇진 않았다. 꼬박 일주일간 입원하고 나서야 버들이 더는 새벽에 오한과 고열로 시달리지 않게 됐다. 가끔 잔기침을 하는 게 전부다. 처음 약속했던 대로 겨울이 퇴원 수속을 밟았다. 괜한 근심을 키울까 버들의 의지대로 이번 입원은 가족들 전부에게 알리지 않았다. 집을 비워야 하는 까닭으로 여행을 들먹거렸다. 장 여사와 유 회장은 겨울이 옆구리에 끼고 경치 좋은 곳으로 여행 간 줄 아는 막둥이를 오매불망 기다리고 있었다.

버들이 거울 앞에서 길게 시간을 보냈다. 신경 써서 머리를 빗어 보지만 뭐가 문제인지 계속 푸석한 인상이다. 그런 버들을 보며 겨울이 침대를 굴러다녔다. 생긴 게 너무 눈부시다면서. 다이아몬드인 줄 알았다면서 꼴값을 떨어 댔다. 언제 철들 건지. 버들이 한숨을 폭 내쉬었다. 아무도 보는 사람이 없지만 그런 제 형이 버들은 창피했다.

"업어 줄게."

"됐어."

"왜? 형이 업어 줄게."

"됐다니까."

잠깐 한눈판 사이 버들의 신발을 겨울이 숨겨 놨다. 두 형제가 티격태격했다.

"진짜 유치하다."

"째려보든가, 욕하든가 둘 중에 하나만 해라."

"저리 가."

겨울의 어깨를 밀치고 버들이 앞서 나갔다. 내 새끼. 성격 더러운 것 좀 봐. 업어 준다는 친절을 끝까지 마다하고 보란 듯 맨발로 성큼

성큼 앞서 걸어가는 버들의 뒷모습을 겨울이 흘겼다. 그쪽으로 빠르게 다가가 버들의 가랑이 사이에 다짜고짜 고개를 쑥 집어넣은 겨울이 허리를 폈다. 예고 없이 목마를 타게 된 버들이 휘청거렸다. 놀란 버들의 눈이 동그래졌다. 높아진 시야가 생소하다. 이내 웃음이 났다. 겨울이 걸을 때마다 몸이 흔들거린다. 무게 중심을 잡느라 움켜쥔 제 형의 머리털을 버들이 죄다 뽑아 놓았다.

상다리가 부러질 정도로 차려진 밥상으로 버들은 환영을 받았다. 장 여사와 유 회장의 사이에 끼어 최선을 다해 오순도순 오전을 보낸 버들이 겨울이 부르는 대로 쪼르르 2층 계단을 밟았다. 드레스 룸이 잔뜩 헤집어져 있다. 어떤 걸 챙겨 갈 건지 겨울이 묻자, 오물거리는가 싶던 버들의 입술이 꾹 다물려 버렸다. 어떤 걸 챙겨 갈 건지 그동안 생각해 본 적이 없어 모르겠다. 새 옷들이 수북하다.

"형. 뭐 가질래? 줄게."

"네 물건을 줄 테니까 나보고 가지란 거야?"

"응. 갖고 싶은 거 없어?"

"다 내 돈으로 산 거잖아."

"아니야. 이건 유 이사님이 사 줬고. 이건 둘째 형이 사 준 거고……."

"돈 쓰는 걸로는 넷째 형이 최고라고 지금 당장 말해."

겨울이 버들을 쓰러뜨리기 위해 뒷다리를 걸었다. 안 넘어지기 위해 버들이 제 형의 모가지에 두 팔을 걸고 대롱대롱 매달렸다. 같이 버둥거리면서 두 형제가 웃고 난리가 났다. 내색은 하지 않았지만, 밝아 보이는 제 막냇동생을 보며 겨울은 몇 번이나 안도를 하는 중이었다. 묻고 싶은 몇 가지의 말을 덮어 두기로 했다. 떠나면 어차피 잊힐 기억들이다.

"신발부터 챙길까?"

"신발? 아니. 그냥 옷 몇 개면 될 거 같아."

"겨우?"

"긴팔 하나랑 반팔 하나면 되지 않을까?"

버들이 옷을 골랐다. 황당한 표정을 짓고 있던 겨울이 납득했다.

"아. 하긴. 다 챙겨 갈 필요가 없지. 거기 가서 새로 사 줄게."

버들이 미간을 찌푸렸다.

"뭐 하러 그래. 옷 필요 없어."

현실을 직시하고 있는 버들이 능청 떠는 제 형을 나무랐다.

"그럼 홀딱 벗고 메리와 리처드와 샘을 유혹하고 다닐 셈이야?"

겨울이 옷더미를 버들에게 내밀었다.

"이거 예쁘다. 우선 이건 꼭 챙기고."

"형. 옷 많이 가져갈 필요 없어. 새거 사지도 마."

"뼈 빠지게 일해 번 돈으로 형이 마음대로 쓴다는데 왜 네가 난리야?"

"거기 가면 어차피 환자복만 입을 거잖아."

"……."

바닥에 주저앉아 옷을 개키던 겨울의 손이 멈칫했다.

"나 잠깐만."

드레스 룸을 나온 버들이 제 방으로 들어가 침대 아래에서 박스를 꺼냈다. 그 안에 넣어 둔 것은 황 대표에게 받은 색연필이었다. 버들의 손이 그걸 소중하게 매만졌다. 이거 가져가도 되는 걸까. ……돌려줘야 하나? 색연필이 핑계가 되자 그간 꾹꾹 억눌러 왔던 마음이 터져 버린다. 보고 싶어. 버들이 색연필을 제 가방에 챙겨 넣었다. 그러고는 가족들이 모여 있는 곳으로 쪼르르 달려갔다.

"유 회장님!"

버들이 뭔가를 꺼내 왔다.

"이거 저 가져도 돼요?"

*　　*　　*

햇볕이 따가울 정도로 맑은 날씨였다. 파란 물감을 쏟아부은 것처럼 하늘이 기가 막히다. 답답하게 옥죄고 있던 넥타이를 풀면서 집에 돌아온 황 대표가 차 키를 아무 데나 던져 놓았다. 차가운 물을 아무리 들이켜도 속이 진정되지 않는다. 씻고 나온 황 대표가 침대를 지나쳤다. 미약하게 두통이 느껴졌다. 소파에 앉은 황 대표가 집안 전체를 찬찬히 둘러보았다. 공허함이 짙어진다.

송곳 끝처럼 날카로워진 신경을 스스로 자각하고 있었다. 제대로 자지 못한 나날이 벌써 일주일을 꼬박 채웠으니 당연했다. 대외적인 행사에 참석해 모습을 비치는 건 주로 유 대표가 맡아 하는 일이었다. 버들의 입원으로 유 대표의 자리가 공석이었고, 황 대표가 대신해서 스케줄을 처리하는 중이었다. 느릿하게 지나는 밤과 반대로 아침은 이르게 시작되고 있었다.

집안과 얽히고 싶지 않아도, 형식적으로나마 얽혀야 하는 일이 생겼다. 그게 버들이 전시회에 가자는 날과 겹쳤다. 시간을 대강 맞출수 있을 줄 알았다. 하지만 혜주와 약혼하게 될 상대의 집안과 만나는 자리가 길어졌다. 어차피 약속 시간은 훌쩍 지나 버렸으니, 버들이 그대로 집에 갔을 줄 알았다. 그래서 다음 일정에 동행해 달란 혜주의 부탁을 거절하지 않고 받아들인 거다.

큼지막한 버들의 눈에는 원래부터 물기가 가득하게 고여 있던 편이었다. 어떤 모진 말이나 핍박, 괄시를 해도 아랑곳하지 않고 제 등 뒤에서 꿋꿋하게 뿌리내리고 있던 버들이 같잖으면서 또 한편으론 참 독하다 싶어 울려 보고 싶었다. 어디선가 빗소리가 들려오면서 조막만 한 버들의 얼굴이 아른거린다. 눈물로 축축하게 젖어서는 그걸 감추고자 애써 웃음 짓던 노력이 자꾸, 자꾸, 자꾸 목을 막히게 만든다. 그날 다시 차를 돌리지 않았더라면 버들의 서러움은 평생 모르고 지나쳤을 수도 있다.

또 있었을까.

아마, 있었을 거다.

항상 버들에게 먼저 등을 보였었다.

돌아서는 뒷모습에, 멀어지는 자신을 말갛게 주시하며 혼자서 그 큰 눈이 눈물지었던 날이 몇 번이나 있었을까.

여러 생각들로 머릿속이 혼란스럽다.

오늘도 퇴근이 늦었다. 엘리베이터에서 내린 황 대표가 그대로 걸음을 멈췄다. 버들이 벽에 기대고 있던 등을 뗐다. 서로 가만히 얼굴을 바라보며 서 있었다.

"대표님."

버들이 먼저 황 대표를 향해 다가갔다. 뭔가 바닥에 질질 끌리는 소리가 났다. 그제야 황 대표가 버들의 얼굴에서 그 아래로 시선을 내렸다. 버들이 들고 있는 건 골프채였다. 황 대표의 앞까지 잘 걸어가 놓고선 버들이 머뭇거렸다. 한참 뒤에 황 대표에게 리본을 매단 골프채를 슬그머니 내밀었다.

"유 회장님이 쓰시는 거예요. 여기 사인. 제가 받아 왔어요. 이거 갖고 싶어서 전에 물어보신 거 맞죠?"

황 대표의 어떠한 말도 버들은 허투루 넘겨듣는 법이 없었다. 황 대표가 버들의 손목을 잡았다. 왜 전시회 시간에 늦었는지. 둘이서 만나기로 해 놓고선 왜 약속을 어겼는지. 그런 걸 따지거나 화를 낼 줄 알았다.

"식사하셨어요?"

그대로 버들을 황 대표가 끌어안았다. 목구멍이 답답해서 한숨도 채 터지지 않았다. 못 보던 사이 더 말라 버린 등을 쉼 없이 황 대표가 쓰다듬었다. 황 대표의 품에 안겨 있는 버들이 얌전히 눈을 깜박거렸다.

……떨려. 갈비뼈가 아플 만큼 심장이 쿵쾅거린다.

"너 밥 먹었어?"

버들이 살짝 고개를 끄덕였다.

"또 먹어."

황 대표가 비밀번호를 누르고 안으로 버들을 데려갔다. 비서에게 간단하게 문자를 보냈다. 씻고 나온 황 대표가 제자리에서 멎었다. 소파에 앉아 고개를 폭 숙인 채 버들이 손톱을 꼼지락거리고 있었다. 어제까지 공허했던 집 안이 언제 그랬냐는 듯 풍족하게 채워진 기분이 든다. 제 쪽으로 다가오는 황 대표의 기척에 버들이 얼굴을 들고선 눈을 깜박거렸다. 황 대표의 무릎에 버들이 마주 보고 앉기까지. 물 흐르는 것처럼 자연스럽게 이어졌다.

버들의 귓불이 붉어졌다. 황 대표의 시선이 버들의 상태가 괜찮아졌는지 확인하기 위해 집요하게 쫓았다. 긴 한숨을 내쉬고 나서 황 대표가 입을 열었다.

"왜 거기서, 기다리고 있어. 시간이 늦었으면 가야지."

부드러운 어투였다. 황 대표의 타박에 아무 말 하지 않고 버들이 그냥 웃었다. 이목구비가 오밀조밀하다. 저를 빤히 쳐다보는 황 대표의 눈빛을 버들이 어색해하며 피했다. 그러다가 같이 비 맞았던 걸 떠올렸다. 주춤거리던 버들이 황 대표의 이마에 제 손목을 가져다 댔다. 이마 다음엔 볼과 목. 버들이 저를 만져 볼 동안 황 대표는 눈을 감고 기다려 줬다.

"대표님."

"……응."

"아픈 데 없어요?"

황 대표가 고개를 간단히 끄덕였다.

"핸드폰 줘 봐."

"제 핸드폰이요?"

"응."

펼쳐진 황 대표의 손바닥에 버들이 순순히 자기 핸드폰을 내려놓았다. 화면을 밝히자 의외다. 기본 바탕에 시계가 커다랗게 보일 수 있도록 설정되어 있는 게 전부다. 황 대표의 고운 손가락이 입력한 번호를 버들이 빤히 쳐다봤다.

"누구 번호예요?"

"나."

"……대표님 번호예요?"

"응."

이제껏 황 대표의 번호인 줄 알고 있는 숫자를 버들이 외우고 있었다. 황 대표가 직접 입력해 저장시켜 준 번호를 보며 무슨 생각을 하는 건지 버들의 고개가 옅게 갸웃거렸다. 버들의 말랑한 볼을 황 대표가 톡톡 건드렸다. 고개를 들면서 가까이 눈이 마주쳤다. 버들의 눈꼬리가 그믐달처럼 휙 휘어졌다. 동시에 황 대표가 버들을 바짝 껴안았다. 숨을 길게 몰아쉬면서 버들 역시 황 대표의 가슴팍에 제 옆얼굴을 기대었다. 성냥에 지핀 불처럼 느껴진 안정감을 두 사람이 같은 순간에 느꼈다.

"버들아. 아프지 마."

버들이 침을 꼴깍꼴깍 삼켰다.

"유 대표 말이 감기였다며."

"……."

"감기건 뭐건 아프지 마."

"……."

"너 아프니까 우리 일주일 동안 못 만났잖아."

"……."

"음? 유버들."

황 대표의 채근에 대답 없던 버들이 고개를 살짝 끄덕거렸다.

시간이 흘렀다. 그러면서 황 대표의 호흡이 차차 느려졌다. 드디어 깊숙하게 잠이 든 황 대표와 달리 버들은 눈을 깜박이면서 창밖을 바라보고 있었다. '그날'의 비가 가을을 앞당겼는지 그 전과 확연히 차이가 날 정도로 기온이 많이 낮아졌다. 감겨드는 눈을 버들이 억지로 떴다.

의존하면 안 돼.

혼자서 잘 줄 알아야 돼.

기대선 안 돼.

없이 살아야 돼.

몇 시간 뒤, 황 대표가 잠에서 깼다. 비서가 사 온 걸로 식사를 한 뒤 버들을 바래다줬다.

*　　*　　*

바람이 쌀쌀하다. 버들이 어깨를 가운데로 모으며 몸을 움츠렸다.

"유학은 어디로 간다고 했지?"

"너 그거 한 번만 더 물어보면 백 번째야."

"백 번 채울까?"

"됐어. 뉴욕."

"뉴욕에 가면 너 만날 수 있냐?"

뒷머리를 긁적이며 정민이 물었다.

"뉴욕에 사람들이 얼마나 많은데."

"나도 바빠. 그냥 해 본 소리야."

"그냥 해 본 소리?"

"안 간다고. 뉴욕."

정민이 욕을 하는 대신 허탈하게 웃었다.

"연락처는 그럼, 있는 거지?"

"나한테 연락하려고?"

"박 터지게 공부를 하다가도 가끔 연락받을 틈을 있을 거 아냐."

"나 연락 잘 안 될걸."

"야. 나도 국제 전화비 아까워서 연락 같은 거, 안 하려고 했어."

느닷없는 헤어짐이 익숙한 버들에게 이렇게 누군가를 따로 만나 작별을 하기는 처음이었다. 나란히 앉은 두 사람이 정면을 쳐다봤다.

"양정민!"

같은 체대 선배가 정민을 불렀다. 어쩔 수 없이 정민이 자리에서 일어났다.

"난 번호 안 바꿀 거니까 돌아오면 연락해라."

돌아올 수 있을까. 버들이 고개를 끄덕였다. 정민이 운동장 한가운데로 뛰어갔다. 버들이 펼쳐진 경기를 지켜봤다.

*   *   *

황 대표가 문을 열고 집 안으로 들어갔다. 버들이 먼저 와 있었다. 이제 막 세수를 했는지 볼에 물기가 촉촉하다. 손을 진득하게 씻고 나온 황 대표가 버들의 얼굴에 가만가만 로션을 발라 주었다.

"저한테서 대표님 냄새 나요?"

왠지 상기되어 들뜬 버들의 얼굴을 감싸고 황 대표가 짧게 입을 맞추었다.

"너한테서는 네 냄새 나."

"황 대표님 로션 발랐는데 왜 내 냄새가 나요?"

잔기침을 터트리면서도 버들이 또박또박 말대꾸를 했다.

"뭐 하고 있었어?"

"책 봤어요."

바닥에 펼쳐진 책이 두 권이다. 요리책, 여행 책.

"오늘 여기서 자고 가도 돼요?"

"유 대표한테 너 다 이른다."

"저희 형 오늘 출장 간 거 저 다 알아요."

"……."

모든 할 일을 끝내고 왔고, 외박한다고 말까지 이미 해 두었단다.

"아무 옷 꺼내서 갈아입어."

"……아무 옷이나요?"

"응."

"진짜 아무 옷이나 꺼내 입어도 괜찮아요?"

버들이 재차 확인했다. 황 대표의 드레스 룸에 들어간 버들이 꼭 쇼핑에 온 것처럼 즐거워했다. 편한 옷이 아닌, 황 대표가 주로 업무적으로 출근할 때 입는 정장 셔츠를 골라 꺼내 입었다. 체격 자체가 다르니 남의 옷 빌려 입은 게 여실하다. 폼은 넉넉하고, 기장과 소매가 전부 길다.

와인을 따르다가 말고 황 대표의 미간이 살짝 찌푸려졌다. 자기도 마시겠다며 와인을 탐내는 버들 때문에 결국 황 대표도 잔을 내려놓을 수밖에 없었다.

"아팠던 놈이 무슨 술이야."

"괜찮아요. 딱 한 잔 마시는 술은 오히려 약이랬어요."

"누가 그래."

"스승님이요."

"전에 시골에 있었을 때?"

"네."

황 대표가 대놓고 인상을 썼다. 버들에게 한 방울의 술도 허용하지 않았다. 덩달아 황 대표의 음주는 버들이 옷을 갈아입고 나타나기 전 마셨던 와인 한 모금이 전부였다.

무릎에 앉아 재잘재잘, 버들이 떠는 수다가 포근하다. 병원에 입원했을 때 풀었던 낱말 퀴즈를 설명해 주는데 이게 뭐라고 푹 빠져 귀를 기울이게 된다. 황 대표의 얼굴이 저도 모르게 온화했다.

"대표님."

"응."

"아니에요."

"왜."

"……."

버들이 생글생글하다. 그것도 잠시다. 제 허리를 황 대표가 슬쩍 건드리자 버들이 웃음을 삼키고 움찔거렸다.

"간지러운데……."

버들의 시선이 황 대표의 얼굴을 빤히 주시했다.

"대표님."

"응."

"피곤하세요?"

"피곤해 보여?"

"얼굴이 약간, 거칠어 보여서요."

"……그러니까 왜 오늘 왔어. 어제 건너뛰고."

버들의 눈꺼풀이 아래로 감겼다.

"대표님. 제가 대표님한테만 말하는 건데요."

황 대표가 턱을 주억거렸다.

"저……."

막상 말하려고 하니까 발바닥까지 숫접다. 오랫동안 망설이고 있
는 버들을 황 대표는 재촉하지 않았다. 달싹거리는 버들의 입술을
바라보는 것만으로도 시간은 참 잘 갔다.

"사실은요."

"응."

"저는…… 축구 선수가 되는 게 꿈이었어요."

아무에게나 털어놓지 못한 제 비밀이었다.

"……그랬어?"

버들이 고개를 살짝 끄덕였다.

"축구 잘해?"

"못해요."

축구는 못해도, 제일 예쁜 축구 선수로 소문은 났을 게 분명하다.

"그럼 조각은?"

"조각도 할 거예요."

"그림도 그릴 거고?"

"네."

그래. 골 좀 못 넣으면 어때. 제일 예쁘다 못해 조각이랑 그림에
재능 있는 축구 선수로 소문이 났을 거다.

"축구 선수 할 만큼 허벅지에 힘 있어?"

"없을걸요……."

"……."

"아예 없는 건 아니고, 조금은 있어요."

조금은 있단 허벅지 근육을 보여 주기 위해 버들이 무릎을 세워서

일어났다. 눈높이가 달라졌다. 본의 아니었겠지만, 황 대표의 시선 정면에 버들의 가슴이 들어왔다. 못 앉게끔 버들의 허벅지 뒤쪽을 한 팔로 감싸 고정한 뒤, 황 대표가 고개를 가져갔다. 옷을 벗기지 않고도 버들의 젖꼭지가 있는 곳에 정확히 황 대표의 혀가 닿았다. 촉촉해졌다. 절벽 끝에 몰린 것처럼 아찔하다. 제 가슴에 매달려 있는 황 대표의 머리통을 내려다보며 버들이 콧잔등을 찌푸렸다. 얇은 천이 사각거리며 유두를 뭉개는데 자극적이다. 버들의 허벅지 안쪽으로 황 대표가 손을 파고들었다. 연한 살이 주무르는 대로 손자국이 벌겋게 남았다.

황 대표는 버들이 다시 제 무릎 위에 앉게끔 유도했다.

"대표님."

"응."

방금 전까지 무슨 일이 있었냐는 듯 황 대표가 단정하다.

"예전이랑 달라요."

작게 버들이 말했다.

"응……."

마찬가지로 작게 황 대표가 대답했다.

"대표님 있잖아요. 이제…… 남자랑 자도 돼요?"

"……."

"전에는……."

그래. 전에는 절대 생각도 해 본 적 없는 일이었다. 유 대표의 동생인 걸 떠나 버들은 남자였다. 좋아한다고 저에게 고백하는 순간 목소리를 듣는 것도 싫었고, 곁에 다가오는 것도 불쾌했다. 그 초반의 감정과 지금은 버들이 말했던 대로 다르다. 그것도 판이하게. 그러니 세상이 뒤집혔다고 볼 수 있다.

"아무 남자하고는 안 자."

"그럼요?"

"내가 남자 경험이 처음이라 기준치가 높아서."

발그레한 볼로 버들이 긴장했다.

"대표님 성에 차는 남자는 어떤 남자인데요?"

"백마 탄 왕자 정도는 되어야지."

유치한 황 대표의 말에 버들이 심각해졌다. 황 대표의 눈가가 나른하게 풀렸다. 버들이 머리 굴리는 소리가 여기까지 들려오는 것 같다. 백 번 생각해도 저는 백마 탄 왕자가 아닌 모양이었다. 일말의 기대감에 반짝거렸던 버들이 시들었다. 불퉁하게 입술은 튀어나오고, 눈꼬리는 처지고. 그런 버들의 표정을 황 대표가 무심코 따라 했다.

셔츠 아래로 손을 집어넣어 움푹 파인 버들의 등허리를 지분거렸다. 이어 키스했다. 거칠지 않고, 부드럽게. 버들의 뒤통수를 감싼 황 대표가 최대한 천천히 눕혔다. 다리 사이로 황 대표의 체중이 느껴졌다. 아……. 녹녹한 숨결에 금방 녹아 버리는 연분홍 솜사탕이 된 것처럼 척추를 타고 머리끝까지 전율이 퍼졌다. 젖고 있는 건 비단 입천장만이 아니었다. 버들의 배꼽 아래가 자꾸만 떨렸다. 눈앞에서 폭죽이 터졌다. 오금 어딘가를 꼭 피가 날 정도로 긁고 싶어졌다.

자꾸 닿아 예민하게 비벼지는 부위를 피하고자 황 대표가 한쪽 무릎을 굽혔다. 그게 실수로 버들의 다리 사이를 건드렸다. 제 입안에서 터진 버들의 신음을 삼킨 황 대표가 먼저 입술을 뗐다. 둘 다 열이 달떴다. 버들의 어깨에 얼굴을 파묻은 황 대표의 등 근육이 거칠게 오르락내리락했다. 발기가 되어 어쩔 줄 몰라 하는 버들을 안아 황 대표가 욕실에 데려가 욕조에 걸터앉혔다. 그리고 저는 다른 방 욕실로 향했다. 옷을 벗거나 할 여유가 없었다. 서둘러 찬물부터 틀었다.

"……너."

잔뜩 흐트러진 버들이 따라왔다. 황 대표의 목에 팔을 건 버들이 입술을 겹쳤다. 찬물은 버들의 몸에도 떨어졌다. 며칠 전의 비처럼. 중심을 잃고 휘청거린 버들의 등부터 황 대표가 잡아 줬다. 버들의 체온이 떨어지는 게 걱정된 황 대표가 등 뒤로 손을 더듬어 레버를 뜨거운 물이 나오게끔 돌렸다. 둘 다 흠뻑 젖고야 말았다. 다리에 힘이 풀린 버들을 안아 든 황 대표가 침실로 향했다. 새하얀 시트가 두 사람의 몸에서 흘러나온 물로 어둑하게 얼룩졌다. 움직이려고 꿈틀대는 버들의 손목을 황 대표가 꽉 눌렀다. 그 주변으로 시트에 주름이 졌다. 여전히 거친 숨을 내쉬며 황 대표가 새빨개진 버들의 얼굴을 내려다봤다. 버들의 눈에 눈물이 그렁그렁하다. 그게 불이 붙은 화살촉을 당기게끔 만드는 거 같다.

"알아."

사납게 황 대표가 버들에게 윽박질렀다.

"남자니까 지금 네가 얼마나 참기 어려운지."

"……."

"그래도 참아."

"……."

"나도 똑같이 참고 있잖아."

"……."

"조금만 참았다가……."

버들이 나지막하게 앓았다. 황 대표의 미간이 확 찌푸려졌다.

"너……."

"키스해 주세요."

울먹거리는 버들의 기다란 속눈썹이 촉촉하게 가라앉아 있었다. 애달프다. 걱정이 되는 와중에 그게 또 너무 예뻐서 미쳐 버리기 직전이다. 버들의 셔츠를 아래부터 황 대표가 풀기 시작했다. 어깨, 목덜미, 목젖, 턱, 코, 붓기 시작한 입술, 눈가, 가슴, 배꼽, 다리……. 버들의 살갗에 황 대표가 부드럽게 입맞춤했다. 뜨거운 인두로 지진 것처럼 그 모든 부위가 화끈거려 버들이 신음했다. 지금은 작게 부딪히는 숨소리마저 버들에겐 과한 감각을 자극해 대 괴로울 게 분명했다.

셔츠가 벗겨져 바닥으로 떨어졌다. 새롭게 갈아입힐 옷을 찾아오기 위해 일어나는 황 대표를 버들이 붙잡았다. 전부 다 벗겨진 저와 달리 황 대표의 맨살은 오로지 손등뿐이었다.

버들의 혀가 황 대표의 손을 애무했다. 서로 다른 체온이 섞인다. 뜨겁게 미끄덩거리는 버들의 혀가 적나라하다. 손가락 마디마디, 손가락 사이사이. 물고, 핥고, 긁고, 빨고. 젖 빠는 새끼 짐승 수준인 그 어설픈 애무를 지켜보던 황 대표가 버들의 입안 옆쪽의 점막을 손끝으로 건드렸다. 그러자 전기가 통한 것처럼 버들의 허리가 크게 움찔거렸다. 황 대표가 버들의 뒷머리를 잡아당겼다. 저를 떼어 내려고 그런 줄 알고 더 필사적으로 매달리려는 버들을 황 대표가 눕혔다.

마른 몸이 이리저리 뒤집히는 대로 뒤집혀진다. 버들의 어깨뼈 사이의 등을 황 대표가 이로 갉작거렸다. 으응……. 솜털이 바짝바짝 선다. 오싹한 기분을 못 이기고 버들이 베개에 얼굴을 파묻었다. 시트에 마찰되는 성기가 모든 이성을 잠식시킨다.

소복하게 솟은 버들이 엉덩이를 만지며 그 사이로 황 대표가 손가락을 가져갔다. 침대 옆 서랍을 열었다. 있는 건 콘돔이 전부였다. 버들의 아랫배에 손을 넣어 몸을 들어 올리자 조금도 버티지 못하고 풀썩 쓰러져 버린다. 황 대표가 버들의 몸 위로 납작하게 몸을 기울였다. 버들의 연한 귓바퀴 살을 훑으며 다정하게 물었다.

"못 버티겠어?"

가까이에서 들린다 싶은 황 대표의 목소리가 멀어진다. 정신없다. 눈앞이, 머릿속이 빙빙 돌았다. 황 대표가 버들의 몸을 마주 볼 수 있도록 돌렸다. 발개진 버들의 눈가가 관능적이다. 감도 높은 몸은 어딜 만져도 성감대가 되는 것 같다.

"버들아."

버들이 탁한 호흡을 내뱉었다. 몇 번이나 사정한 제 성기를 황 대표가 발기시켰다. 좋으면서. 괴로우면서. 그 기로에 아슬아슬하게 서 있었다. 무릎을 꼬아 보려고 했지만, 황 대표의 단단한 허벅지가 그걸 허락하지 않았다. 버들이 근육으로 다져진 황 대표의 옆구리를 쓸어 올렸다. 그 나약한 버들의 손길에 황 대표가 인상을 짙게 찌푸렸다. 버들의 팔을 못 움직이게끔 배꼽 바로 위에 교차해 단단히 고정했다. 가슴을 훑자 버들이 도리질 쳤다. 꺼덕거리는 성기가 그래 봤자 순하다.

"그냥 갈 수 있잖아."

"……아니야."

"뭐가 아니야."

"만져 주세요."

버들이 달달 떨었다.

"네가 지금 어떤 말을 하고 있는지 알아?"

황 대표의 눈빛이 그윽했다.

"이제껏 손 안 대고 갔어."

"하. 아……. 아!"

황 대표의 손에서 버들이 왈칵, 사정했다. 가슴은 뾰족하게 세워서 축 늘어진 버들의 콧김이 쌕쌕거린다. 사정의 여운이 채 가시기도 전에 황 대표가 축축한 성기를 흔들어 억지로 발기시키려고 들자 버들이 자지러졌다. 황 대표가 몸을 숙였다. 버들의 코끝에 제 코끝을 가져다 댔다. 버들을 어르고 달래면서도 야하게 몰아치는 손을 멈추지 않았다. 버들의 정액이 손바닥 전체로 흥건해졌다. 황 대표가 버들의 한쪽 다리를 잡아 위로 들었다.

……환장하겠다. 도톰한 회음부가 뽀얗고 예쁘다. 그걸 홀린 듯 바라봤다. 정액을 그 주변으로 넓게 처발랐다. 버들을 뒤집은 황 대표가 살이 모아진 엉덩이를 깨물면서 잇자국을 냈다. 으응. 힘이 전부 빠진 버들이 미약하게 고개를 내저었다. 이름을 불러 보지만 대답이 없다. 뭐라고 말을 해도 지금은 들리지 않는 상태일 거다.

황 대표가 제 성기를 흔들었다. 터질 듯 발기한 황 대표의 성기 주변으로 검푸른 핏줄이 도드라졌다. 언젠가 버들이 자기는 너무 좁고, 난 너무 커서 안 들어갈 거라고 했었던 것 같은데…….

버들의 연한 근육 사이로 황 대표가 성이 난 귀두 끝을 맞추었다. 일순 몸을 빳빳하게 굳힌 버들이 느껴졌다. 버들의 등을 누르며 황 대표가 체중을 실었다. 몸이 뚫리는 느낌은 황 대표 역시 선연했다. 조여 오는 감각에 눈앞이 캄캄해졌다. 끝까지 파고들고 나서 모든

행동을 황 대표가 멈췄다. 기다렸단 듯 제 성기를 부드럽게 품어 오
는 버들의 속살에 황 대표가 나지막하게 욕을 내뱉었다.

그게 시작이었다.

황 대표가 버들의 모든 것들을 헤집어 났다. 버들의 몸에 큰 황 대
표의 성기가 빈틈없이 맞물려 저만의 길을 내고 있었다. 허리를 움
직일수록 버들의 흐느낌이 심해졌다. 그래도 멈추는 게 불가능했다.
꿀처럼 진득하게 녹아내리려다가, 또 일순 점성 높게 성기에 달라붙
는 버들의 몸에 이성이란 남아 있을 수가 없었다. 엎드려 있던 버들
의 마른 몸을 일으켜 세워 황 대표가 제 위에 앉혔다.

"……아!"

갑자기 깊숙해진 삽입에 버들의 고개가 뒤로 꺾였다. 황 대표가
얼른 버들의 등을 안았다. 부어오른 버들의 젖꼭지를 황 대표가 질
깃질깃 씹어 댔다. 할 수만 있다면 저가 지금 들어가 있는 버들의 내
장 역시 꺼내 씹어 버리고 싶었다. 힘들어하는 버들을 위해 황 대표
가 똑바로 눕혔다.

이마 위에 흐트러진 버들의 머리카락을 넘겨주는 손길만 나긋했
다. 고분고분한 버들의 몸을 탐하는 황 대표의 하반신은 처음부터
끝까지 매섭고 사나웠다. 황 대표가 무릎 뒤로 팔을 넣어 버들의 몸
을 더 활짝 열리게 만들었다. 몸을 낮추자 버들의 숨이 곧 넘어가게
생겼다. 입을 맞춰 가면서 황 대표가 삽입을 반복했다.

어떠한 황홀함과도 비교 못 하겠다. 하……. 앗. 아. 제 아랫배를 뚫
고 황 대표의 성기가 나오진 않을까 곤죽이 된 머릿속으로 버들은
그게 걱정이 됐다. 황 대표가 버들의 귓불을 깨물었다. 그러면서도
쉬지 않고 허리를 달구쳤다. 버들아. 나지막하게 이름을 부르자 감겨

있던 버들의 눈이 뜨였다. 척척하게 가라앉은 제 속눈썹을 버들이 문질러 닦았다. 선명해진 시야로 황 대표를 올려다봤다. 버들의 눈동자가 반짝거린다. 그게 또 너무 예쁘니까 황 대표가 거세게 성기를 짓눌러 박았다. 황 대표의 몸과 겹쳐진, 동백 같은 버들의 귀두에선 맑은 물이 쉴 없이 줄줄 흘렀다.

아득해진 눈앞에 버들이 정신을 놓았다.

* * *

높은 곳에서 추락하는 서늘한 느낌에 소스라치게 놀라며 버들이 잠에서 깼다. 손끝이 저릿저릿하다. 주변에 남아 있는 꿈의 잔상이란 떨어질 때의 그 기분, 딱 한 토막뿐이었다. 그마저 어렴풋하기에 금방 소멸될 줄 알았는데 도리어 상세해지기까지 삽시간이다. 버들의 눈동자가 불안정하게 흔들렸다. 이마는 물론 손바닥에도 땀이 흥건히 찼다. 어느새 체온은 싸늘하게 식어 버린 뒤였다. 오한이 든다. 몸을 바짝 움츠리고 싶었지만 엎드려 누워 있는 탓에 여의치 않았다. 대신에 버들이 가만히 숨을 죽였다. 정적은 원래부터 짙었다. 문득, 무릎 아래로 스친 시트의 촉감이 낯설다. 당연했다. 여기는 제 방이 아니었다.

커튼 뒤 바깥은 아직 어두웠다. 몇 시일까. 근처에 조명등이 켜져 있기는 하나, 조도가 최대치로 낮게 설정되어 있어 딱히 도움 되는 부분은 없었다. 또렷하지 않은 시야에 덜컥 겁이 났다. 거기다 방심한 틈을 타 호흡이 흐트러져 그걸 억누르기 위해 버들이 한참 동안이나 애를 먹었다.

황 대표님…… 엉망으로 부르튼 버들의 입술이 소리를 내려다가 말았다. 넓은 침대, 한가운데에 누워 있는 건 저 혼자뿐이었다. 일어나야 하는데 오로지 생각만이다. 애초에 힘은 쭉 빠져 있었다. 손가락 하나 쉽게 까닥이지 못하겠다. 어떡해. 아, 어떡하지. 속눈썹을 깜박일 때마다 버들의 초조함이 밖으로 드러났다.

점차 통증이 심해진다. 어깨일까. 등일까. 종아리일까. 어디가 특히 아프다고 명확히 밝힐 수가 없는 건 모르기 때문이었다. 그냥 뼈마디마디를 포함해 온몸이 다 욱신거렸다. 버들이 아랫입술을 세게 물며 팔꿈치로 간신히 체중을 밀어 일어났다. 버들의 등을 아슬아슬하게 가리고 있던 시트가 너풀거리며 흘러내렸다. 알몸이었다.

침대 끝에 걸터앉아 버들이 심호흡을 반복했다. 바닥에 두 다리를 딛고 일어섰다. 곧바로 무릎이 꺾인 바람에 그대로 풀썩 주저앉을 수밖에 없었다. 허벅지 전체가 바들바들 떨린다. 새하얗게 질린 버들의 얼굴에서 당혹스러움이 스쳤다. 내 몸이 분명하나 내 게 아닌 것 같다. 상반신이건 하반신이건 마찬가지다. 뭐든 제 뜻대로 따라 주는 게 없었다. 시트를 쥐어짜듯 부여잡고 다시 일어서기까지 한참이 걸렸다. 겨우겨우 문 앞까지 당도했다.

침실은 그나마 조명등이 켜져 있기라도 했지만, 집안 자체는 마치 한밤중처럼 시커멨다. 넘어지지 않도록 문틀에 몸을 기대고선 버들이 천천히 주변을 둘러보았다. 응접실의 소파가 텅 비어 있었다. 마음이 너덜거린다. 굳이 모든 방을 돌아다니며 확인하지 않아도 알 수 있었다. 덩그러니 혼자 남겨졌다.

집 어디에도 황 대표는 없었다.

이제 막 동이 트고 있었다. 구름 사이사이가 푸르스름했다. 한쪽 팔을 창틀에 올려놓고 황 대표가 무감한 얼굴로 운전 중이었다. 그 때였다. 다짜고짜 밟아 버린 브레이크에 타이어가 찢어질 것처럼 갈 렸다. 희뿌옇게 연기가 번졌다. 고무 타는 불쾌한 냄새가 차 안까지 들어왔지만 지금은 그딴 것들이 우선이 아니었다. 길 반대쪽에서 스 친 인영을 제대로 확인하기 위해서 황 대표가 안전벨트를 풀고 차에 서 내렸다. 기다렸단 듯 새벽 공기가 덮쳤다. 여름이 언제 끝나 가고 있었는지 차다.

이른 시각인 만큼 8차선의 도로가 기괴할 만큼 한적했다. 드문드 문 한두 대의 차가 지나가는 게 전부였다. 신호를 아주 당연하게 어 기는 것으로 모자라 속도까지 높여 대니 오히려 차가 많이 굴러다니 는 지금이 대낮보다 더 위험할 수 있었다. 차 문을 훤히 열어 둔 채 로 황 대표가 반대쪽으로 건너갔다. 입안에서 욕이 맴돌았다. 착각이 아니었다. 갓길에서 서성이고 있는 건 버들이 맞았다. 이해가 잘 되 지 않는다. 황 대표의 한쪽 눈썹이 꿈틀거렸다. 분명히 집을 나오기 전, 깊게 잠든 버들의 얼굴을 몇 번이나 확인했었다.

태어나 처음 갖는 관계란 걸 배려해 천천히, 약하게 움직여야 한 단 걸 각오해 놓고선 스스로 제어하지 못했다. 철철 황홀경이 넘쳤 다. 손짓이나 눈빛, 숨소리를 포함하여 버들의 모든 것들이 그랬다. 허리를 뒤로 뺄 기미가 보였다 치면 버들의 속살이 성급히 딸려 나 왔고, 강하게 짓눌러 박아 대면 쫄깃하게 녹아 마치 한 몸처럼 들러 붙어 떨어질 줄을 몰랐다.

그런 버들의 집착은 심지어 정신을 잃은 상태에서도 이어졌다. 제 아래에 깔려 극한으로 치단 성감을 버텨 내지 못한 버들을 직접 봐

놓고서도 강하게, 거칠게 밀어붙였다. 마지막 남은 콘돔 포장을 이빨로 찢으면서 이성은 물론 여유까지 날려 버렸단 걸 인정했다. 이제 그만 멈춰야 한단 생각은 금방 사라졌다. 사납게 핏줄이 돋아난 성기는 터질 것처럼 부풀어 좀처럼 발기가 풀릴 줄을 몰랐고 조금만 더, 한 번만 더 버들의 내벽을 끈질기게 탐하였다.

"유버들."

황 대표의 목소리가 낮게 주변을 울렸다. 버들의 고개가 제 이름이 불린 쪽을 향해 느릿하게 돌아갔다. 거기엔 눈을 뜨자마자 너무 보고 싶었던 사람이 서 있었다. 믿기지 않는다. 현실이 꿈으로 둔갑하는 순간이었다. 코끝이 시큰거린다.

"너……."

버들의 눈가가 이미 발개져 있었다. 빠르게 감겼다가 뜨일 때마다 차츰 물기가 고였다. 버들이 덜덜 떨고 있단 걸 알아차리자마자 황 대표의 인상이 강하게 찌푸려졌다. 벗어 줄 옷이 차에 있었다. 서늘한 눈빛으로 버들의 머리부터 발끝까지 훑었다. 버들이 현재 매우 불안한 상태란 걸 모르려야 모를 수가 없었다. 등에 멘 가방 지퍼는 활짝 열려 있는 채였고, 셔츠 단추는 하나씩 밀려 잠겨 있었다. 버들의 마른 어깨가 급하게 들썩거렸다. 벌어져 있는 거리를 좁히기 위해 먼저 움직인 쪽은 황 대표였다. 버들이 황 대표를 외면했다.

"유버들."

황 대표가 버들의 손목을 잡았다.

"너 왜 여기 나와 있어."

타박하는 어투에 버들이 황 대표의 눈을 쳐다보지 못했다.

"빨리 가려고 했는데요. 다리에 힘이 없어서……."

더듬거리며 버들이 변명 같은 걸 늘어놨다. 바람이 불었다. 머리가 흩날리고, 버들의 눈꺼풀이 파르르 떨렸다.

"어디 가려고."

뜸을 두고 버들이 대답했다.

"집에요. 집에 가야 돼요."

"데려다줄게."

"……."

버들의 가방 속이 뭔가로 꽉 찼다.

"혼자 갈 수 있어요."

금방 쓰러지게 생겨서는 버들이 고집을 피웠다. 손목을 놓아 달란 듯 쳐다보는 눈빛을 황 대표가 무시했다. 언제부터 나와 있었던 건지 버들의 체온이 말도 안 되게 낮았다. 현재의 심정으로는 손목이건 뭐건 버들을 빈틈없이 옥죄고 싶었다. 하지만 그랬다간 마른 몸이 조각조각 부러질 수도 있을 거 같아서, 그만큼 버들이 위태롭게 느껴졌기 때문에 황 대표가 울컥 치미는 제 감정을 우선 억눌렀다.

옆으로 차가 지나갔다. 소리에 깜짝 놀랐는지 버들이 휘청거렸다. 안전하게 갓길을 벗어나는 게 우선이었다. 잡아끌려고 하자 버들이 움찔거렸다.

"길 건너야 돼."

"……왜요?"

"차가 저기에 있으니까."

"저 진짜 혼자 갈 수 있어요."

"혼자 어떻게 갈 건데."

"택시 타면……."

"눈 있으면 봐. 택시가 이 시간에 어디에 있어."

"……."

"집은 이따가 데려다줄게."

황량한 도로를 버들이 두리번거렸다.

"그래도……."

"그래도 뭐."

"대표님 차, 안 탈래요."

"……."

"저는 택시 올 때까지 기다리면 돼요."

황 대표가 인상을 썼다.

"감기 걸리니까 빨리 집에 가세요."

자기 감기 걸릴 건 왜 생각을 안 하는 걸까.

"식사도 꼭 챙겨 드세요."

서늘한 눈매로 황 대표가 버들을 물끄러미 내려다봤다. 더 이상 가타부타 말을 하지 않았다. 그저 버들을 안아 들었다.

"대표님……."

갑작스레 두 다리가 공중에 뜨자 버들의 눈이 커졌다. 싫다며 버둥거려 봤자 소용없다. 무심코 쥐고 있던 황 대표의 옷깃을 버들이 놓았다. 힘에서 밀리니 순순히 황 대표가 원하는 대로 따를 수밖에 없었다. 버들이 아랫입술을 비틀어 깨물었다. 억울하고, 원통하고, 비참하고. 새삼 깨닫지만 첫사랑이 참 모질다. 누굴 좋아한다는 게 이만큼이나 어려운 일인지 모르고 덤벼들었다.

소파에 최대한 조심히 앉힌다고 앉혔는데 버들의 콧등에서 앓는 신음이 샜다. 집 안의 불을 켜는 대신 황 대표가 커튼을 전부 젖혔다. 집안은 나오기 전과 다를 바 없이 고요했다. 물을 따라 건네준 컵을 비껴간 버들의 커다란 눈이 오롯하게 황 대표를 주시하고 있었다. 버들이 언제든 물을 마실 수 있게 근처에 컵을 내려놓은 황 대표가 현관으로 향했다.

"안 돼요. ……대표님! 저 주세요."

울먹거리는 버들의 사정을 뒤로하고 현관에 떨어진 버들의 가방을 황 대표가 집어 들었다. 절로 인상이 써졌다. 동시에 어이가 없어졌다. 버들의 가방에는 아무렇게나 구긴 시트가 돌돌 말려 있었다. 관계 후 모든 기력이 빠진 버들의 몸을 씻기고서 시트를 새롭게 갈았었다. 어젯밤 정사의 흔적이 축축하게 남겨진 시트는 키퍼들이 치우게끔 한쪽에 내버려 뒀었다. 그걸 대체 무슨 생각으로 버들이 책까지 빼 버린 자기 가방에 꾸역꾸역 담아 넣은 건지 모르겠다. 사용 후 묶어서 쓰레기통에 처박았던 콘돔도 버들의 가방에서 나왔다. 정확히 시트 아래에 깔려 있었다. 황 대표가 묵직하게 한숨을 내쉬었다. 이걸 혼내야 하는 건지, 이유를 물어야 하는 건지 헷갈린다.

황 대표가 버들의 옆에 앉았다.

"할 말 있으면 해."

시간이 쉬지 않고 흘렀다. 머뭇거리던 버들의 입술이 조용히 열렸다.

"어디 갔다 오셨어요?"

"어디 안 갔어. 너 배고플까 봐 잠깐."

장어 사러 갔었다.

"저 배 안 고파요."

시야가 불투명해지자 버들이 황 대표의 목에 팔을 둘렀다. 어디 안 갔단 황 대표의 말에 안도감이 퍼졌다.

"버들아."

이름을 낮게 불러 주며 황 대표가 버들을 마주 안았다.

"너 왜 이렇게 울어."

"……."

"소리 내서 울어. 괜찮으니까."

황 대표의 어깨를 버들이 깊숙하게 파고들었다. 비가 세차게 퍼부 었던 그날, 미처 못 다 운 설움을 버들이 내려놓았다.

"버들아. 아팠어?"

곧장 버들이 고개를 내저었다.

"근데 왜 울어."

"……."

"음?"

"……."

"유버들. 묻는 말 안 들려?"

버들의 얼굴을 황 대표가 살며시 들어 올렸다. 눈물로 푹 젖어 있다.

"눈을 떴는데 대표님이 없어서요."

발음이 불확실했지만 황 대표는 전부 알아들었다.

"내가 없어서 우는 거야, 지금?"

"그냥…… 무서웠어요."

"뭐가 무서워. 혼자 있는 게? 애야, 네가?"

"대표님 집인데 대표님이 없으니까……."

혼자 남겨졌단 걸 깨달은 순간 머릿속이 무수한 생각들로 꽉 찼었다. 하나 같이 암담했다.

"여기 너희 집 하라니까."

버들이 다시 안겼다.

"너…… 진짜 큰일이다."

"……."

"왜 이렇게 멍청하게 굴어."

"죄송해요."

"사과하라는 게 아니라."

"……."

단물만 전부 빨아먹으라더니. 단물뿐만 아니라 버들이 손수 자기 간이고 쓸개고 떼어 몽땅 저에게 줘 버렸단 걸 알아차렸다. 등을 쓰다듬자 손바닥 밑으로 척추뼈가 만져졌다. 탈수 증상이 올까 직접 컵을 들고선 황 대표가 버들에게 물을 먹였다. 버들이 눈을 깜박거릴 때마다 속눈썹 밖으로 눈물이 밀려났다.

"대표님."

컵을 내려놓은 황 대표가 버들의 입술에 방울진 물기를 슬며시 닦아 줬다.

"왜 저랑 있어요?"

"너랑 있으면 안 되는 거야?"

"기분 나쁘시잖아요."

"……나?"

황 대표가 욕했다.

"너 지금 무슨 소리를 지껄이는 거야."

경로 이탈을 덜 했다면 버들이 깨기 전에 돌아올 수 있었을까. 메모라도 남겼어야 했나. 지금은 본래의 성격과 어울리지 않게 별게 다 아쉬웠다. 울다가 지친 버들의 몸을 안아 든 황 대표가 침실로 들어갔다. 잔뜩 흐트러져 있는 침대 위에 버들을 눕혀 놓고 셔츠 단추에 손을 가져갔다. 제 행동에 놀란 기색인 버들을 황 대표가 위에서 지그시 내려다봤다.

"안 돼?"

고막이 녹아 버릴 정도로 황 대표의 목소리가 달콤했다.

"보기만 할 건데 그래도 안 돼?"

단추를 두 개쯤 풀자 버들이 몸을 비틀었다. 보기만 할 건데 그래도 안 되는 모양이다. 황 대표가 버들의 이마에 입을 맞췄다. 촘촘한 속눈썹이 눈물에 젖어 무겁게 느껴지면서 눈은 저절로 감겼다. 벼랑 끝에 내몰린 것처럼 위태로웠던 버들의 기분이 황 대표와 함께 있으면서 나아지는 중이었다.

일어나려는 황 대표의 옷을 버들이 황급히 붙잡았다.

"수건 챙겨서 금방 올게."

어디 가는지 버들이 묻기 전 황 대표가 먼저 말을 해 줬다. 물에 적신 수건을 들고 왔을 때, 버들은 잠들어 있었다. 차라리 잘됐다. 얼굴부터 조심조심 닦아 주고 나서야 침대에 걸터앉은 황 대표가 버들의 셔츠를 벗겼다. 저가 만들어 놓은 흔적들로 버들의 하얀 피부가 온통 울긋불긋했다. 시트와 콘돔, 버들이 없다면 어젯밤은 통째로 도려낸 것과 마찬가지란 걸 문득 깨달았다.

황 대표가 옆에 누워 버들의 목 뒤로 팔을 집어넣고서 시트를 턱 아래까지 끌어당겼다. 말간 버들의 얼굴이 지쳐 있다. 그러는 사이 완벽히 아침이 찾아왔다. 아프냐고 백 번을 물어도 버들은 백 번 다

안 아프다고 대답하겠지만, 그게 거짓말이란 걸 안다. 아팠을 게 분명한 버들의 허리를 황 대표가 힘을 뺀 손으로 어루만졌다.

나란히 잠에서 깼다. 햇볕이 쨍쨍 내리쬐는 오후였다.

"……."

"……."

힘겹게 일어나 앉은 버들이 실오라기 하나 걸치지 않은 제 몸을 깨닫고선 시트를 끌어와 가렸다. 황 대표가 턱을 괸 채로 버들을 올려다봤다.

"내가 벗겼어."

팔을 쭉 뻗은 황 대표가 퉁퉁 부어 있는 버들의 눈가를 문지르며 뻔뻔하게 물었다.

"왜?"

버들의 얼굴이 달아올랐다.

"어디 아픈 데는."

"……없어요."

예상한 대답과 토씨 하나 틀리지 않았다. 갑자기 황 대표가 일어나려는 몸짓에 침대가 움직였다. 그 사소한 반동도 그냥 넘기지 못하고 버들이 숨을 삼켰다. 욕조에 물을 틀어 놓고 돌아온 황 대표가 웃통을 깐 채다. 콸콸 쏟아지는 물줄기 소리가 괜한 긴장을 키우는 것 같다. 움츠러든 버들이 황 대표의 눈치를 살폈다.

"배는 안 고파?"

"안 고파요. 대표님, 배고프세요?"

"밖에 장어 있어."

"장어?"

충분히 자고 일어나서 그런지 버들이 한결 나아 보였다. 견인당한 차를 찾으러 가면서 비서에게 걸려 온 연락에 황 대표가 거듭 말했다. 차야 뭐 어찌되든 상관없으니까 장어부터 챙겨 오라고.

버들의 손에서 황 대표가 시트를 저만치 던져 버렸다. 섹스까지 해 놓고 아직 부끄러울 게 있나 보다. 얼굴을 지나서 쇄골, 팔, 옆구리…… 느슨한 황 대표의 시선이 제 배꼽 아래로 떨어지기 전 정신을 차린 버들이 베개를 휘둘렀다. 갑자기 움직인 바람에 허리를 중심으로 통증이 크게 일었다. 앞쪽으로 고꾸라지고 나서 보니 황 대표의 품속이다.

"너 지금 온몸이 다 아플 거 아냐."

혼자서 씻을 수 있단 버들의 주장을 황 대표가 한 마디로 묵살시켰다.

욕조에 두 남자가 들어가자 거품이 넘쳤다.

"올라올래?"

"아니요."

"그래. 그럼."

싫다는 버들의 뜻에 따라 허벅지 위에 앉히려던 걸 황 대표가 관뒀다. 대신 다리 사이에 앉혔다. 한쪽 무릎을 굽힌 다음 버들의 아랫배에 황 대표가 팔을 둘렀다. 눈앞의 하얀 목덜미가 촉촉하다. 서로 아무런 말이 오가지 않았다. 문을 열어 뒀음에도 불구하고 욕실 전체가 고요했다. 수증기로 인해서 천장에 다닥다닥 맺힌 물방울이 똑 떨어질 때만 소리가 났다.

"힘 빼."

근육을 풀어 주려고 만지는 건데 도리어 버들이 뻣뻣하게 긴장했다.

목덜미를 타고 어깨까지. 깃털처럼 가벼운 황 대표의 입맞춤에 버들이 떨었다.

"아……."

황 대표가 감고 있던 눈을 떴다. 나직하게 울린 버들의 신음에 목욕은 짧게 끝날 수밖에 없었다. 버들의 얼굴에 로션을 발라 주면서 황 대표가 한숨을 내쉬었다.

"너는 인마. 남자가 참을 줄도 알아야지."

깜박깜박, 황 대표를 올려다보는 버들의 눈이 순했다. 황 대표가 헛기침을 했다.

"옷 주세요."

공손하게 내밀어진 버들의 손을 무시하고 황 대표가 직접 옷을 입혔다.

……아. 진짜 미치겠네.

"연고 발라야겠다."

"어디 다치셨어요?"

"나 말고."

"저요?"

버들의 양쪽 가슴이 공평하게 부어 있었다. 발갛게. 토실토실하게. 그 지경으로 씹어 대고 빨아 댔던 저 자신을 타박하면서 황 대표가 버들을 눕혔다. 둘의 몸에서 열대 과일 같은 달큼한 향기가 퍼졌다. 민들레 홀씨처럼 흩날린 버들의 까만 머리카락이 하얀 시트와 대비됐다.

기껏 입혀 주었던 버들의 옷을 황 대표가 도로 벗겨 냈다. 남자가 참을 줄도 알아야 한다고 가르쳐 준 지 5분도 안 됐다.

"버들아. 10초만 딱 세."

입을 벌린 황 대표가 버들의 젖꼭지를 삼켰다.

"10. 9. 8······."

다급하게 버들이 숫자를 셌다.

"아. 아······."

10초가 여러 번 지났다. 그만큼 달뜬 한숨이 쌓였다.

노을이 지고 있었다. 황 대표가 버들의 집까지 헤매지 않고 바로 도착했다. 버들이 손가락을 꼼지락거렸다.

"대표님. 있잖아요."

"응."

"저희 형한테 전화해서 어디냐고 물어봐 주시면 안 돼요?"

"왜. 너무 늦어서 혼날까 봐?"

"······."

아홉 살의 나이 차가 골치 아프게 생겼다. 황 대표가 핸드폰을 꺼냈다.

"대신 전화해 주면, 넌 나한테 뭐 해 줄 건데."

처음부터 버들에게 황 대표는 뭐든 다 해 주고, 뭐든 다 주고 싶은 사람이었다. 쓰레기통에 버려 버린 해바라기 손수건이 사무친다. 가지런히 모은 무릎만 내려다보고 있는 버들의 뒷머리를 쓰다듬으며 황 대표가 유 대표에게 전화를 걸었다.

"지금 집으로 출발했대."

"……다행이다."

진심으로 안도하는 버들을 보며 황 대표가 웃었다.

"버들아. 장어 가져가서 꼭 먹고. 내일 또 나 만나러 와."

네. 버들이 대답했다.

"대표님."

차에서 내리려던 버들이 다시 황 대표를 쳐다봤다.

"저 데리고 노는 거 재밌어요?"

차분한 어조였다.

"재미없어요?"

"전에 말했잖아."

"저희 잤잖아요. 혹시 마음 바뀌셨을까 봐……."

"……바뀐 적 없어."

"아. 그럼 저 데리고 노는 거 아직 재밌는 거 맞죠?"

한참 뒤에 황 대표가 고개를 끄덕였다. 어쩌지 못할 사이 눈물이 고여 버렸다. 그걸 감추고자 버들이 환하게 웃었다.

"대표님. 제가 많이 좋아해요."

그래. 황 대표님이 재미있다니까, 그러면 됐다.

잠들지 못한 밤이 깊어진다. 아. 버들이 앓았다. 섹스의 여파가 얼마나 갈지 걱정이다. 마음껏 몸을 뒤척거리지 못하니 답답함이 커진다. 베개 밑을 더듬거려 꺼낸 핸드폰을 버들이 힘껏 움켜쥐었다. 황 대표가 직접 입력시켜 준 번호를 외우진 않고 눈으로 끊임없이 읽기만 했다. 내가 자꾸 전화하고 메시지 보내니까 귀찮아서 다른 사람 번호를 알려 준 걸까?

달이 예뻤다. 그걸 사진 찍어 버들이 전송한 번호는 황 대표의 비서 거였다. 여태 자기가 전화하고, 메시지를 보냈던. 기대하지 않았는데 '1'이 사라졌다. 아직 안 주무시나 봐. 버들의 눈이 달만큼 휘어졌다.

*　　*　　*

더 참지 못하고 황 대표가 태블릿을 내려놨다.

"뭘 그렇게 쳐다봐."

"너 왜 멀쩡하게 걸어 다니지?"

진심으로 궁금하단 얼굴로 유 대표가 물었다.

"그게 무슨 헛소리야."

"아마 퇴원하고 나서 바로였나? 내 새끼가 너한테 골프채 들고 찾아간 적 없어?"

"……."

"내 새끼가 골프채 들고 너 찾아간 줄 알았거든, 나는."

골프채에 버들이 매달았을 빨간색 리본을 유 대표는 못 본 모양이었다.

"집에 굴러다니고 있는 골프채 수만 일흔하나더라."

지나가는 투로 유 대표가 말했다.

집에 들어간 황 대표가 무의식중에 버들의 신발부터 확인했다. 있다. 고개를 치켜든 황 대표가 가만히 서 있었다. 신이 나서 쪼르르 달려 나와 저를 반길 버들을 예상했는데 희한하게 잠잠하다.

"대표님."

소파에 앉아 있는 버들의 모습이 청초하다.

"언제 왔어?"

"아까요."

"책 보고 있었어?"

"네."

이마를 짚자 미열이 감돈다. ……아. 아직 허리 뭐 이런 데가 아프구나. 저를 담아내고 있는 버들의 눈빛이 사정없이 반짝거린다. 맹목적인 애정이 영원토록 빛바래지 않을 거란 확신은 다름 아닌 버들이 직접 심어 주고 있었다. 주방에 짐을 옮겨 두고선 황 대표가 씻고 나왔다.

"그거 장어예요?"

"응."

정해진 일정과 달리 회의가 오래 지체되는 바람에 버들이 잘 먹는다는 장어 전문점까지 갈 틈이 생기지 않았다. 그렇다고 다른 누군가를 대신 보내는 것도 싫었다. 이유는 모르겠다. 하는 수 없이 일대에서 유명하단 곳을 고르고 골라 사 온 장어를 황 대표가 펼쳤다. 나란히 붙어 앉았다.

"장어, 어제도 사 주셨잖아요."

"내 앞에서 먹은 게 아니잖아."

버들이 어색하게 눈치를 봤다.

"저 양념은 안 먹는데……."

우물쭈물 버들이 꺼낸 말에 황 대표가 인상을 썼다.

"소금만 먹어요."

"너 편식하면 되겠어, 안 되겠어."

"매운 거 들어가면 위가 따끔거려서요."

황 대표의 얼굴이 무심했다. 미숙한 젓가락질로 황 대표가 양념을 몽땅 걷어 내는 중이었다. 그걸 잠자코 내려다보고 있으려니까 어디선가 간지러운 기분이 몰려들었다. 버들이 아랫입술을 말아 물었다.

"대표님. 왜 저한테 잘해 주세요?"

황 대표가 침묵했다.

딱 장어 한 점을 씹어 삼키는 걸로 버들이 식사를 끝냈다.

"대표님은 안 드세요?"

"너 먹으라고 사 온 거야."

"전 대표님 먹는 것만 봐도 배부르던데."

"너 내가 수작 부리지 말랬지."

황 대표가 인상을 썼다. 딱 한 점뿐이었지만 어쨌든 버들의 입에 뭔가 들어간 걸 보고 나니까 좀 낫다. 양치 후 책을 보겠단 버들을 안았다. 재우려는 거였는데 먼저 잠이 든 쪽은 정작 황 대표였다.

황 대표의 고운 속눈썹을 바라보는 걸로 버들이 시간을 보냈다. 참아 보려고 했지만 불시에 잔기침이 터져 나왔다. 그때마다 잠이 든 상태에서도 황 대표가 버들의 등을 쓰다듬었다.

푹 자고 일어난 황 대표가 욕조에 물을 받았다. 황 대표에게 의존하지 않으려 버티던 버들이 어느새 가물거리는 눈꺼풀을 문질렀다. 황 대표의 가슴팍에 기대고 있던 버들의 뒤통수가 한쪽으로 치우쳤다. 목욕 중에 버들이 잠들어 버렸다. 귓불을 빨다가 황 대표가 헛바람을 켰다.

"더 자."

"몇 시예요?"

"여덟 시."

버들의 눈이 데굴데굴 구른다. 욕조에 있었던 것 같은데 왜 침대일까.

"대표님."

재잘거리면서 버들이 수다를 떨었다. 달걀찜을 어떻게 하면 되는지 설명해 주는 버들의 목소리를 들으며 황 대표가 눈을 감았다. 버들의 목소리가 흠칫거리며 놀란 뒤 우뚝 멎었다. 시선이 부딪혔다.

"저 왜 옷 입고 있어요?"

"벗길까?"

엉덩이 뒤쪽으로 불쑥 들어온 황 대표의 손에 버들이 숨을 참았다. 어느새 불처럼 달아올라 있는 버들의 얼굴을 물끄러미 바라보던 중 눈이 마주치자 황 대표가 웃었다. 잠깐 멍했던 버들이 속눈썹을 빠르게 깜박였다. 황 대표가 더 가까이 버들을 끌어안았다.

"더 자."

황 대표의 목소리가 나직하게 머리 위에서 울렸다. 허리를 지그시 누르는 황 대표의 팔이 무겁다. 불편하지 않았다. 오히려 안정감을 준다.

"다 잤어요."

"내일 출장 가야 돼."

"어디로 가세요?"

"이태리. 일주일 정도 걸려."

"……."

황 대표가 제 품에서 살짝 버들을 떼어 냈다.

"너 이제 어쩔래. 나 없이 일주일 동안 잠도 못 자게 생겼어."

버들이 의연했다.

"못생겨서는. 너 나 없이 어쩔 거야?"

놀리는 투로 계속 그 말을 꺼내더니 황 대표가 결국 버들을 울렸다.

*　　*　　*

황 대표가 출장을 간 지 3일째가 됐다. 보고 싶어서 첫날부터가 한 계였다. 아침 일찍 황 대표의 집을 찾은 버들은 밤이 깊어지는 동안 한 자리에서 내내 머무는 중이었다. 그게 복도였다. 벽에 등을 기대고 무릎을 세워 턱을 올렸다. 굳게 닫힌 문을 가만히 바라봤다. 코끝이 아릿하다. 버들이 핸드폰을 꺼냈다.

[대표님.]

전송한 메시지에 숫자 1이 사라질 줄 모른다. 많이 바쁘신가.

잠시 생각에 잠겨 있던 버들이 황 대표가 직접 입력해 준 번호를 찾았다.

[대표님.]

마찬가지로 숫자 1이 사라지지 않았다. 핸드폰을 아무렇게나 막 내려놨을 때였다. 전화가 걸려 왔다.

―왜.

"……"

―불렀잖아. 왜.

"……"

버들의 어깨가 안쪽으로 말렸다.

"……그냥요."

손이 떨렸다. 첫 전화였다.

―…….

"……"

서로의 숨소리가 섞였다.

―끊어.

"대표님. 하셨어요?"

―……뭘 해.

"식사요."

어떻게든 더 길게 통화가 하고 싶은 버들이 아무 말이나 내뱉기 시작했다.

―너는.

"먹었어요."

―확실해?

"확실해요."

―뭐 먹었는데.

"밥."

황 대표가 바람 빠진 소리를 내며 웃었다. 간혹 정적이 찾아왔다. 핸드폰을 통해 듣게 된 서로의 목소리가 생소한 건 둘 다 똑같았다.

"대표님."

─응.

"궁금한 게 있는데 물어봐도 돼요?"

─뭔데.

"있잖아요, 대표님."

잠시 뜸을 들이다가 버들이 물었다.

"폰섹스해 본 적 있으세요?"

한참 뒤 한심하단 듯 황 대표가 깊은 한숨을 내쉬었다.

─……꼴통 새끼. 이거 진짜.

왠지 혼난 거 같아서 버들이 침울해졌다. 그래도 궁금한 건 궁금한 거였다.

"폰섹스할 때 옷은 어떻게 해요?"

─뭘 어떻게 해.

"입어요? 벗어요?"

─그걸 내가 어떻게 알아.

"왜 몰라요?"

─해 본 적 없으니까.

"대표님, 폰섹스한 적 없어요?"

─그래.

"아……. 나도 없는데."

─너는 없어 보이더라.

버들이 코를 훌쩍거렸다.

─버들아.

나지막하게 황 대표가 버들의 이름을 불렀다.

-옷 입고 있어?

버들이 고개를 끄덕였다. 그게 보이지 않을 텐데 다 알고 있단 듯 황 대표가 이어서 물었다.

-속옷 색깔 뭐야.

은밀하고 저질스러웠다.

"……검정색인데 왜요?"

-버들이 검정색 속옷 입었어? 젖어도 티 덜 나겠다.

"대표님은요?"

-안 가르쳐 줘.

"……."

버들이 얌전히 발가락을 꼼지락거렸다. 아홉 살씩이나 어리고 난리야. 혀를 차며 황 대표가 정신을 차렸다.

-잠은 좀 잤어?

"네. 대표님은요?"

-나 뭐.

"저 없는데서……."

-난 너 없어도 잘 먹고 잘 살아.

"……."

버들이 희미하게 웃었다.

이런저런 말을 섞던 중 황 대표가 어디에 있는지 알아차렸다. 겨울이 출장 갈 때 따라간 적이 있는 곳이었다. 버들의 표정이 순간 환해졌다.

"호텔 정면 방향에서 왼쪽으로 꺾어야 돼요. 두 블록 지난 다음에 신호등 있거든요? 그거 건너서 우체통이 있는 골목으로 들어가세요.

아. 간판이 없으니까 주변을 잘 보셔야 돼요. 곁에서 보면 초콜릿 파는 가게가 아니라 꽃집처럼 생겨서 저도 몇 번 그냥 지나친 적이 있어요. 제가 살면서 먹어 본 캐러멜 초콜릿 중에 거기가 제일 맛있어요."

─……누가 너 초콜릿 사다 준댔어?

"제가 먹겠다는 게 아니라 대표님 드셔 보세요."

─단거 안 좋아해.

"거기 진짜 맛있는데……."

아쉬움이 뚝뚝 묻어난 얼굴로 버들이 종알거렸다. 핸드폰이 뜨거워졌다.

"대표님. 내일 주말인데 뭐 하세요?"

─일하겠지.

"저 지금 배터리 없어서 전화 끊길지도 몰라요."

─충전시키면 되잖아.

"집 아니라서 충전기 없어요."

─……너 어디야.

낮게 물었다.

"대표님 집이요."

버들의 대답에 황 대표가 내색 없이 안심했다.

"……대표님."

배터리 칸에 빨간색 불이 사라지더니 핸드폰이 완전히 꺼져 버렸다. 얼마 뒤 버들이 자리에서 일어났다.

귀국한 황 대표가 곧장 집으로 향했다. 문 앞에 비스듬히 뭔가가 세워져 있었다. 색연필이다. 당연히 버들이 와 있을 줄 알았는데 집 안은 텅 비어있었다.

업무가 바빠 피곤한 기색이 남아 있었지만 표정만큼은 편안했다. 버들이 쓸 핸드폰 충전기 포장을 뜯었다. 아까 배터리를 사 오라고 지시했더니 비서가 기종부터 물었다. 기계에 대해 별로 관심 없는 황 대표가 태연한 투로 "모서리가 약간 네모야."라고 대답했었다. 버들의 핸드폰 기종과 맞지 않으면 버리고 새로 사면 그만이다.

씻기 위해 욕실에 들어갔다. 나란히 꽂혀 있어야 할 버들의 전동 칫솔이 없다. 바꿀 때가 됐나. 황 대표가 새 칫솔을 꺼냈다. 제 칫솔과 디자인부터 색깔까지 완벽하게 똑같다. 제 꼴통이 바뀌서 쓸까 봐 황 대표가 매직으로 칫솔 기둥에 '유버들' 이름을 적어 뒀다.

샤워 후 황 대표가 와인을 꺼냈다. 함께 곁들어서 먹으면 풍미가 올라간다는 초콜릿 하나를 깠다. 버들의 설명대로 초콜릿 가게가 아닌 꽃집처럼 생겨서 몇 번이나 앞을 그냥 지나쳤다. 진득하게 녹아버린 초콜릿이 황 대표의 손끝을 더럽혔다. 입에 넣는 순간 욕부터 나왔다. 지나칠 정도로 달다. 이런 걸 처먹으니까 밥맛이 없지. 마르고.

더 녹기 전 초콜릿을 냉장고에 넣었다. 그때 핸드폰이 울렸다. 미리 방문을 예약해 둔 한의원에서 안내 문자가 도착했다. 살찌는 한약이 효과가 좋다니까. 초콜릿도 한약 먹일 생각에 사 온 거였다.

인기척에 서둘러 황 대표가 문을 열었다. 흐드러지게 웃는 얼굴도. "황 대표님." 하고 저를 부르는 목소리도 없었다. 지나가는 바람이 덜컹거리며 문을 흔들어서 난 소리였다.

그렇게 버들이 없이 한 달이 지났다.

18. 닿아서, 덮여서 (1)

노크 소리가 단조롭게 울렸다. 아. 잠깐……. 미처 응답하기 전, 문이 밀리면서 의료진들이 들어왔다. 이제 막 갈아입을 옷을 꺼냈던 버들이 놀라서 뒤를 돌아봤다. 마주친 시선들이 전부 부드럽다. 직전까지 바삐 굴러가던 머릿속이 일순 굳은 느낌이다. 속눈썹을 슴벅거리고 있던 버들이 제 이름이 불린 것에 엉거주춤 구부리고 있던 허리를 폈다. 어차피 들어오라고 허락할 수밖에 없었겠지만 그래도. 들어오라고 아직 말하기 전이었는데……. 옷이라도 먼저 벗고 있었어 봐. 빳빳한 새 환자복을 도로 내려놓으면서 버들이 애써 표정 관리를 했다.

이 사람들은 매일 같은 시각, 저를 만나는 것에 익숙해져 가는 모양이다. 미리 병실에 들어오란 자신의 허락까지 예상할 수 있을 정도로. 어떻게든 지금의 계절에 익숙해지지 않으려 발버둥치고 있는 제 모습과 비교되면서 새삼 꼴사나워졌다. 어차피 처해야 할 상황이란 걸 받아들이고 있으니 좀 더 스스로가 의연해지길 바란다. 노력 중이다.

어렸을 적부터 알아 왔던 만큼 주치의가 친숙하다. 해마다 나이를 먹는 동안 저는 무럭무럭 자라났지만 희한하게 주치의의 인상은 어렸을 적 알았던 그때에 딱 멎어 있는 것 같다. 턱 아래를 전부 가릴 정도로 덥수룩하게 기른 수염이 영락없는 산타클로스다. 밥은 먹었니, 어젯밤은 어땠니, 불편한 점은 없니. 가벼운 어투라서 언뜻 친근한 사이에 안부를 묻는 것처럼 들리겠지만 제 입장은 엄연히 환자였다. 어제와 그 엊그제와…… 딱히 달라지지 않는 대답을 내놓는 버들의 태도가 차분하다.

노크 없이 문이 열리더니 둘째 형이 도착했다. 오지 말라니까. 투덜거리면서 버들이 옅게 인상을 찌푸렸다. 저가 뭐라고 하든 전혀 아랑곳하지 않는 여름을 보아하니 제 형이 틀림없다. 나이를 많이 먹은 놈들이나 적게 먹은 놈들이나 기본적으로 다들 능글맞다. 여름이 주도한 농담에 분위기는 한결 유해졌다.

할 일을 끝낸 의료진들이 빠져나갔다. 마지막으로 주치의와 제 둘째 형이 나란히 대화하며 나가는 모습을 빤히 바라보다가 곧 외면했다. 환자인 자신은 외톨이로 두고 저들끼리만 뭘 그렇게 속닥거리는지 모르겠다. 뻔히 저와 관련된 내용일 게 분명하나 크게 관심 두지 않고선 버들이 심드렁하니 침대에 걸터앉았다.

하루가 길다. 길고 느릿하게 흐른다.

"내일 겨울이 들어온다더라."

"또?"

버들이 질겁했다.

"뉴욕이 옆 동네 슈퍼인 줄 아나 봐."

"옆 동네 슈퍼 오너한테 관심이 있나 보지."

"……그게 나야?"

제 가슴팍을 손으로 가리키며 버들이 계속 질겁했다.

"진짜 철없지 않아?"

"막내 너는 그럼 철 있냐?"

"보면 몰라?"

"직접 말해 줘."

"겨울이 형보단 있어. 많아."

여름이 웃었다.

"내가 봤을 때. 겨울이 형은 결혼 못 해."

단호하게 버들이 겨울의 미래를 점쳤다.

"아직 어리니까 막내 너는 결혼 생각 없지?"

"내가 뭐가 어려. 그리고 나 결혼 생각 있어."

웃고 있던 여름이 살짝 굳었다. 마른하늘에서 날벼락이 치는 줄 알았다.

……결혼 생각이 있다고? 팔랑팔랑, 깜박거리는 기다란 속눈썹 때문인지 버들의 모습이 참 새치름하다. 눈 아래에 살짝 그림자가 만들어졌다.

"있다가 없다가 자꾸 바뀌는데 지금은 아무튼, 있는 쪽이야."

"사귀는 사람이 있는 거야? 아니면 관심 있는 사람이 있단 뜻이야?"

버들이 도톰한 입술을 꾹 다물었다.

자세가 바르고, 발목이 예쁜 한 사람이 떠올랐다.

밤이 되자 완벽하게 혼자가 됐다. 가습기와 공기 청정기 등 사사롭게 작동되는 기계음들이 고요함을 방해한다. 광활한 밤하늘에 비해 비스듬히 기울어진 초승달 하나가 낡아 보인다. 누운 채 창밖을 쳐다 보고 있길 한참이다. 심심해진 버들이 양쪽 엄지발가락을 엇박자로 까닥였다. 그것도 곧 재미없어졌다.

벌떡 일어나 앉은 버들이 환자복 소매를 어깨가 시작되는 부근까 지 전부 걷어 올렸다가 전부 벗는 걸 택했다. 목, 어깨, 가슴팍 사이, 유두, 옆구리, 허벅지, 종아리······. 황 대표의 입술이 지나간 자리는 전부 발긋해져 제 몸 자체가 꼭 알록달록 꽃밭처럼 느껴졌었다. 꼼 꼼하게 살펴보았지만 첫 관계에서 황 대표가 만들어 놓은 울혈들이 전부 사라지고 없다. 그게 흐릿흐릿해져 갈 때 너무 아깝다 못해 애 가 다 녹을 지경이었다. 황 대표의 흔적들이 영원토록 선명했으면 좋겠는데 그건 터무니없는 바람에서 그쳤다. 움직이기 어려울 정도 로 허리에서 느껴졌던 시큰거림 또한 이제는 아득해졌다. 전부 달콤 했던 기억들로 뭉친다.

새벽을 지나 어느덧 아침이다. 하늘의 변화를 버들이 창틀에 턱 을 기대고 앉아 빠짐없이 지켜봤다. 어김없이 시작되는 하루가 어 제와 별반 다르지 않다. 버들이 대자로 드러누워서 병실 천장을 올 려다봤다.

손을 뻗어 더듬거리자 티슈가 잡힌다. 포장지에 깨알처럼 적혀져 있는 글씨를 전부 읽었다. 겨우 2분 남짓이 지났을 뿐이었다. 어깨 까지 축 처지면서 한숨이 터졌다. 버들이 틈틈이 문 쪽을 바라봤다. 귀찮단 투로 고개를 내저었지만, 오늘 오기로 한 겨울을 오매불망 기다리게 된다.

꾸역꾸역 점심 식사를 끝냈다. 밖에서 대기하고 있던 간호인이 뒷

정리를 도왔다. 문이 반쯤 열렸고 겨울이 빠끔히 고개를 들이밀었다.

"겨울이 형."

버들의 얼굴이 환해졌다.

"형. 왜 이제야 왔어?"

"비행기가 연착됐어. 잘 있었어?"

덩치 생각 못 하고 안겨 오는 제 형을 버들이 토닥거렸다.

"난 잘 있었지. 형은?"

"내 새끼, 얼굴 더 예뻐진 거 같은데?"

"형. 내가 비타민 타 줄까?"

"비타민?"

"맛이 좀 여러 개야."

버들의 성화에 겨울이 발포 비타민 여러 잔을 마셨다.

"야. 새끼야. 이거 하루에 한 잔만 마시라고 써있잖아."

"그런 말이 어디에 써 있어? 난 못 봤는데."

"여기! 이렇게 몰아서 먹으면 오히려 몸에 나빠요."

"형. 이틀에 하루 꼴로 술 마시면서, 비타민 좀 몰아 마셨다고 몸에 나쁘단 말이 나와?"

또박또박, 맞는 말만 골라 말대꾸를 하는 버들을 겨울이 흘겨봤다.

"여기는 손님 대접을 싸가지 없이 하네. 웨이터! 비타민 말고, 그냥 물 좀 갖고 와."

……웨이터? 여기 구멍가게 아니었어?

먹구름이 뒤덮이며 추적추적 비가 내리기 시작했다. 간호인이 때를 맞춰 선물 들어온 화분을 바깥에 내놨다. 번갈아 가며 버들이 책

몇 권을 펼쳤다. 빗소리가 어수선해서인지 집중이 잘 되지 않는다. 어지럽혀진 테이블을 그대로 둔 채 버들이 침대 속으로 파고들었다. 쌀쌀한 기온을 느끼며 버들이 눈을 깜박였다. 여름 지나 가을, 가을 지나 겨울. 지체하지 않고 계절이 흘러간다.

의료진들이 모여 있을 땐 아무 말 하지 않고 있던 겨울이 주치의를 따라 나갔다. 못마땅해진 버들이 눈썹을 구겼다. 누가 형제들 아니랄까 봐. 둘째랑 넷째 서로 하는 짓들이 어쩜 저리 닮았는지 모르겠다. 화분의 넓고 통통한 이파리가 떨어지는 빗줄기를 맞고 흔들렸다. 물끄러미 주시하던 중 문 열리는 소리가 났다.

"형. 뭐야."

"낮잠 자는 줄 알고, 문 조심히 열었더니."

"나 몰래 무슨 말 하다가 왔어?"

겨울이 대답은 하지 않고 부산스레 굴었다.

"형. 나 수술받으려고 뉴욕 온 거 아니야?"

"……맞지. 너 수술받으려고 온 거야. 왜."

"근데 수술이 왜 자꾸 미뤄지는데."

"……."

못 들은 척하며 겨울이 테이블 위의 책에 관심을 보였다.

"마취 거부해, 또?"

"……."

"그래? 응?"

"……."

"마취가 안 되냐고 묻잖아."

"……."

뭐 어쩌지도 못하는 상황이었다.

"수술 못 하는 거, 내 잘못이야?"

"누가 네 잘못이래?"

"내 잘못도 아닌데 왜 사실대로 말을 해 주지도 않고 감춰?"

태어날 때부터 약했던 심장은 누구의 잘못도 아니다. 그렇게 버들은 외웠다.

"조금 쉬다 보면……."

"알아."

버들이 겨울의 말을 잘랐다. 당장 수술이 어렵게 됐으니 심장이 더 나빠지지 않도록 절대적 안정이 필요했다. 뉴욕은 요양하기엔 너무 들떠 있는 도시였지만, 고립되어 있는 병원만큼은 예외다. 의자를 끌어 겨울이 버들에게 다가갔다.

"수술 빨리하고 싶어?"

"때 되면 하겠지, 뭐."

"새끼야. 빨리하고 싶다고 해야지."

"아. 그런 건가?"

"수술 빨리하고 싶어?"

"응. 그런 거 같아."

날이 밝았다. 어제, 일주일, 한 달 전과 다르지 않은 하루가 시작되었다.

* * *

문을 닫고 집 안으로 들어간 황 대표가 곧장 냉장고부터 열었다.

수영을 다녀온 길이었다. 한동안은 그냥 지나가는 바람을 인기척으로 둔갑시켜 이른 아침이건, 늦은 밤이건 문을 열어 꼭 바깥을 확인해야 직성이 풀렸다면. 한 달이 지나고 나니 비밀번호가 눌리는 소리가 나더라도 태평히 제자리를 지키고 서 있을 수 있게 됐다. 신발을 벗고 들어온 사람은 유 대표였다. 두 대표 사이에서 특별히 오가는 대화가 없었다. 생수병 뚜껑을 열어 황 대표가 목을 축였다.

"생각보다……."

먼저 입을 연 쪽은 유 대표였다.

"멀쩡하게 사니까, 짜증이 확 나네."

뜬금없는 유 대표의 빈정거림에 황 대표가 바람 빠진 소리를 내며 웃었다. 여태 골프 따위에 별로 관심 없던 새끼가 새로운 취미를 들였나 싶었다. 한쪽 벽에 세워져 있는 골프채에서 유 회장 사인을 발견했다. 버들이 들고 나갔던 골프채란 걸 이제야 알아본 유 대표가 인상을 찌푸렸다.

손잡이 부근에 매달려 있는 빨간색 리본이 그저 어이가 없다. 황 대표의 집에 버들이 들어왔던 흔적으로 봐야 하나? 아니면 다른 데서 버들에게 건네받은 걸 황 대표가 집까지 들고 온 걸까? 황 대표 성격이 어떤지 샅샅이 알고 있는 유일한 최측근으로서 본인이 내놓은 두 개의 답안 모두 그저 어이가 없을 뿐이다.

데이트 앞둔 풋내기처럼 설레는 기색을 감추지 못하고 외출했던 그날, 비 맞아 열이 펄펄 끓는 버들을 병원으로 데려간 건 황 대표였다. 원래부터 만나기로 되어 있었던 건지. 우연히 마주친 건지. 둘 다 언급한 적 없는 그날의 사정을 저가 나서서 들쑤신다고 뭐 얻어지는 게 있을 리 없다.

뉴욕행 비행기에 몸을 싣기 전이었다.

「형. 혹시나 황 대표님이 나 찾으면…… 있잖아. 그냥 유학 갔다고 해. 절대로 아프단 말은 하지 마. 알았지?」

새끼손가락까지 걸어 왔던 버들의 당부를 겨울이 떠올렸다.

"왜 왔어."

갑자기 사라진 버들로 인해 방황을 했다거나 혼란스러움을 겪었다거나 그런 흔적들을 집안에서나 황 대표 자체에서나 일절 찾아볼 수가 없었다. 뉴욕에 얼굴 보러 간다고 하면 오지 말라고 온갖 싫은 척 내숭을 떨어 대면서 정작 그날이 되면 버들이 아침부터 저를 기다리고 있단 걸 안다. 그 이유 중 하나가 바로 황 대표다. 한창 다른 말을 하다가도 버들이 황 대표의 근황을 넌지시 물어 온다. 아. 그럼 그거 황 대표님도 드셨어? 아. 그럼 거기 황 대표님도 가셨어?

팔은 안으로 굽을 수밖에 없다. 그러니 부아가 치민다.

"버들이 요즘 따로 만나거나 해?"

황 대표가 생수병을 식탁에 내려놨다.

"한국에 없잖아. 떠보지 마."

황 대표의 서늘한 눈매가 유 대표를 직시했다. 정적은 찰나였다.

"유학."

짧게 유 대표가 상황 설명을 마쳤다.

"내가 떠보지 말랬잖아."

귀찮단 투로 황 대표가 신경을 세웠다.

"어디가 떠본다는 건데."

"자세히 말해 줄 거 아니면, 조용히 해."

"어쨌든 궁금하긴 하나 보다."

"유학, 그거 결정은 버들 씨가 한 거야?"

"그럼. 억지로 유학 가라고 등 떠밀었겠어?"

"이유가 있을 거잖아. 나야?"

유 대표가 헛웃음을 켰다.

"내 새끼가 유학 가는데 왜 이유가 너야."

분위기가 여유 없이 팽팽하다. 황 대표 입장에선 '동성끼리라서. 친구 동생이라서', 유 대표 입장에선 '친구끼리라서. 같은 성별인 내 막냇동생이라서.' 감정이 더 구르지 않도록 유지해야 하는 선이란 게 있었다. 그게 아주 약간만이라도 균형을 잃고 쓰러진다면 와르르 무너져 수습조차 되지 않을 게 분명했다.

"오후에 일정 있어. 나가."

"그거 우리 같은 일정이야."

유 대표가 소파에 털썩 주저앉았다. 기다리겠으니 준비하란 듯 턱을 까닥였다. 돌아선 황 대표가 욕실로 들어갔다. 물방울이 흐르는 거울이 사물을 굴곡져 보이게 한다. 물소리가 멎었다. 황 대표가 젖은 제 칫솔 옆에 버석하게 말라 꽂혀 있는 버들의 칫솔을 외면했다.

정장을 갖춰 입은 두 남자가 나란히 엘리베이터에 올라탔다. 숫자가 빠르게 하강한다.

"내가 걱정되는 게 있는데……."

"……."

"그게 쓸데없는 걱정이길 바란다."

유 대표의 목소리가 낮게 주변을 울렸다.

"유학이고. 버들 씨가 직접 내린 결정이라며. 거기서 달라지는 거 있어?"

"……아니."

"그럼 너 지금 쓸데없는 걱정하고 있는 거야."

*   *   *

버들이 노트북을 앞에 두고 턱을 괬다. 저분이 누나셨구나. 나직하게 버들이 혼잣말을 중얼거렸다. 황 대표와 곧잘 셋이서 식사 자리를 가졌었던, 여자분의 이름과 얼굴이 내내 화면에 나오는 중이었다. 예전에 황 대표와 저 누나란 분 둘이서 나누는 이야기가 묘연히 결혼으로 집중될 때면 어김없이 심장은 쿵, 쿵, 바닥으로 떨어졌었다. 추접스럽게. 버들의 얼굴이 어두워졌다. 멋대로 혼자 오해해 가족한테 질투를 한 꼴이니, 시간을 거슬러 올라가 아예 없던 일로 만들고 싶다.

생중계인 데다 취재 경쟁까지 붙어서 그런지 화면이 불안정하게 흔들린다. 기자들이며 방송사 관계자들이며 경호원들이며. 쉽게 구분 지을 수 없을 만큼 질서가 엉망이었다. 그만큼 관심도가 높았다. 한 장이라도 더 사진을 찍고, 조금이라도 더 길게 영상을 담아내기 위해 경쟁이 붙을 수밖에 없는 날이었다. 그들만의 세상처럼 비밀스레 치러져 왔던 그간의 재벌가 약혼식이 오늘만큼은 달랐다. 식 진행은 당연히 비공개였지만, 보여 줄 수 있는 부분들은 훤히 드러냈다. 그래서 특별했고, 특별한 만큼 화려했다. 내로라하는 연예인들과 정재계의 인물들이 입장하는 호텔 입구에 초점이 맞춰져 카메라 셔터가 사정없이 터졌다.

"형이다!"

지루하게 늘어져 있던 버들이 고개를 퍼뜩 들었다. 포토라인에 서
주길 바라는 주위의 함성을 등지고 늘씬하게 잘 빠진 두 남자가 경
호를 받으며 안으로 삽시간에 들어가 버렸다. 저도 모르게 참았던
숨을 버들이 내쉬었다. 가슴팍이 크게 오르락내리락했다. 체온이 귓
불까지 빨개질 정도로 달아올랐다. 황 대표를 봤다. 아주 잠깐이었고
그마저 옆모습이었지만. 상황 자체가 불만이란 듯 노골적으로 찌푸
려진 미간이 확실하게 제 눈에 담겼다.

「저 없는 데서…….」

「난 너 없어도 잘 먹고 잘 살아.」

버들이 무표정하게 굳어 버렸다.

마음이 이상하다. 울지도 못하겠고, 그렇다고 평정심을 찾지도 못
하겠고.

누나인 혜주의 약혼식이니 몇몇 미디어의 관심은 차남인 황 대표
에게 향했다. 화면이 전환되어 그간 황 대표와 스캔들이 났던 연예
인들이 모자이크가 되어 가십처럼 다뤄졌다. 손끝이 미세하게 떨린
다. 갖가지 감정들이 무게를 실어 저를 짓누르는 것 같다. 버들의 눈
꺼풀이 점차 느릿해졌다. 음울하게 잠긴 계절 한가운데서 덩그러니
길을 잃은 기분이 든다.

황 대표가 병원으로 들어갔다. 뉴욕이었다. 목적은 은사님의 병문
안이었다. 언제부터인가 지끈거리기 시작한 두통이 무시하지 못할
정도로 심해졌다. 조명이 어두운 복도를 피해 우선 인공적으로 가꿔
진 정원으로 나갔다. 넥타이를 느슨하게 잡아당겼다. 차마 흡연까지
는 시간적 여유가 넉넉하지 않았기에 잠시 찬바람만 쐬려고 했었다.

난간을 향해 걸으며 황 대표의 시선이 무심하게 닿은 쪽이 벤치였다. 별생각 없었다. 벤치를 스쳐 지나 다시 정면으로 황 대표의 고개가 물 흐르듯 움직였다. 그러다가 문득, 다시 고개가 벤치로 향했다. 두 다리가 바닥에 묶인 것처럼 움직여지지 않았다.

벤치에 앉아 있어 작았던 그림자가 일어서면서 커졌다. 저를 먼저 알아봤다. 초조해 보이는 움직임이 그랬다. 다리를 시작으로 어깨, 목, 얼굴까지. 마치 하루가 걸릴 정도로 느리게 황 대표의 시선이 올라갔다.

거기엔 버들이 있었다. 수척하게 말라서.

"……."

"……."

말갛게 포동포동했던 볼살이 온데간데없다. 깜박거리는 큰 눈에서 전해지는 순한 인상이 아니었다면 누군지 모르고 스쳐 지났을 뻔했다. 황 대표의 인상이 단박에 일그러졌다. 두 달 전, 긴 망설임 끝에 통화 버튼을 눌렀던 버들의 번호는 없는 번호가 되어 있었다. 심장이 태어날 때부터 약했단 걸 알게 된 지는 얼마 되지 않는다. ……유학? 촌스러운 발상의 출처는 결국 뻔했다.

금방 도망칠 것 같은 버들의 앞을 가로막은 황 대표가 습관처럼 손목을 붙잡았다. 어깨를 비틀긴 했지만 간발의 차로 미처 황 대표의 손길까지 피하지 못한 버들이 쥐고 있던 뭔가를 뚝 떨어뜨렸다. 야외라서 그런지 뒤섞인 체온이 비슷했다. 겨울을 담고 있는 매서운 바람처럼 서늘한 황 대표의 눈매가 버들의 얼굴을 주시했다. 속눈썹, 코, 입술. 뭔가를 확인하는 것처럼 집요하게 따라붙어 핥았다.

예전에도 마른 몸이었다. 딱 하루를 건너뛰어 만난 버들을 무릎에 올려 두면 그새를 못 버티고 체중이 줄어들어 있는 게 감지될 정도였다. 음식점 전단지를 도토리처럼 모아 오고, 반찬 만드는 책을 뒤적거리면서도 정작 떠드는 수다에 자기가 뭘 먹었단 이야기는 꼭 빠져 있었다. 자꾸 버들은 말라갔다.

서로 떨어져 있는 동안, 그러니까 달력을 고작 몇 장 넘긴 사이 비척하게 말라 버린 느낌이 선연하자 황 대표가 저도 모르게 버들의 손목을 놓아 버렸다. 얼른 바닥에 주저앉은 버들이 떨어뜨렸던 걸 주워 등 뒤로 감췄다. 버들의 어깨에 아슬아슬하게 걸쳐져 있던 카디건 끝자락이 황 대표의 발등을 덮었다가 멀어졌다. 자리에서 일어난 버들이 뒷걸음질 쳤다. 호흡이 흐트러지고 금방 시야가 어룽졌다.

손을 뻗어도 닿지 않을 만큼의 거리를 확보한 다음에서야 버들이 등을 보였다. 황 대표를 피해 부리나케 정원을 빠져나갔다. 카디건이 기어코 주인을 잃어버렸다. 턱에 들어간 힘이 빠지지 않는다. 혼자 남겨진 정원에서 황 대표가 버들의 손목을 잡았던 제 손을 내려다봤다. 앙상했다. 나뭇가지처럼. 버석거렸고.

……수술, 받은 거 아니었어? 욕이 짓씹어졌다.

「거울 안 봐? 너 지금 살 다 빠져서 곧 죽을 환자 같아. 못생겼고.」

생각을 정리해야 했다. 생각을. 생각부터.

어두운 복도를 커다랗게 울리며 들리는 건 오로지 제 발소리뿐이었다. 혼자서 보내는 시간이 반드시 필요했다. 처음엔 한사코 안 된다고 했던 가족들도 지금은 합의점을 찾아 최대한으로 배려해 주고 있다. 시간표처럼 시간이 쪼개졌다. 혼자 있을 수 있는 시간을 골라 버들이 형광펜으로 칠해 놓았다.

혼자서 할애하는 시간 동안 뭘 하냐면, 주로 침대에 드러누워 천장을 빤히 올려다보는 게 대다수였고 아니면 창밖을 구경하거나 시계 소리에 집중하거나 했다. 기분이 어떤지 묻거나 잠을 좀 자 두란 형식적인 참견 없이 오롯하게 홀로 남겨지면 그제야 황 대표의 생각을 이어 이어 할 수 있었다. 별 재미없는 병실이 넘실넘실 황 대표로 가득 찼다.

따지고 보면 첫사랑이 자신에게만 모진 게 아니었다. 막말로 지금은 뻔질나게 차와 여자를 바꿔 대며 살고 있는 겨울만 봐도 그렇다. 겨울이 현재 제 나이보다 어렸을 때였다. '이제 너도 고등학생이 되었으니 학업에 전념하렴.' 현실을 충고하며 뽀뽀밖에 못 해 봤다는 대학생 누나가 끝끝내 헤어짐을 고했던 그날, 쪽팔림을 모르고 겨울이 얼마나 요란스럽게 진상처럼 굴어 댔는지 머릿속 저기 어느 구석에 처박혀 있던 케케묵은 기억을 버들이 끄집어냈다.

남과 비교해서 처한 처지에 안도하는 게 얼마나 비겁한 짓인지 잘 알지만……. 그래도 겨울의 첫사랑과 제 첫사랑을 비교해 보고 나니까 어깨가 펴진다. 그나마 제가 좀 낫단 생각이 들어서였다.

좋아하는 사람이랑 나는 뽀뽀도 해 봤지. 키스, 거품 목욕도 해 봤지. 차 뒷좌석과 정자를 침대처럼 써 본 적도 있지. 그리고…… 잤지.

이게 핵심이다. 포인트. 별표를 여러 개 그려야 한다. 그냥 잔 게 아니라 아주, 아주, 아주, 아주, 아주, 아주, 아주, 아주 야하게 잤으니까.

모르고 살았으면 평생 억울할 정도로 달콤한 기억들이다.

다른 누구와 연애 경험이 있는 상태에서 황 대표님을 만났다면 어뗐을까. 후회가 꼬리를 문다. 좋아한다고 해서 좋아한단 고백을 마구 잡이로 하면 안 되는 거였다. 귀하게 전달되어야 하는 그 마음이 발설한 횟수만큼 쉽고, 가볍게 느껴질 수가 있다니까. 맹세코 단 한 번을 쉽고, 가볍게 뱉어 본 적 없지만 무엇보다 듣는 상대방의 기분이 우선시되어야 한다는 것도 이제는 안다.

해바라기도 죽을 때까지 안 줄 거다. 황 대표의 집에는 식물 같은 게 하나도 없었다. 이래서 사람은 분수 파악이 중요하단 말이 있는 모양이다. 정작 황 대표에게 주고 싶은 만큼 줄 수 있는 게 없었고, 해 주고 싶은 만큼 해 줄 수 있는 일이 없었다. 그것도 모르고 까불었다. 물론 자신이 줄 수 있는 거, 해 줄 수 있는 게 있다고 해도 제 호의를 받을 필요가 없는 황 대표님은 거절했겠지만.

저에겐 달콤한 기억들이 애초에 게이가 아닌 황 대표의 입장에선 두 번 다시 꺼내기 싫은 악몽일 수 있다. 그래서 꼭 한 번, 다시 만나고 싶었다. 만나게 된다면 진심으로 사과하고 싶었다. 그런데 이런 식은 아니었다. 적어도 병원에서만큼은 부딪히기 싫었다.

"유버들."

복도를 지나 다다른 병실 문을 버들이 열어젖혔다. 버들의 이름을 안에서 부른 사람은 겨울이었다.

"어디 나갔다 와? 추운데 카디건이라도 걸치지."

옷장을 열어 겨울이 겉옷을 꺼내 들고 왔다. 팔에 소매를 끼워 주기 전, 버들이 겨울을 안았다.

"웬 어리광이래?"

"……형."

마주 안은 제 막냇동생의 뒤통수를 겨울이 사정없이 쓰다듬었다.

"버들아."

"……."

"같이 산책이라도 할까?"

"……."

"추우니까 밖에 나가긴 좀 그렇고. 복도만 잠깐 걷는 거 어때?"

버들이 고개를 들어 겨울을 올려다봤다.

"형. 있잖아."

"응?"

"나 지금 좀 어때 보여?"

뜬금없는 물음에 겨울이 버들의 얼굴을 감쌌다.

"너 어때 보이냐니?"

"못생겼지?"

"누가 너 못생겼대."

순간 진심으로 화가 나서 겨울이 욕까지 내뱉었다.

"어때 보여. 솔직하게. 어?"

"……."

"누가 봐도 지금 나, 환자야?"

겨울이 가만히 고개를 내젓는 걸로 대답을 대신했다. 산책 핑계
대며 굳이 복도를 걸을 필요도 없겠다. 자기가 어때 보이냐고 물어
왔던 버들의 물음이 아주 참 오랜만이다. 거기서 바로 알 수 있었다.
만났구나.

"여기 황 대표님 계셔."

아무렇지 않게 겨울이 그러냐고 받아쳤다.

"혹시나 해서……."

"……."

"나 보러 온 거야?"

같은 병원에 입원해 있는 은사님을 겨울이 설명했다.

"나 아픈 거 절대 말 안 했지?"

갑자기 가습기 물을 갈기 시작하는 제 형을 빤히 쳐다보며 버들이 인상을 찌푸렸다.

"형!"

"자세히는 말 안 했어. 그것도 말실수로 잠깐 나온 거였고."

"말실수? 그게 변명이 된다고 생각해?"

"감기 정도로 둘러댔어. 흔하잖아."

버들이 입술을 깨물었다가 놨다.

"유학하다가 감기 걸려서 입원하는 거, 흔한 일 아니야?"

"……모르겠어."

"흔한 일이야. 형 주변에 몇 명 그런 애들 있었어."

적당한 때라고 생각했는지 겨울이 버들의 앞에 앉았다.

"병문안은 같이 왔는데 이동은 같이 못 해. 황 대표랑 서로 일정이 달라서. 근데 업무적으로 나눠야 하는 이야기가 있거든. 버들이 바빠? 안 바쁘면 여기서 잠깐 황 대표랑……."

"밑에 카페 있잖아."

"중요한 내용인데? 시간도 촉박해서. 밑에 카페는 자리도 좁고, 줄도 길잖아."

"……."

5분만. 3분만. ……1분 30초만. 1분만.

딱 1분만 있다고 간다고 하니, 버들은 결국 고개를 끄덕일 수밖에 없었다.

"나야."

자리에서 일어난 겨울이 핸드폰을 꺼냈다. 뻣뻣하게 굳어 있던 버들이 뒤늦게 급해졌다. 거울 좀 봐 둘걸. 세수도 다시 할걸. 옷도 갈아입을걸. 그나마 겨울이 입혀 줬던 겉옷의 단추를 허둥거리며 잠그고 나니, 문이 열렸다. 심장이 쿵쾅거린다. 이런 식의 재회를 바란 건 아니었지만, 꾸준히 연습했던 그대로만 하면 된다.

예의 바르게.

예의 바르게.

예의 바르게.

엘리베이터가 도착했다. 황 대표와 유 대표가 그대로 서 있었다. 일정한 시간이 지나자 문이 닫힌 엘리베이터가 다시 하강을 시작했다. 누구 하나 나서서 버튼을 누르지 않았다. 그렇게 몇 분간의 시간이 흘렀다.

"병문안?"

기가 막힌 어투로 황 대표가 먼저 입을 열었다. 유 대표가 먼저 일러 줬던 호수의 특실은 텅 비어있었다.

"퇴원하셨더라고."

"3년 전에."

뻔뻔하게 받아친 유 대표의 말에 어떻게 알았는지 황 대표가 정확히 기간을 언급했다. 사선 방향에 앉아 있던 버들의 모습이 떠오른다. 걸치고 있는 겉옷을 잡아 당겨 그 아래 삐죽하게 튀어나온 환자복을 가리려고 아닌 척 애쓰는 노력까지 황 대표의 눈에 전부 잡혔

다. 유 대표가 있어서 그런지 저와 한 공간에 있음에도 불구하고 정
원에서처럼 버들이 도망치지 않았다. 얼굴의 살이 사라지니 큰 눈이
더 커다랗게 보였다. 깜박이느라 눈꺼풀이 닫히면 주변이 고요해지
는 착각이 일었고, 다시 뜨여 까만 눈동자가 드러나면 세상이 약동
하는 것처럼 느껴졌다.

「안녕하세요.」

예의 발랐다. 완벽하게.

생각은 더더욱 꼬였다.

"여태 감췄으면서 얼굴 보여 준 이유가 뭐야."

묻고 싶은 걸 물었다.

"너 좋으라고 보여 준 거 아니야."

불쾌하단 듯 유 대표가 인상을 썼다. 그간 황 대표에게 버들이 아
프단 말도, 현재 버들이 병원에 입원 중이란 말도 일절 언급하지 않
았다. 그렇게 해 달라고 버들이 부탁하기도 했지만 사실 황 대표에
게 언급할 기회가 없었단 게 옳다. 황 대표가 먼저 물어 온 것도 아
니고, 궁금한 낌새를 보이지도 않으니까.

그래서 짜증이 난다. 어디에서 뭘 하고, 뭘 먹었는지 사소한 것마
저 세세하게 버들은 황 대표에 대해 궁금해했다. 버들의 그러한 부
분을 긍정적으로 인정해야 한다는 것 역시 짜증을 키우는 이유가 됐
다. 뭘 사 줘도 시큰둥하던 애가 황 대표를 만나러 나갈 때면 잔뜩
신이 나서 새 옷도 꺼내 보고, 새 신발도 신어 보고, 새 가방도 만져
보는데…….

황 대표를 향한 버들의 감정이란 건강함을 닮고 싶단 동경에서 그
칠 줄 알았다. 동경, 거기서 더 나아갈 수도 있단 변수는 당연히 염두

에 두지 않았다. 속이 뒤집힌다. 더 나아간 거리가 어느 정도인지 둘 중 누군가 정확히 말해 주지 않는 이상 알 수 없겠지만 동경, 거기서 더 나아간 것만큼은 확실하다.

"그럼. 누구 좋으라고 보여 준 거야."

황 대표가 건조하게 되받아쳤다. 평소와 똑같은 모습이다.

"황정우."

태어날 때부터 그랬던 자기 몸 상태와 수술까지 전부 마땅한 일로 받아들이면서도 결과야 어떻게 되든 버들은 미련 없어 보였다. 그러한 버들의 모습을 주변에선 의젓하다고 칭찬했지만 겨울은 아니었다. 어느 순간 버들이 다 놓아 버리면 어쩌나 조마조마한 심정이었다. 황 대표가 한동안 머물러야 했던 시골에 버들을 딸려 보냈던 명목도 그 때문이었다. 버들을 위한 줄 알았던 그때의 선택을 지금은 사무칠 정도로 후회하고 있다.

"하나만 물어보자."

창밖으로 바람소리가 제법 세차다.

"보러 갈 것도 아니었으면서, 버들이 어디에 있는지 조사는 왜 했어."

"한국에 없는 이유가 궁금했으니까."

"유학이라고 내가 말했었잖아."

"유학이었으면……."

야반도주하듯 날라야 했던 이유로 유학이란 게 납득이 되지 않았다. 나만 졸졸 따라다녔던 애가 유학을 간다고? 말도 없이?

"한국에 없으면 뭐. 네 성격에 없는가 보다, 하겠지. 시간 들여 가면서 조사는 왜 했어."

선을 무너뜨리지 않기 위한 암묵적인 협상처럼 대화는 거기서 끝이었다. 황 대표가 엘리베이터 버튼을 눌렀다. 차례대로 주차장을 빠져나와 똑같은 속도로 병원을 벗어나던 중 유 대표의 차와 반대 방향으로 갈라지는 길목을 노려 황 대표가 도로 병원을 향해 핸들을 꺾었다.

정원 그 자리, 그대로 버려져 있는 버들의 카디건을 내려다봤다. 니트 소재. 하얀 얼굴과 잘 어울렸다. 다만, 엉기게 짜인 굵직한 실이라 보온에는 별 영양가 없어 보인다. 한참 뒤 버들의 카디건을 주워들었다.

「대표님. 내일 주말인데 뭐 하세요?」

「일하겠지.」

「저 지금 배터리 없어서 전화 끊길지도 몰라요.」

전화가 끊기기 직전이었을 거다. ……대표님, 하고 저를 부른 버들의 목소리 뒤로 "잘 지내세요."란 말이 따라왔었다. 건조한 어조였다. 먼저 주말에 뭐 하냐고 물어본 게 있으니 주말 잘 지내란 인사로 알아들었다.

고작 온실 속의 화초 정도가 아니었다. 가공되지 않은 다이아몬드 원석이나 다름없이 집에서 애지중지하는 버들의 위치를 잘 알고 있기 때문에 혹여, 저와 이러고 있는 걸 들켜 유배라도 당한 줄 알았다. 어차피 데리고 살려고 했었으니까, 집에 버들이 가져다 놓은 것까지 포함해서 골프채 일흔 두 개는 어이가 없기는 했으나 고민거리까진 안 됐다.

호텔로 돌아오는 길이 막혔다. 룸에 들어오자마자 와인부터 찾았다.

버들의 기다란 속눈썹이 파르르 떨렸다. 더 세게 감아 보았지만, 결국 뜨였다. 시곗바늘에 귀를 기울였지만 집중이 여기저기로 분산됐다. 심란한 마음이 울렁거린다. 그게 가끔 헛구역질을 치밀게 만들었다.

딱 한 번, 다시 만나고 싶었다. 그동안 틈나는 대로 연습했던 게 물거품이다. 사과는커녕. 인사 한 마디 건넨 게 전부다. 딱 한 번만 바랐던 만남이, 두 번으로 불어났다.

구제불능이다, 진짜. 나는 대체 왜 이러지? 언제 정신 차리지.

제 스스로에게 질색하며 버들이 신경질을 부렸다. 잠 못 드는 밤이 지나간다.

"……응."

한국에 돌아간다는 겨울의 말을 들으면서 버들이 턱을 주억거렸다.

ㅡ형. 아마 이 주일은 넘겨야 될 거야.

"그만 와도 돼."

ㅡ딱히 너 보러 가는 건 아니고, 마일리지 쌓으려고.

"형이 자꾸 나보고 내 새끼라고 하니까 진짜 형 닮아 가는지도 몰라."

ㅡ뭐가. 어떤 부분이?

"정신없는 거."

ㅡ이 새끼가.

일이 바짝 밀려 있는 걸 버들이 걱정하자 그 정도쯤 형 능력으로 후딱 처리할 수 있다고 겨울이 뻐겨 댔다. 식사 거르지 말고, 술 좀 적게 마시고. 버들이 긁는 바가지를 겨울이 어쩐 일로 귀찮아하지 않았다. 진중하게 그러겠노라 대답까지 하니까 뭔가 더 수상쩍다.

―형 이제 들어가 봐야 돼.

"응. 비행기 오래 타느라 고생하겠네."

―2주일 뒤에 봐. 하늘이 휴가 나오니까 같이 갈게.

"응."

……저기! 전화를 끊으려던 버들이 얼른 귀에 다시 가져가 붙였다. 늦었다. 입에서 맴돌기만 할 뿐 소리 내어 뱉기까지 참 어려웠다. 황 대표님은 2주일 뒤에도 안 오시는 거지?

담담히 마음을 추스른 버들이 원래는 황 대표의 가죽 수첩이었던 걸 꼭 쥐었다. 정원에 나가 뒤늦게 떠오른 카디건을 찾았지만 이미 누가 치워 버렸는지 보이지 않는다. 버들이 벤치 끝에 앉았다. 여기가 제 지정석이 됐다. 바람에 속절없이 흔들리는 나뭇가지 끝을 쳐다봤다. 따뜻하게 마실 것 좀 들고 올 요량으로 자리에서 일어났다.

입구 쪽으로 들어오던 황 대표의 걸음이 버들을 발견하면서 멈췄다. 만약 버들이 수술을 한 뒤 회복하는 과정이었다면 자신은 유 대표와 함께 한국행 비행기에 몸을 실었을지도 모르겠다. 황 대표의 시선을 피해 버들이 고개를 숙여 버렸다. 언제부터 나와 있었던 건지 버들의 코끝이 빨갛다. 올해의 겨울은 굉장히 추울 거라고 했었다.

황 대표가 먼저 거리를 좁혔고, 버들은 피하지 않았다. 손 마디마디가 하얗게 불거져 나올 정도로 꽉 쥐고 있는 게 수첩이란 걸 알았으니 그냥 넘어갈 순 없었다. 갑자기 황 대표에게 수첩을 빼앗기자 버들의 눈이 동그랗게 커졌다. 주라는 말도 못 하고 있는데 황 대표가 수첩을 난간 밖으로 던져 버렸다. 원래는 황 대표 물건이었지만, 버린 걸 주웠으니 내 거다. 숨이 턱까지 차 버린 버들이 등을 돌렸다. 그런 버들의 어깨를 잡아 황 대표가 다시 저를 보게끔 만들었다.

"유버들."

분명 네가 들어오는 것 같은데 바람 소리밖에 나지 않아 보안 카메라를 확인한 적이 있다. 통화했던 날까지 돌려봤었다. 복도에 등을 기대고 앉아 있는 네 모습을 보고 나니 피가 차게 식는 기분이 들었다. 일해야 하는 주말에 네가 말한 초콜릿 가게를 뒤지고 있을 때, 너는 집안에 둔 물건을 정리하고 색연필을 버렸다. 전부 네가 선택한 결과란 것에 확신이 찼다.

"너는 할 말이 있을 거고. 나는 들어야 하는 말이 있어."

버들이 침을 삼켰다. 작은 목울대가 움직였다.

"죄송해요."

버들의 그 사과에 다시 한 번 피가 식는 기분이 도졌다.

"난 네가 계산 같은 거 할 줄 모르는 줄 알았어. 네가 그렇게 보이도록 굴었으니까. 근데 너 계산기 전부 튕기면서 나랑 같이 놀았어."

무슨 말인지 모르겠단 버들의 표정에도 황 대표는 동요하지 않았다.

"어차피 떠날 생각이었잖아."

"……."

"누가 등 떠밀어서도 아니고, 네가 직접."

"……."

"나는 가만히 있었어. 시작도 끝도 다 네가 결정했어."

"……."

"그러니까 취소해. 네가 이제껏 뱉었던 말 전부."

"……."

"거짓말이었다고 해."

버들이 태어날 때부터 심장이 약했단 걸 알고 나서는 그 어떤 의지도 가루처럼 박살이 나고 말았다. 구질구질한 신파에 자신이 끼어야 할 이유는 어디에도 없다. 살다가 딱 한 번만 마주치길 바랐다. 그건 잡음처럼 자신을 괴롭히는 그 가루조차 전부 없애기 위해서였다.

「제가 할 수 있는 일이면 뭐든지 다 해 드리고 싶고……. 그리고 제가 드릴 수 있는 거면 어떤 거든 황 대표님께 드리고 싶어요.」

"할 수 있는 거 다 해 주겠다고, 줄 수 있는 거 다 주겠다고 한 거."

「모르니까 해 주는 말인데 좋아한다고 자꾸 그러는 거, 상대방한테 지고 들어가는 거예요.」

「……저는 대표님한테 이길 생각 없어요.」

"나한테 이길 생각 없다고 했던 거."

「제 단물 다 빨아먹어 주세요!」

"단물 다 빨아먹으라고 했던 거."

「노란색 해바라기는 왜 안 그려요?」

「그려 드릴게요! 노란색 해바라기 백 송이, 천 송이, 만 송이…….」

"해바라기 만 송이 그려 준다고 했던 거."

「저는……. 대표님 매일매일 예뻐해 드릴 수 있어요.」

"매일매일 나 예뻐해 주겠다고 했던 거."

「대표님. 무인도에 갈 때 저 꼭 데려가세요.」

「아까 뭐 들었어. 무인도에 안 간다니까.」

"무인도에 너 데려가 달라고 했던 거."

황 대표가 잠시 숨을 참았다.

「나랑 뭐 하고 싶어서 좋아한다는 건데. 솔직하게. 화 안 낼게. 섹스하고 싶어요?」

「저 대표님이랑 섹스하고 싶어서 좋아하는 거 아니에요.」

「……그럼. 지지고 볶고, 연애질 뭐 그딴 거 하고 싶어요?」

「아니요. 저는…….」

「섹스가 목적도 아니고. 연애질도 아니고. 그럼 나 왜 좋아해요?」

「저는 그냥…… 대표님 보자마자 좋았어요. 얼굴이 좋았고, 몸이 좋았고, 발목이 좋았고, 손가락이 좋았고, 목젖이 좋았고, 눈이 좋았고, 입술이 좋았고, 눈매가 좋았고, 머릿결이 좋았고, 목소리가 좋았고…… 전부, 다. 다 좋았어요.」

"나 좋아한다고 내뱉었던 말 전부, 네 입으로 거짓말이었다고 해."

깜박거림을 잊은 버들의 큰 눈에 눈물이 가득 고였다. 침묵은 오래도록 이어졌다. 버들이 눈을 감았다. 속눈썹에 밀려 눈물이 하염없이 쏟아졌다. 볼을 긋고, 턱 아래에 맺혔다.

"대표님 때문에 힘들어서 미칠 거 같아요."

간신히 쥐어짠 목소리가 바들바들 떨리는 입술로 인해 몽땅 어그러져 나왔다.

"처음처럼 꾸준히 욕하고 못되게 굴지 왜 잘해 주셨어요? 이름 불러 주고, 무릎에 앉혀서 재워 주고, 약이랑 끼니 챙겨 주고, 집에 데려가고, 뽀뽀해 주고, 머리 쓰다듬어 주고, 그 얼굴로 자꾸 웃기는 왜 웃어요?"

따지고 싶은 건 손가락과 발가락을 전부 꼽아 세워도 모자랄 만큼 넘쳐 났다.

"예전이랑 다르게 대표님이 저한테 잘해 주시니까 행복했는데 그게 아니에요. 돌아서고 나니까 하나하나, 전부 상처로만 남아요. 지금 이렇게 대표님이랑 마주 보고 있는 것도 저 너무 아파요. 아파서 죽을 거 같아요."

먼지처럼 진눈깨비가 흩날렸다.

"대표님한테 거짓말한 적 없어요. 대표님 좋아한 게, 제가 큰 죄를 지은 거예요? 따지고 보면 저 혼자 지은 죄도 아니에요. 좋아하게 만들어 놓고선. 처음부터 내 눈에 띄지나 말던가. 없던 일로 취소, 저는 못 해요. 대표님 뜻대로 다 해 드리고 싶은데, 그것만은 저 절대 안 할 거예요. 좋아해요. 대표님 좋아해서 그동안 힘들고, 아프고, 울었던 거 아까워서라도 취소 못 해요. 억울하잖아요. 대표님 말처럼 우리 같이 논 거라면 왜 저만 아파요? 없던 일로 하건 말건 대표님은 잘 먹고 잘 사실 거잖아요. 저도 살아야죠. 제 손으로 추억할 거 다 없애 버리면…… 저 이 자리에서 죽어요."

수척해진 버들의 얼굴이 눈물로 폭 젖어 버렸다. 전부 좋았다. 서늘하게 가라앉은 인상으로 마냥 완벽한 줄 알았던 사람에게서 허점이 발견되자, 이제 막 좋아지기 시작했던 감정이 스스로 제어하지 못할 만큼 빨리 속도가 붙었다. 계절은 완벽한 봄이었다. 덩치는 저래서 강아지 무서워하고. 심각하게 길 하나 제대로 못 찾고.

자려고 누우면 어김없이 저 사람이 떠올랐다. 눈 돌아갈 만큼 예쁜 발목이 아른거려 잠을 설치기도 했지만 특히나 먹는 것만 먹고, 가는 곳만 간다는 게 무수한 밤을 뒤척이게 만들었다. 세상에 맛있는 게 얼마나 많은데. 경치 좋은 곳도 되게 많다는데. 맛있는 걸 찾아내지 않고자, 경치 좋은 곳에 감동받지 않고자 아등바등 애를 써왔던 자신의 시간과 저 사람이 통째로 겹쳐 보였다.

이기심에 눈치채지 못한 내 교만한 착각이었을지언정 상관없었다. '대표님. 저랑 궁에 갈래요? 제가 맛있는 거 사 드릴게요.' 해 보지 못한 무수한 처음을 마찬가지로 처음일 저 사람과 같이하고 있단 상상만으로 사는 게 문득 즐거워졌다. 그래서 태어나 처음 욕심냈다. 유일하게 품어 본 욕심이 소중하니 필사적으로 매달렸다.

"유버들."

"이름 부르지 마."

"……버들아."

"아프다니까! 너 때문에 아파!"

좋다. 좋아하니까 좋아한다고 따라다녔고, 떠나야 할 것 같아서 떠났다. 절대로 계획된 계산이 아니었다. 황 대표와 처음이자 마지막 통화를 하는 동안에도 고민은 계속됐다. 떠난다고 말을 할까. 말까. 어차피 그와 아무 사이가 아니란 걸 뼈저리게 받아들이고 있었던 주제에 직접 확인받는 건 무서웠다. 그래서 도망쳤다. 그렇게 해서라도 좋았던 기억만큼은 챙겨 가고 싶었다. 그러지 말걸. 후회가 사무친다.

"너……."

다정하게 제 이름을 불러 줬던 황 대표의 목소리가 그대로 남아 있단 착각이 든다.

"……죽어?"

숨이 막혔다. 뾰족한 가시를 통째로 삼킨 것처럼 잔인하다. 이러다 간 더 너덜거릴 심장조차 남아나질 않게 생겼다. 물론 떨어져 나갈 거였으면 진작 떨어져 나갔을 테지만.

황 대표에게 붙잡힌 제 손목을 버들이 내려다봤다. 불덩어리 같은 버들의 눈물이 황 대표의 손등으로 뚝뚝 떨어져 자국을 냈다. 울음은 도무지 멈추지 않았다. 그 여파로 비틀린 가슴이 쑤신다. 호흡이 삽시간에 무너졌다. 답답한 숨통부터 트기 위해 버들이 주변 공기를 크게 들이마셨다. 그러자 서러움과 울분이 뒤섞인 감정이 기다렸단 듯 밑바닥부터 올라오더니 온몸을 크게 부풀려 뜻 모를 연민까지 느끼게 했다.

뿌리치는 버들을 황 대표가 재차 붙잡았다. 처음보다 더 확고하고 강한 힘이었다. 이대로는 가슴이건 심장이건 남김없이 전부 터져 버릴 것 같아서 질끈 눈을 감은 버들이 황 대표의 손을 물어 버렸다. 기를 쓰느라 아래턱이 파르르 떨렸다. 이를 세게 박아 넣고 처음부터 강하게 힘을 줬다. 내가 지금 이만큼이나 아프다고. 아픈 걸 알아 달라고. 태어나 처음 버들이 호소했다.

살점이 떨어져 나갔음에도 불구하고 황 대표가 버들에게 손을 내준 채 꼼짝하지 않았다.

"……."

"……."

진눈깨비가 버들의 어깨와 머리 위로 떨어졌다.

* * *

등 뒤로 문 닫히는 소리가 육중하게 들려왔다. 호텔에 들어온 황 대표가 담배를 꺼냈다. 거센 천둥이 쳤다. 진눈깨비는 어느새 자취를 감추었고 그 자리를 굵은 빗방울이 대신하고 있었다. 황 대표의 어깨와 머리카락이 살짝 젖은 채다. 먹구름이 잔뜩 낀 하늘이 잿빛이

다. 사선으로 빗자국이 새겨지는 유리창을 황 대표가 외면했다. 새빨갛게 타들어 가는 담배 필터가 손을 따라 미약하게 흔들렸다. 굵직하게 선 핏줄들이 선명하다. 화면이 꺼졌다가 켜졌다가 하는 것처럼 기억이 드문드문 떠올랐다.

정신을 잃고 버들이 쓰러졌다. 마른 몸을 황급히 안아 들었다. 목덜미에서 느껴지던 버들의 숨결이 나약했다. 병실로 들이닥친 의료진들이 버들의 침대를 빠르게 에워쌌다. 가슴 부근을 움켜쥐고 고꾸라져 있는 버들의 몸을 억지로 펴는 손길들이 억셌다. 애한테 그렇게 하지 말란 말을 겨우 소리 내어 발음했지만 묻혔다. 갈비뼈가 도드라질 만큼 말라 버린 버들의 몸으로 의료 기계들이 뒤덮었다.

바깥으로 떠밀리면서도 버들에게서 고개를 뗄 수 없었다. 버들의 관자놀이 옆으로 짓무른 눈물 자국이 여실했다. 속이 갈기갈기 찢겨져 나갈 정도로 애달팠다. 그러면서 방긋방긋 잘 웃던 얼굴과 황 대표님 하고, 저를 부르던 싱그러운 목소리가 꿈처럼 아득하게 멀어졌다.

재떨이를 찾던 황 대표가 얼마 움직이지 못하고 멈춰 섰다. 떨어진 재가 주변을 더럽혔다.

생각을 정리해야 하는데, 머릿속이 얼어 버렸다. 납득이 되지 않는다. 현실과 멀어지면서 뒤집어지기 시작한 제 속을 황 대표가 엄중하게 억눌렀다. ……아직은 아니었다, 아직은.

해가 뜨고 날이 졌다.

나흘을 꽉 채우고 나서야 제 속에서 넘쳐흐른 모든 것들을 황 대표는 가까스로 추스를 수 있었다.

"형. 진짜 웃긴다."

소란은 잦아들기 마련이다.

"모든 하마가 다 그렇대?"

"응. 모든 하마가 다 그렇대."

"정답이……."

자기가 내 준 문제를 바로 풀지 못하고 머리를 싸맨 여름을 지켜보면서 버들이 눈을 가느스름하게 떴다. 처음에만 좀 맞장구 쳐 주다가 이내 하마의 하품 사정 따위에 시큰둥한 태도를 보인 겨울과 다르게 여름은 진심으로 궁금해서 빨리 정답을 듣고 싶어 하는 기색이다. 둘 중에 누가 더 공부를 잘했던가. 형제들끼리 고만고만하게 비슷한 성격 같으면서도 다른 부분은 이처럼 확연하게 갈라지니 새삼 신기할 따름이다.

나도 형제들 중 한 명이니까 남들 눈에 그렇게 비쳐지기도 하겠지?

일부러 제 형들의 잘난 점만 골라 줄줄이 떠올리고 나니 제 입장에서 닮았단 말을 듣는 게 뭐 딱히 손해 보는 장사는 아닌 것 같다. 자신이 키운 것도 아니면서 버들이 번듯한 둘째 형을 보며 굉장히 흡족해했다.

"이게 어려워?"

하마가 왜 하품을 하는지 처음엔 저도 몰랐던 주제에 버들이 한껏 거드름을 피웠다. 고민에 빠진 여름을 앞에 두고 버들의 시선이 커다란 원을 그리듯 병실을 훑었다. 큼지막했던 의료 장비들이 모두 빠져나갔다. 여지없이 잘 정돈되어 있는 공간은 그간 무슨 일이 있었냐는 듯 시침을 뗀다. 그래서 어쩌면 더 비교가 되는 건지도 모르겠다. 저가 정신을 잃고 쓰러져 있는 동안 병원에만 붙어 있었을 둘째 형의 얼굴이 말 그대로 엉망이었다. 피곤함이 감춰지지 않는다.

경사가 가파른 산등처럼 위급했던 상황을 꾸역꾸역 넘기고 나니 일상은 다시 제자리를 찾았다. 유난 떨 필요 없다.

"정답 말해 줄 테니까 내 말 들어. 알았지?"

"막내야. 너는 사업가 집안에서 태어나서 협상하는 질이 너무……."

"협상하는 질이 너무, 뭐."

"깡패 같은 거 아니냐."

"웃긴다, 진짜. 안 궁금하면 말고."

"졸리니까 하품하는 거 아니야?"

"그렇게 시시한 이유로 하마가 하품하는 줄 알아?"

버들이 한만한 태도로 컵에 물을 따랐다. 여름과 슬쩍 눈이 마주치자 버들의 눈가가 휙 휘어졌다.

"어른들 싹 다 모시고 집에 가서 쉬어. 알았지?"

어른들이란 지금은 식사하러 나가 자리를 비운 형수님과 어제 막 뉴욕에 도착한 부모님이었다. 하마가 왜 하품을 하냐면……. 잘난 척하느라 버들의 말끝이 늘어진다. 여름이 소리 내어 웃었다. 그러면서도 제 막냇동생을 꼼꼼하게 살폈다. 오늘 아침부터는 잘 웃고 재잘재잘, 말도 많이 하기 시작했다. 늘 봐 왔던 그 모습이다. 주치의의 소견처럼 단단히 버텨 주고 있는 게 다행이면서 대견하다. 혼자 있고 싶어 하는 버들을 위해 여름이 결국 턱을 주억거렸다. 무슨 일이 생기면 곧바로 연락하란 잔소리를 와중에 빼놓지 않았다. 응, 대답은 하나 건성인 태도다.

"막내야."

마음이 바뀌어 다시 제 형이 병원에 눌러앉을까 배웅해 준다면서 버들이 얼른 슬리퍼를 꿰신었다.

"배웅해 준다면서."

제 등을 미는 버들을 여름이 쳐다봤다.

"배웅해 주고 있잖아."

"쫓아내는 거지. 이건."

"아. 형. 옷 챙겨 가야지."

식사하러 나간 식구들의 옷가지들이 뒤늦게 떠올랐다.

"맞다. 여기 황 대표는 왜 있던 거야?"

옷가지들을 바지런히 끌어모으던 버들의 어깨가 찰나 굳었다. 정신이 들자마자 계속해서 떠오른 얼굴을 의식적으로 모르는 척하는 중이었다.

"막내 너, 황 대표랑 친해?"

옷을 탈탈 털며 버들이 유독 더 바지런을 떨어 댔다.

"아. 같은 병원에 은사님이 입원해 계신대. 겨울이 형도 아는 사이고."

"그럼 황 대표는 여기에 은사님 병문안 온 거야?"

"그렇겠지."

버들이 작게 대꾸했다.

"난 또."

대화가 더 이어지지 않길 바랐지만 그렇게 끊겨 버리고 나니 묘하게 허전하다.

"대표님……. 언제까지 계셨어?"

"너 진정될 때까지."

"……그럼 오래 계셨겠네."

"그거 이제 형 줘."

겨울 소재들 옷이라 하나같이 묵직했다.

"종이 가방에 담아 줄까?"

"됐다. 바로 앞에서 차 대기하고 있어."

"응."

"추우니까 나오지 말고."

포옹으로 형제가 인사했다. 병실 문이 닫히면서 간신히 혼자가 된 버들이 침대로 기어 올라갔다. 고개를 옆으로 기울였다. 창밖으로 가득 펼쳐진 하늘이 시리다. 며칠 전에 내린 진눈깨비가 첫눈이 된 셈인가? 여전히 창밖으로 시선을 둔 채 버들이 링거 바늘이 빠져나간 제 팔을 무심코 문질렀다. 아직 약기운이 몸속 구석구석 남아 있는지 한숨조차 축 가라앉는다. 버들이 차분하게 눈을 감았다.

따로 알람을 맞추지 않았는데 괜히 횡재한 기분이 든다. 낮잠을 푹 자고 일어났는데도 아직 하루가 많이 남아 있었다. 여유롭다. 공들여서 씻고 나온 버들이 환자복을 새로 갈아입었다. 소매 쪽에 은근히 삐져나온 실밥이 거슬린다. 가위를 어디에 뒀더라. 서랍을 일일이 뒤져야 하는 게 생각만으로 번거롭다. 통이 큰 사나이답게 실밥쯤이야 없는 셈 치던 버들이 결국 팔을 이리저리 꼬아 가며 가위로 잘라 냈다.

꼭 쥐고 다니던 수첩 생각이 났다. 가죽은 망가지고, 종이들은 서로 눌러 붙었지만 군데군데 황 대표가 쓴 글씨들을 볼 수 있었다. 빈손에 버들이 지갑을 챙겨 들었다. 병실 문을 열고나오니 정체 모를 종이 가방이 툭 쓰러졌다. 종이 가방을 주워 든 버들이 내용물을 들여다봤다. 뜻밖이다. 직전까지 별생각 없던 버들의 눈이 동그랗게 커졌다. 잃어버렸다고 단념했던 카디건이 드라이클리닝되어 곱게 개켜져 있었다. 복도엔 어떤 인기척도 없었다. 혹시나 싶어 카디건을 꺼내 들어 깊숙이 코를 파묻었다. 기대했던 황 대표의 향수 냄새는 전혀 나지 않았다. 상심한 마음에 잠시 주저앉았다가 종이 가방을 안에 넣어 두고 일부러 사람 많은 휴게실을 찾았다.

안쪽에 종이 가방을 우선 집어넣고, 버들이 일부러 층을 옮겨 사람들이 많은 휴게실을 찾았다. 음료수를 뽑아 텔레비전 앞자리를 차지했다. 손바닥에 비벼서 굴리자 캔이 더 따뜻해진다. 달지 않고 마냥 쌉싸래한 코코아 맛에 절로 미간이 찌푸려진다. 캔을 이리저리 살폈다. 카카오 지수가 높다. 익숙해지면 이것도 괜찮겠지. 탐탁지 않은 얼굴로 몇 번 더 홀짝였지만 역시 한계다. 단걸 좋아하는 버들이 캔을 버리고 돌아왔다.

하릴 없이 주먹을 쥐었다가 폈다. 병원에 있는 기간과 조각을 하지 못하는 기간이 정확하게 비례한다. 그새 손가락이 굳어 버리면 어쩌나 걱정이다.

휴게실 공기가 너무 건조하다. 눈가를 비비던 버들이 얼마 못 가 자리를 털고 일어났다. 엘리베이터에서 내리는데 한기가 확 끼친다. 재채기가 터지면서 몸이 절로 움츠러들었다. 병실로 되돌아가는 길이 춥다. 버들의 어깨가 달달 떨렸다. 복도 끝에서 서서히 거리를 좁혀 오는 인영에 걸음이 느릿해졌다. ……두근거린다. 이건 어쩔 수 없는 반응이다. 버들이 벽 뒤로 몸을 감췄다.

저를 보자마자 숨어 버린 버들을 알아차렸으면서 황 대표는 걷는 걸 멈추지 않았다. 근처까지 가까워지자 협소한 공간에 가려지지 못한 버들의 발끝만 살며시 보였다. 하얗다. 무감했던 황 대표의 눈썹이 일그러졌다. 그대로 버들을 지나쳤다.

눈을 깜박이는 것도 아깝다. 멀어지는 황 대표의 등을 오도카니 선 채 버들이 주시했다. 진눈깨비가 내렸던 그날 이후, 사실은 다시 못 볼 줄 알았는데 이렇게 또 본다. 어깨가 넓어서 그런가. 키가 커서 그런가. 몸이 좋아서 그런가. 대표님은 가죽 재킷도 엄청 잘 어울리네. 버들의 입가가 저도 모르게 나긋하게 풀렸다. 문득 턱을 당겨 제 모습을 내려다봤다.

……괜히 봤다. 오늘따라 굉장히 후줄근한 느낌이다. 그림자로 확인한 머리 모양도 왠지 이상하다. 귀찮음을 무릅쓰고 아까 실밥이라도 잘라 낸 게 참 잘했단 생각이 든다. 몇 모금 마시지도 않은 코코아 때문에 속이 쓰리다.

만남은 또 이어졌다. 다음 날 정해진 검사를 받기 위해 간호인과 이동 중이던 버들이 원래는 내뱉으려고 했던 숨을 도로 삼켜 버렸다. 모퉁이를 꺾자 엘리베이터 앞에 서 있는 황 대표가 보였다. 층을 내려가야 하는 것도 똑같다.

……오늘은 코트 입으셨네. 속으로만 버들이 감상했다. 어떤 얼굴을 하고 계실까 궁금한데 차마 쳐다볼 용기는 나지 않았다. 얌전히 엘리베이터를 기다리면서 버들이 손가락을 꼼지락거렸다. 작은 공간에 갇히게 되자 은은하게 황 대표의 향수 냄새가 풍겨 온다. 그러면서 갑자기 등에서부터 열이 솟구쳤다. 이미 목까지 빨개진 뒤다. 간호인이 걱정 담긴 투로 어디 불편하냐고 물어 오는 걸 버들이 냉큼 고개를 내저어 부정했다. 곤란하다. 애가 타서 마음이 졸아든다.

만남은 계속 이어졌다.

복도에서, 정원에서, 휴게실에서…….

장소는 바뀌었지만 하루에 한 번씩은 꼭 황 대표와 부딪혔다.

서로 모르는 척하는 건 똑같았다. 눈길은 오히려 반대로 향했고 흔한 안부조차 건네지 않았다. 가슴이 들썩거릴 정도로 커다란 한숨이 터졌다. 기운을 잃은 버들의 어깨가 삐뚤게 처졌다. 무관심이 깊어질수록 아무 사이가 아니란 걸 결국엔 실감하고야 만다. 황 대표와 한집에 살면서 통째로 공유했던 그 계절의 뜨거움을, 화상을 입어도 좋으니 어떻게든 붙잡고 싶은 심정이다.

일주일 즈음이 지났다. 그중에 이틀은 영하로 기온이 떨어졌었다.

버들이 문고리를 돌렸다. 병원의 도서관은 입원해 있으면서 처음와 본 장소였다. 구석진 곳에 위치해서 그런지 찾는 사람들은 많이 없어 보인다.

안쪽으로 들어가던 버들의 눈이 커다랗게 뜨였다. 도망치려고 하다가 돌연 멈췄다. 아무리 우연이라도 큰 병원에서 만남이 잦으니까 혹시……. 그럴 일은 없겠지만 황 대표가 저를 보러 병원에 오는 건 아닐까, 제 뒤를 따라다니는 건 아닐까, 하는 생각을 해 본 적도 있다.

역시나 아니었다. 도서관에는 황 대표가 먼저 와 있었고 저가 나중에 도착했다. 진눈깨비가 내렸던 그날 이후 처음으로 버들이 황 대표의 얼굴을 빤히 쳐다봤다. 사소하게 스쳐 지나가는 눈길조차 없다.

버들이 책을 구경했다.

황 대표가 비스듬히 고개를 들었다. 갑자기 버들이 문을 열고 나타나면서 놀란 게 사실이었다. 간발의 차로 표정을 감출 수 있었다. 귀, 뒷덜미, 어깨, 등, 허리, 엉덩이, 뒤꿈치…… 버들의 뒷모습을 황 대표가 구석구석 눈빛으로 핥았다. 갈증이 난다. 하루에 한 번은 반드시 버들의 얼굴을 봐야 했다. 버들이 괜찮은지 직접 확인하고 싶었다. 복도를 걷다가 저가 보이면 숨어 버리고, 휴게실이나 정원에 앉아 있다가 저가 들어오면 뭘 하고 있었던 간에 부랴부랴 달아나 버리던 버들이 오랫동안 시야에 담긴다. 오랜만이었다.

버들이 살짝 눈치를 봤다. 인문학 책을 모아 놓은 책장이 하필이면 황 대표가 앉아 있는 자리를 거쳐서 지나가야 한다. 멀찍이 떨어져 맴돌던 버들이 망설임을 끝냈다. 쭈뼛쭈뼛, 인문학 책장 앞으로 다가갔다. 여전히 책만 보고 있는 황 대표는 아마 저가 여기에 와 있는지도 모를 것 같다. 스토커라고 오해받으면 어쩌지. 그러기 전에 빨리 책을 빌려서 나가야겠다.

기계에서 뽑아 든 안내 종이를 바라보던 버들의 얼굴이 심각해졌다. 책 위치가…… 허망하다. 기껏 여기까지 왔는데 책은 책장 꼭대기에 꽂혀 있어서 손을 아무리 뻗어도 닿지 않는다. 한숨을 내쉰 버들이 다시 까치발을 들었다.

"……."

"……."

버들이 굳었다. 등 뒤에서 숨소리가 가까워졌다. 그리고 어깨 너머로 황 대표의 팔이 뻗어졌다. 버들의 속눈썹이 파르르 떨렸다. 대신 꺼낸 책을 황 대표가 건네줬지만 버들은 받지 못했다. 그냥 고개를 푹 숙인 채 책 표지만 내려다봤을 뿐이었다. 별 말 없이 황 대표가 다시 책을 꽂아 넣었다. 그리고 그 책이 꽂혀 있던 오른쪽 옆에, 정확히 버들이 보고 싶었던 책을 골라 다시 건네줬다.

시야가 어룽진다. 이번엔 책이 아닌, 황 대표의 손을 바라봤다. 억장이 무너졌다. 목구멍을 긁으면서 침이 아프게 넘어갔다. 눈에 넣어도 안 아까울 만큼 크고 소중한 제 황 대표님이었다. 손등에 커다란 상처가 생겼다. 저가 물어서. 살점이 파인 주변으로 황 대표의 피부가 붉다. 눈가가 불콰해졌다. 며칠이 지났지만 황 대표의 손등 상처는 아물어 가는 걸로 보기 어려웠다. 버들이 황 대표를 밀쳤다. 책이 발등으로 떨어졌지만, 뒤도 돌아보지 않고 도서관을 빠져나갔다. 혼자서 울 곳이 필요했다.

하루에 한 번씩은 꼭 얼굴을 봤다. 달라진 게 있다면, 버들이 황 대표를 기다렸다. 진눈깨비를 맞으며 황 대표에게 울부짖었던 제 목소리가 귓가를 괴롭혀 댔다. 휴게실을 기웃거려 보고, 도서관을 다녀오고, 복도에 쭈그려 앉아 한참이나 시간을 보냈다. 슬리퍼를 끌며 터덜터덜 버들이 정원으로 향했다. 문득 느껴지는 인기척에 버들이 퍼뜩 고개를 치켜들었다. 심장이 철렁 내려앉았다. 착각이 아니라서 더 놀랐다.

마주하게 된 황 대표의 얼굴에 사정없이 떨린다. 황 대표를 뒤로 하고 버들이 먼저 문을 열고 정원으로 나갔다. 매섭게 불어 닥치는 바람이 살갗에 스친다. 버들이 지정석이나 다름없는 벤치를 골라 앉았다. 두꺼운 겉옷이 무색하다. 추위를 이기지 못하고 아래턱이 딱딱 부딪혔다. 버들이 주머니에 손을 넣었다. 조그마한 물건이 만져졌다. 미워하는 마음은 좋아하는 마음에 밀려 아주 조그마한 크기에 불과했다.

어디로 가 버렸으면 찾아 나서려고 자리에서 일어나려던 찰나, 정원 문이 열리면서 황 대표가 들어왔다. 서로 주고받는 말은 없었다. 황 대표가 고작 몇 발자국 떨어진 벤치에 앉았다. 제 무릎께를 가만히 내려다보던 버들이 황 대표가 있는 쪽을 향해 고개를 돌렸다.

"대표님……."

목소리가 작았다.

"……은사님 병문안 오셨어요?"

대답은 돌아오지 않았다. 황 대표가 병원에 오지 않으면 만남은 당장 오늘로서도 막이 내린다. 차가운 공기를 흠뻑 들이켰지만 돌연 답답해진 속이 풀리지 않는다. 가죽장갑을 낀 황 대표의 손을 물끄러미 바라봤다.

황 대표가 자리에서 일어났다. 버들이 앉아 있던 자리는 텅 비어 있었다. 그런지 한참이다. 대신에 버들이 놓고 간 게 있었다. 황 대표가 그걸 주워 들었다. 연고였다.

19. 닿아서, 덮여서 (2)

병원 복도 공기가 유독 침울하게 가라앉아 있다. 버들의 기침 소리가 바로 사라지지 않고 주변을 메아리처럼 울린다. 갑작스럽게 치솟은 고열에 시달리는 중이라고 했다. 발이 도무지 떨어지지 않는다. 시간이 어떻게 가는지도 모르겠다.

날이 바뀌고 병실 문이 열리는 기척에 황 대표가 숙였던 고개를 들었다. 문고리를 잡고 버들이 가만히 멈춰 서 있다. 안 그래도 조막만 한 얼굴이 그새 더 작아져 점처럼 사라지게 생겼다. 앉아 있던 자리에서 황 대표가 일어났다. 촘촘하고 기다란 속눈썹 뒤에 감춰진 커다란 눈망울이 덧없이 순하다. 새벽부터 기침 소리가 잦아들더니 이제 좀 괜찮아진 모양이다. 얼굴 봤으니까 됐다. 황 대표가 돌아섰다. 저도 모르게 황 대표의 뒤를 따라가려고 두어 걸음 떼던 버들이 우뚝 멈췄다. 바닥에 그려진 황 대표의 그림자가 점점 작아져 가는 걸 보며 버들이 골똘히 생각에 잠겼다.

다시 하루가 반복됐다. 황 대표는 버들의 뒤를 따라다니고, 버들은 황 대표를 기다렸다. 휴게실. 복도. 엘리베이터 앞. 도서관. 몇 안 되는 장소였다. 동선이 겹치면서 하루에 한 번 봤던 얼굴을 하루에 두 번, 세 번까지 보는 날도 더러 생겨났다. 오고 가는 대화는 없었고 서로를 향해 스치는 눈빛 또한 극히 드물었지만 버들은 충분히 떨렸다. 황 대표와 같은 시간과 장소에 함께 있을 수 있다니까. 그게 버들을 기쁘게 했다.

아침부터 도서관을 찾은 보람이 있다. 허리를 꼿꼿이 세우고 앉아 있던 버들이 눈높이에 맞춰 들고 있던 책을 슬그머니 내렸다. 힐긋 바라본 대각선 방향에 황 대표가 앉아 있었다. 빽빽하게 꽂힌 책에 둘러 싸여 있자 저절로 황 대표의 집이 떠오른다. 소파, 침대, 식탁……. 그리고 병원의 도서관 따위와 비교도 할 수 없을 만큼 더 근사한 책장까지.

버들의 책장이 느리게 넘어갔다. 그저 의도적인 움직임일 뿐이었다. 무슨 책을 꺼내 왔는지도 모르겠고, 내용이 뭔지 일절 관심이 없었다. 신경이란 온통 황 대표에게만 꽂혀 있었다. 버들이 살짝 눈썹을 찌푸렸다. 현재 앉은 자리에선 궁금한 황 대표의 손등이 잘 보이지 않는다. 상처에 연고, 바르셨을까. 저가 놓고 간 연고를 아예 발견하지 못했을 수도 있다. 발견했다고 하더라도 어쩌면 버렸을지도 모르고. 아니면 연고 필요 없다고 다른 사람을 줘 버렸거나. 순식간에 여러 추측들이 떠올랐는데 그게 전부 다 사실일 거 같아 조마조마하다. 예쁜 황 대표의 손이 계속해서 예쁘길 바란다.

자리에서 일어난 버들이 움찔거렸다. 워낙 조용해서 뒤로 의자가 밀리는 소리가 상대적으로 컸다. 황 대표가 책을 덮었다. ……이제 가시는 건가? 축 처진 버들의 입꼬리에서 아쉬움이 뚝뚝 묻어났다. 책을 정리하는 황 대표의 너른 등짝에 홀려 있던 중 뒤늦게 정신을 차렸다. 서둘러 제 책도 원래의 자리에 꽂아 넣은 뒤 버들이 모퉁이를 돌았다. 노린 건 아니었는데, 문 앞에서 부딪혔다. 대표님 먼저 나가시라고 버들이 그 자리에서 움직이지 않았다. 어째서인지 문을 먼저 연 황 대표 역시 그대로 멈춰 있다.

"먼저 나가셔도 되는데……."

버들의 목소리는 작았지만 황 대표에게 고스란히 전달됐다. 아무리 기다려 봐도 황 대표가 움직일 생각을 하지 않는다. 결국 쭈뼛거리면 버들이 먼저 발을 뗐다. 문을 잡고 있는 황 대표를 지나쳤다. 도서관은 지나치게 후덥지근하더니, 바깥은 지나치게 춥다. 발갛게 달아오른 버들의 볼은 단순히 추위 때문만은 아니었다. 앞만 보며 걷던 버들이 코에 제 팔뚝을 파묻고선 쿵쿵거렸다. 심각한 얼굴로 버들의 고개가 연신 갸웃거려졌다. 병원 생활에 적응된 만큼 객관적인 판단이 잘 서지 않는다. 약냄새 나나? 신중하게 다시 냄새를 맡아 보았지만, 역시 잘 모르겠다. 향수 같은 걸 좀 뿌려 볼까.

엘리베이터에서 버들이 내렸다. 제 병실을 향해 걷다 말고, 정원으로 방향을 틀었다.

"으……."

찬바람에 몸이 저절로 부들부들 떨린다. 겨울은 겨울인가 보다. 연고를 놓았던 자리는 텅 비어 있다. 혹시나 다른 곳에 떨어졌을까 봐 버들이 벤치 밑을 들여다봤다. 없다. 황 대표님이 가져가신 거 맞을까? 아니면 어쩌지.

무심코 뒤를 돈 버들의 어깨가 흠칫거렸다. 황 대표가 정원에 들어와 있다. 운이 좋다. 병실에 가지 않길 잘했다. 오늘은 얼굴을 적어도 두 번이나 보는 날이 된다. 황 대표가 자리에 앉았다. 엉거주춤서 있던 버들도 그제야 자리에 앉았다. 작게 부는 바람에도 가느다란 나뭇가지가 사정없이 흔들렸다. 버들이 재채기를 터트렸다. 동시에 인상을 찌푸린 황 대표의 목울대가 일렁거렸다. 한여름, 뜨거운 날씨 속에서조차 에어컨 바람을 못 이겨 제 배꼽을 만지작거리는 게 버들의 습관이었다. 걸치고 있는 겉옷은 얇고. 발가락은 다 드러내놓고. 추위에 약한 버들에겐 겨울이 참 혹독할 거 같다.

버들의 고개가 황 대표가 있는 쪽으로 향했다.

"대표님. 있잖아요."

입김이 뿌옇게 올라왔다.

"연고……."

"있어."

나지막하게 황 대표의 대답이 돌아왔다. 버들의 눈이 둥그렇게 커졌다.

"제가 여기에 연고 놓고 갔는데, 아셨어요? 그 연고, 가져가신 거예요?"

"응."

단조로운 한 마디에 안도가 퍼졌다.

"바르셔야 돼요, 연고."

버들의 시선이 황 대표의 손등으로 떨어졌다. 가죽장갑을 껴서 상처를 눈으로 확인할 수 없었다.

"흉터 남지 않게 하려면…… 물 닿을 때면 잘 건조시켜야 하고요. 어, 연고도 틈틈이 바르는 게 중요해요."

알팍하더라도 저가 알고 있는 상처 관리 지식을 버들이 몽땅 띄엄 띄엄 털어놨다. 그걸 끝으로 침묵이 유지됐다. 응, 한 마디를 기다리고 있는데 황 대표가 정원을 나가 버렸다. 버들이 턱 아래를 잠시 긁적거렸다. 황 대표가 없으니 또 연고를 가져가셨다고 하니 정원에 더 남아 있을 이유가 없다.

그새 파래진 얼굴로 버들이 정원을 나섰다. 아예 사라지고 없을 줄 알았더니, 복도 중간쯤에서 황 대표의 뒷모습이 보였다. 제 병실과 딱 반대 방향이다. 어쩌지. 갈팡질팡하던 버들이 마음을 굳혔다. 사실은 아까부터 계속 아른거렸던 게 있었다. 애써 넘겨 버린다면 꼭 새벽에 다시 떠올라 잠들지 못할 게 뻔했다. 지금이 아니면 안 된다. 복도에 버들의 발소리가 탁탁, 울렸다.

버들이 황 대표의 앞을 가로막았다. 황 대표가 내쉬는 한숨에 버들이 움츠러들었지만, 잠깐이다. 버들의 시야에 황 대표의 구두가 담겼다. 한쪽 끈이 곧 풀어질 것처럼 아슬아슬하다. 묶어 주려고 쪼그려 앉아 마자 황 대표에게 팔이 붙잡혀 버들이 억지로 일으켜 세워졌다. 황 대표의 눈썹이 크게 꿈틀거렸다. 또 열이 오르면 어쩌려고. 빨리 병실에 들어가서 쉬든가 하지 따라와서 뭘 하려나 싶었다. 힘이 들어가기 전에 황 대표가 버들의 팔을 놓았다.

"끈 풀리려고 해서요."

"내가 묶어."

버들이 고개를 끄덕였다. 끈을 묶으려면 장갑에서 손을 빼야 하는데 황 대표가 그러지 않았다. 버들이 힐끔힐끔 황 대표의 눈치를 봤다.

"계속 생각날 거 같아서요. 그리고 저, 끈 되게 잘 묶어요."

다부지게 버들이 말했다. 확신을 줬다고 생각했는지 버들이 슬쩍 쪼그려 앉았다. 그리고 풀리기 직전이었던 황 대표의 구두끈을 새롭게 묶어 줬다. 예쁘장한 리본 모양이다. 만족스러운지 버들의 입가가 옅게 호선을 그렸다. 황 대표가 아래턱에 힘을 줬다. 기울여진 몸에 환자복이 붕 뜨면서 버들의 쇄골이 드러났다. 살이 빠질 대로 빠져 움푹 파여 있다.

버들이 고개를 들면서 눈이 마주쳤다. 까만 눈동자가 깊기도 하다. 그러면서 같이 마주 보고 있는 것만으로도 아프다고 했던 버들의 말이 이해가 됐다.

수술만.

수술만 되면…….

서로 같은 생각을 했고, 길은 그렇게 두 갈래로 나뉘어졌다.

황 대표가 버들의 병실 앞에 다다랐다. 문을 열지 말지 생각 중이다. 그때였다. 병실 문이 확 열렸다. 문이 도로 튕겨져 나올 정도로 세찬 힘이었다. 눈앞에 버들의 말간 얼굴이 나타났다.

"저희 형 보러 오셨죠? 잠깐 주치의 만나러 갔거든요."

이미 이야기를 다 전달받았단 듯, 버들이 나불거렸다.

"기다리면 올 거예요."

황 대표가 고개를 끄덕거렸다.

"들어와서 기다리실래요? 따뜻해요."

아침부터 추적추적, 비가 내렸다. 황 대표의 어깨가 젖은 걸 보며 버들이 한쪽으로 몸을 비켰다.

"저도 검사 뭐 받을 거 있어서 지금 나가 봐야 돼요. 안에서 기다리세요."

조심히 권해 봤지만, 거절당했다. 뒤돌아서서 가 버리는 황 대표를 보며 버들이 비스듬히 얼굴을 기울였다. 이러나저러나 참 쉽지 않은 사람이다. 검사를 받으러 가면서 어딘가에 황 대표가 있진 않을까 두리번거리느라 버들이 무척이나 산만했다.

겨울과 황 대표가 병원을 빠져나갔다. 다른 곳을 둘러볼 필요도 없이 검사 후 버들이 곧장 제 병실로 향했다. 오늘은 얼굴 한 번 본 걸로 끝인 건가? 침대 끝에 걸터앉은 버들의 어깨가 서운함으로 인해 처졌다.

아. 진짜 나는 왜 이러지? 좋아하는데, 안 좋아하는 척은 어떻게 하는 거야.

뭐 하나 쉬운 게 없다. 높다랗게 벽까지 세워 가며 다짐하면 뭐 하나. 황 대표가 보이면 그걸로 끝인걸. 말 걸고 싶고, 다가가고 싶고, 백 번 다시 태어나도 백 번 황 대표에게 반해 버릴 제 인생이 버젓이 느껴진다. 오로지 황 대표에 한해서 낯 뜨거운 스토커 기질이 발휘되는 게 스스로도 영 곤란하다. 이러라고 제 식구들이 저 하고 싶은 거 다 하라며 부추겨 줬던 게 아닐 텐데. 어차피 만나면 또 넋 놓고 쳐다볼 거면서 이런 뉘우침 같은 것도 변태 같은가. 버들이 가만가만 눈을 깜박였다. 변태도 하고, 스토커도 하지 뭐. 새삼스럽지도 않다. 벌러덩 누워 버린 버들이 깊게 호흡했다.

겨울이 욕했다. 꼭두새벽부터 일어난 버들이 현재는 세상에서 제

일 바빠 보인다. 거품 내어 목욕하고. 세심하게 로션 바르고. 온갖 부산이란 부산은 다 떨고 자빠졌다. 오랜만에 만나는 거라 극진한 환대를 바라고 있던 겨울이 저를 홀대하는 버들에게 대놓고 섭섭함을 표했다. 그러면 뭐 하나. 싸가지 없는 새끼가 본 척도 하지 않는다. 민망함을 감추고자 겨울이 깊게 한숨을 내쉬었다.

"유버들."

"말 시키지 말아 봐."

새끼. 진짜. 장가는 못 보내겠다. 옆구리에 끼고 살아야지.

"형. 겨울이 형."

"말 시키지 말라면서 너는 왜 나한테 말 시키는데?"

"이게 나아? 저게 나아?"

"다 똑같은 거 아니냐?"

"달라. 잘 보면."

무늬부터 바느질까지 다 똑같은 환자복을 두고 버들이 고민에 빠졌다. 기가 차서 겨울이 코웃음을 쳤다.

"이게 좀 더 깔끔한가?"

버들이 준비를 끝냈다. 그러더니 갑자기 동전 뒤집듯 얌전 떨며 앉아 있었다. 아. 진짜 어이가 없어서.

"너 이리 와 봐."

"왜."

"이리 와 보라고."

"왜. 이유를 대."

결국 겨울이 버들이 있는 쪽으로 걸어갔다. 옆자리에 털썩 주저앉았다.

"너 머리 좀 이상한데?"

"아 진짜?"

완벽하다고 생각했는데 지적을 받자 버들이 당황했다.

"형이 만져 줄게. 이리 와."

순순히 버들이 고개를 기울였다. 겨울이 손끝에 침을 발라서 들뜬 버들의 앞머리를 눌러 줬다. 은혜도 모르고 버들이 냅다 짜증을 냈다.

"형. 왜 이래?"

"뭘 왜 이래. 고맙다고 해야지."

"나한테 왜 침 바르고 난리야."

"야. 인마. 아주 조금 발랐다."

"조금도 바르지 마."

기가 찬다.

"너는 오늘부터 절교야."

"나도 절교야. 형이랑은."

아홉 살 많은 놈이나 적은 놈이나 등 돌리고 앉아 꿍얼거렸다. 정오에 맞춰 점심과 약을 챙겨 먹은 뒤 버들이 시계를 확인했다. 그로부터 두 시간이 더 흘렀다. 아쉬운 놈이 먼저 굽히게 되어 있다. 하염없이 문만 바라보고 있던 버들이 겨울의 옷깃을 잡고 흔들었다.

"형. 겨울이 형."

"말 걸지 마라. 나는 의 상한 형제랑은 대화도 안 해."

"전화 좀 해 봐. 응?"

"누구한테."

"두 시에 오신다고 안 그랬어?"

버들의 말에 속이 슬쩍 뒤집혔다.

"지금 두 시 십 분이잖아."

"오겠지. 온다고 했으니까."

"늦는다고 황 대표님한테 연락 왔어?"

"그런 거, 우리 사이에 주고받는 내용 아니야."

순간, 버들이 눈을 홉떴다.

"둘이 무슨 사인데?"

"너는 몰라도 돼요."

"전화 좀 해 봐. 응? 중간에 무슨 일 있는 거 아니야?"

제 팔을 붙들고 조잘조잘 조르는 버들의 다리를 걸어 막 넘어뜨리려던 찰나였다. 문이 열리면서 황 대표가 들어왔다.

가습기에서 안개가 피어올랐다. 서류들로 테이블이 복잡해졌다. 업무에 관련된 내용으로 이야기가 오고 갔다. 태블릿 전원이 꺼지면서 겨울이 길게 기지개를 켰다. 문득 버들을 바라봤다. 어이가 없어져서 헛웃음이 절로 나왔다.

"너 왜 조용하냐? 내내 그 난리를 치더니."

버들이 무릎께만 내려다봤다.

"말 좀 해."

"……뭐."

황 대표가 버들을 쳐다봤다. 겨울이 어느덧 버들의 곁에 다가가 옆구리를 쿡쿡 찔러 댔다. 겨울의 입장에선 황 대표와 버들이 한자리에 있는 것만으로도 속이 뒤집히다 못해 쓰리고도 남을 상황이었다. 그런데 황 대표만 오매불망 기다리고 있단 걸 동네방네 소문이라도 내듯 꼭두새벽부터 일어나 그 난리를 피워 놓더니, 버들이 막상 입을 꾹 다물고 있으니까 얘가 왜 이러나, 싶다.

"하마 얘기라도 해 줘."

"……하마 뭐."

"하마 왜 하품하는지."

버들이 곁눈질로 황 대표를 쳐다봤다. 눈이 마주치자마자 고개까지 딴 곳으로 돌려 버렸다. 가만히 내버려 뒤도 바짝바짝 속이 타들어 가는 것도 모르고 자꾸만 간족거리는 제 형 때문에 못 살겠다. 저리 가라며 버들이 먼저 밀치면서 형제 둘이 티격태격하기 시작했다.

서류를 한쪽에 치워놓으니 할 게 없어졌다. 황 대표의 시선이 느릿하게 버들을 향했다. 제 무릎에 앉아서 잠만 잔 게 아니었다. 꼭 밀착한 채 버들은 저가 어떤 하루를 보냈는지 상세히 수다를 떨거나, 어디서 주워듣고 온 쓸모없는 지식 따위들을 들먹거리거나 했었다. "대표님. 있잖아요. 그거 아세요?" 무릎에 앉아 눈을 마주한 상태로 하마가 왜 하품하는지 버들이 말해 줬던 기억이 선명하게 떠올랐다. 그날의 날씨는 물론, 창밖으로 저녁노을이 어떤 빛을 띠었는지까지. 그런 나날들이 평생 동안 여럿 있을 줄 알았다.

"……맞다."

가죽장갑을 끼는 황 대표를 보며 버들이 눈을 깜박였다. 황 대표와 같이 있는 것만으로 긴장감이 커 손등 상처를 확인한다는 걸 까맣게 잊고야 말았다.

"가자. 너 검사받으러."

겨울의 말에 버들이 작게 턱을 주억거렸다.

"여기 있어. 금방 갔다 올 거니까."

황 대표에게 말을 마친 겨울이 버들의 어깨를 감쌌다. 닫혔던 문이 금방 다시 열렸다.

"황 대표님. 침대에 앉으세요. 여기 의자 전부 딱딱해서 별로예요. 근데 침대는 폭신폭신해요. 앉으세요. 편하게 앉아서 저희 형 기다리세요."

제 할 말을 겨우 끝냈다. 바깥에서 기다리라니까 그새를 못 참고 문까지 온 겨울이 "유버들!" 하고 제 이름을 부르자 버들이 인상을 찌푸렸다. 어차피 아무리 기다려 봤자 황 대표에게 대답이 돌아오지 않을 거라고 생각했는지 버들이 그대로 뒤를 돌아 문을 닫고 나갔다.

두 사람이 빠지자 갑자기 스위치를 꺼 버린 것처럼 고요함이 찾아왔다. 혼자 남겨진 병실을 황 대표가 찬찬히 둘러봤다. 고풍스러운 분위기하며 공간 구조 역시 호텔이나 다름없다. 희미하게 나는 약냄새가 여기가 병원이란 걸 상기시켜 준다. 버들이 자기 침대를 대뜸 내주고 가서 그런지, 시선이 침대를 향해 못처럼 박혔다. 끌리듯 황 대표가 그쪽으로 걸어갔다. 걸터앉은 침대가 버들의 말처럼 폭신폭신하다. 갈증을 참아 냈다.

창밖을 통해 대낮의 햇볕이 겨울을 잊을 만큼 따사롭게 내리쬐고 있었다. 숨을 크게 들이켰다가 내뱉은 황 대표가 그대로 한 시간을 보냈다. 침대에 누웠다. 고개를 옆으로 비틀자 시트가 코에 닿으면서 버들의 냄새가 물밀듯 밀려왔다. 그러면서 살 것 같단 생각이 진하게 들었다. 호흡이 단박에 흐트러졌다. 황 대표의 눈이 감겼다.

갑작스럽게 걸려 온 전화에 외출을 해야 하는 제 형을 배웅해 주고선 버들이 터덜터덜, 병실로 돌아왔다. 문을 열자마자 그대로 굳었다. 황 대표가 이미 가 버리고 없을 줄 알았다. 꿈인가 싶다. 제 침대에 누워 잠이 든 황 대표를 향해 버들이 소리를 죽여 다가갔다.

"대표님."

버들이 소리 내어 황 대표를 불렀다. 깊게 잠들었는지, 황 대표가 일어나지 않았다. 검사를 받느라 진이 빠진 버들이 침대 위에 기어 올라갔다. 황 대표의 옆에 몸을 납죽 엎드리고 누웠다.

"황 대표님······."

잠들어 있는 황 대표의 얼굴을 버들이 유심히 쳐다봤다. 속눈썹, 코, 입술······ 뭐 하나 빠지는 것 없이 전부 곱다.

"저 때문에 성가셔요?"

작게, 겨우 물어볼 수 있었다.

"······."

"······."

황 대표의 고른 숨소리에 집중하자 손끝까지 안정된다. 버들이 황 대표의 한쪽 팔을 조심스레 들어 제 허리 위에 올려 뒀다. 버들이 눈을 감았다. 지그시 허리를 눌러 오는 황 대표의 팔 무게에 계절은 뜨거운 여름으로 둔갑했다.

컴컴했던 비상구 계단의 센서에 불이 들어왔다. 계단에 앉아 있던 버들이 고개를 뒤로 꺾었다. 비상구 문을 살짝 열어 뒀었다. 제 병실에서 나와 그 앞을 지나칠 사람은 현재 딱 한 명뿐이었다. 잠에서 깬 황 대표가 저가 옆에 있으면 당황스러워할 게 분명했으니 버들이 비상구 계단에 앉아 혼자서 한참 시간을 보냈다.

으슬으슬하다. 엉덩이를 툭툭 털고 일어나 병실에 돌아오니 역시나 침대가 텅 비어있다. 어느덧 어둑어둑, 밤이 찾아왔다. 황 대표가 누웠던 주변으로 시트에 주름이 져 있다. 그게 펴지거나 흐트러지는 게 아까워서 버들이 차마 침대에 눕지 못하고 의자를 끌어와 앉았다. 침대 위에 달빛이 내려앉는 대로 길이 났다. 그걸 물끄러미 내려다봤다. 계속해서 생각이 꼬리에 꼬리를 문다.

폭설이 내렸다. 계속해서 쌓이기만 할 것 같았던 눈이 이틀이 지나자 햇볕이 나면서 녹기 시작했다. 창밖을 통해 내다본 바깥이 한가롭다. 오고 가는 사람들도 없고, 차도 평소보다 적다. 한파라서 세상이 위축된 모양이다. 황 대표님도 오늘 같은 날은, 은사님 병문안 오는 게 힘들겠지? 느린 걸음으로 버들이 도서관을 찾았다. 역시나 황 대표는 보이지 않았다. 오늘은 못 만나려나. 마음을 비웠다. 읽고 싶은 책을 찾아 버들이 도서관을 배회했다. 간신히 발견한 책은 하필 책장 꼭대기에 꽂혀져 있었다. 버들이 까치발을 들었다. 그때였다. 뒤에서 황 대표의 향수 냄새가 풍겼다. 착각인가? 몸이 굳었다. 착각이 아니란 듯, 곧 어깨 너머로 황 대표의 팔이 뻗어졌다. 대신 꺼낸 책을 황 대표가 버들에게 건넸다. 표지를 물끄러미 쳐다만 볼 뿐 버들이 받아 가지 않았다. 지금 꺼낸 책 기점으로 오른쪽, 왼쪽에 꽂힌 책을 차례로 꺼내 다시 건넸지만 마찬가지다.

"이거 다 아니야?"

나직하게 물어 온 황 대표의 물음에 설렌다. 그래서 버들이 더 꾹 입을 다물었다. 말이 없는 버들의 손에 들린 종이를 황 대표가 가져갔다. 보고 싶었던 책을 정확하게 찾아 줬다. 버들이 제 아랫입술을 말아 물었다. 잠 한숨 자지 못하고 어떻게 해야지만 좀 더 나아질 수 있을까, 줄곧 생각했다.

"대표님."

버들이 고개를 들었다.

"제가 다 거짓말했어요."

"……."

"사실은 대표님 안 좋아해요."

"……."

"거짓말한 거예요."

울지 않으면서, 버들이 그렇게 말을 했다. 결국 자신은 황 대표에게 한없이 약해질 수밖에 없단 걸 깨달았다. 복잡하게 얽힌 다른 생각들은 전부 지워 냈다. 그저 황 대표가 바라고, 원하는 걸 자신이 들어줄 수 있단 것에 가치를 뒀다. 버들이 애써 표정을 밝게 관리했다.

「우리 앞으로 싸우면……. 싸우면, 화해해요. 제가 항상 먼저 화해할게요. 받아 주기만 하세요. 네? 대표님. 우리 사이좋게 지내요.」

황 대표는 그 자리에서 멍해질 수밖에 없었다. 책을 받고 도서관을 나간 버들을 황 대표가 뒤쫓아 나가 돌려세웠다. 버들의 말간 얼굴을 응시하자 스치는 감정들이 진한 색깔을 띠고 있었다. 바닥에 두 사람의 그림자가 길게 그려졌다.

"뭐 하고 싶은 거 있어?"

"……."

"먹고 싶은 거라든가. 가고 싶은 데라든가."

버들이 천천히 눈을 감았다가 떴다.

「어차피 떠날 생각이었잖아.」

「…….」

「누가 등 떠밀어서도 아니고, 네가 직접.」

「…….」

「나는 가만히 있었어. 시작도 끝도 다 네가 결정했어.」

「……」

「그러니까 취소해. 네가 이제껏 뱉었던 말 전부.」

「……」

「거짓말이었다고 해.」

자신이 황 대표의 소원을 들어줘서, 황 대표님도 자신의 소원을 들어주는 건가. 보통 때라면 아니라고 할 텐데, 역시나 넉넉지 않은 시간에 약해진다. 버들이 황 대표에게 잡힌 제 손을 바라봤다. 뜨겁다.

"대표님……."

버들이 천천히 말을 이었다.

"……안아 드려도 돼요?"

황 대표는 말이 없었다. 오랫동안 시간이 멈춰 있었다. 아주 느리게, 황 대표의 고개가 끄덕여지며 허락이 떨어졌다. 버들이 황 대표의 허리 뒤로 손을 둘렀다. 황 대표의 가슴팍에 이마를 기댔다가 얼굴을 올려다봤다. 서로의 눈이 마주쳤다.

"대표님. 식사하셨어요?"

버들을 마주 안아 주지 못했다. 아마 평생, 마주 안아 주지 못할 거다.

"식사 거르지 마세요."

응. 목이 막혀서 겨우 대답할 수 있었다.

애꿎게 손가락만 꼼지락거리고 있던 버들이 재채기를 터트렸다. 코끝이 아까부터 간지러웠다. 질끈 눈부터 감겼다. 어쩌지 못할 사이 작게 재채기가 연달아 터졌다. 병실의 동그란 테이블에 마주 보며 앉아 있던 황 대표가 자리에서 일어나더니, 환기시키기 위해 살짝 열어 둔 창문을 닫고 돌아왔다. 자동차 경적, 새 지저귐, 바람과 같은 바깥의 소음이 일순 차단됐다. 그러면서 꽉 막힌 공간에 황 대표와 단둘이란 게 현실이 되어 다가왔다.

제 재채기 소리에 화들짝 놀란 버들의 어깨가 움츠러들었다가 서서히 펴졌다. 기다란 버들의 속눈썹이 오로지 황 대표에게만 고정되었다. 침묵에 금이 갔다고 생각했는데 아닌가 보다. 무의식중에 버들이 코를 훌쩍거렸다. 동시에 황 대표와 눈이 마주쳤고, 시선을 먼저 피한 쪽은 버들이었다. 황 대표가 다시 자리에서 일어났다. 침대 헤드에 비스듬히 걸쳐져 있는 카디건을 챙겨 와 버들에게 건네줬다. 추운 거 아닌데…… 응얼거리면서도 버들이 황 대표가 건네준 카디건을 받아 팔을 끼워 넣었다.

직전까지 침울하게 처져 있던 버들의 눈썹이 살아났다. 걱정이 된다. 이러다간 아무것도 못하고 날을 새게 될지도 모르겠다. 마른 침을 삼키며 버들이 슬쩍 시계를 확인했다. 벌써 몇 시간째다. 병실에서 황 대표와 함께 있는 이유가 따로 있었다.

이제껏 저가 황 대표에게 들려줬던 무수한 고백을 전부 다 거짓말이었다, 말했을 때 황 대표와의 관계도 하얀 도화지가 될 줄 알았는데 아니었다. 도화지에는 미련처럼 저가 물어서 생긴 황 대표의 손등 상처가 남아 있었다. 정말 다 없던 일로 치려면, 황 대표의 손등 상처도 말끔히 사라져야 하는 게 맞다. 그걸 버들은 분명하게 말하면서 황 대표의 옷을 잡아끌었고, 어떠한 대꾸도 없이 황 대표는 병실까지 순순히 따라왔다. 물론 다른 사람의 눈에는 황 대표의 손등을 치료해 주고 싶어 구질구질하게 핑계를 댄 것으로 보여도 어쩔 수가 없다.

"저⋯⋯."

머뭇거리던 버들이 입을 열었다.

"대표님. 손 주세요."

긴장한 걸 감추고 싶어도 소용없다. 말끝이 갈수록 바닥을 기었다. 힐긋 쳐다본 황 대표의 얼굴이 그저 무감할 뿐이다. 다행히 의사는 제대로 전달되었는지 황 대표가 테이블 위에 손을 올렸다.

"장갑 제가 벗겨요?"

황 대표가 버들의 얼굴을 물끄러미 바라봤다. 대답은 없었지만 긍정으로 알아듣고선, 버들이 황 대표의 장갑 끝을 살며시 쥐었다. 가죽 소재라 차갑다.

"벗긴다며."

"벗길 거예요."

"못 벗기고 있잖아."

"벗길 건데⋯⋯."

장갑 끝만 버들이 쥐었다가 놓을 뿐이었다.

"언제 벗길 거야."

재촉한다고 되는 일이 아니었다. 한숨을 내쉰 버들을 대신해서 황 대표가 장갑을 벗어 테이블 한쪽에 내려놨다.

"⋯⋯."

"⋯⋯."

연고 준 지가 언젠데. 얌전했던 버들의 눈썹이 꿈틀거렸다. 갑작스럽게 원망이 찾아왔다. 그 원망은 온통 저 자신을 향해 있었다. 황 대표의 손등에 살점이 떨어져 나간 부위가 피가 섞여서 흉측하다.

관리가 전혀 되지 않고 있었다. 황 대표가 손등의 상처를 말 그대로 방치하고 있단 게 확고히 느껴졌다. 죄책감이 핀다. 황 대표 앞에서 버들이 작아졌다. 무엇보다 소중하다고 여겼던 사람의 손등을 정말 물어서 상처를 냈다니, 간절하게 꿈이었으면 싶다.

"연고 가지고 계세요?"

버들이 물었다.

"잠깐만요."

"어디 가는데."

자리에서 버들이 일어나자 황 대표가 희미하게 인상을 썼다.

"연고 사 가지고 올게요."

"……."

"약국 가까워서 얼마 안 걸려요. 10분 정도."

"……연고 있어."

"가지고 계세요?"

"응."

달라는 버들의 말에 황 대표가 주머니에 손을 넣었다. 받아 든 연고가 새것 그대로다. 속상하다. 버들이 입 안쪽 살을 으득 씹었다.

"소독부터 해야겠어요."

말릴 틈도 없이 병실을 나갔던 버들이 금방 돌아왔다. 약국까지 가지 않았다. 입원하는 동안 친해진 의료진에게 부탁해서 얻어 온 구급상자를 버들이 테이블에 펼쳤다. 집게로 마른 솜을 집어 소독약으로 흥건하게 적셨다. 뚝뚝, 맑은 액이 떨어질 정도다. 버들의 입술이 일자로 굳었다. 준비는 끝났는데 선뜻 다음 행동으로 이어지지 않는다. 고요한 분위기를 뚫고 오로지 제 심장만 쿵쾅거리고 있었다.

버들이 참았던 숨을 천천히 내쉬었다. 그리고 마침내 소독약을 황 대표의 손등 상처에 문질렀다. 액이 닿자마자 상처에서 하얀 거품이 부글부글 끓었다. 아플 게 틀림없는데 황 대표의 표정에선 변화가 없다. 오히려 버들의 얼굴이 일그러졌다.

"⋯⋯아파요?"

"괜찮아."

괜찮단 말은 아프지 않단 뜻은 아니었다. 피가 번진 솜을 버리고 버들이 연고를 집어 들었다. 뚜껑 뒤쪽, 뾰족한 부분으로 막을 뚫자 끈적거리는 연고가 불쑥 흘러나왔다. 면봉을 살살 굴렸다. 황 대표의 손등 상처 위에 연고를 최대한 두껍게 발랐다.

황 대표의 눈이 서늘해졌다. 제 손등에 거의 입술이 부딪칠 정도로 가까이 다가와 연고가 마르도록 정성껏 입김을 호, 호 불어 주고 있는 버들의 동그란 뒤통수를 가만히 응시했다. 태어났을 적부터 숱이 많고 곱실거렸다는 머리카락을 쓰다듬고 싶은 충동을 황 대표가 가까스로 억눌렀다. 반창고를 붙여 주는 것으로 버들이 치료를 끝냈다.

"대표님. 왜 가만히 계셨어요?"

순전히 제 책임이라지만, 따지듯 묻게 된다.

"힘도 세시면서. 제가 물면 멱살이라도 잡아서⋯⋯."

"내가 네 멱살을 어떻게 잡아."

버들의 말을 황 대표가 가로막았다.

"예전에 몇 번 잡은 적 있잖아요."

예전이다, 세상이 뒤집히기 전.

"⋯⋯."

"⋯⋯."

묵묵히 버들이 구급상자를 정리했다. 가슴에 돌덩어리가 얹힌 것 처럼 답답하다.

"대표님. 상처, 남으면 진짜 안 돼요."

누가 들으면 꼭 자기 손이라도 되는 줄 알겠다. 애걸복걸하는 버들에게 그저 고개를 끄덕여 보일 수밖에 없었다. 상처에 눈을 떼지 못하면서 버들이 연고를 황 대표에게 내밀었다. 황 대표가 연고 뚜껑을 열었다. 무슨 일인지 눈을 깜박이는 버들의 아래턱을 혹여 도망갈까 붙잡아 고정했다. 손가락 끝에 묻힌 연고를 황 대표가 갈라진 버들의 입술에 가만가만 발라 줬다. 아래로 잠긴 버들의 속눈썹이 파르르 떨렸다. 뭐라고 말을 하고 싶은데 뭐라고 말을 하면 좋을지 모르겠다. 달싹거리는 버들의 입술이 연고 때문에 번지르르하다.

"이거, 입술에 바르는 약 아니에요."

"……."

"새살 돋게 하는 약이에요."

"네 입술에도 새살 돋아야겠네."

"……."

"다 갈라져서."

똑똑, 노크 후 의료진들이 들어왔다. 손에는 링거가 들려 있었다. 미리 예정되어 있던 일정이었다. 황 대표와 버들의 시선이 서로를 스쳤다. 기약 없는 사이이기에 작별 인사 또한 의미가 없었다. 밖으로 나가는 황 대표의 뒷모습을 버들이 쳐다봤다.

복도에 서서 황 대표가 제 손등을 내려다봤다. 참 꼼꼼하게도 반창고를 붙여 뒀다. 얼마 지나지 않아 버들의 병실에서 의료진들이 빠져나갔다. 그러고도 한참 동안 황 대표는 복도에서 머물렀다. 가습기 물을 채우고, 화병을 닦고. 바삐 병실을 들락날락했던 간호인의 발길마저 끊겼다. 그제야 황 대표가 벽에 기대고 있던 등을 뗐다.

문을 조금 열어 보자 병실 안의 공기가 잠잠하다. 황 대표가 안으로 들어갔다. 링거에서 약이 느릿한 속도로 떨어진다. 침대에 누워 버들이 잠들어 있었다. 쌕쌕거리는 숨소리가 일정했다. 마음 놓고 황 대표가 버들의 얼굴을 실컷 바라봤다. 거칠게 갈라져 있지만 버들의 입술은 여전히 도톰하고 붉고 예뻤다.

황 대표의 눈길이 버들의 발치에서 머물렀다. 손으로 버들의 발끝을 쥐자 차다. 몸은 대체적으로 뜨끈한 편이었으나 버들은 늘 손과 발이 차가워 고생했었다. 그러니 한겨울에 슬리퍼를 끌고 다니는 게 신경 쓰일 수밖에 없다. 밖으로 삐져나와 있는 버들의 손과 발을 황 대표가 세심하게 시트 속에 감췄다.

버들이 잠에서 깼다. 낮잠을 너무 깊이 자 버려서인지 눈을 뜨니 날이 바뀌어져 있다. 아직 남아 있는 잠결에 기분이 멍하다. 링거는 이미 사라지고 없지만, 바늘이 꽂혀졌던 팔뚝이 묵직해 괜히 문지르게 된다. 일기 예보대로 하늘이 몹시 흐렸다. 부스스한 몰골로 겨우 일어나 앉은 버들의 머리가 산발이었다. 자꾸만 감기려는 눈꺼풀에 억지로 힘을 줬다. 그때였다. 인기척을 따라 버들의 고개가 돌아갔다.

"겨울이 형. 언제 왔어?"

신문을 펼쳐 들고 있던 겨울이 이내 못마땅한 표정을 지어 보였다.

"아까."

대답도 왠지 불퉁하다. 뭐에 삐친 거지? 의아함을 담아 버들이 고개를 갸웃거렸다. 짐작만 갈 뿐, 확신이 없다.

"씻고 올게."

"응."

"형. 근데……."

"우선 씻고 와."

"응."

수건을 챙겨 버들이 욕실로 들어갔다. 다시 신문으로 시선을 옮긴 겨울이 낱말 퀴즈를 발견했다. 제 수준에선 영 시시하다 보니, 정답을 맞히는 데 비협조적으로 굴게 된다. 그런데도 페이지를 곱게 빼놓는 건 순전히 제 막냇동생이 흥미로워하기 때문이었다. 갑자기 짜증이 확 끼친다. 가늘게 뜬 눈으로 겨울이 침대 아래에 놓인 박스를 노려봤다.

"박스 이거 뭐야?"

씻고 나오자마자 버들이 박스를 건들며 뭐냐고 물었다.

"몰라."

"신발이야?"

"모른다니까."

"신발 맞네."

운동화다.

"신발 많은데 왜 사 왔어?"

"산 거 아니야."

"그럼?"

"오다 주웠어."

"그게 뭐야."

버들이 인상을 썼다. 박스 뚜껑을 건성으로 덮어 두는 버들의 행동에 겨울이 잘했다며 뜬금없이 칭찬했다. 버들의 머리를 말려 주고, 반나절을 병실에서 시간을 보내다가 만나야 할 사람이 있다며 겨울이 외출했다. 병실에 홀로 남겨진 버들이 침대 위를 뒹굴다가 문득 박스를 내려다봤다. 오다 주웠다더니, 사실이었나? 다른 사람도 아니고, 겨울이 제 신발 사이즈를 착각할 리가 없었다. 그런데 한쪽만 신어 본 운동화가 크다.

눈이 내렸다. 야트막하게 쌓이기까지 했다. 휴게실에 버들이 먼저가 있었다. 나중에 황 대표가 들어왔다. 황 대표와 버들이 같은 벤치의 끝과 끝에 떨어져 앉았다. 불안하게 마음이 죈다. 황 대표님은 뉴욕에 언제까지 머무는 걸까. 은사님 병문안은 언제까지 오는 걸까. 황 대표님과 이런 만남은 언제까지 지속되는 걸까. 삽시간에 물음표가 번식했다. 확실하게 물어 정답을 얻고 싶지만 겁부터 난다. 황 대표의 입에서 당장 내일 한국에 가 버린다는 말을 듣게 될까 봐.
버들이 저도 모르게 허벅지 부근의 환자복을 꾹 움켜쥐었다. 수술만. 제발, 수술만 되면. 당사자인 주제에 항상 뒤쪽에 물러나 방관하는 조로 소홀히 대했던 심장 수술이 누구보다 간절해졌다. 없던 일로 쳤지만, 건강을 회복하면 처음부터 다시 시작할 기회가 주어진다. 수술은 환자의 의지가 무엇보다 중요하다고 했다. 제발.
버들이 황 대표를 곁눈질로 바라봤다.
"대표님. 결혼은 누구랑 하실 거예요?"
"……."
"어떤 사람이랑?"

"......"

"보니까 자기랑 닮은 사람이랑 결혼 많이들 하는 거 같던데."

"......"

"대표님은 대표님이랑 닮은 사람이랑 결혼해서, 대표님 닮은 자식 낳을 거예요?"

쌍욕이나 다름없었다. 저 닮은 사람이랑 결혼해서 저 닮은 자식새 끼를 낳으라니. 상상만 해도 싫은 황 대표의 표정이 구겨졌다. 벤치 끝과 끝 사이에 일행처럼 보이는 사람들이 와서 앉았다. 어수선하다. 얼마 지나지 않아 사람들이 자리를 떴다.

"손등에 연고 바르셨어요?"

고개를 끄덕이는 걸로 황 대표가 대답을 대신했다.

"보여 주세요."

황 대표가 있는 쪽으로 버들이 엉덩이를 끌며 다가갔다. 유심히 손등의 상처를 살폈다. 아직 딱지가 생길 기미가 보이지 않는다. 어 깨가 가라앉을 정도로 버들이 깊게 한숨을 내쉬었다.

"소독해야 돼요."

"나중에."

반창고를 미리 챙겨 가지고 오기 잘했다. 상처의 범위가 여기서 더 넓어지거나, 탈나지 않길 바랄 뿐이다. 마냥 조심스러운 손길로 버들이 황 대표의 손등 위에 반창고를 여러 개 겹쳐 붙여 주었다. 침 묵이 이어진다.

"버들아."

"......네?"

저음의 목소리로 제 이름이 들려오자 버들이 움칠거렸다.

"오늘 뭐 했어?"

자신이 어떤 하루를 보냈는지 재잘재잘, 수다 떨던 버들이 어제 밤새도록 생각이 났었다.

"어……."

황 대표의 물음이 의외였다. 다 없던 일로 친 판국에 그런 건 왜 묻는지 따지지 않고 버들이 운을 뗐다.

"사과 먹고."

"사과 먹었어?"

"네. 그리고 검사받았어요."

"……."

"약 먹고, 낱말 퀴즈 풀다가 낮잠 조금 자고…… 그랬어요."

단조로운 하루였다.

황 대표가 자리에서 일어났다.

"유 대표가 네 병실에서 만나자고 해서."

"……아. 형, 금방 들어온다고 했어요."

"응."

버들이 황 대표를 따라 일어나 앞장섰다. 휴게실에 들어갔을 때부터 황 대표는 버들의 발부터 봤다. 새하얀 발가락이 훤히 드러난 슬리퍼 대신, 버들이 자신이 사 놓은 운동화를 신고 있었다. 운동화가 든 박스를 들고 나타났을 때 저를 보고 유 대표가 욕만 했지 다른 별말은 하지 않았다. 그래서 버들이 보기 전에 버리든가, 감추든가 했을 줄 알았더니.

앞장서서 걷는 버들을 보면서 황 대표가 인상을 찌푸렸다. 신발 사이즈를 제대로 알지 못했다. 자고 있는 버들의 발바닥을 손으로 재서 얼추 비슷하겠거니 싶은 사이즈로 골라 사 올 수밖에 없었다. 크다. 뒤꿈치가 헐떡거린다. 계단을 오르는데 신발이 쏙 벗겨졌다. 아무렇지 않게 버들이 다시 발을 꿰어 신고선 덜커덕, 덜커덕 걸었다. 간간히 뒤를 돌아보는 버들의 행동이 어색하다.

"너 목 아파?"

어느덧 버들의 옆에 황 대표가 섰다.

"아픈 건 아니고 조금 불편해요."

버들이 제 상태를 꾸밈없이 고했다.

"왜."

"아까 낮잠 자고 일어났는데 자세가 이상했어요."

"……어떻게 이상했는데."

"침대랑 벽 사이에 고개가 껴 있었어요."

잠버릇 심한 버들을 가족만큼이나 황 대표가 잘 알고 있었다. 또 다시 버들의 신발이 벗겨졌다. 황 대표가 낮게 한숨을 내쉬었다.

병실에는 아무도 없었다. 황 대표가 핸드폰을 꺼냈다. 지금 엘리베이터를 기다리고 있으니 곧 도착한단 유 대표의 전화가 걸려 왔다. 통화 내용을 들은 버들이 더 망설일 여유가 없단 걸 알았다. 부랴부랴 소독약을 꺼내 들자 황 대표가 알아서 테이블에 손을 올려 주었다. 반창고를 살살 뗐다. 상처에 소독약이 닿으니 어제 만큼이나 하얀 거품이 부글부글 끓었다. 언제쯤 나아지려나, 까마득하다. 연고를 바르고 이어 반창고를 붙였다. 소독할 때 사용한 솜을 안 보이게끔 휴지에 돌돌 말아 막 버리고 나니 병실 문이 열렸다.

"유버들. 너 검사 오후에도 있지?"

"응? 응."

뭐 죄지은 게 있다고 버들이 제 형을 보자마자 딸꾹질을 했다.

검사를 마치고 병실에 돌아온 버들이 입구에서 멈췄다. 할 이야기를 끝내 놓고 겨울은 먼저 나가 버렸는지 병실에는 황 대표만 남아 있었다. 가습기에서 희뿌연 물안개가 뿜어졌다. 제 침대에 누워 곤히 잠이 든 황 대표를 물끄러미 바라보던 버들이 옅게 웃었다. 옆구리가 이상하게 간질간질하다. 시트만 덮어 줬을 뿐, 황 대표에게 손끝도 대지 않고 버들이 문을 닫았다. 비상구 계단으로 향했다.

노을이 지면서 눈이 내렸다.

컴컴했던 비상구 계단에 센서가 켜졌다. 살짝 열어 뒀던 비상구문 밖으로 누군가 지나갔다. 버들이 엉덩이를 털며 계단에서 일어났다. 그때 갑자기 벨소리가 울렸다. 장소 특성상 더 우렁차게 울리는 것처럼 느껴졌다. 액정에 군 복무 중인 하늘의 이름이 번쩍거리고 있다.

"형."

전화를 받으며 문고리를 쥐었다. 그 순간 벌컥, 문이 열렸다. 그러면서 버들이 황 대표와 마주 보게 됐다.

"……어. 아니. 밥 이따가 먹을 거야. 아직 때가 아니라서."

버들이 황 대표의 눈치를 살폈다. 제 안부부터 묻던 하늘이 징징거린다. 겨울이 뉴욕에 들어갈 때 맞춰 저도 따라가려고 했었는데, 휴가를 반납해야 하는 상황이 생겨 어쩔 수 없이 미뤄졌단다. 버들이 하늘을 달랬다. 황 대표가 버들을 비상구 계단에 밀어 넣고 문을 닫았다. 통화가 끝났다. 둘 다 움직임이 없자 머리 위의 센서가 꺼졌다.

"왜 여기에 있어."

"……."

"내가 네 병실에서 자고 있어서?"

"아니에요. 저 원래 여기 앉아 있는 거 좋아해요."

"……."

"대표님. 제 병실에서 잤어요?"

버들이 모른 척했다. 센서가 황 대표로 인해 다시 환하게 켜졌다.

"대표님. 여기 앉으시려고요?"

버들이 황 대표의 옷자락을 잡았다가 도로 놓았다.

"엉덩이 시릴지도 모르는데……. 대표님. 제 무릎에 앉을래요?"

황 대표보다 먼저 버들이 풀썩 계단에 앉았다. 그 위쪽 칸에 황 대표가 앉았다. 그러면서 버들의 어깨를 잡아 제 쪽으로 오게끔 유도했다. 버들의 환자복이 얇았다. 말처럼 엉덩이가 시릴 게 분명했다. 황 대표의 무릎에 옆으로 걸터앉게 된 버들이 숨 쉬는 걸 잊어버리고 말았다. 황 대표가 눈썹을 찌푸렸다. 워낙 말라 무릎에 올려놓아도 별로 무게감이 전해지지 않는다. 수술만. 버들의 수술만 결정되면.

"그냥 의자 취급해."

"……."

"넘어져도 내가 못 잡아 주니까 네가 잘 버텨 내고."

"……네."

대답과 동시에 버들이 휘청거렸다. 못 잡아 준다고 했으면서 황 대표의 손이 버들의 등을 단단히 받쳐 줬다. 버들이 손가락을 꼼지락거렸다. 사이즈가 큰 운동화 한쪽이 벗겨지기 직전이다. 발등에 겨우 걸쳐졌다.

센서가 꺼지면 즉시 황 대표가 밝혔다.

"검사는 잘 받았어?"

버들이 고개를 끄덕였다. 무슨 검사인지 궁금했지만 황 대표가 묻지 않았다. 유 대표에게 전해 들은 말이 떠올랐다. 전반적으로 버들의 수술 가능성을 확인하기 위한 검사가 진행되는 중이라고 그랬다. 가족들의 피가 바짝바짝 마른다고. 마찬가지다.

"……아."

버들의 목이 자라처럼 움츠러들었다. 잠을 잘못 자는 바람에 불편했던 목과 어깨를 황 대표의 큼지막한 손이 주물러 주기 시작했다. 이렇게 긴밀한 접촉이 정말 오랜만이었다. 전기가 퍼진 것처럼 볼 전체가 저릿저릿하다. 더 나아가 코끝까지 시큰거렸다. 예전부터 그랬다. 무릎에 앉힌 저를 황 대표가 만질 때면 지금처럼 언제나 상냥한 손길이었다. 분에 넘치면서도 그게 꿈결처럼 황홀했다.

아무런 말없이 황 대표를 등지고 뉴욕행 비행기에 몸을 실었을 때 탈진할 정도로 오열이 터졌던 건, 두 번 다시 황 대표에게 상냥한 손길을 받을 수 없단 이유가 포함되어 있었다. 생각보다 몸이 앞서 움직였다. 당장 심한 욕지거리를 듣는다고 한들 상관없다. 버들이 황 대표의 목에 팔을 감아 어깨에 얼굴을 기대었다.

"대표님 좋아해서 이렇게 안겨 있는 거 아니에요."

누가 뭐랬나. 버들의 목소리가 조곤조곤 귓가를 울렸다.

"저 원래 아무 남자한테나 이렇게 안겨요."

"……아무 남자 누구."

"저희 형들이요."

꼴통은 계속 꼴통이었다.

시간이 흘렀다. 황 대표가 고개를 기울였다. 제 품속에서 버들이 어느새 잠이 들어 있었다. 새근새근, 호흡이 편안하다. 축 늘어지는 몸을 안아 들고선 황 대표가 병실로 향했다. 편히 잘 수 있게끔 침대에 버들을 조심히 눕혀 준 뒤, 비상구 계단에 떨어져 있는 운동화를 들고 와 가지런히 놓았다.

겨울이라 날씨 추운 것만 고려했는데, 올해가 얼마 남지 않았다. 며칠 연속 기온이 영하에 머물렀다. 하루가 통째로 그저 그렇지 않았다. 황 대표와 만나는 순간은 특별했다.

도서관에는 유독 사람들이 많았다. 몇십 명, 몇백 명, 몇천 명일지 언정 자신 있다. 버들의 시야가 헤매지 않고 곧장 황 대표를 담아냈다. 황 대표가 앉아 있는 곳에 어떤 종류의 책이 있나 살폈다. 책장 주변을 어슬렁거리자 이윽고 황 대표가 다가왔다. 제 손에 쥐고 있던 종이를 가져가 책 위치를 확인했다. 손이 닿지 않은 꼭대기면 나왔을 텐데. 하필 하단에 책이 꽂혀져 있었다. 그래도 군말 없이 황 대표가 대신 책을 꺼내 주었다.

턱을 괴고 한창 책을 읽어 나가던 버들이 다리를 까닥였다.

"대표님."

버들이 작게 소곤거렸다. 서로의 눈이 마주쳤다. 더 말하지 않아도 알겠단 듯 황 대표가 턱을 끄덕였다. 나란히 책을 정리한 뒤 도서관을 빠져나왔다. 버들은 사이즈가 커서 자꾸 벗겨지는 운동화 뒤쪽을 언제부턴가 시골에서처럼 꺾어 슬리퍼처럼 끌고 다녔다. 발가락은 가려졌으나 뽀얀 발뒤꿈치에 더 집중되는 격이다. 남들이 볼까 신경 쓰인다. 하지만 그걸 지적할 자격이 없는 걸 알기에 황 대표가 아무런 말을 하지 않았다.

황 대표의 손등 상처는 어느덧 핏기가 사라졌다. 대신에 딱지가 생겼다. 그럼에도 소독을 해 주고 연고를 발라 주는 버들의 손길은 정성스러웠다. 얼른 말끔하게 나았으면 좋겠다.

겨울의 날씨는 변덕이 심하다. 비가 내렸다가, 눈이 내렸다가. 갈 팡질팡한다. 뉴욕 거리의 간판들이 어두워지니 더욱더 화려하게 깜박인다. 버들이 무릎을 끌어 모아 창밖 아래 풍경을 감상했다. 휴게실에 앉아 있던 버들이 문이 열릴 때마다 허리를 꼿꼿하게 세웠다. 보고 싶은 얼굴은 나타나지 않았다. 세 시간이 지나면서 도서관으로 장소를 옮겼을 때다. 막 도착한 황 대표가 코트를 벗어 옆 의자에 걸쳐 놓는 게 보였다. 기다리고 있던 걸 내색하지 않으며 버들이 황 대표의 앞을 얼쩡거렸다.

"밖에 추워요?"

"오전에 눈 내렸어."

"아. 저도 봤어요."

황 대표가 버들을 쓱 쳐다봤다.

"다른 할 말 있어?"

"그게 아니라……."

버들이 쭈뼛거렸다. 확 붙잡진 못하고, 손끝으로 버들이 황 대표의 옷을 잡아끌었다. 오고 갈 수 있는 장소가 협소한 만큼 도서관이건, 휴게실이건, 정원이건, 비상구 계단이건 진작 질려 버렸을 수도 있다. 흔한 장소에서 흔하지 않은 걸 노력해서 발견한 버들이 황 대표에게 알려 주고 싶어 했다.

병원 구석에 위치한 도서관은 침침한 분위기였지만, 햇볕이 잘 들

어오는 공간이 있었다. 책장 사이와 사이로 버들과 황 대표가 들어
갔다. 작은 창문에서 비쳐 들어온 햇빛이 바닥에 커다란 웅덩이처럼
그려졌다. 책장 사이와 사이에 남자 둘이 껴 있기엔 몹시 비좁았다.
버들이 황 대표를 올려다봤다. 무릎이 서로 맞닿았다. 겹쳐진 숨소리
가 가장 은밀했다.

"대표님."

버들이 소곤거렸다.

"여긴 따뜻하죠?"

"……."

"바깥이 추운데 전혀 안 느껴지죠?"

"……."

"꼭 봄 같죠?"

버들의 눈이 반달처럼 휘어졌다. 흔하지 않은 걸 찾기 위해 기울
인 노력에 비해 할 게 없었다. 갑자기 저 혼자 어색하게 느껴 버린
분위기에서 버들이 안절부절못했다. 가까이 황 대표의 향수 냄새가
그윽하게 풍겨 왔다. 시선을 피한 채 꼼지락거리는 버들을 두고 황
대표가 책장 사이를 빠져나왔다. 찰나 서로의 허벅지가 깊숙하게 겹
쳐졌다. 도서관에 혼자 남겨진 버들의 심장 박동이 사정없이 쿵쾅거
렸다.

고드름에서 물이 뚝뚝 흘러내렸다. 밤이 되자 다시 눈이 내리기
시작했다. 복도에서 마주친 두 사람이 각자 갈 길을 가나 싶었다. 버
들이 뒤를 돌았다. 아는 척 없는 황 대표를 졸졸 따라다녔다.

"거기로 가면 막다른 길 나와요."

황 대표가 멈췄다.

"여기로 가면 자판기 나오지 않아?"

"자판기? 반대쪽으로 가셔야 돼요."

"······아."

"제가 같이 가 드릴까요?"

거절한 황 대표에게 상세히 길을 설명해 줬다. 버들이 제 병실까지 서둘러 걸었다. 냉장고를 열어 제 입에 가장 맛있는 음료수를 꺼냈다. 겉에 열대 과일이 먹음직스럽게 그려져 있다. 다음 날, 그다음 날에도 버들이 음료수를 들고 황 대표를 만났다. 고작 음료수일 뿐인데. 건네주기까지 큰 용기가 필요할 줄 몰랐다.

병원 복도 벤치에 앉아 있는 버들에게 황 대표가 다가갔다. 머리 위로 그림자가 지면서 버들이 고개를 들었다. 황 대표가 버들의 손에서 음료수를 가져갔다. 당혹스러운지 버들이 속눈썹을 빠르게 깜박였다. 시원하게 마셔야 맛있는 음료수였다. 영어로 그런 문구가 써져 있기도 했다. 그런데 버들이 양손으로 꼭 쥐고 다닌 통에 겉이 미지근해져 버렸다.

냉장고에 있는 다른 걸로 바꿔다 준다고 말을 하기도 전이었다. 황 대표가 마개를 땄다. 음료수는 마시고 싶은데 마개를 못 따서 버들이 들고 다닌 줄 오해하고 있었다. 거꾸로 들고 다녔던 모양이다. 하필 탄산이 섞여 있던 음료수가 황 대표의 손을 적시면서 흘러넘쳤다. 가까이 서 있던 버들에게도 음료수가 튀었다. 끈적거린다.

"대표님······."

혼나도 싸다. 버들이 얼른 제 옷을 살폈다. 마땅찮은지 뒤를 돌았다.

"대표님. 제 옷에 닦으세요. 등에는 음료수 안 튀어서 안 젖었어요.
얼른 손 닦으세요."

황 대표가 가만히 버들을 내려다봤다. 손이야 안 닦아도 그만이었
다. 그런데도 황 대표의 손이 버들의 등에 천천히 닿았다. 다른 핑계
없이 솔직하게 만져 보고 싶었으니까. 위에서 아래로 쓰다듬었다. 마
를 대로 말라 버려 척추뼈가 적나라하다.

"괜찮은데⋯⋯."

버들이 웅얼거렸다. 황 대표가 코트를 벗어 버들에게 입혀 줬다.

"대표님도 추우시잖아요."

"안 추워."

"⋯⋯저도 안 추워요."

안 춥단 버들의 말을 무시했다. 전화가 울렸다. 버들이 핸드폰을
귓가에 가져다 댔다. 겨울이었다. 어디에 있냐고 호들갑을 떨면서 저
를 찾자 버들이 인상부터 찌푸렸다. 한 사람 목소리가 아니었다. 연
락도 없이 뭐야. 떠들썩한 게 가족들이 우르르 몰려온 모양이었다.
가까운 곳에 있으니까 곧 가겠다고 대꾸 후 버들이 전화를 끊었다.
황 대표가 먼저 앞장서서 움직였다.

두 갈래의 길이 나왔다. 버들의 병실로 향하는 길, 병원 출입구로
향하는 길. 당연히 황 대표가 출입구로 향할 줄 알고 옷을 돌려주려
는데 제 병실로 방향을 꺾었다. 멈춰 있던 버들이 뒤쫓았다.

병실 앞까지 금방이다.

여전히 작별 인사 같은 걸, 나눌 수 있는 사이는 아니었다. 조심히
가세요. 내일 또 올게, 하는. 그런 기약이 간절하다. 수술만 되면. 버
들이 애써 웃었다. 옷을 벗어 주기 위해 꼼지락거리는 버들의 손목

을 황 대표가 치웠다. 그러고선 오히려 단추를 끝까지 채워 주었다. 체격 차이가 크다 보니 제 코트 속으로 버들의 몸이 잡아먹히는 꼴이다. 재차 황 대표를 돌아보며 버들이 병실 문을 열었다.

복도를 걷던 황 대표가 멈췄다. 기차 화통을 삶아 먹은 것처럼 커다랗게 유 대표의 목소리가 들려왔다. 가족들이 어째서 전부 몰려왔나 싶었다. 기뻐하는 환호성에서 황 대표가 방금 들었던 유 대표의 말이 틀리지 않았단 걸 확신했다. 그렇게 애간장을 태우더니. 버들의 수술이 결정된 거다. 다리가 풀린 황 대표가 그대로 주저앉았다.

호텔에 들어온 황 대표가 와인을 찾았다.

……아직은 아니라며 뒤로 미뤘던 일을 다시 한 번 더 뒤로 미뤘다.

그날 밤 황 대표와 버들이 각기 다른 생각들로 시달렸다. 생각은 달라도 잠들지 못한 건 똑같았다.

좀 더 확실한 수술 성공률을 확인하기 위해 버들의 검사가 진행됐다. 제 수술이 가능하단 점을 황 대표에게 알려 주고 싶었지만 확실한 검사 결과가 나오기 전까지 버들이 비밀로 숨겼다. 도서관에서, 정원에서, 비상구 계단에서, 휴게실에서. 황 대표를 만날 때마다 버들이 웃었다. 순하고, 말갛고, 유하다.

황 대표의 손등 상처는 딱지가 겹겹이 졌다. 24일, 크리스마스이브 오전에 나온 결과라 더 특별했다. 버들의 수술 날짜가 확실하게 결정됐다. 그걸 황 대표는 유 대표를 통해 전달받았다. 이미 다 알고 있는 사실인 줄 모르고 황 대표에게 말해 줄 생각에 버들이 들떴다.

의료진들이 산타 모자를 쓰고 들락거렸다. 트리 장식들로 화려하게 꾸며진 거리와 달리 버들의 병실은 잠잠했다. 크리스마스였지만,

케이크나 샴페인 따위들도 없었다. 평소와 다를 바 없는 모습이었지만 크리스마스란 걸 인지하고 둘러보니 조촐할 뿐만 아니라 다소 삭막하기까지 한다.

황 대표의 손등을 치료해 주고 나서 버들이 심호흡을 했다. 옷장 깊숙한 곳에서 상자를 꺼내 열었다. 황 대표의 머플러를 주웠던 계절은 봄이었다. 벚꽃과 목련을 볼 수 있었던. 현재 혹독한 겨울을 보내고 있지만, 다르게 생각하면 봄과 가까워지는 중이었다. 조각품을 팔아서 얻게 된 돈으로 황 대표에게 선물하려고 샀던 머플러를 들고 오기 잘했다. 평생 못 전해 줄 거라며 포기하고 있었는데…….

버들이 황 대표에게 머플러를 내밀었다.

"대표님. 크리스마스 선물이에요."

바라만 보던 머플러를 황 대표가 만지작거렸다. 버들의 예쁜 입술이 웃었다.

황 대표가 작게 한숨을 내쉬었다. 아무리 밀어내도 질길 정도로 달라붙어 좋아한다고 자신을 향했던 버들의 고백이 의아했다. 그래서 버들의 맹목적인 애정을 자꾸만 시험하려 들었다. 확신이 들었을 땐 그게 귀한 줄 모르고 꼭대기에 서서 오만을 떨었다. 살면서 줄 수 있는 거 다 준다고 그러고, 해 줄 수 있는 거 다 해 주겠단 말을 어느 누가 들어 보겠냐고. 버들이 당연하게 심어 준 맹목적인 애정이 영원할 줄 알았다.

"……버들아."

찾으러 가고 싶었다. 뉴욕에 있다는 너를 당장 만나러 가고 싶었다. 말없이 어딜 갔냐고 화를 내고 두 번 다시 제 곁을 떠나지 못하게끔 붙잡아 두고 싶었다. 가둬 두고 싶었다. 아무도 못 보는 곳에 숨겨 두고 싶었다.

비행기 티켓을 쥐었던 날, 네가 아프단 걸 알았다.

⋯⋯아파서 그랬구나. 그동안 아파서 말라 갔구나. 내가 준 색연필은 버려두고. 집에 둔 칫솔 같은 사소한 자기 물건들을 모조리 치워 버리고. 말없이 떠난 이유가 수술하기 위해서였다니. 비행기 티켓은 그냥 찢어 버릴 수밖에 없었다.

"저 크리스마스 선물 또 있어요."

"⋯⋯."

"수술할 수 있대요."

"⋯⋯."

"새해 지나서."

"⋯⋯."

눈을 접고 버들이 웃었다. 황 대표가 희미하게 따라 웃었다.

멸시해도, 매몰차도, 배려 없이 막 대해도, 자존심을 깎아 먹어도. 왜 네가 내 등 뒤에 뿌리를 내렸을까. 왜 그렇게 아등바등 나한테 네가 매달렸을까. 아팠다니까 전부 다 이해가 갔다. 말없이 떠난 이유까지 전부 다 납득했다.

"수술하게 되면⋯⋯."

"네?"

"보통 사람들처럼 달리기도 하고, 축구 선수도 하고."

"맞아요."

수줍게 버들이 얼굴을 붉혔다. 닮은 사람이랑 결혼한댔나. 버들과 똑같은 것들 둘이 머리 맞대고 오순도순 연애한다고 상상하니까 귀여워서 절로 웃음이 지핀다.

"버들아."

"네?"

"수술 잘 받아."

"네."

계속 수줍어하며 버들이 대답했다. 좋았던 기억은 버들을 위해 모두 이곳에 놓아두기로 마음먹었다. 버들의 수술이 결정되면서 마지막으로 솔직해질 수 있는 기회를 얻는 거나 다름없었다. 딱 한 번 솔직해지는 것에 그래서 버들이 울 수도 있겠지만, 자신 때문에 버들이 우는 것 또한 마지막일 거다. 두 번 다시 만날 일 없을 테니까.

"버들아."

다정한 목소리에 버들이 설렜다.

"네가 너무 보고 싶어서, 미치는 줄 알았어."

"……대표님."

"한 달 내내."

"…….."

황 대표가 버들이 있는 쪽으로 머플러를 밀었다. 섞이지 않은 온도를 감지한 버들의 큰 눈이 눈물이 차면서 일렁거렸다.

"네가 아파서…….."

"…….."

"썩은 것도 모르고 어쩌다가 나를 동아줄처럼 잡고 매달렸는데."

"…….."

"수술받게 되면, 아쉬운 게 전혀 없을 거 아니야."

"…….."

"수술 잘 받고……. 너 예뻐해 주는 사람 만나서."

"……."

"너도 잘 먹고 잘 살아."

새살이 돋아나야 할 정도로 심각하게 갈라진 입술 틈새로 피가 비쳤다. 잠 한숨 들지 못한 밤이 길게 흘렀다. 무료하고 그저 지겨웠을 하루가 오색 빛깔처럼 특별할 때가 있었다. 황 대표의 향수 냄새를 희미하게 느끼고, 얼굴을 보고, 시선이 스치고. 한 시간도 채 못 되는, 짤막한 그 순간만 오로지 기다리면서 하루하루를 버텼다고 해도 과언이 아니었다.

적요하게 크리스마스가 끝났다. 뒤를 구긴 운동화를 꿰신고 버들이 병원을 온종일 돌아다녔다. 히터의 텁텁한 온도로 달궈진 휴게실을 기웃거려 보고, 눈발이 세차게 휘날리는 정원을 내다보고, 책도 없이 오랫동안 도서관에 앉아 있어 보고, 문이 열릴 때마다 혹시나 싶어서 심장 박동이 한계치까지 치솟았다.

기대와 실망이 번갈아 가며 반독되는 사이 날이 지고, 날이 밝았다. 예고 없이 도로 주어진 따분한 하루 속에는 애써 부정하는 것들에 대한 초조함이 섞여 있었다.

시간이 거듭 흘러간다.

"유버들."

오전에 잡혀 있던 검사를 마치고 돌아온 직후부터였다. 병실 밖 벽에 등을 기대고 서 있는 제 막냇동생을 겨울이 불렀다. 버들의 점심 식사로 차려진 스프가 식다 못해 굳어 가고 있었다. 새해를 맞이해 특별히 주문한 커다란 케이크 역시 버들의 관심을 받지 못하고 방치되고 있었다. 겨울이 케이크 박스를 살짝 들여다봤다. 정중앙에 꽂힌 초코 장식이 아직까지 멀쩡하다. 목소리를 키워 두어 번 더 이름을 불러 보았지만 버들에게서 대답이 들려오지 않았다. 하는 수 없이 겨울이 문을 열고 나갔다. 쾌적하고 훈훈한 병실 안의 공기와 확 다른 싸늘함이 엄습한다. 버들은 얇은 환자복만 달랑 걸친 채다. 더는 못 봐주겠다.

"형이 부르는 거 못 들었어?"

"들었어."

"근데 여기서 뭐 해."

"……그냥 있어."

추위 때문인지 버들의 목소리가 탁했다.

"빨리 들어와서 식사해."

"조금만 더 있다가."

"식사 다시 차리라고 할게."

"나중에."

겨울이 인상을 썼다.

"나는 그냥 여기서 좀 있고 싶어서."

그냥 있기는. 복도 끝을 향해 버들의 눈동자가 박혀 있었다. 저기서 걸어와 줄 누군가를 기다리고 있는 게 역력했다. 겨울이 한숨을 내쉬었다. 느리게 감겼다가 뜨이는 버들의 속눈썹이 음울하다. 그간 잘 웃더니. 밝았던 색깔 자체가 어둡게 바뀌어 버린 것 같다. 불안함을 띠기 시작하면서 버들은 동시에 말수까지 잃었다. 그런 지 꽤 됐다.

현재 버들이 누굴 기다리고 있는지. 또 틈이 나는 대로 병원 구석구석을 헤집으며 찾으러 다니는 사람이 누군지. 겨울은 처음부터 알고 있었다. 모를 수가 없었다. 버들이 불안정해진 시기가 황 대표가 한국에 돌아가겠다고 일정을 전달했던 날과 겹쳤다. 설마, 싫었던 게 확신에 차면서 겨울의 머릿속이 곧 암담해졌다. 누굴 향한 위로인지 모르겠지만, 전부 지나갈 일이라고 암기하듯 떠올렸다.

꿈쩍 않는 제 막냇동생의 어깨를 끌어안고 겨울이 어딘가로 이동했다. 납득시켜야 하니, 위층에 있는 아무 특실이나 보여 줬다.

"어디야."

"……은사님 병실."

버들의 물음에 겨울이 콧등을 긁적이며 답했다.

"비어 있잖아."

"퇴원하셨으니까."

겨울이 버들의 옆얼굴을 살폈다. 비어 있는 병실을 뚫어져라 쳐다보고 있는 버들의 표정이 의외로 차분했다. 버들이 크게 숨을 들이켰다. 은사님이 퇴원하셔서 황 대표님은 이제 병원에 올 일이 없는 걸까? 늘어져 있던 손끝이 미약하게 떨리기 시작했다. 그걸 간신히 주먹 쥐어 감췄다. 어차피 황 대표님은 나 보러 병원에 온 게 아니었단 걸 알면서도 가슴이 뻥 뚫려 버린 기분이 든다. 애써 부정해 왔지만, 현실이 바뀔 일은 없다.

이별이 서서히 실감된다.

「네가 너무 보고 싶어서, 미치는 줄 알았어.」

버들이 주저앉았다.

「한 달 내내.」

서러움에 가슴이 미어진다.

병실을 한 발자국도 나가지 않았다. 나갈 이유가 없었다. 영하로 급격하게 떨어져 피해를 주던 겨울 날씨가 평균 기온을 찾았다. 새로 물을 채워 넣은 가습기에서 촉촉한 물안개가 넓게 퍼져 나갔다. 세탁이 된 커튼으로 교체하면서 간호인이 할 일을 끝냈다.

혼자 남겨지자마자 버들이 의무적으로 펴 뒀던 잡지를 덮었다. 불을 끄고 침대에 올라 이불을 머리끝까지 뒤집어썼다. 삽시간에 시야가 어두워졌다. 적막함 속에서 가뜩이나 어지럽게 떠도는 생각들이 짙어졌다. 제 수술 날짜는 가족들에게 곧 축제날이나 다름없었다. 날짜가 다가올수록 가족들은 기뻐했지만, 거기에 동참하기가 어려웠다. 그러면서 외톨이가 되었다. 외롭다.

수술받고 어떻게 해야 하지? 회복한 다음에는 내가 뭘 해야 하는 거야?

나침판을 잃고 난파당한 배와 현재의 제 심경이 똑같다.

수술 당일이 됐다. 시트 속으로 버들이 손을 감췄다. 스쳐 지나가는 천장들이 꼭 무너지는 도미노 같다. 형광등에 눈이 부신지 버들의 콧등이 찌푸려졌다. 지체 없이 굴러가던 침대 바퀴가 멈췄다.

버들아. 당부하듯, 응원하듯 여럿 사람들의 목소리가 뒤섞여 들려오자 오히려 귓가가 둔해진다. 가족들에게 버들이 애써 웃어 보였다. 이윽고 두꺼운 문이 닫혔다. 수술실 안으로 버들이 들어가고 나서야 가족들의 얼굴이 하얗게 질렸다. 대기실 벽에 수술 중이란 불이 켜졌다.

수술실에서 버들이 혼자가 됐다. 얼어붙을 것처럼 차가운 공기에 소름이 쭈뼛 선다. 아래턱이 딱딱 부딪힌다. 울음을 꾸역꾸역 삼켜가며 버들이 의료진들의 물음에 대답했다. 버들의 마른 몸에 곧 마취가 주입됐다.

대기실 구석 벤치에 앉아 있던 황 대표의 곁으로 유 대표가 다가
갔다. 모여 있던 가족들이 전부 빠져나간 대기실이 황량하다. 황 대
표가 고개를 들었다.

"수술은."

"잘됐어."

수술이 끝나고 회복실로 옮겨졌던 버들은 잠깐의 위기를 무사히
넘겼다. 시달리던 마취에서도 확실하게 깨어났다. 희미하게 깜박였
던 눈꺼풀이 약기운에 취해 녹아내리듯 다시 감기면서, 버들은 깊은
숙면에 빠져들었다. 가족들과 함께 이제 막 수술을 집도한 의료진들
의 명확한 브리핑을 듣고 나온 길이었다. 앞으로 경과를 더 지켜봐
야겠지만, 우선은 수술을 끝냈단 자체만으로 안심이었다.

"잘됐어?"

"어."

"확실히 잘됐어?"

"그렇다니까."

유 대표에게 황 대표가 재차 결과를 확인했다. 원하는 답을 듣고
또 들었다. 제대로 물 한 모금 마시지 못하고 자리를 지켰던 황 대표
가 머리를 뒤로 젖혔다. 팽팽하게 옥죄었던 긴장감이 갑작스레 풀리
면서 한숨이 터져 나왔다. 황 대표의 목울대가 크게 일렁거렸다. 차
곡차곡 쌓였을 피로가 이제야 자각된다. 눈이 감겼다.

황 대표의 옆에 유 대표가 앉았다. 서로 아무런 말이 없었다.

"버들이가 너만 찾으러 다니고, 기다렸단 거 알아?"

안다.

"이렇게 있어도 돼, 너? 출국 오늘 아니었어?"

황 대표가 고개를 끄덕였다.

"독한 새끼야. 출국은 오늘이면서 너는 왜! ……말을 말자."

날카롭게 나가려던 말을 유 대표가 삼켰다. 너 나 할 것 없이 지친 상태였다. 과묵하게, 그대로 몇 분이 더 지났다. 침묵을 깨뜨린 건 유 대표의 핸드폰 진동이었다.

"얼굴 보고 가라."

걸려 온 전화를 받기 위해 대기실 출구로 향하던 중이었다. 불쑥 화가 치밀었다. 유 대표가 황 대표를 돌아봤다.

"심각한 건 줄 알았거든? 버들이가 너 좋아하는 거. 근데 따지고 보니까 별로 심각할 것도 없더라고. 아직 어리잖아, 버들이. 그리고 이제 수술도 했고. 스물일곱, 아니 다섯만 되어도 지금 감정, 자기가 더 쪽팔려하면서 잊고 싶어 할 거야. 안 그래?"

충분히 동의하는 터라 황 대표가 굳이 대꾸하지 않았다. 혼자 대기실에 남겨졌다.

「대표님. 왜 저 미워해요. 어디 가지 마세요.」

크리스마스 날, 자지러지게 울며 안기려는 마른 몸을 끝까지 내칠 수밖에 없었다. 환청처럼 버들의 울음소리가 들려오는 것 같다. 잠시 넋을 놓고 있다가 인기척에 황 대표가 눈을 떴다. 비행기 시간에 맞춰 찾아온 비서를 물렸다. 출국 날짜를 이틀 뒤로 연기했다. 버들이 호흡기를 떼고, 병실로 옮겨진 날이었다.

황 대표가 최대한 소리가 나지 않게끔 병실 문을 열었다. 버들이 잠들어 있었다. 굳은 표정으로 유 대표가 먼저 자리를 비켜 줬다.

밖이 어둡다. 별 하나 뜨지 않은 컴컴한 밤하늘이 참 광활하다.

"버들아."

낮게 이름을 불렀다. 울었는지 버들의 눈가가 붉게 짓물러 있다. 허리를 기울여 안쓰러운 버들의 얼굴을 바라봤다. 주머니에서 황 대표가 연고를 꺼냈다. 핏기가 진 버들의 입술 위에 새살 돋으라며 연고를 발라 줬다.

"……고생했어."

버들은 듣지 못한 칭찬이었다. 황 대표가 한국행 비행기에 몸을 실었다.

20. 닿아서, 덮여서 (3)

열어 놓은 창문으로 불어오는 바람에 커튼이 나부꼈다. 쌓였던 눈
이 녹으면서 햇볕이 강해졌다. 이윽고 거리가 울긋불긋 물들었다. 어
제까지 만발했던 벚꽃이 어깨와 머리 위로 흩날리며 성가시게 굴었
다. 계절의 변화를 남들이 말해 주고 나서야 알아차렸다. 옷차림이
얇아져야 하니 뒤늦게 드레스 룸을 정리하라고 지시했다. 다리를 꼬
고 앉아 있던 황 대표가 손목에 채워진 시계를 느리게 매만졌다. 여
유로운 몸짓이었다. 손등을 타고 굵직한 핏줄이 푸르게 돋아났다.

회의하라고 판을 깔아 줬더니 고성이 오고 가는 중이었다. 삿대질
은 기본이다. 일찌감치 볼펜을 내던지고 두 대표는 무성의하게 상황
을 관망하고 있었다. 데스크가 흔들리자 하늘 높은 줄 모르고 쌓여
있던 서류 더미가 와르르 무너졌다. 정신이 하나도 없다. 유 대표가

팔짱을 꼈다. 황 대표의 한쪽 눈썹도 기어이 위로 올라갔다.

미뤄 두기만 했던 임직원들의 머릿수를 체계적으로 채워 넣었다. 꼰대들이 자리 깔고 앉아 회사 고유의 색깔을 칙칙하게 만들면 어쩌나 걱정했는데 다행히 기우였다. 어쨌거나 찧고 빻으며 쌓은 실무 경험은 전적으로 사업에 도움이 된다. 회의가 끝나자 중요한 자료들만 골라 담은 태블릿이 두 대표 앞에 놓였다. 결과가 좋을 길을 턱하니 찾아내니 내버려 두고 있는 거지 한 번이라도 수틀렸으면 진작 내쫓고도 남았을 거다.

"퇴근?"

"퇴근."

해가 중천에 떠 있건만 황 대표가 차 키를 집어 들었다. 유 대표의 물음에 간략하게 황 대표가 대답했다. 유 대표 역시 황 대표를 따라 정장 재킷을 챙겨 자리에서 일어났다. 어제까지 중국 출장이었다.

회의실을 치우러 들어온 직원이 하필 황 대표와 어깨를 부딪쳤다. 예민하게 황 대표가 인상을 찌푸렸다. 성질머리 봐라. 뒤돌아보지 않고 제 갈 길 가는 황 대표를 향해 유 대표가 혀를 찼다. 싸가지 없다고 욕이나 하면 될 걸, 잘못한 것도 없으면서 걸레를 들고 쩔쩔매는 직원은 올해 대학교를 졸업한 사회 초년생이었다. 군대를 갔다 왔다고 그랬나? 아무튼 제 막냇동생과 비슷한 또래에게 어쩔 수 없이 관대해지고야 만다. 점심이건 저녁이건 직원들끼리 나가서 외식하라며 유 대표가 직원에게 카드를 건네주었다.

"집으로 가나?"

"알아서 뭐 하게."

황 대표가 눈길을 돌리지 않고 대답했다. 동시에 차문을 열었다.

"안 궁금했어."

"가라."

"갈 거다."

차에 올라타 막 시동을 걸었다.

"황 대표님!"

비서가 달려왔다. 유 대표의 차가 먼저 빠져나갔다.

"지난번에 구매하셨던……."

"지난번에 구매?"

"요트입니다."

"……아."

비서의 손에 들린 서류 봉투를 낚아채 황 대표가 조수석에 놓았다. 그대로 집으로 돌아온 황 대표가 침대에 누웠다. 앞으로 3일간 회사에 나갈 필요가 없었다. 완벽한 방음으로 사소한 소음조차 들려오지 않는다. 적막함은 깊은 바닷속을 닮아 있었다. 답답함도 딱 바닷속만큼이었다. 이마에 팔을 올렸다. 노을이 질 때쯤 나갔다가 돌아오니 한밤중이다. 수영을 하는 횟수와 시간을 늘렸다. 그래야지만 약간의 잠을 잘 수가 있었다. 씻고 눈을 감았다.

선잠에서 깨자마자 몸을 반대쪽으로 뒤척이며 핸드폰을 쥐었다. 고작 2시간 남짓이 지나 있다. 시간의 흐름을 그다지 의식하며 살아본 적 없었는데 요즘엔 신경 쓰인다. 하루가 이렇게 길었나. 일주일이, 한 달이 참 느리게 지나간다.

황 대표가 침실을 나왔다. 테이블 위에 아무렇게나 널브러진 서류 봉투를 힐긋 쳐다봤다. 와인을 꺼내 잔에 따르고 거실 소파에 앉았다. 계속 무시하려고 했지만 어느덧 손은 서류 봉투의 구겨진 모서리 부분을 반듯하게 펴고 있다. 황 대표가 내용물을 찬찬히 확인했다. 무인도 계약서가 클립으로 함께 고정되어 있었다. 작년에 주문 제작을 의뢰했던 요트가 이제 완성되어 한국으로 넘어온 모양이다.

「알아. 남자니까 지금 네가 얼마나 참기 어려운지. 그래도 참아. 나도 똑같이 참고 있잖아. 조금만 참았다가……」

첫 관계를 여기서 가질 생각이었다.

「키스해 주세요.」

울먹거리면서 하는 그 말에 어떻게 안 넘어가.

새벽부터 수영을 다녀왔다. 물을 마실까 하다가 와인으로 목을 축였다. 여유를 일부러 만들어 내서라도 유 대표는 계속 뉴욕을 왕복하고 있었다. 그 부분을 굳이 아는 척하지 않았다. 먼저 버들의 근황을 물어본 적도 없었고, 마찬가지로 유 대표 역시 나서서 해 주는 말이 없었다. 둘 다 암묵적으로 입을 다물었다.

핸드폰 진동에 황 대표가 와인 잔을 내려놨다. 도착한 메시지에는 버들의 어제 일상이 짧게 보고되어 있었다. 낮잠을 잤고, 검사를 받고, 산책을 하고. 성에 차지 않는지 황 대표의 미간이 구겨졌다. 낮잠을 몇 시간 잤는지, 검사받고 나와 어떤 얼굴을 했는지, 어떤 신발을 신고 산책을 했는지. 좀 더 세세한 보고를 요구하려다가 관뒀다. 제 요구를 따르려면 좀 더 심도 깊게 버들을 관찰해야 하는 건데, 다른 사람이 그렇게 쳐다보는 게 싫다. 뉴욕에 다녀오면 유 대표의 기분이 한결 좋아 보였다. 버들의 모든 것이 나아지고 있단 거다.

봄을 지나 여름의 문턱이다. 새로 작업에 들어간 시나리오 내용을 다듬다가 때가 되어 식사를 하고 왔다. 목욕 후 소파에 앉았다. 커피가 내려지면서 주변으로 진한 원두 냄새가 진동한다. 황 대표가 소리 없이 한숨을 길게 내쉬었다. 반대쪽 귀로 핸드폰을 옮겼다. 하기 싫은 통화란 게 표정에서 전부 드러났다.

"우선 결재부터 올려."

구구절절한 핑계를 싹 잘라 버리고 전화를 끊었다. 태블릿 전원이 켜지지 않는다. 충전기를 연결해 메일을 열었다. 탐탁지 않은지 황 대표가 인상을 찌푸렸다. 몇 사람과 더 통화를 하면서 언성까지 높아졌다.

뉴욕에서 어제 유 대표가 돌아왔다.

"황 대표. 나 좀 봐. 얼굴이 꽃처럼 피지 않았어?"

손바닥을 꽃받침처럼 턱에 가져다 대고 지랄이다.

"치워."

"뭘 치워."

"네 얼굴. 그냥 피곤해 보이니까 치우라고."

"잘 보라니까 잘못 봤네."

하나도 안 피곤하다고 나불거리는데 어두운 눈 밑이나 가렸으면 우습지는 않았을 거다. 두 대표가 극장 문제로 동행한 장소였다. 하필이면 점심시간과 겹치는 바람에 층층마다 엘리베이터가 멈췄다. 그러면서 사람들이 우르르 몰려들었다. 사내 식당이 지하에 있는 모양이었다. 음식 냄새까지 은근히 맡아지면서 절로 불쾌해진다.

유 대표를 앞에 세운 황 대표가 제 오랜 친구를 당연하게 방패 삼았다. 누군가 유 대표의 발을 밟았다. 그러거나 말거나 이 많은 사람들

중에서 유 대표 혼자만 싱글벙글하다. 곧 입이 찢어지게 생겼다. 이유야 뻔했다. 뉴욕에 다녀온 직후 얼빠져 있는 유 대표의 꼬락서니에 내심 안도하게 된다. 바람 빠진 소리를 내며 황 대표가 짧게 웃었다.

바짝 집중해 일을 하면서도 황 대표가 핸드폰 진동을 놓치지 않았다. 불부터 켰다. 어느덧 시간은 자정에 가까워졌다. 물끄러미 메시지를 확인하면서 황 대표가 턱을 괬다. 버들이 울었다고 보고가 되어 있었다. 왜 울었을까. 그냥 넘기지 못하고 이유를 묻자 모르겠단 답이 돌아왔다. 울 일이 뭐가 있었을까. 누가 달래 주긴 했을까. 걱정에 뜬 눈으로 밤을 샜다.

잠에서 깬 황 대표가 어깨를 한쪽으로 꺾었다. 뚝, 뼈가 엇갈리는 소리가 났다. 일기 예보에서 언급했던 것처럼 추적추적 비가 내리고 있었다. 장마가 어김없이 시작됐다. 신경질 나게 만들었던 시골의 매미 소리가 문득 생각이 났다. 그걸 기점으로 풍경이 줄줄이 이어진다. 정자, 개울가, 욕실, 파란색 집 대문, 강아지, 바다…….

뜨거운 물에 목욕하고 나온 황 대표가 와인을 꺼냈다. 버들의 둘째 형님이 공 같은 걸 사 들고 병실에 찾아왔단 보고를 반복해서 읽었다. 마음이 순간 녹는다. 공을 가지고 놀 정도라니. 기특하다. 버들은 착실하게 회복하고 있는가 보다. 살은 좀 쪘을까. 황 대표의 입가가 나긋해졌다. 오늘 같은 날을 매일 기다렸고, 간절히 소원했다. 딱 여기까지면 됐다. 직접 전화를 건 황 대표가 더 이상 버들의 일상을 보고하지 말라고 지시했다.

퇴근이 늦었다. 황 대표가 곧장 에어컨 온도부터 낮췄다. 장마가 끝나면서 본격적으로 더위가 기승을 부렸다. 집안의 불을 켜지 않고 달빛에만 의존해서 돌아다녔다. 일의 연장선으로 유 대표와 지인들끼리 모여 식사 자리를 가지면서 마신 도수 높은 술은 원래부터 취향에 한참 벗어났었다. 관자놀이를 지끈거리게 만드는 취기가 괴롭다. 샤워한 뒤 젖은 머리 그대로 황 대표가 침대에 누웠다. 시간이 지체 없이 흘러간다. 감았던 눈이 얼마 못 가 쓱 뜨였다. 아무래도 잠을 자긴 글렀다.

일을 하던 황 대표가 노트북을 밀어 두고 소파에 앉아 앞쪽으로 두 다리를 뻗었다. 책장 사이에서 꺼내 온 조그마한 기계의 전원을 눌렀다. 기계의 정체는 비서가 사용하던 핸드폰이었다. 메시지 창을 빠르게 위로 올리는 황 대표의 손가락이 유연하다.

[정우.]
[정우야.]
[정우. 정우.]
[정우. 밥 먹었어?]
[정우 씨.]

매번 볼 때마다 웃음 짓게 하는 부분이었다. 귀여운 짓은 다 하고 있었구나. '막내 도련님'으로 지정된 사진첩을 연 황 대표가 한숨을 내쉬었다. 버들이 보내 준 사진들이 순서대로 저장되어 있었다. 어린 놈이. 수전증이 있는 건지 사진들은 하나같이 전부 흔들렸지만 버들의 세상이 어떤지 충분히 느낄 수 있었다. 이건 하늘이고, 이건 꽃이

고, 이건 강아지풀이고, 이건 나뭇가지고, 이건 돌멩이고, 이건 숲이
고, 이건 칫솔이고, 이건 발목 조각품이고. ……조잡스럽다. 시시하
고. 하지만 버들은 사소한 모든 것들을 포함한 세상을 자신과 나누
고 싶었던 모양이다.

제일 끝에 저장되어 있는 사진은 버들이 제일 처음으로 보냈던 사
진이었다. 그게 뭐냐면 본인 얼굴이다. 여러 장 저장되어 있는 사진
중에서 유일하다. 다른 사진과 마찬가지로 심하게 흔들려 눈을 가늘
게 떠야지만 형체가 보인다. 어색한 낯으로 버들이 웃고 있었다. 기
가 차단 듯 황 대표가 콧방귀를 뀌었다.

"얘는 뭐 이렇게 생겼냐."

예뻤다. 속으로 혼자 감탄했던 거 말고, 실제로 버들에게 예뻤다고
말해 줬던 적이 있나. 기억을 더듬었다. 없다. 못생겼다고만 했지. 황
대표가 핸드폰 전원을 껐다.

「황 대표님. 좋아해요.」

웃으면 접히는 눈, 그 아래 볼록하게 튀어나온 살. 촘촘하고 긴 속
눈썹. 뭐 하나 안 그리운 게 없다.

침대 헤드에 머리를 기대고 앉아 있는 버들이 하염없이 벽만 바라
보고 있었다. 울적해 있는 사이 시간이 많이 지체됐다. 곧 둘째 형이
온다. 더는 미루지 못하고 버들이 옷을 갈아입기 위해 단추를 차례
대로 풀었다. 곧바로 거울부터 외면했다. 손이 달달 떨린다. 수술과
회복에만 중점을 두고 있었다. 분명 의료진들은 수술 과정을 설명할
때마다 같이 언급했을 텐데, 당시에는 수술 가능 여부조차 명확하지
않았기에 흘려들었던 것 같다. 그래서 수술 상처를 전혀 고려하지

못했다. 버들의 가슴팍 사이에 난 수술 자국이 흉측하다. 낫는 게 더
덧다. 새살이 덮고, 또 덮고.

계절이 머뭇거림 없이 흐른다. 바람이 쌀쌀해지면서 가을을 앞두
고 있단 게 실감된다. 변수 없이 이대로 무사히 회복될 줄 알았다.
외출했던 공원에서 불현듯 숨이 차면서 버들이 쓰러졌다. 다시 한
번 수술 날짜가 잡혔다. 첫 수술과 비교했을 때, 심각할 건 없다며
의료진들이 가족들을 위로했다. 가슴을 또 열어야 한다니. 그럼 상처
는 지금보다 더 더럽고 흉측해질 게 뻔했다. 푹 숙여진 버들의 고개
가 들릴 줄 모른다. 참아 보려는데 훌쩍거림이 커진다. 속눈썹에 맺
힌 눈물을 버들이 얼른 손등으로 닦아 냈다.

「네가 너무 보고 싶어서, 미치는 줄 알았어.」

결국 허벅지가 흥건하게 젖을 정도로 울어 버렸다.

「한 달 내내.」

한 달 내내 내가 보고 싶다고 한 건, 내가 싫지 않기 때문이야. 싫
었으면 안 보고 싶었다고 해야지.

버들이 서랍에서 뭔가를 꺼냈다. 낡고 엉망인 가죽 수첩이다. 언제
부터 있었는지는 모른다. 발견한 건 수술하고 얼마 지나지 않아서였
다. 황 대표가 분명 난간 밖으로 던져 버렸는데 이게 왜 제 병실 서
랍에 들어 있는지 의아했다. 겨울은 저가 지나가다가 발견해서 찾아
온 거라지만 거짓말인 걸 알았다. 황 대표의 이니셜인 'H'가 자수로
새겨진 부분이 깨끗하게 칼로 도려내져 있었다. 온전히 제 소유가
되어 있었다. 마음 같아서는 다 놔 버리고 싶다. 수술받기 싫다. 그렇
지만…….

미련 남기지 않으려고 힘껏 따라다니고, 하루에도 몇 번씩 좋아한

다고 고백했는데 확실히 잘못된 방법이었다. 힘껏 따라다니고, 하루에도 몇 번씩 좋아한다고 고백한 만큼 황 대표가 눈에 밟힌다.

*　　*　　*

─어디야. 서울?

"서울 아니야."

─오늘은 서울이어야 하지 않겠냐.

"별말 없으면 끊어."

─별말 있어.

"있으면 빨리해."

─앞으로 콩밭 매는 황 아낙네로 부르면 되냐.

"여기는 콩밭 남자들이 매. 그래서 하는 말인데."

─뭐.

"너 와서 품앗이 좀 해라."

나잇값 날려 버리고 서로 빈정거렸다. 비서를 더 고용하고, 연봉도 함께 올렸다. 그러면서 황 대표가 출퇴근을 줄였다. 시골의 매미 소리가 생각났을 즈음이었다. 비탈이 너무 심하지 않으면서, 마을과 가깝지도 않은. 그 주변의 땅을 전부 사들인 황 대표가 건축 허가를 받기 위해 도로까지 직접 냈다.

투자 가치가 전혀 없는 짓에 유 대표가 고개를 절레절레 저었다가, 풍경을 보고 나선 고개를 끄덕일 수밖에 없었다. 마치 작품처럼 기가 막혔다. 주위가 나무로 우거져 푸릇하면서 저 멀리선 바다와 하늘이 맞닿아 경계가 흐릿한 수평선이 보였다. 버들이 때문에 여길

몇백 번이나 들락날락거렸음에도 불구하고 바다가 있단 걸 유 대표
는 그날 처음 알았다.

「옥에 티가 여기다.」

유 대표의 한만한 힐난을 황 대표가 굳이 부정하지 않았다. 공사
막바지를 앞둔 건물은 한적한 시골 풍경과 걸맞지 않게 지극히 현대
적이었다. 3층 높이에 엘리베이터가 집안으로 설계됐다. 건물이 완
공될 때까지 따로 머물 수 있는 곳이 필요했다. 그러니 어쩔 수가 없
었다. 전에 버들과 함께 살았던 펜션을 황 대표가 터무니없을 정도
로 시세보다 높은 가격을 먼저 제시해 구입했다.

－늦지 말고 올라와.

유 대표와 전화를 끊은 황 대표가 뒤돌았다. 울타리나 담벼락, 대
문 등 경계가 아직 없다지만 엄연한 사유지란 걸 알아볼 수 있었다.
그런데 웬 개가 무단 침입했다. 하얀색 털이 복실거린다. 혓바닥을
길게 빼고 있어서 웃고 있는 표정처럼 보인다. 살랑살랑 흔드는 꼬
리가 당당하다. 황 대표가 주춤했다. 안면이 전혀 없는 사이였음에도
불구하고 주둥이를 높게 치켜들더니 시끄럽게 짖어 대며 아는 척이
다. 한 발을 움직이자 개도 같이 움직였다. 그러니 멈추는 것도 똑같
았다.

꼬리 흔드는 속도가 빨라진다. 경쾌한 발걸음으로 다가오는 개를
피해 황 대표가 정자에 올라갔다. 아직 어린 개라서 정자까진 못 따
라 올라올 게 다행이었다. 아쉬운지 앞발을 턱 얹어 놓고 낑낑거린
다. 서울에 잡혀 있는 일정으로 인해 시간이 촉박한 와중에 난데없
이 고립된 황 대표의 눈썹이 일그러졌다. 털 때문인지. 살 때문인지.
하여튼 두툼한 앞발이 개가 아니라 무슨 곰발바닥처럼 생겼다. 목에

채워진 목줄을 보아 분명 주인이 있는 강아지였다. 교육도 받았겠지, 그럼.

알아듣게끔 황 대표가 설명했다.

"가."

*　　*　　*

유 대표 가족의 기업 창립 행사였다. 격식을 갖추면서 성대한 분위기다. 오랜만에 보는 얼굴들이 있었다. 악수를 나누며 황 대표가 편안하게 대화했다. 제 집과는 완벽하게 선을 끊었는데, 남의 집 잔치에 와서 이러고 있는 게 문득 어이가 없었다. 휘영청, 보름달이 떴다.

"왔으면 나를 먼저 찾아야지."

뒤에서 유 대표가 다가왔다.

"너 바빠 보여서."

"언제 왔어."

"행사 시작할 때부터 왔어."

"……그래?"

유 대표가 어깨를 으쓱거렸다. 비어 있는 황 대표의 잔을 새로 바꿔 주는 태도가 태연했다. 그러면서 표정을 면밀하게 살폈다. 뉴욕에서 돌아온 직후 지나온 나날을 새삼 유 대표가 되짚었다. 황 대표가 먼저 지나가는 투로 버들의 안부를 물어 온 적이 없었다. 속이야 알 수 없다지만 겉으로 보기엔 황 대표는 예전과 전혀 다를 바가 없었다. 재수가 없는 게 흠이기는 하나 믿을 수 있는 성격이니까 함께 동업도 할 수 있는 거다.

"뭐 할 말 있어?"

얼쩡거리는 유 대표가 거슬리는지 황 대표가 노골적으로 인상을 썼다. 황 대표가 중심을 잡고 있는 한 흔들리는 일은 없다고 유 대표는 확신했다. 그러니 뭐라고 말을 하려다가 차라리 입을 다무는 쪽을 택했다. 긁어 부스럼이라는 옛 말이 괜히 있는 게 아니다. 황 대표의 어깨를 툭툭 치며 유 대표가 사라졌다.

잠시 편안히 있고 싶어진 황 대표가 사람들을 피해 밖으로 향하다가 걸음을 멈췄다. 그리고 방금 봤던 우측으로 고개를 돌렸다. 동시에 심장이 떨어져 바닥을 구르는 기분이 들었다. 닮은 사람이거나 착각한 게 아니다. 정말 버들이 서 있었다. 격식을 차리기 위해 입었을 하얀 셔츠가 잘 어울린다.

자신을 보고 놀랐는지 버들이 숨을 쉬고 있지 않단 게 빤히 느껴진다. 빳빳하게 힘이 들어간 버들의 쇄골이 불거졌다. 저한테 다가오려는지 급한 걸음으로 움직이던 버들이 옆에 있는 친척들에게 붙잡혔다.

황 대표가 호텔 밖으로 나갔다. 어느 순간 등 뒤로 따라오는 걸음이 느껴졌다. 아. 속으로 욕을 짓씹었다. 빠르게 사라지고 싶지만 버들이 따라오다가 혹여 넘어질까 봐 신경 쓰인다.

버들은 없었지만 제 세상은 여전히 뒤집혀져 있었다. 가랑비처럼 버들이 깊숙하게 젖어 들어 혼자 남겨졌어도 하루가 더는 무미건조하지 않았다. 버들을 아예 몰랐을 예전으로 돌아가는 건 불가능했다. 바닥에 그림자가 두 개다.

콧잔등을 찌푸리며 버들이 심장을 매만졌다. 황 대표의 앞을 가로막고 싶은데, 못 따라가겠다. 버들이 신발을 벗어 황 대표에게 던졌다. 그게 근처까지 가지도 못하고 뚝 떨어졌다. 수술 후 재회를 기다렸다. 이렇게 느닷없을 줄이야. 좀 더 멋지게 가꿔진 모습으로 황 대표를 찾아가고 싶었다. 하지만 얼굴을 보니 모든 각오와 벽들이 와르르 무너져 버렸다. 가루처럼 휘날려 흔적조차 남지 않았다.

"대표님."

버들의 목소리에 다리가 굳는 기분이다. 뒤를 돌았다. 버들의 맨발에 황 대표가 눈썹을 찌푸렸다.

"황 대표님."

재차 저를 부르는 버들의 목소리가 현실을 직시하게 만들었다.

"저한테 왜 보고 싶다고 하셨어요?"

"……."

"한 달 내내, 미칠 정도로 제가 왜 보고 싶다고 하셨어요?"

계절은 다시 봄이었다. 하지만 둘은 시렸던 크리스마스에 서 있었다.

"너는 그게 중요해?"

"중요해요."

못 만나는 동안 혹시나 내가 또 보고 싶진 않았을까. 미칠 정도로 보고 싶어 하진 않을까. 버들에게 한 달 내내 보고 싶었던 황 대표의 그 말은 폐허 속에 딱 하나 쥐고 있던 씨앗과도 다름없었다.

"저는……."

버들의 목소리가 떨렸다.

"대표님이 계속 아쉬워요. 이제 어떻게 해야 돼요?"

명청한 게, 진짜. 저만큼 명청하기도 어려울 거 같다.

"매달려."

"······."

"해바라기 주면서. 궁에 가자면서."

"······."

"거지처럼 구걸해."

"······."

"너 그거 잘하잖아."

고르고 골라, 잔인한 말을 내뱉었다. 얼굴이 새빨갛게 달아오른 버들을 두고 황 대표가 돌아섰다. 두 개의 그림자가 서로 멀어졌다.

"너는! 진짜······."

분에 찬 버들의 목소리가 등으로 박혔다.

"내가 알고 있는 사람들 중에서 제일 나쁜 놈이야. 개새끼고. 네가 제일 싸가지도 없고."

하나 마나 한 욕들이었다. 차를 대기시키라고 비서에게 전화를 걸기 위해 핸드폰을 꺼냈다. 황 대표의 걸음이 멈췄다. 구름에 찰나 가려졌던 달이 모습을 드러냈다. 황 대표가 고개를 내렸다. 뒤에서 뛰어온 버들이 제 허리를 꽉 껴안고 있었다. 깊게 한숨을 터트린 황 대표가 버들의 팔을 낚아채 떼어 냈다. 멍청한 새끼라고 욕을 해 주려고 돌아섰다. 그렇게 발긋한 버들의 눈가와 마주 봤다. 모른 척 외면하고 있었던 그리움이 폭발한다. 기다랗고 촘촘한 속눈썹이 계절이 바뀌는 동안 바뀌지 않았다.

버들이 참았던 숨을 낮게 내쉬었다. 물기가 서려 있다. 거리가 너무 가까우니까 황 대표의 얼굴이 보이지 않는다. 더 자세히 보려고 한 발자국 물러나는데, 그런 버들을 무의식중에 황 대표가 잡아당겼다.

"버들아."

버들이 고개를 들었다. 황 대표의 시선이 버들의 몸 이곳저곳을 짚었다.

"수술 잘 받았어?"

고분고분, 버들이 고개를 끄덕였다.

"괜찮아?"

다시 버들이 고개를 끄덕였다.

"근데……."

근데 왜 아직까지 이렇게 말랐어.

황 대표가 밤하늘로 시선을 돌렸다. 외롭게 뜬 별 하나를 스쳐 지나 다시 고개를 내렸다. 안아 주지 않아서, 안아 주지 않아도 버들이 황 대표의 품을 최선을 다해 파고들었다. 좋아……. 너무 좋아. 밤하늘은 차분하기 그지없는데 어째 제 귓가에는 소란스럽게 천둥이 내리친다. 버들의 눈이 감겼다. 예전이나 지금이나 거세게 팔딱거리는 제 심장은 온전히 황 대표가 이유였다. 평생 변질되지 않을 각인이나 마찬가지다. 가슴을 짓누르며 뻐근하게 시작된 통증이 이윽고 온몸 구석구석으로 퍼져 나갔다. 괴로운 대신 벅차올랐다.

상상이나 과거를 회상해서 떠오른 황 대표가 아닌 실제의 황 대표의 몸에 버들이 코끝을 살며시 비볐다. 바스락거리는 셔츠 뒤로 단단한 황 대표의 가슴 근육이 느껴진다. 마주 안아 주지 않아 더뎠지만 끈질기게 기다렸다. 서서히 제 쪽으로 황 대표의 체온이 번져 오자 버들의 눈꺼풀이 파르르 떨렸다.

좋아하는 마음이 꽃처럼 만발하자 어느 순간 어디로 가야 할지 몰라 헤맸던 길을 수술 후, 황 대표와 마주하게 되면서 제대로 찾아낸 기분이 든다.

수술 전에는 어차피 앞으로 살아갈 나날들을 보장받지 못했을 때
니 '잘' 먹고 '잘' 사는 것에 무감각했다. 이별하며 황 대표가 제게 했
던 말이 잘 먹고 잘 살란 거였다. 그래서 그 말 자체가 싫어졌다. 떠
올리는 것만으로도 아팠다. 영영 지워 버리고 싶었다. 하지만 두 차
례의 수술을 견디고 나니 그 말에 대한 심정이 간사하게 바뀌었다.
탐이 났다. 누구보다 더 잘 먹고 잘 살고 싶다. 그러기 위해선 눈앞의
이 사람이 절대적으로 간절하다.

예전처럼 황 대표님이 나를 무릎에 앉혀 놓고 등이나 엉덩이를 토
닥거리면서 재워 주면 좋겠다. 눈뜨면 언제 사 왔는지 모를 장어를
나 먹으라고 식탁 가득 차려 주거나, 뜨거운 죽을 먹기 편하게 식혀
줬으면 좋겠다.

바람이 불자 신발을 벗어 던진 한쪽 맨발부터 휑하다. 황 대표의
기억에는 환자복을 걸치고 있는 제 몰골이 마지막이었을 거다. 그게
늘 걸렸다. 왜냐하면 거울에 비쳐 본 제 모습이 스스로 느끼기에도
참 볼썽사나웠으니까. 다시 만날 날을 기다리며 그때엔 저를 보고
황 대표가 깜짝 놀랄 만큼 멋지고, 새롭고, 폼이 났으면 싶었다. 비록
그걸 위해 여태 세우고 있던 계획이 오늘을 기점으로 와장창 망해
버렸지만 중요한 건 현재 둘이 함께 있다는 거다. 버들이 숨을 흠뻑
들이켰다.

"……대표님."

황 대표의 목울대가 일렁거렸다.

"술 냄새 나요. 술 많이 마셨어요?"

황 대표의 향수 냄새보다 술 냄새가 먼저 맡아졌다. 진하고 독했
다. 대답 없는 황 대표의 가슴팍에 버들이 다시 코를 파묻었다. 꼬물

꼬물한 버들의 움직임에 간지러운 감촉이 지핀다. 무심코 버들의 허리 뒤쪽으로 향했던 팔을 닿기 직전에 거뒀다.

수술 잘 받았다면서. 이제 괜찮아졌다면서. 자신을 대하는 버들의 태도가 전혀 달라진 게 없다. 아쉬운 게 없다고 콧대 세워야지 왜 아쉽다고 하는 건지 모르겠다. 황 대표의 시선이 아래로 잠겼다. 잔인하게 내지른 제 말에 분명 상처받았을 거다. 그럼에도 불구하고 제 품속을 버들이 파고들었다. 마른 몸뚱이가 나약하게 느껴진다.

차마 자신이 먼저 건드릴 수 없으니 버들이 떨어져 나가길 황 대표가 기다리는 중이었다. 째깍째깍, 시간이 흐른다. 하필 호텔 뒤쪽의 외진 곳이라 오고 가는 사람도 없이 오롯하게 단둘이다. 남자 둘이 이러고 있는 걸 누군가에게 들킬까 봐 눈치 봐야 하는 상황이 생기지 않는다. 까딱하다간 이렇게 날을 새게 생겼다. 하는 수 없이 황 대표가 입을 열었다.

"놔."

말이 떨어지기가 무섭게 버들이 더 힘껏 황 대표를 껴안았다.

"신발 가져다 줄 테니까 놓으라고."

"……신발 안 신어도 돼요."

"신발 안 신고 어떻게 돌아다닐 건데."

머리 위로 황 대표의 나직한 목소리가 울린다. 타박하는 게 아니었다면 더 좋았을 뻔했다.

"저 맨발로도 잘 돌아다녀요."

"바닥에 날카로운 거 있으면. 다칠 거 아니야."

황 대표의 신발 위로 버들이 제 맨발을 슬그머니 올렸다.

"이러고 있으면 되잖아요."

허리를 감고 있는 버들의 팔이 순간 느슨해졌다. 그때를 놓치지 않고 황 대표가 뒤로 물러나 거리를 뒀다. 금방 다가오려는 버들을 향해 황 대표가 엄하게 표정을 찌푸렸다.

"가만히 있어."

제 신발을 가지러 가는 황 대표의 뒷모습을 버들이 말끄러미 응시했다. 버들의 발치에 황 대표가 신발을 툭 내려놨다. 둘의 눈빛이 부딪혔다. 비스듬히 기울인 턱을 황 대표가 까닥였다. 그게 신발을 빨리 신으라는 뜻이란 걸 알면서도 버들은 일부러 반응하지 않았다.

서로 말이 없는 가운데 버들의 어깨가 축 처졌다. 반면 입술에는 힘이 들어간다. 버들의 턱 아래에 작게 호두가 생겼다. 숨을 크게 몰아쉰 버들이 제 신발 한 번, 황 대표 얼굴 한 번 번갈아 가며 쳐다봤다. 신발을 신으면 기다렸단 듯 저를 두고 황 대표가 다른 데로 가 버릴 거 같다. 심란하고 불안하다.

황 대표가 신으라고 주워 준 신발을 버들이 허리를 굽혀 집어 들었다. 그리고 아무 데나 휙, 던져 버렸다. 난데없이 물소리가 났다. 의도한 건 아니었는데 바로 옆 분수에 신발이 빠져 버렸다. 제 행동에 대한 결과로 놀란 버들의 입술이 살짝 벌어졌다.

……기왕 이렇게 된 거. 버들이 나머지 한쪽 신발도 벗어 분수를 향해 내던졌다. 풍덩! 이번에는 아예 노골적이었다. 그렇게 버들은 완벽한 맨발이 됐다.

뭐 잘한 게 있다고 똑바로 저를 쳐다보는 버들의 큰 눈망울에 황 대표의 인상이 짙어졌다.

"따라오지 말고."

황 대표를 따라가려던 버들이 주춤거렸다.

"거기 그대로 있어."

황 대표가 분수 속으로 들어갔다. 고작 신발 따위를 줍기 위해 황 대표가 분수 속으로 들어갈 줄은 몰랐다. ……어떡해. 옷 젖으실 텐데. 물이 더러울 수도 있는데. 조마조마해진 버들이 발을 굴렀다.

버들의 한쪽 신발은 찾았는데 다른 한쪽 신발은 어디에 처박혔는지 보이지가 않는다. 인상 쓴 채 주변을 살펴보고 있던 황 대표가 문득 뒤를 돌았다. 곧장 한숨이 터졌다. 따라오지 말고 거기 그대로 있으라니까. 어느 틈에 버들이 분수 속에 들어와 있다. 맨발이라 미끄러운지 첨벙거리는 발걸음이 아슬아슬하다. 미처 뭐라고 구박할 틈도 없었다. 우려했던 대로 버들이 휘청거렸다. 놀란 황 대표가 다급히 팔을 뻗었다. 그대로 붙잡은 버들의 몸을 품에 꽉 껴안았다. 어떠한 사고도 일어나지 않았지만 놀란 마음이 진정되지 않는다. 뒤로 미끄러지지 않고 버들이 자신이 서 있던 앞쪽으로 미끄러져서 천만다행이었다.

"……대표님."

"너 혼나야겠다."

저 때문에 황 대표가 놀라고 걱정까지 하게 만들었으니 입이 열 개라도 할 말이 없었다. 말 들을걸. 버들이 아랫입술을 말아 물었다. 뉴욕으로 떠났던 날 이후 처음이다. 황 대표의 품에 안겨 있지만 제 잘못을 아니까 떨리는 것과 별개로 마냥 기뻐할 수가 없다. 황 대표가 버들의 무릎 뒤로 팔을 넣어 번쩍 안아 들고는 근처의 벤치로 데려갔다.

"가만히 있어. 알았어?"

"……네."

버들의 대답을 확실히 듣고 나서 황 대표가 분수 속으로 들어가 신발을 찾아 꺼내 왔다. 둘 다 옷이 젖어 버려 주변으로 물이 뚝뚝 떨어졌다. 신발을 찾느라 더 많이 젖은 쪽은 황 대표였다. 나란히 의자에 앉아 있던 황 대표가 버들을 쳐다봤다.

"괜찮아요."

황 대표가 제 이마를 짚자 버들이 얼른 제 상태를 알렸다.

"추워?"

"아니요."

이마가 따뜻하나 아파서 열이 오르는 건 아닌 것 같다. 그렇다고 안도가 되는 것은 아니었다. 지금은 괜찮더라도 젖은 상태로 오래 있다 보면 탈이 날 수도 있다. 가족들이 있는 연회장 안으로 버들을 들여보내는 게 가장 나은 방법이겠지만 역시나 젖어 있는 게 걸린다. 버들의 바지가 검은색이라 물에 젖은 경계가 또렷하게 티가 나지 않는다고 해도 걸을 때 흐르는 물이 문제였다. 가족들이 봤다간 무슨 일인지 덩달아 걱정을 끼칠 수도 있다. 자리에서 일어난 황 대표가 버들의 신발을 벗겨 최대한 물기를 털어 냈다. 이어 겉옷을 벗어 버들의 젖은 바지 부분을 닦아 냈지만 딱히 도움은 되지 않는 거 같다.

버들이 힐긋, 황 대표를 쳐다봤다.

"언제 왔어."

"2시간도 채 안 됐어요."

"……말고. 한국에 온 지."

"아. 2주 됐어요."

"2주?"

유 대표 새끼. 욕의 화살촉을 버들에게는 겨눌 수 없으니, 버들의 형에게로 향했다.

황 대표가 다시 버들의 옆에 앉았다. 버들의 눈이 황 대표의 몸을 타고 굴러간다. 황 대표가 눈썹을 찌푸렸다. 정확히 버들이 제 몸 중 어디를 궁금해하는지 알 것 같다. 주머니에 손을 집어넣어 상처가 남은 손등을 감췄다. 새카만 연기처럼 구름이 흐른다.

"대표님."

"……."

"있잖아요."

"……."

"혹시……."

"……."

"결혼하셨어요?"

한참을 뱅뱅 돌더니 버들이 조심스레 물었다. 기가 친다.

"안 했어."

"……아."

버들이 고개를 끄덕였다. 결혼했냐고 묻기 전에 비해 표정이 많이 편안해졌다.

"저도 아직 안 했어요."

황 대표가 버들을 쳐다봤다. 버들이 고개를 옆으로 돌리면서 서로의 시선이 닿았다. 잔잔한 기류가 주변으로 퍼졌다.

"대표님. 저 이제 아무 데도 안 가요."

눈길을 피하지 않은 채 확고한 어조로 들려준 버들의 그 말은 머릿속을 일순 굳게 만들었다. 찰나 정신까지 아득해지는 기분이다. 황 대표가 자리에서 일어나 핸드폰을 꺼냈다.

"유 대표, 불러 줄게."

황 대표님이랑 좀 더 같이 있고 싶은데. 아쉬움에 버들이 콧등을 찌푸렸다.

"어디야."

신호가 짧았다. 통화가 빠르게 연결되어 다행이라고 생각했는데, 벌써 연회장을 빠져나와 어딘가로 샜단다.

─나 왜 찾아? 뭐 할 말 있어? 내일 해. 회사 나올 거잖아.

네 막냇동생, 나랑 있으니까 데려가라고 말을 하지 못한 채 전화가 끊겼다. 심각해진 황 대표의 곁에 버들이 다가왔다.

"버들아."

"네?"

버들의 긴 속눈썹이 순하게 깜박였다. 황 대표가 이름을 불러 줄 때마다 혹독하게 견뎠던 수술 후의 일상이 별거 아닌 것처럼 잊힌다.

"……집에 갈래?"

버들이 고개를 끄덕였다.

"가자."

나란히 호텔 후문을 향해 걸었다. 황 대표의 전화에 비서가 차를 끌고 와 대기하고 있었다. 술을 마셔서 운전을 직접 할 수 없으니 황 대표와 버들이 뒷좌석에 같이 올라탔다.

"안전벨트."

"아."

버들이 끈을 잡아당겨 채웠다.

"전에 계신 비서님은요?"

"오늘 쉬는 날이야."

"아. 대표님. 차 새로 사신 거예요?"

"아니. 있던 거야."

"저는 처음 보는 건데요? 언제부터 있던 차예요?"

말해 주기 싫어서 황 대표가 입을 다물었다. 버들이 뉴욕에 있는 동안 뽑은 차니, 처음 보는 게 당연했다. 아무렇지 않을 수도 있는데 괜히 그 말을 듣고 버들이 울적해할까 봐 신경 쓰인다. 부드럽게 차가 출발했다. 버들의 심장이 다시금 소란스러워졌다. 창틀에 팔꿈치를 올려 턱을 기댄 채 바깥을 내다보고 있던 황 대표가 운전석에서 뒷좌석을 볼 수 없게끔 버튼을 눌렀다.

버들도 창밖을 보고 있었다. 더 정확히 차창에 반사된 황 대표를 눈에 담고 있었다. 차 안은 적막했다. 과속 방지 턱을 넘어가면서 차가 덜컹거리자 버들의 시선이 황 대표를 비껴가 풍경에 꽂혔다. 익숙한 거리다. 허리를 꼿꼿하게 펴서 버들이 더 자세히 창밖 주변을 둘러봤다.

"대표님."

버들이 저를 부르자 황 대표가 그쪽을 쳐다봤다.

"집에 가자고 하셨잖아요."

버들의 표정에 잔뜩 억울함이 담겼다. 집에 가자고 했지. 그게 뭐가 문제인지 모르겠다.

"여기 대표님 집 가는 방향 아니잖아요. 지금 우리 집 가는 거예요?"

······황 대표가 한숨을 삼켰다. 꼴통 새끼 때문에 술이 다 깼다. 집에 갈 건지 물었던 건 바래다준다는 뜻이었다.

"저 대표님 집 갈래요."

"안 돼. 안 데려갈 거야."

"왜요? 시간이 늦어서요?"

"그냥 내가 그러기 싫어."

"······."

단호한 황 대표의 거절에 달싹거리던 버들의 입술이 그대로 닫혔다. 이내 버들이 고개를 숙였다. 잘잘 끓는 물처럼 기분이 달아올랐다가 한순간에 식었다가 종잡을 수가 없다. 집에 도착하는 동안 버들이 애써 제 생각들을 정리했다. 수술 후 보상처럼 제게 주어진 상황들을 연거푸 상기하기도 했다. 예전처럼 급하지 않아도 돼. 여유롭게 다가가도 시간은 충분해.

"데려다 주셔서 감사합니다."

예의 바르게 버들이 인사했다.

"그럼 저는 가 볼게요."

"······."

"대표님. 술 많이 드셨으니까 물도 많이 드세요."

"······."

"운전도 조심하세요. 아. 오늘은 운전 안 하시지."

예의 바른 인사를 몇 번 더 하고 나니 바닥이 났다. 안전벨트를 푼 버들이 머뭇거렸다.

"대표님."

심호흡을 크게 내쉰 다음에야 버들이 이어 입을 열 수 있었다.

"저 보고 싶었다고 했던 거. 한 달 내내 제가 미칠 정도로 보고 싶다고 하셨던 말, 그거 혹시 거짓말이에요?"

매년 돌아오는 크리스마스에 의무적으로 전달하는 선물 같은.

긍정도 부정도 하지 않는 황 대표에게 들썩거릴 줄 알았던 제 감정이 너무나 얌전해 버들이 스스로 놀랐다. 처음부터 다시 시작할 수 있단 건 생각보다 커다란 무기였던 모양이다. 버들이 다시 한 번 인사를 전한 뒤, 차에서 내렸다.

차 문이 닫히고 나서야 황 대표가 버들이 내린 쪽을 바라봤다. 웅장한 대문이 열렸다. 뒤 한 번 돌아보지 않는 버들을 따라 황 대표가 차에서 내렸다. 그러곤 버들의 어깨를 잡아 제 쪽으로 돌려세웠다. 마지막으로 솔직하게 제 마음을 뒤집어 까서 보여 준 거나 다름없었다. 떠나보내는 건 떠나보내는 거고, 확실한 건 확실해야 했다.

"거짓말한 거 아니야."

힘 조절을 못 한 황 대표의 손에 잡힌 어깨가 아팠지만 그런 건 아무래도 상관없었다. 버들의 얼굴이 붉게 달아올랐다. 어디서 꽃향기가 난다.

집에 들어온 황 대표가 젖은 옷을 갈아입는 것도 미루고선 와인을 찾았다. 비밀번호 누르는 소리가 나면서 가슴이 철렁 내려앉았다. 데려다준 지 얼마나 됐다고. 버들이 뒤쫓아 온 거라고 생각하며 황 대표의 눈썹이 일그러졌다. 잔을 내려놓고 현관으로 나가자 비서와 눈이 마주쳤다. 황 대표가 차에다가 놓고 내린 태블릿을 전달하고 비서가 재빠르게 빠져나갔다. 내일까지 확인해야 하는 서류가 담긴 태블릿이라 중요하게 챙겼어야 했는데 깜박했다. 밤을 샜지만 이후 비밀번호가 눌리는 일은 없었다.

*   *   *

"오셨습니까."

"황 대표는."

"대표실에 계십니다."

"그래? 언제 왔어?"

회사에 모습을 드러낸 유 대표가 비서에게 겉옷을 전해 주며 먼저 출근해 있다는 황 대표를 찾아 나섰다. 급할 건 분명히 없는데 괜히 서두르게 된다. 이게 다 버들이 탓이었다. 골칫덩어리가 따로 없다. 어제는 가족들 틈에서 벗어나 어디로 가 버렸는지 보이지 않는다는 버들이 전화까지 받지 않아 온갖 걱정을 하게 만들었다. 샅샅이 찾으러 다니다가 혹시나 싶어 집으로 차를 돌렸다. 버들은 자기 방, 침대에 곤히 잠들어 있었다. 그새 씻었는지 좋은 향기가 나는 머리카락이 축축했다. 잠들어 있는 얼굴을 살피자 아무렇지 않아 보여 안도하기 잠시였다.

신발이랑 같이 벗어 놓은 옷가지들이 젖어 있는 걸 발견하고선 버들을 깨울 수밖에 없었다. 무슨 일이 있었냐고 묻자 버들이 웅얼거렸다. 졸음이 가득한 목소리라 발음이 불분명했으나 아무 일도 없었다고 선을 그었다. 그게 말이 되냐고. 아무 일도 없었으면 신발이랑 옷도 멀쩡해야지. 순간 앞뒤 재지 않고 머릿속에 떠오른 사람이 황 대표였다. 버들의 젖은 신발과 옷, 그리고 황 대표가 서로 무슨 상관인지 스스로 납득되진 않았지만 그래도 억지가 써졌다.

큰 눈을 끔벅거리는 버들을 다시 눕혀 이불을 덮어 줬다. 습관처럼 황 대표의 안부를 궁금해하던 버들이 막상 한국에 와서는 잠잠했던 게 이제 와 걸린다. 다음 날, 버들은 기분 좋은 얼굴로 잠에서 깼다. 꿀물을 타 달라고 부탁하니 퉁퉁 부은 눈으로 뭐라고 잔소리까지 지껄였다. 평소와 다를 바 없는 버들의 모습에 안도가 들어 가슴을 쓸어내렸다. 아무 일도 없었단 건 거짓말이 아니었던 모양이다.

사옥 여기저기에 직원들과 소속 연기자들이 널려 있었다. 밝게 건네 오는 인사에 유 대표가 대충 손을 흔들어 반응했다. 기다란 복도를 따라 걸을수록 고요함이 깊어진다. 건물의 가장 외진 곳에 다다랐다. 거기가 바로 황 대표의 대표실이었다. 굳건하게 닫혀 있는 문을 앞에 두자 눈썹이 절로 삐딱해진다. 황 대표 새끼. 공연한 욕이 툭 내뱉어졌다. 질색할 정도로 예민하게 타고난 황 대표의 성질머리를 뻔히 다 알면서 유 대표가 노크 없이 문을 열어젖혔다. 그래도 될 사이였다.

결재에 사인하면서, 최근 업무에 관련된 결과물을 간략하게 보고받는 중이던 황 대표의 미간이 옅게 구겨졌다. 두 대표의 눈이 마주쳤다. 허락 없이 멋대로 들어온 것으로도 모자라 유 대표가 뻔뻔하게 굴었다. 블라인드를 걷고 창문까지 힘차게 열었다. 대표실 안으로 밝은 햇볕이 꼭 소리를 낼 것처럼 와르르 쏟아졌다. 불어오는 바람이 하루 종일 맑은 날씨란 것을 예견했다. 새파란 하늘에 눈이 부시다.

"회사는 역시 놀러 나오는 곳이야."

썩 만족한 표정으로 한가한 감탄이나 뱉어 내는 유 대표의 모양새가 역시 염치가 없다. 언제나 저래 와서 별로 새삼스럽지도 않다. 낮게 헛바람을 켠 황 대표를 유 대표가 유유히 지나쳤다. 그러면서 "그렇지 않냐?" 불쑥 제 뜻에 동의를 구한 게 실장이다. 기습을 당한 실장이 마땅한 대답을 내놓지 못하고 드물게 얼버무렸다. 표정에서 당황스러움이 한껏 묻어나고 있었다.

황 대표가 손가락을 까닥였다. 뒤늦게 정신을 차린 실장이 전달해야 할 보고를 마무리 지었다. 두 대표에게 고개를 숙인 뒤 대표실을 빠져나가기 전, 공기 청정기 세 대를 작동시키는 걸 잊지 않았다. 곧 비서가 차를 내왔다. 달그락거리며 놓인 하얀 찻잔이 어떤 무늬도 없이 수수하다. 그래서 찻잔 속에 만발한 꽃이 더 화려해 보이는지도 모르겠다. 옅은 분홍색을 띤 꽃잎들이 창문을 통해 들어오는 잔잔한 바람을 타고 빙글빙글 돈다.

단둘이 남겨지고 난 후 황 대표가 가만히 유 대표를 응시했다. 주머니에 한쪽 손을 꽂고 제 대표실처럼 휘젓고 다니는 유 대표의 모습이 평소와 전혀 다를 바가 없었다. 유 대표 역시 황 대표와 관련해 똑같은 생각이었다. 그대로 걱정을 비웠다.

황 대표가 손목에 채워진 제 시계로 시선을 떨어뜨렸다. 시간을 확인하자 12시 이전이다. 원래 예정되어 있던 유 대표의 출근 일정은 점심을 넘어 오후로 알고 있다. 무감했던 황 대표의 한쪽 눈썹이 위로 까딱였다.

"나한테 할 말 없어?"

"할 말은 네가 있어야지."

"내가 무슨 할 말이 있어."

"어제 전화로 나 찾은 거 뭐야?"

결재에 사인하느라 여태 손에 쥐고 있던 만년필을 황 대표가 내려놨다.

"어제 전화 왜 했냐니까."

"실수로 어쩌다 보니 걸린 거야."

"나한테 전화한 게 실수였다고?"

어디냐고 묻기까지 했던 주제에 실수로 전화를 걸었다는 황 대표의 변명은 얼토당토않았다. 그걸 알아차린 유 대표가 일부러 빈정거렸다.

"혹시 나 뭐 단축 번호로 저장되어 있고 그래?"

"징그러운 소리 좀 하지 마."

두 대표의 팔뚝에 닭살이 돋았다. 징그러운 소리였단 걸 인정하며 유 대표가 굳이 황 대표의 옆자리에 앉았다. 맞은편의 제 찻잔을 끌어와 한 모금 음미하는 유 대표의 태도가 자못 여유롭다. 황 대표가 유 대표에게 물었다.

"할 말. 진짜로 없어?"

"있어야 하는 거야?"

"……."

"눈빛 보니까 있어야 하는 거네? 그렇다면 지금 아무렇게나 지어 볼게. 황 대표, 너 알지? 내가 할 말 이런 거 잘하잖아."

발랄하면서 성의 없이 뱉어 내는 유 대표의 어조에서 의중을 알아차렸다.

"옛날, 옛날에 황 씨 성을 가진 싸가지 없는 놈이 시골 바닥에 오두막을 짓고 살았어요."

버들이 한국에 들어온 걸 유 대표는 절대로 저한테 말해 줄 생각이 없는 거다. 한숨을 삼킨 황 대표가 팔짱을 꼈다. 뭐 하나 신경 안쓰이는 게 없다. 버들을 만난 어제 이후로 그게 더 심해졌다. 잠이 모자란 탓인지 설상가상 머리까지 잘 굴러가지 않는다. 정리되지 않은 생각들이 실타래처럼 엉키고 쌓여 끝도 없이 막막해진다.

유 대표가 직접 저를 뉴욕까지 데려가 버들을 보여 줬던 건 그게 버들에게 조금이나마 도움이 되는 일이라 여겼기 때문이다. 도움은 커녕. 저 때문에 버들은 몇 번이나 울어야 했다. 결과적으로 버들의 수술 날짜가 정해졌다. 그건 순전히 버들의 의지였다.

버들에게 자신이 끼치는 영향이 긍정적이지 않단 걸 누구보다 잘 알고 있다. 그럼에도 불구하고 버들이 한국에 들어온 시점, 유 대표가 아무런 언급을 하지 않는다는 게 거슬린다. 유 대표의 입장에선 수술까지 받았으니 뉴욕에서와 달리 버들에게 구태여 자신이 필요 없을 거란 판단을 내렸을지도 모르겠다. 그럼 그만큼 버들의 상태가 나아졌단 뜻이 되는 건가. 하지만 정작 어제 마주하게 된 버들은 수술 전과 다름없이 자신이 아니면 안 될 것처럼 굴며 매달렸었다. 황 대표의 인상이 구겨졌다.

"호미로 콩밭을 매며…… 뭘 봐."

"늑대는 안 나오나 해서."

"늑대 나오지. 개가 입김으로 집 날려 버리잖아."

"그래?"

"사실은 싸가지 없는 황 씨, 그놈이 늑대였어."

"언제는 나무꾼이라면서."

"나무꾼도 되고, 늑대도 되는 거지. 돈이 썩어 날 정도로 많은데 명함 두세 개가 문제야?"

지치지도 않나 보다. 어디서 주워들은 전래 동화를 섞어 헛소리를 주야장천 나불거리며 유 대표가 황 대표의 만년필을 집어 들었다. 차곡차곡 쌓여 있는 결재 서류를 위에서부터 펼쳤다. 내용이야 어차피 먼저 사인한 황 대표가 알아서 잘 확인했을 테니까. 공동 대표의 입지는 이래서 편하다. 해야 할 일은 두 명이서 나누고, 성과는 두 배고. 황 대표의 사인 옆에 제 사인을 휘갈기는 유 대표의 태도가 한 만하기 짝이 없다.

"사인 할 거 더 없어?"

"회사에 사인하러 나왔어?"

"놀러 나왔다니까."

"그게 끝이야."

까칠하게 황 대표가 대꾸했다. 회사에 나와 처리해야 할 업무들을 금방 끝내 놓고 나니 여유가 넉넉하다. 그걸 티내듯 유 대표가 태평히 다리를 꼬았다.

나란히 차를 들이켜며 두 대표가 진중하게 이야기를 나눴다. 사업에 관련해 한창 대화를 나누던 중에 벨소리가 울렸다.

"잠깐만."

양해를 구한 뒤 유 대표가 걸려 온 전화를 받기 위해 핸드폰을 꺼내 들었다. 잠시 주춤거린 것도 자동으로 씰룩거린 입가도 서둘러 감췄지만 이미 황 대표에게 들킨 뒤였다. 유 대표가 핸드폰을 거꾸로 뒤집었다. 액정이 보이지 않게끔 어물쩍 감추는 행동이 수상쩍다. 그러고 보니 유 대표가 이랬던 적이 몇 번 더 있었다. 언제부터였는지 딱히 계산하지 않아도 알 만하다. 누구 전화인지 묻거나, 누구 전화인지 알겠단 듯 내색하지 않았다. 찻잔을 내려놓는 황 대표는 그저 차분하다. 그러는 사이 퇴근하겠다며 유 대표가 자리를 떴다. 황 대표는 버들에 관한 걸 유 대표에게 마찬가지로 함구했다.

　　　　*　　*　　*

　핸들을 꺾자 눈앞에 고르지 않은 길이 나타났다. 언제부턴가 시골까지 내비게이션을 작동하지 않고도 찾아갈 수 있게 됐다. 가는 곳만 가게 되는데, 거기에 이따위 촌구석이 포함될 줄 몰랐다. 단 한차례 경로를 이탈한 적 없이 처음 시골에 도착했던 날, 차에서 내리지 못하고 한참이나 앉아 있어야 했었다. 버들에게 먼저 입을 맞춘 후로도 달라지는 건 없을 거라 자부했던, 제 세상이 뒤집혔던 계절인 여름이 몽땅 이곳에 녹아 있었다. 뒤집혀진 세상에 혼자 남아 있지만 그건 지금도 여전했다.

　"안녕하십니까."

　모자를 벗으며 다가온 건축가가 정중히 인사를 건넸다.

　"덥진 않으십니까. 조금 쉬었다가……."

　"아닙니다. 괜찮습니다."

　"그럼 여기부터 확인하시죠."

　앞장선 건축가가 추가로 공사가 진행된 부분들을 일일이 짚어 가며 설명했다. 보통은 가장 걸림돌이 되는 게 예산이건만 제약이 없다 보니 유능하다 정평이 나 있는 건축가가 그야말로 날개를 달았다. 설계 단계에서부터 순탄했다. 자신감과 의욕이 넘쳤던 만큼 공사 기간도 단축되었고, 결과물 또한 흡족하게 잘 나왔다. 주차장을 포함해 외관을 둘러본 황 대표가 동그랗게 파헤쳐진 땅 앞에서 멈춰 섰다. 그런 구멍들이 주변에 몇 개 더 있었다. 직업이 뭔지 모르겠지만, 어쨌든 부유하면서 성격은 섬세한 클라이언트가 묻기 전, 건축가가 알아서 일정을 알렸다.

"묘목은 다음 주에 심을 예정입니다."

비밀번호를 누르자 현관문이 열렸다. 통으로 된 유리가 바깥과 안쪽의 경계를 흐릿하게 만든다. 내부를 느릿하게 둘러보는 황 대표의 뒤를 방해하지 않는 선에서 건축가가 묵묵히 따랐다.

"이제 작동됩니까?"

"됩니다."

건축가가 엘리베이터 버튼을 눌렀다. 층수만 놓고 따진다면 계단만으로 이동 수단이 충분할 거 같으나 천장이 높아 엘리베이터가 반드시 필요했다. 꼭대기 층에 오른 황 대표가 서재로 향했다.

"말씀해 주신 대로 웨인스코팅을 제거하고……."

전에 지시했던 부분들이 수정되었단 걸 건축가가 태블릿을 전해 주며 알렸다. 수정되기 전에 찍어 놓은 사진들이 깔끔하게 정리되어 있어 어떻게 변화가 되었는지 비교하기가 수월했다. 난간 앞에 서 황 대표가 밑을 내려다봤다. 아래에서 위가 한눈에 들어오듯, 위에서 아래가 한눈에 들어온다. 차분한 모노톤으로 꾸며진 인테리어가 전체적으로 화려하다. 그러면서 대리석 패턴의 바닥과 건축가가 직접 외국에서 공수해 와 보관 중이었다는 빈티지한 조명들이 한데 어우러져 우아한 분위기가 난다.

"청소가 끝나는 대로 가구 배치 후 연락드리겠습니다."

알겠단 대답 후 황 대표가 시동을 걸었다.

"아."

터벅터벅 길을 걷던 버들이 풀이 우거진 바닥을 골라 주저앉았다. 슬리퍼처럼 끌고 다니는, 낡은 운동화 한쪽을 벗어 뒤집자 자그마한 돌멩이 하나가 톡 튀어나왔다. 웃음이 난다. 한적한 풍경이 오랜만이었다. 되는 대로 두 다리를 쭉 뻗어 버리고선 버들이 바람에 살랑거리는 들꽃을 말끄러미 주시했다.

낮에는 매미가, 밤에는 정체 모를 풀벌레들이 목청껏 울어 댈 계절을 손꼽아 기다리는 중이었다. 다시 이곳에서 여름을 맞게 될 줄이야 꼭 꿈만 같다. 갖가지 추억들이 만연해지자 가슴까지 벅차올랐다. 그게 숨을 막히게 하면서, 간지러운 감정을 동반시킨다.

지저귀는 새소리를 따라 버들이 문득 턱을 치켜들었다. 새는 금방 날아가 버렸는지 눈에 담긴 건 광활하게 펼쳐진 하늘뿐이었다. 등 뒤에서 차가 다가오는 기척이 느껴진다. 그때까지 별생각 없었다. 자리에서 일어난 버들이 엉덩이부터 탈탈 털었다. 운동화를 꿰신고, 옆에 내려놓은 바구니를 챙기고. 제 갈 길 가기 위해 뒤를 돌자 어느새 차는 성큼 가까워져 있었다. 그게 황 대표의 차란 걸 곧바로 알아본 버들의 눈이 휘둥그레졌다. 국내에서 흔하지 않은 차 기종이었지만 버들이 반응한 건 똑같은 차 번호 때문이었다.

황 대표가 액셀에서 얼른 발을 뗐다. 갑자기 버들이 나타나서 놀란 마음을 눈가를 일그러뜨린 걸로 감췄다. 아무리 겁이 없다고 한들 차가 앞에 있으면 피하고 봐야지. 버들이 꼼짝하지 않고 서 있자 황 대표가 나직하게 욕을 중얼거렸다. 거리상 목소리가 들리지 않지만 버들의 입모양이 "황 대표님." 하고 저를 부르고 있었다. 버들은 우연히 부딪힌 줄 알겠지만 아니었다. 친손자처럼 아꼈던 스승님 댁에 수술 후 얼굴을 보여 주기 위해서 버들이 꼭두새벽부터 시골에 내려와 있었단 걸 알았다. 이곳까지 버들을 바래다준 건 유 대표였다.

버들이 어디서 뭘 하고 있는지 작정하면 시간 단위로 끊어서 알

수 있다. 어렵지 않다. 그렇지만 남의 입을 통해 듣는 것과 직접 눈으로 보는 건 다르다. 어제 젖어서 혹시나 감기에 걸리지 않았는지 스치듯 잠깐 얼굴만 확인하고 가려고 했었다. 멀쩡한 것 같다. 목적은 여기서 끝이다. 하지만 좁은 길 한가운데에 턱 하니 버티고 서 있는 버들은 변수였다. 차가 비껴 지나갈 틈이 없었다. 한숨이 샌다.

버들이 제 차를 향해 다가오기 시작하자 황 대표가 차에서 내렸다.

"저 여기 대표님 따라온 거 아니에요."

대뜸 뱉은 버들의 첫 마디가 황당하다.

"……알아."

"알아요? 어떻게 알아요?"

급급해진 버들이 해명을 덧붙였다.

"저는 여기 아침 다섯 시에 도착했는데, 대표님은요?"

"알아서 뭐 하게."

"뭐 하려는 게 아니라……. 저 스승님 댁에 인사드리러 왔어요."

"안다니까."

"대표님이 그걸 어떻게 아시는데요?"

표정 변화가 없는 황 대표와 반대로 버들의 얼굴이 확 달아올랐다.

"여기는 그럼 어쩐 일이세요?"

"일 때문에."

이런 시골 바닥에 무슨 일이 있단 건지 수긍은 되지 않지만 버들이 우선 고개를 끄덕였다. 점차 버들의 눈 깜박임이 느려졌다. 뜨거운 계절을 통째로 공유했었던 시골에서 황 대표와 마주 보며 서 있다니. 멀어졌던 현실이 차차 돌아오면서 버들이 애꿎은 입 안쪽 살을 우물거렸다. 오늘 잠에서 깨자마자 새롭게 새겼던 각오들이 있다.

그런데 황 대표의 얼굴을 보게 되니 전부 가루처럼 무너져 일절 소용없게 되어 버릴 것만 같다. 꼭 어제처럼.

지금 당장 황 대표의 허리를 끌어안고 싶은 걸 참느라 말아 쥔 버들의 주먹이 옹골차다. 어제, 그러니까 수술 후 처음 황 대표와 마주하게 된 재회에서 막무가내로 굴었던 건 그만큼 갑작스러웠던 탓이었다. 이제는 '오늘'을 '마지막'처럼 급급해하지 않아도 된다. 추웠던 계절을 지나 제게도 '내일'이 있고, '다음'이란 게 주어졌다. 그러니 예전과 달리 황 대표가 놀라지 않게끔 천천히 다가가기로 했다.

여섯 달 뒤에 좋아한다고 고백하면 되나? 일 년은 내가 못 참을 거 같은데 어쩌지…….

부스럭거리는 소리가 나면서 황 대표의 미간이 동시에 찌푸려졌다. 금방이라도 제 옆에 바짝 붙을 줄 알았던 버들이 도리어 뒤로 물러났기 때문이다. 버들의 도톰한 입술이 뭔가 할 말이 있단 듯 오물거리다가 잠잠해졌다. 마주치기 직전, 시선도 휙 피해 버린다.

"바구니 그거 뭐야."

"스승님이 이거 빌려 오라고 해서요."

버들이 들기엔 과하게 커 보이는 바구니였다. 안에 든 내용물이 없어서 한시름 놨다. 아차 하는 새 버들의 손에서 바구니를 빼앗은 황 대표가 턱을 까닥거렸다.

"앞장서."

"……괜찮은데."

"……."

"대표님. 안 바쁘세요?"

미적거리는 버들을 두고 황 대표가 먼저 움직였다. 버들의 몸통만

한 바구니가 황 대표에겐 참 가벼워 보인다. 황 대표의 뒤를 졸졸 따라 걷다가 모퉁이를 돌 때 즈음 버들이 은근슬쩍 속도를 맞췄다. 그러면서도 어깨라든가, 팔이라든가 황 대표와 부딪히지 않도록 간격을 유지했다. 괜스레 화끈거리는 제 양쪽 귓불을 버들이 꼬집어 잡아 당겼다.

"유버들."

"네?"

갑자기 불린 제 이름에 버들이 움칠거렸다.

"너 이렇게 돌아다녀도 돼?"

차분한 음성이었다. 황 대표가 무슨 뜻으로 물어본 건지 버들이 곰곰이 생각에 잠겼다가 이윽고 고개를 끄덕였다.

"이 정도는 괜찮아요."

"이 정도?"

"이렇게 걷는 거요. 아직까지는."

"......."

"근데 차차 더 건강해질 거예요."

가볍게 버들이 대답했다.

"이제 주세요."

함께 막걸리를 마셨던 평상을 지나 스승님 댁에 도착했다. 바구니를 건네받으려고 버들이 손을 내밀었다. 황 대표의 눈에는 툭 튀어나와 있는 버들의 손목뼈부터 부각됐다.

"됐어."

단조롭게 거절하고선 황 대표가 안까지 들어갔다. 집에는 아무도 없어 보인다. 마루에 바구니를 올려 둔 뒤 황 대표가 뒤돌아 버들을 쳐다봤다. 봄 햇살이 이르게 뜨거웠다.

"이쪽으로 와."

눈가를 비비던 버들이 주춤거리며 걸음을 뗐다. 그늘 속으로 좀
쏙 들어가지 반만 걸쳤다.

"더 가까이 와."

"……왜요?"

왜긴. 그러고 있다간 얼굴이나 팔이 반쪽만 타게 될지도 모른다.
그럼 꼴이 얼마나 우습겠어. 답답함에 버들의 팔을 붙잡아 끌어당기
고 싶지만 경계하듯 움츠러든 어깨에 그러지 않았다. 소극적이나마
저를 피하고 있는 버들의 몸짓이 상기된다. 황 대표가 서 있는 위치
를 바꿔 버들을 그늘 속으로 유도했다. 그게 하필 담벼락으로 몰아
세운 게 됐다. 바닥에는 황 대표의 그림자만 길게 남겨졌다.

"서울은 언제 가?"

"곧 가요."

"곧?"

"형이 지금 데리러 오는 중이에요."

"유 대표가?"

"네."

버들의 볼에 속눈썹 한 가닥이 달라붙어 있었다. 아까 버들이 눈
을 비비면서 떨어져 나왔나 보다. 다른 데 신경을 돌렸다가도 그걸
떼 주고 싶으니까 자꾸 버들에게 눈길이 간다. 이끼로 축축한 담벼
락에 등을 완전히 붙여 서서는 버들이 숨을 크게 들이마셨다. 황 대
표가 어디 가지 않고 제 앞에 있는 건 너무 좋은데 자꾸만 쳐다보니
그건 또 부끄럽다. 신발 속에 감춰진 버들의 발가락이 꼼지락댔다.

다른 말 없이 황 대표가 돌아섰다. 갑작스러워 버들이 황 대표를 따라 얼른 대문을 넘어갔다.

"대표님."

제 앞을 버들이 가로막자 황 대표의 미간이 좁혀졌다.

"······할 말이 있는데요."

'내일'이 있고, '다음'이 주어졌으니 기약 있는 사이가 되길 간절하다.

"우리······ 내일 만날래요?"

하고 싶었던 말을 버들이 조심스레, 그러면서 확고하게 건넸다.

"제가 대표님 있는 쪽으로 갈게요."

곱게 휘어진 버들의 눈웃음에 오지 말란 말은 차마 목구멍 밖으로 튀어 나가지 못했다.

생각들이 다시 머릿속을 어지럽힌다. 일부러 마을을 빙 돌아 빠져 나가는 길이었다. 반대편에서 유 대표의 차가 스쳐 지나갔다. 첫 번째 신호에 걸렸을 때 황 대표가 꺼 뒀던 핸드폰 전원을 켰다. 유 대표에게 버들이 한국에 있단 걸 알면서 계속 함구할 작정이었지만 알리는 게 낫겠다.

산처럼 싣고 온 선물들을 내려놓으며 유 대표가 스승님 내외와 다정히 안부를 주고받았다. 스승님 내외가 지금 막 캤다며 가져가라고 챙겨 주는 봄나물이 향긋하다. 유 대표가 넉살을 떨었다.

"그럼 들어가 보겠습니다."

주차해 놓은 차로 두 형제가 나란히 걸었다. 뭐 하고 놀았는지. 덥거나 춥진 않았는지. 아픈 곳은 혹시 없는지. 유 대표가 버들의 상태를 꼼꼼하게 확인했다. 차에 올라타 막 시동을 걸었을 때다. 짧게 알림이 온 핸드폰을 유 대표가 꺼내 들었다.

[유버들 씨 볼에 속눈썹.]

메시지를 확인하자마자 유 대표가 버들의 얼굴을 휙 쳐다봤다. 속눈썹이 진짜로 붙어 있다. 귀찮아하는 버들의 아래턱을 붙잡고 유 대표가 속눈썹을 떼어 줬다. 어이가 없어서 헛바람이 켜졌다.
"버들아. 황 대표 만났어?"
"……아니."
갑자기 창문을 내렸다가 올렸다가 버들이 딴청을 피웠다.
"진짜 안 만났어?"
"갑자기 그런 건 왜 물어?"
"안 만났는데 네 볼에 속눈썹 붙어 있는 건 어떻게 알아."
버들의 허리가 꼿꼿해졌다.
"황 대표가 너 볼에 속눈썹 붙어 있대."
"근데 진짜로 내 볼에 속눈썹 붙어 있었어?"
"그래. 새끼야."
……아. 그래서 아까 그렇게 얼굴을 쳐다보신 건가?
"안 만났는데 그걸 황 대표가 어떻게 알아. 어?"
"음……. 감이 아닐까?"
감 같은 소리 하고 자빠졌네. 유 대표가 버들을 흘겨봤다. 거짓말을 못 하는 건지. 아니면 황 대표와 관련해서 딱히 거짓말할 노력이 없는 건지. 어쨌든 팔은 무조건 안으로 굽게 되어 있다. 다른 걸 다 떠나 제 막냇동생을 누구한테 주는 게 아깝다.

……이러면서 올가미 찍는 건가. 자아 성찰을 하는 유 대표의 한숨이 깊었다.

그날 버들은 기분 좋게 침대에 누웠다.

＊　　＊　　＊

출근한 황 대표의 표정이 굳은 채였다. 회의실 문을 열자 임원들이 모여 북적이는 상태였다.

"황 대표님. 계약서입니다."

실장에게 건네받은 파일이 두껍다. 맞은편에 앉아 있는 유 대표 역시 변호사와 함께 서류를 살펴보느라 여념이 없다. 전반적으로 어수선한 상황이었지만 외부인이 있단 걸 곧바로 알아차렸다. 황 대표의 고개가 끌리듯 오른쪽으로 향했다. 대각선 방향, 데스크 구석에 버들이 이어폰을 꽂고 앉아 있었다. 앞에 놓인 건 잡지 같다. 버들의 손가락에 걸린 페이지가 천천히 넘어가는 걸로 보아 바짝 집중한 상태였다. 이상하게 초조하다. 겉으로 내색하지 않으며 황 대표가 만년필을 꺼냈다.

버들이 한국에 있단 걸 앎과 동시에 만난 적도 있단 걸 유 대표에게 언질을 한 건, 버들을 감출 거면 더 꽁꽁 감추라는 뜻이었다.

「우리…… 내일 만날래요?」

3일 동안 얼굴을 못 봤다.

기지개를 켜려던 찰나, 버들이 황 대표를 발견했다. 언제 오셨지? 허둥거리느라 건드린 잡지가 바닥으로 떨어졌다. 핸드폰과 연결된

이어폰까지 잡지에 걸려 다소 요란한 소리가 났지만 황 대표의 시선만 제게 닿지 않았다. 안달이 난다. 내가 여기에 있단 걸 모르시나? 손이라도 번쩍 들어 알리고 싶다.

점심에 맞춰 회의가 일단락 지어졌다.

"유버들, 밥 먹으러 가게 나와."

유 대표가 버들을 불렀다.

"……나 입맛 없는데."

버들이 여전히 서류를 들여다보고 있는 황 대표를 힐긋거렸다.

"유 대표님. 이거 하나만 더 확인해 주시겠습니까."

회의실 밖으로 나갔던 변호사가 급한 투로 다시 되돌아왔다. 얌전히 제 형의 눈치를 살피던 버들이 자리에서 일어난 황 대표의 뒤를 쫓아갔다. 주변에 직원들이 있는데 황 대표님한테 아는 척해도 되나. 예전에는 어땠었지?

어딘가로 황 대표가 들어갔다. 놓칠 새라 버들이 급해졌다. 문고리를 잡고 기다리고 있던 황 대표가 버들이 들어오자마자 문을 닫아 버렸다. 주변이 컴컴했다. 인적이라곤 없는 비상구였다. 황 대표와 거리를 벌린 버들이 아랫입술을 지그시 말아 물었다. 그런 버들을 보며 황 대표가 미간을 구겼다. 입술 상하니까 저 버릇 볼 때마다 못 하게 했었는데 떨어져 있던 시간을 불현듯 셈하게 된다.

"할 말 있으면 해."

"대표님……."

버들이 작게 한숨을 내쉬었다.

"저 피하시는 거예요?"

홀로 끙끙 앓아 가며 고민했던 걸 황 대표에게 직접 묻게 되자 더 울적해지고야 말았다.

"제가 만나러 간다고……."

"만나러 왔어?"

"매일 보러 갔어요. 대표님이랑 만나려고."

"……어디로."

"회사요."

3일 만에 얼굴을 본 건 다른 게 아니라 서로 엇갈렸을 뿐이었다. 그걸 알고 나니 관자놀이가 지끈거린다. 아까 봤던 것처럼 바쁠 땐 유 대표마저 신경 못 써 주는 회사에서 저를 기다리고 있었을 버들의 모습이 그려졌다.

"유버들."

저를 기다리는 거, 그 정도 했으면 지치거나 질릴 법도 한데 왜 조금도 변함이 없는 건지. 버들의 미련함에 치솟았던 화가 거품처럼 가라앉았다. 밀어내려고 단단히 세웠던 벽을 버들이 자꾸만 물렁거리게 만든다. 가랑비는 멈출 줄 모르고 계속해서 내리는 중인가 보다. 황 대표가 나지막하게 입을 열었다.

"항상 집에서 만났잖아."

버들이 집으로 올 줄 알고, 집에만 있었다. 미리 잡혀 있던 스케줄까지 깨면서.

"대표님 집에 가도 돼요?"

버들의 목소리가 바닥을 기었다.

"전에 저 안 데려가실 거라고……."

"집으로 와."

엘리베이터 문이 열렸다. 다른 생각을 하느라 멀리 나가 있던 버들의 정신이 비로소 돌아왔다. 치켜 뜬 눈으로 층수를 확인하자 두근거림이 거세진다. 씻고, 머리를 말리고. 여기까지 조금이라도 더 일찍 오고 싶어서 준비하는 내내 서둘렀던 제 모습들이 까맣게 잊혀졌다. 내려야 하는데 선뜻 움직여지지 않는다. 아마 오랜만이라서 그런가 보다. 낯설게 번진 압박감이 점차 몸집을 키워 어깨를 무겁게 만든다. 한숨을 내쉬자 고개가 아래로 절로 꺾였다. 한쪽 신발 끈이 곧 풀릴 것처럼 아슬아슬하다. 다시 헛생각에 빠져 머뭇거리는 사이 엘리베이터 문이 그대로 닫혀 버렸다.

……어쩌지, 망설이며 버들이 아랫입술을 자근자근 씹었다. 갑자기 층수가 깎이면서 엘리베이터가 하강했다. 여러 사람들이 탔다가 내렸다가 하는 동안 엘리베이터 역시 여러 층을 오르락내리락했다. 지하 주차장에 버들이 홀로 남겨졌다. 어떡하지. 다시 망설이다가 원하는 층수를 눌렀다.

마음의 준비가 필요하다. 하지만 꼭대기 층까지 금방이다. 엘리베이터 안에 갇혀 시간을 버린 보람도 없이 여전히 여유가 모자랐다. 차분하게 마음을 다스리려 더 노력하는 대신 차라리 포기하는 것을 택했다. 엘리베이터 문이 닫히기 직전, 열림 버튼을 급히 눌러 붙잡았다.

복도가 잠잠하다. 여기서 황 대표와 첫 통화를 했었다. 나직하게 제 이름을 불러 줬던 황 대표의 목소리가 떠올랐다. 한동안 가만히 멈춰 서 있던 버들이 손끝으로 제 가슴을 꾹꾹 짓눌렀다. 뉴욕에 있는 동안 좋았던 기억만 되짚었다. 그 좋았던 기억 속에 황 대표와 첫 통화를 했던 그날은 없었다. 헤어지는 날이기도 했으니까. 그러지 말

걸. 첫 통화를 했던 그날도 무수히 되짚어 볼걸. 다양한 무게를 띠고 흩날리는 감정들에 마음이 하염없이 울렁거린다.

황 대표의 집 비밀번호를 버들이 차근차근 눌렀다. 계절이 몇 번 바뀌었지만, 황 대표와 연관된 건 전부 선명하다. 마지막 숫자 하나만 남겨 두고선 버들의 손가락이 미약하게 떨렸다. 애써 모른 척 외면하고 있던 긴장감이 폭발하고야 말았다. 당혹스럽다. 버들의 목 주변 피부가 삽시간에 새빨개졌다. 비밀번호를 바꾸셨으면 어떡하지?

안 되겠다. 엘리베이터를 좀 더 타고 와야겠다. 돌아서려던 찰나 휘청거린 버들이 제 발밑을 내려다봤다. 그새 풀려 버린 신발 끈을 다른 쪽 발이 밟으면서 하마터면 넘어지는 줄 알았다. 신발 끈을 묶기 위해 한쪽 무릎을 막 굽혀 앉았을 때였다. 황 대표가 열어젖힌 문에 쿵, 이마를 부딪친 버들이 엉덩방아를 찧었다.

둘 다 상황은 갑작스러웠다. 길게 더 생각하지 못하고 황 대표가 버들의 팔을 붙잡아 일으켜 세웠다. 마른 몸이 힘을 주는 대로 딸려왔다. 황 대표의 큼지막한 손이 버들의 곱실거리는 앞머리를 뒤집어 깠다. 거기에 놀란 버들이 무의식중에 황 대표의 허리춤을 붙잡았다. 서로의 숨결이 섞일 정도로 거리가 가까웠다. 드러난 버들의 고운 이마를 황 대표가 꼼꼼하게 살폈다. 걱정했던 것처럼 혹이나 생채기가 없어서 다행이다.

문에 부딪힌 이마는 얼얼했지만, 황 대표가 만져 주는 게 그저 신나고 좋은 버들이 속없이 눈웃음쳤다.

"다쳤어?"

"안 다쳤어요."

고개까지 저으며 버들이 대답했다.

"저 온 거 어떻게 아셨어요?"

"시끄러우니까 알지. 어떻게 알아."

"저 시끄럽게 한 적 없어요."

"시끄러웠어."

"……아닌데."

꿍얼거리는 버들의 얼굴이 말갛다. ……진짜 뭐 이렇게 생겼냐. 큰 눈에 코, 입술. 이목구비가 참 오밀조밀하다. 뒤집어 까고 있던 버들의 앞머리를 황 대표가 느릿하게 놓아줬다. 숱이 풍성한 버들의 머리카락이 처음처럼 가라앉지 않고 사방팔방으로 뻗쳐 엉망이 됐다. 자기 모습이 어떤지 모를 버들이 속눈썹을 깜박거리며 황 대표를 말끄러미 바라봤다. 황 대표와 눈이 마주치길 기다렸다가 버들이 사르르 웃었다. 난데없이 옆구리를 타고 간지러움이 퍼진 황 대표가 미간을 확 구겼다. 욕이 나갈 것 같은 걸 간신히 참았다. 외면해야 하는데 도톰하게 솟은 버들의 눈 아래 살이 예쁘니까 자꾸만 시선이 머문다. 제 허리에서 꼼지락거리는 버들의 손을 이제야 알아차렸다. 그냥 넘어가지 않고 황 대표가 떼어 냈다.

"너 지금 시간이 몇 시야."

아홉 시였다.

왠지 혼나는 것 같은 분위기에 저도 모르게 쭈그러든 어깨를 버들이 폈다. 이번만큼은 다르다. 스토커처럼 몰래 온 것도 아니었고, 변태처럼 쫓아온 것도 아니었다. 만나러 가겠단 내 말에 황 대표님이 직접 집으로 오라고 그랬다. 그러니 당당해도 된다.

무슨 생각에서인지 턱을 치켜든 버들을 내려다보며 황 대표의 인상이 점차 짙어졌다. 집에 오랬다고 당장 오늘 올 줄은 몰랐다. 그것도 이 늦은 시각에.

"어떻게 왔어."

"……."

"택시 탔어?"

"기사님이 데려다주셨어요."

"저녁은."

"……먹었어요."

입맛이 없어 몇 수저 뜨지 않았지만, 어쨌든 먹긴 먹은 거다. 침묵 속에 계속 당당하기가 어렵다. 이내 버들의 속눈썹이 축 가라앉았다. 경험상 느낌이 왔다. 이건 쫓겨날 거 같은 분위기다. 투정도 못 부리고 버들이 눈치만 봤다.

"대표님. 술 마셨어요?"

와인 냄새가 은은하게 났다.

아침에 다시 오면 되겠지. 주어진 현실을 혼자 해석하고 받아들인 버들이 순순히 고개를 주억거렸다. 그러기 몇 초였다. 황 대표가 옆으로 반걸음 움직였다. 아무런 말은 없었지만 그게 무슨 의미인지 버들은 충분히 알아들을 수 있었다. 집 안으로 들어갈 수 있게끔 황 대표가 제게 공간을 내준 순간, 줏대 없이 방금 전의 결심을 당장 취소했다. 이제는 가라고 해도 못 간다. 황 대표의 마음이 언제 바뀔지 모르는 일이니 버들이 우선 현관으로 몸부터 집어넣고 봤다.

황 대표가 새 슬리퍼를 꺼내 버들의 발 앞에 내려놨다.

"……감사합니다."

조그맣게 버들이 인사했다. 황 대표를 따라 집 안 깊숙이 들어가자 모든 맥박들이 난동을 피우기 시작한다. 테이블에는 역시 잔과 와인이 놓여 있었다. 황 대표와 버들이 가로로 긴 소파의 끝과 끝에 앉았다. 주섬주섬 가방을 벗어 버들이 제 발밑에 내려놨다. 숨 쉬는 것도 괜히 조심하게 된다. 커다란 버들의 눈이 데굴데굴 구르며 주변을 둘러봤다. 아까 엘리베이터에서 느꼈던 감정이 똑같이 겹친다. 몇 번이나 와 본 곳이었지만 꼭 처음처럼 낯선 압박감이 전해진다. 공기 청정기와 에어컨 기종이 바뀐 걸 제외하고 달라진 게 없다. 황 대표가 잔에 와인을 기울였다.

그렇게 한 시간이 흘렀다. 서로 어떤 말도 하지 않았다. 황 대표는 와인을 마셨고, 버들은 그냥 앉아 있었다. 잔을 내려놓으며 황 대표가 버들이 앉아 있는 쪽으로 고개를 돌렸다. 바닥 어딘가를 빤히 주시하고 있는 버들의 옆얼굴이 말갛다. 심심하거나 무료하진 않을까 신경 쓰인다. 황 대표가 제 아랫입술을 혀로 훑었다. 계속 와인을 마셔 주고 있음에도 불구하고 입안이 바짝 타는 이유를 모르겠다. 황 대표가 자리에서 일어나자 버들의 시선이 자석처럼 들러붙었다.

"앉아 있어."

황 대표의 말에 버들이 반쯤 뗐던 엉덩이를 도로 붙였다. 주방으로 들어간 황 대표가 낮게 한숨을 내쉬었다. 가장 쓸데없는 가전기기를 꼽으라면 역시 냉장고다. 냉동고에 달랑 초콜릿이 얼려져 있는 게 전부다. 자기가 살면서 먹어 본 캐러멜 초콜릿 중 가장 맛있었다며 버들이 재잘거렸던 수다가 생각난다. 황 대표가 초콜릿을 만지작거렸다. 수제 초콜릿이라 포장지에 찍힌 유통기한이 터무니없이 짧다. 버들이 뉴욕으로 떠난 것도 모르고 그날 아니면, 그다음 날 먹일 수 있을 줄 알았다. 다시 초콜릿을 집어넣고선 황 대표가 냉동고 문을 닫았다. 인상이 써진다. 집에 마실 거라곤 와인 아니면 원두커피

뿐이다. 알코올이건 카페인이건 버들의 몸에는 별로 좋지 않을 것 같다.

마시기 편하게 미지근한 물을 따른 컵을 황 대표가 버들에게 건넸다.

"……잘 마시겠습니다."

버들이 물을 홀짝였다.

"유버들."

버들이 황 대표를 올려다봤다.

"차 대기시켜 줄게. 그거 타고 가."

"……조금만 더 있다가 가면 안 돼요?"

"너 할 것도 없잖아. 여기서."

"더 있고 싶은데……."

한 마디 더 하려던 황 대표의 말문이 시무룩해진 버들의 모습에 가로막혔다. 다시 한 시간이 흘렀다.

"대표님. 저……."

"……."

"무릎에 앉아도 돼요?"

"아니."

삼십 분이 더 흘렀다. 그러는 사이 와인 병이 텅 비었다. 흐트러짐 없이 황 대표가 버들을 쳐다봤다. 집에 가서 편하게 쉬는 게 나을 거 같은데 왜 저러고 있나 모르겠다.

……둘이 있는 동안 뭘 하면서 시간을 보냈었더라. 지금이랑 별반 차이가 없다. 문득 굳어 버린 황 대표의 표정이 급격하게 어두워졌다. 저랑 함께 보낸 나날들 중에 버들의 입장에선 특별한 날이 단 하

루도 없을 게 분명하다. 집에 있으면서 그저 껴안고 수면을 취했던 게 기억의 태반이다.

「좋아해요…….」

돌이켜 보니까 과분했다. 내가 아니라, 차라리 달도 별도 따 준다고 맥락 없는 말을 주절거리는 사람에게 반했으면 버들은 훨씬 행복할 수 있었을 거 같다. 방금 든 제 생각에 황 대표가 속으로 욕을 짓씹었다. 달도 별도 따 주겠다, 그 사기 치는 말에 속아 버들이 기뻐한다거나, 그 사기꾼이 버들의 단물을 빨아먹는단 걸 가정하자 실제로 일어나지 않은 일이건만 짜증이 치솟아 속이 뒤집혔다.

「대표님. 저랑 궁에 갈래요? 돌담길 걸어요.」

……갈걸. 궁이든 돌담길이든 전시회든.

텅 빈 와인 병을 식탁 위로 옮겼다. 손을 씻은 황 대표가 냉장고 앞에서 망설였다. 만나자기에 버들이 당연히 집으로 찾아올 줄 알고, 그러니까 정확히 3일 전에 사 둔 게 있었다. 과도와 함께 황 대표가 꺼내 온 게 사과였다. 붉디붉게 익은 사과가 성성해 보인다. 깜박거리는 버들의 눈망울이 순하다. 소파 끝과 끝이 아닌, 버들의 근처에 황 대표가 앉았다. 그게 의외였는지 버들의 어깨가 살짝 떨렸다.

"대표님. 사과 드시게요?"

"네가 먹을 거야."

"저요?"

버들이 제 가슴을 찌르며 되물었다.

"너 사과 좋아하잖아."

"저 사과 안 좋아하는데요."

"……."

황 대표가 가만히 버들의 얼굴을 주시했다.

「버들아. 오늘 뭐 했어?」

뉴욕에서 재잘거리며 수다 떠는 버들의 모습이 밤새도록 생각나서 오늘 뭐 했냐고 물었던 적이 있다.

「어……. 사과 먹고.」

「사과 먹었어?」

뭘 먹었다고 한 게 처음이었다.

"너 뉴욕에 있을 때 사과 먹었잖아."

갸웃거리던 고개를 버들이 멈췄다. 갈아서 먹으면 소화하기 쉬워서 식사로 대체했던 거지, 사과가 좋아서 굳이 먹었던 게 아니었다. 그걸 솔직하게 털어놓는 대신 버들이 조금이라도 더 깊게 황 대표의 얼굴을 눈에 담았다.

"황 대표님!"

버들이 얼른 손을 내밀었다.

"제가 깎을게요."

황 대표가 과도를 괴상하게 집었다. 태어나 처음 과도를 쥐어 본 게 역력히 티가 났다.

"……다쳐요."

"깎을 줄 알아?"

선뜻 버들이 고개를 끄덕였다.

"저 사과 되게 잘 깎아요."

자기 자랑에도 황 대표가 과도를 건네주지 않았다. 곱상한 황 대표의 손에 상처가 날까 조마조마하다. 가만히 못 앉아 있겠는지 버들이 벌떡 일어났다. 저가 물어뜯은 적 있는 황 대표의 손등이 잘 보였다. 그대로 버들이 숨을 참았다. 흉터 자국은 언뜻 보면 모르고 지나칠 정도로 아주 흐릿하게 남았지만 저한테는 그저 가혹하게 비춰졌다. 사과에 과도를 꽂기만 했을 뿐 어떻게 깎아야 할지 모르겠는지 황 대표가 비스듬히 고개를 들었다. 자기 달라며 버들이 공손하게 손을 내밀었다.

버들이 과도를 기울였다.

"대표님."

"……."

"이것 봐요."

"……."

"나비에요."

버들이 전공을 살려 사과 나부랭이로 멋들어진 조각품을 완성했다. 황 대표가 한숨을 내쉬었다.

"너 먹는 걸로 장난치면 진짜 혼난다."

꾸중을 들은 버들이 얌전하게 과도를 내려놓는 사이, 황 대표가 다시 사과를 꺼내 왔다. 많이 사 둬서 다행이다.

"대표님!"

버들의 눈이 휘둥그레 뜨였다. 과도를 집어 든 황 대표의 손이 역시 불안하다. 크고 소중한 제 대표님이 다칠까 봐 버들이 안절부절못했다. 정신 사납다. 가만히 있으라고 말려 봤자 버들이 말을 들을 것 같지 않기에 황 대표가 과감히 과도를 움직였다. 사과가 컸다. 그렇게 컸던 사과가 황 대표의 손에서 껍질이 뭉텅뭉텅 벗겨져 나가 콩알만 해졌다. 겨우 한 조각 먹을 수 있겠다. 그마저 울퉁불퉁하게 못났다.

황 대표가 먹으라고 턱을 까닥였다. 집어 든 사과 조각을 제 입에 가져가던 버들이 불쑥 황 대표의 입술로 가져다 댔다. 얼결에 황 대표가 사과를 한 입 베어 물었다.

"대표님. 안주 없이 계속 와인 드셨잖아요."

"……너 먹으라니까."

짜증을 내는 것 같으면서도 황 대표가 새로이 사과를 깎아 줬다. 황 대표의 시선이 버들에게 고정됐다. 소음 하나 없이 쥐죽은 듯 조용했던 집에 아삭아삭, 버들이 사과 먹는 소리가 가득하게 채워졌다. 꿈처럼 기분이 오묘해진다.

버들의 양손에 사과가 들려 있었다. 저가 깎아 놓은 나비 조각을 버들이 이쪽저쪽 돌려 가며 살폈다. 입안에 든 사과가 꿀떡 삼켜지는 소리가 났다. 본인 작품을 평가하고 있는 것인지 버들의 눈빛이 진중하다. 다시 사과를 베어 물었다. 천천히 사과를 씹느라 버들의 볼과 턱이 같이 오물거렸다. 무방비하다.

"버들아……."

버들이 손에 들고 있던 나비를 떨어뜨렸다. 황 대표가 버들의 어깨에 이마를 기댔다.

"……너 어쩌려고 이래."

아무도 못 보게 내가 가두면 어떻게 하려고.

「그거 범죄야.」

「알아요.」

「나 가둬서 뭐 하게.」

「키스나 하게요.」

가둬서 키스든…… 키스보다 더한 짓이든 하루 종일 해가며 못 살게 굴면 어쩌려고. 왜 자꾸 나타나.

자정을 훌쩍 넘기고 나서야 버들을 집까지 데려다줬다. 조수석에
같이 타 있던 황 대표가 뒤따라 내렸다. 버들의 팔꿈치를 붙잡아 저
를 보게끔 돌려세웠다. 문에 부딪힌 이마를 확인하느라 뒤집어 깠던
앞머리가 여전히 엉망이었다. 그걸 황 대표가 손가락으로 빗어 정리
해 줬다.

쉽게 잠들지 못하고 버들이 새벽까지 뒤척였다. 두근거림이 오래
도록 지속된다.

*　　*　　*

대학을 다시 갈까 싶었지만, 어차피 하고 싶은 건 조각과 그림뿐
이라 관뒀다. 집에서 레슨받는 게 훨씬 더 나을 거 같다. 버들이 교사
들의 프로필이 정리된 팸플릿과 포트폴리오를 뒤적거렸다. 며칠 고
심 중에 있지만 시골에 계신 제 스승님만 한 분은 없는 것 같다. 왔
다 갔다 하며 배우는 게 나을까?

늦게 일어났더니 하루가 짧다. 아까 점심 먹은 것 같은데 금방 저
녁 먹을 때다. 집에 없는 겨울을 빼고 가족들이 오붓하게 식탁에 둘
러앉았다. 두런두런 이야기를 나눠 가며 식사를 했다. 장 여사가 좀
처럼 살이 붙지 않은 제 막내아들을 걱정했다. 버들이 웃었다. 까끌
까끌한 입안을 참고서 버들이 제 몫의 죽을 비웠다.

차를 마시며 함께 모여 뉴스를 보고 있는 사이 귀가한 겨울이 장
여사와 유 회장에게 인사를 하며 얼굴을 비쳤다. 버들의 눈썹이 뾰

족해졌다. 멋을 왜 저렇게 부린 거래. 버들의 볼을 겨울이 아프지 않게 콕콕 찔렀다. 하지 말라며 휙 내치는 손길이 사납다.

"너는 인마. 형이 왔으면 인사를 해야지 뭘 멀뚱히 보고만 있어."

"어디 갔다 오는 거야?"

"너 오늘 늦잠 잤지? 형은 다 안다."

"말 돌리지 마. 어디 갔다 왔어?"

"왜. 같이 갈 걸 그랬나?"

"어디 갔었는데?"

"어린 너는 몰라도 된다."

바람 빠진 소리를 내며 웃던 겨울이 대꾸했다.

"어땠어?"

관심 없는 어조로 장 여사가 넌지시 물었다.

"괜찮았습니다."

"그래."

버들이 장 여사와 겨울을 번갈아 가며 바라봤다.

"형. 뭐야?"

궁금한 걸 해소시켜 주지 않고 겨울이 도망치듯 계단을 올랐다. 찻잔을 내려놓고 버들이 쫄래쫄래 따라갔다.

"형. 겨울이 형."

"내 새끼. 오늘 따라 왜 이렇게 살갑지? 형 없어서 심심했나 보다?"

"나 시골까지 매일 바래다주고 데리러 올 수 있어?"

"……새끼가. 부려 먹을 생각하고 있었네."

다리를 걸어 버들을 침대에 쓰러뜨렸다. 겨울이 씻으러 들어가 버리자 버들이 다시 장 여사와 유 회장의 곁으로 돌아왔다. 멋을 잔뜩 부린 겨울이 오늘 어디에 갔다 왔는지 장 여사가 소곤거리며 알려 줬다. 처음엔 잘못 들은 줄 알았다. 버들이 멍하니 눈을 깜박거렸다.

아침까지 도무지 못 참겠다. 뜬 눈으로 밤을 새우던 버들이 새벽에 황 대표의 집으로 향했다. 택시가 잡히지 않아 다리를 동동 구르는 동안 몹시 초조했다. 비밀번호를 누르지 않고 문을 두들겼다. 혹시나 주무시고 계셨을까 봐 걱정이었는데 다행이다. 문을 열어 준 황 대표의 모습이 멀끔하다. 갑자기 찾아온 버들을 내려다보며 황 대표가 인상을 구겼다. 시간은 새벽 네 시경이었다. 버들의 표정이 좋지 않았기에 무슨 일이 있을까 덜컥 걱정이 들었다.

"대표님……."

제 형과 황 대표는 동갑이었다. 겨울은 맞선을 봤다고 그랬다. '내일'이 주어졌고, '다음'이 생겨서 안도했는데, 그건 저의 사정일 뿐이었다.

"일단 들어와."

황 대표가 버들의 팔을 잡아당겼다.

"대표님."

등 뒤로 문이 닫혔다.

"잘 먹고 잘 사는 거요……. 그거 저랑 같이해요."

버들의 목소리가 달달 떨렸다.

"너 추워?"

안 춥다며 버들이 얼른 고개를 내저었다.

"……황 대표님."

버들이 하고 싶었던 말을 꺼냈다.

"저랑 연애해요."

잡고 있던 버들의 팔을 황 대표가 놓았다.

"……너 대체 무슨 말을 하는 거야."

"연애해요. 저랑."

황 대표가 한숨을 내쉬었다.

"너는 왜 예전이랑 달라진 게 없어."

달라진 게 왜 없어. 언제 떠나야 할지 모르니까 예전에는 내가 얼마나 자신 없고 암담했었는데.

"황 대표님……."

황 대표가 화를 냈다.

"너는 왜 앞만 보고 내지르는 거야. 뭐에 쫓겨?"

"쫓겨요. 쫓기는 거나 마찬가지예요."

"대체 뭐에 쫓긴다는 거야."

"대표님, 저랑 연애해요."

백날, 천 날 졸라도 될 일이 아니었다, 이건. 눈빛이 매서워진 황 대표의 앞을 버들이 견뎠다.

"대표님. 저랑 잘 먹고 잘 살면 안 돼요?"

"우리 둘이 붙어 있으면 그게 잘 먹고 잘 사는 거야?"

"왜 저랑 연애하기 싫단 거예요?"

"누가 싫대? 안 된다는 거야."

"왜요? 제가 남자라서? 어려서?"

버들이 코를 훌쩍거렸다. 문이 쾅, 닫혔다. 결국 쫓겨났다.

어슴푸레 동이 텄다. 침대에 그저 누워만 있던 황 대표가 몸을 일으켜 씻고 나왔다. 관자놀이가 지끈거린다. 현관문을 지그시 바라봤다. 버들을 내쫓은 뒤로 비밀번호가 눌린다거나 문 드리는 소리가 난다거나 하지 않았다. 집에는 잘 찾아갔을까 모르겠다. 오로지 그 생각뿐이다. 유 대표에게 전화를 걸었지만 이른 시간이라 부재중으로 넘어갔다.

차 키를 챙겨 든 황 대표가 밖으로 나오자마자 그대로 굳어 버렸다. 머릿속이 싸하게 식었다. 버들이 복도에 웅크리고 앉아 있었다. 내쫓은 뒤로 몇 시간이 흘렀다. 욕이 나왔다. 일으켜 세워 몸을 만지자 버들의 체온이 차다. 몸을 숙여 버들의 눈높이를 맞췄다.

"어디 아픈 데 있어?"

"대표님…… 연애해요."

"너 진짜."

혼내는 걸 미룬 황 대표가 버들을 들어 욕실로 데려갔다.

"뜨거운 물로 씻고 나와."

간단히 씻고 나오라는 거였지, 그게 샤워하란 말은 아니었다. 물기 어린 하얀 얼굴이 촉촉하다. 푹 젖은 버들의 머리카락을 바라보고 있던 황 대표가 인상을 찌푸렸다. 수건을 더 꺼내 오고, 실내 온도를 높였다.

"너 누가 밖에서 그러고 있으래."

"……저 대표님, 기다린 거예요."

"네가 뭔데 나를 기다려."

황 대표의 목소리가 쌀쌀맞다.

"예전에 내가 한 말 잊어버렸어? 기다리는 것도 자격이 있어야 한다고 했잖아."

"저 대표님 기다릴 자격 있어요. 충분해요. 충분하다 못해서 흘러 넘쳐요."

"……뭐?"

황 대표가 눈썹을 일그러뜨렸다.

"네가 무슨 자격이 있어."

"예전에는 없었는지 몰라도 지금은 있어요."

"유버들!"

"대표님 저 보고 싶어서 미치는 줄 알았다고 그랬잖아요. 그거 제가 대표님 기다릴 자격 있는 거예요."

버들의 호흡이 불안정하게 흐트러졌다.

"저랑 연애하는 거 싫은 게 아니고 안 된다고 하셨죠? 그게 무슨 말이에요? 우리 연애하는 거 누가 안 된대요?"

제겐 자격이 없으니까 안 된다는 거였다. 꾸역꾸역 벌려 놓았던 거리를 버들이 단숨에 고삐를 잡아당겨 확 좁혀 버렸다.

"대표님. 연애 그거 되게 쉽대요. 어려운 거 아니래요."

"……버들아."

진짜 미쳐 버리겠다.

"너는 나랑 왜 연애하고 싶은데. 나는 너 아픈 것도 눈치 못 챘고……."

"저 살 빠지면 가장 먼저 알아주셨어요."

황 대표의 말을 버들이 가로막았다.

"……아프면, 안 참을게요. 아프다고 말할게요."

버들이 이마를 짚었다.

"저 여기 아파요."

놀란 황 대표가 곧바로 버들의 이마를 만졌다.

"여기 왜 아파?"

"어제 부딪혀서⋯⋯."

엄살이었다.

"⋯⋯."

"⋯⋯."

방금 저를 향했던 황 대표의 눈빛과 목소리가 한없이 다정했다. 그걸 가두듯 버들이 눈을 길게 감았다가 떴다.

"대표님이랑 있을 때가 제일 좋아요. 그래서 대표님이 저하고만 있었으면 좋겠어요."

소유하고 싶고, 독점하고 싶단 걸 버들이 감추지 않았다. 황 대표의 눈이 깊어졌다. 단물, 괜히 빨아먹었다. 혀가 얼얼할 정도로 달콤한 맛이란 거 아니까 완벽하게 뒤돌아설 수 없었다. 이용하라고 해도 이용하지 말 걸 그랬다. 잠을 자기 위해 부둥켜안은 몸이 얼마나 부드러운지 아니까 완벽하게 잊을 수가 없었다.

나도 너랑 있을 때가 제일 좋다. 너하고만 있고 싶다.

"황 대표님⋯⋯."

더는 막다른 골목이었다. 황 대표가 버들을 안았다.

"⋯⋯."

"⋯⋯."

이제야 안아 주는 황 대표의 품을 버들이 더 강하게 파고들었다. 따뜻하다. 꼴깍, 꼴깍, 울음을 삼켰다. 향수 냄새가 훅 끼쳐 온다. 버들이 황 대표를 올려다봤다.

"저랑 연애하다가 혹시 결혼하고 싶어지는 사람이 따로 생기면 말해 주세요. 그럼 그때 미련 없이 떨어져 나갈게요."

이제껏 해 왔던 행실을 보면 방금 버들의 말은 별로 신빙성은 없었다. 버들의 눈에 눈물이 가득 고였다. 눈을 감았다가 뜰 때마다 속눈썹이 척척해졌다.

"근데, 다른 사람이랑 결혼하고 싶단 생각 안 드실 거예요."

"……"

"제가 잘할 거거든요."

"……"

"제가 대표님, 세상에서 제일 행복한 사람으로 만들어 줄게요."

한 사람의 행복을 보장하기에는 무척이나 어설펐다. 귓가는 새빨갰고, 목소리는 기어들어 갔다. 하지만 저를 올려다보는 눈빛은 물기로 어룽거리면서도 헤매지 않았다. 안 된다고. 자격이 없다고. 견고히 쌓아 올렸던 벽을 온몸으로 부딪쳐 버들이 전부 박살을 내 버렸다.

"황 대표님."

버들이 속삭였다.

"좋아해요."

황홀하게 젖어 들었던 첫사랑의 벽은 감당하기 벅찰 만큼 높다랬고 그만큼 고되었다. 계속 모질었던 첫사랑이었기에 버들은 계속 무모할 수밖에 없었다. 우리, 연애해요. 달콤한 뜻이 담긴 고백마저 로맨틱함은 저 멀리 날려 버리고 치열하게 달려들었다.

설령 실제로 피가 철철 흘러 발목까지 고인다고 해도 황 대표에게 주기 위한 제 마음을, 뿌리까지 도려내는 것에 버들은 주저하지 않았을 거다. 이미 수차례 나자빠지고 굴렀던 탓에 마음의 모양은 온전치 못했다.

황 대표가 안아 준 순간 수채화처럼 주변의 배경이 뉴욕 크리스마스 때로 묽게 번졌다.

수술 잘 받고 너 좋아해 주는 사람 만나서 잘 먹고 잘 살라며. 그 시렸던 계절에 고여 있는 건 서로 다른 온도로 마주하고 앉아 고했던 이별뿐만이 아니었다. 처음, 그리고 유일하게. 자신을 향해서 내비쳤던 황 대표의 진심이 그날 머물러 있었다.

내가 보고 싶었다고. 미치는 줄 알았다고.

그날을 떠올리면 날카롭게 가슴이 헤집어지는데 함부로 울지도 못했었다.

"보고 싶어서 저는, 죽는 줄 알았어요."

그래서 출발선은 딱 그날에서부터다.

"크리스마스 선물도 안 받아 주고."

"……."

"그때 왜 나 두고 갔어요?"

"……."

"내가 미운 것도 아니었으면서……."

"……."

"왜 한 번도 안아 주지 않았어요?"

"……."

연애하는 관계가 되자 비로소 원망할 자격이 주어졌다. 그간 삼키기만 했던 설움이 기다렸단 듯 목구멍 밖으로 치솟았다. 온몸에 열꽃이 필 정도로 자지러지게 울음을 토해 내는 버들의 등에 황 대표가 강하게 손가락을 박아 넣었다. 그래서 버들은 다리가 풀려 고꾸라져도 여전히 황 대표의 품에 안겨 있을 수 있었다.

반대쪽으로 몸을 비틀고 싶은데 쉽지가 않다. 움찔거리는 정도에서 그칠 뿐이다. 의지대로 움직여지지 않는 제 몸에 답답한지 인상을 찌푸린 버들이 가느다랗게 신음을 흘렸다. 얼마 지나지 않아 결국 잠에서 깨어난 버들의 얼굴이 바로 상황 파악이 안 되는지 다소 멍하다. 축축한 숨결이 가슴을 크게 부풀리면서 나른한 속도로 내뱉어졌다. 울음의 여파가 여태 호흡 속에 녹아 있었다. 흐릿했던 시야에 서서히 초점이 잡히면서 눈에 들어온 게 목젖이었다. 그것도 제 코끝과 닿기 직전으로 가까웠다. 복잡한 감정이 뒤섞인 한숨이 샜다. 허리 위를 묵직하게 눌러 오는 팔의 무게가 얼마나 그리웠는지 모르겠다.

"황 대표님……."

소파 안쪽에 누워 있는 버들이 황 대표의 품에 거의 갇혀 있었다. 속눈썹을 깜박거리는 걸 제외하고, 현재 자유롭게 움직일 수 있는 신체 부위란 고작 손가락이 전부였다. 서로의 다리가 얽혀 들어 아랫배가 빈틈없이 밀착된 상태였다. 황 대표가 숨을 들이켜고, 내쉴 때마다 희미한 진동이 전해져 같은 타이밍에 몸이 떨렸다. 모든 감각들이 마치 작정하고 간지러움을 태우는 것 같아 버들의 콧잔등에 주름이 졌다.

더워……. 샤워하고 나온 저의 체온이 떨어질세라 황급히 황 대표가 작동시켰던 난방이 집안의 공기를 천장까지 달궈 놓았다. 뚝뚝 물이 떨어졌던 머리카락 끝은 어느 틈에 바싹 말라 바스락거린다. 버들의 도톰한 입술이 가운데로 모아졌다. 울었던 탓인지 심한 갈증이 도는 입안을 달래려 침을 꼴깍 삼켜 보았지만 역시나 충분하지가 않다.

잠들어 있는 황 대표를 깨우지 않고서 품을 벗어나기 위해 버들이 조심스레 꼼지락거렸다. 우선 제 허리를 감싸고 있는 황 대표의 팔부터 내려놓았다. 옆구리까지 지그시 압박하던 팔의 무게가 사라지자 편한 게 아니라 허전함이 들이닥쳤다. 버들이 허겁지겁 다시 황 대표의 팔을 제 허리 위로 둘렀다. 황 대표의 목젖 근처까지 코를 파묻고 흠뻑 체향을 취했다. 들쭉날쭉 어지러웠던 감정들이 진통제를 맞은 효과처럼 한껏 누그러지고 나서야, 지난날들의 감정들이 얼마나 위태로웠는지 새삼 깨닫는다.

미약하게 꿈틀거리는 버들이 잠결에도 감지되는지, 황 대표가 더 바짝 몸을 붙여 왔다. 아……. 감동을 만끽하기 전에 곤란해졌다. 아랫입술을 비틀어 깨문 버들의 시선이 아래로 향했다. 제 한쪽 다리가 딱딱하게 힘이 들어간 황 대표의 허벅지 사이에 끼어 짓눌린 채다. 못 살겠다. 간질간질한 느낌을 황 대표가 곧 자극으로 바꿔 놓았다. 숨죽인 버들이 애꿎게 발끝만 꼬부렸다가 폈다. 배꼽 아래가 뜨거워질까 봐 끙끙 앓게 된다. 조여 오는 황 대표의 몸을 밀쳐 소파를 벗어나기까지 한참 걸렸다. 다행히 황 대표는 여전히 수면 중에 있다. 서둘러 목만 축이고 와야지.

"……내 거 슬리퍼."

소파 아래에서 하나, 욕실 앞에서 하나. 슬리퍼를 각각 찾아 꿰신었다. 주방으로 걸어가다 말고 버들이 다시 소파 앞으로 돌아왔다. 찢어진 약봉지와 컵, 물수건으로 인해 근처의 테이블이 너저분했다. 먼저 집어 든 컵 안이 아쉽게 텅 비어 있다. 물수건 아래에 깔려 모서리가 얼룩진 약봉지의 정체는 바로 해열제였다. 혀를 굴리는 대로 버들의 볼이 볼록하게 튀어나왔다. 입안에 쓴맛은 남아 있지 않으나 아마도 황 대표가 제게 약을 먹였나 보다. 언제까지 울고, 언제부터 잠이 들었는지 기억이 잘 나지 않는다. 안아 주고, 쉬지 않고 제 등을 토닥거렸던 손길만이 어렴풋이 떠오른다.

물을 홀짝거리던 버들의 눈썹이 위로 치켜떠졌다. 식탁 유리에 제 몰골이 아른아른 비춰지고 있었다. 샤워하고 나서 제대로 빗질을 하지 않은 머리가 잠까지 푹 자 버렸으니 새집처럼 산발이 된 상태였다. 황 대표가 깨기 전 부랴부랴 씻고 나왔다. 후덥지근한 난방에 말라 있던 버들의 입술이 본래대로 촉촉해졌다.

나중에 허락 맡으면 되지. 파우더 룸 근처를 소심하게 맴돌던 버들의 걸음걸이가 결정을 굳히고 나서부턴 언제 그랬냐는 듯 대범해졌다. 원래는 머리만 딱 빗고 나올 예정이었지만, 황 대표의 스킨까지 듬뿍 덜어 발랐다. 쾌청한 향이 좋다. 초록색으로 우거진 잎사귀 사이로 퍼붓는 소나기가 떠올랐다.

버들이 소파로 향했다. 황 대표가 있는 곳이 곧 종착지였다.

널따란 집 안이 조용하다. 한 번 부각되기 시작한 약봉지가 외면해 봐도 계속해서 신경이 쓰인다. 골똘해진 표정으로 버들이 제 이마를 오랫동안 더듬거렸다. 미간 사이가 묵직했다. 하지만 열은 확실히 없었다.

바닥에 앉은 버들이 잠든 황 대표의 얼굴을 말끄러미 응시했다. 워낙에 예민한 성격인지라 제 시선을 느끼고 황 대표가 금방 깰 줄 알았더니, 미동조차 없다. 덕분에 버들은 무척이나 곱고 예쁘기까지 한 황 대표의 속눈썹에 실컷 감탄할 수 있었다.

황 대표의 집 안을 버들이 살금살금 기웃거렸다. 책에 정신이 팔려 주변을 살피지 못했다. 장식품이나 다름없는 작은 의자를 무릎으로 쳐 넘어뜨린 버들의 시선이 곧장 황 대표를 향해 꽂혀 들었다. 걱정과 달리 집 안 공기는 여전히 잠잠할 뿐이었다. 나오려던 안도의 한숨이 턱 끝에서 가로막혔다. 가만. ……이게 더 걱정해야 하는 일인가?

"황 대표님."

일정한 속도로 호흡하며 잠이 든 황 대표가 편안해 보인다. 버들이 황 대표와 소파 사이로 몸을 눕혔다. 황 대표의 팔이 제 몸을 단단히 옥죄어 온다. 설렘에 버들의 심장이 난리 법석이다. 곧 수마에 빠져들었다. 그때까지 밝았던 밖은 다시 눈을 떴을 때엔 완벽히 어두워져 있었다. 할 일 없이 멀뚱멀뚱 천장만 올려다보고 있던 버들이 몸을 일으켰다. 그래도 아까 한 번 해 보았다고, 소파를 벗어나는 게 처음보단 수월했다. 이래서 뭐든지 경험이 중요하단 명언이 있나 보다. 두 번이나 씻은 게 무색할 정도로 버들의 몰골이 부스스하다.

약 먹을 시간에 맞춰 버들이 가방을 뒤적거렸다. 빈속에 먹으면 신물이 올라올 정도로 독한 약이라 누가 시키지 않아도 꼭 식후에 챙겨 먹는 약이었다. 주방의 서랍을 열고 닫는 버들의 뒷모습이 부지런하다. 어딜 뒤져도 쌀 한 톨 나오지 않는다. 버들이 냉장고를 열었다.

"있다."

반색하며 꺼내 든 게 사과였다. 냉장고 맨 아래 칸에 들어 있는 박스가 눈에 띈다. 그냥 지나치지 못하고 버들이 무릎을 꿇고 앉아 자세히 박스를 살폈다. 굳이 박스 안까지 들여다보지 않아도 약재 그림에 한약이란 걸 알아차렸다. 유버들? 버들의 고개가 한쪽으로 기울어졌다. 황 대표의 글씨체는 아니었으나 심이 굵은 매직으로 박스에 적혀 있는 게 분명 제 이름이었다. 이게 뭐냐고 이따가 물어봐야겠다. 우선 호기심을 차곡차곡 접은 버들이 과도를 찾아 사과를 깎았다. 달달하다. 반쪽은 저 먹고, 반쪽은 황 대표를 위해서 남겨 뒀다.

황 대표의 이마에 땀방울이 송골송골 맺혀 있는 걸 발견한 버들이 바로 난방부터 껐다. 거실 창문을 열었지만 더운 열기가 생각처럼 빠르게 가시지 않는다. 다리를 동동 구르던 버들이 황 대표의 셔츠 단추로 손을 가져갔다. 처음엔 하나만 풀었다. 좀 망설이다가 세 개. ……눈 질끈 감고 전부를 풀어 헤쳤다. 황 대표의 하얀색 셔츠 자락이 너풀거린다. 버들이 더워하는 황 대표를 위해서 가방에 넣어 온 팸플릿으로 부채질을 해 주었다.

"대표님……."

황 대표가 눈을 떴다. 덜컹거리는 심장을 버들이 붙들었다.

"더워서 깨셨어요?"

"……."

"잠깐만 계세요."

말릴 틈도 없이 버들이 물을 뜨러 가 버렸다. 그사이 황 대표가 몸을 일으켰다. 눈앞에서 버들이 왔다 갔다 하니까 얼마나 잤는지 계산조차 할 수 없을 만큼 다른 생각이 들지 않는다. 관자놀이의 통증이 많이 흐려졌다.

가까이 다가온 버들의 손목을 부드럽게 붙잡았다. 힘을 전혀 주지 않았음에도 불구하고, 갑작스러운 접촉에 놀란 버들이 컵을 기울였다. 그 바람에 바닥이 물로 흥건해졌다. 티슈를 가져와야 한다며 손목을 비틀어 빠져나가려는 버들을 끌어당겨 황 대표가 제 무릎 위에 앉혔다. 버들의 무게가 허벅지를 타고 슬슬 퍼지자 한숨이 터져 나왔다. 답답했던 속이 같이 풀어졌는지 숨 쉬는 게 한결 쉬워졌다.

불시에 황 대표를 마주하게 된 버들의 긴 속눈썹이 아래로 감겼다. 나랑 같이 잤으면서…… 나보다 훨씬 더 많이 잤으면서. 어떻게 된 게 잠에서 막 깨어난 황 대표의 모습이 흐트러진 기색 하나 없이 번 듯하다.

"버들아."

네. 작게 대답한 버들의 눈가가 탈진할 정도로 눈물을 쏟아 냈던 탓에 발긋해져 있다. 황 대표가 가만히 버들의 이마를 짚어 열을 쟀다. 해열제 덕분인지 미열이 가라앉은 채다.

"언제 일어났어?"

"……아까."

"아까 일어났어?"

"네."

버들이 아랫입술을 꾹 말아 물었다. 입술이 상하니까 그러지 말란 듯 황 대표가 손가락으로 버들의 턱을 살짝 잡아당겼다. 꾹 맞물렸던 버들의 입술이 벌어졌다.

"그런데요, 대표님."

다 기어가는 목소리로, 내내 궁금했던 걸 버들이 물었다.

"……몸이 왜 그래요?"

가뜩이나 좋았던 황 대표의 몸이 못 본 새 더 근사해져 있었다. 굵고 거친 핏줄이 돋은 장골은 강인했고 복근을 비롯한, 가슴팍 사이를 가르는 모든 근육들이 마치 사납게 숨을 쉬는 것처럼 느껴졌다. 위협을 주면서 또 한편으로는 은밀한 기분에 사로잡히게끔 했다.

"내 몸이 왜."

"야해서요."

고개를 숙인 버들이 살며시 황 대표의 셔츠 단추를 매만졌다. 같은 남자이기에 상대적 박탈감이 스쳤다. 그리고……. 연애하는 사이가 됐기에 이게 꼭 제 몸이라도 되는 것처럼 뿌듯해졌다.

"야한 거 싫어?"

"저 야한 거 환장해요."

"……."

문득 제 젖꼭지를 촉촉하게 빨던 황 대표가 떠올라 서글퍼졌다. 두 차례 진행되었던 수술은 흉흉한 흉터로 남아 기록됐다.

버들이 황 대표의 어깨에 이마를 붙이며 기대었다.

"버들아. 고개 들어 봐."

버들이 황 대표가 원하는 대로 따랐다. 황 대표의 커다란 손이 감싼 뒷덜미 전체가 저릿하다.

"대표님……."

버들의 얼굴을 하염없이 들여다보고 있는 황 대표의 눈빛이 깊다. 우는 버들을 달래 가며 약을 먹이고 나서 같이 누웠는데 도무지 어느 틈에 잠이 들었는지 모르겠다. 잠을 잤으니까 관자놀이의 통증이 흐려진 거겠지만 그 시간이 못내 아깝다. 사무치게 버들의 빈자리가 느껴지는 때가 있었다. 특히 비가 오는 날은 어김없었다. 그러면 흔들린 버들의 사진을 꺼내 봤었다.

"수술……. 많이 아팠어?"

"아니요."

버들은 고개를 내저었지만 야윈 몸이 많이 아프고, 힘들었다고 대신 말하고 있었다.

처음부터 버들은 언제나 꾸밈없이 제게 다가왔다. 계산하지 않았고. 머리 굴리는 법도 몰랐다. 미련할 만큼 투명하게 내비치는 버들의 마음이 더 이상 같잖다거나, 하찮지 않다.

침묵이 유지되던 중 황 대표를 힐긋거렸던 버들이 움찔 떨었다. 마치 제 속눈썹을 한 올 한 올 셀 기세처럼 황 대표의 시선이 집요했다. 쑥스러움이 몰려든다. 피하고 싶었지만 뒷덜미를 붙잡혀 황 대표가 놓아주기 전까지 가만히 얼굴을 대고 있을 수밖에 없었다. 버들의 맑은 눈동자가 이쪽저쪽 굴렀다.

얼마나 시간이 지났을까.

갑자기 황 대표의 얼굴이 다가왔다. 느릿하게 좁혀 드는 거리에 긴장감은 급물살을 탔다. 그대로 숨을 참은 버들의 쇄골이 움푹 파였다. 입을 맞출 거라고 생각했지만 황 대표는 자기 코끝을 제 코끝에 살며시 가져다 댔을 뿐이었다. 단지 그뿐이었다. 두근거림은 여전했다.

"끊어."

버들이 소곤거렸다.

─어디냐니까.

"……근처에 있어."

─언제 들어올 거야.

"금방."

─너 그 말은 아까 30분 전에도 하지 않았냐?

"왜 30분 간격으로 전화하고 있어?"

─어디야. 어?

"……."

되돌이표다.

어디냐고, 겨울이 30분 간격으로 전화를 걸어 대고 있었다. 술주정뱅이에게 시달리던 버들이 결국 핸드폰 전원을 꺼 버렸다. 황 대표의 집에서 조금이라도 더 같이 있고 싶었다. 드디어 집 안이 잠잠해졌다. 그러길 잠깐. 이번엔 황 대표의 전화가 울렸다. 액정에 겨울의 이름이 번쩍였다. 베란다로 나가 통화를 끝낸 황 대표가 말없이 버들의 가방을 챙겼다.

……우리 집 가는 거 안 까먹으셨네. 내비게이션은 잠잠한데 핸들을 꺾는 황 대표는 주저함이 없다. 한창 도로 공사가 진행 중이라 길이 평소보다 더 막혔음에도 불구하고 마냥 아쉽다. 미적거리면서 안전벨트를 풀던 중 별안간 걱정이 들었다. 보고 싶은 마음을 억눌러 가며 따로 떨어져 보낸 계절들이 휘청거렸다. 앞으로 단단했으면 싶다. 그래서 버들은 무엇이든 확실하게 해 두고 싶었다. 혹시나. 이게 전부 저가 꾸민 공상이 아닐까, 하는 고민으로 오늘만큼은 밤을 새우기가 싫었다.

"대표님."

"응."

나직하게 울려오는 황 대표의 대답에 고막이 녹을지도 모르겠다.

"어디 가서……."

버들이 천천히 말을 이었다.

"사귀는 사람 있냐고 누가 물어보면 어떻게 하실 거예요?"

"……뭐?"

잘못 알아들을 게 뭐 있다고 황 대표가 되물었다. 버들이 눈도 깜박이지 않았다. 확고한 어조로 황 대표에게 저들 관계를 주입시켰다.

"황 대표님. 저랑 연애하기로 한 거 절대 잊어버리면 안 돼요."

······그걸 어떻게 잊어버리겠어.

"저 이제, 대표님 남자 친구예요."

찰나 황 대표의 눈썹이 꿈틀거렸다.

"······너 내 남자 친구야?"

"네. 제가 대표님 남자 친구예요."

저도 모르게 황 대표가 바람 빠진 소리를 내며 웃었다. 아홉 살 어린 나이 차가 불쑥 옆구리를 치고 들어왔다. 얼굴이 새빨갛게 달아오르자 버들이 인사도 없이 차에서 내렸다. 문 닫히는 소리가 허공에 두 번 들렸다. 뒤따라 내린 황 대표가 긴 다리로 성큼성큼 걸어 버들의 앞을 가로막았다. 서로를 올곧게 주시했다.

"버들아. 너 어디 가서······."

뜸 들이는 황 대표가 불안해져 버들이 저도 모르게 주먹을 말아 쥐었다.

"······남자 친구 있다고 하면 안 된다."

하얀 얼굴이 무해하다. 오해가 생기지 않게 황 대표가 설명을 덧붙였다.

"너 내 남자 친구 맞아. 맞는데······. 남자 친구 말고, 애인 있다고 해. 나도 그럴 거니까."

버들이 집에 들어가는 것까지 보고 황 대표가 차에 올라탔다. 비스듬히 고개를 기울여 버들의 집을 쳐다봤다. 새롭게 불이 밝혀진 창문이 있다. 저기가 버들이 쓰는 방인가 보다.

집으로 돌아오니 다시 혼자가 됐다. 곳곳에 남아 있는 버들의 흔적들이 공허함을 흩뜨려 놓았다. 와인 없이 식탁에 앉아 보는 게 얼마 만인지 모르겠다. 황 대표가 턱을 괬다. 하염없이 들여다보고 있는 게 버들이 깎아 놓은 사과 껍질이다.

*　*　*

하루는 형수님과 선약이 잡혀 있어서, 하루는 약을 타러 병원에 다녀오느라. 무려 이틀간 황 대표를 만나러 가지 못했다. 버들의 머릿속은 어떻게 하면 황 대표의 집에 가서 오랫동안 있을 수 있을지, 그 궁리로 바빴다.

드라이어를 막 정리했을 때 겨울에게서 전화가 걸려 왔었다. 겨울의 서재 데스크에 처박혀 있는 외장하드를 들고 버들이 집을 나섰다. 겨울이 부탁한 심부름을 후딱 끝내 놓고 그길로 황 대표를 만나러 갈 계획이었다.

"바쁜 거 아니지?"

"괜찮아. 형이 바쁘다며. 밥은?"

"못 먹었어. 돈 벌려면 어쩔 수 없지."

"많이 벌어라."

"내 새끼 옷 사 주고, 껌 사 주고, 신발 사 주고……."

본격적으로 팔불출 짓을 떨려던 겨울이 직원에게 붙잡혀 회의실로 끌려갔다. 바쁘단 말은 평계가 아니었던 모양이다.

"황 대표님, 안 계시죠?"

별 기대 없이 비서에게 황 대표의 출근 여부를 물었다.

"회의 중이십니다."

안 물어봤으면 큰일 날 뻔했다.

회의실이 잘 보이는 곳에 자리를 잡고 앉았다. 버들의 자세가 반 나절이 넘어가면서 엿가락처럼 늘어지기 시작했다. 그러는 와중에 도 시선만큼은 회의실 문에 고정된 채다. 이따금씩 회의실 문이 벌 컥벌컥 열렸다. 그럴 때마다 버들의 어깨가 깜짝깜짝 놀랐다. 애먼 사람들만 보일 뿐이다. 시간이 흘러 앉아 있는 것도 배겨서 버들이 여기저기 부산스레 움직였다.

"버들아."

정수기 앞에 서 있던 버들이 휙 몸을 돌렸다.

"……대표님."

담배를 손에 든 황 대표가 서 있었다. 시선을 피해 둘이 들어간 곳 이 비상구 계단이었다. 어둡고 습한 건 별로 신경도 쓰이지 않는다. 다짜고짜 버들이 황 대표의 허리를 껴안았다. 얇은 셔츠라 버들의 숨결이 고스란히 전해졌다. 피부를 뜨겁게 간질이는 느낌에 당황했 지만 황 대표가 버들의 등을 가만가만 어루만졌다.

"이틀 동안 바빴어?"

"오늘은 만나려고 대표님 집에 가려고 했는데……."

길이 엇갈리지 않아 그저 다행이다. 황 대표가 버들의 핸드폰을 가져갔다. 제 번호가 저장되어 있었다.

"집 나오기 전에, 전화해."

"……전화?"

"그럼 데리러 갈게."

버들의 전화는 새벽에 걸려 왔다. 한국에 들어오면서 바뀐 버들의 핸드폰 번호를 외우고 있었다. 노트북을 잠시 밀어 두고 창문 쪽으로 걸어갔다. 휘영청 뜬 달이 밝다.

-…….

"……."

서로의 숨소리만 오고갔다.

-저…….

버들이 침묵을 깨고 입을 달싹였다.

-황정우 핸드폰 아니에요?

황 대표가 낮게 웃음을 터트렸다.

-대표님? 아무 말 없어서 제가 전화 잘못 건 줄 알았어요.

"방금 뭐라고 했어?"

-대표님 핸드폰 아니냐고 했던 거요?

"이름 불렀었잖아."

-황정우.

황 대표가 다시 웃었다. 댐이 무너지는 것처럼 모든 마음들이 방출되면 숨이 막힐 수도 있다. 그러니 조심스런 조절이 간절했다. 하지만 자꾸 버들이 웃게 만들었다.

-저, 이거…… 반말한 거 아닌데.

서로의 목소리가 조곤조곤 들려왔다.

-대표님. 아직 안 주무셨어요?

"넌 왜 아직까지 안 자고 있어."

-저는 자다가 깼어요.

"그랬어?"

직접 마주하고 있는 게 아니라서, 떨리는 가슴을 움켜쥔 버들의 모습을 황 대표는 볼 수 없었다.

─저 내일, 대표님 못 만나요. 시골 가야 돼서.

앞으로 스승님한테 조각을 배우기로 했다면서 버들이 종알종알 떠들었다. 형수님이 몰래 작업실도 내 주었다고 자랑도 했다. 주기적으로 시골에 방문해야 하는 버들의 일정에 황 대표가 초점을 뒀다. 무언가 겸연쩍다. 마침 나도 거기에 일이 생겨 가 봐야 하니 가는 김에 데려다주겠다고 황 대표가 입을 열었다. 조금 더듬거린 목소리에서 수작질이 여실히 드러났는데 버들은 의심하지 않았다.

전화를 끊고 황 대표가 한동안 그 자리에서 움직이지 않았다.

"저쪽에서 꺾어야 돼요."

길을 설명해 주는 버들의 목소리가 듣고 싶으니까 황 대표가 일부러 운전을 틀리게 했다. 스승님 댁에 다다르자 버들이 안전벨트를 풀었다. 앞에서 세워 줄 줄 알았더니 황 대표의 차가 그대로 대문을 지나쳤다.

멋진 풍경에 버들의 눈이 휘둥그레졌다.

"여기 어디에요?"

황 대표가 버들의 시선을 피했다.

"……내 집."

"대표님 집?"

차에서 내린 버들이 연속으로 감탄했다. 말 그대로 저 푸른 초원 위에 그림 같이 지어진 집이었다.

"여기서 혼자 사세요?"

"……."

"혼자 살기에 너무 큰 거 아니에요?"

황 대표가 작게 헛기침을 터트렸다. 그늘진 곳으로 황 대표가 버들을 데려갔다. 나란히 벤치에 앉았다. 버들은 황 대표의 집을 빤히 쳐다봤고, 황 대표는 그런 버들의 옆얼굴을 빤히 주시했다. 하늘 위의 구름이 유유히 흐른다. 잠시 뜸들이던 황 대표가 버들의 앞에 열쇠를 내밀었다.

"너 줄까?"

"열쇠고리?"

"……."

사유지에 들어올 수 있는 울타리 열쇠였는데 버들이 관심을 보이며 가리킨 건 건축가가 매달아 놓은 유치한 모양의 열쇠고리였다.

"조각 배우다가 쉬고 싶어질 때도 있을 거 아니야. ……가져. 여기."

버들이 고개를 절레절레 흔들었다.

"왜. 멋있다고 했잖아."

"저도 집 있는데요?"

"작업실은. 여기 넓어서……."

"저 이제 작업실도 생겼어요."

반짝거리는 버들의 눈망울이 순하다.

"대표님. 연애하는 거 쉽죠? 제 말처럼 어렵지 않죠?"

집 있고 작업실까지 갖춘 남자와의 연애가 쉽지 않다. 그래서 동의하지 않았다.

"이렇게 같이 시간 보내는 게 연애하는 거예요."

황 대표의 주머니에 든 초콜릿 한 알이 끈적끈적 녹아 가고 있었다. 입안에서 한숨이 맴돈다. 뭐든 다 해 줄게요. 뭐든 다 줄게요. 맹목적인 애정을 보였던 버들의 말이 귓가에서 울린다. 그때와 무게가 달라졌다. 버들은 결코 가볍게, 쉽게 뱉었던 말이 아니었다. 초콜릿 하나 못 건네는 지경에서야 알겠다. 어렵다.

울타리 틈새로 하얀색 털 뭉치가 쑥 내밀어졌다. 통통한 꼬리를 사정없이 흔들고 있는 강아지를 발견한 버들이 벌떡 일어났다. 어디로 가 버릴까 싶었는지 황 대표가 무의식중에 버들의 손목을 바로 붙잡았다. 잔뜩 반가워하기에 서로 아는 사이냐고 버들에게 물었다.

"스승님 댁 옆집에서 키우는 강아지예요. 전에 왔을 때 봤어요."

황 대표가 강아지 이름을 말해 줬다.

"재복이? 쟤 백구예요. 다른 강아지랑 헷갈리신 거 아니에요?"

하얀색에 기다란 속눈썹……. 누굴 연상시키는 특징들이 없었더라면 애초에 이름을 붙일 일도 없었을 거다.

"이름 있는지 몰랐어."

"대표님이 지어 주신 이름이에요?"

"아니."

"그럼요?"

"부탁했어. 개 이름 짓는 사람한테."

"그런 사람도 있어요?"

"전문직이라던데?"

"……."

공식적인 이름은 백구였으나 두 사람 사이에선 재복이라고 불릴 강아지가 발랄하게 뛰어갔다.

며칠째 황 대표의 차를 타고 버들이 시골로 조각을 배우러 다녔다.

차창으로 반사되어 비치는 황 대표를 바라봤다. '거기에 마침 일이 있어서 가는 길에 데려다준다'는 황 대표의 말이 사실은 그렇지 않단 걸 놀랍게도 버들은 이미 알아차렸다. 운전하느라 황 대표가 피곤하지 않을까 걱정이다.

버들이 안전벨트를 풀었다. 황 대표가 뒷좌석에 둔 버들의 가방을 들어 무릎 위에 올려 줬다.

"두 시간 뒤에 데리러 올게."

"……대표님. 할 일 있다고 하셨잖아요."

"두 시간 뒤에 나도 일이 끝나."

"……."

내리려는 버들의 이름을 황 대표가 나직하게 불렀다. 여기까지 오는 내내 별말 없었던 버들의 이마를 짚었다. 아픈 줄 알았는데 다행이다.

"오늘은 기분이 안 좋아? 무슨 일 있어?"

버들의 눈동자를 찬찬히 들여다봤다. 연애하는 사이로서 버들이 요구하는 게 어떤 것도 없다. 내가 아니면 안 된다고. 꼭 나여야만 된다고. 생전 처음 느낀 맹목적인 애정에 자만하고 오만을 떨어 대느라 작정하고 저질렀던 쓰레기 짓이 머릿속을 하나하나 스쳐 지나갔다. 버들이 아무런 말을 하고 있지 않았지만 전부 없던 일로 덮어 둘 수는 없었다. 떠올렸을 때 버들에게 좋았던 기억이 정말로 있기는 한 걸까.

"있어요. 많아요."

에둘러 물어 온 황 대표의 물음에 버들의 표정이 환해졌다.

"어제도 자기 전에 떠올렸어요."

"어떤 거?"

"대표님이랑 같이 우동 먹으러 간 거요."

"……."

어깨에 힘이 탁 풀려 버린다. 우동 먹으러 간 게 뭐라고 자기 전에 떠올려. 속이 상한다.

"유버들."

조각 수업을 끝내고 대문 밖으로 나온 버들이 저를 기다리고 있던 황 대표에게 답삭 안겼다. 버들과 눈이 마주쳤을 때 황 대표가 흐릿하게 웃었다. 지 꼴리는 대로 물고 빨고 했었던 주제에 지금은 힘을 세게 주면 버들이 깨지진 않을까 노파심을 떨게 된다. 황 대표의 손이 버들의 등을 가만가만 쓰다듬었다.

"대표님……."

버들이 저를 부르자 황 대표가 버들의 어깨와 목 사이로 코를 파묻었다. 가까워진 거리만큼이나 황 대표의 목소리가 가까이 들렸다. 버들아.

"궁에 갈래?"

장소부터 시간까지. 약속다운 약속을 정했다.

"안녕하십니까."

비서의 인사에 버들이 꾸벅 고개를 숙였다.

"피곤해 보이십니다."

티가 나나? 그거 티 나면 안 되는데.

"타시죠."

"감사합니다."

비서가 문을 열어 준 차에 버들이 올라탔다. 차창에 제 모습을 비췄다. 과연 핏줄이 서서 피곤해 보인다. 거의 뜬 눈으로 잠을 설친 거나 다름없었다. 원래는 약속 시간보다 훨씬 더 일찍 나가 주변에 뭐가 있나 둘러보고 황 대표를 기다리려고 했었다. 하지만 전날 황 대표에게 걸려 온 전화에 꼼짝없이 발이 묶여 버렸다. 시간 맞춰 차를 보낼 테니까 타고 오라니. 외출 준비를 완벽하게 끝내 놓고 나니 무료함이 찾아왔다. 내내 시계만 노려봤다. 그런 저를 놀리는 것처럼 유독 시간이 느리게 흐르는 것 같았다.

어제까지 흐렸던 날씨가 오늘은 맑다. 주차장에 도착했다. 관광객들로 인해 궁 주변의 도보가 붐볐다. 버들이 두리번거리면서 황 대표의 차를 찾았다.

"대표님은……."

비서에게 말을 걸던 찰나, 누군가 차창을 두드렸다. 어제도 같이 있었고, 엊그제도 같이 있었다. 그런데 오늘은 또 이상한 기분이 든다. 차에서 내린 버들이 황 대표 앞에 섰다. 둘 다 정장을 갖춰 입고 있었다. 앞머리를 올린 황 대표의 모습에 홀린 버들이 잠시 넋을 놨다. 심장이 마구 쿵쾅거린다. 데이트라는 게 상기되면서 괜히 멋쩍어진 버들이 황 대표의 시선을 피했다.

"여기 와 보신 적 있어요?"

"처음이야."

처음이란 말이 설렌다. 저가 못 해 본 무수한 것들을 마찬가지로 처음일 황 대표와 하고 싶었는데 그런 바람이 이루어졌다. 어지러울 정도로 귓불 뒤쪽의 맥박이 뛴다. 궁에 대해 공부를 많이 했다. 여기에 오자고 노래를 불렀던 게 저고, 연애를 하자고 한 것도 저이니 첫 데이트에서 황 대표를 리드해야 한단 생각에 벌써부터 진땀이 날 것만 같다. 아직은 보송한 주먹을 버들이 괜스레 꾹꾹 쥐었다가 풀었다.

"저기서 표 사야 되거든요. 제가 사 올게요."

먼저 와 있던 황 대표가 직접 사 놓은 표를 보여 줬다.

"너 돌담길 걷고 싶어 했잖아."

이쪽이라며 황 대표가 제 팔꿈치를 살짝 잡아당겼다. 사람들로 북적거리는 통에 나란히 걷는 것 자체가 불가능했다. 책에서 본 사진에는 사람들이 없었다. 딱 배경만 나와 있어서 실제로도 그럴 거란 착각을 했다. 광활하게 넓은 궁 안에도 관광객들은 넘쳐 났다. 버들이 말을 잃었다.

버들의 등에 황 대표의 시선이 닿았다. 바람이 뒤에서 앞으로 불고 있었다. 셔츠가 달라붙을 때마다 버들의 어깨뼈가 선명해졌다. 어느 순간부터 버들이 앞장서서 걷고 있었다. 그런 버들의 뒤를 묵묵하게 황 대표가 따라 걸었다. 버들이 멈추면 같이 멈추고. 버들이 앉으면 같이 앉았다. 저를 피하며 딱딱하게 굳은 버들의 표정이 처음엔 걱정이었다. 기분이 안 좋나? 어제 아팠나? 여기가 별로인가? 온갖 생각들이 스쳐 지나간 뒤에 발그레한 버들의 볼을 봤다. 부끄럽나 보다.

"버들아."

황 대표가 부르자 버들의 어깨가 떨렸다. 돌아가는 차 안이었다.

「대표님. 연애 그거 되게 쉽대요. 어려운 거 아니래요.」

자신이 한 말을 떠올리며 버들이 울적해졌다. 어떤 식으로 황 대표를 바라봐야 하고, 무슨 말을 해야 하는지 몰라서 쩔쩔맸다. 쉽지 않다. 어려웠다.

"밥 먹으러 갈래?"

가만히 버들이 고개를 내저었다. 핸들을 쥐고 있는 황 대표의 손가락이 잠시 삐끗거렸다. 딱 점심시간이었다. 체력을 위해 살이 쪄야 하는 버들에게 보양식을 먹이려고 따로 예약해 놓은 한정식 집이 있었다.

"대표님."

침울하게 버들이 물었다.

"오늘 별로였죠?"

"……아니."

버들이 깊게 숨을 내쉬었다.

"그럼 어디 가고 싶은 데 있어?"

"집."

그래. 황 대표가 대답했다.

"저희 집 말고. 대표님 집에 가고 싶어요."

"……."

"……안 돼요?"

"돼."

길이 많이 막혔다. 그날따라 두 사람의 눈에 손을 잡고 걸어가는 연인들이 주로 들어왔다.

서울 집 말한 건데 황 대표가 차를 끌고 온 게 시골이었다. 한적한 시골길을 황 대표와 나란히 걷고 있자 첫 데이트를 제대로 리드하지 못해 울적했던 기분이 서서히 옅어졌다. 그런 버들의 미세한 표정

변화를 황 대표가 읽었다. 뒤집힌 세상에 오롯이 둘만 남고 싶다. 바람이 불 적마다 나뭇잎이 서로 부대끼며 흔들렸다. 자전거가 다가오자 황 대표와 버들이 동시에 걸음을 멈췄다. 길의 폭이 좁아 갓길에 붙어 자전거가 먼저 지나갈 수 있게 비켜 줬다.

황 대표가 버들에게 팔을 뻗었다. 버들의 손등에 황 대표의 새끼손가락이 스쳤다. 하필 그때 논두렁에서 버들을 아는 사람이 아는 척을 해 왔다.

버들의 손을 못 잡고 일주일이 흘렀다.

*　　*　　*

버들이 눈을 깜박였다. 할 말 있으시다더니 뭐지? 기다리고 있는데 30분째 황 대표가 잠잠하다. 밤하늘이 짙다. 차 안으로 황금빛의 가로등이 쬐어 들어왔다. 고개를 살짝 비틀어 황 대표가 버들의 손을 물끄러미 내려다봤다. 초콜릿 주는 것만큼이나 손을 잡는 게 어렵다. 갈증이 나면서 막막하다.

"먹어."

황 대표가 전해 주는 종이 가방을 버들이 얼떨떨하게 건네받았다.

"초콜릿이에요?"

"……너 먹기 싫으면 유 대표 주고."

"저희 형은 단거 안 좋아해요."

"……."

다행이었다.

"어디서 났어요?"

"……."

"누가 줬어요?"

"그걸 누가 줘. 내가 가서 샀어."

"……."

돌연 황 대표의 발끈한 어조에 버들이 허리를 꼿꼿하게 폈다.

"대표님이 가서 샀어요?"

"……그래."

알록달록한 초콜릿 매장에 서 있을 황 대표의 모습이 잘 상상이
되지 않는다.

"또 사다 줄게."

"……."

"너 좋아한다고 했던 수제 초콜릿, 그것도 이태리에서 오는 중이
야."

"……."

황 대표의 말을 조각조각 이어 붙였다.

"저 주려고 사신 거예요?"

황 대표가 대답하지 않고 차에서 내렸다. 쾅, 문 닫히는 소리가 크
게 울렸다. 저를 따라 내린 버들에게 황 대표가 인상을 찌푸렸다.

"왜 내려. 추운데."

봄과 여름의 경계에 위치한 밤공기가 차다. ……대표님이랑 같이
있고 싶어서요. 머뭇거리며 밝힌 버들의 속마음에 더 타박할 수가
없었다. 거리를 좁혀 다가간 황 대표가 버들의 어깨에 제 재킷을 든
든하게 둘러 줬다. 향수 냄새가 은은하게 묻어난다. 그게 마냥 좋은
지 버들의 입가가 부드럽게 풀렸다.

"괜찮은데……."

황 대표가 허리를 숙여 눈높이를 맞췄다. 버들의 커다란 눈이 슴 벅거렸다. 제 볼을 건드리는 황 대표의 손길에 목덜미를 타고 저릿 하게 전기가 퍼졌다. 속눈썹을 떼 주고 나서 황 대표가 반걸음 물러 났다. 그러는 편이 버들의 손이 잘 보였기 때문이었다. 낮게 한숨이 터졌다. 누군가의 손을 잡고 싶어서 이렇게 애가 탔던 적이 없었다. 다른 사람도 아니고 그게 버들이니까 스스로가 낯설 정도로 어울리 지 않는 생각들을 하는 것 같다.

버들이 흠칫거렸다. 황 대표의 손가락이 버들의 새끼손톱을 간신 히 붙잡았다. 그나마 힘을 주지 못해 헐렁헐렁하다. 천천히…… 버들 의 손바닥 전체를 감싸려던 그때. 버들이 재채기를 터트렸다.

오늘로서 버들의 손을 못 잡은 지 일주일이 넘어갔다.

＊　　＊　　＊

"너 이리 와."

현관에 들어서는 버들을 보자마자 겨울이 대뜸 시비를 걸었다. 거 기에 일절 대꾸하지 않은 채 버들이 제 방으로 숨어들었다. 응접실 에 자리를 잡고 퍼질러 있는 겨울의 한만한 꼬락서니를 보아 장 여 사와 유 회장이 함께 부재중인 모양이었다. 야구 경기를 보는 중이 라 저를 따라올 기색은 아니었지만 겨울의 마음이 어떻게 바뀔지 모 르는 일이니 앞서 단단히 대비해 두는 게 좋겠다. 그래 봤자 고작 문 을 잠그는 게 최선이었지만, 그것만으로도 안도가 된다.

옷 속에 감춰 왔던 작은 종이 가방을 꺼내 침대에 올려놓고 버들이 재빨리 씻고 나왔다. 머리를 말리는 와중에도 시선은 거울에 비춰지는 종이 가방에 고정되어 있었다. 저에게 주기 위해 초콜릿을 샀단 황 대표의 목소리가 귓가에서 어룽거린다. 초콜릿 가게와 황 대표라니. 어울리지 않는다. 어떤 얼굴이었을지 궁금하다. 인상을 쓰고 있었을까?

황 대표가 준 초콜릿을 종이 가방 통째로 어딘가에 숨겨 두려던 버들이 멈칫했다. 예전에 치즈케이크를 보관만 하다가 결국 상해서 버렸던 기억이 있다. 아쉬웠던 걸 번복하지 않고자 버들이 초콜릿을 꺼냈다. 포장이 예쁘다. 끈을 잡아당겨 상자에 장식되어 있던 리본을 풀었다. 울퉁불퉁한 초콜릿이 뭐 특별할 게 있다고 버들이 한참 감상했다.

시간 가는 줄도 몰랐다. 손바닥의 열기로 초콜릿이 살짝 녹기 시작하자 버들이 입안으로 집어넣었다. 천천히 맛을 음미했다. 한쪽 볼을 그득하게 차지한 초콜릿을 버들이 와삭, 깨물었다. 오물거리던 걸 멈추고 버들이 눈을 깜박거렸다. 초콜릿만으로 부드럽게 채워졌던 입안이 안에 들어 있던 것으로 인해 거칠어졌다. 꿀꺽, 삼켰다. 설마. 새로운 초콜릿을 꺼내 반을 갈라 본 버들이 그대로 침대에 발라당 누워 버렸다. 온몸이 전부 화끈거린다. 황 대표님……. 진짜 미친놈이 아닐까? 가둬 버리고 싶다, 영영. 아무도 못 보게. 나만 보게. 황 대표보다 힘이 셌다면 정말 망설이지 않고 저질렀을지도 모르겠다.

초콜릿 속에 든 건 씨앗이었다.

해바라기 씨앗.

대표실에 앉아 업무 중이던 황 대표가 고개를 들었다. 커튼을 건고 창문을 열자 버들이 보였다. 황 대표의 눈이 순간적으로 커졌다. 대표님, 하고 저를 부르는 버들의 목소리가 환청인 줄 알고 진짜 미친 건가 저 자신을 잠시 의심했었다. 버들아. 이름을 부르자 활짝 웃는 버들의 얼굴이 티 없이 맑다.

"대표님. 일하고 있어요?"

창문이 높아서 버들이 턱을 한껏 치켜들어 황 대표를 올려다보는 중이었다.

"들어올래?"

"들어가도 돼요?"

어둡고 습한 비상구 계단에서 비밀스럽게 만나는 것도 흡족하지만, 밝은 곳이라면 얼굴이 더 잘 보일 터였다. 창문을 넘어가기 위해 귀하게 자란 재벌 집 막내아들이 아등바등했다. 틀에 손을 올리고 제자리 돋움만 여러 번 하는 중인 버들을 황 대표가 물끄러미 내려다봤다. 이런 거, 동물 나오는 다큐멘터리에서 본 적 있었던 것 같다. 생긴 게 동글동글하니 귀여웠는데 뭐였지.

버들이 한숨을 내쉬었다. 부족한 체력만 체감한 꼴이라 낙담하게 된다.

"대표님. 비상구 계단에서 만나요."

밝은 곳에서 버들을 자세히 보고 싶은 황 대표가 창문 밖으로 넘어갔다.

"……아."

버들을 번쩍 들어 손쉽게 창문 위로 올려 줬다. 혼자서는 턱도 없더니 황 대표가 도와주니까 금방이다. 기쁜 표정으로 버들이 소파에 앉았다. 시원한 음료나 차를 부탁하기 위해 무심코 비서를 호출하는 벨에 손을 가져간 황 대표가 정신을 차렸다. 누군가 들어오면 창문까지 넘어 가며 둘이서 몰래 만나는 게 어떤 의미도 없어진다. 황 대표가 괜히 데스크 주변을 맴돌았다가 버들이 있는 소파로 향했다. 대표실에는 물밖에 없었다.

"물 마실래?"

"네."

다행히 대수롭지 않게 버들이 손을 뻗어 물병을 받았다.

"……기침하네."

버들이 코를 훌쩍였다.

"감기 걸렸어?"

맞은편에 앉으려던 황 대표가 옆자리로 옮겼다. 큰 손이 이마를 짚어 오자 버들의 속눈썹이 여러 번 깜박거렸다. 버들이 고개를 얼른 내저었다.

"창문 열어 놓고 자서 그런가 봐요."

"왜 창문을 열어 놓고 잤어."

"밖에 쳐다보다가……. 나도 모르게 잠들었어요."

버들이 들고만 있는 물병을 황 대표가 도로 가져갔다. 대신 뚜껑을 따서 건네주던 그 찰나, 서로의 손끝이 스쳤다. 버들의 손을 못 잡고 자꾸만 황 대표가 겉돌았다. 버들이 종알종알, 제 하루를 들려주기 시작한다. 여기 오기 전에 유 대표와 서점에 들렀고, 무슨 책을 샀고, 그저 그런. 별거 없는 하루나 다름없었다. 하지만 버들의 일상이란 점에서 무게가 달라졌다. 황 대표가 버들의 얼굴에서 눈을 떼지 못했다. 손 못 잡아서 신경 쓰고 있는 건 오로지 저 자신뿐인가 보다.

버들의 핸드폰이 울렸다.

—어디야?

"회사. 형이랑 회사 왔잖아."

—회사 어디에 있는데 코빼기도 안 비쳐?

"형은 어디에 있는데?"

—빨리 나와.

바깥이 시끄러웠다. 회사의 전체 회식 날이었다. 쓸데없는 사진이 찍히지 않을까 걱정을 줄이면서 소속 배우들이 자유롭게 즐길 수 있도록 식당을 예약하기보다 호텔 출장 뷔페를 불렀다. 많은 인원들이 단체로 이동하지 않아도 되니 그게 편하기도 했다. 넓은 정원에선 바비큐가 구워지고 있는 중이었다. 황 대표가 살짝 미간을 찌푸렸다. 사람들로 바글바글하다.

"저쪽이십니다."

경호원이 황 대표를 자리까지 안내했다.

"왜 둘이 같이 와?"

유 대표가 도끼눈을 떴다.

"어. 여기 오다가 중간에서 만났어. 우연히."

황 대표는 가만히 있는데 버들이 나서서 변명했다. 더듬거리는 통에 우연히 만난 게 아니라, 여태 같이 있다가 오는 거라고 광고를 하는 셈이나 다름없었다.

"넌 이리 와."

황 대표 뒤를 졸졸 따라가려던 버들을 유 대표가 제 옆에 앉혔다. 여섯 명이 앉을 수 있는 테이블에 달랑 셋뿐이다. 직원들은 물론 소속 배우들과도 어울리지 않았다. 대외적인 스케줄이 아닌, 회사 내 사적인 행사였지만 혹시나 기자들이나 팬들이 작정하고 지켜볼 수도 있는 것이니 양쪽 대표는 골치 아플 일이 생기지 않도록 이런 자리에선 더욱더 철저했다.

유 대표의 지시로 서버가 음식을 내왔다. 즉석에서 구워진 해산물이 한 상이다. 와인 잔을 앞에 둔 황 대표의 눈가가 일그러졌다. 적은 양으로 항상 화려하게 요리되어 있는 것만 보고, 먹어 왔는데 그저 즉석에서 구운 해산물이 산처럼 쌓여져 있으니 당연한 반응이었다.

"이렇게 먹어야 더 맛있는 법이야."

똑같이 곱게 자랐으면서 유 대표는 음식 편견이 거의 없었다.

"조개 먹을래?"

"응."

버들의 대답이 떨어지자마자 황 대표가 시선을 조개로 돌렸다. 해감은 제대로 되었는지 미심쩍다.

"내가 맞선을 봤는데……."

술을 마시며 유 대표가 입을 열었다.

"나이 차가 네 살이나 나서, 거절했잖아."

나이 차를 유독 강조하는 어투였다.

"집안 어른들도 잘 어울린다고 하고, 상대방도 나 좋다고 하는데도 나이 차가 네 살이나 나는데 어떻게 진지하게 만날 수가 있겠냐."

유 대표의 눈빛이 대.놓고 황 대표를 직시했다.

"흑심을 가진다는 게 변태지. 양심이 있다면 그럼 안 되는 거지, 안 그래?"

"형. 네 살 위 여성분이랑은 사귄 적 있잖아. 일곱 살 위까지 만나

본 적 있지?"

"……누나들이 형을 좋아해."

"형을? 누나들이? 왜?"

"어린 너는 몰라도 되고."

매번 연상만 만났던 유 대표가 인상을 찌푸리며 제 막냇동생을 째려봤다. 저 위해서 하는 말인 줄 모르고.

"저리 가."

술이 살짝 올라 저한테 질척거리는 유 대표를 버들이 밀쳤다.

"까 줘."

"뭐."

"새우."

버들이 꼼지락거리면서 새우를 야무지게 깠다. 아. 기다리고 있던 유 대표가 입을 벌리자 군말 없이 입에 넣어 주기까지 했다. 회식이 끝날 때까지 대표실에 가 있으려고 자리에서 막 일어났던 황 대표가 다시 앉았다. 버들이 깐 새우들이 유 대표의 입으로 족족 들어갔다.

"대표님. 입맛 없으세요?"

"신경 쓰지 마. 저거 지금 깔끔한 척하느라 지랄하고 있는 거야."

조심스레 묻는 버들의 물음에 빈정거리며 유 대표가 대답했다. 아무런 말 없이 황 대표가 와인만 들이켰다.

"까 줘."

"뭐."

"게."

……남은 함부로 잡지도 못한 손으로 뭘 저딴 걸 시키는 거야. 게살을 바르고 있는 버들의 손에 황 대표가 표정을 딱딱하게 굳혔다.

얄미운 걸 떠나서, 넙죽넙죽 처받아먹기만 하는 유 대표의 모습이 진상이 따로 없다.

가장 통통하게 잘 익은 새우 하나를 버들이 골랐다. 황 대표와 버들의 눈빛이 공중에서 어색하게 스쳐 지나갔다. 황 대표가 와인 잔을 기울였다. 내색은 하지 않았지만 내심 기대가 증폭되는 건 어쩔 수 없다. 방금 든 제 감정이 매우 낯설다. 불쑥불쑥 느껴지는 낯선 감정들은 오로지 버들에게만 국한되어 있었다.

때마침 유 대표가 잠시 자리를 떴다.

"드세요."

……기대가 식었다. 까 줄 줄 알았던 새우를 버들이 접시에 올려놓기만 했다.

*　　*　　*

핸들을 꺾자 길이 울퉁불퉁 흙길로 바뀌었다.

"저기 재복이 있어요."

버들이 가리킨 손가락을 따라 시선을 돌렸다. 하얀색 털 뭉치가 참외를 입에 물고서 신나게 달려가는 중이었다. 스승님 댁에 다다르자 버들이 안전벨트를 풀었다.

"앞에서 기다리고 계실 거예요?"

"응."

"일 있다고 하셨잖아요."

"……일 끝나고 기다리겠단 말이었어."

"이따가 봐요."

이따가 보잔 말을 꺼낸 버들이나, 그 말을 들은 황 대표나 서로를 쳐다보지 못했다. 수업이 끝난 버들을 도로 차에 태우고 황 대표가 새로 지은 집으로 데려갔다. 버들은 여전히 유치한 열쇠고리에 관심을 보였다. 황 대표 입장에선 환장할 노릇이었다. 벤치에 앉은 버들이 두 다리를 쭉 뻗었다. 황 대표가 버들의 옆에 열쇠를 내려놨다.

"가져."

달랑거리는 열쇠를 버들이 집어 들었다. 열쇠고리를 가지란 뜻으로 알았나 보다.

"이거 안 떼어져요."

"응. 안 떼어질 거야."

열쇠고리와 열쇠가 분리되지 않도록 이미 수를 쓴 상태였다. 버들의 옆에 앉은 황 대표가 다리를 꼬았다. 바람이 느긋하게 분다. 이런 저런 말을 덧붙이며 집 안으로 버들을 유도했다. 집 안은 청소 후 가구들 배치까지 완벽히 끝난 상태였다. 버들이 주춤거리면서 황 대표의 뒤를 따랐다.

"여기 미술관 같아요."

버들의 감상에 황 대표가 웃었다. 유 대표는 호텔 펜트하우스 같다고 했었다. 이 시골 바닥과 전혀 어울리지 않는다며 한껏 비아냥거리는 것도 잊지 않았다.

"미술관 같고, 전시회장 같아요."

버들이 수다를 떨었다. 요즘 관심이 가는 작가들과 작품들을 줄줄 나열했다.

"전시회도 열리고 있어요."

버들의 목소리 톤이 밝다. 황 대표가 한숨을 삼켰다. 전시회 일정을 묻고 같이 가자고 말을 하고 싶은데, 선뜻 입이 열리지 않는다. 예전에 어떤 전시회장 근처에서 퍼붓던 비를 고스란히 맞아 가며 저를 기다리고 있던 버들이 떠올랐다.

"대표님도 가 보시면 좋을 텐데. 예술 잘 몰라도 워낙 대중적이라 재미있을 거예요."

가 봤단 말로 들려 크게 동요가 됐다.

"……가 봤어?"

"네. 두 번."

"누구랑 갔어?"

"저희 형이요."

"유 대표?"

버들이 고개를 가로저었다.

"하늘이, 아. 다섯째 형이요."

이름을 말하려다가 황 대표가 모를 것 같아 버들이 순번으로 지칭했다. 밖으로 나오면서 버들이 대롱거리는 열쇠를 흔들었다. 청량한 소리가 퍼졌다. 비밀번호는 전부 똑같았다. 버들이 원하는 때, 언제든지 들락날락할 수 있었다. 제 공간이기도 하지만, 오롯이 저를 위한 공간은 아니었다.

황 대표와 버들이 나란히 동네를 걸었다. 같이 살았던 적이 있는 펜션이 점차 가까워진다. 버들이 크게 호흡했다. 여러 감정의 크기로 황 대표와 나누었던 뜨거운 여름이 떠올라 두근거린다.

……여기서 첫 키스를 했었지.

"그렇게 들어가도 돼요?"

"돼. 들어와."

"남의 집인데요?"

남의 집은. 네 거 아닌 게 없다. 그렇게 말하고 싶은 걸 우선 황 대표가 참았다.

"여기도 황 대표님 집이에요?"

"너 오고 싶을 때 언제든지 와도 돼."

창문을 통해 버들이 기웃거렸다.

"우리, 여기서 자요."

버들의 그 말에 황 대표가 숨을 참았다.

낮잠을 자고 버들이 깼을 때 창밖에는 빗방울이 매달려 있었다. 얇은 빗줄기가 언제부터 내리고 있었는지 모르겠다. 부스스, 일어나 앉은 버들의 머리를 정리해 주며 황 대표가 눈을 맞췄다.

"산책 갈까?"

예전이 겹친다. 언제 떠나야 할지 몰랐던 그때는 황 대표와 함께 했던 순간이 너무 좋았지만 그만큼 불안함이 동반되어 괴로웠었다. 연인 관계가 된 지금은…….

촉촉한 공기가 살갗에 닿는다. 버들이 황 대표를 지나쳐 걸었다. 우산 두 개의 끝이 부딪혔다. 물웅덩이를 피하지 않고 그대로 밟고 지나가는 버들을 보며 황 대표가 인상을 찌푸렸다. 뭐에 정신이 팔려 있는지 우산도 똑바로 들지 않아 버들의 한쪽 어깨가 이미 젖은 채다. 더는 못 지켜보겠는지 황 대표가 결국 제 우산을 접고선 버들의 우산 밑으로 들어갔다.

"어?"

갑작스레 황 대표에게 우산을 빼앗긴 버들이 놀란 눈을 크게 떴다.

황 대표의 팔이 버들의 어깨 위로 둘러졌다. 그게 비를 맞지 않도록 막아 주려는 의도였는데, 안아 주는 걸로 착각했나 보다. 목에 팔을 두른 버들이 품속을 파고들었다. 따뜻하게 번지는 버들의 체온을 느끼며 황 대표가 옅게 웃음을 터트렸다.

"이러면……."

이러면, 집은 어떻게 가냐.

비 내리는 깜깜한 밤, 빗소리가 귓가를 울린다.

두 사람이 포옹한 채 한참 그 자리에 멈춰 서 있었다.

계절이 여름으로 흘러가면서 기온이 점차 높아졌다. 사과 깎아 먹으며 함께 시간을 보낸 뒤, 버들의 집에 바래다주는 길이었다. 황 대표가 카페를 발견하고 갓길에 차를 세웠다. 기다리고 있으려니까 버들이 말을 듣지 않고 따라 내렸다.

각자의 손에 시원한 음료가 들렸다. 손에 묻은 물기를 버들이 제 옷에 슥 문질러 닦았다. 주변에는 시간이 늦은 만큼 아무도 없었다. 제 쪽으로 황 대표의 팔이 다가오자 재잘재잘 거리고 있던 것도 멈춘 채 버들이 몸을 돌려 피했다. 다분히 의도적이었다. 다음 날도. 그 다음 날도.

* * *

"밥은 먹었어?"

"네. 대표님은요?"

"먹었어."

전화로 약속한 대로 황 대표가 시간 맞춰 버들을 데리러 갔다. 엘리베이터에 단둘이다. 핸드폰을 꺼내기 위해 움직였을 뿐이건만, 버들이 제 팔을 등 뒤에 감췄다. 눈이 마주치자 버들이 어색하게 웃으며 뭐라고 말을 걸었다. 비밀번호를 누르고 황 대표가 버들이 먼저 안으로 들어갈 수 있게 문을 잡아 줬다.

"대표님."

생각이 복잡한 황 대표가 대꾸하지 않았다. 버들이 얌전히 소파에 앉아 있었다.

"어디 가."

"……물 마시려고요."

일어나 다른 데로 가 버리려는 버들의 손목을 붙잡았다. 잡아당기자 마른 몸이 훅 따라왔다. 비틀거리며 소파에 풀썩 주저앉은 버들이 중심을 잃고 옆으로 넘어갔다. 그게 하필이면 황 대표의 무릎을 베고 누운 꼴이다. 서로의 얼굴을 주시했다. 황 대표의 눈빛이 깊다. 꼭 잡아먹힐 것 같다.

"유버들."

일어나려는 버들의 어깨를 힘을 주지 않고 눌러 막았다.

"너 알지. 내가 네 손, 잡고 싶어 하는 거."

버들의 맑은 눈동자가 황 대표를 그대로 투영했다.

"……3년만 있다가 잡아요."

몸을 일으키는 버들을 이번에는 황 대표가 등을 받쳐 도왔다. 의외로 버들이 황 대표의 곁을 피하지 않았다. 3년만 있다가 잡자는 말이 무슨 뜻인지 황 대표의 머릿속이 복잡해졌다. 못해도 3년은 날 만나 주겠다는 건가? 연인 관계가 되었다지만, 완벽하게 맞물리지 않았기에 두 사람의 생각이 삐걱거렸다.

"대표님. 저 조각 계속할 거예요."

버들의 목소리 끝이 살짝 떨렸다.

"제 손……. 더러워요."

아무렇지 않게 버들이 말을 했기에 황 대표의 속은 더 뭉개졌다.

"병원 다니고 있어요. 한의원. 습진 전문이래요. 할머니가 소개해 준 곳인데, 3년 꾸준히 치료하면 손끝에 피부 벗겨지는 거랑 손톱이 지금보다 깨끗하게 될 수 있대요. 그럼, 그때 우리 손잡아요."

별 하나 뜨지 않은 밤하늘이 휑하다.

버들이 눈치를 봤다. 사귀기로 한 날 이후, 이렇게 차 안이 조용했던 적이 없었던 것 같다. 고개를 숙이자 꾀죄죄한 제 손가락이 눈에 들어왔다. 황 대표가 차를 세웠다. 벌써 집에 도착한 게 아니라 며칠 전에 갔던 카페가 있는 길목이었다. 주변에 인적들이 없어 24시간 운영을 하는 게 딱히 실속 있게 느껴지지 않는다. 황 대표가 내리자 버들이 따라 내렸다.

"……감사합니다."

버들이 좋아하는 취향대로, 그렇지만 밤에 마셔도 수면에 영향을 주지 않는 걸로 골라 주문한 음료를 황 대표가 버들에게 건넸다.

"마시고 갈래?"

황 대표가 물었다. 마땅한 자리를 찾아 버들이 비어 있는 좌석들을 빙 둘러봤다. 하지만 정작 안에서 마실 생각이 없었던 것인지 황 대표가 카페를 나가 버렸다. 빠른 걸음이 아니라 버들이 쉽게 황 대표의 옆에 설 수 있었다.

「제 손, 더러워서요?」

「네. 저 비위 약해요.」

숨이 순간 턱 막혔다.

「더러운 손으로 어딜 만져.」

황 대표가 속으로 욕을 짓씹었다.

"대표님. 여기 앉을래요?"

길거리 벤치에 앉아 본 게 태어나 처음이다. 버들이 아니었다면 평생 일어나지 않았을 일이다. 어차피 뒤집힐 세상, 좀 더 일찍 뒤집혔다면. 스스로를 탓할 수밖에 없다. 제 성격과 어울리지 않은 짓이란 걸 뻔히 알면서도 자꾸만 소용없는 바람들을 되짚게 된다.

머리 위로 비추는 가로등 빛이 협소하다.

각자 얼마 마시지 않은 음료에 든 얼음이 전부 녹을 만큼의 시간이 흘렀다. 협소한 가로등에 비춰진 버들의 기다란 속눈썹이⋯⋯. 속눈썹을 포함해서⋯⋯. 저답지 않게 긴장이 됐다.

"버들아."

무거워지는 입을 달싹였다. 말해야 했다. 제가 던진 말에 겉으로는 아무렇지 않아 했으나 상처받은 버들의 여린 마음이 고스란히 손에 쥐어졌다. 무슨 말을 해야 할지 복잡하고 어렵다. 그렇지만 더는 시간을 넘길 수가 없었다.

"너⋯⋯."

내 눈에 네가 어떻게 비춰지는지. 속으로만 품고 있는 걸 황 대표가 털어놨다.

"예뻐."

딱딱한 어조로 식상한 표현이 최선이었다.

"세상에서 제일…… 예쁘다고."

모질었던 첫사랑이었기에 그런 식상한 표현에도 버들의 얼굴은 삽시간에 달아올랐다. 자리에서 벌떡 일어난 버들이 황 대표가 손을 잡으려는 때에 간발의 차로 피했다. 도망치려는 버들의 앞을 황 대표가 가로막았다. 버들아. 다정하게, 제 이름을 부르는 황 대표의 목소리에 버들이 그대로 굳어 버렸다.

황 대표가 버들의 손을 잡았다. 손바닥 전체로 서로의 체온이 번졌다. 동시에 두 사람이 호흡이 흐트러졌다. 사시나무처럼 떠는 버들의 손가락을 황 대표가 놓아주었다가, 이내 더 꼭 옥죄었다.

"……좀 걸을까?"

버들의 보폭에 맞춰 걸었다. 텅 빈 횡단보도에 서서 신호등이 바뀌길 기다렸다. 즐비해 있는 가게들이 전부 닫혀 있다. 그만큼 주변이 고요했다. 서로 아무런 말을 하지 않았기에 고요함은 더욱더 깊어졌다.

천천히 다시 차로 향했다. 앞에서 황 대표가 망설였다. 집까지 버들을 데려다주려면 운전을 해야 하는데 그러면 겨우 잡은 버들의 손을 놓을 수밖에 없다. 황 대표가 길게 한숨을 내쉬었다. 떨어져 나간 손이 아쉬운 건 버들 역시 마찬가지였다. 황 대표와 손을 잡았던 게 믿기지가 않는다. 아직까지 체온이 남아 있는 것 같아 그게 빠져 나가지 못하도록 버들이 주먹을 쥐었다.

"내일…… 봬요."

"내일 올 거야?"

"네."

"어디로."

"……회사. 회사에 있다가 대표님 집에 갈래요."

"응."

기약 있는 사이란 걸 버들이 곱씹었다. 수술한 심장이 잘못되지 않았나 싶을 정도로 뛰어 댄다. 여전히 얼굴은 뜨거웠다. 버들을 내려 주고 멀어지던 황 대표의 차가 후진으로 되돌아왔다. 안전벨트를 풀고 차에서 내린 황 대표가 버들의 앞에 섰다.

"언제까지 서 있으려고 그래."

"대표님 가는 거 볼 거예요."

"들어가. 시간 많이 늦었잖아."

버들이 황 대표를 빤히 올려다봤다.

"저기가 네 방이야?"

"네. 어떻게 아셨어요?"

"불 켜지는 거 보고."

황 대표의 말에 버들이 곰곰이 생각에 잠겼다. 황 대표를 남겨둔 채 버들이 집으로 뛰어 들어갔다. 뒤로 물러나면서 황 대표의 시선은 버들의 방에 고정되었다. 불이 켜지고 창문이 열리면서 버들이 빠끔히 나타났다. 손을 흔드는 버들의 인사에 황 대표가 고개를 끄덕였다. 입가가 온화하다.

뒤척거리던 황 대표가 몸을 일으켰다. 잠들지 못하겠다. 잡았던 버들의 손의 감촉이 계속해서 떠올랐다. 그래서 차를 끌고 도로 버들의 집으로 향했다. 버들의 방에는 불이 꺼져 있었다.

"……아. 미쳤나. 진짜."

황 대표가 제 가슴을 헤집었다. 심장이 사정없이 쿵쾅거렸다.

새로운 와인이 늘어났다. 셀러 앞에 철썩 들러붙은 버들이 그걸 구경하느라 바쁘다. 황 대표가 버들의 가방을 대신 챙겼다. 시골에 가기 위해 두 사람이 엘리베이터에 올라탔다. 예쁘단 말을 황 대표가 자꾸 버들에게 들려줬다. 버들의 귓가와 목덜미가 빨개질 정도로 속삭이고, 또 속삭였다.

두 사람의 손가락이 얽혀 빈틈없이 맞물렸다. 뻣뻣하게 어깨가 굳을 정도로 긴장했던 버들도 처음 손을 잡았던 날에 비해 많이 나아졌다. 발그레한 버들의 양쪽 뺨에서 부끄러움이 전달됐다.

시골로 향하던 중 황 대표가 다른 곳으로 핸들을 꺾었다. 일찍 출발했던 덕분에 버들의 조각 수업 시간까지 아직 여유가 있었다. 황 대표가 차를 세웠다. 여기가 어딘가 싶은지 버들이 창밖의 풍경들을 두리번거렸다. 길을 잃으신 건가? 내비게이션을 입력하려던 버들을 보며 황 대표가 중간에 차를 세운 이유를 밝혔다.

"얼굴 보고 싶어."

뜻밖의 황 대표의 말에 버들이 눈을 여러 번 깜박였다.

"무릎 위로 올라올래?"

눈 둘 곳을 모르겠다. 저를 무릎에 앉혀 놓고 황 대표가 정말 얼굴만 빤히 쳐다보고 있었다. 장소가 차 안이라서 그런가. 황 대표의 무릎에 처음 앉아 보는 것도 아닌데 생소한 감각들이 발바닥을 둥글게 말리게 만든다. 침을 삼키자 그 소리가 크게 들렸다. 버들이 아랫입술을 말아 물었다가 얼른 놓았다.

"대표님. 우리, 차에서 이러고 있으니까……."

뜯들이던 버들이 고개를 내저었다.

"아무것도 아니에요."

"……너 야한 말 하려고 했지."

"아니에요. 야한 말."

"그럼."

"그냥. 주워들은 말이 생각나서 그랬어요."

"어떤 말인데."

버들이 꿍얼거렸다.

"옷 벗을 때 머리 찧고 이러니까……."

"너 뭐 봤어?"

"……아니요. 주워들은 말이라고 했잖아요."

"마저 말해 봐."

"차에서 옷 벗을 때는 머리 찧을 수도 있으니까 조심해야 돼요."

"차에서 옷을 왜 벗어."

곤란한 표정으로 폭삭 제 품에 안기는 버들의 등을 황 대표가 쓰다듬었다. 웃음이 터지려는 걸 참았다. ……뭘 보긴 봤네.

스치는 눈빛이, 오고가는 숨결이 전부 간지럽다.

"어디로 갈까?"

수업이 끝난 버들을 차에 태우고 황 대표가 물었다. 펜션 아니면, 버들이 미술관으로 부르고 있는 새로 지은 집에서 낮잠을 자는 게 둘만의 고유한 일상으로 굳어졌다. 매일같이 반복되는 시간이었지만 지루하지 않았다. 창밖으로 노을이 지고 있었다. 황금빛으로 물든 하늘을 올려다보며 함께 구경했다. 조금 더 어둑어둑해질 때까지 기다린 두 사람이 밖을 나왔다. 고즈넉한 거리를 손을 꼭 깍지 낀 채 걸었다.

"대표님."

"응."

한참 말 없던 버들이 황 대표를 불렀다.

"연애할 줄 알아요?"

"……."

"연애해 본 적 있어요?"

"……."

저야 이렇게 둘이 있는 게 좋지만 버들은 아닐 수 있다. 저야 둘이 함께하고 있는 시간이 지루할 틈이 없지만 버들은 아닐 수 있다. 버들의 물음이 당황스러운 황 대표가 머리를 굴렸다. 연애가 처음이었다. 연애를 하고 싶단 생각을 버들이 처음 하게 만들었기 때문이다.

"우리 이거 연애하는 거예요?"

처음인 만큼 헤매고 있었다. 황 대표가 보통의 데이트를 떠올렸다. 차를 마시거나 밥을 먹고 영화를 본댔나?

집으로 돌아왔다.

"대표님."

영화관을 사는 게 좋을지, 빌려야 할지. 그런 걸 고심하고 있던 황 대표가 버들을 내려다봤다.

"저는 이제 확실하게 연애 어떻게 해야 하는지 알겠어요."

버들의 큰 눈이 순하다. 황 대표의 왼쪽 뺨에 버들이 입을 맞췄다. 순간 황 대표가 낮게 웃었다. 버들이 이번엔 황 대표의 오른쪽 뺨에 입술을 가져다 댔다.

"너는 볼에 뽀뽀하는 게……."

너는 볼에 뽀뽀하는 게 연애냐고. 아홉 살 어린 제 꼴통에게 하려던 말을 황 대표는 완성하지 못했다. 갑작스레 버들이 체중을 실어왔다. 황 대표의 등이 벽에 닿았다. 입술에 부드럽게 닿아 오는 느낌에 반사적으로 황 대표가 눈을 감았다. 버들이 황 대표의 목에 팔을 걸었다. 황 대표의 아랫입술을 머금었다가 놓았다. 서로의 혀끝이 비벼지면서 녹아들었다. 가느스름하게 뜬 눈으로 버들이 황 대표의 표정이 변하는 걸 지켜봤다.

숨이 찬다. 헐떡거리는 버들을 위해 황 대표가 고개를 반대쪽으로 꺾어 주면서 숨 쉴 틈을 내줬다. 더 버티지 못하고 버들의 눈꺼풀이 스르륵 감겼다. 그 순간, 황 대표의 눈이 뜨였다. 입안에 고인 타액이 질척거리는 소리를 냈다. 붉어진 버들의 얼굴을 보며 한 손으로는 뒷덜미를, 다른 한 손으로는 허리를 강하게 붙잡았다. ……아. 가느다랗게 버들의 신음이 흘렀다. 마냥 조심스러웠던 키스가 잡아먹을 것처럼 변했다.

황 대표의 한쪽 무릎이 깊숙한 각도로 구부러졌다. 밀어붙이는 강한 힘을 버티기에 체력이 턱없이 모자란 버들의 두 다리가 벌어졌다. 기다렸단 듯, 그 사이로 파고든 황 대표로 인해 둘의 하체가 빈틈없이 밀착됐다. 순간 척추에서부터 저릿하게 피어오르는 은밀한 감각에 버들이 콧등으로 앓았다. 미약하게 떨리는 버들의 허벅지 안쪽이 느껴지자마자 황 대표의 머릿속이 새하얗게 점멸되었다.

몸에서 힘이 풀려 축 처지는 버들을 안아 현관문을 열었다. 침실까지 가려면 엘리베이터를 타고 이동해야 하나 그 정도의 여유란 현재로선 남아 있지 않았다. 깨끗하게 닦인 대리석 바닥에 황 대표가 버들을 조심스레 눕혔다. 서늘한 감촉에 놀랐는지 등을 움칠거린 버들을 다독거리는 손길만큼은 한없이 다정했다.

둥근 입천장을 채웠던 황 대표의 혀가 여린 점막을 온통 헤집고 있었다. 흐트러진 호흡에 정신이 하나도 없다. 마치 불꽃이 터지고 있는 것처럼 아찔해진 버들이 고개를 옆으로 돌려 피해 보았지만 금방 붙잡히고야 말았다. 물기 어린 소리가 계속해서 귓가를 울린다.

미치겠다. 황 대표의 커다란 손이 버들의 티셔츠 밑자락을 들췄다. 긴장했는지 납작하게 수축된 버들의 아랫배가 귀엽다. 손끝으로 버들의 뜨끈뜨끈한 체온이 감겼다. 제 어린 연인은 체온마저 상냥한 인상을 준다. 예전부터 변함없는 부분이었다.

버들이 눈을 떴다. 황 대표의 뜨거운 입술이 제 몸 아래로 향하려고 했다. 찰나 떠오른 건 가슴팍을 가로지른 흉측한 수술 상처였다. 나약한 달빛에도 뚜렷하게 비춰질 게 분명하니 덜컥 겁이 났다. 버들이 제 옷 안에서 유영하는 황 대표의 손목을 황급히 붙잡았다.

"……황 대표님."

다정하게 응, 할 줄 알았더니 대답이 돌아오지 않는다. 발버둥을 쳐 벗어나려고 해도 단단한 허벅지 아래에 깔려 녹록지가 않다. 흐……. 황 대표의 혀가 배꼽 주변을 핥아 오자 하반신은 물론 온몸이 척척하게 젖는 기분이 든다. 울먹거리던 버들이 황 대표의 머리카락을 한 움큼 쥐고 제 얼굴로 오게끔 만들었다. 둘의 눈빛이 가깝게 부딪혔다. 들썩거리는 황 대표의 가슴팍이 거칠다. 핀트가 나가 있던 눈동자에 초점이 점차 맞춰지면서 황 대표가 버들의 표정을 봤다. 발갛게 달아오른 눈가가 안쓰럽다.

"버들아……."

앞머리를 넘겨 주며 드러난 버들의 이마에 황 대표가 입을 맞췄다. 달뜬 열기가 갇힌 몸속은 금방이라도 폭발할 것처럼 아우성이었지만 뭐든 버들이 우선이었다. 천천히 일으킨 버들을 황 대표가 제 무릎에 앉혔다. 기력이 전부 빠져 버린 탓인지 버들의 고개가 힘없이 황 대표의 어깨로 숙여졌다. 호흡을 가다듬으려는데 어려운지 버들이 길게 한숨을 내쉬었다. 꽉 껴안고 싶은 충동을 억누르고 황 대표가 가만가만 버들의 등을 쓰다듬었다. 살이 빠진 탓에 툭툭 튀어 나온 버들의 척추뼈가 여실하다.

살이 좀 붙으려면 어떻게 해야 할까.

"버들아. 너……."

직전까지 달았던 입안이 버들의 지난 시간과 직면하게 되면서 삽시간에 써졌다. 시골에서 같이 살지 않고 그 시기에 자신과 떨어져 있었더라면 버들의 상태는 훨씬 나았을 거라고 확신한다. 예전 아팠던 버들이 제 곁에 있었던 통에 더 말라 버린 게 틀림없다.

나 때문에 고생해서. 마음 앓아서.

그새 곯아떨어진 버들을 옆으로 기울여 제 팔을 베게끔 눕혔다. 한쪽 벽면이 전부 유리창이라서 다행이다. 집 안을 덮치며 달이 내려앉았다. 시간은 그렇게 멈췄다. 버들의 말간 얼굴을 눈으로 담고, 담고, 또 담았다. 눈꺼풀이 감겨 있는 것과 별개로 버들의 기다란 속눈썹은 항상 위로 둥글게 말려 있었다. 청초하다. 손가락 마디로 매만진 볼의 감각이 금방 녹아내릴 것처럼 보드랍다. 목구멍이 답답하게 쥔다. 버들이 제 곁에 있단 걸 실감하다가도 아득하게 멀어지는 경우가 있다, 지금처럼. 혹독했던 겨울이 스친다. 평생 안아 주지 못할 거라고 단념했었는데……. 잠들어 있는 버들이 현재 제 품속이다.

"유버들."

······응. 잠결에 대답한 버들의 목소리가 가느다랗다. 돌아 버릴 정
도로 애가 좋다. 제 옆에서 한 발자국도 떨어지지 못하게 사지를 묶
어 놓고 싶을 정도로. 평생 자신만 알고. 자신만 보면서 살도록 소유
하고 싶은 욕심이 걷잡을 수 없을 정도로 번져 버린 뒤다.

"너 예쁜 거 알아?"

속삭이는 것처럼 낮게 물었다.

"응······."

"알아? 너 예쁜 거?"

"······응."

바람 빠진 소리를 내며 낮게 웃음이 터졌다.

"버들아."

버들의 목덜미에 얼굴을 묻으며 재차 이름을 불러 봤다. 가슴이
벅차다.

먹을 걸 앞에 두고 버들이 가만히 앉아만 있을 뿐이다. 먹어. 턱을
까닥이며 황 대표가 말을 걸자 그제야 젓가락을 드는 폼이 마지못해
보인다.

"여기는 어디에요?"

"밥집이잖아."

버들의 물음에 황 대표가 당연한 말로 대꾸했다. 여기 누가 밥집
인 거 모르나. 가는 곳만 가는 황 대표가 새로운 음식점에 데려온 것
에 버들이 경계했다.

"여기 누구랑 와 보셨어요? 혼자서? 저희 형이랑? 아니면 직원들?"

그런 걸 신경 쓰고 있을지 몰랐다. 버들이 있는 쪽을 향해 황 대표
가 고개를 들었다. 나 지금 질투한다고, 솔직하게 감정을 드러낸 모
습까진 용감무쌍하더니 버들이 왜인지 시선은 피해 버리기 바쁘다.
때마침 노크 소리가 나면서 문이 열렸다. 문 앞에 서 있는 책임자에
게 코스로 나올 것들을 한꺼번에 내오라고 황 대표가 지시했다. 이
윽고 커다란 상 위는 음식들로 가득하게 채워졌다. 하나같이 소담스
럽다. 둘이 되었을 때 소화시키기 편한 것들을 골라 황 대표가 버들
의 앞에 접시들을 옮겨 주었다.

"왜. 별로야?"

수랏상이었다. 입을 꾹 다문 채 애꿎은 젓가락 끝만 맞춰 대고 있
는 버들을 곧게 응시하고 있자니 황 대표의 표정이 언제 무감했었냐
는 듯 유순하게 풀려 버렸다. 예전 같았으면 어떻게 생각하건 말건
무시했을 터였다. 가운데에 놓여 시야를 방해하는 화병을 황 대표가
치우면서 차분하게 입을 뗐다.

"너 아니면 이런데 와 볼 일도 없어."

궁중 요리의 전통을 잇는 전문가가 오너로 운영하고 있는 한국 전
통 음식점이었다.

"네 입맛에 괜찮다고 하면 다음에 또 올 거고, 별로라고 하면 새로
운 곳을 찾을 거야."

버들이 젓가락 한 짝을 놓쳤다. 아닌 척하고 있었지만 실은 목이
뻣뻣해질 정도로 긴장을 한 채였는데, 그게 방금 전 황 대표의 말로
인해 전부 가셨다. 버들의 코 평수가 넓어졌다. 내 입맛에 괜찮으면
여길 다음에 또 온다고? 별로라고 하면 안 오는 거고? 곱씹어 본 황
대표의 말은 모로 가나, 바로 가나 저한테 맞춘다는 걸로밖에 해석

이 되지 않는다.

"먹어."

황 대표가 제 앞에 가장 가까이 놓아준 접시가 관자 요리다. 짜지 않고 식감이 부드러워 부담 없이 삼킬 수 있었다. 이거 맛있어요. 감탄하는 버들의 목소리가 작았다.

"그거 더 시켜 줄까?"

다른 요리들도 많기에 버들이 얼른 고개를 내저었다. 버들의 식사 시간이 길었다. 오미자를 우린 차로 가볍게 입술을 축이면서 황 대표가 평소보다 더 많은 음식을 섭취하는 중인 버들을 주시했다.

"대표님."

이제껏 깜박하고 있던 게 문득 떠올라 물었다.

"한약 뭐예요?"

"……뭐가."

"냉장고에 한약 있잖아요. 그거요."

버들이 안 보는 틈을 타 황 대표가 살짝 미간을 구겼다.

"무슨 한약."

"있잖아요. 제 이름 쓰인 거."

어물쩍 넘어가려고 했었는데 언제 확실하게 본 적이 있나 보다. 설명하는 게 구체적이다.

"나도 몰라."

무뚝뚝한 어조로 황 대표가 대화를 잘랐다.

"그거 한약 제 거예요?"

버들이 아랑곳하지 않았다.

"다 먹었어?"

"네."

"데려다줄게. 가자."

"......."

자리에서 먼저 일어난 황 대표의 너른 등짝을 버들이 빤히 올려다
봤다.

"왜."

"저 디저트......."

"아."

문고리까지 쥐었던 황 대표가 도로 자리에 착석했다. 상이 치워지
고 버들이 주문한 디저트가 나왔다. 황 대표의 몫으로 나온 원두커
피에서 김이 모락모락 솟는다. 뜨거운 것과 별개로 황 대표는 커피
에 손을 대지 않았다. 그저 턱을 괸 채 버들의 납작한 아랫배를 쳐다
볼 뿐이었다.

뭘 보시는 거지? 노골적인 황 대표의 시선이 의식되기 시작하면서
버들이 디저트에 집중하지 못했다. 슬그머니 티스푼을 내려놨다. 황
대표가 보지 못하게끔 제 아랫배를 주춤거리며 한쪽 팔로 감쌌다.
그래도 황 대표의 눈빛이 끈덕지게 버들의 몸에서 떨어질 줄 몰랐다.
오늘 버들이 먹은 걸로...... 5킬로그램 정도 체중이 불어났으면 좋겠
다. 평소보다 더 많은 음식을 먹었다지만 그래 봤자 한주먹 정도가
고작이다. 하지만 양심 없는 황 대표는 첫술에 버들의 배가 부르길
바랐다.

퇴근길에 막혔던 도로가 버들이 사는 동네에 와 조금 한산해졌다.

경로를 이탈하였습니다.

창밖을 내다보고 있던 버들이 내비게이션의 경고에 고개를 휙 돌

렸다. 황 대표가 태연하다.

"경로 이탈했대요."

경로를 이탈하였습니다.

"또 경로 이탈했대요."

신호에 차가 멈추자 황 대표가 내비게이션 전원을 꺼 버렸다. 버들이 다시 창밖을 내다봤다. 풍경이 낯설었다가 낯익었다가 한다. 분명, 우리 집 가는 거 황 대표님이 확실하게 알고 계셨는데……. 길을 잃은 황 대표가 참 뜬금없다. 조금이라도 더 같이 있고 싶으니까 여태 길을 못 찾는 척 굴었던 황 대표가 버들이 차근차근 제 집 가는 방향을 설명해 주자 한숨이 나올 것 같은 걸 참았다.

병원에 들렀다가 버들이 곧장 제 작업실로 향했다. 문을 열자 바닥에 기대 세워진 캔버스부터 눈에 들어온다. 휑했던 공간이 제 손길을 타 제법 분주해진 게 뿌듯하다. 가방에 넣어 가지고 온 물건들을 곳곳에 배치했다. 컵 두 개, 숟가락 두 개, 칫솔 두 개, 샤워 스펀지 두 개. ……제 개인 작업실이지만 혹시나. 황 대표님이 놀러 올 수도 있고. 놀러 온 황 대표님이 비가 많이 와서 불가피하게 자고 갈 경우도 생길 수 있으니까. 중얼중얼 듣는 사람도 없는데 버들이 혼잣말로 변명했다.

집에 돌아온 버들이 샤워를 끝냈다. 늘 외면만 했던 거울에 제 몸을 비춰 봤다. 버들의 표정이 한껏 가라앉았다. 거울 표면에 물방울이 다닥다닥 맺혀 있어서 그런지, 수술 흉터가 유독 더 징그럽게 느껴지는 것 같다. 외면하고 얼른 화장실을 빠져나갔다.

"……아. 시끄러워."

싸울 거면 나가서 싸우지. 머리를 말리다 말고 버들이 드라이기를 세게 내려놨다. 세 살 버릇 정말 여든까지 가려나 보다. 넷째와 다섯째가 다 컸음에도 불구하고 사소한 걸로 다투는 중이었다. 유치해서 더는 못 들어 주겠다. 버들이 방문을 열고선 고개를 내밀었다.

"나이를 어디로 먹은 거야?"

제 형들을 버들이 따끔하게 나무랐다.

"그렇게 싸울 거면 둘 다 집에서 나가!"

겨울이 눈을 끔뻑거리다가 정신을 차렸다.

"저 싸가지 없는 놈. 너 이리 와!"

형들이 쳐들어오기 전에 버들이 냉큼 문을 잠갔다.

여러 이유들로 울적하게 잠자리에 든 버들이 침대 아래로 굴러 떨어졌다. 몇 시나 되었을까. 여전히 바깥은 캄캄했다. 뜨이지 않는 눈꺼풀을 억지로 밀어 올린 버들의 표정이 멍하다. 베개 밑을 뒤져 핸드폰을 꺼냈다. 빨간색 불빛이 깜빡거리며 부재중 통화가 들어와 있음을 알렸다. 빨리 문 열라며 제 형들에게서 걸려 온 전화인 줄 알았다. 액정을 밝혔을 때, 잠이 홀딱 깨는 기분이 들었다. 황정우. 뜻밖의 이름에 전화가 걸려 온 시간부터 확인했다. 지금으로부터 두 시간 전이다.

잠을 자는 건 아니었고, 그저 눈만 감고 있을 뿐이었다. 핸드폰 진동이 울렸다. 30분 전에 급한 업무로 임원진과 통화를 했었기에 인상부터 써졌다. 내버려 두니 전화는 알아서 끊겼다. 그게 끝이 아니었다. 전화는 재차 다시 울렸다. 다섯 번째가 되어서야 황 대표가 핸드폰 액정을 확인했다. 무심하기 짝이 없는 태도였다. 액정에 뜬 버들의 이름을 발견하면서 황 대표의 인상이 좀 더 짙어졌다. 이제껏 걸려 온 전화가 전부 버들이 걸어온 거란 걸 뒤늦게 알아차리고 욕을 내뱉었다. 자세를 고쳐 앉았을 때 전화가 뚝 끊겼다. 여섯 번째 전화가 걸려 오기 전 황 대표가 먼저 버들의 번호를 눌렀다.

 −대표님.

버들의 잠긴 목소리에 황 대표의 표정이 나른해졌다.

 −바빠요?

전화를 바로 받지 못한 핑계를 떠올리려던 참이었다.

 −제가 전화 여러 번 했는데. 대표님 귀찮게 했을까 봐…….

황 대표가 지그시 눈을 감았다가 떴다.

「정우야. 집에 오면, 네가 안 보였으면 좋겠어.」

무미건조한 삶이었다. 내가 잘났으니까 그만이라는, 성격 자체가 그따위로 생겨 먹어서 좌절감 같은 것도 모르고 살았다. 버들을 알고 나서 새롭게 배우게 되는 감정들이 있었는데, 그중의 하나가 외로움이었다.

 "버들아. 어제 바빴어?"

 −아. 조금. 여기저기 다니느라.

 "그랬어?"

 −시간이 너무 늦어서 대표님 만나러 못 갔어요.

새벽 두 시경이었다.

 −황 대표님.

 "응."

 −지금 제가 갈까요?

 "……나한테 온다고?"

−조금만 기다리고 계세요. 제가 금방 갈게요.

뭘 더 들으려고 하지 않고 버들이 전화부터 끊었다. 양치와 세수를 하는 걸로 외출 준비를 끝냈다. 산발이 된 머리가 걸리지만 다시 감을 시간이 아깝다. 그럴 시간을 아껴 빨리 황 대표가 있는 곳으로 가고 싶다. 택시가 바로 잡혀야 할 텐데. 마당을 가로 질러 간 버들이 대문을 열었다. 동시에 화들짝 놀라 주저앉아 버렸다. 황 대표가 집 앞에 서 있었다.

"대표님."

주저앉은 버들을 황 대표가 묵묵히 일으켜 세웠다.

"왜 여기에 계세요?"

"……그냥."

황 대표에게 부재중 전화가 걸려 왔던 시각은 두 시간 전이었다. 못해도 여기서 두 시간 계셨다는 뜻일까?

황 대표를 버들이 안았다.

"왔으면 왔다고 말을 하지."

"……."

"만약에 제가 자다가 안 깨고, 전화가 온 줄도 몰랐으면 어떻게 하려고 그러셨어요?"

"뭘 어떻게 해."

"계속 여기에 계셨을 거예요?"

"……집에 가자."

황 대표의 집에 들어서자, 버들이 주인처럼 익숙하게 누비고 다녔다. 와인이 많이 비네. 채워졌다가 비워졌다가 한다지만. 뭔가 깊게 생각에 빠지려는데 욕실에서 황 대표가 나왔다.

성인 남자 둘이서 야심한 밤, 골라 앉은 곳이 식탁이다. 오른손을 버들에게 내맡긴 채 황 대표가 턱을 괴었다. 눈빛이 나른하다. 바짝 집중해 있는 버들의 옆얼굴이 말갛다. 황 대표의 손을 조물조물 만지면서 버들이 올바르게 젓가락을 잡는 방법을 알려 주고 있었다. 그렇게 날이 샜다. 식구들이 기상한다는 시간보다 더 이르게 황 대표가 버들을 집까지 바래다줬다.

"이따가 봬요."

황 대표가 웃으며 고개를 끄덕였다.

버들이 다시 황 대표의 집을 찾았을 땐 점심을 넘긴 후였다. 그때 황 대표는 셔츠를 입던 중이었다. 무작정 버들을 안아 든 황 대표가 소파로 향했다. 황 대표의 무릎에 앉아 있던 버들이 슬쩍 눈치를 봤다. 제대로 단추를 잠그지 않아 셔츠가 벌어져 그 틈으로 황 대표의 몸이 드러났다.

"대표님. 수영 갔다 온 지 얼마 안 됐죠?"

"……어떻게 알았어?"

"수영하신 날에는 여기랑 여기. 딱딱해져요."

여기랑 여기……. 황 대표의 옆구리 근육과 가슴 위쪽을 버들이 손끝으로 스치듯 만졌다. 둘 다 입을 다물어 버리자 분위기가 은밀해졌다. 발그레한 볼로 버들이 적극적이다. 황 대표 쪽으로 고개를 숙인 버들이 목덜미를 애무했다. 어설펐다. 어설펐지만, 살갗에 뭉근하게 비벼지는 버들의 혀끝은 타는 것처럼 뜨거웠다. 촉촉한 마찰음에 눈앞이 아득해지기 직전이다. 더 어떻게 해야 할지 모르겠는지 버들의 입술이 황 대표의 귓불을 물었다. 귀는 황 대표의 성감대였고, 둘

다 남자였다. 버들이 먼저 굳어 버렸다. 내색하지 않고 황 대표가 버들을 욕실까지 안아서 데려다준 뒤 문까지 닫아 줬다.

황 대표의 손에서 커다란 사과가 조그맣게 깎이더니, 역시나 한 조각만 살아남았다. 그걸 황 대표가 버들에게 건넸다. 버들이 참고 있던 숨을 한꺼번에 내쉬었다. 과도를 저만치 치워 버리고 황 대표의 손을 꼼꼼히 살폈다. 다칠까 봐 얼마나 조마조마했는지 모르겠다.
버들의 수다를 듣다가, 황 대표가 보는 책을 함께 읽다가, 소파에 누워 잠이 들었다. 황 대표가 먼저 잠에서 깼다. 제 목을 감고 있는 버들의 손을 살살 풀었다. 기온이 부쩍 높아졌다. 에어컨을 작동시키기 위해 몸을 일으키자 버들도 함께 꼼지락거렸다. 황 대표의 고개가 아래로 향했다. 잠결일 텐데……. 저가 어디로 가 버릴 줄 알았는지 버들이 옷깃을 쥐었다. 있는 힘껏. 손 마디마디가 하얗게 불거질 정도로.
불안해하고 있는 버들의 속이 뚜렷하게 읽히고 보였다. 저를 세상에서 제일 행복한 사람으로 만들어 주겠다며, 평생 아무 데도 가지 않겠단 버들에게 반대로 확신을 주지 못했다. 그게 가슴을 답답하게 건드린다. 버들의 관자놀이에 황 대표가 입을 맞추었다. 이제는 너 예뻐해 주는 사람 만나라고 등을 떠밀지도 못하겠다. 어떻게 하는 게 좋을까.
버들의 관자놀이를 타고 입술로, 황 대표의 입맞춤이 조곤조곤 이어졌다.

"뭐 먹으러 나갈까?"

"어떤 거요?"

"너 먹고 싶은 거."

퉁퉁 눈이 부은 버들을 보며 황 대표가 피식피식, 웃음을 흘렸다.

"대표님은 어떤 거 먹고 싶으세요?"

"난 신경 쓰지 말고."

"대표님 가리는 거 많잖아요."

"너 먹고 싶은 것만 생각하라니까."

먹고 싶은 걸 버들이 떠올렸다.

"저랑 다르게 대표님은 별로 안 먹고 싶은 거면 어떡해요?"

"……."

"네? 대표님. 어떡해요? 네?"

버들이 황 대표의 뒤를 졸졸 따라다니며 대답을 종용했다.

"너 먹으면 나도 먹어."

이날, 황 대표는 버들의 손을 잡고 따라간 곳에서 태어나 처음 팥빙수를 먹어 봤다.

"너 저거 룰 알고 보냐?"

겨울이 옆에 앉아 있는 버들을 툭 건드리며 물었다. 표정이 자못 심각하다.

"룰 모르면 저걸 어떻게 봐."

"너 누구 팀 응원하는데."

"나는 이기는 팀."

"……."

후반전으로도 승부가 나지 않아 연장전까지 이어진 축구 경기가 끝이 났다. 이기는 팀을 응원한다는 버들은 어떤 결과에도 스트레스를 받지 않았다. 빈 맥주 캔을 찌그러뜨리며 겨울이 제 막냇동생을 힐끔거렸다.

"누구한테 문자해?"

"형수님."

"확실해?"

"응."

"어디 봐. 뭐라고 문자하는데?"

버들이 겨울의 눈앞에 핸드폰을 들이밀었다. 둘러대는 말인 줄 알았더니 확실히 형수님이다. 겨울이 헛기침을 했다.

"형이 핸드폰 봐도 돼?"

"내 거?"

"응."

"뭐 볼 거 없어."

"속도 빨라지게 해 줄게."

"그런 것도 할 줄 알아?"

버들의 핸드폰을 겨울이 손에 쥐었다. 어. 어. 밖에 봐 봐 밖에. 큰일이 난 것처럼 긴급한 말투로 버들의 정신을 다른 곳에 팔리게 한 뒤 저장 목록에 들어가 황 대표의 번호부터 찾았다. 황정우. 지극히 담백하게 저장되어 있었다. 다른 형제들을 비롯해 제 이름 역시 유겨울, 담백했다. ……이것들이. 서로 짰나?

"눈을 왜 그렇게 뜨냐."

"왜. 형 눈이 어때서 그래."

겨울의 눈이 가느스름하다.

"가자미 같아. 좋게 눈 떠."

제 핸드폰을 도로 받아 가며 버들이 겨울의 허벅지를 퍽, 내려쳤다. 며칠 전 황 대표에게도 속도 빨라지게 해 주겠다며 사기 쳐 핸드폰을 가져가 확인했던 적이 있다. 유버들. 단순히 이름 석 자로 버들의 번호가 저장되어 있는 것에 가슴을 쓸어내렸건만.

"황 대표는 오늘 뭐 할까? 전화해 볼까?"

"……아마 바쁘실걸."

"네가 어떻게 알아."

"…….."

예전에는 습관처럼 황 대표에 대해 꼬치꼬치 캐묻더니. 지금은 그런 게 일절 없다. 나를 거치지 않고도 이제 알 수 있다, 이건가?

"너……."

"응?"

황 대표를 언급해서 그런가. 버들이 움칠거렸다.

"내일 한의원 가야 되는 거 잊지 마."

"알아. 나도."

어색하게 웃으며 자리를 피해 버리는 버들을 잡지 않았다. 군대까지 함께 다녀온 것으로 모자라 사업까지 함께하고 있는 오래된 친구와 눈에 넣어도 아프지 않을 만큼 곱게 키운 막냇동생 사이에서 기묘하게 흐르는 기류를 어떻게 해야 할지 막막할 나름이다. 모르는 척해야 하는 건지. 아니면 뜯어 말려야 하는 건지. 남녀 사이였다면 답을 내리기 훨씬 쉬웠을 문제였을까?

한숨이 샌다.

나한테 감정이나 들키지 말든가. 나보고 어쩌라고.

"······이 원수 같은 것들."

무인도에 처넣어 버릴까 보다.

버들이 머리 자르는데 황 대표가 동반했다. 바닥으로 잘려 나간
버들의 곱슬머리가 수북이 쌓인다. 아까워서 주워 담아서 오고 싶은
걸 간신히 참았다. ······아. 황 대표가 욕을 짓씹었다. 버려지는 머리
카락이 문제가 아니었다. 가느다랗고 뽀얀 버들의 뒷목이 너무 잘
보여서 짜증이 났다.

"영화 보러 갈래?"

커플이니까 커플 전용 좌석에 앉았고, 영화관을 통째로 빌렸으니
관람객은 딱 둘뿐이었다. "제가 대표님이랑 영화 보고 싶어 했던 거,
어떻게 아셨어요?" 기쁜 어조로 수다 떨던 버들이 영화 시작하면서
스크린만 바라봤다. 괜히 갈증이 나는 것 같다. 깜깜한 데다 보는 사
람도 없건만, 망설여지게 된다. 버들의 어깨를 감싸고 싶은데 번번이
실패했다.

"영화 재미없어요?"

"아니."

나중에 가선 버들이 영화에 푹 빠져 버려 그거 방해할까 봐 손끝
도 건드리지 못했다.

시골로 가는 길목에서 아무 데서나 핸들을 꺾어 나오는 곳을 산책
했다. 새로운 곳에서. 둘이 함께. 시간을 공유한다는 게 특별한 순간
처럼 다가왔다. 밟히는 흙이 사각거린다. 중반쯤 걷다가 서둘러 차로
돌아올 수밖에 없었다. 먹구름이 잔뜩 끼어 흐렸던 하늘에서 꽤 굵

직한 빗줄기가 떨어졌다. 황 대표가 큰 손으로 버들의 머리 위를 막아 줬다.

번개가 쳤다. 산장을 테마로 꾸며진 카페가 몇 개 보였는데 둘 다 그쪽으론 관심이 없었다. 퍼붓는 비 때문에 바깥이 보이지 않았다. 뒷좌석에 나란히 앉아 키스했다. 손을 꼭 잡고 있는 채였다. 차를 두드리며 쉴 새 없이 떨어지고 있는 빗줄기보다 제 심장이 더 요란스러울 거라고 버들은 확신했다. 흘러가는 시간을 내버려 뒀다.

"대표님?"

뿌옇게 습기가 어린 창문에 의미 없이 선을 긋던 버들이 허리를 세웠다. 귓가에 색색, 고른 숨소리가 닿는다. 어느 틈에 잠이 든 황 대표의 얼굴이 제 어깨에 툭, 기대어 왔다. 버들의 표정이 마치 세상을 다 가진 것처럼 환해졌다. 잡고 있는 황 대표의 손은 저가 물어서 생긴 흉터가 있는 쪽이었다. 정확히 손등의 그 위치에 버들이 정성껏 입을 맞추었다.

소나기였는지 시골에 도착했을 즈음 다행히 빗줄기가 멎었다.

"다녀올게요."

손을 흔들며 인사 후 버들이 제 스승님 댁으로 들어갔다. 펼쳤던 책을 금방 덮어 버린 황 대표가 무슨 생각에선지 앞쪽으로 조금 더 차를 이동시켰다. 대문이 살짝 열려 있어 버들의 모습이 보였다. 먹구름이 모두 걷혀 햇볕이 내리쬐기 시작했다. 곧 매미가 우는 소리도 들을 수 있겠다.

여름이 코앞이다.

황 대표의 시선이 계속 버들에게 고정되어 있었다. 스승이 하는 말을 주의 깊게 듣던 버들이 턱을 주억거렸다. 눈빛이 진지하다. 그동안의 수업은 굳어 버린 손을 푸는 데 초점이 맞혀져 있었지만, 오늘부터는 본격적으로 조각을 할 수 있을 거라며 버들이 기대를 했었다.

스승이 버들에게 내민 걸 보고 황 대표가 인상을 썼다. 움직이기 거추장스러운지 걸치고 있는 남방을 벗고, 버들이 반팔 차림이 됐다. 손목이 가느다랗다. ……내 눈에만 연약해 보이나. 스승이 내민 망치가 무게가 나갈 것 같은데 그걸 쥔 버들은 막상 아무렇지 않아 보인다. 핸들에 엎드려 누운 황 대표가 나른한 눈길로 계속 버들을 감상했다.

심장이 약하게 태어났고 그로 인해 활동하는 게 제약될 수밖에 없던 환경에서 자라났다. 법석거리며 뛰어노는 제 형들이나 또래들이 부러웠을 텐데. 버들의 성정은 그걸 비관하지 않았다. 대신 제 재능을 마음껏 발휘할 수 있는 걸 찾아냈고, 열심히 몰두했다. 버들에게 조각이란 어떤 의미인지 생각하게 된다. 그러다 보니까 상처투성이의 버들의 손이 어느 무엇보다 더 소중해진다.

수업을 끝낸 버들의 손끝에서 물이 뚝뚝 흐른다. 비누 향이 번진다. 버들의 턱 끝을 올려 진득하게 입을 맞춘 황 대표가 속삭였다.

"스폰서 필요하지 않아? 작품 하는 데."

"……."

"내가 네 스폰서 해도 돼?"

통통하게 부어 번들거리는 입술로 버들이 종알거렸다.

"그거 야한 말 아니에요?"

"……."

"대표님 그렇게 안 봤는데."

"……스폰서 하고 싶단 말이 왜 야한 말이야."

저만치 꼴통이 먼저 가 버렸다.

"유버들! 스폰서 하고 싶단 말이 왜 야한 말이냐니까. 뭐 봤어?"

비가 내린 탓에 물웅덩이가 여러 개 생겨났다. 걷는 게 쉽지 않은 황 대표와 달리 버들은 거침없다. 버들을 따라 황 대표가 물웅덩이를 피하는 대신 밟고 지나쳤다. 옷이 젖는 느낌이 영 불쾌하기만 하다.

"나 밟은 데로만 걸어."

버들의 손목을 잡은 황 대표가 긴 다리로 앞서 나갔다. 그것도 잠깐이다. 황 대표가 우뚝 멈춰 섰다.

"대표님. 왜요?"

"……개구리."

황 대표의 중얼거림에 버들이 아랫입술을 깨물었다. 개구리? 개구리 무서워하는 황 대표를 위해 버들이 앞으로 나섰다가 똑같이 굳어 버렸다. 같이 살 때 종종 집에 나타났던 개구리는 기껏해야 엄지손가락 반만 했었다. 그런데 지금 길을 가로 막고 있는 개구리는…….

누가 봐도 양서류다. 엄청나게 컸다. 게다가 무늬와 색깔이 초록으로 짙어 위협적이기까지 했다. 팽팽히 대치 중이었다. 볼록 튀어나온 개구리의 볼이 움직이자 버들의 팔에 소름이 쭈뼛 섰다. 바라본 버들의 얼굴이 하얗다. 겁에 질린 제 어린 남자 친구를 옆구리에 번쩍 안아 든 황 대표가 그 자리를 벗어났다.

"무인도에 갔을 때……."

개구리가 안 보이고 나서야 버들이 정신을 차렸다.

"개구리 나오면 그건 내가 해결해 줄게."

"이렇게 도망쳐서요?"

"어쨌든."

버들의 큰 눈이 빠르게 깜박였다.

"대표님, 무인도 가실 거예요?"

"……너는."

"안 가요. 무인도."

선한 버들의 얼굴을 바라보며 황 대표의 눈매가 깊어졌다.

"내가 무인도 사 주면 갈래?"

"아니요."

"……왜."

"대표님 무인도에 안 가실 거잖아요."

요트 타고 무인도에 가려면, 너랑 요트 타고 무인도에 가고 싶다고 한 치의 벗어남 없이 있는 그대로 솔직해야 가능할 것 같다. 황 대표가 말없이 버들의 동그란 뒤통수를 바라봤다. 가슴이 꽉 막힌다. 예전에는 대체 어떤 생각에서 버들의 저 감정들이 쉽다고 가볍게 멸시할 수 있었을까. 황 대표의 손에 힘이 들어갔다. 좋아하는데. 미칠 정도로 네가 좋은데 그걸 표현할 수 있는 방법이 없다.

「사랑해. 뭐, 이런 말 기대해요? 행여나 너 좋아한단 말 꺼내는 건 그냥 너랑 한 번 자 보겠단 뜻이고. 그럴 일은 평생 없을 거야. 내가 머리에 총 맞지 않는 한.」

암담하다.

"대표님."

잿빛이었던 황 대표의 눈동자에 저를 부르는 버들을 담는 순간 다정함이 비쳤다.

"재복이 왔어요."

동네를 산책 후 새로 지은 집에서 만나야 할 사람이 있다고 해서 시간을 보내고 있던 터였다. 울타리 틈새로 재복이가 얼굴을 집어넣었다. 진흙탕에 굴렀는지 엉망인 꼬락서니로 한껏 웃고 있는 표정이다. 미리 챙겨 놓은 간식을 주고 버들이 돌아왔다.

"근데 이름이 왜 재복이에요? 백구가 훨씬 잘 어울려요."

누굴 닮았는지 호기심 가득한 성격이라 하필 벌집을 건드려 발과 얼굴이 퉁퉁 부어서 돌아다녔던 적이 있다. 아플 법도 한데 꼬리 살랑살랑 흔들며 뛰어다니는 게 역시나 또 누굴 닮아서 저러나, 하며 계속해서 신경이 쓰였다. 그래서 시골 생활에 행운 가득하라고 지어 준 이름이었다. 있을 재에 복 복 자. 재복이 이름 뜻을 알게 된 버들이 콧잔등을 찌푸렸다.

"진짜 이상해요."

얼마짜리 이름인 줄 알고 이상하대.

"진짜 이름 짓는 전문가가 지어 준 이름 맞아요?"

"그렇다니까. 감자랑 금동이 주인이 소개시켜 줬어."

"감자랑 금동이도 이름 짓는 전문가가 지어 준 이름이래요?"

"응."

……둘 다 사기당한 거 아니야?

"혹시 돈 주고 지은 이름이에요?"

얼마짜리 이름인지 밝히려던 때, 차가 한 대 들어왔다. 건축가였다.

"대표님. 죄송합니다. 길이 막혀 늦었습니다."

"아닙니다."

마지막으로 황 대표가 지시한 걸 건축가가 보고했다. 잘 자라날지는 모르겠지만, 어쨌든. 이쪽은 브로콜리, 저쪽은 버섯, 새로 심어진 나무는 감과 사과……. 버섯 같은 경우는 온도를 유지시키는 게 까다로워서 혹시 섭취 목적으로 재배하시는 거라면 차라리 사서 먹는 게 나으실 겁니다.

「대표님. 우리 여기서 그냥 평생 살래요?」

말은 건축가가 하고 있는데 버들은 황 대표의 얼굴을 쳐다볼 뿐이었다.

「제가 계획을 세워 봤는데요. 텃밭에 브로콜리 따 먹고, 버섯 캐서 먹고, 감이랑 사과 따 먹고.」

손으로 쓸자 가슴에 난 수술 흉터 자국이 만져진다. 피부가 고르지 않고 울퉁불퉁하다. 추웠던 겨울이 떠올라 버들이 엎드려 울었다. 울음이 멎고 진정이 되자마자 버들이 황 대표를 만나러 갔다.

"대표님."

문을 열고 버들이 들어오자 황 대표가 놀랐다.

"오기 전에 연락하랬잖아."

"왜요? 연락 없이 잘만 왔었는데."

"데리러 간다고 그랬잖아. 어떻게 왔어?"

"택시 탔어요."

황 대표의 허리를 안으며 버들이 품을 파고들었다.

"연락해도 대표님 운전 못 하셨을 것 같은데요?"

황 대표에게서 은은하게 와인 냄새가 묻어났다. 눈이 마주치자 버들이 웃었다. 도톰하게 솟은 버들의 눈 아래 살이 달콤하게 보인다. 속눈썹 근처에 황 대표가 입을 맞추자 와인 냄새가 좀 더 진해졌다. 분위기가 참 근사한 남자다.

"저도 와인 마시고 싶어요."

버들을 안아서 주방까지 데려갔다. 식탁에 와인 잔과 와인이 꺼내져 있다.

"사과 깎아 줄게."

버들이 소리 내어 웃었다.

"저 술……."

"안 돼."

단호하다. 버들이 황 대표의 눈, 코, 입술을 차례대로 바라봤다. 이게 다 꿈이면 어떡하지, 싶다.

"그럼 저 그냥 물 주세요."

사과와 함께 황 대표가 물을 내왔다.

"이거."

황 대표가 자리에 앉자 버들이 일어나서 냉장고를 열었다. 한약 박스가 그대로다.

"이거 뭐예요? 여기 제 이름 적혀져 있잖아요. 제 거 맞죠?"

전에 물어봤을 때도 모르는 척하더니, 지금도 황 대표가 모르는 척하고 있다. 버들이 한약 박스를 꺼냈다. 무게가 가볍다. 박스 안에 든 건 아무것도 없었다.

"이거 진짜 뭐예요?"

당황한 황 대표가 버들의 손에서 한약 박스를 가져갔다. 버들에게 먹이려고 지어 왔던 살찌는 한약이다. 그러니까 아주 오래전에. 버들이 뉴욕으로 떠났던 날. 안에 든 한약들은 유통기한이 지나가자 부풀어 올라 버렸지만 박스는 버릴 수가 없어 그대로 냉장고에 됐다. 못 버린 이유는, 겉에 버들이 이름이 적혀져 있어서. 소음 하나 없이 적막한 집에 오롯하게 혼자 남겨진 기분이 떠올랐다.

"제 거 맞죠?"

"……어."

어쩔 수 없이 인정했다.

"저 주려고 한약 지었어요?"

"먹으면 살찐다고 해서."

"한약은 다 어디 갔어요?"

"버렸어. 오래돼서."

"……언제 지었는데요?"

머뭇거리던 황 대표가 지나가는 투로 날짜를 말했다. 버들의 입술이 미약하게 떨렸다. 뉴욕으로 떠나고 일주일 정도 뒤다. 일주일간, 이 집에 안 왔던 저를 황 대표님은 기다리고 있었을까? 다시 올 줄 알고 한약을 지었던 걸까?

"대표님."

버들이 황 대표를 안았다.

"전에도 말했지만, 저 이제 아무 데도 안 가요."

"……"

"평생 대표님 곁에 있을 거예요."

"……"

황 대표가 버들을 마주 안았다. 여린 몸이 한 품에 들어오고도 남는다. 그게 참 애달프다. 버들은 저한테 끊임없이 확신을 심어 주고 있는 반면, 저는 제자리에 멈춰 서 있는 것 같다.

"버들아."

"네."

"너 시간 괜찮은 날…… 전시회 보러 갈까?"

"대표님이랑 둘이서요?"

"응."

기뻐하며 고개를 끄덕거리는 버들을 내려다보는데 순간 목이 막혔다.

궁에 이어서 두 번째 데이트를 앞둔 버들이 잔뜩 들떴다. 이번만큼은 제대로 리드해야 돼. 온갖 전시회 일정들을 버들이 꿰기 시작했다. 앉으나 서나 그 생각밖에 나지 않았다.

"잠깐 기다려."

"응."

한의원에 들렀다가 집으로 가는 길이었다. 갓길에 차를 세운 겨울이 편의점으로 들어갔다. 어떤 전시회가 괜찮을까. 핸드폰으로 검색하던 버들이 클랙슨 소리에 고개를 들었다. ……황 대표님 차다. 차기종은 물론 번호까지 똑같았다. 근처 건물의 지하 주차장으로 향하는 걸 보고 버들이 안전벨트를 풀었다. 어디 가냐고 묻는 겨울에게 대답도 잘 못 해 줄 정도로 서둘렀다. 건물로 들어선 후 황 대표에게 전화를 했는데 부재중 통화로 넘어간다.

"8층?"

엘리베이터가 8층에 멈춰 있는 걸 발견했다. 버들이 무작정 8층으로 올라갔다. 사람들은 많았는데, 다들 정숙했다. 병원이라면 으레 느낄 수 있는 분위기였다. 이런 데에 정말로 황 대표님이 있을까? 아닐 것 같다. 그렇지만……. 혹시나 싶었는지 버들이 부지런히 두리번거렸다. 화장실에서 나오던 황 대표와 버들이 마주쳤다.

"버들아."

"대표님."

황 대표는 눈에 띄게 당황스러워했고, 버들은 반가워했다.

"여기는 어쩐 일이세요?"

"너는."

"저는 대표님 따라왔어요. 저 여기 근처 편의점 앞에 있었거든요."

"……여기 근처 편의점 앞을 왜 왔어."

"다니는 한의원이 여기에 있어요."

"……."

막힘없이 버들이 대답했다.

"대표님. 제가 전시회 일정을 뽑아 봤는데……."

"버들아. 내가 지금 여기서 아는 사람을 좀 만나야 돼."

어떻게든 버들을 밖으로 내보내려고 황 대표가 티 나지 않게 진을 쓰는 중이었다.

"황정우 님."

황 대표의 이름이 불렸다.

"진료실로 들어가시면 됩니다."

버들이 황 대표의 얼굴을 빤히 쳐다봤다.

"진료실에 왜 들어가요?"

"……."

물어도 황 대표가 대답이 없다. 버들이 그제야 여기가 어디인지 자세히 알아차렸다. 크진 않지만 건물 전체가 병원으로 운영되고 있었다. 어떤 층은 불안 장애 클리닉. 어떤 층은 우울증 클리닉……. 황 대표가 있는 8층은 알코올 중독 클리닉이었다. 버들의 눈가가 그대로 일그러졌다.

황 대표의 손목을 잡고서 버들이 비상구 계단으로 데려갔다. 심장이 터질 것처럼 뛴다.

"대표님. 방금 저한테 거짓말하신 거죠."

"……."

"만나러 올 사람이 누군데요? 여기 진료 보러 오신 거죠?"

터질 것처럼 심장이 뛰는 만큼 버들의 목소리가 달달 떨렸다. 몸에서 열이 나는 것 같다. 황 대표의 침묵이 길다. 누군가 속 시원하게 설명해 줬으면 좋겠다.

"저희 형은 대표님이 왜 여기에 있는지 알아요?"

버들이 핸드폰을 꺼냈다. 유 대표에게 전화를 걸려는 버들을 황 대표가 막았다.

"몰라. 아무도."

버들의 호흡이 엉망이 됐다.

"있는 그대로. 솔직하게 다 말해요."

아무한테도 알리기 싫어 일부러 주치의가 있는 병원이 아닌, 멀리 떨어진 클리닉을 골라 다니는 중이었건만. 저가 왜 여기에 있는지 버들이 알아보려고 작정하면 못 알아볼 것도 없을 거다. 이미 들켜 버렸기에 더 이상 침묵은 답이 되지 않을 거란 판단이 선다. 황 대표가 천천히 입을 열었다.

"……잠을 잘 못 잤어."

황 대표의 말이 느리게 이어졌다. 설명은 단조로웠다.

버들이 탁한 한숨을 내쉬었다. 무슨 말을 들은 건지, 머릿속이 굳어 버린 느낌이다. 잠을 잘 못 잤고. 그래서 먹은 수면제가 어느 정도 지나니 탈을 일으켰고. 생활을 하려면 잠깐이나마 눈을 붙이는 게 필요했기에…….

뉴욕 제 병실에서 잠이 들었던 황 대표가 시야에 아른아른 겹쳐졌다. 빨리 눈치 못 챈 게 원망스럽다. 원래도 와인을 잘 마셔서 전혀 다른 생각을 하지 못했었다. 불면증이라니. 평소처럼 와인을 즐겼던 게 아니라, 조금이라도 잠에 들기 위해서 의존했을 거라고 꿈에도 생각하지 못했다. 버들이 숨을 크게 들이켰다.

"잠은 언제부터 못 잤는데요?"

"버들아. 이거 심각한 거 아니야."

"언제부터 잠 못 잤냐고 묻잖아요."

"여기서 나가자. 배고프지 않아?"

황 대표에게 잡힌 팔을 버들이 뿌리쳤다.

"나 없어도 잘 먹고 잘 산다고, 대표님 입으로 말하셨어요."

"……"

"이게 잘 먹고 잘 산 거예요?"

냉장고에 초콜릿도 한약 박스도 버리지 못해 놓고선. 겉으로 멀쩡하니까 진짜로 잘 먹고 잘 산 줄 알았다. 그리고 잘 먹고 잘 살았길 바랐다. 버들의 눈가가 붉게 달아올랐다.

"버들아."

떨리는 아랫입술을 비틀어 물었다가 놓았다.

"헤어져요."

황 대표의 목울대가 일렁거렸다. 방금 전 내뱉은 버들의 말에 심장이 쿵 떨어져 나뒹굴었다.

"내 말 안 들려요?"

"……들려."

버들의 용기로 연애를 하게 되면서, 떠올리면 좋은 기억들이 한꺼번에 선물처럼 불어났다. 너 예뻐해 주는 사람 만나라고 먼저 등 돌릴 순 없게 됐지만 떠난다는 너를 순순히 보내야 한다는 걸 안다. 그게 너를 위해서 훨씬 나은 길이란 걸 예전부터 받아들였다. 절망이 찾아든다. 누가 목을 조르는 것처럼 숨 쉬는 게 버겁다.

"헤어져."

새빨개진 얼굴로 버들이 황 대표를 노려봤다.

"응."

헤어지잔 제 말에 황 대표가 응, 긍정한 순간 버들이 눈을 감았다. 속눈썹에 밀려 굵은 눈물방울이 후드득 떨어졌다. 헤어지잔 제 말에 어떻게 헤어지겠다고 할 수 있는지……. 서글픔에 뒤덮인 버들이 울지 않으려고 억세게 눈가를 문질러 닦았다.

"데려다줄게. 오늘만. 헤어져도 허락해 줘."

연락하면 데리러 가겠단 말을 지키고 싶었다. 그러려면 언제든지 운전할 수 있게 술의 의존도를 차차 낮춰야 했다. 버들이 아니었다면 알코올 클리닉을 손수 알아볼 일도 없었을 거다.

"나 없으면 잠도 못자는 게."

버들이 황 대표를 밀치며 때렸다.

"매달려!"

"……."

"너도 나 없으면 안 되잖아!"

"……."

"내가 어떻게 매달리는지 봤잖아. 어떻게 하는지 알 거 아냐!"

"······."

"매달려······."

눈물이 계속해서 쏟아졌다. 뒤돌아선 버들이 계단으로 내려가 버렸다.

어쩌면 죽을지도 모르는 너를 뉴욕에서 마주했을 때. 수술을 끝낸 널 두고 한국행 비행기에 몸을 실었어야 했을 때. 얼마나 절박했는지 모르겠다. 무서웠다. 가슴을 후벼 팔 정도로 고통이 동반됐다. 안고 싶고. 입 맞추고 싶고. 너한테 쏟고 싶은 애정을 어떤 식으로든 참아 내야 했다. 나랑 있으면 네가 행복하지 않을 거 같아서.

그런데 내가, 이런 내가 너한테······ 매달려도 될까?

일층까지 다다른 버들의 걸음이 우뚝 멈췄다. 소란스레 계단을 울렸던 발소리가 함께 멎었다. 황 대표가 뒤에서 버들을 온 힘을 다해 껴안았다. 영원히 놓쳐 버릴까 조바심이 든다.

"버들아."

너 없으면 안 된다.

네가 아니어도 안 된다.

뒤집힌 내 세상의 일상은 곱실거리는 구름 모양이 네 머리카락과 닮았다고 해서 힐긋 올려다본 하늘이 온통 너로 채워지곤 했다. 그런 주제에······.

"내가 전부 다······."

맹목적인 네 애정에 자만하고. 괄시하고. 평생 네가 내 곁에 있을 거라고 오만을 떨어 댔었다. 그것도 모자라 다른 사람에게 너를 보내려고 단념까지 했었다. 그 모든 것을 포함해서, 버들아. 내가 전부다······.

"······잘못했어."

뉴욕에서부터 여태, 지금은 아니라고, 아니라고, 미뤄 두고 또 미뤄 뒀던 일이 있었다. 황 대표의 얼굴이 파묻힌 버들의 어깨가 흥건히 젖기 시작했다. 잘못했다고 매달리고 나서야 황 대표는 울 수 있었다.

황 대표가 아팠다. 근 나흘간. 고열이 전부 내리고 나서야 황 대표가 눈을 떴다. 온몸이 묵직하다. 뻐근한 손목을 확인하자 링거 바늘이 꽂혔던 자국이 있다. 더듬거려 만져 본 이마에는 열을 식혀 주는 시트가 붙여져 있었다. 제 옆구리에 찰싹 달라붙어 버들이 새근거리며 잠들어 있었다. 씻은 지 얼마 안 됐는지 머리카락이 축축하다.

버들이 손에 쥐고 있는 물수건을 빼 내려놨다. 용서할 기회도, 곁에 설 기회도, 버들이 줬고, 거기에 매달렸다. 그로 인해서 버들이 불안해하면 안아 줄 자격이 생겼다. 다른 게 크리스마스 기적이 아니다. 버들의 몸을 안으려다가 멈칫했다. 땀 냄새가 나는 것 같아서 황 대표가 씻고 나왔다.

"대표님······."

욕실 앞에서 버들이 기다리고 있었다.

"열은요?"

버들이 만질 수 있게 황 대표가 고개를 숙여 줬다.

"너는."

"······."

"아픈 데 없어?"

다정하게 묻는 황 대표의 목소리에 버들의 눈가가 금방 뜨거워졌다. 황 대표가 버들의 마른 몸을 껴안았다. 어둠이 밀려나면서 어슴

푸레 새벽이 시작되는 중이었다. 살짝 열어 놓은 창문으로 맑은 바람이 들어온다. 새로 지은 집의 담벼락을 타고 여름이 되면 해바라기가 만발할 예정이었다. 반 발자국 떨어져 버들을 마주 봤다. 확실하게. 버들이 보여 줬던 애정에 응답하지 않으면 안 된다.

"버들아."

"……."

"씨앗은 네가 심었으니까……."

"……."

"꽃은 내가 피울게."

"……."

"최선을 다할 거야."

이렇게 긴장한 황 대표의 모습을 처음 보는 것 같다. 마음에 들어찬 애정을 죄다 드러내며 손까지 떨고 있었다.

"버들아. 행복에 사무치도록 해 줄게. ……평생."

낮게 울리는 목소리 톤과 눈빛 모든 게 정중했다.

"약속할게."

뒤집힌 두 세상이 하나로 합쳐졌다. 그곳에서 오붓하게 단둘이 맞게 될 여름은 풀벌레 울음소리가 밤하늘을 수놓을 거고, 달큼한 향기를 뿜내며 포도가 익어 갈 것이다.

"사랑해."

<完>

외전 - 영화, 뭐 별건가요

흰한 대낮이었다. 황 대표에게 이끌려 침대에 눕혀진 버들의 속눈썹이 아래로 잠겨 들었다. 첫사랑이고 짝사랑이었다. 커져 가는 마음을 어떻게 누그러뜨려야 할지 몰라 여러 밤을 샜다. 오로지 앞만 보며 혼자서 앞질러 갔던 통에 삐끗거렸던 감정이 황 대표의 고백으로 인해 비로소 수평을 이루었다. 버들의 세상에 어느덧 짝사랑은 지워졌다. 오롯이 남은 첫사랑이 찬란하다.

내가 좋아하는 사람이 나를 위해서 꽃을 피워 주겠다니. 뭐라 형용할 수 없는 기분에 사로 잡혀 숨이 꽉 막힐 정도로 벅차올랐다. 버들이 눈을 떴다. 마주친 황 대표의 눈빛이 고요하다. 버들이 입고 있는 셔츠로 천천히 손을 가져간 황 대표가 맨 위의 단추를 풀었다. 옷깃 사이로 버들의 가느다란 목선이 드러났다. 희고 고운 버들의 속살을 황 대표가 길게 쳐다봤다.

입안이 바짝 타는 느낌에 버들이 바르작거렸다. 버들의 까만 머리카락이 시트를 구기며 흩날렸다. 직접적으로 오가는 대화는 없었다. 그저 서로를 바라볼 뿐인데 각자를 향한 수많은 감정들이 흘러넘치는 중이었다. 두 번째 단추로 손을 내리기까지 한참이 소요됐다. 옷을 벗기려는 건 버들의 수술 흉터를 마주하기 위함이었다. 작은 단추가 버겁다.

"대표님⋯⋯."

저를 부르는 버들의 소리에 언제 표정을 굳히고 있었냐는 듯 황 대표의 입가가 나긋하게 풀렸다. 만지작거리기만 할 뿐 황 대표가 차마 풀지 못하고 있는 제 셔츠로 버들이 손을 가져갔다. 그런 버들의 손목을 황 대표가 붙잡아 귓가 옆에 내려놓았다. 지그시 힘을 줘 누르자 시트에 주름이 졌다. 수술 흉터를 보여 주는 게 겁이 날 텐데도, 그 순간마저 버들은 자기가 나서서 용기를 내려고 했다. 더는 버들이 무리하지 않았으면 싶다.

이윽고 황 대표가 차분히 단추를 풀어 나갔다. 긴장이 되는지 버들이 고개를 외로 기울였다. 마지막 단추까지 풀렸다. 부드러운 살결이라서 버들의 수술 자국은 더 흉측하게 대비됐다.

버들의 가슴에서 황 대표가 눈을 떼지 않았다. 버들이 가장 아팠고, 저를 가장 필요로 했을 때 모질게 등 돌렸던 그 계절이 떠올라 속이 다 허물어지는 것 같다. 고개를 낮춘 황 대표가 버들의 수술 흉터에 입술을 묻었다. 툭. 툭. 빠르게 뛰는 버들의 심장 박동이 느껴진다.

"예쁘네."

속삭이는 황 대표의 목소리에 물기가 묻어 있었다.

"안 예뻐요."

"예뻐."

혼란스럽게 눈을 굴리던 버들이 일어나 황 대표의 어깨를 밀었다. 둘의 시선 높낮이가 반대로 바뀌었다. 침대에 눕혀진 황 대표가 버들을 올려다봤고, 황 대표의 몸에 올라탄 버들이 황 대표를 내려다봤다. 버들의 허벅지를 황 대표가 쓰다듬었다. 그 간지러운 감각을 참아 가며 버들이 황 대표의 가슴팍에 제 귀를 가져갔다.

여태 온 세상을 소란스럽게 만들었던 소음의 주범은 제 심장뿐이라고 생각했었는데 아니었다. 황 대표의 심장이 저 못지않게 빠른 속도로 뛰고 있었다. 울지 않으려고 했는데 못 참겠다. 끝내 버들이 목 놓아 울음을 터트렸다. 버들의 울음이 잦아들 때까지 황 대표는 버들을 안고 있었다. 젖은 얼굴에 입을 맞춰 가며. 낮음 음색으로 달래듯 이름을 불러 주며.

창밖이 어두워지면서 황 대표가 버들과 함께 있고 싶단, 제 욕구를 억눌렀다. 황 대표 곁에 찰싹 붙어 있던 버들이 커다란 눈을 깜박거렸다. 옷을 갈아입혀 주고, 머리도 빗겨 주고. 황 대표가 저 예뻐해 주는 행동인 줄 알고 얌전히 있었는데 그게 아닌 것 같다. 제 가방을 황 대표가 챙겨 들자 버들이 숨을 곳을 찾았다. 한 발을 떼는 순간 뒤에서 황 대표에게 허리를 붙잡혔다.

"집에 데려다줄게."

"같이 있고 싶어요."

오랫동안 울었던 탓인지, 투정부리는 버들의 목소리엔 간헐적 떨림이 섞여 있었다.

"나 때문에 쭉 집에 못 들어갔을 거 아냐."

버들의 관자놀이에 황 대표의 입술이 닿았다.

"집에다가는 뭐라고 말했어?"

"대표님 아프니까 제가 있어야 된다고……."

"집에선 뭐래?"

"몰라요."

"전화 오는 거 안 받았지?"

"……."

"전화는 받아야지, 인마."

몸을 돌린 버들이 황 대표의 등 뒤에 팔을 두르며 꼬물꼬물 품속을 파고들었다. 대표님, 열 많이 났어요. 제가 얼마나 걱정했는지 알아요? 그러는 와중에 제가 전화받을 정신이 어디에 있었겠어요. 뒤늦게 버들이 웅얼거렸다.

"주치의는 어떻게 알고 불렀어?"

"겨울이 형이 불러 줬어요."

"그랬어?"

버들이 고개를 끄덕거렸다. 주치의도 부르고. 버들이 외박해도 다른 말 나오지 않게끔 변명하느라 진을 뺐을 유 대표의 모습이 뻔히 그려졌다. 버들의 머리를 넘겨 주며 황 대표가 어르듯 입을 뗐다.

"오늘은 집에 가고……."

"……."

"내일 하루 종일 같이 있자. 내가 데리러 갈게."

버들의 집까지 바래다주는 길이 오래 걸렸다. 지름길을 안다면서 버들이 엉뚱하게 길 안내를 했다. 그게 엉뚱한 길 안내란 걸 알면서도 황 대표는 아, 그러나 차분히 대꾸해 가며 버들이 가리키는 방향대로 핸들을 꺾었다. 좋아하는 사람과 조금이라도 더 같이 있고 싶어 얄팍한 수작질을 사이좋게 주고받은 두 남자의 얼굴이 시뻘겠다. 괴로울 정도로 몹시 두근거렸다.

버들의 스승이 있는 시골엔 황 대표의 집도 있었다. 황 대표가 버들을 차로 싣고 나르다 보니 둘이서 자주 어울린다는 걸 알 만한 사람들은 전부 다 알게 됐다. 유 회장과 장 여사의 염려는 황 대표에게로 향했다. 아무리 집에 가는 길에 방향이 맞아 태워다 주는 거라지만, 가뜩이나 바쁠 텐데. 우리 버들이가 귀찮게 구는 거면 어쩌지.
한번은 식사 자리에 황 대표를 초대해 장 여사가 노골적으로 걱정한 적도 있었다. 이런저런 이야기를 나누던 중 장 여사의 머리에, 뉴욕에서 버들이 수술받는 동안 대기실 구석 자리를 차지하고 앉아 있던 황 대표의 모습이 떠올랐다. 그걸 직접 말로 꺼내자 그전까지 차분했던 황 대표가 살짝 당황하며 비어 있는 옆자리를 힐긋거렸다. 샐러드 위에 장식되어 나온 계란 노른자가 가루가 되어 있다. 음식을 깨작거리던 버들이 마침 화장실에 가 자리를 비워 다행이었다.
그때 아팠던 건 어떠냐고 장 여사가 물었고 덕분에 괜찮아졌다며 황 대표가 대답했다.
"아픈데 간호할 사람이 없다고 해서 우리 버들이가 황 대표 집에 머물렀다지?"
기회를 잘 잡았단 듯 장 여사가 유 대표와 황 대표를 번갈아 가며 쳐다봤다.
"둘은 언제까지 혼자 살 예정이야?"

유 대표가 헛기침을 터트렸다.

"아플 때 혼자 있으면 서럽잖아. 곁에 누가 있는 게 얼마나 위로가 되는데."

황 대표와 유 대표가 동시에 물 잔을 쥐었다.

"황 대표. 아플 때 우리 버들이가 별로 도움은 못 됐을 거지만, 그래도 누군가 옆에 있으니까 덜 외롭고 괜찮았지?"

황 대표가 옅게 고개를 끄덕였다.

"이참에, 확실하게 말해 봐. 둘 다 사귀는 사람들 없어?"

갑자기 숙연해진 두 대표가 입을 다물고 고개를 숙였다. 그때였다. 문이 열리면서 화장실에 갔던 버들이 돌아왔다. 물기 묻은 손이 척척하다. 황 대표가 티슈를 꺼내 건넸다. 장 여사의 집중이 두 대표에서 제 막내아들로 넘어갔다.

"둘이 친한 줄 몰랐는데."

"대표님이랑 저, 친해요."

어떤 대화가 오고 갔을지 전혀 모르는 주제에 버들의 콧대가 하늘 위로 향했다. 마치 자랑하는 어조였다.

"그래, 버들아. 친한 형들한테 빨리 장가가라고 네가 혼 좀 내라."

숙연한 분위기에 버들이 동참했다. 접시에 코를 박은 채 버들의 고개가 들릴 줄 모른다. 그런 버들의 물 잔을 황 대표가 대신 채워 주었다.

어쨌든 장 여사는 황 대표와 버들의 우애를 기특히 여기며 칭찬했다. 우애? 그 순간 눈깔을 희번덕거리며 유 대표가 황 대표를 쩨려봤다. 어머니. 저게 우애로 보이십니까? 빈정거리고 싶은 걸 참기 위해서 겨울이 부러 시금치를 우걱우걱 씹었다.

어화둥둥, 업어 가며 키운 제 막냇동생과 오래된 제 친구의 관계를 겨울은 결코 인정해 준 게 아니었다. 잠깐의 휴전일 뿐이다. 그간 수술받고 회복하느라 힘들었을 버들의 시간이 드디어 평화로워졌으니 그걸 만끽했으면 하는 바람에서다.

조각 수업이 끝나면 갖가지 핑계를 대며 버들이 곧잘 황 대표의 집에 머물렀다. 문제는 그리고 본가에 들어갈 생각이 없어 보인다는 거다. 삼 일째 버들이 코빼기도 비치지 않자 혼자서 부글부글 속을 끓이고 있던 겨울이 친히 운전대를 잡았다.

황 대표가 새로 지은 집은 으리으리했고, 입구부터가 사치스러웠다. 사람 사는 목적이 아니라 버들의 갤러리 같았다. 조각품을 만들면 유 회장을 비롯해 제 형들에게 경매로 팔아 용돈을 벌던 버들이 어느 순간 그러지 않았다. 왜 그러나 했더니 황 대표의 집에 가져다 놓기 위해서였나 보다. 긴 복도 양쪽으로 들어찬 버들의 작품들을 보며 어이가 없어진 겨울이 콧방귀를 뀌었다.

"연락도 없이 웬일이야."

"왠지 연락 없이 한 번은 와 봐야 될 것 같아서."

알아서 마실 걸 꺼내오며 유 대표가 눈썹을 까닥거렸다.

"뭔 뜻이야."

"몰라도 되고요."

인상을 찌푸리며 물어 온 황 대표의 말을 유 대표가 가볍게 무시했다. 형님이 왔는데 이놈의 새끼는 어디에 틀어박혀 보이지가 않는 거지? 소파 등받이에 한쪽 팔을 걸친 채 겨울이 제 막냇동생을 찾아 집안을 빙 둘러봤다. 집주인의 성격을 대변하듯 넓은 공간은 먼지

한 톨 없이 깔끔하다.

"일 층에서 축구해도 되겠다."

황 대표가 아무런 대꾸도 하지 않았다. 겨울이 제 잔에 차를 따랐다. 잠깐 두 대표가 업무에 관련된 사안에 대해 이야기를 나눴다. 문제가 될 예산에서 미간을 찌푸리고 있던 겨울의 표정이 엘리베이터가 작동되는 소리에 순간 밝아졌다. 이 층에 멈춰 있던 엘리베이터가 단숨에 일 층으로 내려왔다. 문이 다 열리기도 전에 그 속에서 튀어나온 버들이 소파로 뛰어갔다. 그림을 그리고 있었는지 버들의 양쪽 손에는 물감이 잔뜩 묻은 채였다. 알록달록. 색도 참 다채롭다.

"저, 눈에 뭐 들어갔어요."

황 대표의 옆에 풀썩 주저앉은 버들을 보며 겨울이 움찔거렸다. 어떤 상황인 걸 떠나서 저렇게 치대는 건 황 대표가 제일 싫어하는 '짓'에 속했다. 내 새끼한테 욕이라도 해 봐. 인상 조금이라도 써 봐, 아주.

저도 모르게 주먹까지 쥔 채 단단히 벼르고 있던 겨울은 목격하게 된 다음 장면에 숨을 멈췄다. 오랜 친구니까 황 대표의 성질머리가 얼마나 지독하게 더러운지 누구보다 잘 알고 있었다. 당연히 인상을 구기고 저리 가라며 질색할 줄 알았는데 웬걸. 버들의 얼굴을 감싼 황 대표가 버들의 눈에 후, 입 바람을 불어 주고 있다. 이런 적이 몇 번 있었던 모양인지 능숙해 보이기까지 했다.

"됐어?"

버들이 눈을 깜박였다.

"아직 아파요."

"아파?"

아직 눈에 뭐가 있는 것 같다면서 버들이 칭얼거렸다. 황 대표가 다시 후, 입 바람을 불어 줬다.

"지금은?"

"된 거 같아요."

"발 시리니까 슬리퍼 신고 다녀."

"네."

맨발이었던 버들이 유 대표가 신고 온 슬리퍼를 자연스레 꿰신고 다시 엘리베이터를 타고 올라갔다. 제 막냇동생에게 보고도 못 본 척 외면당한 유 대표가 눈을 끔벅거렸다. 졸지에 슬리퍼를 강탈당했지만 그건 황당한 축에도 끼지 못한다. 알고 지낸 세월이 몇 년인데. 처음 보게 된 황 대표의 모습이 제일 황당했다. 직접 눈으로 봤음에도 믿기지가 않는다. 충격은 버들 때문에 두 배였다. 방금 전처럼 눈에 뭐가 들어간 것 같으면 주먹으로 문질러 어떻게든 자기가 해결하는 성격이었다. 아프다고 말을 하는 게 아니라.

"너 뭐 하냐."

"뭐가."

1초 전까지 부드러웠던 황 대표의 표정이 무감하다.

"유버들! 너 슬리퍼 가져와!"

유 대표의 목소리가 쩌렁쩌렁 메아리쳤다.

"네가 맨발로 다녀. 슬리퍼 두 개밖에 없으니까."

"……손님용 슬리퍼도 없어?"

"없어."

태연한 황 대표의 어투에 유 대표가 황당해했다. 둘만 사는 둘의 집에서 다른 누군가는 무조건 이방인이 되었다.

두어 시간 뒤 등에 가방을 멘 버들이 겨울의 차에 올라탔다. 집에
가자는 유 대표의 말은 들은 척도 하지 않더니 내일 또 보면 된다는
황 대표의 말에 버들이 연신 고개를 주억거렸다. 입술을 불퉁하게
툭 내밀고선 왜 왔냐는 듯 불만을 드러내고 있는 제 막냇동생을 겨
울이 흘겨봤다. 예전에 버들이 시골에서 살 때 괜찮단 말만 철석같
이 믿고 들여다보지 않은 게 후회가 됐었다. 걱정에 의한 방문이었
는데 결과적으로 눈치 없이 둘의 오붓한 시간을 방해한 것 같다. 시
동을 건 유 대표가 창문을 내려 황 대표를 바라봤다.

"내일 시간 늦지 마. 그거 유 회장님이 제일 싫어한다."

황 대표가 간단하게 알겠다고 대답했다. 창문을 반쯤 올리다가 말
고 유 대표가 다시 황 대표를 바라봤다.

"잘해라, 진짜."

뭘 잘하란 건지 황 대표가 알아들었다.

다음 날, 유 회장과 두 대표가 골프를 치러 필드에 나갔다. 골프에
대한 관심이 하나도 없으면서 버들이 유 회장 뒤를 쫄랑쫄랑 따라왔
다. 너는 뙤약볕에 아프면 어쩌려고 따라왔냐면서 유 대표가 타박했
다. 두 형제가 유 회장이 헛기침을 할 때까지 티격태격했다. 인사를
하는 버들의 옆을 황 대표가 스쳐 지나갔다.

황 대표가 드라이버 샷을 쳤다. 경쾌하고 맑은 소리가 울렸다. 뒤
에서 뭐라 종알대는 버들의 목소리가 들렸지만 황 대표는 쳐다보지
않았다. 황 대표는 유 회장이 하는 말에 그저 귀를 기울였다. 어제
집까지 겨울이 찾아와 '잘해라, 진짜.' 하고 충고했던 건 티 내지 말
란 의미였고 황 대표는 그걸 잘 이행 중이었다. 영문 모를 버들이 오

늘따라 무뚝뚝한 황 대표의 뒷모습을 멀거니 주시했다. 축구도 이기는 팀이 자기편이라며 응원하더니. 골프도 마찬가지인가 보다. 다행히 버들의 응원은 황 대표에게 편파적이지 않고 유 대표나 유 회장이나 모두에게 공평했다.

유 회장의 제안으로 골프 후 식사를 하러 이동했다. 먼저 예약된 자리로 안내받은 버들이 황 대표의 옆자리에 앉고 싶어 자리 선정에 고심했다. 보람 없는 짓이었다. 결과가 망했으니까. 옆자리에 제 형이 앉게 되자 땅이 꺼져라 버들이 한숨을 내쉬었다. 그런 버들을 겨울이 가자미눈으로 째려봤다. 이놈이 문제였네, 이놈이. 버들은 계속해서 황 대표만 바라보고 있었다. 아주 닳을 지경이다.

사업에 관한 조언들이 식사 자리에서 오고 갔다. 마냥 가벼운 내용들은 아니었다.

황 대표가 고개를 들었다. 유 회장과 유 대표가 메인 요리에 집중한 채였다. 황 대표와 눈이 마주치자 버들이 허리를 꼿꼿하게 펴며 즉시 반응했다. 반가움이 몰려든다. 오늘 처음 황 대표의 눈길이 자기에게 향한 것에 좋아서 버들이 활짝 웃었다. 반면 황 대표는 미간을 살짝 찌푸렸다.

'버들아.'

입 모양으로만 황 대표가 불렀다.

'네?'

버들이 역시 소리 내지 않고 입 모양으로만 대꾸했다. 아까부터 하고 싶었던 말을 황 대표가 꺼냈다.

'나 그만 쳐다보고 밥 먹어, 밥.'

그제야 버들이 포크를 들었다. 야채를 들추자 그거 아니란 듯 황 대표가 미간을 좁히며 고개를 저었다. 포크로 막 찍은 당근을 제 형의 주둥이에 억지로 쑤셔 넣은 버들이 황 대표 뜻을 따라 육류 쪽으로 팔을 뻗었다. 다음 일정이 촉박해 유 회장이 먼저 자리를 떴다. 그래도 식사는 중단되지 않았다. 얼마나 지났을까. 유 대표가 한쪽 눈썹을 삐딱하게 치켜들었다.

"황 대표님."

유 대표의 부름에 황 대표가 쳐다봤다.

"그거 제 발입니다."

유 대표의 말이 떨어지기가 무섭게 버들이 테이블 아래를 쳐다봤다. 황 대표의 발끝과 유 대표의 발끝이 장난치듯 서로 닿아 있었다. 와인 잔을 내려놓고선 황 대표가 그대로 밖에 나가 버렸다. 유 대표가 소름이 확 돋은 제 팔을 버들에게 들이밀며 호들갑을 떨어 댔다.

"황 대표님이 발로 어떻게 했어?"

"말도 마. 경찰에 신고해야 할 수준이었어."

버들은 하루가 끝날 때까지 겨울을 부러워했다.

* * *

형수님이 마련해 줬다는 버들의 작업실에 황 대표가 찾아왔다. 명화가 주제인 천 피스 퍼즐을 맞추며 놀았다. 마지막 퍼즐을 맞추자 아를르의 포룸 광장의 카페 테라스가 완성됐다. 버들이 조곤조곤 들려주는 고흐의 청춘에 대해 황 대표가 집중했다. 따로따로 떨어져 있을 때면 느릿하게 흐르는 시간이 같이 붙어 있을 때면 순식간에 흐른다. 어느덧 깜깜해진 밤하늘에 아쉬움이 무게를 더한다. 모임 약속이 있는 황 대표가 시간을 체크했다. 가는 길에 집에 바래다주겠다고 했지만 버들은 작업실에서 해야 할 일이 있다며 고개를 흔들었다. 현관까지 같이 걸어 나왔다. 한쪽은 배웅을 하고, 한쪽은 배웅을 받고. 헤어지는 순간에 감도는 분위기는 매번 똑같다. 서먹서먹하다.

신발을 신은 황 대표의 손을 버들이 붙잡았다. 깍지 끼며 전해진 버들의 손가락 감촉에 황 대표가 현관 앞에서 발이 묶이고야 말았다. 버들이 엄지손가락으로 황 대표의 손등을 문질렀다. 황 대표의 표정이 심각했다. 버들의 귀여운 애정 행각이 야하게 느껴진다. 말도 못할 음습함으로 꽉 들어찬 제 속도 모르고 눈이 마주치자 버들이 눈을 접고 웃었다. 말똥거리는 눈빛이 마냥 순수하다. 황 대표가 고개를 꺾어 버들의 입술에 짧게 입 맞췄다.

"버들아. 집에 가게 될 때 연락해."

"저 밤새울지도 몰라요. 여기서."

"아침이건 새벽이건 다 괜찮으니까."

"왜요? 저 데리러 오실 거예요?"

"응."

좀 더 있다가 가고 싶었지만 그런 마음을 감추고 황 대표가 버들의 머리를 쓰다듬었다. 황 대표가 문을 열고 밖으로 나갔다. 등 뒤로 문이 쾅! 닫혔다. 조용한 복도에 홀로 남겨진 황 대표가 길게 한숨을 내쉬었다. 헤어진 순간, 즉시 허전해진다.

엘리베이터 앞까지 걸어갔을 때 깜박하고 차 키를 두고 나온 걸 황 대표가 알아챘다. 비밀번호를 누르고 안으로 들어가자 현관 앞에 서 있을 거라고 생각했던 버들이 없다. 신발을 벗고 황 대표가 본격적으로 버들을 찾아 나섰다.

버들은 침실 베란다에 서 있었다. 베란다 문이 꽉 닫힌 상태로 완벽하게 방음되어 현관 비밀번호가 눌리는 소리를 듣지 못한 모양이었다. 위험하게 베란다 난간에 매달려 버들이 아래를 내려다보고 있는 이유는, 황 대표의 차가 나가는 걸 보기 위해서였다. 움푹 파인 버들의 아킬레스건이 외롭고 쓸쓸해 보인다. 황 대표가 버들을 안아 주기 위해 베란다 문을 열었다.

"버들아."

나지막한 황 대표의 목소리에 버들이 휙, 뒤를 돌았다. 황 대표가 안아 주기 전보다 더 먼저 버들이 뛰어가 안겼다. 그런 버들의 등을 황 대표가 쓸어내렸다. 그리고 으스러져라 마른 몸을 꽉 껴안았다.

"대표님. 왜 다시 왔어요?"

차 키 때문이라고 황 대표가 말하지 않았다. 대신에, "나 여기서 자고 갈까?" 하고 물었다. 꽃이 피는 것처럼 버들의 얼굴이 더할 나위 없이 환해졌다. 넓은 침대를 두고 두 사람이 엉겨 붙은 장소는 소파였다. 제 팔을 베고 고른 숨소리를 내며 잠이 든 버들의 얼굴을 황 대표가 한참 동안이나 바라봤다. 사람은 정말 생긴 대로 노나 보다. 순한 인상에 순한 성격인 버들을 보면.

늦게 잠들었는데 먼저 눈을 뜬 쪽은 황 대표였다. 제 목을 꽉 껴안고 있는 버들의 팔을 살살 풀었다. 샤워 후 황 대표가 수건을 허리춤에 두르고 욕실에서 빠져나왔다. 장골의 핏줄이 선명하다. 물병을 꺼내 든 황 대표의 시선이 문득 식탁 위에 쓰러져 있는 버들의 가방으로 향했다. 지퍼가 열린 틈 사이로 지갑이 반쯤 툭 튀어나와 있다.

버들의 지갑 속에는 한도가 없는 카드들이 빽빽하게 채워져 있었다. 어디서 났냐고 물어보지 않아도 뻔하다. 버들의 형들이 꽂아 줬을 게 분명한 카드들을 황 대표가 무표정한 얼굴로 전부 빼서 치워 버렸다. 그러곤 제 카드들로 새롭게 버들의 지갑을 채웠다. 그 과정에서 명함이 발견됐다. 처음 버들이 이름을 물었을 때 제 연락처를 알려 주기 싫어서 비서의 핸드폰 번호가 적힌 명함을 건넸던 적이 있다. 그때 받은 명함을 버들이 아직까지 소지하고 다닐 줄 몰랐다. 얼마나 만져 댔는지 명함의 끝이 전부 헤져 있다. 버들의 손길이 고스란히 느껴져서 차마 버리진 못하고 황 대표가 그걸 제 지갑에 챙겨 넣었다. 그리고 제 개인 번호가 적인 명함을 버들의 지갑 앞쪽에 끼워 넣었다.

*　　*　　*

장마가 끝난 여름다운 날씨로 햇볕이 강렬한 오후였다. 출렁거리는 바다의 표면이 은하수처럼 반짝거린다. 요트에 올라탄 버들이 휘청거렸다. 황 대표가 단단한 팔로 버들의 허리를 붙잡았다. 우리 요트 타고 어디 가요? 신나서 수다를 떨던 버들이 이내 잠잠해졌다.

"이거 안 입고 싶은데……."

버들이 안 입고 싶다고 한 건 구명조끼였다. 수영 못하는 버들을 위해 황 대표가 미리 구매해 둔 거였다.

"왜. 색이 마음에 안 들어?"

"모양 빠지는 것 같아서요."

그 말을 꺼내자마자 버들이 황 대표에게 꾸중을 들었다. 당사자는 마다한 구명조끼를 단단히 입혀 주고 나서 황 대표가 버들의 어깨를 감쌌다. 빠르게 바다를 가르며 요트가 출발하자 시무룩해 있던 버들의 기분이 날아갈 것처럼 바뀌었다.

두 사람이 그물로 연결되어 있는 요트 앞머리에 앉았다. 말없이 눈빛이 오고 갔다. 키스하고 싶었다. 하지만 뒤에 요트를 운전하고 있는 사람이 있어 참고, 참고, 또 참을 수밖에 없었다. 팬스레 손바닥 이건 어디건 전부 옥죄어 든다. 황 대표가 따라 준 무알콜 샴페인을 버들이 홀짝거렸다. 촉촉해진 버들의 입술을 황 대표가 힘을 뺀 손 끝으로 닦아 주었다. 아랫입술을 타고 머리끝까지 쭈뼛 번진 짜릿한 자극에 버들의 속눈썹이 파르르 떨렸다.

곧 무인도에 도착했다. 요트가 멀어지자마자 버들이 황 대표의 목에 팔을 걸었다. 미칠 지경이었다. 같이 붙어 있으면서 참 하고 싶었던 걸 억눌러야 했던 만큼 서로의 혀끝이 성급히 파고들었다. 버들의 다리에 힘이 풀리면서 길었던 입맞춤이 끝이 났다.

"대표님. 여기 정말 우리 둘만 있어요?"

"응."

통통하게 부은 버들의 입술에 황 대표가 잘게 입맞춤을 퍼부었다. 모래사장에 지어진 오두막은 냉장고와 욕조까지 제대로 갖춰져 있어 불편함이라곤 전혀 없었다. 처음엔 삭막했던 이 자그마한 섬은 황 대표가 작정하고 돈을 처발라 휴양지로 가꿔 놓았다. 유토피아가 다른 게 아니다. 아무도 없는 백사장을 맨발로 거닐며 마음껏 껴안고, 손을 잡았다.

수영하는 황 대표가 멋있어서 버들이 넋을 놓았다. 여러 장 사진을 찍기도 했지만 전부 흔들렸다. 아쉽진 않았다. 연애하는 사이니까 원할 때면 언제든지 물에 젖은 황 대표의 몸을 볼 수가 있다. 그럴 수 있는 사람은 세상에 저 혼자뿐이다.

"들어올래?"

냉큼 고개를 끄덕이며 버들이 참방참방 바다 속으로 들어갔다. 불어오는 바람이 살랑거린다. 수영을 전혀 하지 못하는 버들을 황 대표가 튜브에 태웠다. 황 대표에게 이끌려 버들이 둥실둥실 바다 위를 떠다녔다. 재밌는지 버들의 눈꼬리가 휙 휘어졌다.

황 대표가 튜브에서 조심히 버들을 내려 줬다. 발이 땅에 닿지 않아도 겁을 낼 필요가 전혀 없으니 여전히 버들은 웃고 있었다. 눈 아래 살이 도톰하다. 황 대표의 허리에 버들이 두 다리를 감았다. 바다 속에서 길고 짧은 키스가 연이어 이어졌다.

하늘이 정말로 새파랬다.

"맛있어?"

"네."

날씨가 더워 샤워 후 젖은 몸과 머리가 빠른 속도로 말라 갔다. 따로 빗질을 하지 않아 엉망진창으로 붕 뜬 머리로 버들이 뭔가를 입에 넣고 열심히 오물거렸다. 물놀이와 잦은 키스로 힘에 부쳤는지 식욕이 도나 보다. 제 어린 남자 친구를 뿌듯하게 지켜보고 있던 황 대표가 가만히 미소 지었다. 타인이 끼면 무인도에 오게 된 의미가 없으니 새벽에 미리 요리를 준비해 놓으라고 시켜 뒀었다. 잘게 썬 고기 조각을 먹어 본 황 대표가 미간을 구겼다. 시간이 지나 식어 버린 바비큐가 딱딱하다. 버들이 쥐고 있는 꼬치를 뺏어 저만치 던져 버린 뒤 황 대표가 망고를 잘라 버들의 앞에 내려놨다. 달달한 과즙으로 흥건해진 황 대표의 손가락을 버들이 눈을 감고 핥았다.

해가 질 무렵 라탄 소재의 선베드에 누웠다. 자리가 넓은데 버들이 꼭 황 대표의 옆에 있으려고 했다. 그런 버들에게 황 대표가 제 옆구리를 당연하게 내주었다. 노을이 지면서 하늘과 맞닿은 바다 역시 이글이글 불타올랐다. 그림 같은 풍경을 말없이 바라보고 있는데 문득 감정이 벅차올랐다. 같은 시간에, 같은 걸 보며, 같은 느낌을 공유하고 있단 게 노을보다 더 진한 감동을 몰고 왔다.

"버들아."

황 대표가 가만히 입을 열었다.

"……."

"……."

서로의 얼굴을 물끄러미 바라봤다.

"같이 살자."

황 대표의 그 고백은 버들을 기쁘게 만들었다. 곧바로 고개를 끄덕이려는 버들의 얼굴을 커다란 황 대표의 손이 감쌌다. 그대로 고개를 기울인 황 대표가 제 코끝을 버들의 코끝과 문질렀다.

"생각하고 대답해야지. 나랑 같이 사는 게 어떨지 저울질도 해 보고, 계산기도 두드려 보고."

황 대표를 두고 계산한다는 것 자체가 어떤 의미가 있는 게 아니니 시간 아까운 짓에 불과하다. 백번 다시 태어나도 저는 황 대표에게 백번 반하게 될 것이다. 황 대표를 담아내는 버들의 눈동자가 티없이 맑다.

"저는 같이 살고 싶은 사람, 대표님밖에 없어요."

"……."

"같이 살아요. 대표님."

말로는 자꾸 아니라고 하나 버들은 자신 때문에 많이 울고, 많이 아프고, 많이 힘들었을 게 뻔하다. 버들의 이마에 고맙고 미안한 마음을 담아 황 대표가 입술로 꾹 찍어 눌렀다.

"대표님. 좋아해요."

버들을 번쩍 안아 든 황 대표가 오두막 안으로 들어갔다. 침대에 저를 눕히려는 황 대표의 목에 팔을 걸고 버들이 버텼다. 왜 그러냐는 듯 쳐다보는 황 대표의 옷을 버들이 머리 위로 벗겨 냈다. 수영을 해서 근육들이 선명하다. 사납게 도드라진 장골의 핏줄을 손끝으로 쓸어내리던 버들이 갑자기 도진 갈증을 느끼며 한숨을 내쉬었다. 그런 버들의 뜨거운 입김이 황 대표의 살갗에 닿아 부서졌다.

같이 살자고 했으니까……. 확실히 제 것이라고 이름을 새겨 넣고 싶은지 버들이 황 대표의 어깨에 이를 세웠다. 제 어깨를 깨물고 빠는 버들을 격려하듯 황 대표가 동그란 뒤통수를 쓰다듬었다. 달뜬 버들의 촉촉한 혀가 황 대표의 피부 역시 달아오르게 했다. 황 대표의 어깨에서 버들이 고개를 뗐다. 자국은 흐릿하게 남았다. 그렇지만 피어오르는 만족감은 만발한 어떤 꽃과도 뒤지지 않았다.

제 바지로 뻗어 온 버들의 손을 낚아채 황 대표가 입을 맞췄다. 서두르지 않는 속도로 버들의 옷을 벗겼다. 서로의 몸을 바라보며 침 삼키는 소리가 적나라하게 들려왔다. 오묘한 긴장감이 팽팽하게 당겨졌다. 황 대표가 버들을 완전히 침대에 눕혔다. 속옷을 끌어내리자 버들의 엉덩이에 모래가 묻어 있다. 깨끗하게 씻겨 줬더니 안 보던 때에 어디 모래에 앉아 놀기라도 했나 보다. 소리 내 웃으며 황 대표가 모래를 털어 주었다. 콘돔을 꺼내면서 버들의 잘록한 허리 부근에 집중적으로 황 대표가 울혈을 만들어 나갔다.

"하……."

습기 가득한 신음이 버들의 벌어진 입술 틈새로 흘러나왔다. 몸과 입술, 얼굴을 넘나들며 이어지는 황 대표의 입맞춤은 마냥 다정하기만 했다. 황 대표가 버들의 가느다란 다리 한쪽을 들어올렸다. 설원처럼 눈부신 버들의 허벅지 뒤쪽까지 황 대표의 입술이 안 닿은 데가 없었다. 간지러움을 못 이기고 버들이 어깨를 비틀었다. 버들의 다리를 자유롭게 풀어 주는 대신, 황 대표가 제 어깨에 걸쳤다. 소극적으로 움츠리고 있던 버들의 그곳, 연약한 근육이 예쁜 빛을 띠고 있었다.

황 대표가 손바닥 가득 젤을 짰다. 손가락을 가져가자 생각보다 차가운 감촉에 버들이 깜짝 놀랐는지 흠칫거렸다. 괜찮다고 안심시켜 주려는 듯 황 대표가 버들의 엉덩이를 토닥거렸다. 버들의 몸에서 힘이 빠져나간 순간, 젤로 번들거리는 손가락을 천천히 집어넣었다. 황 대표가 주는 버거운 자극에 버들의 속이 넓게 파동을 일으켰다. 손가락을 하나씩 늘릴 때마다 버들의 쫀득한 속살이 꿈질거리며 황 대표를 환영했다.

빠르게 할딱거리는 버들의 가슴팍에 황 대표가 고개를 내렸다. 유륜 주변을 핥고, 유두를 삼켰다. 이 사이에 가두고 지그시 씹자 버들의 등이 위로 들렸다. 피하려는 목적이었는데, 결과는 더 먹어 달라 가슴을 내밀며 조르는 것처럼 됐다. 가슴을 빠느라 나는 축축한 소리가 점점 더 커졌다. 물고 있던 버들의 작은 젖꼭지를 놓아줬다. 타액에 젖어 발갛다. 황 대표가 입술을 옮겨 버들의 수술 흉터에 묻었다. 심장 박동을 느끼며 핥고, 핥고, 또 핥았다. 그렇게 핥으면 버들의 몸에 남은 상처가 하나도 남지 않고 사라질 수 있을 것 같았다.

손가락을 빼자 오랜 시간 공들인 만큼 버들의 그곳이 흐물흐물하게 풀려 뻐끔거렸다. 몸에 무리가 가지 않도록 이성을 다잡고 있는데, 눈앞이 핑 돌만큼 야한 모습에 황 대표가 제 아랫입술을 으득 씹었다. 딱딱하게 발기한 제 성기를 버들의 아래에 맞췄다. 삽입은 느리게, 이뤄졌다. 제 안을 파고드는 황 대표의 몸이 버거운지 버들의 호흡은 금방 무너져 내렸다. 진흙처럼 질척하게 쑥 빨아들이는 버들의 아래에 황 대표가 인상을 썼다. 이마에 푸른 힘줄이 돋았다. 버들이 제 아랫배를 더듬거렸다. 황 대표의 크고 두꺼운 성기가 제 속을 �꽉 채우고 있단 게 여실히 느껴졌다. 빈틈이라고는 전혀 없이 꽉 맞물린 상태에서 황 대표의 성기는 더 커져 가는 것만 같았다. 버들은 잡아먹혔단 말을 실감했다.

"대표님……. 아. 저, 너무……."

말은 완성되지 못했지만, 버들이 느끼는 흥분이 고스란히 전달됐다. 아. 귓불을 녹이는 버들의 가느다란 신음은 황 대표의 성감을 부추겼다. 버들이 콧등을 잔뜩 찌푸렸다. 황 대표가 허리를 밀어붙일 때마다 얇은 제 뱃가죽이 들리는 것 같았다. 머리가 하얗게 곤죽이 될 정도로 좋았다. 좋단 그 느낌이 철철 흘러넘친다. 힘이 들어간 버들의 발가락이 저절로 구부러졌다. 버들이 고개를 들어 키스를 졸랐다. 두 남자가 땀에 흠뻑 젖어 들었다. 버들이 짧은 간격으로 왈칵, 여러 번 사정했다. 사정하는 그 순간조차 황 대표가 허릿짓을 멈추지 않아 버들은 그야말로 머리꼭지까지 돌아 버리는 줄 알았다.

"아, 하지, 아!"

흔드는 대로 흔들리는 버들의 성기를 황 대표가 쥐었다. 사정 직후라 빨개진 제 귀두를 못살게 구는 황 대표를 말리고 싶어 버들이 황 대표의 팔목에 손을 올렸지만 이미 힘이 빠진 지 오래라 밀어낼 순

없었다. 그런 버들의 마른 팔을 붙잡아 황 대표가 버들을 일으켰다. 황 대표에게 어디론가 들려 가며 버들이 쌕쌕 가쁜 숨을 내뱉었다.

버들을 식탁에 상의만 걸칠 수 있게 엎드려 눕힌 다음 어깨뼈, 등, 뒷덜미에 흔적을 넓혀 갔다. 황 대표가 버들의 한쪽 다리를 들어올렸다. 퍽! 각도가 틀어지면서 삽입이 깊어졌다. 아랫배가 절절 끓어오르는 감각에 버들이 질끈 눈을 감았다. 감당할 수 있는 선은 이미 넘겨 버렸다. 이대로는 제 몸이 어떻게 되어 버릴 것만 같다. 아, 제발…… 황 대표에게 간절히 멈춰 달라고 말을 전하고 싶은데 신음만 나올 뿐이었다. 그때였다. 더 나올 것도 없을 것 같았던 버들의 성기가 찰나 왈칵, 무언가를 토해 냈다. 정액은 아니었다. 버들의 성기 끝에선 맑은 액이 쉴 새 없이 새어 나왔다. 버들의 배꼽 아래가 전부 경련을 일으켰다. 미친 듯이 조여 드는 버들의 아래에 이상한 걸 느낀 황 대표가 움직임을 멈췄다. 팔뚝, 장골 어디라 할 것 없이 그의 몸에 핏줄이 도드라졌다. 버들을 똑바로 돌려 눕힌 황 대표가 짧게 감탄했다. 달빛에 스며든 버들의 몸은 쏟아 낸 제 액에 젖어 온통 반짝거렸다. ……예쁘네. 헐떡거리는 버들은 현재 제 몸이 어떤 상태인지도 모르는 것 같았다. 버들의 성기를 쥔 황 대표가 몸을 낮췄다.

"버들아. 좋아?"

낮은 울림으로 황 대표가 버들의 귀에 속삭였다. 황홀경은 짙어지고 버들을 전부 삼켜 버리고 싶단 소유욕이 강하게 일렁거렸다. 황 대표가 버들의 팔을 잡아 제 목을 껴안도록 했다.

"아!"

거세게 허리를 밀어붙이는 황 대표의 힘에 감겨 있던 버들의 눈이 번뜩 뜨였다. 신음과 비명이 섞였다. 버들이 느끼는 지점을 황 대표의 뭉툭한 성기 끝이 짓밟는 것처럼 거칠게 눌러 댔다. 끝날 줄 모르고 절정에 반복해 치달았다. 버들이 고개를 마구 내저었다. 가쁘고 거칠게 내쉬는 숨을 비집고 기어이 버들이 울음을 터트렸다. 파도 소리가 점차 아득해졌다.

*　　*　　*

버들의 이사는 손 없는 날 이뤄졌다. 황 대표의 차에 싣고 온 버들의 짐은 극히 적었으나, 그 큰 공간에 존재감은 확실했다. 그중에서 대표적인 게 바로 마른 해바라기가 꽂혀 있는 화병이었다. 본격적으로 동거가 시작되면서, 서로의 물건은 물론 시간까지 공유가 됐다. 서재 문을 열어 빠끔히 고개를 내민 버들은 황 대표의 옷을 입고 있었다. 노트북을 들여다보고 있던 황 대표가 버들의 기척에 고개를 들었다.

"대표님. 제가 재워 줄까요?"

조심스러운 버들의 말에 황 대표가 웃었다.

"먼저 자도 돼."

"그래도……."

머뭇거리는 버들의 눈에 졸음이 가득하다.

"피곤하니까 먼저 자고 있어."

"기다리고 있을게요."

자정이 넘어가면서 후드득, 빗방울이 떨어졌다. 집중해서 일을 하던 황 대표가 커피를 내려 서재로 돌아가던 중 침실로 방향을 틀었다. 기다리고 있다가 재워 주겠다고 했으면서 버들이 새근새근 먼저 잠들어 있다. 황 대표가 테이블에 컵을 내려놨다. 모락모락 김이 오른다. 침대 가장자리에 아슬아슬하게 매달려 있는 버들을 아래로 굴러떨어지기 전에 안쪽으로 옮겨 주었다. 비가 내리거나 흐리면 버들의 손목이 뻐근해진다는 걸 알았다. 전에 다쳤던 그 손목이었다. 조심히 마사지를 해 주며 황 대표가 한숨을 내쉬었다.

술술 풀리는 것 같았던 작업이 어느 지점에서 막혀 진도가 나가지 않는다. 컵 가득 찰랑거렸던 커피가 어느덧 바닥을 보였다. 편안했던 황 대표의 얼굴이 딱딱하게 굳었다. 깜박거리는 커서가 신경을 갉는다. 자리에서 일어난 황 대표가 불현듯 깨달았다. 신경질을 누그러뜨리는 데 더는, 카페인에 의존하지 않아도 된다. 잘 자고 있는 버들을 이불에 감싸 황 대표가 서재로 들고 왔다. 그대로 의자에 앉으니 허벅지를 지그시 누르는 버들의 체중에 안정감이 느껴졌다. 비 내리는 소리와 키보드 두드리는 소음이 한데 섞였다. 작업을 하다가 짜증이 나거나, 답답할 때면 황 대표가 버들의 목덜미 냄새를 흠뻑 들이켜 마셨다.

알람에 맞춰 눈을 뜨자마자 버들이 바삐 움직였다. 이 방에 갔다가, 저 방에 갔다가. 가만히 앉아서 지켜보는데 덩달아 급해지는 기분이다. 스승님의 전시회가 열리는 날이었다. 버들은 거기서 작품 설명을 도와주기로 했다. 정장을 갖춰 입은 버들이 황 대표의 드레스룸으로 넘어가 넥타이를 신중히 골랐다. 현관 앞에서 차 키를 까닥이며 기다리고 있던 황 대표가 가까이 다가온 버들을 벽에 가뒀다. 버들의 까만 눈동자가 순하다. 사회 경험이 없는 탓인지, 버들이 직접 매고 나온 넥타이가 약간 삐뚤어져 있었다. 커다란 창밖으로 화창한 햇살이 새어 들어와 둘의 발등을 밝혔다.

"……."

"……."

황 대표가 버들의 넥타이를 풀고 셔츠 단추도 두어 개 풀었다. 드러난 버들의 쇄골을 빨았다. 바짝 긴장을 하면서도 노곤하게 풀리는 버들의 몸이 느껴졌다. 즉각적으로 반응을 해 올 만큼, 길들여진 버들의 몸을 뜻밖에 확인하게 된 황 대표는 크게 차오르는 만족감을 느꼈다. 뭐가 부끄러운지 버들의 얼굴이 새빨개진 채다. 단추를 도로 채운 뒤, 황 대표가 버들의 넥타이를 대신 매 주기 시작했다. 황 대표와의 거리가 가까웠다. 버들이 진중한 제 애인의 얼굴을 빤히 쳐다봤다. 황 대표의 향수 냄새가 코밑을 스민다. 설렌다. 황 대표는 자기가 차고 있던 시계도 풀어 버들의 손목에 채워 주었다.

버들을 전시회장에 데려다 주고 황 대표가 회사로 향했다. 곧 새롭게 촬영이 시작될 영화로 인해 정신이 없었다. 잠이 부족하니 그만큼 피곤이 쌓인 상태였다. 황 대표가 캐스팅 회의에 참석했다. 언제나 그랬듯 회의는 전쟁과도 다름없었다. 다음 회의 일정이 정해지면서 릴레이 회의가 예고됐다. 다들 지쳐서 데스크에 쓰러지는 와중, 황 대표가 자리에서 벌떡 일어나 재킷을 챙겼다. 그리고 지체 없이 회사를 빠져나왔다.

전시회가 끝나는 시간에 맞춰 황 대표가 버들을 데리러 갔다. 근처에 대학교가 있나? 횡단보도에 사람들이 우글우글하다. 고만고만한 사내새끼들 사이에서 버들은 당연히 눈에 띄었다. 어깨도 올곧고. 팔다리도 길쭉하고. 키도 저만하면 사내놈치고 아쉽지 않게 큰 편이고. 핸들에 엎드린 황 대표가 횡단보도를 건너오는 버들의 생김새를 음미했다.

상기된 버들이 재잘재잘, 오늘 있었던 일을 황 대표에게 들려줬다. 버들의 수다를 듣고 있던 황 대표의 표정이 자못 심각해졌다. 제가 이해하기 쉽게 설명을 잘 한다고 그랬고……. 사람들이 저보고 친절하다고 엄청 칭찬했고……. 형들도 왔다 갔고……. 스승님이 용돈도 주셨고……. 그걸로 정민이랑 맛있는 거 사 먹을 예정이고……. 종합적으로 말을 다 합치고 보니까 버들이 아무한테나 웃어 주고 온 것 같다. 환장하겠다.

다음 날, 버들과 함께 황 대표가 전시회장 안으로 들어갔다. 인지도가 높은 명장의 전시회라 그런지 인파로 북적거린다. 익숙하게 손님을 맞이하는 버들을 떨어져 지켜보고 있던 황 대표의 표정이 점차 굳어졌다. 다른 사람들의 눈을 피해 버들을 데리고 비상구 계단으로 향했다.

"버들아."

"네?"

"인상 써 봐."

황 대표의 말을 따라 버들이 눈썹을 뾰족하게 떴다. 아. 애는 진짜 뭐 이렇게 생겼냐. 인상을 썼으면 아무도 접근 못 하게끔 험악해져야 하는 거 아닌가? 저를 쳐다봐 주는 황 대표의 눈길이 좋은지 버들이 이내 사르르 웃었다. 오금이 순간 저릿했다. 버들의 정장이 구겨지면 안 되니 마음껏 껴안을 수도 없었다. 다음엔 차에 여분으로 버들의 정장을 따로 챙겨 놔야겠단 생각을 하며 황 대표가 버들의 등을 제 쪽으로 살며시 잡아당겼다. 버들이 황 대표의 어깨에 턱을 올렸다.

"대표님."

"응."

꽁꽁 숨겨 아무한테도 보여 주기 싫다. 이런 제 집착은 순전히 버들이 탓이었다. 버들은 생긴 것 자체가 문제였다. 대체 누구 새끼인지, 청순한 게 도가 지나칠 정도다.

* * *

오밤중의 산책을 둘 다 좋아했다. 집을 나오자마자 두 사람이 손을 잡았다. 정체 모를 풀벌레 소리가 운치 있다. 오늘이 전시회 마지막 날이었다. 일주일 동안 열렸던 전시회에 버들은 빠짐없이 나가 맡은 바 최선을 다했다.

오래 서 있으면서 사람들을 상대해야 했을 버들이 힘들었을까 봐 걱정인 황 대표가 인상을 구겼다. 아침마다 버들의 넥타이를 매 주면서 못 가게 잡아 두고 싶은 마음이 컸지만 그건 별로 버들을 위한 일이 아니었기에 가까스로 인내했다. 공부도 더 열심히 할 거고, 전시회도 되도록 많이 보러 다니겠다며 버들이 계획을 밝혔다. 하. 황 대표가 한숨을 내쉬었다. 버들은 같이 살고 있는 스폰서를 적극 활용할 생각이 전혀 없어 보인다.

"멈춰 봐."

얘기하던 사이 오늘은 평소보다 더 멀리까지 와 버렸다. 그게 버들은 더 좋았다. 집으로 돌아가는 길이 멀면 그만큼 황 대표와 손을 잡고 걸을 수 있는 시간도 늘어나는 거니까. 속없이 버들이 해실거렸다. 잡아당기는 황 대표의 손길에 앞으로 걸어가려던 버들이 뒷걸음질로 끌려갔다. 그 자리에서 멈춰 서서 황 대표가 아무런 말이 없다. 곤란한 낯으로 황 대표가 버들을 내려다봤다. 가뜩이나 그동안 전시회장에서 힘들었을 텐데 이렇게 많이 걸어도 되려나. 애가 오늘 저녁에 뭘 먹었지?

둘 다 먹는 것에 크게 의의를 두고 사는 편이 아니었다. 예전 나흘간 황 대표가 열이 올라 아팠을 때, 간호한다고 옆에 붙어 있던 버들이 덩달아 나흘간 굶었던 적이 있다.

"아. 싫어요."

안아 들려는 황 대표를 버들이 엉덩이를 뒤로 빼며 피했다.

"손잡고 걸을래요."

버들이 원하는 대로 손잡고 걸었다. 그렇지만 몇 걸음 가지 못했다. 버들이 저녁으로 먹은 건 그릴에 구운 옥수수 반쪽이랑 감자 한 알, 탄산수가 전부였단 게 떠올랐기 때문이다. 그마저 탄산수는 칼로리가 없었다. 옥수수랑 감자, 그게 다 살로 가야 하는데. 이렇게 걸어 버리면 먹은 게 아무런 소용이 없을 거다. 거부하는 버들을 황 대표가 억지로 안아 들었다. 어깨에 거꾸로 매달려 내려 달라고 버들이 고집을 피웠지만 집까지 황 대표가 걸음을 멈추지 않았다.

······저 꼴통 새끼. 황 대표가 느른히 턱을 괬다. 버들이 단단히 토라져 황 대표에게 등을 보였다. 달래 주는 대신 황 대표가 동글동글한 버들의 뒤통수를, 느릿느릿 눈을 깜박이며 감상했다. 그날 이후로 황 대표는 버들의 끼니에 본격적으로 관심을 가졌다. 이곳은 경치 좋고 물 좋고. 다 좋은데, 단점은 배달을 시킬 수 있는 전문 음식점이 없단 거다.

처음엔 음식을 해 주는 사람을 불렀다. 하지만 저들만의 유토피아에 다른 사람이 있는 것만으로도 버들은 위축이 되는 모양이었다. 남자 둘이 한집에서 오붓하게 살고 있는 게 다른 사람의 시선에 어떻게 비칠지 의식이 되어서 그랬을까? 황 대표가 가까이 다가올 때마다 버들은 눈치 보며 피해 다니기 바빴다.

아침에 일어나 샤워 후 주방으로 걸어 나온 버들이 눈을 크게 떴다. 식탁 위에 식사가 차려져 있었다. 황 대표와 버들이 식탁에 마주 보고 앉았다.

수저 끝을 물고 있던 버들이 황 대표에게 물었다.

"이거 대표님이 하신 거예요?"

식탁 가운데를 차지하고 있는 메인 요리는 계란찜이었다.

"먹어."

무뚝뚝하다 못해 쌀쌀맞은 톤이었다.

"이거 어디서 났어요?"

"알아서 뭐 하게."

"그냥. 알고만 있으려고요."

"너는 몰라도 돼."

"알고 싶은데……."

"먹어. 빨리."

대답을 회피한 황 대표를 보며 버들이 고개를 갸웃거렸다. 이내 버들이 계란찜을 푹 떠서 입에 넣었다. 세 입 정도 떠먹을까. 버들이 물을 찾았다. 황 대표가 뚜껑을 열어 생수병을 건네줬다. 속눈썹을 깜박거리면서 버들이 황 대표를 주시했다. 황 대표가 버들은 쳐다보지도 않고 "짜?" 하고 지나가는 투로 맛을 물었다. 생글생글 웃는 얼

굴로 아니라고 버들이 대답했다. 관심 없는 태도로 일관하고 있으나
아무래도 계란찜은 황 대표님이 한 게 맞는 것 같다.

버들이 계란찜에 다시 수저를 가져갔다. 처음보다 적은 양이 수저
에 딸려 왔다. 그걸 본 황 대표가 계란찜을 먹어 봤다. 만들면서도
간을 봤었는데 처음 한 것 치고 괜찮았었다. 그게 위쪽만 그랬나 보
다. 뭐가 문제였던 건지 계란찜이 아래로 갈수록 그냥 소금덩어리다.

"그만 먹어."

"왜요?"

"짜잖아."

"물 마시면 돼요."

욕하면서 황 대표가 계란찜을 버리고 돌아왔다. 있던 밑반찬으로
만 달그락달그락 식사가 끝났다. 뒷정리를 하는 황 대표의 뒤에 버
들이 찰싹 달라붙었다. 기회를 노려 황 대표에게 입을 맞췄다가 누
가 함부로 뽀뽀하라고 했냐면서 혼이 났다. 다른 때 같았으면 시무
룩해졌겠지만 버들은 여전히 생글생글 웃고 있는 채였다.

"대표님. 누구한테 또 계란찜 만들어 준 적 있어요?"

"……."

"제가 처음 맞죠?"

"……."

"대표님이 만든 계란찜, 제가 처음 먹은 거예요? 네?"

대답을 종용하는 버들의 쇄골이 움푹 파였다.

"버들아."

"네?"

황 대표가 버들을 껴안았다. 한 품에 마른 몸이 쏙 들어오고도 남

는다. 그게 너무 애처롭고 애탄다.

"뭐 먹고 싶은 거 없어?"

"아이스크림."

고추밭 김 씨 할머니가 판다는 수제 아이스크림을 먹으러 갔다. 한정판이라 새벽 일찍 줄을 서야 했다. 막대를 받아 들고 나니까 그냥 식혜를 얼린 것뿐이다. 시시하다. 황 대표가 낮게 한숨을 내쉬었다. 근처의 커다란 나무에서 우렁찬 매미 울음소리가 들려왔다. 불어온 바람이 버들의 곱슬머리를 건드렸다.

"아이스크림 말고 뭐 먹고 싶은 거 없어?"

"탄산수. 얼음 가득 넣어서."

날씨가 더우니까 버들이 시원한 것만 찾는다. 문제는 영양가가 하나도 없단 거다.

시나리오를 구성하고 있는 작품에 주인공들 직업이 요리사라…….
진지한 어조로 약을 파는 황 대표에게 유 대표가 홀라당 넘어갔다. 미룰 것도 없었다. 그 자리에서 즉시 유 대표와 황 대표가 요리 학원에 등록했다. 서로 앞치마 맨 꼴을 보고 비웃었다. 둘 다 자기 관리가 엄격해 몸이 좋은 남자들이었다. 벌어진 어깨에 팽팽히 늘어난 앞치마가 불쌍해 보일 지경이다. 금방 찢어지게 생겼다.

자존심 부리느라 첫날부터 난이도가 센 요리를 선택했다. 강사가 들어오길 기다리던 중 불현듯, 날카롭게 스친 현실 자각에 황 대표의 눈썹이 삐딱해졌다. 아무리 제 꼴통을 위한 거라지만 이건 좀 아닌 것 같다. 분홍색 물방울무늬 앞치마라니.

"유 대표."

분홍색 체크무늬 앞치마를 한 유 대표가 황 대표를 쳐다봤다.

"너 요식업에 관심 없어?"

"갑자기 무슨 요식업이야. 네가 관심 있어서?"

"나는 없고. 유 대표, 너 있냐고."

"나도 없어."

"관심은 없어도 시간이랑 돈은 남아돌 거잖아."

"응."

"내 집 근처에 너 레스토랑이나 하나 내라."

"수요층이 없는 그런 촌구석에 레스토랑은 내서 뭐 하게."

"너 원래 쓸데없는 짓 잘하고 그러잖아."

"시간이랑 돈은 너도 남아돌잖아. 너나 쓸데없는 짓 하고 그래라."

강사가 들어오면서 두 대표의 유치한 말다툼이 멎었다. 앞치마를 벗고 나갈 타이밍을 놓쳐 버린 황 대표가 작게 탄식했다. '오늘의 요리' 주재료는 해산물이었다. 각자의 옆에 아이스박스가 놓였다. 주말이면 장 여사를 위해 유 회장이 직접 요리를 했기에 그걸 보며 자란 유 대표는 황 대표와 달리 여유로웠다. 식칼을 집어든 유 대표의 폼이 당당했다. 그 순간만.

아이스박스 뚜껑이 열리면서 그대로 얼어붙었다. 꽃게며 조개며 새우며 전복이며 소라며 미더덕이며……. 전부 싱싱하다. 죽어 있거나 혹은 이미 손질을 끝마친 해산물만 봐 오다가 살아 있는 걸로 요리를 하려니까 선뜻 손이 가지 않는다. 징그럽고 무서웠다. 하지만 옆에서 황 대표가 보고 있으니까 내색하지 않고 유 대표가 센 척을 유지했다. 강해 보이는 꽃게의 집게에 유 대표가 움칠거렸다. 그때였다. 아이스박스 위를 펄쩍 튀어 오른 새우의 허리가 활처럼 휘었다.

덩칫값 못하고 두 대표가 동시에 그 자리를 벗었다. 비명 안 지른 게 다행이었다.

주제 파악을 하고 유 대표와 황 대표가 요리 난이도를 대폭 낮췄다. 난이도가 아무래도 가장 낮다 보니 수강생들은 유치원에서 단체로 온 어린아이들이었다. 그 틈에 낀 유 대표와 황 대표를 보며 어린아이들이 수군거렸다.

"난 진짜 어이가 없다."

유 대표가 투덜거렸다.

"궁중 떡볶이 만드는 법을 배워서 어디다 써먹게."

궁중 떡볶이 만드는 법을 배워서 써먹을 데가 있는 황 대표가 침묵했다. 일반 떡볶이와 달리 궁중 떡볶이는 베이스가 달달했다. 버들이 매운 걸 못 먹으니까 다행이었다. 불고기, 만두 등등. 버들과 함께 사는 시간이 길어질수록 황 대표가 할 수 있는 요리가 조금씩 늘어났다.

*　　*　　*

결과물에 두 대표가 흡족했다. 회의를 거듭하고 여러 번 뒤엎으면서 고생은 했지만 그만큼 성과는 만족스러웠다. 브리핑을 받으며 두 대표가 고개를 끄덕거렸다. 이어 소속 배우의 유럽 진출 건을 위한 회의가 곧 시작될 예정이었다. 꼬박 반나절은 걸릴 사안이었다. 잠깐의 휴식에 담배를 챙긴 황 대표가 회의실 문을 열고 나갔다. 벽에 등을 기댄 채 버들이 서 있었다.

"대표님."

놀란 황 대표가 입에 물었던 필터를 뺐다.

"언제 왔어?"

"아까요."

"뭐 타고?"

"택시."

황 대표가 시간을 확인했다.

"밥은 먹었어?"

"유 이사님이 사 주셔서 먹고 왔어요."

"그랬어?"

황 대표의 다정함은 딱 한 명에게만 발휘됐다. 직원들이 오가는 복도였다. 아무한테도 보여 주기 싫은 버들을 황 대표가 제 대표실로 데려갔다. 단단히 문을 잠그는 것도 잊지 않았다. 회의는 반나절보다 더 이르게 끝이 났다. 뒤에서 유 대표가 뭐라고 외치는 소리가 들렸지만 곧장 버들을 차에 태운 황 대표가 회사를 벗어났다. 그렇게 향한 곳은 카페였다.

커피에서 탄내가 나서 그런지, 아니면 칙칙한 재즈만 흘러나와서 그런지 카페는 언제 와도 손님이 없었다. 커피 맛도, 배경 음악도, 촌스러운 인테리어도, 삐걱거리는 나무 바닥도, 둘에겐 별로 중요하지 않았다. 눈에 별로 띄지 않는 구석진 자리가 그들만의 고정석이었다. 그러니까 이건, 데이트였다.

여유롭게 시간이 흘러간다. 버들이 가방을 열어 제 애인 카드로 산 그림 노트와 제 애인이 직접 사다 준 색연필을 꺼냈다. 한 페이지가 낙서로 가득 채워졌다. 그걸 내려다보던 황 대표가 턱을 괬다. 색연필을 꺼내 버들이 그려 놓은 낙서에 색을 칠해 넣었다. 텅 비어 있던 네모가 하늘색으로 칠해지고. 텅 비어 있던 동그라미가 노란색으로 칠해지고. 텅 비어 있던 세모가 검정색으로 칠해지고. 그렇게 둘의 세상도 알록달록 물들었다.

집에 돌아와 각자 씻고 나왔다. 두 사람의 젖은 머리에서 똑같은 샴푸 냄새가 났다. 누워 있는 황 대표의 몸 위에 버들이 올라타 누웠다. 옆구리를 간질이는 대로 버들이 웃었다. 무미건조했던 황 대표의 세상은 뒤집힌 순간, 버들이 만들어 놓는 소음으로 꽉 들어찼다. 황 대표의 커다란 손이 버들의 얼굴을 감쌌다. 새삼 버들의 이목구비를 요모조모 뜯어봤다. 청초하다. 그대로 버들의 얼굴을 잡아당겨 입술에 뽀뽀했다. 감촉이 말랑말랑하다. 쪽, 빨았다. 버들의 아랫입술이 단박에 부어오르기 시작했다. 다시 쪽. 힘을 들이지 않고, 살며시 씹자 버들이 움찔거렸다.

작정하고 키스하면 버들의 입술은 마치 붕어처럼 부어오르곤 했다. 황 대표가 얼굴을 놓아주자, 이번엔 버들이 손을 뻗어 황 대표의 얼굴을 감쌌다. 황 대표가 방금 전 자신에게 했던 것처럼 입술을 쪽, 빨았다. 아랫입술을 으득 씹어 잡아당겨 보기도 했다. 이갈이 하는 어린 짐승 새끼 같다. 신체 중 가장 여린 피부라 아플 만도 한데, 황 대표는 제 입술을 버들이 씹으면 씹는 대로, 빨면 빠는 대로 가만히 있어 줬다.

황 대표가 티셔츠를 벗기려고 하자 버들이 순순히 양팔을 들어 응했다. 소파에 눕힌 뒤 버들의 왼쪽 젖꼭지를 통통하게 부어오를 정도로 황 대표가 자극을 줬다. ……으응. 콧등을 찌푸린 버들이 투정하듯 신음했다. 못하게 막는 버들의 손목을 황 대표가 한손에 쥐어 머리 위로 고정했다.

황 대표가 이를 세워 연한 버들의 유두를 자근자근 씹었다. 버들의 등이 들썩였다. 황 대표가 크게 숨을 마셨다. 버들이 사용하는 로션 냄새가 옅게 감돈다. 일하면서 하루 내 쌓였던 스트레스가 희미하게 자취를 감췄다. 버들의 아랫배에 입술을 파묻고 황 대표가 한참 지분거렸다. 보들보들한 살결이 녹아내릴까 봐 걱정이다.

제 바지 지퍼를 내리는 황 대표의 손길에 버들이 달뜬 한숨을 내쉬었다. 버들의 속옷이 젖어 있었다. 황 대표의 커다란 손이 쓰다듬듯 버들의 성기를 애무했다. 뜨거움이 섞였다. 얇은 천에 버석거리는 감촉마저 자극이 되는지 버들의 신음이 커졌다. 천천히 속옷을 벗기자 버들이 감고 있던 눈을 떴다. 눈물이 맺힌 채 발긋한 버들의 눈가가 예쁘다. 황 대표가 버들에게 눈을 맞췄다. 다정한 것 같기도 하고, 또 굶주린 짐승처럼 보이기도 해서 버들이 어깨를 움츠렸다.

"버들아."

"……네."

처음이었지만…… 어떤 거부감도 느껴지지 않았다. 황 대표의 머리카락이 곧 버들의 배꼽 밑에서 흩어졌다. 놀란 버들이 피하려고 급히 몸을 틀어 봤지만 골반을 꽉 잡혀 움직일 수가 없었다. 윤곽이 도드라진 버들의 성기가 황 대표의 입안으로 단숨에 삼켜졌다. 버들이 황 대표의 머리카락을 쥐었다. 고개가 절로 뒤로 꺾였다. 황 대표가 침을 삼킬 때면 제 성기도 함께 황 대표의 목구멍으로 넘어갈 것 같아 두려웠다. ……아. 어떡해. 참지 못하고 버들의 몸이 풀렸다. 폭죽이 터지는 것처럼 번쩍거리던 눈앞이 얼마 못 가 까맣게 암전되었다.

황 대표가 사정한 버들의 성기를 뱉었다. 동백을 닮은 귀두부터 기둥까지. 버들의 성기는 황 대표의 타액으로 온통 척척하게 젖어 있었다. 수줍어할 틈도 없었다. 아직 사정의 여운이 풀리지 않은 상태에서 황 대표가 버들의 것을 붙잡아 위아래로 빠른 속도로 흔들었다. 질척거리는 소리가 적나라하게 울렸다. 황홀했다, 거센 물살에 떠밀리는 것처럼 정신을 못 차릴 정도로. 버들이 황 대표의 어깨에 손톱을 박았다.

그날의 섹스로 버들은 다음 날까지 침대에서 일어날 수가 없었다.

"대표님."

목이 쉰 버들의 목소리가 허스키하다. 주치의를 불러 링거도 맞고, 휴식도 푹 취하고 나서야 버들은 본래의 컨디션을 되찾을 수 있었다. 꼼짝 못 하고 침대에 누워 황 대표의 수발을 받는 동안 느낀 점이 되게 많았다. 그동안의 섹스는 거친 것도 아니었구나. 황 대표가 저를 많이 봐주고 있단 걸 알게 되면서 버들의 볼이 발그레해졌다.

꼬물꼬물, 품에 파고드는 버들의 등을 쓰다듬어 주던 황 대표가 낮게 한숨을 내쉬었다. 암막 커튼도 치고, 불도 끄고. 자꾸 어두운 곳에 있자는 제 꼴통을 안아 일 층으로 내려왔다. 햇살이 환하다.

"눈 부셔요."

"그럼 눈 감고 있어."

무릎에 앉힌 버들의 엉덩이를 황 대표가 쓰다듬었다. 어두운 곳에 왜 있고 싶어 하는지, 버들의 흑심을 황 대표가 알아차렸다. 그 흑심이 어떤 건지 아니까 황 대표의 입장에선 철옹성처럼 버틸 수밖에 없었다.

"대표님."

"안 들린다."

안 들린다니까 조용히 하란 뜻이었는데, 버들이 황 대표의 귓가에
대고 속삭였다.

"저도 하고 싶어요."

"……"

"대표님. 네?"

"……"

"저도 빨고 싶어요."

"……"

"대표님 거 저도 입에 넣고 막……"

더는 버들의 말이 이어지지 못하게 황 대표가 손가락으로 버들의
입술을 집게처럼 잡았다. 그러곤 지그시 눈을 감았다가 떴다. 이제
좀 걸어 다닐 정도로 괜찮아졌으면 보통은 몸을 사리는 게 맞지 않
나? 그딴 건 모르겠단 식으로 오히려 버들이 달려들 줄은 몰랐다. 항
상 예측이 불가하다. 뭐 이런 꼴통 새끼가 다 있나 싶은지 새삼스러
운 눈길로 황 대표가 버들을 바라봤다. 겁 없는 하룻강아지의 이목구
비가 올망졸망하다. 기가 찬다. 황 대표의 인상이 점점 험악해졌다.

"내가 뭐랬어. 남자면 참을 줄도 알아야 한다고 했잖아."

"……"

"하고 싶다고 해서 다 하면 되겠어?"

"……"

"인내심 없는 남자가 얼마나 최악인 줄 알아?"

"……"

"앞뒤 상황도 재면서 덤벼들어야지."

"……"

"나 봐. 밤새면서 너랑 섹스하고 싶은데 참잖아. 내가 한 번이라도 밤 샌 적 있어?"

"……."

"어허. 눈 좋게 안 떠?"

냉랭하게 나무라는 황 대표를 향한 버들의 눈빛이 반발심으로 가득해졌다. 버들이 계속해서 말이 없다. 황 대표가 어이가 없단 투로 헛웃음을 내뱉었다.

"너 이게 삐칠 일이야?"

"……."

"입도 작아 가지고."

"……."

"뭐. 그렇게 쳐다보면 네가 어쩔 건데."

"……."

"예쁘게 생기지나 말든가. 못 하는 소리가 없어, 아주."

버들이 황 대표의 목을 끌어안았다. 이어 낮게 소곤거린 버들의 말에 정곡이 찔렸다. ……그래. 네 말대로 입술보다 더 작은 곳으로, 섹스를 하는 건 맞는데. 황 대표의 말문이 막혔다.

황 대표가 버들의 입술로 시선을 내렸다. 아깝다. 아까우니까 안타까움이 넘실거린다. 맛있는 거나 먹지. 저 입으로 뭘 하겠다고.

험악하게 구기고 있던 황 대표의 인상이 버들이 키스를 해 오자 나긋하게 풀려 버렸다. 심장이 거세게 뛴다. 무릎 꿇고 제 다리 사이에 앉은 버들을 보며 황 대표가 심란해졌다. 진짜 돌아 버리겠다. 그런 황 대표의 속도 모르고 버들이 꼼지락거리며 황 대표의 청바지 버클을 풀었다.

발기한 황 대표의 성기를 코앞에서 마주하게 된 버들이 움찔거렸다. 크기와 모양, 굵기, 길이, 냄새, 색깔······. 전부 저랑 다르다. 검푸른 핏줄이 거세게 돋아나 험하고 무섭게 느껴진다. 버들의 손이 기둥을 쥐어 오자 황 대표가 눈가를 찌푸렸다. 버들의 촉촉한 눈길에 황 대표의 성기가 살아 움직이는 것처럼 꺼덕였다.

버들이 두 손으로 황 대표의 기둥을 쥐었다. 타 버릴 정도로 뜨겁다. 눈을 감은 뒤 버들이 천천히 고개를 숙였다. 두 손으로 쥐어도 버거웠으니 당연히 입에 전부 넣을 수 있는 크기가 아니었다. 귀두부터 핥았다. 머리 위로 나직하게 들려온 황 대표의 신음에 버들이 배 속이 간지러워져 발가락을 꼬았다. 애무를 해 주는 건 자신인데, 꼭 애무를 받는 것처럼 숨이 찬다.

버들이 좀 더 크게 입을 벌렸다. 혹시나 버들이 다칠까 봐 황 대표가 전전긍긍했다. 황 대표도 오럴이 처음이었지만 처음이라고 생각할 수 없을 정도로 버들을 황홀함에 빠지게 만들었다. 하지만······. 버들은 처음이란 티가 날 정도로 미숙했다. 앞니로 긁을 때마다 황 대표가 인상을 찌푸렸다. 그렇지만 말리진 않았다. ······귀여우니까. 그리고 황 대표도 오럴을 받는 게 태어나 처음이었다. 오럴은 하는 것도, 받는 것도 꺼려져 그동안 기피했었다. 예외가 생기면 언제나 버들이 이유가 됐다.

버들이 눈을 치켜떴다. 마주친 버들의 젖은 시선에 황 대표가 하마터면 또 이성을 놓을 뻔했다.

황 대표가 버들을 제 몸 위에 앉혔다. 삽입은 버들의 체력에 어려울 것 같으니 서로의 성기를 겹쳐 잡아 수음하는 걸로 아쉬움을 달랬다. 젖은 두 개의 귀두가 미끈거리면서 부딪혔다. 사출한 버들이 축 처져 황 대표의 어깨에 얼굴을 기댔다. 한참 후에 황 대표도 사정했다. 맞닿은 둘의 아랫배가 범벅이 된 정액으로 질척였다. 여유를 주고 기다려 준 뒤 황 대표가 버들의 입술을 꼼꼼히 살폈다. 다행히 찢어지지 않았다.

한숨 푹 자고 일어나고 나서 황 대표가 버들을 혼냈다.

*   *   *

벽을 타고 만발한 해바라기가 바람에 살랑살랑 흔들렸다. 무덥기만 했던 날씨에 조금씩 가을이 섞였다. 목이 긴 컵에 얼음이 비틀렸다. 표면에 송골송골 물방울이 맺혔다. 버들의 컵에는 아이스티, 황 대표의 컵에는 커피가 반쯤 남아 찰랑거렸다. 두 개의 컵은 디자인이 똑같았다. 하늘 위에 커다란 구름 뭉치들이 유유자적 흘러갔다. 정자에 앉아 황 대표가 쓸 수첩에 버들이 해바라기를 그려 주고 있는데 재복이가 나타났다. 재복이 이야기를 나누던 중 새롭게 알게 된 사실에 버들의 눈썹이 찌푸려졌다. 내가 이럴 줄 알았어!

버들의 채근에 하는 수 없이 황 대표가 차를 몰았다. 길치인 황 대표에게 애초에 기대를 하지 않은 버들이 금동이, 감자의 주인인 비서에게 전화를 걸어 어디서 개 이름을 지었는지 주소를 받아 냈다.

허름한 건물 앞에서 내비게이션은 길 안내를 종료했다. 문 앞에 붙은 종이가 너덜거린다. 사주, 이름, 토정비결 뭐 이런 내용과 함께 가격도 적혀 있었는데 그게 '5만원'이다. 버들이 황 대표를 쏘아봤다.

"이름 짓는 데 시간이 오래 걸려서 가격이 비쌌던 거야."

"시간이 얼마나 걸렸는데 가격을 그렇게나 높게 받을 수 있어요?"

"뜻도 좋잖아. 그거 연구하는 비용이래."

"그렇다고 개 이름 짓는데 남들 연봉을 갖다 줘요?"

건물 안으로 버들이 들어갔다. 아. 한 몫 단단히 챙겨서 그런지 가게는 이미 사라지고 없었다. 결국 사기꾼을 잡지 못하고 집에 돌아와야 했다. 분이 풀리지 않는지 버들이 계속 씩씩거렸다. 돈이 아까운 것보다 감히 제 소중한 황 대표에게 사기를 친 상대에게 화가 났다.

"어쨌든 재복이가 시골에 살면서 건강하기만 하면 됐지."

가만히 좀 있지. 괜한 소리를 보탰다가 버들에게 황 대표가 잔소리를 얻어 들었다. 버들이 새끼손가락을 내밀었다. 앞으로 개 이름은 제 허락 없이 돈 주고 짓지 않기로 약속했다. 같이 살게 된 날들만큼 둘이서 정한 약속이 늘어 가는 중이었다.

*　　*　　*

정민이 제 친구들 모임에 버들을 초대했다. 보통 때라면 거절했을 텐데 하도 졸라대서 어쩔 수 없이 승낙했다. 황 대표에게 버들은 비밀이 없었다. 또래 친구들과 잡힌 일정에 정작 당사자인 버들은 시큰둥했으나, 황 대표가 더 큰 관심을 보였다. 모임에서 만날 친구들 명단도 받아 갔다. 술자리였으면 당연히 못 나가게 했을 텐데 훤한 대낮에 점심을 먹는 게 다라니 안심이 됐다.

"유버들."

"응?"

주문한 식사가 나오길 기다리는 그 잠깐 동안, 버들의 핸드폰은 바빴다. 황 대표에게서 연락이 줄기차게 들어오는 중이었다. 음식은 뭘 시켰으며, 옆에 누가 앉았으며……. 옆에 앉아 있던 정민이 버들을 팔꿈치로 툭, 건드렸다.

"누구야?"

모르는 척하려고 했지만 궁금하니 결국 질문을 할 수밖에 없었다. 버들이 조그맣게 "애인." 하고 속삭였다.

"뭐? 애인? 너 그 사람이랑 사귀어?"

조그맣게 속삭인 보람이 없다. 펄쩍 뛰며 크게 나불거린 정민이 때문에 테이블 전체에 소문이 나고야 말았다. 덩치 큰 사내 녀석들이 심각해졌다. 애인이라고? 애인한테 지금 그렇게 10분 간격으로 연락이 들어오고 있다는 거야? 집착하는 수준이 거의 스토커 같은데? 그게 자랑거리인 버들이 힘차게 고개를 끄덕거렸다. 막상 소매만 걷어도 오늘 아침 황 대표가 만들어 놓은 자국들이 가득했다. 그게 좋다.

한창 어린 청춘들답게, 풋내 나는 연애 이야기로 꽃을 피웠다. 그 자리에서 버들의 눈빛이 제일 초롱초롱 반짝였다. 황 대표와 함께 집에 빨리 돌아가고 싶어 안달이 났다.

"이거 내가 살게."

버들이 손을 들고 말했다.

"아니야. 우리 회비 걷은 거 있어."

"……여기 계산하라고 카드 주셨거든."

"누가? 애인이?"

버들이 응, 대답했다.

"우와. 연상이라 그랬나? 역시 다르다."

여기저기서 황 대표를 칭찬하자 버들의 코 평수가 넓어졌다.

"다른 거 더 먹어도 돼."

"진짜? 그래도 된대?"

"응. 많이 먹고 오라셨어."

"그럼 우리 여기서 디저트도 먹고 가자."

정민의 친구들 모임에서 버들이 단숨에 융화됐다. 먹성 좋은 시기라 디저트를 종류별로 시켜 거의 초토화를 냈다. 돈이 너무 많이 나온 거 아니냐며 뒤늦게 꼼질꼼질 걱정하는 친구들에게 버들이 괜찮다며 안심시켰다. 계산 후 카드를 건네받은 버들의 표정이 밝다.

"네 애인한테, 아니. 누님한테 잘 먹었다고 말씀드려."

감사의 인사가 대신 버들에게 쏟아졌다. 버들이 작게 고개를 끄덕였다. 괜히 힐긋, 정민의 눈치도 봤다. 레스토랑 밖으로 나오자 더운 공기가 훅 끼친다. 소화도 시킬 겸 노래방에 가기로 의견이 모아졌다. 버들이 걸려 온 전화를 받았다.

−버들아.

"네?"

−그 레스토랑 나와서…….

무리들 틈에서 슬그머니 벗어나려다가 딱 걸렸다.

"왜?"

"어?"

정민의 친구들이 버들을 붙잡았다.

"애인이 지금 데리러 와서."

"누님보고 노래방에 같이 가자고 말해 봐!"

"어? 근처에 주차할 곳이 없다고 하셔서. 또 바쁘시기도 하고."

"와. 차도 있으셔?"

온갖 부러움에 버들이 수줍어했다. 서둘러 자리를 뜬다고 저를 째려보는 정민에게 버들이 대충 손을 흔들었다. 버들이 다시 핸드폰을 귀에 가져갔다.

"대표님."

―유버들 씨.

"네?"

―연상의 누님, 만나시나 봐요?

친구들과 나누는 대화가 고스란히 들린 모양이었다. 버들이 아랫입술을 말아 물었다. 픽, 웃는 황 대표의 낮은 웃음소리에 깃털이 살에 닿아 스치는 것처럼 온몸이 다 간지러웠다.

―사거리 쪽에 은행 있어.

"아. 보여요."

―거기 뒤쪽 골목으로 들어와.

"빨리 갈게요."

"넘어지니까 달리지 말고."

걱정스레 당부하는 황 대표에게 네, 착실하게 대답해 놓고선 버들이 걸음을 서둘렀다. 미리 마중 나와 있는 황 대표의 차에 올라탄 버들의 얼굴이 방실방실하다. 종알거리며 수다 떨기 시작한 버들의 안전벨트를 황 대표가 대신 채웠다.

*　　*　　*

황 대표와 버들이 나란히 앉았다. 대리석 바닥이 시원하다. 테이블 위에는 볼펜과 종이가 각각 주어졌다. 황 대표가 버들의 옆얼굴을 슬쩍 쳐다봤다. 친구들과 만나고 온 버들이 뭘 듣고, 뭘 보고 왔는지 대뜸 애칭을 정하자고 했다. 애칭 같은 거에 황 대표는 딱히 관심이 없었다. 하지만 남들 하는 거 다 하고 싶어 하는, 아홉 살 어린 애인을 위해 잠자코 머리를 맞대줬다. 황 대표의 종이는 30분 째 깨끗했고, 버들의 종이는 썼다 지웠다 했던 통에 지저분해졌다. 버들이 코를 훌쩍거렸다.

"대표님. 뭐 생각나는 거 없어요?"

"응."

황 대표의 대답이 산뜻했다. 버들이 핸드폰을 꺼내 이것저것 검색을 하기 시작했다. 그러는 사이 바닥에 앉아 있던 황 대표가 어물쩍 소파에 올라갔다. 곱게 자란 탓인지 딱딱한 바닥에 오래 못 앉아 있겠다.

얼마나 지났을까. 버들이 고개를 뒤돌려 황 대표를 바라봤다.

"자기?"

버들의 눈이 꼭 호수 같았다.

"대표님. 자기, 어때요?"

갑자기 황 대표가 종이를 들어 얼굴을 가렸다.

"자기."

가타부타 다른 말 없이 자리에서 일어난 황 대표가 엘리베이터를 타고 3층으로 올라가 버렸다. 덩그러니 혼자 남겨지게 된 버들이 눈을 깜박거렸다. 3층에 있던 엘리베이터가 알아서 1층으로 내려왔다. 저거 타고 올라오라는 소린가?

핸드폰을 내려놓고 버들이 3층으로 올라갔다. 황 대표는 침실에 있었다.

"대표님."

침대 헤드에 등을 기대고 앉아 있던 황 대표가 문 앞에 서 있는 버들을 바라봤다.

"너 바지도 안 입고 나한테 자기라고 하는 이유가 뭐야?"

턱을 잡아당겨 버들이 제 모습을 내려다봤다. 황 대표 사이즈인 티셔츠 기장이 허벅지 중반까지 내려와 있다. 일부러 바지를 안 입은 게 아니었다. 버들이 가장 마음에 들어 하는 파자마 바지가 현재 건조기에 들어가 있었다. 그걸 황 대표가 모를 리가 없었다. 왜냐하면 버들의 파자마를 건조기에 넣어 준 게 황 대표였으니까 말이다.

버들이 황 대표의 무릎 위에 앉았다. 이러면 엉덩이를 토닥거려 주거나, 등을 안아 주는데 이상하게 화가 난 얼굴로 황 대표가 꼼짝을 하지 않았다. 주눅 들지 않고 버들이 그런 황 대표를 빤히 쳐다봤다.

"자기."

황 대표가 버들을 침대 아래에 내려놨다. 어리둥절한 얼굴로 버들이 고개를 뒤돌려 황 대표를 쳐다봤다. 왜 그러시지? 버들이 다시 황 대표의 무릎 위에 앉아 목에 팔을 둘렀다. 가까워진 거리에서 서로를 지그시 응시했다.

"대표님."

"응."

말없이 있길 잠깐. 버들이 혹시나 싶어서 물었다.

"대표님. 제가 자기라고 하면 부끄러워요?"

"……내가 미쳤어?"

"안 부끄러워요?"

"어."

그러시구나. 귀는 빨개 가지고.

버들을 다시 바닥에 내려놓고 황 대표가 이불을 뒤집어썼다. 이윽고 제 옆구리를 파고드는 버들에게 팔베개를 해 주었다. 꼭 껴안은 채 두 사람이 이르게 잠자리에 들었다.

새벽녘, 먼저 잠에서 깬 건 버들이었다. 잠들어 있는 황 대표의 얼굴을 찬찬히 뜯어보는 버들의 눈에 애정이 뚝뚝 흘러넘친다. 예쁘고, 잘생기고, 멋지고, 귀엽고 혼자서 다 해 먹는 사람과 연애를 하고 있다니. 버들의 입가가 서서히 호선을 그렸다. 황 대표의 앞머리를 갈라 드러난 이마에 꾹 입술을 찍었다. 그 순간 버들이 황 대표의 애칭을 결정했다.

아침 햇살이 싱그럽다. 열어 놓은 창문으로 들어온 바람에 커튼이 나부꼈다. 황 대표가 일어나길 기다렸던 버들이 냉큼 무릎 위로 올라갔다. 여전히 버들은 바지를 입고 있지 않았다. 황 대표의 커다란 손이 버들의 허벅지 측면을 슬쩍슬쩍 매만졌다. 간지러운지 버들이 꼼질거렸다.

"대표님."

"응."

산발이 된 버들의 머리를 황 대표가 정리해 줬다.

"애칭, 제가 마음대로 지어서 불러도 돼요?"

"허락은 뭐 하러 맡아. 어차피 너 마음대로 지어서 부를 거잖아."

"응."

웃으면서 마음대로 반말까지 한 버들을 눕혀 놓고 황 대표가 목덜미에 자국을 만들었다. 밖에 나가서 애칭으로 서로를 부를 순 없었다. 사귄 지 오래됐지만 여전히 밖에선 황 대표가 부르는 버들은 '유 버들 씨.'였고, 버들이 부르는 황 대표는 '황 대표님.'이었다. 고심해서 정한 애칭은 각각 핸드폰에 저장되었다. 앞으로 버들이 전화가 올 때마다 황 대표의 액정에는 '자기'라고 뜨게 됐다.

연애가 처음이고, 애칭을 정해 본 게 처음인 버들이 누군가에게 자랑하고 싶어져 찾아간 게 제 넷째 형이었다. 전날 밤, 술을 진탕 퍼마신 모양이다. 소파에 널브러져 있는 겨울의 몰골이 말이 아니었다. 제 형이 원하는 대로 꿀물을 타다 준 버들이 옆에 앉았다.

"웬일이냐."

"대표님이 데려다줬어."

"아직도 너희 둘이 안 헤어졌어?"

"겨울이 형. 내가 뭐 보여 줄까?"

"뭐."

"나 자랑할 거 있어서……."

버들의 나긋한 입매를 보며 겨울은 황 대표와 필히 관련된 일이란 걸 알아차렸다. 마음에 안 들지만 안쓰럽기도 하다. 그래. 같은 거 달린 사내놈이랑 연애하는 네가 나 아니면 어딜 가서 자랑도 하고 그러겠냐.

겨울이 너그러워진 태도로 버들의 머리를 쓱쓱 쓰다듬었다. 그리고 보여 줄 거 있으면 빨리 보여 달라고 적극성을 띠며 호응했다. 꼭 쥐고 있던 핸드폰을 버들이 겨울에게 내밀었다. 가뜩이나 숙취로 속이 좋지 않았다. 고민에 고민을 거듭한 끝에 버들이 정한 황 대표의 애칭에 겨울이 진실로 토할 뻔했다. '마이 큐티 엔젤' 같은 소리하고 자빠졌네! 너는 그 덩치가 큐티 엔젤로 보이디?

맹렬하게 퍼부어진 겨울의 비난에 버들이 시무룩해졌다.

술기운을 못 이기고 곯아떨어졌던 겨울이 느지막하게 잠에서 깼다. 해장국을 들이켜며 겨울이 아저씨 같은 감탄사를 줄줄이 내뱉었다. 씻고 나니까 어느 정도 제정신이 차려진다. 겨울이 오랜만에 만난 제 막냇동생을 옆구리에 끼우고 본격적으로 황 대표의 욕을 하기 시작했다. 나불나불 입이 쉬지 않는다. 회의에서 화를 내거나 신경질을 부린 황 대표의 모습들을 과장을 약간 섞어 하나씩 나열했다.

"너는 어떻게 생각하냐? 황정우, 진짜 싸가지 없지 않냐?"

버들이 못 들은 척했다.

"어? 어떻게 생각해?"

"황정우가 세상에 어디 한둘이야?"

"세상에 황정우란 이름이 한둘은 아니지. 근데 너희 집에 사는 정우는 한 명이잖아."

콕 짚어 오는 겨울의 태세에 버들이 딴청을 피웠다.

"넌 같이 사니까 더 잘 알고 있겠네. 황 대표, 성격 진짜 이상하지?"

"……."

"나니까 개랑 친구도 해 주고 사업도 같이 해 주는 거지."

"……."

"너는 황 대표 어디가 좋아서 사귀는데?"

"……."

"솔직히 얼굴이랑 키랑 몸이랑 가진 돈 빼면 황 대표, 볼 거 없지 않냐?"

입술에 힘을 바짝 준 버들의 턱 아래에 작은 호두가 생겼다. 제 소중한 대표님을 물고 뜯고 씹는 형한테 섭섭해지고야 말았다. 버들이 발끈했다.

"우리 집 정우가 싸가지 없고 성격은 좀 이상하지만, 나도 같이 싸가지 없고 성격 이상하니까 괜찮아."

유 대표가 뒷목을 잡았다.

서재에서 일을 하고 있던 황 대표에게 전화가 걸려 왔다. 한의원이었다. 버들의 모든 병원 스케줄에 무조건 동반하다 보니 차트엔 보호자 명분으로 황 대표의 연락처가 같이 적혀 있었다. 서재를 나선 황 대표의 얼굴에 웃음이 서려 있다. 한만하게 누워서 축구 경기를 보고 있던 버들을 황 대표가 일으켜 앉혔다.

"버들아."

"네?"

통화 내용이 떠오르자 자꾸만 웃음이 새 나온다. 시끄러운 텔레비전을 껐다. 한순간에 주변이 고요해졌다. 그러면서 서로에게 더욱더 집중이 됐다.

"너 이번에 살찌는 한약 새로 지을 때…… 정력 좋아지는 것도 넣어 달라고 했어?"

고개를 끄덕이는 버들이 예상과 달리 당당하다.

"왜. 정력 좋아지고 싶어서?"

"그게 아니라……."

황 대표가 앞을 만져 주면 몸 전체가 붕 떠 버릴 정도로 좋은데 체력 탓인지 오래 버티는 게 힘이 들었다. 사정을 하고 나면 살짝 스치는 황 대표의 손길마저 강한 자극이 되어 미칠 것 같아 밀어내게 된다. 정력이 세지면 사출하기 전까지 더 오래 버틸 수 있지 않을까 생각해서, 맥을 짚을 때를 노려 버들이 한의사에게 직접 요구했던 거였다.

"나 좋으라고 먹는 거예요."

"너 좋으라고 먹는 거야?"

"네."

계속 황 대표가 웃었다.

"어때. 먹어 보니까 몸에 맞아?"

갸웃거리는 얼굴로 버들이 곰곰이 생각에 잠겼다.

"몸에 잘 맞는지 볼까?"

나지막한 톤으로 유혹한 황 대표의 등에 버들이 팔을 둘렀다. 침대까지 황 대표가 버들을 안아서 데려왔다. 뒤적거려 본 베개 밑이 텅 비어 있다. 서랍 역시 마찬가지였다. 콘돔이 없단 걸 알아차린 황 대표의 얼굴이 조금 굳었다.

"버들아. 다음에……."

버들이 황 대표의 옆구리를 쓰다듬으며 키스했다. 버들에 의해 황 대표가 점점 침대에 눕혀졌다. 황 대표의 몸 위에 올라탄 버들이 천천히 옷을 벗겼다. 근사한 황 대표의 근육을 만지작거리며 흥분한 버들의 호흡이 달떴다. 터질 것처럼 부푼 황 대표의 성기를 바라보니 기분이 아찔해진다. 짙은 색깔과 핏줄 때문인지 꺼덕거릴 때마다 위협적이었다. 황 대표의 어깨와 가슴 주변으로 버들의 입술이 부딪혔다. 여전히 어설픈 애무였지만 애정만큼은 두텁게 전해졌다. 콘돔이 없는 건 더 이상 문제가 아니었다.

서로의 위치가 바뀌었다. 버들의 골반을 붙잡은 황 대표가 제 쪽으로 바짝 잡아당겼다. 자꾸 다리를 오므리려는 버들의 발목을 붙잡아 그러지 못하도록 고정했다. 허벅지 안쪽을 아프지 않은 세기로 핥고 깨물던 황 대표가 버들의 몸을 돌려 엎드리게끔 했다. 버들의 아래가 고분고분해질 때까지 정성껏 풀어 줬다.

꿰뚫듯 날카롭게 삽입한 황 대표가 웃음을 터트렸다.

"버들아."

버들은 대답할 수 있는 정신이 아니었다.

"정력 좋아지는 한약 왜 먹었어?"

엎드려 있는 버들이 바들바들 떨고 있었다. 황 대표가 버들의 앞쪽으로 손을 가져갔다. 삽입한 즉시 버들이 사정했단 걸 알아차렸다. 역시나. 손으로 만져 확인해 본 버들의 배꼽 주변이 온통 끈적거린다.

버들의 어깨뼈를 황 대표가 자근자근 씹었다. ……흐으. 앓던 버들이 힘이 풀리면서 풀썩 무너져 내렸다. 미끈거리는 성기를 잡고 발기시키려 들자 버들의 아랫배가 바짝 수축했다. 그만큼 뒤도 조였다. 황 대표의 이마에 힘줄이 튀어나왔다. 아. 싫어. 다급히 고개를 가로저으며 버들이 황 대표의 손목을 잡았다. 아랑곳하지 않고 위에서 아래로 흔드는 황 대표의 손짓에 주변에는 젖은 소리만이 찰박하게 울렸다.

몸을 낮춰 황 대표가 버들의 귓불을 척척하게 핥았다. 황 대표가 허리를 쳐올릴 때마다 버들의 하얀 엉덩이가 같이 흔들렸다. 황 대표가 버들의 팔을 잡아 힘을 줬다. 가뜩이나 몸에 힘이 하나도 없는데 무릎으로 일어나게 된 버들이 어찌할 바를 몰라 했다. 한 팔로는 가슴을, 다른 한 팔로는 허벅지 사이를 못살게 굴면서 계속해서 황 대표가 버들을 몰아붙였다.

"버들아. 너 여기 진짜 예쁜 거 알아?"

열매처럼 동그랗게 맺혀 있는 음낭과 회음부를 번갈아 가며 황 대표가 손으로 주물렀다.

"여기 본 적 있어?"

버들을 눕혀 오금을 짚었다. 다리가 위로 접히면서 회음부가 훤하게 드러났다. 통통하고 뽀얗다. 반복해 물어 온 황 대표의 질문에 버들이 고개를 가로저었다. 흥분에 젖어 거칠게 갈리는 낮은 황 대표의 음색에 배 속이 오싹했다.

"한 번 볼래?"

삽입한 채로 버들의 두 다리를 들어 올린 황 대표가 거울 쪽으로 향했다. 혹시나 버들의 몸에 무리가 갈까 봐 걸음걸이가 조심스러웠다. 하지만 그것과 별개로 각도가 깊숙이 파고 들 수밖에 없는 자세라 버들의 입에서 신음이 새어 나왔다. 아. 응. ……아.

"버들아. 눈 떠."

황 대표의 요구에 버들의 눈꺼풀이 파르르 떨렸다. 겨우 눈을 떴다. 거울 속에 접합된 지점이 적나라하게 보였다. 시각적 자극에도 버들은 민감했다. 손도 대지 않은 상황에서 버들의 성기에서 울컥, 정액이 토해졌다. 본인도 놀랐는지 새빨개진 얼굴로 버들이 덜덜 떨었다.

황 대표가 다시 침대에 버들을 눕혔다. 울기 시작한 버들을 달래기 위해 황 대표가 버들의 볼과 턱 아래에 입을 맞췄다. 머리와 가슴을 만져 주는 손길이 덧없이 다정하다. 하지만 허리 아래는 여전히 성이 난 채였다. 박아 넣는 힘과 속도가 빨라졌다. 절정에 이어 또다시 절정이 찾아왔다. 혈관 전체로 오르가즘이 절절하게 퍼졌다.

호흡이 흐트러져 너무 힘들어하는 버들을 위해 성기를 뺀 황 대표의 이마에 인상이 써졌다. 성이 난 황 대표의 성기가 박을 곳을 찾아 꺼덕거렸다. 진정이 될 때까지 기다려 주려는데 버들의 울음소리가 냅다 더 커졌다. 넣으면 넣는다고 울고. 빼면 뺀다고 버들이 울었다. 어차피 울리는 게 똑같다면……. 으응! 아랫배를 작살로 꿰뚫을 것처럼 들어온 황 대표의 몸에 놀란 버들이 잔기침을 터트렸다. 그러면서도 팔을 뻗어 황 대표의 목을 안았다. 지금 이 순간 버들의 세상은 황 대표 그 자체였다. 황 대표의 숨소리, 황 대표의 손끝, 황 대표의 허벅지……. 입술이 포개지며 서로의 혀끝이 녹아들었다. 황 대표가 감도 높은 버들의 몸을 씹어 먹어 버릴 것처럼 재차 탐했다. 아. 아. 아. 아. 아. 아. 아…….

아침이 밝았다. 날을 샌 거나 다름없었다. 황 대표가 움직이는 기척에 버들이 눈을 떴다. 마주친 시선에 버들이 흠칫거렸다. 그럴 만했다. 버들의 온몸이 물고 빨아 댔던 통에 울긋불긋한 꽃밭이 따로 없었다. 누운 채 서로의 얼굴을 바라봤다. 버들이 황 대표의 볼을 어루만졌다. 나른한 공기가 비눗방울이 되어 주변에 떠다니고 있는 것 같다.

"대표님. 속눈썹 진짜 예뻐요."

황 대표의 입가가 부드러워졌다.

"힘들지 않았어?"

힘들게 해 놓고 힘들지 않았냐고 황 대표가 물었다. 퉁퉁 부은 입술을 몇 번 달싹거리다가 버들이 이내 고개를 가로저었다.

"씻을까?"

"네."

"잠깐만 있어."

황 대표가 욕조에 물을 틀어 놓고 다시 돌아왔다. 황 대표의 손을 잡고 버들이 무릎으로 일어났다. 아! 순간 번개가 친 것처럼 서늘한 감각에 버들의 얼굴이 삽시간에 달아올랐다. 허벅지 사이로 무언가 주룩 흘러내렸다.

그걸 황 대표와 버들이 같이 보게 됐다. 버들의 허벅지를 지저분하게 적신 그 무언가의 정체를 알아차린 황 대표가 사색이 됐다.

지난밤, 콘돔 없이 수차례 섹스를 했다. 지쳐서 끝내 축 늘어져 버린 버들의 몸을 품에 안고 있다가 잠깐만 쉬려고 눈을 감았었다. 그러다가 깜박 잠이 들어 버렸다. 뒤늦게 뒤처리를 해 주지 못한 게 떠올랐다. 이러면 배앓이 한다고 들었다. 당황한 황 대표의 속도 모르고 버들이 고개를 갸웃거렸다.

"이게 왜 흐르지?"

의아한 어조로 혼잣말처럼 중얼거린 버들이 제 허벅지를 타고 흘러내린 황 대표의 정액을 도로 집어넣으려고 손가락을 움직였다. 그 모습에 갑자기 어지럼증이 퍼진 황 대표의 눈앞이 까마득해졌다. 당장 제 꼴통을 들쳐 안고서 욕실로 향했다. 뜨거운 물이 찬 욕조에 버들을 앉혀 놓았다. 칫솔에 치약을 묻혀 건네주고, 머리도 손수 감겨 줬다.

황 대표까지 욕조에 들어가자 물이 넘쳤다. 버들의 근육이 풀릴 수 있도록 향 좋은 거품도 내 주었다. 버들이 마주보며 황 대표의 무릎에 앉았다. 허리를 매만져 주던 황 대표의 손이 골 사이로 미끄러졌다. 살짝 만져 본 버들의 좁은 근육은 아직 나긋나긋하게 풀어져 있는 상태였다. 다행이었다. 손가락을 집어넣어 남은 정액을 긁어내고 있는데 버들이 콧등으로 자꾸만 신음을 내뱉었다. 욕실 특성상 작은 소리도 크게 메아리쳤다. 미치겠다. 숨은 점차 가빠지고 앞은 바짝 세운 뒤다. 민감하고 예민한 버들은 야했고, 또 기특했다.

"버들아."

저를 부르는 황 대표의 목소리에 버들이 눈을 떴다.

"지금…… 느끼면 안 돼."

"왜요?"

"느끼라고 하는 거 아니야."

"그런데……."

말을 완성하지 못하고 버들이 다시 눈을 감았다. 감도 높은 버들의 몸에 황 대표도 덩달아 흥분했다. 버들의 등에 팔을 두른 황 대표가 힘을 줬다. 코앞까지 버들의 몸이 딸려 왔다. 버들의 수술 흉터부터 유두까지 황 대표가 자잘하게 입을 맞추었다. 그걸로 갈증이 풀리지 않는지 황 대표가 버들을 번쩍 안아 들었다. 욕실 선반 위를 전부 쓸어버리고 거기에 버들을 앉혔다. 몸을 낮춰 버들의 귀두를 입에 넣었다.

하아……. 버들의 손가락 사이사이로 젖은 황 대표의 머리카락이 빠져나갔다. 뜨거운 물에 이미 노곤하게 풀린 몸이었다. 버들이 사정후 풀썩 무너져 내렸다. 아직 남아 있을 정액을 긁어내기 위해 그런 버들을 안아서 황 대표가 샤워기 앞에 섰다. 어제부터 오늘아침까지. 버들의 체력은 바닥으로 떨어져 있을 게 뻔했다. 파자마로 갈아입힌 버들을 황 대표가 재웠다.

정오가 지나서 버들이 잠에서 깼다. 허리를 지그시 누르고 있는 황 대표의 팔을 낑낑거리며 치웠다. 움직여지지 않는 몸을 억지로 일으킨 버들의 머리가 산발이다. 휙, 시트를 걷었다. 사귀는 사이니까 황 대표의 몸은 곧 제 것이나 다름없다. 오늘은 어디에 입을 맞춰보지? 매일 하는 같은 고민이 언제나 즐겁고 설렌다. 황 대표의 복사뼈에 버들이 뽀뽀했다. 아직 잠결이라서 눈가가 가물가물했다. 황 대표의 팔을 베고 버들이 다시 잠들었다.

*   *   *

꽃이 흐드러지게 피었던 계절이 언제였냐는 듯 눈이 내리기 시작했다. 담벼락이 허전해졌지만, 봄이 되면 다시 꽃봉오리가 피어날 테니 아쉽지 않았다. 사계절 내내 집은 그림 같았다. 하얀 눈에 뒤덮인 풍경을 내다보며 황 대표가 커피를 마셨다. 크리스마스 때에 맞춰 거실에는 커다란 트리를 들여놓았다. 버들이 시키는 대로 황 대표가 작은 전구들을 주렁주렁 매달았다.

자기 일에 전문적으로 집중한 사람은 섹시하다고 언젠가 라디오에서 들었던 것 같다. 그땐 개소리인 줄 알았더니 사실이었다. 작업실에서 조각하는 버들을 바라보며 황 대표가 꼬박 하루를 보냈다. 버들의 뒤에 있는 창문 밖으로 또다시 눈발이 떠다녔다.

손을 씻고 나온 버들을 기다렸다가 황 대표가 대신 로션을 듬뿍 발라 주었다. 미끈거리며 얽히는 손가락이 간질간질하다. 조각하면서 뭔가 조언을 들어야 할 게 있는지 스승님 댁에 다녀오겠단 버들을 황 대표가 붙잡았다. 좀 더 두꺼운 겉옷으로 바꿔 입게 한 뒤 목

도리도 더 신경 써서 둘러 줬다. 장갑을 껴서 불편할 텐데 집을 나서는 두 사람은 손을 꼭 잡은 채였다. 이니셜이 새겨진 두 개의 목도리와 장갑은 황 대표가 특별히 커스텀을 의뢰한 제품이었다. 걷는 대로 눈 위에 발자국이 새겨졌다.

시리기만 했던 겨울이 로맨틱해졌다.

*　　*　　*

봄이 될 때 즈음 버들이 쓰러졌다. 가족들에게 알리지 않고 우선 검사가 진행됐다. 겉으로 내색은 안 했지만 초조한 황 대표의 옆에서 버들은 태연했다. 아무 데도 안 간다는 말을 버들이 지켰다. 쓰러진 건 심장 때문이 아니라 빈혈 탓이었다. 황 대표가 좀 더 버들의 식사를 신경 썼다.

주룩주룩, 봄비가 내리더니 아침이 되면서 화창하게 날씨가 갰다. 시끄럽게 새가 지저귀는 소리에 황 대표가 눈을 떴다. 배꼽을 만지는 버들의 잠버릇이 여전하나, 지금은 자기 배꼽을 만지는 게 아니라 황 대표의 배꼽을 만졌다. 그런 버들의 손톱에 입을 맞춘 뒤 황 대표가 씻고 나왔다. 버들이 깰까 봐 황 대표의 행동 하나하나가 조심스럽다.

버들의 파자마 단추를 하나, 둘 풀어 내렸다. 일주일 주기로 버들의 몸무게를 재고 있는 중이다. 체중계를 보면 버들이 짜증 내고 도망 다니는 통에 이렇게 자고 있을 때가 아니면 몸무게를 재는 게 불가능했다. 볼에 뽀뽀하자 잠결에 버들이 몸을 휙 돌려 버렸다.

상하의 파자마를 벗긴 뒤 무릎 뒤에 팔을 넣어 안아 올리자 깊이 잠들어 있는 버들의 팔과 다리가 축 처졌다. 황 대표가 그대로 체중계 위로 올라갔다. 둘이 합한 몸무게에서 제 체중을 빼니 500g 정도 차이가 난다. 한 달째 같은 몸무게가 유지되고 있으니 체중이 불었다고 볼 수 있겠다. 좋아하던 황 대표가 정신을 차리고 다시 버들을 침대로 데려갔다. 쏟아져 들어오는 아침 햇살이 눈부시다.

500g이 어디에 쪘을까. 버들의 어깨, 팔, 아랫배에 황 대표의 입술이 가만가만 스쳤다. 연애하자고 했을 때, 세상에서 제일 행복한 사람으로 만들어 준다더니 착실하게 버들이 그걸 실행하고 있었다.

파자마를 입혀 주고 나자 버들의 눈꺼풀이 뜨였다.

"버들아."

귓가에 나지막하게 내려앉은 음성으로 버들은 아침이 된 걸 알아차렸다. 팔을 뻗자 따뜻한 포옹으로 이어졌다. 지칠 줄 모르고 서로의 눈을 하염없이 마주 봤다. 촉촉한 둘의 눈동자 속에는 연인으로서 앞으로 함께할 무수한 시간들이 녹아 있었다. 어떤 날은 다정한 약속을 주고받으면서, 어떤 날은 격한 애정으로 쓸데없이 피우는 고집을 대신하면서, 어떤 날은 어리석게 다투기도 하면서, 어떤 날은 달콤하게 화해를 해 가면서, 어떤 날은 신음에 섞어 사랑을 속삭이면서.

"대표님."

"응."

"저 좋아해요?"

"좋아해."

꼭 완벽한 해피엔드가 예고된 영화처럼.